本間俊太郎

# 「日本は海国である」

## 林子平伝

ほんの木

## 目次

※本書中には、現在では差別的あるいは不適切とされる語彙や表記が出てきますが、当時の資料を引いて書かれている部分はそのままにしています。

# 序章　林子平の墓

# 六無斎友直居士

　東日本大震災は平成二十三年（二〇一一）三月十一日午後二時四十六分頃に発生した。宮城県では最大震度七、マグニチュードは九・〇だった。

　気象庁は同二時四十九分に、青森県から千葉県にかけての太平洋沿岸に大津波注意報を発令した。午後三時二十分前後から宮古、釜石、大船渡、石巻、相馬などで津波の最大波を観測。政府は午後七時過ぎに東京電力の福島第一原発について「原子力緊急事態宣言」を発令した。

　こうして地震、津波、原発事故の三つの被災が東日本を襲い、死者・不明者は約二万一千人（当時。令和六年三月二十三日現在は一万八千人）となり、放射能からの避難者などは約十五万人以上となった。

　私はこの時、宮城県加美町の自宅にいた。あまりの揺れに驚き庭に出て道路に向かった。その瞬間、すぐ前の家の石塀がどうと崩れ落ちた。停電となり、電話、携帯も不通、テレビは壊れ、ラジオのニュースを聞くほかなかった。被災の全貌は全くわからず、被害の大きさも知らずにいた。本が散乱したが、私と妻の二人は無事だった。三月中は、停電に加え、ガソリン、灯油不足で人々の生活が混乱し、被災地の友人たちを心配しても動くに動けずにいた。それぞれの生活拠点で孤立していたと言っても良い。文明社会はいかに脆弱か痛感させられた。

　ようやく四月半ば頃から、被災地を見た人々の声が届くようになり、同下旬から五月にかけて陸前高田、気仙沼、石巻、そして多賀城、七ヶ浜の被災地の知人宅を見舞ったり、被災のすさまじさを目撃した。街や松原が消え、瓦礫となった市や町、漁港の現場に立つと無力感や災害の情況から異常な圧迫感にとらわれた。

　六月十二日、震災から丁度三か月を過ぎた日に、落ち着きを取り戻した私は友人の車に乗せてもらって、仙台市青葉区の龍雲院へ向かった。そこには林子平《はやししへい》の墓所があるはずであるからだ。

　私はかつてこの寺の近くで暮していたので、約二十年ぶりである。この数年ほど前から林子平伝を書いて多くの人に知ってもらうことを考えてきた。そのため資料を読んだり、関係の人々の話を聞いたりしていたがなかなか着手できずにいた。だからこの震災は啓示のように思われ、ぜひ子平の墓に詣でたいと思ったのである。

林子平は主著『海国兵談《かいこくへいだん》』の冒頭で「江戸の日本橋より、唐、阿蘭陀《オランダ》まで境なしの水路である」「海国《かいこく》とは何の意味か、地続きの隣国がなく、四方皆海に沿える国をいう」と十八世紀の半ばに言ったのである。明治維新より約百年前のことだ。私に言わせれば、林子平は最初の近代人である。

子平は兵学者であり、鎖国を続けていた江戸で生まれ、二十歳の時に仙台に移住した男だ。そして蝦夷から長崎まで日本中を歩き、研究し、日本は「海国」であるという認識に立ち、兵学を学ぶ武士ゆえに封建社会の立て直しを図り、その国防の戦略を考えたのである。

海国日本ということから出発するとさまざまな戦略が描ける。それは大陸ではない、列島であるという日本の風土とそこで培われた歴史、文化を考えるためには重要な視点である。太平洋はアメリカ大陸との間にある。海洋資源はまだ手つかずと言っても良い。沖縄、東南アジアと近接し、それぞれ江戸時代以前は活発に交流していた。

われわれはともすると「海国」日本を忘れがちだ。災害や原発の事故を考えてみても、この「海国」であることの重要性を忘れているのではないかと思える。四つのプレートに乗っているわが列島で、災害は宿命である。にも係らず津波対策は全くなされていなかった。日本の原子炉五十数基はいずれも地震の恐れがある海岸に建っている。人は失敗を幾度繰り返すのだろうか。こんな事から子平の墓へ向かった。

龍雲院の門をくぐると本堂脇の玄関で「御住職に会いたい」と申し入れた。暫くすると若い住職が現れ「前の住職が亡くなり、葬式を終えたばかりで、まだ後片付けも終わっていない」との事だった。

林子平の墓域には墓の他にいくつかの碑がある。私はまず以前より新しくなった覆堂へ向かった。見覚えのある林子平の墓がある。墓石は赤茶けてくすんでおり、刻した字がはっきりしない。

よく見ると「六無斎《ろくむさい》友直《ともなお》居士行年五拾六歳」と読めた。

林子平は元文三年（一七三八）六月二十一日、江戸に生まれ、墓石にもあるように、寛政五年（一七九三）六月二十一日に病没した。誕生と亡くなった命日の月日が同じである。六無斎とは晩年の号であり友直は名である。没後、今年で二百三十二年になる。

## 一七〇七年、富士山の大噴火

十八世紀初頭の日本では、赤穂浪士四十七士による仇討ちがあり、元禄大地震が発生、川崎から小田原までの宿場町がほぼ全滅した。宝永四年（一七〇七）には東海、南海地震が相次いで起こり、数万人の死者が出た。同じ年の十一月二十三日には富士山が大噴火した。東日本大震災も大災害だが、この「宝永の大噴火」もかつてない災害だった。

前日、三〇回にも及ぶ地震があり、翌朝から大爆発を起こし、黒煙が上がり天空を覆った。雷鳴と共に爆音がとどろいた。大石や火の玉が飛び、山麓や浅間神社周辺で火災が発生した。軽石や灰が飛散し、降り積もった。江戸でも大雨のように砂が降り、日中も夕闇のようで、噴火は火焔のように見えた。この時の記録を新井白石は『折たく柴の記』に〝雪の如く降った〟と書いている。将軍は綱吉だったが、まもなく没し、家宣に代わる。この時、間部詮房《まなべあきふさ》・新井白石が登用される。

砂は水戸や上総・下総・安房に及んだ。富士山から近い駿河、相模、武蔵などに砂は降り積もり、十二月八日まで降り続いた。小田原藩などの農民からはお救い米と災害復旧の切実な訴えが起こった。幕府の動きは藩よりも早く、十二月五日、噴火が治まらない時点から被災地に徒目付《かちめつけ》や小人目付《こびとめつけ》（ともに老中が使う情報収集組織）を派遣して被災地の検分を行わせている。そのうえで正月十八日に小田原藩を幕領支配にかえて復旧対策に着手、普請奉行に伊奈半左衛門（関東郡代）を当て、酒匂川《さかわがわ》など相模国《さがみのくに》の河川の浚《さら》え普請《ふしん》を諸大名に命じた。

復旧費用を全国に「諸国高役金」として命じ、農民からの徴収では時間がかかるので、大名、旗本、幕領に限らずすべての領主、すなわち大名たちに立て替えさせ、納期は三月までで上納を義務づけた。金にして四八万八千八百両が全国から集められた。高百石につき二両の割合なので二四五十万石となり、被災地などのほか端数を除外するとこの石高はこの時代の全国の総石高に相当する。当時の綱吉政権の幕府権力は威力を持っていた。

六万三千両はすぐに復興に使われたらしいが、残りの四十数万両はどうなったかというと、通貨改悪の財務官僚、荻原重秀らによって流用された可能性がある。いつの時代も官僚には問題があった。

享保元年（一七一六）、七月からは人足扶持米が支給され、復旧作業が進展する。砂の捨て場に困ったが、村の一、二割の土地を放棄して砂捨て場を設ける方法がとられた。

## 子平の時代

話は戻って、林子平が病死した時、葬儀が行われて、小碑が建てられた。だが仙台藩から「禁制を犯したのだから」と墓石は金網で鎖されるという仕打ちを受けたと言う。現在の墓はこの小碑ではない。

林子平が『三国通覧図説』（一七八六年刊）『海国兵談』（一七九一年刊）の二つの主著を書くため、江戸、長崎を遊歴した時代は、家宣、家継の将軍が次々亡くなって、八代目の吉宗の時代となる。いわゆる元禄から享保の時代である。

徳川家康が開幕して天下泰平となってから四代綱吉の頃までには生産力も上昇し、人々の暮らしは良くなり、武力より文治の時代となり、武士は文官化してゆく。文による秩序維持が重視され、儒教や仏教の教訓が優先され、権威づけのため実力のない朝廷とも協調体制がとられてゆく。しかし、綱吉の時代に家康以来の財力は貿易も伸びず、かえって金、銀が流出して底を突いた。新井白石らの改革も行われたが、短い期間であり、吉宗の登場で世に名高い享保の改革が行われた。

吉宗が将軍の位に就いていたのは、ほぼ三十年、英明な君主であったが、人心は長くなると離れ、改革の反動も生じていた。

吉宗は延享二年（一七四五）九月に隠居して長男家重に将軍職を譲った。これは人心一新を狙ったものである。

宝暦元年（一七五一）に吉宗が没し、田沼意次《おきつぐ》が御用取次となる。以後〝田沼時代〟と言われる。

林子平はこの頃までに十四歳となっていた。子平が主著に取り組んだ年代は安永元年（一七七二）、三十五歳から四十九歳となる天明六年（一七八六）までの足掛け十五年間である。天明年間には浅間山噴火、諸国と仙台藩は凶作、飢饉などが続出、農民一揆なども相次ぐ。子平はこの天明六年までに『三国通覧図説』を江戸の版元須原屋市兵衛より刊行し、『海国兵談』の原稿も完成させた。天明八年（一七八八）には、ようやく『海国兵談』の巻一が刊行。その後資金がなく苦労したあげく寛政三年（一七九一）に、仙台で『海国兵談』の全巻版刻にこぎつけた。しかし、紙代の費用もあり、僅かに三八部だけだった。

天明六年（一七八六）に、田沼意次が失脚、翌年、将軍は十一代家斉となり、松平定信が老中となる。

松平定信は田沼時代に政治が腐敗したとして、世直し政策をかかげ、すべてにおいて倹約、緊縮などの引き締めが行われた。寛政二年（一七九〇）には異学の禁を発令し、好色な草紙類は「風俗のためにもよろしくない」として禁止、押さえこみ、異説をとなえる学術書も禁止した。この影響で洒落本の作家、山東京伝は手鎖十日の刑を受け、版元らは財産没収などの処罰を受けた。

林子平はこの寛政異学の禁、つまり思想統制の槍玉にあげられることになった。寛政三年春に『海国兵談』が刊行されたが、その年の十二月に江戸に召喚された。だが子平は以前から傷寒（発熱を伴う病気）を病んでおり、取り調べの法廷に出られなかった。

翌年の寛政四年五月に判決が下り、仙台藩の兄、嘉《か》善友諒《ぜんともさと》のもとでの永の蟄居《ちっきょ》を命ぜられたのである。このため同五月二十八日、仙台に帰着した。そして寛政五年六月二十一日に亡くなったのである。十月には兄もまた五十八歳で没した。

仙台藩は幕府の手前もあり、子平に冷たかったのである。

## 幕末の再評価

子平が亡くなる前年、ロシア使節ラックスマンが根室に来て通商を要求した。子平の没年には松前に再び来て長崎で交渉することが決まった。松平定信はロシアの江戸来航を恐れていた。

十九世紀になり、いよいよ世界は西欧によるアジア全体の支配が強まり、文化四年（一八〇六）、蒲生君平（尊王思想家）は林子平の無実を主張し、赦免《しゃめん》の建白書を幕府に提出した。子平没後十三年目である。のちに蒲生君平は、高山彦九郎（同じく尊王家）、林子平と共に寛政の三奇人と呼ばれた。

この三年前にはロシアの外交官レザノフが来航していた。

天保十二年（一八四一）六月、幕府から子平の赦免状が出された。そこでは、なんと文政五年（一八二二）に、家斉の昇任祝儀としてすでに赦免状が出ていたとして述べていた。実に二十年を遡る奇怪な文書が、江戸町奉行より伝達された。判決から見ると四十九年後である。受け取ったのは甥の林良伍（当時林家の当主、百五十石）であった。行政の怠慢であるが、これは世論への辻褄合《つじつまあ》わせであったのだろう。

現在、龍雲院にある墓、すなわち「六無斎友直居士」とある碑は赦免後の文政年間に、子平の兄嘉善の子で、甥の珍平友通の息子の良伍通明によって建立されたものである。碑面の文字は白石権太夫良能であり、白石に依頼したのは珍平であった。白石は書家で養賢堂の教授を勤めた学者である。

幕末になると林子平の著作は再評価され、『海国兵談』は嘉永四年（一八五一）、安政三年（一八五六）に版本が出された。『三国通覧図説』も寛政十一年（一七九九）の版がある。郷土仙台よりも、長州の吉田松蔭門下などの間で尊敬された。

明治天皇は東北巡幸の際、明治十五年（一八八二）六月二十四日仙台到着、同二十九日林子平に祭祀料を賜った。それと共に次のような文が故林子平あてに出された。

「つとに意を国家の形勢に注せし處先見の時論に合わざるより一時法に触れ候段、不憫に思し召され、御巡幸の折柄特に追感の聖意を表せられ目録の通り祭祀料下し賜候事　右大臣岩倉具視」。

巡幸に当たって正五位が贈られ、大正十一年（一九二二）秋には正四位を追賜された。

仙台藩では嘉永七年（一八五四）に若林修理友輔が建言し、藩主伊達慶邦は大槻磐渓に撰文を命じ、後に自ら篆額《てんがく》に筆をとり、子平記念の巨碑を建立せしめた。

建てられたのは慶応元年であったが、幕末の混乱で暫く放置され、明治八年（一八七五）に元藩士らの資金により再び建立されたものだ。現在、林子平の墓域の向って左側には「前哲林子平碑」がある。「前哲」は伊達慶邦の送った言葉だ。

子平の墓の右側にある巨碑は、伊藤博文の建立したもので、篆額は太政大臣従一位勲一等三条実美の筆になるもの。文は仙台藩の学者斎藤竹堂（涌谷出身）、文字は従五位長莢である。

明治十二年（一八七九）十一月、伊藤博文は東北を巡視した際に子平の墓を訪れたが、野草の中の墓の文字は苔むして見えなかった。「天下の憂に先んじて憂えた林子平こそは天下の耳目を警醒させた豪傑の士である。感慨を新たにしたので後世に伝えるため、建碑した」と碑文にある。また墓域の前には「林子平先生考案の日時計」とされるものがある。

## 帝国海軍創立の先駆者

林子平の人生を見る時、その評価は時代によって異なる。

寛政年間に蟄居を命じた判決文には①利欲にかられてはいないが、己れの名聞にこだわり、②とりとめのない風聞又は推察をもって、③異国より日本を襲うことがあるなど奇怪な異説を著述し、④御要害などについて書き、⑤地理の相違の絵図の書写や板行して、⑥権八店市兵衛（『三国通覧図説』の版元）へ出版させたことは公儀を憚《はば》からず仕方は不届きにつき、⑦兄嘉善へ引渡し在所へ蟄居申し付け、ならびに板行板木共に召上げる。⑧同時に『三国通覧図説』発行者須原市兵衛に対しても重過料を申し付け、須原市兵衛他書林行事四名（当時の出版界仲間）にも過料銭拾貫文と罰金刑を申し渡した。

その後の欧米、ロシアの日本来航を見ると、この時の幕府の認識には疑うべきものがある。また子平の地図は、カラフトが半島になっていたり、サガレン島がカラフトと別になっているが、当時の水準ではやむを得ないものだ。むしろ以後の地理学への関心を高めたと言える。

幕末になると、志士たちからの子平への評価は高まる一方で、維新後は明治政府の評価が高かった。尊皇攘夷の明治のスローガンに適ったものであったからであり、この攘夷は富国強兵策へ引き継がれてゆく。

子平はさらに、帝国海軍創立の先駆者とされ、大陸発展、対露強行論の先覚とされた。子平の思想の一面だけが利用されたのである。太平洋戦争敗戦後は、その反動で社会的にはほとんど取り上げられないまま、周辺の一部の人々によって花が供えられるだけになった。

## 時代に翻弄された思想

林子平の評価は、時代によって乱高下してきた。しかし、果して林子平の思想は十分理解されたことがあったのだろうか。林子平の著作には近代国家は領域国家たらざるを得ないことと、それによって日本という領域を考察した。北海道を国内と誰も思っていない時に、カラフトまで視野を広げている。日本が大陸とは異なる海国であるという国家の地理的条件に立ち、国防の重要性と国家の再構築による新しい「武士の国家」の創設を戦略的に捉え、教育、殖産興業、国家構造の各般から考え、実学的視点の重要性を主張している。オランダ商館長にも会い、将来構想をもはらんでいたようだ。

林子平は終世〝無禄厄介〟と呼ばれた独身（世襲制では部屋住み）であり、公儀の拘束を受けて以来、兄の自宅に蟄居して一歩も出ず、和歌などを詠んで慨嘆し、辞世には「すくふへきちからのかひもなかそらの恵に生まれ死そくやしき」、また「千代へぬる文もしるさすわたつ国の守の道は我ひとりみき」と詠んだ。

自ら「六無斎」と号して「親もなく妻なし子なし版木なし金もなければ死にたくもなし」と狂歌を詠んだ。この辞世の歌は幕末の水戸斉昭に良伍から進呈されたものである。

東日本大震災を考えるにしても、日本海溝がある海国という条件をあまりにも蔑《ないがし》ろにしていたのではないかと思う。二〇二四年元日の能登半島地震を見ても、海国であることが忘れられているのではないだろうか。そのことによって多くの人々もまた六無斎のように家と家族、仕事の場、金と生命も失ったのではないかと感じざるを得ない。

また、東アジアの国際関係では南シナ海、東シナ海の領域争いや緊張がある。北方領土ではクナシリ、エトロフなどの返還問題、沖縄の負担や米軍駐留の問題を考えると、果たしてわが国は独立しているのだろうか、とも思う。翻ってわれわれは、自らの国家を守る気概があるのだろうかなどと、日本の未来に思い悩むことが少なくない。世界は新たに苛酷な経済競争に突入し、同時に環境問題を考え、科学の有用性と限界とに配慮して循環する自然と調和してゆかなければならない。

林子平は日本中を下駄で歩きまわり、鎖国、封建に怒りつつも日本のビジョンを描いた。言いたいことを抑えて書いたためか、自らを「古今独見」とも称しているが、痛快な言説と重ね合わせると、こんな男が現代にいたらどんな風に生きたかと私は思う。

『新編林子平全集』全五巻（山岸徳平・佐野正巳共編、昭和五十五年、第一書房）や、『仙台藩の歴史4　林子平その人と思想』（平重道著、昭和五十二年、宝文堂出版）他、巻末の関係資料などを参考に、林子平とはどんな男か、その軌跡を想像も駆使して描いてみたい。

# 第一部

# 第一章　子平の家系と父の出奔

## 不思議な体験

不思議といえば、みな不思議な体験だった。まず、その視点も不思議である。

下のほうの暗い部屋に若い小柄な侍がいた。机に向かって筆を動かしている。部厚い手紙――もしかしたら諌書《かんしょ》かも知れないという直感が閃く。それから何のための準備かわからないが、畳の上に白布を敷いていいる。今度は短冊を取り出し、手中にして筆を走らせている。子平からは見えないが、それは辞世ではないかと思われた。

暫くしてその侍は正座し、衣服を脱いで、双肌になる。傍に置いた刀を持ちかえ、抜き放つ。鈍く刀身が光る。それを和紙数枚で包み、右手に持ちかえる。侍は一瞬、身体の呼吸を整え、身を乗り出す。前方を見て深くゆっくり呼吸したかと思うと、「えいっ」と鋭い声を発し、左脇腹に刀を突き、刺し込み、右側の腹部まで一気に腹を切り裂いた。鮮血が溢れた。侍はすぐにその刀を抜き、自らの首筋を突く。さっと血しぶきが上り、なお深く差し込んでいるようだった。

子平も緊張して身を乗り出す。自分の拳がふるえているのがわかる。時間が止まったようだ。ややあって侍は前方にゆっくり倒れこんだ。身体を横にして足もずれる。やや黒ずんだものが飛び出た。血液がにじみ出てゆく。黒い血のようなものは腸だった。身体が動くと同時に胎内から溢れ、飛び出ている。

子平は切腹の一部始終を目撃したと感じた。自分の眼の裏側からも朱色が広がり、それからの時間を赤々と埋めていった。

映像は止まったままで、さらに時間が流れた。すでに夜は明けて、子平は陽ざしの中を歩いていた。馬のいななきが聞こえ、振り返るとそこここに馬がつながれていた。遠くから一頭の馬影がゆっくりと駆け寄ってきた。近くになると人馬が一体となっている。

(ここは馬場だと)子平は思った。

自分の前まで来た人馬が止まる。汗の匂いが鼻をつく。騎上の武士はひらりと馬から降りて、柵の方へ馬を曳いていった。子平もその後を追う。馬の手綱を渡され、子平は馬をつないで、馬首を撫でた。馬も汗をかいている。よく見ると栗毛の見事な馬である。

（自分も乗ってみたい）と思った。

馬の瞼は大きく、見開くと眼が黒く動き優し気であった。子平はなおも馬のたてがみを撫でた。また別の蹄の音がして、子平の前に止まった。初老の武士らしかった。周囲を見回すと馬に乗って馬場を駆けている人々の数がしだいに増えていった。

先刻馬から降りた武士が「坊主、馬に乗りたいのか」と声をかけてきた。「もちろんだよ」と言ったつもりだが、声にならなかった。

子平は「乗ってみたい」という気持ちが高まり、一層、馬を乗り回している人々を熱心に見る。

すると、一人の若い男が厩舎から馬を曳いて初老の武士の方へゆっくり歩み寄り「御苦労さまです」とあいさつした。「やあ、これからか」と答えて二人で話し込んだ。

子平はまた視線を駆けてくる馬のほうに合わせてゆっくり見ている。

「気をつけろよ、まだ若駒だからな。その馬は癇《かん》が強いぞ」と言う大きな声がしたので振り返ると、初老の男だった。馬に乗る若い男の背中が見えた。馬はゆっくりと駆け出した。しかし、いかにも気の荒い馬らしくなかなか乗り手の言う通りにはならないようだ。一周、二周とその男は馬場を回った。調教しているように見えた。

子平は自分もあんな風に馬を乗り回したいと思った。

若い男は軽々と馬を乗り回してから、再び初老の男のほうへ戻ってきた。降りると「なかなか好い馬ですな。脚が速そうだ」と言った。「荒馬ほどいいものさ」、初老の武士が相づちを打つ。

二人の様子を見ていると初老の武士は師匠のようでもあり、父親のようにも見える。初老の男は縁台で煙草を吸っていた。「半刻ほど遠乗りしてこいよ、早く馬を馴らしたほうがいい。少し攻めてこい」

若い男は小休止の後で、「では行って来ます」と再び騎乗して馬場に出ていった。さらに数周、馬場を回っているのを子平は目で追った。そうしているうちに、その若い男は通りへ颯爽《さっそう》と出ていった。

子平が馬場の別の出口に駆けてゆくと、馬は子平の前を駈け、城のほうへと向かっていった。「坊主、危ないからこっちへ来ていろ」と初老の男が言った。「濠端を回ってくるから、こっちで見ていろ」

男は快調に馬を走らせた。「調子が好い、この馬が好きだ」と呟きつつ心地よい速度を味わっていた。外濠を一気に駈けた。

不思議だった。子平の目の前にその人馬は再び回って来て、一塵の風と共に去っていったが、子平は後ろのほうから空を飛んで追いかけていた。何周か駈けているのを見ているとある神社の近くへやって来た。何か起こりそうな予感がした。神社の前に集団が出て来た。

その中へ人馬は跳びこんで行き、急に出てきた人間の前で止まろうとした途端に後ろ足で立ち、どうっと倒れこんだと見えた。しかし、馬は倒れずに騎乗の男は投げ出された。手綱を握っていた男は物凄いスピードで路上を引きずられたが、気丈に数十間先で止めた。

子平はこの一瞬に起こった事故のすべてを見ていたのだった。そこへ初老の武士が駈けて来て、止まっている馬の手綱を受け取り、馬をつなぐと、若い男のほうへ駈け寄った。

若い乗り手は立ち上がれなかった。手足に大きな負傷を受けたのだ。子平が人々の群れの中へ入ると赤い血が若い乗り手の半身をべっとりと覆っていた。また子平の目は朱く染まり、赤い時間が流れた。

## 斬りつけた男

今度は別の日の朝方だった。見覚えのある武士が宿直《とのい》を終えて布団を片付け、顔を洗っていた。江戸城中である。子平はその一角から男の行動を見守っていた。

今日は明け番である。小姓や小納戸役の男たちが朝六つ（午前六時頃）に起き出し、身じまいを終え、それぞれ詰所にいた。

その男は前日から持参した握り飯を一つ食べた。小姓や小納戸役の他の者たちは五つ（午前八時ごろ）には起きてくる将軍の朝食（膳部）や髪結い、顔・月代《さかやき》を済ませるためのお役に当っていた。

この男は小納戸《こなんど》兼書物奉行だったので、その後、書物の整理をしていた。そこへ宿直交替（宿直は一刻ごと。今日なら二時間ごとに起き、寝ずの番をする）の相手役の小太りの男が詰所に現れた。

（いやな奴だな）という気持ちが出ると、書物を扱っていた痩せぎすの男は、前夜、突っかかって来たこの男のことを思い出した。大して学もないのに自分が国学の書を調べていると横から口を出し「国学のことは国学者に任せればいいじゃないか」と言った。

ムッときた痩せ男は昨夜以来、口を利いていないのだった。その気分もわかっているのか、いないのか、図々しくこう言った。「今夜つき合わないか」と出入りの御用版元と共に宴席を用意していると告げた。

男は返事をしなかった。一緒に居るだけでうんざりしているのに無神経でぞんざいな口の利きようだった。男は上司も上司だと思っている。頭取たちはこの男に対し何の注意も与えないのだ。そんなことを思えば思うほどムカムカと怒り出したい気分になった。が、もうすぐ本日の当番役が出勤してくる。（我慢、我慢）と自分に言い聞かせた。

書物奉行だからといって、部下の教育や書物だけを担当している訳にはいかない。将軍の朝の仕度がうまくいっているか気を使わなければならない。調髪のお役を勤めている小納戸役の様子を見ながら、将軍のお側で控えていた。

若年寄がすでに登場して、老中たちも朝四つ（午前十時）には登場してくる。呼ばれなくても、準備万端、整えていなければならない。例の太った男は、まだ自分より位は低いのに（五位になっていない）、図々しく、自分の用事を足している。口を利かなくてもいらいらするのである。

小姓たちは給仕をしているが、いつものように順調である。そうこうしているとほかの蔵番や馬番の役の担当者も仕事や見回りを終えてそれぞれの詰所に集合しているようだ。

老中たちも出そろっている。太った男がまたも言いかけてきたので「後で」とだけ言った。こんな時間に私的な話をするのは礼儀にも適っていない。

四つ半（午前十一時）に下城することになった。相方と交替の挨拶をして中の口から出る。子平もそのうしろ姿を追って出た。

そこでまた太った男と顔を合わせた。

「七つ過ぎ（午後四時ごろ）に浅草の例の場所で」としつこく繰り返した。やむなく「帰宅してみないと、家族の都合があるので」と曖昧な返事を返した。

混雑している出入り口を過ぎると、さっそく男を迎えに来ていた若党や草履取、挟箱持ちの者が駆け寄って来る。東の大手門に出ると、混雑した中から槍持と口取の二人が目ざとく見つけた。手を上げて「源五兵衛様」と言った。ここまで来ると男はほっとする。

ともかく男は騎乗の人となり、供侍をつれて自宅へと向かった。

自宅へ帰った男は一休みする。昨夜の宿直の睡眠不足が続く、少々眠った。再び起きると、前から書いている原稿を読み返した。

朝廷で桜町天皇の大嘗祭が再興される時期が近づいていた。男は将軍吉宗が強い関心を持っていたこの大礼に関する儀礼の問題で、新井白石とも話し合ったことがある。ところが信頼していた白石らは、吉宗によって罷免されていた。東山天皇の際にも大嘗祭は再興されていた。

その頃、ある古文書が出てきて、吉宗はこの文書を文献学者の荷田春満《かだのあずままろ》に下問したのである。さらにその養子の荷田在満《ありまろ》らにこの儀式（有職故実）文書の評価をさせていた。源五兵衛は研究を続けていたが、彼は荷田親子の考えや下田師古らの国学者の考えに不審を抱いていた。

この日も、この問題を取り上げていたが、時間が迫ってきた。すなわち、あの男から告げられた「七つ過ぎ」が気になった。即座に断ればよかったが、人々の面前でもあり避けたのだった。大手門で断るつもりだったが、登下城の人々で混雑していたので相手を見失ってしまったのだ。その男（大島忠太夫とされている）のことは無視しても良いのだが、城中で言われた言葉がひっかかった。「国学のことは国学者に任せればよい」というものである。

長年に亘って研究してきたので、今や自分の意見のほうが正しいという確信があった。あれやこれやを考えると、この際、浅草まで出かけて行って断固出席しないと言って来ようと思い立った。

痩せた男は江戸橋を通って、浅草へ向かった。途中で、荷田在満ら学者たちへの誤った判断にも怒りがこみ上げてきた。

子平はこの男の後を依然としてつけていた。

男は浅草寺の境内で太った男と会った。そして「今日は母の風邪で出席できない」と断ったが、相手は「つきあいが悪い」「席も用意してある」などとなじるように話すのだ。

痩せ男の神経は我慢ができなくなった。相手が「荷田在満が書物を書き、京で行われる大嘗祭に出張する」と口走ったとたん、痩せ男の怒りは沸点に達した。

男は太刀を抜き放つと肩口に斬りかかった。同時に「うぬの知ったことか」と叫んでいた。太った男の供の侍が止めにかかり、男の前に出た。太った男は木の下で倒れていた。肩からはみるみる血が噴き出した。

供侍が大きな声で「岡村様、ここで勘弁して下さい」と言うと、人々が集まってきた。何度も大きな声を出した。もう一太刀と焦ったが、斬りかかった男は群集のため手が出せなくなった。男はその場を離れた。

男は駆け足で自宅へ戻った。妻と母にこの出来事を伝え、「わしは当分江戸を後にする」と家を出て行った。

痩せ男の背中がしだいに大写しになり、またもや血の色で空が染まっていった。

子平は目を覚ました。外はまだ暗い。何ん刻《などき》だろう。夢はくっきりしていた。背中にびっしり汗をかいていた。床も湿っている。長時間うなされていたようだ。（まだ子どもだった。どの現場も見ているはずがない）。子平は長い間、半身を起こしたままでいた。

落ち着いて考えると、最初の切腹の夢はどうやら父の末弟、若林杢之助であり、二番目の馬から落ちた夢は、子平たちを養子にした父の二弟（叔父にして義父の）林従吾であり、三つ目の夢が、父の岡村源五兵衛らしかった。

父の兄弟はそろいもそろって激しい気性だった。子平はしばらく茫然としていた。叔父の従吾に聞いてみよう。この夢占いは一体なんだろう。父が江戸から消えた時、三つだった子平は何が起きたか知るよしもない。成長した今は、そのすべてを見ている印象だった。周囲にいる大人の片言、隻句や嘆きと侮蔑のありとあらゆる情報が堆積してこのような夢の像になったのかもしれない。

## 解き明かされる夢

夏の夜が白々と明けてきた。子平は床を敷いたままの六畳の玄関部屋に座り直した。隣には兄の友諒がまだ眠りこけている。「ちりん、ちりん」と鈴の音が鳴った。友諒が背伸びしてようやく目を覚ましたようだ。子平はさっと立ち上がり、兄に「ゆっくり起きていいよ」と言い、隣の襖を開ける。

義父で叔父でもある林従吾通明が起きて呼んでいる。そこは十五畳で、治療も仕事もする居室であった。従吾は今年四十五歳で漢方医。大きい薬箪笥の横でよろけながら杖をついて立ち上がる。従吾は、右側の手足が不自由だった。子平は傍に行って肩を貸した。

「早くから目を覚ましていたな。ごそごそ音がしたので、友直（子平の名）は起きているなとわかった」

子平に付き添われ、杖を突いて厠に行った。

「なんだか昨夜は変な夢を見たんです。ほんとに不思議で長かった。夢うつつも続き、目が覚めた時はまだ暗かった。だから本を読んでいました」と子平が言いだした。

「自分が知っているはずのないことが、夢に出てきました。最初にどうやら杢之助叔父さんのような人が亡くなり、続いて従吾叔父さんが負傷し、最後に父らしい人が斬り合いをしたんです。三人が次々と夢に出たんです。だから叔父さんに事実を聞きたいんです」

従吾は「よし」と言って、自分たち兄弟三人の話を始めた。

「わしらは、お前らの祖父に当たる旗本、岡村八左衛門の子どもである。爺さんは六十六歳で亡くなった。友直が最初に夢に見たというのは、恐らくわれわれ兄弟の三番目の弟で岡村杢之助のことだ。杢之助は頭脳優秀だった。十一歳の時、遠祖から縁のある若林杢左衛門の養子となり、若林杢之助となった。若林家は代々堀田伊豆守正虎（山形藩）の家老の家である。

杢之助は正虎の寵愛を受け、主君の一字をもらって虎高となる。若林杢之助虎高は父の名跡を継ぎ、杢左衛門となり、順調に成長して城代家老となり、三千石の禄《ろく》を食んだ。しかし、主君である堀田正虎の放縦《ほうしょう》を諫《いさ》めて容れられなかった。

正虎も頑固なところがあったのだろう。行いを改めてもらえないので、李左衛門は三十二歳の若さで切腹して亡くなったのである。寛保元年（一七四一）のことだった。『藩財政が傾いてきたので、しっかり政道をとってほしい』と言ったと聞いている。墓は羽州山形の光明寺にある。たしか長男がいて、やはり李之助を継いだはずだ。これが最初の夢だろう」

「李之助は幼い頃、母が毎晩、話をしてやっていたが、しだいに飽きてしまった。字書を与えると喜んで覚えた。早熟だった。こんなこともあった。かつてわしは兄、弟と同じく博覧強記だった。ある日、師匠について書を読んでいたが、面白いのでそれを貸してほしいと頼んだが、断られた。そこで暗誦しているまま筆写したところ全部書けた。ただ一字だけ間違っただけだった。これは自慢話だなあ」

## 馬から落ちた男

「次の夢は、わしのことだ。わしは岡村政二郎通明であり、お前のお父さんの弟だ。若い頃から騎馬が大好きで父に習っていた。しかし、ある時、急に通りに出てきた人々に馬が驚いて落ち、この通り、右手足が不自由となった。残念だがいたしかたない。

私の父、岡村八左衛門就通は旗本の銃隊に属していたが、早目に致仕して友直の父に跡目を譲った。修養した後、医者になった。わしはこの父の医業を継いだのだ。そこで岡村から林という元の姓に返り、林従吾通明と改称したのだ。わしは独身で過ごしてきたが、友直たちと暮らせて幸せである」としんみりした。

「最後の夢は、お前たちの父のことだ。八左衛門の跡目を早く継ぎ将軍の側近の役となった。頭も良く、新井白石などとも交際した。はじめは岡村半二郎良通と言ったが、後に源五兵衛となる。学問を好み、国朝典故をよく学んだ。六百二十石の禄を食み、小納戸兼書物奉行の役目で従五位下に叙され、大炊頭《おおいのかみ》と称した。

書物奉行というのは、江戸城中にある文庫の保管係で、奉行の定員は七名、部下に同心が多くついていた。小納戸役《こなんどやく》（金銀、衣服、調度の出納役）との兼役であった。だが、友直も知っているように、元文五年

（一七四〇）に大島忠太夫なる者を『士道に背いている』と斬って江戸を去ったのだ。旗本同士の傷害事件となり除籍される結果となった。

また、お前の祖母の渥美家の下田師古《もろふる》、浅井奉政《たてまさ》は源五兵衛の従兄弟であり、二人とも国学に通じ、旗本である。それぞれ御右筆《ごゆうひつ》（文書や記録を担当）、書物奉行ともなった。お前の父とは仕事上で接触があった。記憶しておいたほうがいい」

## 荒ぶる魂

「李之助さんは若かったんですね。若いので直情径行だったんですか」

「そうとも言えない。命をかけて諫言をする武士は少なくない。それは忠の模範である。なぜかと言えば大名も世襲で何代も続くと惰性に流される。とかくこの頃は藩政を重役まかせにして遊びごとに走る。贅沢が過ぎる一方で部下の侍たちは窮乏している。見ていられず義憤に駆られる人々がいる。それだけ責任感旺盛なんだ。見て見ぬふりをする家老職も多いが、自らの家を潰してもやむを得ないと覚悟する者もいる。例えば堀田家の場合もそうだ」

「堀田正盛はもとは七百石だが、とんとん拍子に出世して佐倉十一万石の城主となり、主君徳川家光の亡くなった後、殉死した。その子の正信は幕政につらなったが、老中松平信綱の仕事ぶりについて批判的だった。ついに老中阿部忠秋らに幕政批判の諫書を出す。

所領返上と交換に困窮した旗本の救済を願い、無断で佐倉に帰国した。結局、城地を取り上げられ配流となった。三河刈谷城主松平定政も老中に禄高を差し出して困窮の武士に分けてほしいと諫言して〝狂気の沙汰〟とされ、お家断絶となった。部下たちを思う気持ちが強かったのだ。また部下からの期待の圧力も働いているだろう。

友直の父、源五兵衛も相手役の勤めぶりが悪いこともあったが、底には学問上の対立もあった。このことはいつか父上に聞く機会があるだろう。昔気質の武士は血気にはやり、狂と言われても黙って言られない。〝荒ぶる魂〟があるんだよ。われわれ兄弟は熱いんだ」

「荒ぶる魂か、義憤にかられ、命がけの熱血漢もあるんだな。それが侍なのか」と子平は溜息をついた。「叔父さん、自分も馬に乗りたい。乗馬をぜひやりたい」と目を輝かした。

「もちろん、武士は馬に乗れなければ話にならない。この頃乗れない輩が多くなった。注意してやればいい。馬は楽しいよ。あの速度の快感は何ものにも代えがたかった。そのうち機会をつくってやろう」

## 先祖は四国河野伊予

「ところで、兄の友諒には話したが、お前ももう元服だ。良い機会だから、われわれの家系を話して進ぜよう」と三巴《みつどもえ》の家紋のついた系図を見せて従吾がさらに続ける。

「わが家の元をたどると、越智を姓としていた。四国河野伊予の人だった。稲葉家の支流で近江の国の林新左衛門の末である。林四郎兵衛は、初めは豊臣に仕えていたのだ。それが滅亡し、それから越後の堀秀政に仕え、三千石の禄を食み、林の姓を改めて四門と称した。四つの門構えがあったそうだが、岡村というところに代々住んだのでその後、岡村と改姓した。ここまでの間、何代も続いている。堀家に属したその人が岡村四郎兵衛となり、その子は岡村助之進となる。この人は福島正則に仕えたが福島家が滅び、江戸徳川の銃隊に仕官が叶い八十石を給された。

この後、岡村源五右衛門から岡村半右衛門と続き、岡村八左衛門、これがお前たちの祖父であり、父の岡村源五兵衛となる。江戸幕府の旗本になってから五代目である」

「ずいぶん前から武士だったんだ、主君も変わり、武士の血がつながって流れてきたんだ」と子平。

「友直は二男だから、一芸を磨いて仕官をするか、養子にもらわれるか。どっちにしろ身を立てていくには、文武の道に努力することだ。私みたいに怪我や病気をしないように、まず壮健になることとさ」

「養子には行きたくないね」と子平は舌を出す。

「友直、それともわしの医を継ぐか。わしは貧乏人だが、医師も名医になれば金持ちになれるかも知れぬぞ」

「医術にも興味がありますが、自分は血の気が多いから」

「まあ、自ずから道は定まるだろう。まだそんなに心配するな。ただし、大きな戦いはもうないだろう、功を立てる機会はなくなったぞ」と従吾は言った。

朝仕事をすませて兄の友諒が顔を見せた。話が一区切りついて、子平は従吾の布団などを片付け、箒で部屋を掃いた。兄は兄で子平の分まで表などに水を打ち、玄関、部屋を掃除し、洗顔をすませ、こちらに来たのである。従吾は黙ってそれを見ながらいつもの自分の座に座っている。そこへ母がお茶を持って入ってきた。

「おはようございます。ご気分はいかがですか」

「お陰様で今日は調子が良さそうなので、友直に床を上げてもらいました」と従吾は少し咳込んだ。

「無理なさらぬように、いつでもご用意しますから。天気も晴ですよ。外の空気を吸ってご覧なさいませ」

「ありがとう。食欲も出てきた」

「気分転換も必要でしょうが、お大事になさってください。お薬はまだよろしいですか」

従吾はうなづきつつ「友直の話が面白い」とお茶をゆっくり喫んだ。

「うまい茶だな」

「昨日、工藤丈庵先生のところから届きました。そうだ友諒、丈庵先生のところまでお使いに行ってきてくれ」。

「ありがたいね」と従吾が言うと母は「はい、友直はどうかするとふらふら街に出て歩くので困ります。言い聞かせて下さい。よろしくお頼みします」

母は友諒をつれて朝食の用意があるので台所へ行った。子平は、従吾が身体の調子が良さそうなので安堵し、お茶を淹れ直し、自分もいただいた。

## 姉きよの出世

話はさかのぼって子平の家族とそれからを紹介しよう。

元文五年（一七四〇）十二月、子平の父、岡村源五兵衛が人を斬って浪人となり、岡村姓から林摩詰《まきつ》と改名して常陸（現在の茨城地方）方面に流れ落ちた。旗本だった岡村一家の運命は暗転したが、父の弟、もともとは叔父である林従吾通明に家族ぐるみ引きとられ、扶養されることになった。叔父の従吾は医者の比較的多い日本橋数寄屋町に住んでいた。妻帯せず、生涯独身であった。

この時の林家の家族は、祖母（渥美氏）、母（青木氏。江戸時代女性の名は記録されず出身の氏だけ伝わる）。長女なよ（十二歳）、二女きよ（九歳、幼名なほ）、兄嘉善友諒（五歳）、子平友直（三歳）、妹多智《たち》（一歳）であった。一家は八人。岡村家は除籍されたため、子どもたちは林従吾の養子になったのである。

それから三年。子平が六歳になった時、守をしてくれた次姉のきよ（十二歳）が仙台藩五代藩主伊達吉村の侍女に採用される。吉村は名君と評が高く藩の改革をなしとげ、どうやら財政も安定してきたので、品川袖ケ浜に屋敷（別荘）をつくり致仕した。つまり引退したのである。仙台藩主はその世子である六代宗村（二十六歳）が立った。

子平十歳の時、次姉きよ（十六歳）は伊達宗村（三十歳）の側室となり、仙台藩の上屋敷（新橋付近）に住む（中屋敷は浜御殿の手前、下屋敷は麻布、品川に吉村の別荘などがあった）。きよは以後お清の方（於喜与の方）と呼ばれた。性格は賢く、立ち居ふるまいも優雅で、和歌をよくし、歌人でもある宗村に見込まれたのであろう。

二年後、お清の方は宗村の六男となる公子藤六郎を生んだ。藤六郎は後に三河刈谷城主二万三千石の土井利信の養子となり、土井左京亮利置《としやす》となる。お清の方はお手柄だった。

それまでは無禄の町医者であった義父の従吾は、仙台藩より三十人扶持を受け、藩のおかかえ医師の一人となる。父の不名誉を吹きとばすことにもなった。長姉のなよも旗本大番士の森川権六郎に嫁していた。

二人の姉が嫁に行ったのち、この頃十四歳に成長していた子平は従吾、祖母、母によって育てられ、早くも学問に通じ、身体はあまり大きいほうではないが、敏捷《びんしょう》で剣や柔術も手ほどきを受けていた。兄の嘉善友諒は十六歳、温厚で真面目な性格で二人は仲が良かった。この頃、妹の多智も十二歳となり、母の手伝いをするようになっていた。

## 書物好きな子平

宝暦元年（一七五〇）六月、徳川吉宗が没した。

この頃から、従吾は風邪などで身体の不調の日が多くなっていた。

自室に戻った子平は静かに書を読み出した。『四書五経』ではない。肩のこらない通俗小説の『三国志演義』の、しかも湖南文山訳の『通俗三国志』だった。中国の正史『三国志』は長すぎる。こっちのほうが今の子平にとってはなんとも楽しい。何度も読み返している。唐の規模雄大な人間模様はたまらない。

子平にとって、後漢の滅びた時代、曹操《そうそう》の魏、孫権《そんけん》の呉、劉備《りゅうび》の蜀という三国の抗争は血が湧き肉躍る。劉備陣営の関羽《かんう》や張飛《ちょうひ》の豪傑も出てくるのでこの物語に魅了されている。なかでも名高い軍師の諸葛孔明《しょかつこうめい》が気に入っている。孔明が襄陽に隠れ住んでいたところに、劉備が三顧の礼をもって迎えにくる。劉備も好人物だが子平は孔明にぞっこんだ。空前の構想力、予想できない奇策や計略がある。なにしろ有名な天下三分の計を編み出し、赤壁の戦いで孫権と組み、強力な曹操を大破するとますます憧憬がつのる。いよいよ今日は終末だ。五丈原で大芝居を打ち、死ぬところである。読み進むうち、子平はいつか本物の『三国志演義』をともかく読了したいと思う。

だいたい子平は何でも手当たりしだい読む少年だ。三つの頃から兄が隣で『論語』などを音読していると、名文句はみんな暗記してしまう。読まないうちに頭の中に入る。知らないうちに漢籍の世界にいた。『水滸伝』なども楽しむ。草紙類までだ。とにかく本の虫なのである。

兄の友諒が玄関へ戻ってきた。子平は机から立ち上がって兄と一緒に従吾の部屋に行った。

友諒は風呂敷包みを従吾に見せて「工藤丈庵先生のところから朝鮮人参をいただいてきました」

「これはこれは貴重なものを。丈庵先生の〝朝鮮もの〟は格別だよ。友諒、ご苦労さん」

「酒につけてあるそうで毎日飲んで下さいと言ってました。そしてこっちは、もう少し陰干しが必要だそうです」、従吾は友諒に頭を下げた。

「これまたどうも。息子の周庵さんはいたかな？」

友諒は「会わなかった」と答える。「立派な養嗣だそうな、友諒と同年輩ぐらいかな」と従吾は言う。

周庵は、仙台藩医で三百石取りの工藤丈庵先生の養子である。友諒より四歳上、子平より六歳年長だった。紀州藩の藩医長井太雲の三男で、十三歳で工藤家にもらわれて来た。医者の修業をしている。長じて蓄髪し、工藤平助という江戸でも有名人になる。林兄弟はまだ知り合いではないが、後には親しくなり、とりわけ子平の終生の兄貴分にもなる。

## 夢を見る力

従吾、嘉善友諒、子平友直の三人は別室で朝食となる。女三人は後だ。会話が続く。

「友諒、お前はどうだ、医者にならないか」と従吾。

「どんな道に進んだらいいのでしょうね」、友諒は真面目な性格なので叔父に聞き返した。

「もし医を選ぶなら、師を選んで、人間の身体について修業する必要がある。薬草については、例えば『本草綱目』などを勉強しなければならない。わしは、明の李時珍《りじちん》の本を持っている。本草学をやり傷寒論などの医学を修める必要がある。診立ては私が手ほどきをしてもよい」

友諒は「貝原益軒は儒者なんですか、医者なんですか」

「どちらも勉強したが、本草学者として有名で『大和本草』の本も出している。これもあるから読んでみるか」と従吾は友諒に医者をすすめたいそぶりだった。禄をもらったので、仙台藩籍を継ぎ易いからだ。

うなずく兄に代わって子平は「自分も読んでみたいな。植物も知りたいし、山に登るのも楽しいからね」と言った。

友諒が「本草綱目は何巻あるんですか」と訊くと、

「巻数は多い。五十巻以上だ。読むならまず益軒の『大和本草』がよい。唐の草木と本朝のものは違うし、言葉つまり呼び名もところによって違う。小石川薬園に知人がいる。教えてもらうか。実際に山歩きをして比較しなくては。売薬だけではだめだ。少しずつやればいい」

友諒は黙っている。

そこへ子平が「やっぱり自分には荒ぶる武士の血が流れているので、さっきまで読んでいた『三国志』の諸葛孔明が好きだな」とニヤリと笑った。

「友諒、友直は孔明になるんだとさ」と從吾はからかい気味に言った。すると友諒は口をとがらせて、

「そうなんですよ。自分達が愛宕山神社の裏で戦《いくさ》ごっこをすると、友直はいつも孔明の役になるんです」

「だって兄貴は劉備になりたいんだろ。だから兄貴を勝たせるのが自分の役なんだ。芝や品川の連中に負けないのは他にない。参謀は自分しかいないんだ」

「なんで、われは曹操じゃないんだ」

「兄貴は曹操ではない、仁徳のある劉備なんだ」

「はっはっは」と從吾が二人の間に入る。從吾は二人の性格をわかっている。

「友直、軍師になるには、いろんな知恵がなければならん。特に孫呉に通じていなければならない。孫子を読むか」

「義父《ちち》上、弟は今、流行の湖南の『通俗三国志』です」

「だって面白いからさ。そのうち本物も読むから、孫子だって孫武が書いたことになっているが、それぞれの時代の人間で書き加えているので、孫武は何人もいるらしい。孔子や老子も同じ可能性があると誰かが言ってた」

「なにも読まないで、偉そうによく言うよ」と友諒がたしなめる。

笑いながら從吾は「友直はたいしたもんだよ、だが雑では駄目だ。よく勉強した上で言わないと誰も信用しない。言葉に信がないと軍師にはなれないぞ」

「なるほど、でも自分には夢を見る力がありますよ。だから眼光紙背の目を持ちたい。孔明は心を戦略の中心に据えている。人は皆心を持っている。これが大切です。人間が書をつくったのであって、神様、聖人のせいにしてはいけない。唐も日本も人間は同じ。大体、儒者先生はこの頃、一人で一家一派をなしている。それぞれ説は少しずつ異なり、いずれに義があるかわからない。だからとにかく、目を通さないとどの著者が良いのかわからない。精読より乱読が必要だ」

從吾は「最近は出版物が増えたから、それにちがいないが、孫子も孔明も結局、人間の戦い全般を考えて

いる。気の戦略と言っても良い。孔子も政治の制度を考えているぞ。なんのために読むのか、学びて思わざれば則ち罔《くらし》だ。いつか新井白石、荻生徂徠のような先生方のように自らの見識を著すくらいになるよう勉強しないとな。友諒も友直も志を立てなければならない時が近づいていているな」とこの日の論争を締めくくった。

子平は系図の話を思い出し、「よーし、孫子でも本草でも、なんでもじゃんじゃん読むぞ。武士には荒ぶる魂があるんだぞ」とつぶやいた。

「荒ぶる魂ってなんだ」と友諒が訊く。

「叔父さんから家系のことも聞いたんだ。武士にも義憤と熱血の人がいるのさ」と子平は言いつつ部屋のほうへ兄の肩を押した。

従吾は従吾で、友直が生意気を言うことはもっともとうなずいた。時代は移る。宗学（朱子学）の権威衰退は久しく、医でも壁があると感じていた。江戸の儒者も各派に分かれているのが現状で、医学も京都派などの分派が多かった。長崎で蘭医に習っている者もボチボチ出ていると言う。漢学、医学どちらも世の中の変化についていけず、あまり役に立たなくなっていることを改めて感じた。ともかく従吾には若い兄弟が可愛くてしょうがない。二人が自分たちの部屋に消えると、またぞろ咳こむ。風邪をこじらせたのは事実だった。

従吾は暫く兄のことを思っていた。兄の岡村源五兵衛、今の名、摩詰が笠をかぶり、常陸の空からこちらを手をかざして眺め、しだいに江戸へ近づいてくるような気がしていた。この日、従吾は午前中、いつもの患者数人を診ただけで午後からは休診となった。

友諒は漢学の塾に行ったままだ。子平は診察の手伝いをした後、玄関番をしながら書を読み出した。夕方、子平は夕食後従吾の枕元へ薬を運んだ。従吾は横になっていたが、片手で身を起こし風邪薬と人参酒を口に入れた。そして言った。

「お前たちの父上が放浪してから十年はとうに過ぎた。友直の夢に出てきたのは、いずれ江戸に戻って来る兆しだ。兄と二人で楽しみにしてじっと待つことだな」

子平はうなずいた。従吾は続けた。

「乾燥した吉野葛の根を用意してあるから、明日、友諒と二人で薬研《やげん》で挽いておいてみてくれ。秋になると葛根湯は一番使うからな。薬草の配合はわしがやる」と机の上を指でさした。

「友諒に忘れないで伝えろよ」

「わかりました、お休み下さい」、子平は手をついて引き下がった。

# 第二章

## 父の刃傷とその後

## 子平の父

話はさかのぼり、林子平の知らぬ父の話である。子平の父、岡村源五兵衛良通が、旗本でありながら同僚の大島忠太夫を斬ったのは、元文五年（一七四〇）の師走のことであった。

源五兵衛は、事件直後に自宅に戻り、妻と母に経過を手短に話し、詫びた。二人の顔はとても見られなかったので、振り切る思いで家を出た。そして家族を弟、林従吾に任せるべく旅装をして数寄屋町に走った。

従吾は助手の手伝いと共に診察中で、患者たちを相手にしていた。そこへ源五兵衛がただならぬ様子で立ち寄ったのである。従吾は患者を治療して帰すと、早速源五兵衛の座していた奥の書斎に向かった。

「いまさっき、わしは大島忠兵衛を斬ってしまった。供侍に間に入られたので生死はわからないが、刃傷事件を起こした。面目なく、申し訳ないが、わしの代で岡村家は終わりだ。勘弁してくれ。心残りなのは母と妻子の行く末だ。頼むから家族の面倒をみてくれ。この通りだ」と従吾に手をついたままだった。

従吾は兄の手を取って「わかった。心配はいらない……。子どもたちのことは引き受けた。母上や奥方、子だが兄者はこれからどうする」

源五兵衛はやや青ざめてはいたが、人を斬り、境遇が一変したにしては落ち着いていた。むしろ普段の磊《らい》落《らく》な性格を維持していた。従吾の言葉に安堵したと見えて答えた。

「覚悟はできている。将軍のお側に仕えた身だ。不忠者となり、御城下にとどまる訳にはいかぬ。かといってこのまま死ぬ訳にはいかない。とにかく江戸を去らなければならぬ」

従吾はじっくり考える必要があると思いそう言った。

「相手方の出方がどうなるか、それ次第では老中や目付の裁可がどう出るか、じっくり見守るべきだ。第一に本日のことを早急に届け出るべきではないか。第二に老中たちの判断を確かめてから対応策を講じるべきだ。武士のことだ、城外での喧嘩沙汰ならよくある話だ。お咎《とが》めもどうなるかしれない。元来喧嘩は両成敗だ。相手方も訴訟にしないかも知れぬ」

「しかし、刀を先に抜いたのはわしだ。いくらなんでも大島の一族が思いとどまるはずはない。城内での乱暴狼藉ではないとしても、切腹か、閉門蟄居にしろ仕置きは確実だし、第一、わしは言い訳はしたくない。已むを得ずこのような事態になった」

「即断するのは早い。わしが明日、御納戸頭《おなんどがしら》の自宅に行って、事の顛末を届け出よう。そして出処進退の仕方を伺ったほうがよい。幕府もいろいろな不始末や刃傷事件もあった。いつかは、発狂したことになったが、宿直の同僚を数人殺傷した事件もあったではないか。殿中で刀を振り上げた浅野内匠頭の事件もある。ことと次第によっては、処分が軽くなることもあるかもしれない。御納戸頭には、なんと理由を説明したらよいだろうか」

従吾は旗本の城勤めにも、仲間内の争いは少くないこと。互いに誇り高く、功名心があり、古参の者が新参者をいじめる陰湿な役人生活につきものの風潮があることも知っていた。それ故、刀を身に帯している同士のありがちな関係であることを思った。


源五兵衛は心の昂ぶりを抑えながら話し出した。

「大島との件は、昨日、今日の争いではない。積もり積もったものがあり、今度のことはいろいろな広がりがあるのだ。わしがいなくなったら、勝手な噂が飛びかうだろう。従吾、そなたにだけは真相を知っておいてもらいたい。まずこれを見てくれ。そして、わしが何時か江戸へ戻って来れるまで、秘蔵しておいてくれ。決して他人に見せてはならない。中味については後でじっくり読んでくれ」と、持ち込んできた荷物の中から風呂敷包みをほどいた。

それは、十数冊の和本の体裁をなしたものだった。よく見れば手書きの論稿集である。表題には『儀式巧』とあった。源五兵衛の著述したものだ。

源五兵衛は結局、従吾に押しとどめられ、しばらくこの家で様子を見ることとした。

「わしの刃傷沙汰の背後には、尊敬している吉宗将軍や国学者、荷田春満《かだあずままろ》、同在満《ありま》、わが従兄弟の下田師古《もろひさ》、浅井奉政《ともまさ》が関係している」と源五兵衛は刃傷沙汰の理由を語り出す。要約すれば次のようになる。

## 不明の儀式書

徳川家康以来、幕府は朝廷や寺社の動きを封じ込め取り締ってきた。しかし、徳川の天下が安定してきて、綱吉政権下の貞享四年（一六八七）、東山天皇即位の時、大嘗祭《だいじょうさい》と大礼（就位式）が百三十一年ぶりに再興された。ところが桜町天皇の即位時には、朝廷からの要請でなく、将軍吉宗の側からこの大嘗祭の復活をさせたのである。朝廷には資金も政治力もなかった。

吉宗将軍はこの頃、荻生徂徠の影響を受け政治制度に関心があり、僧位僧官などの叙任制度や奉幣使《ほうへいし》の制度も復活させ、幕府の権威を多面的に高め、国家権力を武力、経済、行政だけでなく総合的なものにしようとしたのである。

『徳川実記』によると、「吉宗政権は、大嘗會を再々興し、当時、有職の公卿をはじめ、古礼に詳しいものどもにも、あまねくとひはからせ給ひ、御自らも御勘考を加えられ、所司代始め、京職の人にも御さたありて、元文三年（一七三八）十一月十九日大礼が行われ、つぎに同五年十一月に新嘗會（天皇が新穀を神に供え、共に食べる祭式）も行はる」とある。源五兵衛が大島に斬りつけたのはこの一か月後であった。

「今、従吾に見せた『儀式巧』というわしの著書は、この吉宗将軍の朝廷儀礼の関心について勉強して書いたものなのである。それは享保六年（一七二一）に紀州の祠官前田美濃守から、『ある儀式の書が見つかったとして』吉宗に差し出されたことが発端である」

吉宗がこの文書を見てみると、錯簡《さっかん》が多く、とても読み下せない。そこで吉宗は京都所司代松平氏に命じ、九條家の秘本により補正した上で、源五兵衛と同役の書物奉行、下田師古と国学者の荷田春満の二人に命じ校訂させた。二人は努力してできるだけの校訂書をつくった。しかし、それでも不明な点があった。吉宗はさらに師古の弟の浅井奉政（当時、高く評価されていた国学者）に再校訂を命じた。奉政は寝食を忘れて仕事をし、この不明の書を「貞観儀式」と題して将軍に提出した。

それでも文意に断続があり、脈絡がないので、さらに春満の養子の在満に新古の二本の書を校訂させた。

師古と春満は既に死亡していたからだった。在満はさらに古礼に詳しい酒井家の家臣衣笠篤親の本に基づいて、字を補して官庫に納めた。

## 源五兵衛の『儀式巧』

この頃、源五兵衛も古典訓古に興味を持ち、初めは荷田親子や下田、浅井の二人の仕事ぶりに感銘を受けていた。しかし、しだいに春満、在満、浅井奉政の研究態度に疑問を持つに至ったと言う。

もともと儀式書には、弘仁儀式（八二〇年頃）、貞観儀式（八七一年頃）、延喜儀式（九〇八年頃完成、その写本が現存）とつくられた年代順に三種、三代格式《さんだいきゃくしき》があったのだが改正されて、前のものはほぼ失われ、全五十巻あった延喜式しか残っていなかった。この格式は律令制度を補完するもので朝廷運営のノウハウがつまったものである。

吉宗に奉呈された不明の儀式書は、ほぼ貞観儀式書に似ていたと思われたので、初めに校訂した春満はこれを貞観の作と定めたため、その後に続いた師古、奉政、在満の三人とも春満の説に疑いを持たず、特に奉政はその疑問の書に「貞観儀式」の題目を加えた。心労がたたって浅井奉政は享保十九年に死亡した。

源五兵衛はこれに疑問を抱き、熱心に研究した。三代格式は律令と同じく一体のもので、同時に施行細則であり、九世紀から十世紀にしだいに改定されたものである。武家は古代の法制度のこれらを知らなかった。

源五兵衛は結論として、その文書は貞観の作ではなく、延喜式を新たに選定する時の未定稿（反故）ではないかと推定するに至ったのである。

源五兵衛は「将軍下命の関心事であるゆえ、公の仕事であり、延喜式を読み尽し、関連の古書を調べ、夜も枕を使わず、粗食もとらず」精励したという。こうして著述したものが、『儀式巧』であった。

源五兵衛は「一犬虚を伝へて、万犬実を伝う。春満から始まって、在満、奉政が誤ったと、その書で述べ、古典を冊補する者は、勝手な臆度があってはならない、これを歴史の前後に照らさず、勝手な名目をつけた目論であってはならない」と厳しく批判しているのである。

しかも、源五兵衛が、この反論の書を在満に見せると、「初めは悦び、中では従はざる色を見せ、終には惑い、ついには『まことに然り、今いかんともする無し』と述べ、もし、この問題を糾問されたら、証明するものがなく、なんとも言いようがないと言い、そのうえ、押し黙っていた」のである。さらに見識ある成島道筑（国学者）に見てもらうと「春満らの前考の妄はいかんともすべからず、黙して時の至るを待つのみに若かず」と言っていたと言う。

これにより、奉政、在満と源五兵衛の意見が食い違い、対立するようになった。

このことを在満の助手をしていた賀茂真淵《かものまぶち》（国学者）らから大島忠太夫が聞いたらしいことから、小納戸頭や目付、老中がこの一件を知るに及んで、吉宗の耳に達したのである。

源五兵衛は「大島忠太夫などは何も知らず勝手に噂を話し、普段の仕事ぶりも、小姓たちに先輩風を吹かせ、さらには幕府出版物の業者にたかるありさまで、わしは業を煮やしていた」と言う。

こうした校訂作業が結局、将軍吉宗の知るところとなり、朝廷方の九條家の意見によりその拒否反応も考慮した上で元文四年（一七三九）十二月に、幕府は荷田在満の著述した「大嘗會便蒙」などを出版禁止とし、田安家に出仕していた在満は閉門閉居の厳しい処分となった。さらに大島は、源五兵衛のこともあることないことを吹聴していたのであった。在満の閉門と同時に以後、儀式書の出版も禁じられた。これにより源五兵衛の出版しようとしていた著書も出せないことになった。

儀式書の校訂問題は、将軍と時の政権にとって面子に関わる由々しき重大問題であった。それは衰弱した朝廷と幕府のあり方にふれ、宝永七年（一七一〇）に新井白石らが創設した閑院宮家《かんいんのみやけ》の問題（後光明天皇が二十二歳で崩御した際に、近親の皇族男子がほとんど出家していたために起こった後継問題）もあり、政治制度全てに関わるものである。大嘗祭と大礼問題は現代ならば憲法と皇室典範に異を唱えることで今日まで後を引いている。

源五兵衛に言わせれば、門外漢の癖に大島は知ったかぶりをする上、上司に告げ口するなどほとほと腹に据えかねていたのであった。

源五兵衛が大島を斬った騒動は幕閣も知るところとなり、とても穏便な処置はとれなかった。従吾の動きも功を奏せず、譴責《けんせき》の上除籍される情勢となった。ただし切腹はまぬがれそうだった。こうして、岡村源五兵衛の家族は全員、従吾に引き取られ林家の家族となった。

当時、林子平は何もわからぬ幼児であった。源五兵衛は、このあと江戸を出奔することとなる。荷田在満はまた閉門の身となり、儀式をめぐって二人の運命が激変したのであった。

大島忠太夫は負傷したが、命はとりとめたようであった。

## 林摩詰

岡村源五兵衛良通が林摩詰《まきつ》と名を改め、江戸を出奔したのは、正月明けてすぐのことだった。改元され寛保元年となっていた。

雪のちらつく早朝の暗い中、弟の従吾一人に見送られた淋しい旅立ちだった。いまや林摩詰は、将軍側近として旗本の憧れである御納戸衆ではなく、ただ一介の浪人として漂泊する身となった。住み慣れた江戸川べりの小日向水道端へ、そして慈照山日輪寺に向かった。

この周辺は懐かしい土地であり、それも見納めかと思うとなんとも言えず、周囲を見回して岡村家の菩提寺の門前に立つ。そこには天眞院大空悰心居士、すなわち父の墓があった。側面には岡村八左衛門就通とあった。その隣には、祖父、岡村半右衛門至明、法名は、心光院大安賓道居士と祖母の法名、弾指院円覚智成大姉の墓がある。

林摩詰は笠と合羽を脱いで、線香をそれぞれ代々の墓前に捧げ、深々と合掌したのであった。江戸幕府の銃隊に所属した旗本の五代目である自分で、岡村の家名は消える。摩詰は長嘆息した。誠に親不孝の極みであった。先祖にも謝る他に方法はない。

しばしの瞑目のあと、そそくさと寺を後にした。孤影悄然として千住方面へ向かった。しかしながら父を思い出したのか古武士然として、しっかりした足どりである。腰には父から譲り受けた鉄鐔《てつつば》の長刀を携え、わずかな身の回り品の手荷物だけを背負っている。男盛りの四十二歳、さらに歩を早めた。その姿はしだいに強まる雪の中へと消えていった。

この時代の五街道の一つが奥州道中である。日本橋を起点として、千住、小山、宇都宮を経由して白河までである。宇都宮までは日光道中と同じ道であるが、白河以北は奥州街道と言った。奥州街道は仙台伊達藩と盛岡南部藩の所管であり、広く言えば津軽三厩《みんまや》まで、結局白河以北すべてを言う。摩詰にとって何の目的もなく歩けば、とうとう〝みちのく落ち〟かと思わざるを得ない。

## 日光街道を北へ

奥州街道の雄であった伊達政宗は、会津の芦名氏を滅すなど東北南部を占領した。

しかし、豊臣秀吉の小田原攻めに参陣が遅れた罪を問われて、天正十八年（一五九〇）に旧領を没収され、改めて今の南岩手から宮城県までの五十八万石の土地をもらったが、のちに増収した。当初、家康のすすめで岩出山城を居城とした。しかし、政宗は関ヶ原合戦で、会津の上杉氏と戦う際、領内の北目陣屋（仙台市）に入り指揮をとる。以後、奥州街道を城下に取り込み、青葉山の仙台城を拠点とした。

南部氏も秀吉から岩手南部を与えられ、南部信直は城をこの街道沿いの岩手郡不来方の地に移している。

そんな昔のことも思いながら、林摩詰はとにかく白河以北に出なければならないと心に決めていた。山形藩は名門堀田家の領地であり、その代々の宿老として若林家があり、先代の妻は摩詰の叔母に当り、何かと助力を受けることができる。今や城代家老となった弟の若林杢之助は杢衛門虎高となっている。山形藩にはしかし、浪人となった身では公然と出て行くわけにはいかず、秘して、仮にも弟の体面に傷をつけることは避けるべきであり、邪魔をするわけにはいかない。

十年は江戸に戻れないだろう。したがって奥州周辺のどこに落ち着こうか迷ってもいた。

摩詰は奥州道中、すなわち日光街道と重なる方面へと歩を進めた。寒さはつのる一方である。千住から幸手、古河、小山、宇都宮を経て白河へ向かう道筋だった。このあたりまでは宿駅も完備されていた。

日光街道は、日本橋から東照宮前の鉢石まで二十一宿である。御納戸役として仕えていた頃は、将軍の供をして日光詣をした経験がある。将軍は江戸城を出て、千住を通らず、川口、鳩ヶ谷を通り、岩槻で一泊、幸手から日光道中の御成街道が使われた。将軍の旅は、片道三泊四日であることも知っていた。

白河まで凍った道を行き、約五日間かかった。不審に思われぬよう摩詰は当初、旅籠に一人部屋をとっていたが、旅に慣れるにしたがって木賃宿になった。湯代を払えば風呂にも入れる。先を思えば無駄な金は使えない。なるべく遅くに宿に入る。木賃宿では相客がいる。ほとんど旅慣れた者が多く、みな自炊であるが、摩詰は翌日の朝の握り飯だけを頼む。夜食は茶店で終えてきた。

宿では騒ぎを起こしたくないので、なるべく顔を合わせないようにする。相客たちは侍だと思っているのか話しかけない。博奕《ばくち》打ちのような身なりの二人連れと目があった。「ずいぶん、頑丈そうな刀をお持ちですね」と声をかけてきた奴もいる。

ジロリと見たが返事はしない。摩詰は、大島家の一族やあるいは荷田在満の関係者から狙われているかもしれない。殊に大島の身内の仇討ちがあるとみていた。恨みに思っているであろう。どんな相手でも刀にかけ、身を守ろうという気でいた。返り討ちの気構えだ。

摩詰の凄みのある顔つきを察したのか、それ以上、やくざ風の男たちは口をつぐんでしまった。一番奥に陣どると、そのまま休んだ。

## 亡父への思い

床に就いていると、自分自身と対話しているようなものだ。こんなに一日中、人と話をしないことはなかった。街道を足早に歩いているうちは周囲に気を配っているが、夜は簡単に眠れない。何しろ二月にかかると寒さが身にしみる。自ずと自問自答するしかない。

後悔の気持ちが溢れてくるが、それは振り払わなければならぬ。今更めめしい気持ちでは旅ができない。弟の従吾は「御沙汰が閉門蟄居なら、どこか郊外に屋敷をとったら」と言ってくれたが、多くの付き合いがある以上、おめおめと合わせる顔がない。十年死んだつもりで暮らそうと思った。

「わしは、荷田在満たちの粗暴な格式の扱いが我慢できず、それを指摘したいだけだった。もちろん公けの仕事である。その点は潔正であり、人を見る目がない己のことが口惜しい。大島たちの陰の策謀と讒訴《ざんそ》だけには屈したくない。大島は打ち果たしそこなった。それだけが心残りだ。しかし、過ぎたことは致し方ない」

こんなことを思っていると、母や妻子のことも気になるが、武士は、生きるも死ぬも賭けだと思っている。

家族は「従吾に任せた」とあれこれ考えないことにする。人を憚らず世を恐れぬ自分もこれだけは慚愧《ざんき》に堪えない。最も気がかりなのは亡くなった父のことだ。それが目に浮かんでくる。「親に似ぬ子は鬼子という諺がある」と一人ごちた。

「父の日頃の生活ぶりは、粗衣粗食で、その教えに従っていたのが自分の幼き日々だった」

父のことを思うと情けない。父の潔癖な風貌などを、ありありと思い出す。父の臨終のときも、訪問の見舞客があれば、いつも病床を下りて恭しく応対し、母が疲労を恐れて「休ませてもらいなさい」と言っても、横臥することはなかった。父の台詞はいつも「我は無礼なことはできぬ。死ぬる日になっても、礼を失うことはできぬ」――そして、とうとう跪座《きざ》したまま瞑目したのであった。

その厳しい態度を思い出すと涙が出てくるのである。無論、一家を破滅の境遇に落とし、みなを艱難《かんなん》にあわすという耐えがたき思いと共に、自分への強い侮蔑が始まり、その悲哀はどうにもしようがないものがあった。

謹厳な父のことを思うと自棄的になる。母もまた自分には意見一つしなかったし、父の傍で見守ってくれた。「ううむ」と声を出して摩詰は安布団をはねのけるのであった。眠れない。

白河では父の供侍を務めてくれた旧の雇い人、野中兵作がいて一週間ほど宿をとらせてもらった。「ずいぶん、立派におなりだ」とその老爺はやさしく言ってくれたが、遂に一切の事情は話さず、ただ「いろいろ仔細があってな」とだけ言って別れた。それ以上は相手も問わなかった。

白河では「都をばかすみとともに立しかど秋風ぞ吹く白河の関」の歌を思い、感慨深かった。そこを過ぎて信夫《しのぶ》地方（現福島）へ入った。音に聞くもじずり石、義経伝説の寺などを見て、しだいに地方の町や村へ入った。寝場所は一時しのぎの奥深い農家の離れや物置などだ。

摩詰はほとんど江戸しか知らない。江戸は百万都市である。それも勤め先の江戸城中しか知らない。遊里さえ知らずに成長した。江戸では日本橋周辺などで見た町人の生活が豊かで華美であった。それに比べると貧しく、訛りのある人々の暮しを肌で感じることができた。

人々の話によると、例えば周辺の磐城平藩では不作続きで、農民が年貢の減免や歩役金御免などを要求して城下に強訴し、藩兵と対立する事件があったそうだ。強訴の代表は処刑されたと言う。たしかに小百姓たちの暮らしは疲弊していた。小さな空き屋を借り、しだいに流浪の生活に慣れかけたころ、信夫地方にも遅い春が来て桜がほころび始めた。やれやれであった。

## 杢之助虎高の自害

四月の末に、潜伏先を教えていた野中兵作の息子が突然、摩詰の前に立った。彼が持って来たのは江戸の従吾からの手紙である。凶報であった。摩詰の末弟である若林杢之助虎高の「自害」が目に飛びこんで来た。

摩詰はとるものもとりあえず、若林家へと羽州街道を目指した。桑折宿から分かれてまだ雪の残る奥羽山脈を越える。別名、七ヶ宿街道である。幾つかの集落や本陣のある宿場を越え、上ノ山村から山形の城下町まで急ぎに急いだ。

山形に着くと若林家の邸宅へ、夜分、人目を忍んで訪問、叔母と面会した。「主君堀田正虎様へ諫言したそうだが、聞き届けていただけなかった。虎高は立派にお役を勤めたのです」とだけ叔母は言った。

摩詰は絶句してただ頭を垂れるだけであった。命日は四月二十二日とのことだった。享年三十二。すでに葬儀は終っていた。邸内には線香の匂いがたちこめていた。

翌日、人目に気を使いながら、若林家の菩提寺、光明寺に入る。そこで杢之助虎高の新しい卒塔婆の立つ墓に詣でた。「早かったな、御苦労だったな」と呟くように語りかけた。

叔母からいろいろな事情を聞いたが、主君の堀田正虎は杢之助を寵愛していた。しかし、子の正春が病弱で跡継ぎが難しく気がふさいでいたことも関係した。正虎はよもや自害するなどとは思いもしなかったらしい。しかしながら、側近の家老としては、主君にものを言う時は一命を賭していた。杢之助の長男は弱少の十代であるにも係らず、葬後、ただちに次席家老として若林家の相続が許されたのだった。従って犬死にではない。

驚愕していた摩詰だったが、堀田家らしいこの継続の温情に安堵するほかなかった。

杢之助も、城代家老として三千石を禄しており、その職を賭して生涯を閉じたのだと納得するほかなかったのである。むしろ、自らの境遇のほうこそ武士の名折れであった。

堀田家は譜代大名家の家系であり、家光の時、老中を勤めた正盛から発展し下総国佐倉藩主に。最後は家光に殉死した。正盛の長子は正信で、先に書いたように老中らに諫書を提出、発狂したとされ改易となり阿波国に流されたが、晩年、父に倣い家綱に殉死した。この正信の生き方に杢之助は影響を受けていたのかもしれないと摩詰は思った。

山形の堀田家は正信の二男、正俊の系譜で、その子が正仲で山形藩を領し、孫が正虎であった。佐野藩・堅田藩を継いだ堀田家もあるが、この藩主になった正敦は仙台藩主伊達宗村の息子であり、堅田藩主の正富の養子となり、のちに家督を相続し若年寄となり、仙台藩の政務補佐も勤めている。

摩詰の次女きよは、杢之助の死後の二年後の寛保三年に伊達吉村の侍女となったが、さらに宗村の側室となる。さまざまな縁がある。若林家の動きによってきよが侍女に取り立てられたのかも知れない。

山形藩の堀田家には、下総の古河藩主の子正亮が当主正虎の養子となり、その子、正春は心配されていたように夭折したため相続した。のちに老中となり佐倉へ転封となる。老中首坐を勤め九代将軍徳川家重を支えたのである。歴史に「もしや」はないが、李之助の生涯も大きく変わった可能性もある。

摩詰は墓前で弔意を表した他はなすことなく、自ら喪に服す気持ちで再び信夫地方に舞い戻った。

叔母夫婦の毅然とした姿に隠された哀しみが強い印象となり、李之助虎高の生き方に摩詰は打ちのめされた。叔母の「そなたの母を大切にしなさい」には面目もなかった。

岩代の国、信夫地方は、春遅く四月から五月にかけて、一斉に梅、桃、桜、辛夷《こぶし》などが咲き、同時に青葉若葉が芽ぶく。

摩詰は阿武隈川の流れに沿い、信夫の連山がそそり立つ寒村に身を潜めた。山村でもあるが、菜の花、卯の花、野菜などの畑もある。この信夫の風景に心を癒された。初めは出会う村人にも心を許さなかったが、山菜のことなど会話を交かわすごとに少しは人々の暮しもわかってくる。田植えや山仕事も忙しくなる、それを見ていると民草の苦労も理解できる。

冬から春にかけて摩詰は猟師に交じり、野山に狩をして、野鳥、野獣を稼ぎにした。

銃は先祖代々の鉄砲方なので心得がある。蓑笠をかぶれば山民と同じだ。武士や人に会うことを極端に恐れていた。借住まいも転々とし､朝は暗いうちに出て、黄昏時に帰る。

摩詰の心構えは「富める時も奢らず、貧しき時は貧しきにしたがひて貪らず、都の手ぶりを捨て､鄙《ひな》のならはしに従ふ」で、季節に合わせ、時には払暁《ふつぎょう》から出かけ、伊達の大木戸、国見峠、奥の平泉地方、米沢、会津、越後の国境まで旅もした。このような時、狩人姿は好都合だった。獲物は雉、山鳥、鹿、寒い時は猪、熊などを猟師仲間に入って狩をした。

## 晩年の摩詰

摩詰は妻子について口をつぐんでいる。これは剛情のせいで、弱味を見せてはならぬと頑に思っている節がある。しかし、幼い娘の消息を聞いて、悲嘆に暮れている。

「都にいた時、三つや四つの娘（きよ）はいつも傍にいたのが、ある時『やむなくどこか他所に往かなくてはならなかったら、さぞ元の住いが恋しいことでしょう』と言ったことがあった。

娘が十歳にならぬ頃に、自分はみちのくへ漂泊の旅に出てしまい、住み慣れた家は他人の住家となる。この娘の言葉がまだ忘れられないのに、この娘が最近宮仕えをして、全く別の世界で暮らしていると人づてに聞き、秋の夜に思い出して思わず涙が出てしまった」と、知り合った人々にもらしている。摩詰も子どもに与えた心の傷には、慚愧に耐えなかったのである。

長州和尚と出会った頃は、摩詰の学問好きが再燃し、契中（和学者。高野山の阿闍梨。日本の古典を学び、徳川（水戸）光圀の委嘱を受けた『万葉集匠記』など著書多数）や賀茂真渕などを読み、また研究している。後の随筆集の執筆をこの頃、始めている。

和尚の紹介などにより地元の人々と交流、和学の講義や歌文の教授などで生活を賄いつつ、色々な家に招かれもした。

潮来《いたこ》の町と利根川をへだてた加藤州には野口盈貞《みつさだ》、磯山某の若人らとつきあい、これらの人々の家に滞留した。また村人などに三国志を読み聞かせた。潮来の妓楼には、この地の人々とも流連などをして遊蕩の日を送り、また、和歌などの吟誦会もしていた。

加藤州での講義には近くの佐原に住む小倉春江と伊能景良と出会い、春江、景良の家などに招かれた。伊能景良は当時二十代、茂左衛門と称していて、画家の建部綾足につき俳諧を楽しむ青年だった。彼は父、伊能景栄の跡を継いで名主となったが、寛保二年（一七四二）に召し上げられている。

摩詰はこの頃『螢火編』『仮声論』などの著述をし、契中の『改観抄』などを研究中で、磊落《らいらく》な気風と古典の蘊蓄《うんちく》は伊能景良らも魅了したようだ。伊能は初名を景豊と言っていたので、摩詰の名、良通の良をもらい景良となったと推測できる。伊能家に寄寓《きぐう》したので、師弟のような間柄となった。

摩詰にとっても、景良ら若者とつきあい、彼らの持つ書などを読むことができ、ようやく自らを見出したのである。摩詰が『鄙言雑爼《ひげんざっそ》』として古語の研究をしていたものを「佐倉の青藍（景良の画名）が、我が編集にしたいから与えてほしい」と言ったので与えたと、晩年のものに記している。

摩詰はとにかく気位が高く、毒舌である。恐らく荷田春満や賀茂真淵の悪口をさんざん聞かせたに違いない。というのも真淵はしだいに著名となり、荷田家では真淵についてよく言っていなかった。

ところが、伊能景良は摩詰と別れて暫くしてから上京、国学では随一となった賀茂真淵の高弟となった。名も楫取魚彦《かとりなひこ》と改姓改名した。万葉調の和歌もよくし、真淵の後継者として知られた。彼の仮名遣いの書に『古言梯』があるが、摩詰が与えたという『鄙言雑俎』からヒントを得たのかもしれないのである。いずれにしても国学者となった楫取魚彦に摩詰は何らかの影響を与えていたのである。魚彦は宝暦九年（一七五九）に真淵に入門しており、号は茅生庵《ちぶあん》。後に国学者として知られる。日本全国を測量した伊能忠敬《ただたか》は二十三歳年下の親戚である。摩詰の漂泊の後半には、このような国学復帰と弟子たちも育てていた。

摩詰は五十代前後に随筆も書き出し、後に「もしほ草」の題で、太田南畝《なんぽ》（幕臣で戯作者）などが写本をつくっている。

摩詰はもはや仕官の望みもなく、刀に替えて筆をとる他ないと思うようになり、随筆などを書くことによ
うやく余生を見出していた。

# 第三章

# 戦う場のない武士

## 宝暦の子平

林子平の父が林摩詰と名を変え、江戸を出奔してから十一年が過ぎた。子平は十三歳。時は寛延から宝暦元年（一七五一）と改まった。

比較的穏やかだった気候が異常を示すようになり、関東に大風水、越後高田では大地震が発生、それぞれ大きな被害があった。三年前には江戸城二ノ丸が全焼、京でも二条城が落雷で焼失した。天皇は桃園帝で、将軍は九代家重である。父吉宗は西丸に移り、相談に預かっていた。

将軍家重は、幕政の財政問題に対処していた。例えば、金銀の流出に対し長崎貿易の制限を強化したが、木綿、薬種品などの輸入問題もあり、中国船の貿易額は増額せざるを得なかった。また、江戸大伝馬町組木綿問屋たちが、江戸入津木綿の独占を要求して白子組木綿問屋を訴えている。信濃松代藩では、農民が苛政に反対して強訴し、田村騒動と呼ばれた。

六月になると、大御所の吉宗が体調を崩し六十八歳で没することになる。国学者の荷田在満も八月に四十六歳で没する。摩詰の論争相手だったが、寛保元年（一七四一）に吉宗から朝廷の礼典に関する書物の新規開板を禁ずる命令があり、閉門に処せられていた。この落胆が命とりになったのかもしれない。

子平は叔父の紹介で馬術を始め、兄嘉善と共に漢学の師匠にもついていた。従吾に「記憶力の良い年令のうちに『四書五経』を暗誦しておきなさい」と忠告され、子平は毎朝、嘉善の指導の下に取り組んでいた。だが子平は何にでも好奇心を持つ少年であり、殊に並はずれた読書好きになり、父や従吾の本棚を漁った。あげくの果ては、当時、流行していた貸本屋の常連となり、分野を問わず手当たりしだいに読んでいた。浮世草子も読むのである。

最近は「赤穂事件」に夢中だった。例えば『介石記』や『赤穂鐘秀記』の義士物といわれる実録読本を楽しんでいた。これによって実際の赤穂事件がどのような推移をしたのか少しずつわかってきた。盛り場の浅草などでは講釈師たちが義士伝を面白くあちこちで話して聞かせるようになっていた。十代の子平は流行に敏感である。

いわゆる「赤穂事件」は元禄十四年（一七〇一）三月十四日に起きたので、この頃までは五十年近い年月が過ぎていた。事件後に生まれた子平たちの世代はその経緯《いきさつ》を知らなかった。

## 武の時代から文の時代へ

元禄時代は将軍五代目の綱吉の時代にさかのぼる。戦国の武力優先の風潮が改められ、武家諸法度も「文武弓馬の道専ら相嗜《たしな》むべき事」から「文武忠孝を励し、礼儀を正すべき事」となった。家康以来百年の平和が続き、大老の酒井忠清は廃され、堀田正清となったが、堀田は三年後に江戸城内で若年寄稲葉正休に刺殺された。以後、側用人の牧田成貞や柳沢吉保を使う将軍専制政治となっていった。

元禄時代の経済は米市場が成立したほか、衣食住の内容が向上した。新しく麻、棉、油菜、煙草、楮、野菜が栽培され、農産品の家内工業も生まれ、海、陸上輸送が活発となった。最上の紅花、紀州の蜜柑、駿河・宇治の茶、甲州の葡萄、木材、酒、織物、北の魚介、陶磁器などが庶民に使われた。貨幣の浸透で江戸、大坂、京の三都は大消費地となった。これにより富裕な町民層が出て、浄瑠璃、歌舞伎、遊郭、出版、和歌、俳諧など元禄文化も発展した。貝原益軒以後、薬学、植物学、農政学（宮崎吉貞の『農業全書』元禄九年）、天文学など自然科学に関心も広がった。一方で、富士山噴火（宝永四年、一七〇七）など天変地異も増えている。

鎖国体制下で約六十年、幕藩体制の維持に主眼が置かれ、有名な「生類憐れみの令」や喪服と忌引きについての「服忌令《ぶっきれい》」が何度も出された。死者が出た場合に、その死者との近親の度合いによって喪にこもる服忌や忌日の日数を定めたものである。

綱吉、吉宗は、家康以来の朝廷の封じ込め政策から、将軍権力に天皇、朝廷を協調させようとしていた。朝廷の使者が江戸にやって来る「勅使下向《ちょくしげこう》」には二種ある。一つは定例の年賀、高家が上洛の使者となり勅使が江戸へ答礼をするもの。二つは将軍宣下の際の臨時の勅使が江戸城に来るものである。

朝廷との関係は儀礼が中心だ。このような中で事件が発生した。

## 赤穂事件の時代

江戸城内で播州赤穂の城主浅野内匠頭長矩《ながのり》が、吉良上野介義央《よしひさ》に刃傷《にんじょう》に及び、長矩は即日切腹、浅野家は断絶というものである。事件の噂はたちまち江戸から全国に広がった。永年の法観念は「喧嘩両成敗」だったので、この処分は不公平との批判や仇討ちはきっと起こるだろうとの期待が高まっていた。

翌十五年（一七〇二）、十二月十四日の深夜、亡君の遺恨を晴らそうとして本所吉良邸に浅野の旧臣四十七人が押し込み、上野介の首級をあげ本懐を達したことは庶民の大喝采を浴びた。太平の夢を破ったことに天下は騒然としたのである。

当時この事件は「赤穂事件」と呼ばれていた。多くの大衆はその成り行きに興味津々で、閉鎖的な社会に快哉を叫ぶべきものがあった。

ところが、この事件は将軍家すなわち幕府権力側から見れば封建制の秩序を脅かすものとされ、極端に警戒された。事件そのものが将軍家のお膝元である江戸、しかも江戸城内での事件から始まった〝仇討ち〟だったからだ。遺臣たちに対する処分も全員切腹という厳しいものであった。

出版活動はもとより浄瑠璃や歌舞伎は世間に反応したがったが、幕府は直接の上演を許さなかった。もともと江戸時代では浄瑠璃、芝居の上演は幕府の許可制など管理の下にあった。幕府は赤穂事件はもとより同時代の武家社会の事件について上演することを嫌い、弾圧していた。関ヶ原合戦以後を芝居に取り上げる場合は、劇の設定は「中世（鎌倉・室町）以前の世界」に仮託して行わなければならないとされていたのである。当てこすり的な表現は見られたが堂々と取り上げることはできなかった。

厳しい処分を行った綱吉は麻疹《はしか》に罹り、宝永六年（一七〇九）正月十日に亡くなった。六十四歳であった。

新将軍六代家宣の就任にあたり七月に大赦があり、故浅野長矩の嗣子《しし》で弟の浅野大学長広も閉門を解かれて罪を赦された。大学は宝永七年（一七一〇）九月に、安房国に五百石の知行地を与えられ、旗本寄合衆に加えられた。このため浅野家再興がなり、「赤穂事件」は行政上、落着したのである。また正徳三年（一七一三）には、安芸の浅野吉長（浅野本家）は大石内蔵助の三男で大石主税の弟大三郎を広島に招き、千五百石を与えた。

この頃から、赤穂事件に対する世間の態度と劇化が少しずつ起こり、変化して来たのである。それ以前の匂わせるような間接的な表現でなく、他の時代に筋書を変えたとしても、事件の大筋がわかるように脚色されたものが出現し、静かならざるブームが広がっていた。子平もこうした時代の雰囲気を感じていた。

享保六年（一七二一）、江戸は百三十万人都市であった。武家地に六十五万人、寺社地五万人、町人地六十万人で、それも地方から参勤交代で上ってくる者、江戸に勤番として常駐している者と家族が多かった。

要するにほぼ半分が町人で、日本橋を中心とした大店、小店その他商業に従事したり、職人だったりする。ほとんどは狭い町人地の裏長屋に密集している。火事が多く、大火のたびに都市が改められ、埋立地や郊外に江戸が広がる。天下は武士が取りしきっているが、活発に活動しているのは町人だということがわかる。

多くの武士は太平に慣れ、上層の者は着飾り暇を持て余しているが、下層の武士は体面を取り繕うのも楽ではないばかりか、あくせくしている。子平は武士の仕事がなくなったことを感じている。活動しているのは書記や町奉行の配下の八丁堀だ。武力は不要となっていた。

# 第四章
## 飛花落花の暗転

## 吉宗の改革

十一月も末になると江戸はめっきり寒くなった。道行く人も頭巾をかぶって冬に備えている。一般に江戸時代は寒冷期にあたり、冷え込む。ただし、年によって寒暖に差がある。宝暦元年（一七五一）は比較的順調だった。収穫期が過ぎると産米が次々に江戸に入荷してくる。享保の改革をした徳川吉宗がこの六月に逝去したことは既に触れた。その葬儀は盛大で、幕府はもとより多くの庶民にも一つの時代の終わりを感じさせ、遺徳を偲ぶ気分が満ちた。

吉宗は財政の再建のため、農政改革に大きな手を打った。財政や民政を担当する勘定所を財政と地方を担う勝手方と訴訟を扱う公事方とに分け、整備した。勘定吟味役（勘定奉行の補佐役）などに能吏を抜擢し、代官の不正摘発と年貢収入の増加を図った。処罰された代官は多数にのぼる。代官は村役人と結託して年貢減免などの勝手な不正をしがちであった。同時に不正に加担した大庄屋（惣代など官と村をつなぐ地方有力者）を廃止するよう触れを出した。大庄屋たちは適当に百姓を取り扱うことが多く、反発を招くことが多かった。

吉宗の治政は定免法を採用したことで知られる。定免法は毎年の米の収穫量に応じて年貢を決める検見取《けみとり》法《ほう》ではなく、過去の平均収穫量で年貢を決めるものである。吉宗は単に増収をめざしたのではなく、妥当で安定的な年貢の制度を定めようとしたものである。しかし地方によっては不作などの際、代官や藩に対し農民一揆などの騒ぎもしばしば発生した。

宝暦の前の享保十年代（一七二五年以降）は天候も不順で、毎年のように大風雨の被害が続き、享保十三年には、九州、近畿、江戸、東日本が大洪水になった。このため全国の産米収量も低落したのである。幕府は河川改修を大名たちに命じた。

## 仙台藩御蔵屋敷

林子平はこの日、朝早くから起き出した。用人の弥兵衛を手伝い、大八車などを洗ったり準備した。嘉善は普段通り叔父の診療室の整理と掃除をしていた。台所では母と妹の多智が朝食の準備である。従吾と祖母は居間でそれぞれ働いていた。

朝の六つ半頃（午前七時）には、弥兵衛、嘉善、子平が大八車と共に深川へ出発しようとしていた。門前まで従吾、母、祖母、それに多智がそろって見送りに出た。「友諒、しっかり頼んだよ。浅草、深川方面は混雑しているので、面倒を起こさぬよう注意して行って来なさい」と従吾。母もまた「新米を楽しみにしているよ」と声をかけた。

四人は同じ町内の工藤丈庵の医院に立ち寄る。嗣子の周庵が待ち受けていた。

「やあ、来たな。待っていたぜ」

周庵の傍らには前日帰宅したらしい丈庵先生と見習い弟子の柳川貞庵（周庵より年長で三十代）が立っていた。「みんな朝からご苦労さん、周庵をよろしく頼む」と丈庵先生。

嘉善と子平も駈け寄り「お早うございます」と丁寧に挨拶した。

丈庵先生は「貴公たち、今夜は馳走するからな、ぜひ夕方にはわが家に寄ってくれ。従吾先生にも話しておく」と送り出した。

周庵は一行に加わり、空の大八車は弥兵衛が引いて歩き出す。「どっちから行こうか、八丁堀方面からかい」と周庵が嘉善に話しかける。

「そうですね。今は幕府の浅草御蔵も人で混み合うし、仙台藩の御蔵は深川の大川（隅田川）沿いなので、恐らく車が混雑する。まず日本橋を避け、手前で呉服橋あたりを東に折れ、永代橋を目指しましょう、仙台堀にある仙台藩御蔵屋敷に向かってはどうですか」

「それが結局、望ましい道でもある」と周庵。

子平は例によって「赤穂浪士が通った道に行くんですね」と笑いながら話すと、「子平はなんでも忠臣蔵だね」と周庵も言葉を返した。

「そう言えば、忠臣蔵の仲間の大高源吾など三人は俳諧の其角の弟子だったそうだ。討ち入り直前のこと、両国橋あたりで大高源吾が笹竹を売りながら吉良の邸をうかがっていた。其角にばったり会う。そこで源吾は次の句会の日取りを訊ねたが、そのあとに〈明日待たるるその宝船〉と付け句を言って別れたとさ。其角にはその意味がわからなかったんだ。

大高源吾の隠れ家は吉良邸の近く、両国橋周辺に三軒も借りていたんだってさ。吉良もぬかったんだ」とつけ加えた。「そうですか。道理で其角の発句が泉岳寺にありました、師走は討ち入りの季節ですよ」とうなずいた。

周庵は外套を着ているが、林家の三人は頭から頬かぶりの手ぬぐいをして厚着姿だった。

日本橋をよけて一本裏通りを行き、京橋から北へ向かった。どの通りにも人と馬車が出ており、師走をひかえて混んでいた。先頭を周庵、肩を並べて子平、嘉善は車を引く弥兵衛と後に続き深川を目指した。

子平は周庵に話しかける。

「なんといっても仙台藩の米は、加賀、薩摩に次いで三番目だ。まして奥州は江戸にとって大切な供給地ですよね」

「そうだな。加賀、薩摩は大坂に近く大量に出荷している。仙台藩の米が江戸の米の値段を決めているらしい。今年のみちのくは冷害もなく平年作らしい。みな安堵している」

「武士と農民は米価は高い方がいい、換金できるからな。でも商人や工人、菓子職人などは安い方が得なんでしょう。庶民は当然安いに越したことはない」

「まあね、幕府の勘定方は安定した収入と庶民の暮らしを心配しているんだ。仙台藩の米は本穀米《ほんごくまい》と呼ばれるが、本石米《ほんこくまい》とも称される。昔は石巻港で積んで、舟で常陸の那珂湊に運び、陸路や利根川を逆上して大川へ来た。今は東廻り航路が吉宗公のお陰で整備され、房州の銚子へ真っ直ぐ着き、江戸湾へ入る。だから仙台藩の御蔵は江戸湾と大川に面している。ここに蔵屋敷をつくったのは政宗公だよ。秀吉の大坂の繁昌を知っていたんだ」

「へーえ、舟運の方が速いし、大量に運送できるからね、わしも千石船に乗りたいですね」

「子平はなんでもやってみたい口だね、船頭、いや御船方にでも仕官したらどうだい。泳ぎを覚えないとな、水府流を習え。あれ、八丁堀は随分人が出てるな」

「そうですね」

子平が左右を見ると、騎馬武士二騎と一緒に走っている侍たちを振り返った。

「関東、奥州から続々産米が入荷するし、卸問屋や米屋、札差《ふださし》（蔵米の売買を仲介する商人）たちが集まっている。それにうさん臭い連中も集まって来る」

「なんですか、その臭い連中ってのは？」

「詐欺師に泥棒もいれば、蔵宿師もいる。蔵宿師は、米を扱う蔵元の懐を狙い、恐喝、威しをする連中さ。侍の中にも借金がかさんでいる手合いに頼まれ、融通を強制する仕事を請け負っている奴らさ」

「そんな話は知らないです」

「その奴らの中には、れっきとした旗本もいるので、蔵元も手をこまぬいている。公事訴訟は時間がかかるし、証拠がないといけない。泣き寝入りする場合も多い。この頃は、この連中の相手をする武士も雇われて対談方となって応対している。沖仲仕や荷揚人夫にまぎれた泥棒さんもいるし、油断もすきもないいんだ。気をつけなよ」

　子平は感心して聞いていた。

　家を出て半刻もかからず一行は永代橋に来た。駕籠《かご》に乗っている人、警備の八丁堀の役人、供を連れた武士、女性たちも歩いている。なかには願人坊主（乞食坊主）や芸人、振り売りの商人も混じる。子平が後方を見ると、弥兵衛に兄の嘉善が寄りそって来た。

「あれが仙台藩の御蔵屋敷さ」

「近くに来たことがなかったけれど、蔵ばかりだ」

　永代橋から見ると、大川端には百石、二百石積みの高瀬舟が幾艘も舟べりを接している。

「浅草御蔵はもっとすごいぜ。えーと、表門はこっちだ」と周庵は嘉善の方に手を挙げる。仙台藩の御蔵屋敷の前には、荷車や馬車が並び、人々が立ち行列となっている。

「人が多いですね」

「そうさ、仙台藩の武士だけでない。卸屋や米屋も買いに来ている」

　子平がするりと門番を抜けて門内に入ると、広場の向こう側にさらに蔵が立っている。人々の行列の先には役人の詰所があり、その向こうでは荷物の渡し場もある。印袢纏《しるしばんてん》の荷担ぎ人夫が米俵を担いでいる。周庵と嘉善は列に並び、弥兵衛は荷車の傍らにいる。やっと門内に入り、勘定方の詰所の前に来る。

「仙台藩の勘定方の清水与五郎さんはいますか」と周庵が父丈庵に教えられた名を訊ねた。すると係の清水が現れた。禿頭である。「藩医の工藤丈庵と林従吾のせがれです」と嘉善も前に立って、藩の手付を渡す。

「工藤丈庵先生と林さんね。ちょっと帳面と比べるので、確認するまでは待って下さい」

詰所も算盤片手の役人が忙しそうに立ち働いている。清水が帳面に署名しろと言うので周庵たちは記入する。

「藩米の受け取りは、何俵にしますか。工藤氏は二百石取りですから、暮れまでにその三分の一です。年三回払いです。林氏は三十俵取りですから、年二回払いとなっています」

周庵は「うちは十五俵、後は蔵元に売り、現金は別に後で父が参ります。林家は?」

嘉善は「こちらも十五俵です」

清水は「工藤丈庵氏は十五俵、林従吾氏も十五俵、工藤氏の残は蔵元払いです。了解しました。では玄米は、この先の『仙台米捌所』で、この書付で受け取って下さい」

周庵たちはそちらへ、子平は外の門前にいる弥兵衛を呼びに行った。


大八車にみんなで米俵を積み、一行は再び永代橋を渡り、今度は日本橋通りを数寄屋町に戻った。

工藤丈庵は二百石、林従吾は三十俵の俸禄だ。工藤は年三回払い、林は二回払い、工藤家は現物で支払いを受ける以外は仙台藩出入りの蔵宿で現金に換金する。これは丈庵自身が別途交渉に行き、受け取る。この日は玄米だけを周庵が受け取った。林家は俸給が少ないので玄米だけを受け取る。従吾は約十石となる。米の値段にもよるが、現在の価格と比較すると年に七十~九十万円の収入である。このクラスの俸給の侍は多い。林従吾は診察代があるのでなんとか暮らせるのである。

大八車には計三十俵積んでいるので、嘉善たちが交替で車を引き、残りの皆は押し手になった。

## 仙台藩の台所事情

この日の夕刻、林家の男三人は工藤家に招待された。母たち三人には工藤家から肴が届けられた。

工藤丈庵、周庵、貞庵が待っていて、林家の三人と弥兵衛も入れた宴席となった。「今日はみんな仙台の新米を味わってくれ、ささやかだが鰹の刺身もある。御苦労さんでした」と丈庵が口火を切った。従吾が代表して御礼を述べて会食となる。丈庵は酒を全員に振る舞い、まず乾杯。

「子平君は、口を付けてくれるだけで良い」と言った。

子平は丈庵先生の傍らに行って銚子を傾け、遠慮なく質問攻めにした。

「江戸の米の三分の一は仙台藩の本穀米だそうですね。たしかに美味しい御飯です。幕府の経営はなかなか大変だそうですが、なぜですか。日本橋では三井越後屋などが大繁昌しているし、札差たちも豪勢な暮らしをしているんですが」

「子平はいつも難しいことを聞くな。みんな知っているように、吉宗公をはじめわが仙台藩の伊達吉村公も共に財政再建に取り組んだ。現在はひとまず安定して来た。開田もし、効率も良くなったので、米の値段は安くなり庶民も喜んでいるだろうが、幕府も仙台藩も米の収入が一定しているのに、藩の支出は諸物価の高騰で次第にその差が開いてきた。

仙台藩は藩祖政宗公以来、家来の数は約三千人と減らしていない。したがって六十二万石の収入ではとても収支が合わなくなってきた。下級武士もその通りだ。そこで買米制度も取って来た。

仙台藩は江戸に最も近い大藩だし、中級米を安定的に供給している。その大量な米は米取引の建米（基準価）となっているので仙台米は重きをなしている。本穀米の品質は中の上とされている。上の上は武州（武蔵）の稲毛、川越、岩槻、房州（上総）の長狭、下総の古河、上州（上毛）の館林、高崎などの気候の温かい関東の産米となっている。品質をさらに向上させるためには肥料や改良もこれからは必要だ。

だが、庶民には、本石米が江戸廻米をすることで賄われるので幕府も仙台藩米を重視している。社会の安定につながるからだ。

仙台藩米は、卸問屋に相対で売り渡されていたが、最近の入札制となると町民の蔵元に委託するので米切手で米が取り引きされ、先物取引も行われるようになった。しかし、大坂の堂島米会所のような先物取引はされていない。なぜかといえば、幕府は常に庶民への安定供給を考えているし、第一、将軍の膝元で投機のように売買されることを望まず、これを押さえている。米問屋連中も自制している。仙台藩は基金を出し、買米制度で余剰米を買っている。これも強制だと百姓が嫌がるので、春先に農民の希望に合わせて無利息で前金を貸して農事の費用にさせ、収穫時に時価で農民から返納という形で買い入れている。吉村公時代から始まり、百姓も喜んでいる仕組みだ。かつては強制的に買い上げたが、今は一部は商人が買い上げる。納屋米と呼ばれ安価なので江戸庶民に喜ばれている。

一俵の実量は藩によって異る。私もよく知らないが、話を聞いていると他藩では一俵三斗のところもあり、仙台藩米は一俵四斗八升五合となっている。越後の一部は五斗七升である。なぜかというと、藩米は地方で蔵米となり、石巻に集められ、江戸に廻米される。米はちょっと見には区別がつかないが、蔵米の実量が各藩異なることで、どこの藩の蔵米か一目瞭然わかるのである。

仙台藩の場合、本来は一俵四斗五升だが、口欠米に三升五合、差米に一升なので、都合四斗九升五合となっている。この口欠米は輸送の減量（船頭分）米だし、差米は米検査の米刺しで抜かれる分だ。これは札差などが取る」

「仙台藩は約六十万石を陸奥二十一郡で集めているが、この他に仙台藩には飛地領がある。近江、野州（現在、いずれも滋賀県）、常陸信太郡（現茨城県）などだが近江の分は大坂へ、常陸の方は江戸に出荷され、仙台藩の京都屋敷、江戸屋敷の物品購入に当てられている。

ところが、気象の条件もあって、このうち江戸廻米は、普通二十万〜二十五万俵内外なので江戸の消費の三分の一にならない。割合はずっと低い。もちろん奥州では随一だから、本石米が江戸を支えていることは事実だ。ただ南部藩や磐城、山形の一部も北上川、阿武隈川などを経て石巻港、亘理の荒浜から来るので奥州米が多い印象がある」

「仙台藩は当初三万人の人口で始まった。これは水戸と並んで江戸以北では双璧であったが、その後伸び悩んだ水戸とは異なり、仙台は人口が四万〜五万人と増加した。また江戸に交替の侍が移動した。家中以外にも地方に侍が移住、その他職人などがあり、飢饉時には減少したのだ」

　丈庵先生の講説をみな真面目に聞いていた。一説が終わると、丈庵先生は従吾、弥兵衛にさらに酒をすすめた。子平は、大名と言えども台所は楽でないことが少しはわかった。

## 宝暦の経世

　丈庵先生は差し向かいの従吾と藩内の噂話をしていたし、周庵は嘉善と話し合っていた。

「子平、これからは経世家が必要だ。太宰春台、三浦梅園など、もっと勉強しなさい」と、子平だけでなく周庵、嘉善にも聞こえるように話しかけた。

　周庵が「わかりました。勉強は致しますが、子平も言ったように越後屋など呉服店は儲かっているし、蔵元、つまり札差も豪勢な暮らしをしている。蔵元は儲け過ぎではないですか」と反論ぎみに聞いた。

「紀伊国屋文左衛門や奈良屋茂左衛門（いずれも材木屋出）は豪商だが、彼らは材木屋で江戸の火事で儲けているのさ。紀伊国屋も最後は潰れた。蔵前風《くらまえふう》（豪奢な風俗）といって札差が吉原で豪遊している。十八《じゅうはち》大通《だいつう》という連中で、派手な浪費をする。大口屋《おおぐちや》暁雨《ぎょうう》（通人の筆頭とされた札差）もいる。札差は手数料と両替の金融で儲けている。だがな、貸金の回収は大変のようだ。それだから派手に浪費しては没落する。

　一方で、幕府だけでなく、どの大藩も規模があるほど楽ではない。昔でさえ大坂の陣では、政宗公は戦費の数千両を京の大文字屋から借金して工面したようだ。家康公が臨終の時、政宗公に『秀忠をよろしく頼む』と言われたそうだが、二代目の忠宗公の時代には上屋敷の費用がかさんだり、幕府御下命の土木事業でも負債が増加した。何万両もの負債を大文字屋に返金できず、棒引きさせて、負けさせたことがある。

　江戸では海保平兵衛らが仙台藩の蔵元になったが、『大文字屋は仙台公に潰された』と世間で言われ、近江の商人にも陰口を言われた。現に名は明かせないが、ある蔵元がつぶれ、仙台藩はその子息を家来にして、三千石を給している。結果的に年俸で長期支払いをしているようなもの。いまや札差でなく家臣となっている例もその他にある。

蔵元はたしかに儲けているには違いないが、大藩に融通すると不作などで返納できないことになる。大口が未済になれば訴訟にもできぬ。だから大藩に融資する商人を探すのもひと苦労なのだ。わしは吉村公の御《お》伽衆《とぎしゅう》（将軍や大名に侍して相手をする職）なので、そこら辺は耳にしているが、余り内幕は話せない」と丈庵先生は赤い顔をしていた。

それから、丈庵先生は従吾の耳にそっともらした。

「吉村公の様子が芳しくない。桑原医師も脈をとり、皆で万全の体制をとっているが、どうもいま一つだ。林氏も、そのうち吉村公の別邸に見舞いに来られたらどうか、それがしが案内する」

従吾は「ぜひ御指導いただきたい」と頭を下げた。

## 伊達吉村公の逝去

師走もつまった宝暦元年（一七五一）十二月十九日、さきの仙台藩主、伊達吉村が袖ヶ崎の別邸で卒した。徳川吉宗の後を追ったようなものである。


翌早朝、工藤丈庵の医院に本人からの伝言を持って使いが訪れた。周庵はすぐに林家の玄関を叩いた。前夜から雪となったので庭先はうっすらと白く積もっていた。

子平が戸を開けると周庵はいきなり「昨夜吉村公が亡くなった」と告げた。

声を聞きつけた嘉善につき添われて従吾が顔を見せた。

「とうとう力が尽きられたのか。まずお上がりなさい」

従吾はこの月上旬に丈庵に連れられて袖ヶ崎に御見舞いに行ったばかりだった。その時、拝顔した吉村公の様子はめっきり痩せられていたので「やっぱり」という思いだった。

「伝令なのでそれしか詳しいことは知りません。私も忙しいのでこのまま失礼します」

「丈庵先生はいつお帰りですか」

「恐らく事後の処置などで二、三日は駄目でしょう」

周庵は答え、「私は父の喪服や着替えなどすぐ届けなければならないが、林先生はどうしますか」と続けた。

「わしもすぐ御邸に参上しなければならぬ。一大事だからご一緒できませんか」

「お伴しましょう。半刻ほどお待ち願います」

「私も従吾叔父と共に参るべきではないのでしょうか」

嘉善が従吾と周庵の顔を見比べて言った。

「きよ姉さん（お清の方）は別邸に行ったのだろうか」

子平が訊いた。

「上屋敷からは宗村藩主も出発されただろうし、お清の方もそれぞれの立場で行動しているでしょう。私のところに来た伝言人は、各連絡先へ回らなければならないので、取りあえずの一報でそれ以上わかりません」

周庵は自宅に戻った。

子平の母もいつの間にか玄関に来ていた。

「きよは吉村公に侍女に採用していただいたことが縁で宗村公と結ばれた。林家は礼を欠かぬようお願いします」

「早速出かけるつもりです。できるだけの対応をします。袴の準備を頼みます」

吉村は寛保三年に隠居した頃、疲れをみせていた。そのため上屋敷を出て別邸付きの侍女が数人雇われ、その中に「きよ」が入ったのである。当時十二歳だった。きよの縁で町医者だった従吾も父親役で仙台藩に取り立てられたのだから、林一家は吉村公のお世話になったのである。

従吾は書斎から藩についての書類を持って来て調べた。

「吉村公は元禄八年に四代藩主綱村公の養子となり、同十六年に伊達家の家督を相続されたはずだから、四十年間藩主として精勤された。寛保三年、宗村公に藩主の座を譲り、袖ヶ崎に籠もられた。それから八年ほど養生の余生を送ったことになる。御年齢は、寛文八年のお生まれだから七十二歳であろう」

「友諒は家督なので、是非、従吾先生のお伴をなさい。お二人は取りあえず紋付きでよいと思います。ただ今用意しています」

子平の母は急いで衣類を整えた。

## 伊達家の系譜

伊達吉村は近世の伊達氏の藩祖、政宗から数えて五代目の藩主である。吉村の父は二代藩主忠宗の九男、宗房で、宮床伊達氏となり、吉村はそこで生まれた。

四代綱村には、二子があったがいずれも早世したので、吉村が養子となり、藩主を継いだ。若い時から聡明だった。儒学は田辺希賢、大島良設に、書は時明院基雄に学んだ。和歌は中院通躬を師とした。後年優れた歌人となり「隣松集」「花押新集」を著し、能も良くした。武術にもすぐれ、鉄砲、剣術を得意とした。文武とも大名の水準を越えていた。治政では時の将軍徳川吉宗に倣い藩政の改革に取り組み、生前から仙台藩中興の英主と呼ばれていた。

従吾が衣服を整え待機しているところへ周庵が荷物を提げて現れ、駕籠を頼み、嘉善も従って三人が品川の先の袖ヶ崎に向かった。小雪が散っていた。子平は母たちと留守番である。

従吾、周庵らが別邸に着くと、すでに喪の空気に包まれ、仙台藩士らが詰めかけていた。邸内にはそこここに伊達家の紋の入った高張提灯などが掲げられている。

人を介して周庵が父を呼ぶと、宗村公が最後の御対面をされていると言う。暫く待ち宗村公が上屋敷に帰ると、従吾らは丈庵に江戸家老ら重役たちと引き合わされた。三人とも弔客名簿に名を記し、庭に設けられた焼香台で冥福を祈った。お清の方には去り際に目送しただけであった。

数寄屋町に戻ると暮れかけていた。西空は雪が上がり、夕焼けがにじみ、吉村公の安らかな永眠を象徴しているかのようであった。子平は、患者たちに「休診」と告げたり、人によっては風邪薬を手渡すなど応対を終えていた。

二日後に丈庵が自宅に帰った。そこへ従吾ら三人が行き、吉村の通夜、仮葬が江戸高輪にある仙台藩の菩提寺、東禅寺で行われることや、その後、吉村の遺体は仙台へ送られることを知らされる。仙台では四代綱村が創建して眠りについている黄檗《おうばく》宗の大年寺で本葬が年内に執行されることも決定したと言う。吉村は後に獅山公と諡《おくりな》された。

丈庵は東禅寺の通夜、仮葬には工藤家の二人と林家の従吾、嘉善共に出席すべきだと提案した。従吾は「年少だが、子平にも経験させたい」と同道をうかがう。丈庵も了承した。

　落ち着くと丈庵は伊達家についてこんな話を始めた。

「藩祖政宗公のことは知っているだろう。政宗公の長男は秀宗で父と共に大坂冬の陣で功を上げ、伊予宇和島十万石を拝領した。政宗公の跡は二男の忠宗公が継いだ。以後代々の藩主は徳川将軍の名を一字もらっている。秀忠の忠。家綱（三代）綱吉（四代）の綱というように。したがって三代藩主は綱宗公である。綱宗公は小石川堀普請を幕府に命じられ、陣頭指揮に当たっていた。しかし万治元年（一六六〇）に不行跡のかどで逼塞《ひっそく》の上、隠居させられた。わずか二十一歳だった。退任後は悶々として品川で暮らした。

　みなも承知のことと思うが、有名な高尾のもとに通った。高尾の伝説は聞いておろう。高尾という名は新吉原の太夫の名で七代続いたが、そのうち綱宗公との間が噂されたので仙台高尾と呼ばれた。詳しくはわしも知らぬ。いろんな不始末があったのさ」

「綱宗公も戦国時代に生きたなら、雄将になったんじゃないかな」と周庵がまぜっ返した。

「幕藩体制も平和が続き、ゆるみが出たのさ。幕府も大名も武将であることより領国の経営者であることが大切になってきた」

　丈庵の話は続いた。

「四代目の綱村公は、三代綱宗公の長男で幼名は亀千代であった。綱村公は父の跡目をわずか二歳で継承した。幼いので一門の伊達兵部宗勝と田村右京宗良の二人が後見人となる。ところが兵部は家老の原田甲斐宗輔と手を結び、伊達安芸宗重と対立した。重役たちの主導権争いである。さまざまな背景があり、これが重なって〝伊達騒動〟に発展してしまう。

　寛文十一年（一六七一）の三月、安芸宗重は上訴した。大手門前の大老酒井忠清邸で調べがあった。原田甲斐がその席上で安芸宗重を切り殺し、原田も柴田外記に斬殺され、外記と三人が死んだ。大老邸は血だらけの修羅場となった。この事件の処分は伊達兵部宗勝に改易、つまり家の断絶、田村右京宗良も閉門となり、後見は解かれた」

　この一件は、宝永六年（一七七七）に大坂、中の芝居で「伽羅仙台萩《めいぼくせんだいはぎ》」と題して上演され、浄瑠璃や歌舞伎劇となった。

「綱村公はお咎めがなかったが、そんなことで幼時から苦労した。幕府は仙台藩を監視下に置いた。成長して藩政を確立したが、晩年、宗教に熱心で、寺や神社の改修など出費がかさんだ上、不作が重なり藩の財政が傾いた。とうとう家臣たちの反発で殿が押込《おしこめ》（行跡が悪い藩主を家老らの合議で強制的に監禁すること）され、隠居を余儀なくさせられた。治政が悪く諫言が聞き入れられぬ場合「押込」は幕府も認めていたのである。

綱村公の後見人となったのは中老の稲葉正則であった。綱村公の夫人は正則の娘の仙姫である。稲葉正則は黄檗宗《おうばくしゅう》の鉄牛和尚の弟子でもあった。その影響で綱村公は鉄牛を開山として仙台に大年寺を建て、仙姫のためには萬寿山寺を造っている。こうして綱村公の時代から大年寺が伊達家の墓所となったのさ。若い人も覚えておいて欲しい。吉村公もこの墓所に埋葬される」

「仙台の大年寺の因縁ですね。伊達家も三、四代で傾き、その綱村公の跡を継いだ養子の吉村公も藩政に苦労されたわけだ」と従吾はうなずいた。

## 吉村公の仮葬儀

さらに丈庵は吉村の思い出話をひとくさり。

「亡くなられた吉村公は殖産興業にも尽力された。塩の専売や紅花、煙草のほか、薩摩芋などの栽培にも力を入れた。仙台通宝も鋳造し、財政安定に努めた」

「わしは吉村公に聞いた話がある。熊本藩主（五十四万石）の細川宗孝が殺された事件のことだ。延享四年、江戸城内の雪隠《せっちん》の辺りで宗孝公が後ろから斬られ、茶坊主たちに抱えられてきた。ところが犯人が見つからぬ。目付たちが探したところ、雪隠の中に居たのは旗本の板倉勝該《かつたね》であった。そこに吉村公が居合わせた。細川公は事切れていたが、吉村公が機転をきかせて、熊本藩士に『まだ命がある。早く江戸屋敷に連れ帰り、手当てすべし』と助言した。

すぐ藩邸に運びこみ医師が診たが、無論、蘇生できるわけがない。熊本藩は後継を弟の重賢として幕府へ届け、藩主の相続が認められ藩は安泰だった。『傷が元で亡くなった』とされた。末期養子は以前は禁止だったが、しだいに緩んできた。

斬った板倉勝該は頭がおかしいことになったが、原因にいろいろ説がある。一つは、板倉の本家の主（上野国安中藩の板倉勝清）を殺そうとして、細川家の紋が板倉の紋と似ていたので人違いをしたという説、二つ目は細川家の屋敷と接している旗本の板倉の屋敷が隣で何かと問題があったという説だ。雪隠がからんでいるので滑稽な点がある。しかし熊本藩にとっては危うくお家断絶となるところだった。

吉村公の利発な人柄が思い出されるよ。和歌も上手だったな。江戸堂上派歌壇である旗本（三千石）、京極高門殿の歌会にわしも吉村公のお伴をしたことがある。あれは上野忍池畔の高門亭であった。師の中院通躬卿《なかのいんみちみ》、吉宗公の幕閣の松平乗邑《のりさと》、福島藩板倉重寛、松平直短など大名、旗本の一流の歌人が集まっていた。高雅な会合で吉村公も楽しんでおられた。思い出深い」

丈庵はため息をついてから続けた。

「私は公の御遺体に従って仙台に参るが、林先生は御不自由なので身体を労り、嘉善どのを代理として仙台の本葬に出してはどうだろう。私と一緒に仙台へ行こう」

丈庵先生が嘉善に話し、その通り同行することになる。

東禅寺の仮葬儀には宗村が喪主となり、江戸の仙台藩士らによって営まれた。幕府からは老中らおもだった人たちが出席した。藩主夫人は出たが、お清の方は側室なので見えなかった。工藤、林の両家が出席した。

## あわただしい歳末

吉村の葬儀で子平の師走はまたたく間に過ぎた。例年より遅れたが煤払い、大掃除も母と終えた。そろそろ仙台へ行った工藤丈庵や林嘉善も帰って来る頃だ。

この日の朝、子平は数寄屋橋から京橋へ御濠沿いに歩いていた。濠端には氷が張っている。江戸城も寒々として冷気に包まれている。「この分では大川も氷が張り、船の出入りに支障があるだろう。数年前にも気象が悪く氷割りに人足が出た。冷えすぎるぜ」と呟いた。

襟巻きを巻き、防寒用の長羽織を着て高下駄である。濠の中ほどでは鴨が数羽氷の中に閉じこめられていた。

京橋を渡り、大根河岸《だいこがし》に向かった。神田の青物市場が知られているが、ここも八百屋が多く、野菜の市が立つ。江戸庶民にとって大根は欠かせない。大根漬けは年中、しかも毎食食べる。梅干しと同じく副食品というより準主食だ。糠漬けは「脚気防止に良いんだよ」と母が言っていた。

今日は母から頼まれ、年越しのための買い出しだ。大根など野菜を満載の荷馬車や荷車が続いて到着して活気がある。客で混み合っている馴染みの八百寅に入った。

「いらっしゃいませ！」と甲高い声が飛ぶ。

「お兄さん、大根ですかい、樽漬けもあるよ。なんと言っても、練馬大根は赤土（関東ローム層）育ちで天下一だぜ。この前に朝鮮通信使の一行が江戸に来たね。この朝鮮の役人たちが『これは美味だ』ってんで、将軍さまは練馬大根の種子、唐辛子の種子に赤土の俵入りを十俵も船に積んで土産品にしたんだとさ」

子平はやけに口上のまわる小柄の番頭だと思いながら答えた。

「そんなこともあったんだ。朝鮮にね、人参のお返しなのかな。ところで大根を数寄屋町まで届けてくれ。毎年買ってるんだ」

「がってん承知の助さ。今年の練馬大根は甘くて鮮度も良い。今朝取ったばかりだ。大根は大根でもいろいろあるよ。丸尻大根に尻細大根、お侍さんは若いから丸尻が良いよ。みんな美人だよ。この葉っぱがまた養分がある。丸尻は根も葉も多いですぜ」

「自宅で漬けるんだ」と五樽分の配送を頼み通い帳にしてくれと頼んで店を出た。その背に「まいどありっ」と大きな声が飛ぶ。

母は今年も糠で沢庵を漬けるつもりだ。「一月までは塩一に糠九の割合で漬けて、陽気しだいで塩をその月数だけ足すんだよ」と自慢していた。一年分漬けるのは大仕事だ。保存食の必需品なのだ。「脚気に良いよ」とくどく話すのだ。母の口癖を思い出す。「ついでに、べったら漬も買っておいで」だった。

子平は日本橋大伝馬町に行く。京橋から金座を左に見てすぐだ。ここは十月には「べったら市」と恵比須講で有名だ。母は前にはべったらも漬けていたが、今年は正月分だけ買ってこいと言う。

「べったら漬はね、花糀と塩で漬けて、その間に蒿《よもぎ》を敷く、酒樽に漬けた方が風味が良く、最高よ」だそうだ。おまけに「栄養もある」と母の言い草。

べったら市は終わったが、年末まで露天が出ている。べったらの独得の甘い香りが漂う。こっちの漬け物屋の小僧も元気が良い。

「さあ、べったらだよ。酒樽漬けだよ。最上ものだ。漬け物でほんのり酔うよ」

「十本くくってくれ」

「通行のお客さんに迷惑かけないよう『べったら、べったら』と声出して帰りなよ」と注意された。

続いて同じ大伝馬町の塩町へ寄る。関東で一番の製塩地は下総の行徳である。塩は人間の食生活に不可欠で、兵士にも大事なもの。家康将軍はまず最初に塩の行徳と江戸を結ぶ沿岸運河、小名木川の工事に着手したそうだ。搬入ルートのためである。素焼の壺に入れた行徳の塩は、舟や馬車で輸送したので、この大伝馬町が塩町になった。塩商人で巨利を博した商人もいるが、戦略物資として各藩は専売制を敷いている。

「行徳の塩もあるし、瀬戸内海の塩もあるよ。お客さん味見してみてよ。甘い塩もあるのでね」と店員から声をかけられた。

母が言うには、行徳の塩はすぐ湿るし、ニガリが残っているそうだ。子平は「赤穂の塩にするかな」とニンマリ。

「行徳は燃料に秋から冬の葭《よし》、蘆《あし》を使うので火力がちょっと弱い。でもお買い得だよ。瀬戸内海の十州塩田ものは、火力に薪、石炭も使うし、菱垣廻船《ひがきかいせん》や樽廻船で運ぶ分、値段は張るよ。『下り物』は味で勝負だ」と説明もくどい。

仙台藩では塩釜産が名高い。しかし、赤穂藩の技術にはかなわなかった。仙台藩の職人が偵察に行き捕まって処罰されたというが、その頃の家老の大石良雄は寛大な処置をしたという話がある（今なら産業スパイか）。

子平は赤穂の塩を五升買った。

「これは最高だよ。忠臣蔵の供養になるぜ」

威勢の良い塩辛声に子平は喜んだ。最後に日本橋に戻り、乾物の魚屋で鮭の荒巻を五本買って帰った。

子平は担いで来た塩、べったら漬、鮭を母の台所におろした。

「鮭は蝦夷《えぞ》ものだ。大根は配達で来る」

すかさず「御苦労さん、重かったかい。友諒兄さんが帰っているよ」と母が言う。

居間を覗くと友諒が足を投げ出して、ぼた餅を食べていた。子平は声をかける。

「葬式は大変だった?」

「何しろ奥州街道の白河の向こうだ。江戸なら大雪だろう。葬儀は大年寺で読経の僧の数も多いが、侍や仙台の町人たちが大勢だった。藩主や遺族は刀の柄に白布を巻くんだ」

「仙台はどんなところ?」

「みちの奥さ、広々として田園がつながり北西の風が強い。大年寺には氷柱がぶら下っていた。これからが寒いと言ってたが、日本海側ほどではないそうだ。仙台の人口はざっと三万人弱だそうだが、計画されたきれいな街さ。青葉城は森の中だった」

「松島は見えた?」

「大年寺からも青葉城からも見えた。石巻は距離がある。街の寺に分散して宿泊した」

「仙台に行ってみたいな」と子平は仙台に興味津々だ。

「ところで」と子平は言った。「明日は二十八日で餅つきだ。工藤家の分も頼まれているので、兄きの出番だ、がんばろう」

江戸の暮らしは武家が消費者で、現代の給与生活者のようなものだ。ほとんどの物品は購入しなければならない。使用人が多い武家、商家は別だが、餅も菓子屋の賃餅を買う人が多い。大消費地なので暮れには盆暮れ払いの掛け取りや商いの人たちも忙しい。魚、味噌醤油、菓子、小袖などの呉服まで注文取りや配達人が来る。店と得意客の網が隅々まで張りめぐらされている。林家は江戸に来て旗本時代の岡村家から数えて六代目だ。歳暮のやり取りもあるし、患者が持ってくる物もある。

大晦日には芝増上寺の除夜の鐘を聞いたが、江戸では上野寛永寺などあちこちの鐘の音が響き合っていた。

## 江戸の正月

宝暦二年（一七五二）の元旦は壬申の年で、快晴であった。子平は穏やかな新年を迎えた。この年で十五歳、成人となる。子平は早朝に起き初日の出を見た。通りに出ると新年の賀を迎える各大名の行列が続いていた。先頭に槍二本や大名の駕籠をはさんで藩の武士たちが美々しく隊列をつくっている。江戸の風物詩だ。

子平は大手門の方へ歩いたり、駆け足をしたりした。いつも「武家名鑑」を眺めているので、大名行列を見ると「あれは薩摩藩だ、加賀藩だ」とすぐわかる。仙台藩もやって来た。江戸の人々もほとんどが識別できる。

大名家の系図から始まり、上屋敷から江戸城までの距離、領地高、なんでも掲載されている「武鑑」は、江戸案内書とならんで当時のベストセラーであった。紋所、槍の本数、駕籠や長柄傘の図、中間《ちゅうげん》の小者を監督する侍の羽織の模様、御馬印、はては大名火消の纏《まとい》などなんでも載っている。

元日には御三家御三卿に始まり、譜代大名、特別に縁故のある外様大名、交替寄合、高家、諸役人、お目見以上の御番衆などが江戸城大広間で行われる将軍拝賀の式に出るため集まる。年賀は三日まで続き、三日目には新年の能も行われる。

年頭の式は朝六つ半（午前七時）からなので、時間に合わせ行列の到着は引きもきらない。全国の大名、三百余侯が集うのである。ただし、大名は二組に分けられていた。この日の組はみな大手門で駕籠から下り、大名たちが城内に次々入る。供奴《ともやっこ》たちは式典終了まで待つので大混雑だ。ちゃっかり、甘酒売りや握り飯売りも隅のほうに坐っていた。

大名たちの大広間、二の間の席順さえ何畳目のあたりか決まっており、華麗な儀式の装束も、献上品の太刀（木製）や太刀馬代目録と下され物の呉服台もすべて規定通り。拝礼の仕方は独礼と立礼があり、大名の官位・家格によって差があった。将軍の「目出度い」という答えを受け、兎の吸物、土器で御酒を頂戴する。

城内では、月次御礼《つきなみおんれい》と称して月に一、二回登城して将軍の御機嫌伺いなどもある。ここに幕府体制のすべてが儀式化、視覚化されて存在している。

子平はこの元日に、「一体わしは何の身分だろう、わしは武士階級の端にいるのか」といぶかった。

父が旗本であった時には肯定できることも、従吾が仙台藩の禄を食んではいるものの、医師の端くれとしてであり、お清の方の父としてのものであり、しかも子平は二男坊なので全く曖昧なのであった。武士の定員は決まっている。平常は武士の身分とは思っている。それは漢籍を読む時に無意識的にあるものだ。元旦に大名たちの大集合を見ると妙な距離感と空間意識を味わうのであった。「果たしてわしは何者か」という問いを、成人する年に新めて不安と共に感じていた。

しかし、江戸城の前では「ここに天下がある」ことも江戸っ子の意識と共に痛感した。それは身体的なものであった。

## 荻生徂徠への懐想

林一家の正月の暮らしは穏やかであった。前仙台藩主の死で、服喪のうちにあったためである。子平は日本橋から室町周辺を兄と散歩した。また長姉なよの夫、森川権六郎と乗馬を楽しんだ。

小正月には、家中で新年の和歌をつくらされた。子平の母（青木氏の出身）が先生なのである。従吾もそれに従うので、嘉善、子平、多智も下手なりに毎年詠む。母方のいとこが有名な下田師古、浅井奉政という国学で知られた人なので、青木氏出の母は和歌に詳しく、子平の姉妹三人を教えたのだ。多智と母の弟子数人がそろって百人一首の歌留多取りが行われ、嘉善、子平も参加した。

一月二十日には兄と二人で両国の漢学塾へ行った。この日は師匠である宇佐見灊水《しんすい》が正月講和をする日である（宇佐見は松江藩儒なので、江戸の上屋敷だけでなく松江にも教授に行き、塾にはあまり顔を出さなかった）。灊水は「今日は講釈ではなく、私の思い出を話そう」

と荻生徂徠先生のことを次のように話した。

「わしが房州の田舎から江戸に出てきたのは十代である。親戚の荻生《おぎゅう》徂徠《そらい》先生の晩年に師事しました。『夫れ、道は先王の立つる所、天地自然に之有るにあらず』は徂徠先生の『弁名』にあります。朱子の儒学は自然を理や気という原理で重視しているが、天や自然は物である。われわれは理で生きているのでなくそれ自身の中で生きている。

朱子学の修身斎家治国平天下は、一人ひとりが正しく身を修めれば国は治まるというが、なかなかそうはいかないだろう。朱子学は人倫のことばかりだ。だから真面目な武士だけではなんにも役に立たぬ。徂徠翁は、古典はそのことを言っているのではなく、聖人（先王）は道ということを考え、つくった人たちで、それは人に礼楽《らいがく》を守るように仕向けていくことが大切であった。

習慣は自然の若《ごと》し。礼楽は生まれつきの天性のようになる。そこに真の政の役割がある。道とは先王の立てたところの政《まつりごと》でもある。聖人は法よりも政治を目指したのである。礼と楽の一方で、天により日月星辰、風雨寒暑がある。天文・暦・治水・戦の術がある。それが史となる。こういうことが先生の言われていることである。まだまだ奥が深い。

徂徠先生から漢学の見方は大きく変化した。ただの人倫の学や道学だけはない。言語・文が基である。天に即した術があるのである。ここを広く考えなさい。天道は示教なりである。天道を奉じて行うべし。これが基本だ。

徂徠先生は柳沢吉保《よしやす》（綱吉の側用人）と親しかったが、吉宗将軍に引見されたのは亡くなる一年前であった。徂徠翁の没後早くも二十四年である。さらに荻生先生に学ぶべし」と結んだ。

子平は、師匠は細身の百姓のような印象だが、荻生徂徠のためにその古文辞学に忠実であることに感激した。

「そうだ、論語読みの論語知らずではダメだ。一人一人が立派なだけでは、この世は治まらない。だいたい貨幣や国の内外も知らぬ。特に武士は今、遊民になっている。貧にいれば賃かせぎに終始している。どうすれば、民が安心して暮らせるか、武士の役割が果たせるのか、戦国から平和な時代となって礼楽という文化は、この時代にはどう扱ったら良いか、天道は示教なりか。わしもこのことを深く考える人になりたいものだ」と思った。

## 突然の危機

春三月になると江戸は桜がほころんだ。子平は上野や浅草、飛鳥山にも足を延ばし、桜の季節に花見客などにまじり上気していた。

「学問をしたい」

だが、三月十四日、その日は突然に訪れた。叔父にして義父の従吾が危機に瀕していた。

子平は夕近く、それを知らずに漫歩して自宅に帰ると、母は青い顔をして言った。

「叔父さんが急に心の臓に異変を起こした」

すぐ駆け寄ったが、再び息を吹き返すことはなかった。病床の前には周庵、嘉善、多智や祖母、弥兵衛までが集まっていた。子平には何が起きたのか咄嗟にはわからなかった。

従吾はこの日も元気で患者を看ていたが、黄昏時《たそがれ》になって、突然、胸が痛いと座りこみ、診察室で横になった。驚いた嘉善と母が背をさすったが激痛が走っているようで手の施しようがない。嘉善はすぐに走り、周庵先生が気付け薬を持って駆けつけた。その時はまだ息があったが、間もなく息を引き取ったのである。

「うーん」とうなったきり一言の遺言もなかった。従吾は長い間風邪ぎみではあったが、春になってもまず元気だったのである。全く突然だった。

周庵は「父に連絡する」と自宅に行き、すぐに見習いの貞庵に、丈庵のいる仙台藩の中屋敷へ知らせるように話した。貞庵も驚き、すぐさま自宅をあとにしたのだった。

母は「摩詰（子平らの父）に飛脚便を出しなさい」と嘉善に言いつけた。嘉善は日本橋伝馬町に出かけて行った。子平は「大変なことになった」とことの重大さに気づく。厠に一度行ってからは従吾の床の傍らに座りこみ、その手をそっと握っていた。

あたりはすっかり暗くなった。一家の大黒柱が倒れたのである。これから林一家はどうなるのか。従吾は四十六歳であった。家族の誰もが予期できなかったのである。気がつけば、子平だけが従吾の遺体の前に付き添っていた。

夜になり工藤丈庵がやってきた。母を始め家族が低頭する中で従吾の遺体を観察し触診した。周庵と嘉善から急死の様子を聞く。

「従吾氏は心臓の麻痺でしょうな。前ぶれもあったでしょう、薬も服用していたようだった。私には相談もあったが、誰にも他言しなかった。不自由だったことが心臓にも負担や障害になった。この若さで誠に惜しいことだ。良い御仁だった」

暫く家族に悔やみを述べていたが、てきぱきと善後処置を指示した。

「まず第一に大切なことは藩へのお届けだ。わしと嘉善どのは明朝から中屋敷へ行く。嗣子は嘉善であるから、藩の禄を継続してもらえるかどうか江戸家老にお願い上げをする必要がある。お清の方は妊娠中で今月にも臨月だそうで、今は障りがあるので話さぬほうがよかろう。産後落ち着いてからに致そう。お清の方がいることが嘉善のことでは重い。

第二に名主にも届ける必要があろう。何かと配慮してくれる上、仙台藩士の手前もある。数寄屋町の町内会への報告もある。第三は菩提寺への届けと相談である。どちらであったかな」

母が言った。

「岡村の時代から先祖代々小日向水道端の慈照山日輪寺です。毎年、盆詣は欠かしておりませんので、和尚さんもよく承知していただいております」

「それは良かった」

「藩のほうが林家にとって重大なので、まず明日出かける。会えればすぐにも江戸家老にお願いするとして、宗村藩主にお伺いを立てていただく。寺の方は母上と子平で。葬儀の日取りもあるので行って下さい」

母は子平の顔を見ながら「はい、寺へは私が子平と参ります。今夜にも姉のなよの夫、森川も来ると思いますので、一緒に行ってもらってもよいでしょう。寺よりも仙台藩が肝心ですので、工藤先生何とぞ嘉善が林家を相続できるようお取り計らいお頼み申します」と丁重にお辞儀をした。「お清の方のことも知りませんだが、一つよろしくお願い致します」とまたも深々と頭を両手の上に重ねたのだった。

　嘉善は自分のことが話題になるとすっかり緊張した。「この子らの父が昨年手紙を寄こしましたので、さきほど潮来方面へ飛脚を立てました。三日ぐらいはかかりますが、弟にあたる従吾どののことですので必ずや顔をみせることと思います。こちらもよろしく」

と言った。

　子平は兄の将来に不安を抱いた。

「父は江戸へ来れるのだろうか」

　翌日から林家は葬儀の準備に取りかかった。悲しみに浸っている暇はなかった。林家と子平にとって、この年の桜は飛花落花となって散っていった。

# 第五章

## 嘉善を中心にした林家

## 従吾の跡継ぎ

宝暦二年（一七五二）三月十五日、林一家は早暁から起き出していた。亡くなった従吾の遺体の前で母をはじめ全員が線香を上げて祈った。

簡単な食事をすませた後、玄関に先に出てきたのが兄、嘉善友諒であり、子平だった。続いたのは見送る母、祖母、多智らである。

嘉善は紋付きに仙台平の袴姿で正装し、両刀を刺し緊張気味であった。

「なにごとも丈庵先生の御指図に従って、仙台藩上屋敷へしっかり行ってらっしゃい」と母が言った。

嘉善がうなずくと、まだ普段着の子平は「先生のところまで送ってきます」と兄について門を出た。外は花も散りかけて肌寒かった。子平は元気づけるように兄に言った。

「大丈夫、先生について行けばきっと跡継ぎは叶うよ」

嘉善は相変らずむっつり黙って先に立って歩いて行った。

工藤丈庵方の玄関に行くと、例によって息子の周庵が出てきた。

「待っていたよ、父は今、朝食中だ」

嘉善だけが居間へ上がって行く。子平は周庵に「わしはこれから母と小日向の日輪寺に行く用事がありま す」と言って帰った。

嘉善は「早いね」と言う丈庵に、「昨日はいろいろお手数をかけてありがとうございました。本日はよろしくお願い申し上げます」と丁重に挨拶した。

朝食を手早くすませた丈庵と嘉善に、周庵が茶を出す。

「跡継ぎが決まっていないと切られる場合もあるが、従吾先生の跡式は継承できると思う。初めての仕官は大変だが某《それがし》にまかせなさい。ところで、嘉善どのの希望はどうなんだ。従吾どののように医者か、それとも侍として仕官するのか」

嘉善は普段と違う丈庵の視線を鋭く感じた。

「そのことですが、叔父からは手ほどきを受け、手伝いもして来ましたが、正式に他の医者の師匠について いません。やはり修業してないと通用しないと思います」

「そんなこともないが……、調薬もやっていたんだろう。林先生は博識だった。医師仲間に認められるには、たしかに腕しだいだ。希望するなら当分、助手をしながら適当な師について通学させてもらう手もある。奥医師の桑原先生とも相談して推薦できる」

「ともかく、跡目を継がせていただければありがたいのです。仕事はなんでも致しますが……」

嘉善は言葉少なだった。周庵が口をはさんだ。

「嘉善君は漢学に精を出し、剣術もやっているから、きっと侍が希望なんだよね。これから医者になるのでは一家が食えないと思う」

丈庵は周庵を見ながら続けた。

「そうか。侍の方が良いかも知れんな。実際の家系、岡村家は代々旗本だったたし、真面目で若い（嘉善は十八歳）、身体も丈夫だ。儒学も身についているからな。条件もそろっている。やはり希望は申し上げておいたほうが良い。江戸幕府も初期の家康、秀忠、家光、綱吉公までは徳川体制の安定がねらいで、豊臣色のある大名などが些細なことで潰された。この影響で浪人者が増え、世の中は不穏となった。最近は浪人を増さぬよう安定策がとられている。しかし、どの藩もこの頃は財政が悪化し、新たな採用は難しい。士分の定数管理に務めている。

しかし、従吾どのは藩のお抱えとなってきたし、御姉御様のお清の方が立派に勤められている。林家の場合、あまり心配しないで良いと思う。まず従吾先生の御不幸をお届けして、わしからそのような希望をそれとなく話そう。できれば御奉行（仙台藩では家老にあたる）にぜひお会いしたい」

「どうか奉公できますよう、よろしくお願い申します」

と嘉善はあらためて頭を下げた。

「今日は桜田門外の上屋敷へ参るが、仙台藩では奉行が五人いる。そのうち交替で江戸に滞在しているのは二人位だ。この継嗣問題も結局、奉行同士と勘定方で合議して宗村公が判断する手はずになる。いまの奉行職は筆頭の奥山大蔵どの、津田丹波どの、芦名豊前どの、佐藤主殿どの、中嶋兵庫どのだ。多分、津田どのが在京しており、面会できると思う」

そして仙台藩について話した。

「知っての通り、幕府もどの大名も、それぞれ家格で人の処遇が決まっている。仙台藩の場合、古くから藩主は陸奥守で外様大名として重きをなしている。それだけに、家中は一門、一家、準一家、一族、着座《ちゃくざ》と古くからの家系の格がある。これらは血縁と古くから戦いを共にしてきた功績のある人々の系譜だ。

この一門、一家の下に太刀上《たちあげ》、召出《めしだし》、平士《へいし》がおり、こうした侍に奉公している武士と足軽、中間《ちゅうげん》もいる。知行高と役職は別だが、重役たちはこの中の着座や宿老《しゅくろう》の格から抜擢された有能な人材たちだ。宗村公の側近中の側近であり、藩経営の苦労とか、幕府の方針や意向に応えていくための情報収集や藩の外交も担っている」

「困りましたねえ。わしは従吾先生の傍らにいただけですよ」と嘉善がやや弱気になる。

すると周庵が脇から「なに、取って食われる訳じゃない。頭を下げていれば良いのさ。ただし、重役たちも海千山千だろうがね」

丈庵先生は笑って「なかなかの方々だが、人情もわきまえておられる。わしが代弁するさ。では、着替えるまで待ってほしい」と隣室へ消える。

周庵も立ち、丈庵の衣類の入った畳紙《たとうし》を差し出し、すぐ戻って来た。

「藩の外交なんて飲み食いばかりしているという声もあるが、幕府の老中の相手や各藩同士の根回しや駆け引きもあって大変なことも事実だ。うまくいかないと藩の取り潰しにもなりかねない。おぬしは大丈夫だ。初めての経験だろうが運だめしのつもりで、父の後について いけば良いよ」

「上屋敷なんて入ったこともない」と嘉善は頭を抱えてみせた。

## 仙台藩上屋敷

工藤丈庵と嘉善は足早に桜田門外の大名屋敷の一角に来た。幕府は各大名に屋敷地を与え、江戸城の西丸下の大名小路（現大手町一帯）、外桜田、愛宕下にはいわゆるその拝領屋敷が密集している。国持大名は門構えからして格が違う。長屋門のように周壁と接続していない独立門で両潜りがあり、唐破風造り、石垣の畳出し両番所付きである。門を見上げると圧倒的な構えである。仙台藩はここが上屋敷で、愛宕下に中屋敷がある。

内堀に添ったこの周辺には出羽米沢の上杉藩、長州の毛利の萩藩と隣接していた。下屋敷は嘉善たちが、毎年米を受け取る例の御蔵屋敷である。どの大名も江戸屋敷が手狭になっている。仙台藩は麻布にも屋敷を持っているほか、浜屋敷や品川などにも別邸（先代吉村公）がある。時代によって火災も多く屋敷地の配置も変わる。ここは、間口は五十間、ざっと八千坪の敷地である。

嘉善は恐れをなして、丈庵の袖を引っぱった。

「なんだか、厳めしいですね」

丈庵はうなずいて「さあ入ろう」と門番と言葉を交わしてどっしりとした大きな門の潜りへ向かった。門内へ入ると広大な屋敷地に建物群がひしめいている感じで、石畳が大屋根の下の大玄関へつながっている。左右両翼の垣の内側には二階建ての武家長屋が続いている。

丈庵はさっと先に行き、侍たちの通用口に入る。「この屋敷内には奉行たちの宿舎や御手廻組頭、奥番頭の役宅もある。ここは表《おもて》と言われる部分で殿様の対面所と侍たちの詰め所だ」と嘉善の耳もとにささやいた。嘉善は黙って後について邸内に入る。

さらに丈庵は、西南の方へ指を向け、「向うが大台所、奥は夫人や局、殿様の普段の生活の場所などがある」と教え、すぐに一室に入った。そこは奥医師の部屋だった。

「桑原先生、どうもご苦労さまです。実は、昨夜、林従吾どのが急に亡くなられ、今日はその御長男と報告に参りました」と話した。

桑原医師も驚いて応え、丈庵は昨夜の従吾の容体などの様子を詳しく話した。

桑原は「若年寄や奉行どのに、さっそく会って話して下さい」と言い、丈庵は奉行たちの対面予約を取りに留守居役の別室へ出ていった。

一人、取り残されて嘉善が手持ぶたさに座っていると桑原が話しかけた。

「突然のことでお悼み申し上げる。母上や祖母さまもどんなにか驚かれたことだろう。まだまだ働き盛りだった。従吾どのは匙師《さじし》（内科医）で漢方薬に詳しい。惜しい方を亡くした」

嘉善も従吾の急変の様子を話した。桑原はこの屋敷の中を詳しく話してくれた。

「上屋敷だけで武士などが千人いる。表の対面場とこちらの詰め所には、留守居役、勘定方、旅役方。中ほどには宗村公の御座所、奉行役、目付の部屋、御小納戸や小姓、記録方の部屋がある。外には大番組、御馬頭、弓矢、鉄砲方など御城下の警備の武士がそっくりいます。一番奥には御寝所や夫人たちと御局（奥女中）と御膳夫方の三つに分れています」

嘉善は想像はしていたが、これはまさに城中なのだと驚き、好奇心を抱いた。

御坊主が二人に茶と菓子を運んで来た。

## 面談

話し合いが続いたのか半刻（一時間）もして、やっと丈庵が戻って来た。

「やあお待たせ。運良く奉行の方々や若年寄（仙台藩では目付にあたる）の方々にも会うことができ、従吾どのの事をくわしく説明して参った。跡式のことも話した。もう少し待てば連絡が来るので、御重役方にもお目通り願う、筆頭奉行の奥山奉行もおられた」

嘉善は丈庵の声で気を取り直した。

ややあって、御小姓方が来て丈庵に「奉行方の対面所にお越し下さい」と告げた。

「さあ、参ろう、長刀はこの刀架けに置いていくように」と丈庵が嘉善を案内した。邸の廊下を歩き、面談の部屋に入ると、正面に落ち着き払った奉行らしき老人、その隣にも四、五人が座って待っていた。

正面に向って丈庵が礼をして、下座に少し離れて座った嘉善を紹介した。嘉善も沈黙したまま礼をした。正面から「奥山奉行どの、こちらは津田丹波どの……」と丈庵は次々と同座の人の名を告げ、その都度、嘉善は頭を下げた。

奥山奉行は、思いがけなく気さくに話しかけてくれた。

「従吾どののことは、心から御悔み申し上げる。あまりにも急逝だった。御愁傷のことと思うが、母上には気を落とされぬようよろしくお伝えあれ。葬儀の日程はこれからの事だそうで、本藩としてもできることは対応する。殿様にも委細申し上げておく。お清の方さまは妊娠中なので後に伝えたい、容体を見守りたい」

　他の重役たちは相づちを打っただけだった。嘉善は「御配慮ありがたく存じます」と礼を言った。

　奥山奉行は次の質問をした。「わが仙台藩は先代の吉村公が、元文元年（一七三六）に学問所を設けて、藩士の師弟の教育に当たっている。林どの、そこもとも儒学を学んでいるそうだが、何を学んでいるのか」

　嘉善は「四書五経などを少し嗜んでおります……」と答えた。丈庵が助け船を出した。

「嘉善どのは私塾に行ってるね」

「はい、両国の宇佐美灊水《しんすい》先生の塾に三年ほど通っております」

「その師匠は朱子学派かな」

「はい、古文辞学派ですが、宇佐美先生は数年前から松江藩の藩儒を務めておりますので、なかなかお会いできません」

　工藤丈庵がさらに「この宇佐美という儒者は、亡くなった荻生徂徠の最後の弟子だそうです。蘐園学《がんえんがく》派と呼ばれましたが、今は少なくなっています」

「そうか、太宰春台《だざいしゅんだい》も徂徠の弟子だったな、とにかく若い者が学ぶことは感心じゃな」と奥山奉行が言って、この対面は終りになった。

　こうして無事、嘉善は仙台藩家老とも言える奥山奉行に会うことができた。それは人事の面接でもあった。結果がどう出るか不安であった。

## 吉報

　丈庵と二人で数寄屋町の林家に帰り、嘉善は緊張の糸がやっと取れた。もう正午近くになっていた。そこには寺から帰った母、子平、同行してくれた姉なよの夫の森川権六郎らがそろっていた。

「丈庵先生、本日はまことに御苦労をおかけ致しました」と母がねぎらった。

　丈庵はまず従吾の仮祭壇の前に座り、焼香し、祈ったあと話し始めた。

「今日は運が良かった。嘉善どのと仙台藩上屋敷に参り、奥医師の桑原先生に報告、さらに御家老方、若年寄や書記方に従吾どのの逝去をお届けし、それから奥山、津田両御奉行さまに嘉善どのが面会され、言葉もかけていただきました」

「まあ、良かったこと。案じておりました。跡継ぎのことはどんなものでしょう」

「御葬儀のこともあり、今日すぐにという訳には参りません。抱えは一代限りの場合もあり、相続申請できるかどうかが鍵です。筆頭の御家老役の奥山どのからは、急逝の様子、残された御家族のみなさまのこと、後嗣の嘉善どののこと、すべて詳細にお聞き届け下さり、そのうえ、面談していただいたので、まず一安心ということです。なによりも従吾どのの日頃の奉公の賜です。足軽たちも随分治療しました。私の感触はよろしかったと申しあげます。それから、お部屋さまのお清の方さまが懐妊中臨月ということで『悲喜こもごも至る』と奥山さまからお知らせ下すった。母上どのにも『どうか気を落さずに』との御伝言でございましたぞ。宗村公にもさっそく報告するとのことでした」

嘉善にも初めての話で安堵した。

「嘉善もご苦労さま。御判断いただくまで静かにお待ちしましょう」と母も祖母とうなずいた。

「御葬儀もさっそく決めていただき、週末の二十日となり、御法名も『仙樹院覺道従吾居士』と日輪寺の和尚さまから頂戴して参りました。これも、みなさまのお陰さまでございます。それにしても、きよはまたお産なんて、なんて頑張る娘でしょう。従吾さまの生まれ変りになるかもしれません。親子共に無事なら良いのですが……」と母が話した。

「その件は、わしが明日にも中屋敷に行きたしかめて参りましょう」と丈庵が応えた。

姉のなよと妹の多智たちは昼食の仕度にかかった。

子平も複雑な表情ながら、兄の嘉善の跡式が決まることを願いつつ、兄の背中をさすることでその気持ちを示していた。丈庵先生は共に食事をしてから自宅に引き取った。

翌日、早速吉報が届いた。お清の方が、十六日夜、無事公女を出産、二人目のお手柄をあげたことだった。静姫と名付けられた方子《よりこ》さまで、長じて松江藩主松平治郷《はるさと》不昧公（十八万石）の夫人となられるお方であった。

工藤丈庵が案内して、仙台藩の二番目の奉行、津田丹波が従吾のために林家を弔意に訪れ、この慶事を報告したのである。さらに嘉善が従吾の跡（三十口）をそのまま継ぐことが内定したと津田から告げられた。

太り気味の津田丹波は「奥山どのも言われたが、悲喜こもごもでございますな。御葬儀には藩主の名代が出席する予定でござる」、続けて「お清の方さまも健康で安産でござった、嘉善どのも故従吾どのに続いて扶持を下さることとなった。職分は医師ではなく、藩士として仕えていただく。宗村公もお慶びでござる」と母に話したのだった。丈庵も「よろしかったですな。われわれが帰った夜に産気づかれたそうです」と相好を崩した。

従吾の死で暗かった林一家は一気に喜びの表情に変わった。母は涙ぐみながら「ありがたく存じます。嘉善もまたお清の方と共に仙台様にご奉公ができてなによりです」と礼を述べたのである。

嘉善は硬くなって「なにかとありがたく存じまする。今後共、お引廻しよろしくお願い申し上げます」と丁重に礼を述べた。

津田丹波は「正式のご沙汰はいずれ工藤氏と連絡いたす。暫くの時を待ってほしい」

丈庵も「いずれ、誓書も差し出さなければならんね」と笑顔で嘉善を気づかった。森川は「仙台藩の御家中になれば覚悟をしてしっかり奉公することですね」と武士らしく微笑した。

台所では、この知らせを聞いたなよ、多智、子平の姉弟も手を取り合って喜んだ。祖母も「お清の方も、嘉善も、よかった、よかった」と手放しで喜びを共にした。

## 通夜

三月十九日、従吾が亡くなったあと、林家ではだれもが忙しい日々を過した。中でも子平の母は接客や買い出し、たとえば菓子屋の饅頭、清酒の下り物、精進料理の仕込み、そして長姉のなよをはじめ近所の手伝いの主婦、和歌の教え子の娘さんたち大勢を指図しなければならなかった。

男衆の嘉善、子平、弥兵衛は庭と家の掃除から高提灯、白い喪の幕張り、水汲みなどに汗をかいた。工藤家からは弟子の貞庵が手伝いに来た。周庵は治療に当たって来れなかった。

昼の八つ過ぎ（午後三時頃）までには片がつきだした。丈庵先生が顔を見せたので母も出てきた。

「大変ですな、特に御婦人方は」

「お陰様で手伝いのみなさんにお任せして、私は口だけしか使っていません」

「今夕の通夜には、仙台藩から御留守居役、足軽頭、それに奥医師の桑原さんなど約二十人ほど来られるらしい」

「まあ、ありがたいことですが、家が狭いのでどうしましょう」

「診察室と庭にも焼香台を置いたらどうです、患者さんたちも来ますよ」

「そうですね、先ほども職人町のおかみさんたちが参りまして、従吾先生には子どもがお世話になったと言ってました。香炉の用意をさせましょう」と嘉善を呼んだ。

「町内会の人たちが、その準備をしてくれるというので、もう来る頃なのです。受付も貞庵さんと子平とその人たちに頼みました」と嘉善は言った。

「貞庵を使って下さい。ご苦労だね、従吾先生は温い人柄で親切だったし、第一貧乏医者だったからね。今日、明日は大変だよ」と丈庵先生。

「そうです。風邪をひいた子どもの往診に行ったら、母親が産気づいて産婆代りをしてもらったとさっきもお礼を言われましたよ」と母親も言い、祭壇の方へ案内した。

そこでは祖母がお茶の番をしていた。「工藤先生、いろいろお世話になります。お清の方、嘉善のことまでほんとにお陰様です」とお礼を言うのだった。

「お清の方が心配なので、奥の部屋まで様子を見に行ったのですが、なんと対面の部屋にお顔を見せられて、お元気でした。疲れがあると思いますが、安産だったのか、気丈に言葉をかけられましたよ。『私は葬式に出られないので、よろしくお計《はから》いお願いします、祖母や母に、母子とも元気ですと伝えてほしい』とね」

「そうですか、ほんとにしっかりした娘でね、母親も顔を見たいだろうにこの忙しさですからね」。母も「あんなに細いのに、安産でなによりでした」と言った。

そこへ森川や親戚（子平の祖母の実家は渥美であり、その家から出た下田、浅井氏の二代目や青木「母方」の息子）たちが相ついで弔問に来た。

それぞれ挨拶を交わして、従吾の祭壇で拝んでいた。母は「和尚さんもそろそろ参られると思うので、お休み下さい」と言うと台所が気になるのか、すぐに座をはずした。

森川も親類の旗本同士で言葉を交わし合うと丈庵に話しかけた。

「仙台藩のほうはどうですか。それぞれお国の習慣があるのでしょうが……」

「いや、通夜で残るのは桑原先生ら医師の親しい方々だけだと思います。侍たちは読経と焼香が済めば失礼するでしょう、明日の葬式がありますから。明日はこの前見えた津田奉行どのが代表となり駕籠で参列されるそうです。大体三十人位がつき従って見えると思います」

「そうですか、かたじけないことです、まだ夜は冷えますので、来ていただく方にも迷惑をおかけします」と森川が話した。

嘉善と子平も丈庵先生に挨拶に来た。

森川が「仙台藩士の方々は今晩は二十人位、葬式には津田奉行が参列されるそうだ。嘉善どのもそのつもりで気配りしなければいかんね。なんといっても喪主なんだから」と言った。

「いずれも先輩となる方々なので、態度を見られそうだ」と例によって心配気だ。

「大丈夫、喪主は黙って立っていれば良いのさ」と丈庵先生。子平はお茶を注いだ。なよがみなに茶と菓子を配りに来て、嘉善に言った。

「玄関に行って。町内会の方々や患者さんが見えているから」

嘉善と森川がすぐに立っていった。嘉善は親子づれや町人みなに礼を言い、森川は通夜と葬式の手はずを相談した。

春の日は伸びては来たが、早くも日は暮れかかってきた。

日輪寺の無鉄和尚ら三人が見え、仙台藩の江戸御留守居役や桑原医師も到着した。焼香に訪れる近隣の人々もやって来た。

診察室と続きの居間も人々で埋まり、手伝いの人々まで集まると、空は墨を流したようにとっぷり夜陰に包まれた。

## 帰宅

鉦《かね》と木魚の音と共に僧侶たちの読経が始まった。初めに嘉善、子平、森川、そして母、祖母、なよ、多智が焼香すると、弔問客がそれに続いた。最後に無鉄和尚が話した。

台所へ最初に戻ったのはなよだった。料理の膳を運ぼうとした途端、ギョッとした。隅に誰かがいる。よく見ると笠の男が上り框に腰をかけ、背を見せている。「だれ?」となよは聞いた。男は振り向いて笠をとった。初老の侍だった。蠟燭の光でよく見えない。

(もしかして父上か)。その言葉を呑みこんで、「上がって下さい。母を呼んで来ます」と言った。それしか言えなかった。そこに立っていたのは林摩詰と名を改めた岡村源五兵衛だった。

「待て、客が来ている。わしはその奥の部屋で待っている。休みたいんだ、通夜の宴のあとでいい」

人々がこっちへ来る気配がする。なよは急いで奥の襖を開けた。男は上がって襖を閉めた。

お手伝いの女たちがドヤドヤとやって来た。なよは母の傍へ行って耳元で話した。「お父さんが帰って来た。奥の祖母の部屋に入ってもらった」

母は黙ってうなずき玄関へ向かった。人々がぞろぞろと帰ろうとしていた。仙台藩士の一団が出て来た。母は「今夜はどうもありがとうございました」と繰り返し、人々を送った。嘉善は御留守居役や桑原医師、丈庵に席を案内した。子平は座布団を抱えて来た。森川はなよに何か言われているようだった。二人で立ち止まって母を見ていた。女たちが銘々膳を運んで部屋に並べていった。

## 再会

母は女性たちに「皆さんもお世話さまです。召し上がってもらいなさい」となよに言って、祖母を先に立てて奥の部屋に入った。

　摩詰の前に祖母と母が座ると、摩詰は顔を歪ませて「長い間ご不孝を致しまして相すみません」と這いつくばった。

　祖母は「お帰りなさい。長い間ご苦労さん」と言った。

　母も「間に合ってよかった。明日朝からお葬式です。日輪寺です。御先祖さまと一緒に墓をとりました」「苦労をかけたな、あれから十三年だ。従吾には家族を守ってもらった。とうとう従吾は妻帯もしなかった」と涙ぐんだ。従吾の死をもっとも悼んでいるのはこの摩詰であろう。

「嘉善は五つ、子平は三つ、多智は生れたばかりでしたからびっくりするでしょう。きっと顔もわからない」「母上、これからはどこにも行きません、いつもお傍に居ます」と摩詰が言った。

「客の席に挨拶したらどうか」と子平の祖母。

「いや、突然なので客が帰ったころ参ります」

　母は部屋を出ていきながら袖で涙をぬぐった。

　戻って来ると、替え衣と膳を持ってきた。「私はまだお客さん方がいますので、しばらく待って下さい」と言って出て行った。

　母は摩詰に酒を注いだが、摩詰はまず母に注いで、「一緒に、従吾のための献盃です」と言った。

　子平は母に連れられて無鉄和尚の前に行った。

「和尚さん、この子平を頼みます。ふらふら出歩くばかりなんですよ、この子は」

「はっ、はっ、は、歩くことは良い。なんでも興味があるんでしょ。子平どのは大物だよ、たまにお寺に来なさい」「坐禅で鍛えて下さい」と母も笑って、和尚に酒をすすめた。

「人が亡くなって、悲しんではいけないんですか」と子平。

「うん、随分働いたから、ゆっくり休ませて上げるのがいい。お釈迦さんはアーナンダーという若い弟子に自分が亡くなる前に泣くなと怒ったんだよ」

　しばらくして和尚と二人の弟子僧が立つと、遠藤江戸留守居役も「我々もそろそろ失礼します」と言い、桑原医師、留守居役のお付きの侍二人も席を立った。

こうして弔問客はしだいに去っていった。残ったのは丈庵、森川に渥美や青木の二代目たちやあとから来た周庵だった。

客が帰ると閑散として淋しいものだが、そこへ子平の母と共に摩詰がゆっくりと入って来た。森川はなよから聞いていたので「義父です。帰って参りました」と丈庵たちに言った。

摩詰は「お世話になっています、従吾の兄です、お通夜にありがとうございます」とぼそっと言いつつまず従吾の遺体の前に立った。白布を取り、顔をしばらく見ていたが、黙って合掌した。線香をつけて祈っていた。

丈庵は旗本時代の華やかだった摩詰を知っていたので、少し痩せたなとは思ったが「やあ、丈庵です、暫くでしたな、さあ、一緒に酒を酌み交わしましょう」と言った。

「いろいろ林の家の者が面倒かけております、しばらくでした。丈庵さん、お元気ですな」深々と頭を下げた。

それから四方山《よもやま》話が始まった。傍らには子平の祖母と母、なよ、嘉善、多智も座っていた。子平と多智は父の顔を覚えていず「これが父上か」と口には出さず見守っていた。

「十三年も経ちましたか、どこにおられたのですか」と丈庵が訊ねると、摩詰は「いろんなところを旅しましたが、主に常陸にいました。水戸公の周辺です、どの藩も内情は火の車です、地主や工商の町人は景気のいい連中がいますが、百姓たちはなかなか苦労していましたな……」などと話した。

ひとしきり話したあと、丈庵が「お疲れでしょう、私たちもまた明日の葬式に出ますのでこれで失礼します」と立ち上がると、森川となよ夫婦を除いて親戚の者たちも立ち上がった。

「今夜は従吾の傍で寝てやりたいと思っています」と摩詰が言い、送りに出た。

摩詰は改めて家族に「いろいろ迷惑をかけた」と頭を下げた。「嘉善、子平、多智、みんな大きくなったな」と立っていき、それぞれの肩や身体をさすった。子どもたちは何も言えなかった。摩詰も多く話さなかった。

子平の母が言った。「今夜はお父上と、嘉善、子平は、この部屋で従吾さまの傍で眠りなさい」

祖母が焼香と手を合わせ、家族もそれに倣った。

## 長い葬列

翌朝は五月の空のように晴れ渡った。明け六つに起きて五つ半（午前七時頃）には林家の門前に人々が集まった。町内の世話人が、大声を上げて人々を呼び出し葬列をつくっていく。先頭には提灯を持つ人々、その次に龍と日輪が描かれた幡《はた》が二旒並び、吹き流しを持つ人々が続く。傘持ちと無鉄和尚、僧侶三人、麻裃《かみしも》の檀家代表、そして故人の坐棺みこしを担ぐ人々、それを取り囲む裃姿の人々がいる。位牌持ちの嘉善は紋付きの黒装束に麻裃、仏飯を持つ子平、団子の盛り皿と摩詰がいた。母を始めとする女性陣は白布を頭に被っている。そこへ仙台藩の奉行らの駕籠が三つ、つき従う裃姿の侍たちの集団、その中には桑原、丈庵の奥医師たち数人、金銀の蓮の花を持つ人々、さらに弔問の町人たちの群れがあとを追う。

「出発！」の声と共に僧の鈸《はち》と鉦が鳴って葬列は進み出した。数寄屋町から西北の寺の方角へ、小石川小日向の方へと葬列は蛇のようにゆっくり動いていく。

春風が時折強く吹いて、先頭の提灯、幡や金銀の蓮の花をあおる度に葬列が揺れているようだった。林医院の門前では多くの町民が莫蓙《ござ》の上に座ったり、立ったりして見送っていた。

## お清の方

話は代わって子平の姉、お清の方である。お清の方は仙台藩中屋敷で産後を養っていた。肥立ちもよく静姫には母乳を与えることができた。傍には、もう三つになる男子、藤六郎がいろいろな言葉を話し出していた。

お清の方にとって藩主の宗村（三十五歳）の健康以外は、わが子二人の成長こそが大きな希望であった。五月には藤六郎の端午の節句、七夕には竹飾りが奥女中の手でしつらえられ、琴などの音曲も楽しむことができた。

この日は、八月のお月見の準備で、側女中たちは庭先で名月に備えるため、里芋の根引をしていた。

お清の方は、小柄でつぶらな瞳をした知的な感じの女性である。この日はおすべらかしで縞縮緬、紅裏、一つ白の比較的地味で落ち着いた衣裳である。

午前中に髪型を整えるお櫛役を待っており、打掛などは羽織っていない。男子の藤六郎がいるだけに、他の側室とは段違いの待遇で、時折、宗村もやって来て子どもたちに眼を細めていた。お清の方にとっては充実した日々であり、今宵は和歌を詠むしきたりで、お清も案を練っていた。料理は膳夫方によりつくられる。

大名屋敷はどこも将軍の屋敷の小型化されたもので表、中奥、奥と三つに分けられている。奥は女ばかりの世界で、中屋敷では年寄、老女と呼ばれる女性が取りしきっていた。宗村が来る日も年寄に連絡があり、万事手配された。年寄の下には若年寄、祐筆、側女中、下働きがいる。

奥は局で女だけだが、御広敷《おひろしき》（役人の詰所）が付属しており、奥の事務と守衛を兼ねる部分がある。ここは男ばかりで、藩主が来れば夜は庭先などで伊賀者に類した人々も警戒に当たっていた。

奥に入れるのは奉行職などの幹部、医師と僧侶、幼児のお伽役（家庭教師）、御櫛役（髪結い）、呉服など御用取は認められていた。

藩主の主な仕事は江戸城への出仕、老中、大名たちとの交流、藩の経営である。一般に上屋敷にいる。そこには夫人が定住しているが、夫人は人質であるため江戸を離れることはできない。藩主が国許に帰ればそこには御国御前とよばれる第二夫人的室《しつ》がいたのである。

藩主宗村には徳川温子、利根姫と称した夫人がいて、かつて上屋敷にいた（将軍吉宗の養女、紀伊大納言宗直の女）。この方は娘を産んだが、第二子の出産の時、延享二年（一七四五）に母子とも亡くなり、大年寺に葬られている。

宗村には国許にお国御前（室）の坂信子（正三郎信之の女）がいて、仙台ですでに二人の男子を生んだが、長男は八歳で死亡、二男の藤次郎（のちの七代藩主重村）が十一歳となっていた。五年前に世子となり麻布屋敷に住んでいた。宗村にはこの他、二女と二人の男子がいた。すなわち、藤三郎（のち利徳《としのり》）と藤四郎（のち伊達安芸の嗣となったが、二十八歳で死去）である。

お清の方は利根姫が亡くなったゆえ、宗村の眼鏡にかなって十六歳で側室となったのである。

当時宗村は三十歳だったので、あれから五年が過ぎた。吉村の後を受けて十二年目であった。大奥や大名には多く旗本の娘が仕えている。後には町人の娘が行儀見習いとして上った。

現代から見れば側室というのは妾で哀れな存在だと思われるが、中世、戦国を通じて権力者が複数の女性を持つのは慣習上常識のことであった。吉村もその娘が嫁に行くとき、「側室はやむを得ないので、嫉妬せずに耐えなさい」と手紙を書いている。当時は幼児死亡率が高く、元気で生まれてもはしかや風邪、疱瘡などで十代で亡くなる子どもが多く、大名たちは後継者の不安がある。政略結婚で血縁関係をつくるためにも必要であった。

宗村の場合、十七歳で結婚して三十九歳で亡くなるまでに正、側室九人に二十人の子を生ませている。このうち、生後すぐ亡くなった者や幼児死は十人。十代、二十代で亡くなった者は六人、計十六人が死亡した。結局、大人になり生涯を全うした者はわずか四人で、このうち三人が男子、女子一人であった。

普通の侍、町人も男子がなければ養子を取ることが多かった。

お清の方も藩主夫人は亡くなったが、側室四人がすでにいたので五人目の側室であった。あとに二人が続く。女性は三十歳ともなれば年増扱いされた時代である。お清の方にとってこの頃は、宗村の寵を受けて二人の子に囲まれ最も充実した時代であった。（最初の子、藤六郎は後に三河刈谷侯土井大隅守利信＝大名の嗣子となり土井利置《としやす》と称し左京亮に任ぜられたが、家を承けぬうち十七歳で亡くなる。静姫、方子だけは松平出羽守治郷夫人となり、七十八歳と長生きした）

## 林一家の新たな暮し

同じ宝暦二年の九月、嘉善は仙台藩中屋敷に屋敷を与えられ、林一家は祖母、摩詰夫妻、子平、多智の六人が引っ越した。中屋敷内には上屋敷と同じく留守居役や番頭などの居宅、独立家屋、ほとんどは長屋が多い。士分でも良いほうは今なら3ＤＫ風呂つき、あとは長屋と共同風呂であった。

嘉善は従吾の俸給を相続してから中屋敷勤めとなり、暫くは見習い待遇であった。九月からは邸内に定住して、仕事はお清の方付きの連絡や局などの警備その他で、御広敷に詰めていた。侍、足軽、中間を含め、作事方（邸の修理）など約八百人ほどの大所帯、時には喧嘩ざたもあった。

嘉善は二日勤めて一日休みで、宿直の夜の警護もした。

父の摩詰は笠翁と名を改めた。隠居暮しに慣れて、ようやく落ち着いてきた。邸内の暮らしでは、嘉善本人だけでなく、家族にも門限や出入りの規則があり、外出には届け出と許可が必要であった。子平や多智も馬術と私塾や稽古事（多智は琴や茶の湯を習っていた）に毎日、許可をもらって外出した。嘉善の休みの日は、中屋敷にある剣道場で兄弟で剣術の練習をして汗を流すこともあった。

引っ越してきた際には、林一家は奥の部屋でお清の方と再会する機会があり、年寄が手配した。この時、お清の方は地白地黒縫入、赤の合御召《おめし》という正装の華やかな打掛をまとって現れた。側女中が赤ん坊の静姫を抱き、藤六郎も奥女中に手をひかれて来た。

「父上、母上、祖母さま、みなお元気でなによりです。従吾どのの御葬儀には無礼を致しました。これがわが子です」と二人の子を紹介した。静姫と藤六郎は祖母と母に直接、触れる機会も与えられた。

「お子さま共々つつがなく祝着《しゅうちゃく》に存じ上げます」と笠翁が申し上げ、嘉善は屋敷を与えられたことの御礼を言上した。

年寄の老女も同座して形式的な面会となったが、母も祖母も立派なお清の方に大満足であった。宗村からの下し物であるとして、子平、多智まで反物と菓子の贈り物があった。

屋敷に帰ってからは、ひとしきり祖母と母はお清の方の噂を喋り合い、孫たちを自慢してしばらく厭きなかった。二人の子は宗村の子であるゆえ、お清の方以上の格を持って遇されるのが武士世界である。しかし、その後もお清の方の母だけは、時折、庭先や別室に招き入れられお茶を共にして、お喋りを楽しむことができた。

翌宝暦三年、林一家はそろって久しぶりの正月を迎えた。笠翁と嘉善は少々の酒を酌み交わし、子平は舐めた程度であったが、女たちは屠蘇散《とそさん》を袋に入れた酒にひたして飲み、みなで雑煮などをいただいた。嘉善はお清の方の警護の侍として、裃姿で上屋敷への正月の挨拶の供をした。

子平は両親と家族水いらずで正月を過し、京橋から日本橋を散策したり、浅草寺や両国へ笠翁と母の供をして、時には天ぷらや鮨の屋台に連れていってもらった。笠翁は除籍されて以後林家の戸籍上は父ではなかったが――父はあくまで故従吾である――しだいに実の父親役を回復していった。「江戸はずいぶん変化したな、町人も豪勢になったもんだ」と言うのが口癖となった。

笠翁は下旬になって、せっせと書き物を始めた。そして二月になる日、「嘉善は明日、休みだな、おぬしは何歳になったのか、子平はどうだ」と訊いた。

嘉善は「ええ、明日は休み明けです。わしは十九歳です」、子平は「十七歳になりました」と答えた。

「それでは、明日、飯を食ったら二人に話すことがあるので、用意しておけ」と笠翁が言った。

嘉善と子平は、相変わらず同じ部屋で寝ていた。「なんの話だろう」と探り合ったがわからなかった。

## 笠翁からの告喩

笠翁は日課のように小さな神棚に祈り、仏壇の先祖に香をあげて瞑目する。朝食の後もまた繰り返して、神棚に上げておいた二通の文書を、嘉善、子平に一通ずつ手渡した。「まあ、読んでみてくれ」

そこには「平常可被心掛条々之事」（平常心がけるべきさまざまの事）とあった。

一　御家御法式は大切に守り申すべきこと（以下一部略す）

一　江戸御屋敷御門の出入りの刻限は規則を守り、特に門外に出た場合は、刻限を間違いないよう心がけること

一　兄弟は仲むつまじく何ごとも申し合わせること

一　心鏡院様（祖母のこと）の安心なさるよう何ごと

も心がけること
一　衣服は礼儀の本であるので、時々の規則通りしたくすること、美々しき衣服を好んではいけない
一　武具馬具は二重に貯えること、手に合わない武具は持たないこと
一　住居の道具はありあわせのものを使うこと、無用の器物を集めないこと、昔、孔子が衛公子の居室（の簡素）をほめたたえたことに学ぶこと
一　朝寝はしないこと
一　先労無倦の四字をいつも忘れないこと（何ごとも先に労苦をいとわず努力して怠けないこと）
一　暇のある時は、何よりも書物を読むこと、古典をもっぱら読むこと
一　宗儒の理屈に陥り、自分勝手な物差しで、人を律し咎めないこと（宗儒とは宋の時代の朱子学のこと）
一　文章を学ぶことを第一に心がけること
一　弓馬は武士の第一の技芸であるから、申すまでもなく刀槍柔術なども油断なく心がけること
一　子路問強の一章は、学んで会得すべきこと（子路は孔子の十大弟子の一人、蛮勇を好んだが、孔子はその勇を戒めて義を尊ぶことを教えた）
一　酒は飲みすぎぬこと

嘉善、子平がここまで読んだ時、笠翁はその先の話をして聞かせた。
「学問をするにしても、仕官するにしても、なんといっても時代に合わせることが最も大事なことである。つまり、世の中の変化に合わせることが肝心だ」
「昔、小野浅右衛門という人がいた。二千石取りだったが、一生、皮の袴に鬼戻しの肩衣を夏冬通して着て勤めたそうだ。鬼戻しというのは、麻の糸の最も粗い織なので、常に戦場の心がけだった。だがこれでは固すぎる。

林権右衛門という人は目付で二千石だった。娘を近藤宮内という五千石取に嫁にやる時、部下の家老、樋口休意という人に担いでもらって出席した。担ぎにくいので、年木という一尺の丸木を尻当てにして、麻裃で背負ってもらったという剛の者がいた。

寛永の頃、戸田采女正《うねめ》は十万石の美濃の城主だったがこんな話を私の父にしたそうだ。家康公の先備を勤めた人の家中にいた侍は（名前は忘れた）金銀作りの

刀をこしらえた、と家老たちの前に出た。若いのに良い心がけと上も下も言うのでその刀を取上げてみたらば、刀の上鎺《はばき》（刀の刃と峰の間を高くしたところ）に金をきせ、下ははばき、つまり（刀身が抜けないようにするもの）に銀をきせ、その他にも金銀を多く使用していた。これをみなが奇特だと褒めたそうだが、この頃は足軽、中間《ちゅうげん》の者も金銀を腰の物につけているご時世になったと嘆いていた。

一　友松弥五右衛門という、やはり戸田の家中で、関ヶ原や大坂の陣などに出た男で、この人が次のような話をしたと言う。島原の一揆の際に出陣したところ『一家中、戦の支度で大騒ぎとなり、一日かかっても埒があかない状態だった。わしらが壮年のころは、的射をしていた時に、明日早暁に『出陣』と命令が出たけれど、戦なので的射もできないと遅くまで練習していても、一人として用意できなかったものはなかった。

今度の島原の出陣のありさまは、わずか三、四十年の間に武士の心がけがこんなに変わり果てた』と話したというが、たしかに近頃はこの通りだが、友松のように心がけていれば何の心配もないのだ。

一　御屋敷へ引っ越して、ようやく侍たちの顔見知りができてきたけれど、嘉善は、お清の方の縁で召出されたので、年若なる連中に当てこすりを言う人もある。だが、陰口をきかれても恨んではならない。ただ一命は太守公（藩主）の馬前でなければ捨てぬと心得るべきである。とは言っても、一分がたたず恥をかいても生きろということではない。むしろ恥辱を得ぬように上手に立ちまわるようにと申したい。

若い衆との付き合いもいろいろのことがある。つれなくするのも良くない。近くには花柳界や品川宿もある。誘う人もあるだろう、その際は、祖母も母も病がちなのでお供ができませんと柔らかく断り、「そんな所へは一切参らぬ」などと切れ口上を言ってはならない。それは人に憎まれる下地となる。奥家老さまはねんごろに見てくれ、留守居役か左太夫殿はさすがに篤実な人である。このような人をあてにし何ごともお聞きした（相談）方がいい

一　御家中は数万、一人一人の心は違うもの、自分の物差しで人とつきあえば仕損じる基である。聖人以外は、善人も必ず癖がある、その癖を嫌っては、聖人に

はつきあえてもそうはいかない。馬を見てみなさい。俊足の馬は必ず癖がある。普通の乗り手が好きになるのは駑馬《どば》（のろい馬）である。癖のある駿馬を乗りこなさなければ、上手とは言えない。聖人の寛い考え方を守り、身を立て、名を上げることが大切である。我が命長ければ、いろいろ注意相談できるが、弱冠の兄弟ばかりでは心もとなく思う。愚老は年取り病がちで筆をとることも難しく、ざっとこんなことを書いたが、よく思案してほしい。以上」

文章には最後に次のようにある。

「笠翁　宝暦三年二月

友諒殿

友直殿　」

嘉善も子平も、真剣にわが子の将来を心配してくれる笠翁のさとしの言葉に聞き入った。嘉善は特に思いあたることも少なくなかった。

笠翁は笠翁で、同僚を害し、代々続いた旗本の家を失い、放浪生活をして挫折した経験から、実際的な生活信条とすべきこと、昔の武士たちの心がけを具体的な逸話をはさんで話したものである。

それは、嘉善が仙台藩士となり、藩の中屋敷に屋敷をもらい、これから仙台藩主のためにしか命を捨てないこと、人とのつき合いは寛容にできるだけ波風を立てず、学問も仕官も時代の変化に対応しなければならない心がけと、一面、昔の武士のように、武具を大切に武術に励み、衣服は美々しくせず、季節やきまり（当時は衣がえ、時と場所によって着衣は決まりがあった）を守ること、家の道具も用が足りればよいこと、早起き、努力の質実を第一とし、読書、とくに古典を大切にすること（文武両道）、笠翁が嫌っていた朱子学流の道徳にしばられないこと、などを笠翁は述べて、自らの人生の反省を伝え、しっかり人生を送ることを望んだのであった。嘉善、子平とも心に染みた教訓であり、殊に子平はこの笠翁の人生観に大きな影響を受け実践してゆくのだった。

仙台藩中屋敷に住む林一家には温かい灯がともり、二月の月と夜の寒さをはねのける家族愛の情景が外からも見えるようであった。

## 新井白石のこと

笠翁は嘉善が勤務に出ている時などに、子平に自分の人生などを語ることが多くなった。

「子平、先祖のことは聞いたことがあるか」

「従吾叔父さんから、家系図で一度教えられたことがあります」

「わしの曾祖父は、岡村助之進至政と言った。戦国時代、福島正則に仕えていた。福島は豊臣秀吉の賤ヶ岳たけ七本槍の一人である武将だ。秀吉の死後は石田三成と対立して関ヶ原の戦いでは東軍（徳川家康）の主力として活躍し、安芸国広島城主となり、四十九万石を領有した。ところが広島城を修築したため謀反の疑いありとして除封された。この時、福島の部下は城の引き渡しに抵抗した。主人の命令がない以上、城を守るため討ち死にを覚悟したのだ。ところが福島が江戸でこれを認めたので、福島勢はやっと城を明け渡した。正則は越後・信濃の四万五千石に落とされ、蟄居した。翌年子息も没し、のちに正則も亡くなり福島家は断絶した。

曾祖父たちは浪人となったが、この件で福島勢は骨があると評価され、徳川幕府に銃隊として採用された。曾祖父の長男、源五右衛門は後を継いだが、四十四歳で没した。そこで他家に養子になっていた二男の半右衛門が岡村家を継ぐ。これがわしの祖父である」

「そうですか、福島正則も最後は不運だったのですね。籠城しようとしたことが評価されてわしの先祖も江戸に来たんですね。赤穂浪士の中でも城を枕に死ぬと主張したのは少なかったそうですね」と子平。

笠翁は「いざとなれば、そんなものさ。わが家も昔から武士だった。わしの父親、岡村八左衛門は岡村半右衛門の息子でやはり銃隊だった。わしは父が早く致仕したために、跡を承けて十一歳で小姓となり、御小納戸役、そして書物奉行にもなれた。丁度、将軍が綱吉公から家宣公に代わった時である。この宝永六年、幕臣の子息七百人余りがいっせいに新規に召出されたのさ。父もわしの将来を思い、武士を若くして引退し、医者になったのだ。障害のある従吾のことも考えたのである。今思うと父の恩がしみじみわかるのだ」

目をしばたたかせて笠翁はさらに言った。

「家宣公は甲府藩主だったが、綱吉公の養子となり、綱吉公亡き後、六代目の将軍となった。そして甲府時代から侍講であった新井白石、間部詮房《よしふさ》を登用して、いわゆる正徳の治を行った。だから、わしは新井白石先生に会うこともできたし、話をすることもできたのさ」

「あの有名な新井白石と知り合えたなんて幸運でしたね」

「わしはそんな縁もあって、白石の遺著を筆写した本をいくつか所持している。まずこれを読め、白石先生の生涯が出ている」と笠翁は子平に一冊の写本を渡した。『折たく柴の記』という自叙伝だった。

「新井白石は上総国（現千葉県）で生まれ、父は久留里藩の目付だった。父の跡を継いだが、後に城主の息子とそりがあわず浪人となった。いろいろ独学し苦労して木下順庵《きのしたじゅんあん》（儒学者）に師事、甲府の家宣公に師の推薦で仕官、家宣公が将軍となり、それを機に幕府の補佐役として正徳の治を断行したのさ。とにかく抜群の人で、世界を視野に入れた人だ。家宣公に信頼され仕事も下問を多く受けた。将軍の第一の頭脳だった。『読史余論』や『西洋紀聞』もある」

「残念ながらまだ全く読んだことがありません、すごい儒者もいるのですね」と子平はその写本を受け取った。

## 子平の熱情

子平は午前中、この本を興奮しながら読んだ。半分ほど読んだところで、笠翁のところに行って話した。

「父上、白石の父親は上総の土屋家に仕え、古武士の風格があった。身につけるものは家にいる時はよく洗ったものを着て、外出には新しくきれいなものを着たが、身にすぎたものは着なかったらしい」

「そうだ、昔の武士は口数も少なく、刀は良いものを選んだがそれ以外は気にしない。常に命をかける気概があった」

「その父が引退してから白石は、兄たちに養子に出されたのですね。しかし、友だちと口論した際、養父が父の召使いだったことを明かされ、十三歳で江戸へ家出した。父に孝行を尽くそうとしたが、その父が亡くなった。父親の一番の教訓は『男は、ただ忍耐ということだけを習練すべきである。これを習練するためには何ごとにせよ、自分がいちばん堪えがたいと思うことから忍耐をはじめると、時を経るうちに、そんなに困難だと思われなくなるはずだ』と言ったそうです」

「そうだ、日頃の心がけだ。だが、人間は慢心するとその心がけも崩れる、わしもそうだった」

「もう一つ白石の父親の教訓がある。金と色の欲、人はこれに無欲なら人に好かれると言う。木下順庵も金と色から生まれた恨みは永久に消えないと言った」

「たしかに誰にでもある欲だ、しかし武士には目標がある。昔に読んだので忘れているから、子平、かいつまんで読んでくれ」と笠翁が話し、子平が一部を読んだ。

「白石は三歳で字を書いた。草子を見ながら、紙と筆をもらって透かして写した。六歳で、ある人から七言絶句の詩を三つ教えてもらい、みな暗誦した。そんなことから、『学者にしたらよい』と周囲の人が話し、『昔から学者になるには利根《りこん》、気根《きこん》、黄金《おうごん》がなくてはならぬ』と言われている。この子は、利根は生まれつきあるかも知れないが、幼いので気根はわからないし、家も豊かでなく黄金も心配だ』と人々は噂した。そこで父は『習字だけは勉強させたい』と言った。

　九歳の頃、父の主君から「日のあるうち、行書・草書の字三千、夜になって一千字書け」と言われた。幼いので夜に眠気を催す。水を二桶用意して眠くなると二度水をかぶって日課を果たしたそうだ。十歳で剣術を練習した。十七歳で中江藤樹の『翁《おきな》問答』を読んで、初めて聖人の道というものがあることを知る。それから儒学に志を持った。

　父が病気の時、薬をすすめた医者に『小学』の題字を講釈してもらう。自分で辞書を使いそれからいろいろ読み、詩もつくった。まだ師匠はいなかった。独学自造の人なのだ。

　二十一歳になり、朝鮮の使者が来た。丁度その頃、対馬の国の儒者で阿比留《アビル》という人と知り合い、阿比留を仲介に前に書いた詩百篇について学者の批評を求めたところ、『会ってから序を書こう』と言われ、通訳官の成琬《せいえん》が詩集の序をつくってくれた。

この年、木下順庵先生は幕府に召し出され、綱吉将軍の侍講（君主に学問を講じること）になった。阿比留は順庵門下となった。阿比留が白石のことを話すと『その人に会ってみたい』と言われ、阿比留の仲立ちで木下順庵に会った。あとはまだ読んでいません」

子平はここまで読み上げて、笠翁に言った。

「父上、三歳で字を書いたとか、習字を一日四千字書くことはとてもわしには真似できません。しかし、十七歳で中江藤樹の本を読み学を志したという年齢は、わしも同じ年だからまだ間に合う。わしもこれから学を志したい」

笠翁は喜んだがこう言った。

「木下順庵は室鳩巣《むろきゅうそう》（儒学者）ら多くの学者を育てた。わしが入門したかったのは荻生徂徠だった。ところが、わしが習っていた学者は腐儒《ふじゅ》だったし、『父の知人に荻生一派は不良が多い』とかで、別の朱子学者につかせられた。私は当りまえのことを習っても仕方がないと思って、それきり止めてしまった。あの時、まだ元気だった荻生徂徠を師にすれば良かったのだ。

荻生徂徠はいま思えば傑出した学者だ。柳沢吉保に、はじめ十五人扶持で雇われていた。そして学問好きの綱吉公にもたびたび会うようになった。もし、おまえが学問したいと思うなら、新井白石と荻生徂徠は当代の豪傑なので勉強したほうが良い。そして良い師範や友を見つけなさい」

子平は笠翁の話を真剣に聞き、燃えていった。そもそもカッカしやすいたちだ。外に出て「えい、えい、えい」と木刀の素振りをした。ところが中間らしい男が二人通りかかり、酒気を帯びていたのか「坊主、静かにしろ、みんなこれから寝るんだ」と怒鳴られた。

笠翁は戻った子平に、「何をしていた。本の中には白石が若い頃、二人の金持ち（富商）から養子縁組の話が来たが、二度断ったことが出ているはずだ。一人は東西の航路を開いたあの河村瑞軒《かわむらずいけん》（豪商）だ。河村家には黄金三千両があり、学問の奨学資金とする提案だったが、将来の傷になると白石が断った話だ」

子平は「そんなこともあったのか」とまた本を読み続けた。「白石も弓矢取る武士の家の自負があったのだ」と一人つぶやいた。笠翁は「お前も奨学費を出してもらえるような人にならんとな」とからかった。

# 第六章

## 仙台藩主・宗村の藩政と最期

## 嘉善らの参集

宝暦五年（一七五五）五月半ば、嘉善友諒は朝から愛宕下の中屋敷を出て上屋敷へ向かった。留守居役の井上左太夫に率いられて二十人ばかりが、会合に出席するため同道した。

快晴とはいえないが、江戸は五月らしく青葉若葉の季節を迎えていた。堀端から見える江戸城の松も見事に青々としてきた。嘉善は朝の空気に気分良く歩いていたが、今日はどんな話があるのか、小柄な左太夫の背中を見て歩いていた。

左太夫の話によると、前日、仙台から奉行の葦名豊前と新しく就任した若い柴田蔵人らの奉行たちが着いたはずで、藩の情勢を聞くらしい様子だった。

上屋敷では藩主の宗村が朝の食事を終え御座所に戻ったばかりで、部屋には元奥小姓で現在は江戸番《ばん》頭《がしら》の萱場多門だけが同座していた。宗村は立ち上ると庭苑の木々を暫く見つめていた。容姿は端正で背は高い。スラッとしていて、若い頃から乗馬に精を出したため筋肉質であった。濃紺の衣を着ている。

萱場は剣術の師家の出で小姓の時から仕えているので、今日の宗村は顔色も良く機嫌もまずまずと見ていたが、黙って控えていた。

宗村はこの四月に在府の仙台を立って江戸に着いていた。江戸に上る際、刈田郡山中の七ヶ宿など伊達藩境を巡見したいと言い出したことを、萱場は思い出した。奥山奉行にその旨を命じたのである。奉行は旅役を通じて担当者を呼んだ。数人の役侍が殿の前に来てその中の出入司《しゅつにゅうつかさ》（財政、民政の担当）の小島典膳が説明した。

「山中七ヶ宿は、羽州（山形、秋田）の各藩の通路で群候の往来が多く、人馬労駅の負担が他の村落よりかさみ、そのため農民は田畑づくりの機会を失うことがあり、さらに猪や鹿が荒らして被害が増えています。したがって民力も衰え、土地の荒廃も進み、公が巡見に出られると、さらに民の負担が増えます」と申し上げた。すると宗村が言った。

「巡見するのは、娯楽や物見遊山のためではない。地形の広狭、民の様子や土地の盛衰を見たいからで、近年の被害もあり、今はそれを見るべき時である。巡見したいと言うのになぜ止めるのだ。担当者自身も現況を十分知らないのではないか」

「殿が見れば、その不備を補い、貧しきを恵むことになります。殿が見ないところの民は不公平だと恨み、あちらもこちらもと要望が起きます。封内全域で衰えている郡村が多く、盛えているところは少ない。補助し、救済することが多くなれば、倉庫は空になり、財はその千分の一にも充当できないのでお止めしたしだいです」

「もちろん人財が十分あるなら、すべて行えば良いが、財は足りないのだからその一、二でも良いから手当を行うべきだ。民の衰えの程度に応じて支援すべきなのは当然であろう。それが藩主である。なぜ金が足りないことばかりを主張するのか。藩主が見ずに、行政を執行することはできない。それは古今の理である。見知ることがなければ、そなたが言ったように欠を補い、貧に恵み、救うことができない。一度に救済できないなら、十分の一、いや、たとえ、十年、数十年かかっても、さまざまな郡村を支えていかなければ衰退するほかない。財政に応じてわれわれも努力すべきではないか。人事を尽くすことが大切だが、おぬしの言は未だ人事を尽くしていない。机上の空論ではないか。聖人のことを持ち出すまでもない。そこもとは言った。山村は衰廃している。担当者も見ずして行い、ただ民の声を聞かずに金を散財しているだけではないか。適切な処置が取られていない。これでは余と共に巡見する時がないではないか」

宗村は珍しく気色ばんだ。巡見はしかし、取り止めになった。小島典膳は殿に対してひるまず、その役割は極力、藩主の出御《しゅつぎょ》を抑えることである。萱場は双方の立場をわかっていただけに宗村の後姿に施策の不満に耐え、しかも、藩主の責任の重さを負っていることを思った。

宗村は暫く無言で立っていたが、宗村は宗村で父の吉村公が傍系から出たために、一門、一族など門閥や部下に遠慮しつつ藩の立て直しに努力したことを思っていたのである。「父ならばどうしただろうか、正嫡の自分でさえ、役人はままならない」

## 藩内の収穫の見通しと対応

萱場が思い返していると、若い小姓が入って来て告げた。

「奉行がそろいました。呼び入れてよろしいでしょうか」

　宗村は手を上げてうなずいた。萱場も殿の位置の後方に席をかえた。

　奥山、津田、葦名、柴田が入室して、茶菓が用意された。

　宗村は葦名、柴田に向かい、「昨夜、江戸に到着したのか。道中ご苦労であった」と言った。

　早速、葦名が話し始めた。

「殿が帰られた頃、仙台城下に雪は積もっていませんでしたが、おわかりのように今年の冬は二月に冷えこみ、雪がどっと降りました。その雪が北方の栗駒、登《と》米《め》、志田、加美《かみ》などでは四月まで降り、全域で麦は腐って不作でした。五月に入っても霖雨が続いており、気候が冷涼であります。城下でも相変らず綿入れが手離せません。この分では、北東の風が例年より多く、田植えも遅れます。十分なる注意が必要と思われます」

「一昨年の大洪水の際も、民への穀米や籾《もみ》の確保に苦労した。大丈夫か、準備万端手配すべきである」と宗村が奥山を見た。

　奥山が、合議していただかなければならないことを申し上げますと報告した。

「二年前の宝暦三年の洪水被害では、結局、昨年までに確定したのは、十八万五千石余の損石でした。このことは幕府に翌年見込みを出しました程度の範囲に収まりました。あの年はご存じのように予想外でしたので、前年の米は大坂でほとんど換金しており、米倉にも貯えが少なく、被害のなかった藩から急きょ米を買入れましたが、かなり手間取り、救い米の配布が遅れました。また翌年の籾の確保も大変でした。

　昨年は打って変わって雨が少なく、干魃で畑作は不作でしたが、米はまずまずの作でした。ですから、今年は、大坂や江戸の廻米を抑制しております。このため入金が減少していますので、節約、倹約体制が必要となり、冗費を省いていくに越したことはありません。

例年ですと、米の納り金が九万九千両、お遣い金惣高が十二万四千両ほど。つまり差引不足金が二万五、六千両とみられます。この不足分に対し、繰り合わせ分で塩の利潤八千両、借金返済の減が一万両、別段の買米利潤四、五千両などが予定できますが、勘定方にも特段の努力をするよう下命したところです。

今年の産米しだいですが、葦名奉行の報告によりますと、天候不順の予想で不作の恐れがあります。金融方の支払差し止めなど手当てが必要です。南部から田植えが始まりますが、まだこれからが正念場ですので、幕府にはあまり早くから騒ぎ立てるべきではないかとも思っております。情報が流れると米の価格にただちに響きます。いかがでしょうか」

「しかし、江戸廻米を少しでも抑制しているとなると、その方が言うように江戸の米価が高くなる。庶民が困窮するので、幕府勘定方には、その方から天候不順の恐れがあり、廻米を押えていることは報告しておいたほうが良い。津田奉行と共に老中に告知しておくべきではないか。何事も早手回しと常に話し合っておくことが、支援を頼むにも都合が良いであろう」と宗村が言った。

「たしかに仰せの通りでしょう。幕府もこのところ諸大名に対し、一万石につき千俵の割合で籾の貯穀を命じています、それも連年です。

薩摩藩は木曽川工事で悲劇があり家老の平田靫負《ゆきえ》が責任を取り自刃した（工事難航で自殺者が出て、公費も四十万両に達した）。この費用のため銀札発行の許可を申請しております。年内にはどうにか完工するようです。

また、久留米藩や美濃郡上藩では百姓一揆や強訴《ごうそ》が起きています。これは全国的には田地の開発が進み、米が余り、米価が安くなっているので減免などが原因です。

幕府としても藩に対し慎重指導しているようですが、当藩としても幕府の支援を当てにはできません。幕府勘定方も最も嫌がることですので、奥山どのと早速、今後の気象見通しと廻米情況は報告したほうが早手回しとは言われないでしょう」と津田奉行が受けた。

「わがほうとして農民のために打つ手はないのか」

「籾は今のところ十分確保できています。しかし田水の用水とその張り方、施肥の仕方など今後の冷害対策は相談に応じる必要があります。その他洪水地域の工事の手当も行っています。各代官や肝煎《きもいり》たちには十分な注意と配慮が必要と告知するべきでしょう」

「そこは葦名奉行、在藩の対応をよろしく願います」と奥山、津田が交互に話した。

最後に津田奉行がまとめた。

「本日は上、中、蔵屋敷も含めてすべての勘定方や出入司役の部下、留守居役らを集めておりますので、最初に殿からの挨拶をお願いして、奥山奉行から節倹の方針と心がまえを話して油断なく準備するよう注意を呼びかけて終わりたいと思いますのでよろしくお願いします。

午後からは出入司や勘定奉行以下で相談させます。これはわしら奉行と各留守居役などで対応しますので殿には中座していただきます」

宗村は「それで良い。幕府では勘定奉行と長崎奉行の兼務を廃止したり、抜け荷（密輸）対策に厳命を下しているようなので貿易と財政の安定を期しているようだ。そこは十分注意して報告すべきであろう」と付け加えた。

## 宗村への拝謁

大広間には約百人の侍が詰めかけていた。嘉善は中屋敷の井上留守居役らと共に一番末端で会合の始まりを待っていたが、奥医師の桑原に工藤丈庵も顔を見せていたし、顔見知りの蔵屋敷の面々にも挨拶した。その他番方の連中も出席していた。

遠藤留守居役が立って「只今から開会します。宗村公がお成りです」と言うと、すぐ奥の襖が開いて、番頭の萱場が案内して宗村が登場した。奉行、若年寄らが前面に並び、それに続いて大番頭、出入司、勘定奉行らが居並んでいた。宗村は通常は上座で座しているのであるが立ち上がって話し出した。

「五月に入り、江戸はまずまずの気候である。九代目の徳川家重将軍の徳政が行われていることは目出たい。

しかし、わが藩府の仙台、藩内の南北では春から冷涼な天気がいまだ続き、田植えから困難が予想される。

昨日、国元から葦名、柴田の両奉行が江戸に着いたので、両名からその現況を聞いてもらいたい。産米づくりはこれから始まるので。今から右往左往する必要はないが、準備万端、整えておくことは重要であり、どのように変化しようとも対応できるよう心がけてほしい。

一昨年の洪水では諸士には尋常でない苦労をかけた。今年はあのようなことがないよう藩主としても勤めたい。経世済民がわしらの最大の使命である」

この後、まず葦名奉行が立ち上がった。

「宝暦三年の水害による被害は十八万四千石の損石と確定した。これは享保八、九、十年のそれぞれ、十八万九千石、十七万一千七百石、二十三万三千石の減少に次ぐ被害であった。したがって藩財政も打撃を受けた。気候が不順になると、数年続くというのがこれまでの例である。

本年は二月から冷え込み四月まで降雪があった。五月に入って霖雨が続いており、来月の六月は田植えの最盛期になるが、予想では冷夏の見込みと農学、天文方たちが心配している。農事関係者は農民や地方へあらかじめ、種籾や用水などの対応を指導しようとしている。

藩としては不作に備えるため廻米も控え、貯穀に努めている。諸君の給米給金は確保する予定だが、不慮に備えて各自、換金せず、なるだけ貯えていただきたい。天候しだいでなにが起きるかわからない。藩全体の経費の節減にも協力願いたい。蔵屋敷の対応も臨機応変に願いたい」と注文を述べた。

最後に奥山筆頭奉行がしめくくって「藩士全員の協力体制と自助努力を希望する。下級の者たちは平常でさえ楽ではない。藩民のため各組ごとに宗村公の気持ちを体して結束するよう頼みたい」と述べた。

会議が終わるとがやがやと話し合いが起き、「楽じゃねえな」「また不作か」とそれぞれ本音が出た。嘉善たちはしばらく静かにしていたが、井上左太夫は「ちょっとここで待っていてくれ、御奉行に挨拶してくる」と奥向きに立った。

するとすぐに戻って来て「林君、ちょっとわしについて来い」と言うので嘉善はすぐ立って左太夫のあとについて奉行の部屋に向かった。

井上と共に初顔の柴田奉行に、「中屋敷の井上、林です」と挨拶した。すると奥山奉行が井上に言った。「林君を連れて、殿のところへ顔を出せ」とのことであった。

早速、殿の御座所へ行くと番頭の萱場が待っていて殿の前へ案内した。

井上がまず挨拶して、嘉善も「殿、つつがなくなによりでござります」と話すと、宗村は井上に「中屋敷の一同はどうか、特段問題はないか。お陰で子どもたちも無事成長しているようだ。礼を言う」と短い言葉をかけた。

井上は「お陰様で中屋敷一同は、平穏に仕事についておりります。昨年、佐藤奉行が江戸で客死された際は丁度、私どもが佐藤宅に参っていた時でしたので、すみやかに連絡対応できました。その後は問題はなく、御公子たちもお元気でなによりです」と申し上げた。

宗村は嘉善にも声をかけた。

「お清も元気で、わが子たちも無事成長しているので安心だが、そこもとは何かと気配りを左太夫としてほしい。わしは思うように顔を出せない。ところで仕事は慣れたか、ご家族はどうか」

嘉善は恐縮して、

「わかりました。十分注意して見守りたいと存じます。この頃は、左太夫どのに助けていただき、なんとか勤めさせていただいています。祖母を始め両親夫婦も無事です」

と申し上げると、宗村はこう言った。

「家族は何人だったか。学問は続けて精を出すように勤めてもらいたい。若い者は平穏の世で、三味線や遊楽を好む者が多い。その点朱子学などに身を入れれば、暮し方も良くなる。家庭で教育に力を入れないと益々困窮する。父上にもよろしく」と言われ、嘉善は「ありがたき幸せです」と畏まって礼を述べ井上と共に退出した。

苦労人らしく井上は「殿に会えて良かった」と嘉善の肩をたたいた。

## 子平、写本に精を出す

子平はこの日、嘉善の家の二階にこもりきりであった。父から貸してもらった新井白石の著書『折たく柴の記』の写本と塾から借りてきた『読史余論』『西洋紀聞』をそれぞれ二部ずつ写本し、兄と分けあうつもりだった。

子平の考えでは、写本にするとただ読む以上に身につく。文体が学べるだけでなく、習字の稽古にもなる。人が読んでもわかるようにするには、正確明瞭にしなければならない。木版本の場合、楷書である。良本の場合、元の書が能筆家のもので、彫師も手練れのものだからだ。さらに写本が上手にできれば、人に譲って写本代も稼げる。

この時代、本屋は百部、二百部と初めは少量刷って売れ行きを見、注文がたまったところで増刷する。したがって評判になって本を入手したくともなかなか手に入らない。そこで書生たちが手分けして写本をつくり、賃料を稼ぐことが、今でいえばアルバイトとして成立していたのである。つまり子平にとって一石二鳥なのだった。

製本も紙縒《こより》を自作し、青い表紙をつけ、題簽《だいせん》を貼る。これも又楽しい仕事なのだ。子平はそそっかしい面もあるが、こうした仕事が好きでマメである。

紙縒は紙を細長く切り、一本のひもに縒《よ》る。観世縒《かんぜよ》りにすると丈夫である。笠翁と版元を覗いたこともあるが、版木作りの仕事には感心した。その後の刷りや製本は分業であった。いつか版木を彫ってつくってみたいと思っていた。

夢中になって写本したものを製本していると下から、「お昼だよ」と母の呼ぶ声がした。

階段を降りると、嘉善を除いて全員がそろっていた。

「今日は信州の蕎麦粉をもらったので、蕎麦を父上が打ったのよ」と大鍋の傍で母が言う。手伝っていた多智も「蕎麦掻がきもあるよ」と言った。

「それはありがたい、まず蕎麦をいただき、あとから蕎麦掻きをもらいたい」と子平が欲張った。

子平は一早く食べて横になると、祖母の心鏡院は「食べて寝ると牛になるよ、子平」と言った。

母と多智は熱湯で蕎麦掻きを練って、まだゆっくり食べていた。子平は起きて大根漬けで番茶を飲んだ。そして父にいろいろ質問をした。

「上で白石の写本をつくっていたんです」

「そうか、どおりで静かだったな。音読の声が聞こえなかった。声を出すのはいいことだ。覚えやすいんだ」

## 学問が方向づける幕政

「新井白石はたいしたものですね、『折たく柴の記』を読むと、家宣公に献策の連続です。家宣公も信頼して決断をしてゆく。学者も幕政に大きな影響を与えていたんですね」

「徳川の世になって、戦いではなく政が大切になる。将軍だけでなく大名も、槍や鉄砲を持つ武士より、勘定方や学者、医者を仕官させる、侍講という儒者を抱えていない大名はいない。社交も教養がないと務まらない」

「たしかにそうです、将軍の綱吉公自身も四書五経を講義したといいます」

「学問好きが高じたのだ。荻生徂徠もその相手をして閉口したそうだ。そもそも江戸の朱子学は藤原惺窩《せいか》から始まった。京に住んでいたのでその一派を京学派と言った。豊臣秀吉や徳川家康に進講した。家康公が仕官しないかと誘ったが、京を離れたくなかったのか辞退した。その代わりに弟子の林羅山《はやしらざん》を推挙した。

　林羅山は家康に仕え、以後四代の将軍の文書行政に携る。家光から上野忍岡の地を寄進され、学寮を建設、林鵞峰《がほう》の時、私塾弘文館となる。家学が官学となるのは、元禄の世に、綱吉公が神田湯島に土地を与え、林家《りんけ》が大学頭《だいがくのかみ》となってからだ。林鳳岡《ほうこう》は三代目であり、新井白石と何かと意見を異にする。

　藤原惺窩の弟子、松永久吾に学んだ木下順庵《じゅんあん》は、加賀金沢藩の前田利常に仕えていたが、その後、綱吉公の侍講となったのである。この順庵の高弟だった新井白石が推挙されて、甲府藩主だった綱豊公の侍講となり（四十人扶持）、その綱豊公が綱吉の後、七代将軍家宣となったため、白石が幕府に献策をすることになった。室鳩巣は白石が同門として推挙したのだ。だから一緒に仕事もした。

　政策に筋道が通っていないと、侍や町人も納得しない。公家や大寺院の訴訟もある。とても将軍一人ではこなせない。また譜代大名も老中となるが、武門の出なのでその処理能力がない」

「なるほど、学者が方向づけしないと幕政もできなくなってきたのか。塾の噂では、荻生徂徠と新井白石は仲が良くないと聞きました」

「たしかに、徂徠は白石のことをよく言っていない。綱吉公の側近は柳沢吉保（のち老中上座となる）で、徂徠は柳沢吉保に仕えていた。そんな関係で徂徠は綱吉公の学問の相手を務め、赤穂浪士の厳しい処分問題も献策した。

綱吉公が亡くなったので徂徠は離れたが、吉宗公になって白石が辞めたあと、また徂徠が献策するようになったのだ。やがて徂徠は古文辞学を提唱し、その一派を蘐園学派《けんえんがくは》と世間では呼んだ。わしが弟子になりたいと思った頃さ。

ところが、徂徠門下の服部南郭などは酒を飲み、唐風の詩をつくることが多いので、腐《くされ》儒学者たちに悪口を言われた。弟子の太宰春台にはわしもお会いし、いろいろ教えを乞うた。この他、漢学では伊藤仁斎も一頭地を抜いている」

「正徳の治は『折たく柴の記』で白石が、小判改鋳問題や長崎貿易、朝鮮通信使問題で献策したことがわかりましたが、わたしはまだ生まれていないので、正徳の頃のことを話して下さい」

子平は父の時代を聞くのが楽しいのだ。

「元禄以後は平和になって諸国の物産（商品）が盛んにつくられ、衣食住が良くなり、大坂を中心に江戸も発展した頃だ。元禄―宝永となり、綱吉公が六十四歳で亡くなったのが宝永六年正月（一七〇九）。この時に徳川家宣公が将軍となり、白石が幕府に登用された。家康公が江戸に幕府をつくってから百年が過ぎていた。

家宣公の登場は颯爽たるもので、世が一新された印象だった。生類憐み令や大銭の通用をただちに停止したからだ。庶民の人気も高まった。長かった綱吉政治が一掃されたんだ。家宣公は甲州藩主だが、江戸の桜田の御殿にいて綱吉公の世子となり、西の丸に移った。だから、幕府には桜田御殿の家来が大勢入った。

生類憐み令の行きすぎは江戸の庶民の迷惑、困窮になっていた。その難儀を改める令を出し、犬のほか生類の儀に関して町人負担金を廃止、中野の犬小屋も止め、犬は片づけた。この命令が全国に及ぼされたのだ。

おまけに、綱吉時代にこの件で処罰されていた多くの者たちが赦免された。

同時に、猪、鹿、狼が田畑を荒し、人馬に危害が及ぶ場合は、玉込鉄砲で射殺することも命じられた。酒の運上（課税）などの制限も廃止された。庶民はどんなにかほっとしたことだろう。

もう一つ商人などの評判が悪かったものに悪貨の横行があった。

家宣公の就任後、柳沢吉保は引退、影響力のあった僧の隆光《りゅうこう》も退けられ、大学頭林家も遠ざけられた。

しかし、勘定奉行を永く続けた荻原重秀はこれにとって代わる者がなく、継続され、この時も小判が改鋳された。

元禄以来、慶長小判の改鋳が行われ、質の悪い（金、銀の含有率が低い）小判が出回っていた。これにより、幕府は巨利を収益していた。家康公以来の金もなくなっていたので補った。しかし家宣公は悪貨をなくす方針だったので、乾字金《けんじきん》（小判金、一分判金の総称）で金の含有率は元に戻したが、量は半分となり、金の目方も同じで、元禄小判よりもわずかに少量となった。

このため新貨鋳造に交換する動きは失敗した。いまから見ればこの通貨政策はインフレ対策でもあり、通貨不足を補った面もある。しかし、全体的にうまくいかなかった。

これらの家宣政権の献策は白石であった。しかし、四十年間も幕府財政を牛耳ってきた荻原重秀の勢力一掃と財政改革はならなかった。白石は三度も重ねて意見書を将軍に出し、ついに正徳二年、家宣将軍は荻原重秀を免職にしたのである。その一か月後、将軍が死去した。遺言で貨幣は慶長金銀の質に戻せと命じられた。これも間部《まなべ》側用人と白石らの画策によったものであろう。

同時に貨幣をつくっていた銀座の深沢正左衛門、中村内蔵《くらのすけ》ら十人が遠島処分にされた。深沢らが荻原らと結託して大量の不正蓄財をしていたからである。

結局、慶長と同じ正徳小判が発行されたのだ」

## 「神は人なり」

「家宣将軍が早く亡くなり、その子家継公も幼くして死んだ。新井白石が働く期間が短くなったのは残念ですね」

「そうだ。わしも小姓に取り立てられたのはその頃、正徳五年だった。右も左もわからなかったが、庶民の喜んだことはわかっている。当時の白石の存在は際立っていた。わしらは尊敬していた」と笠翁は懐しそうな顔になった。

「白石は五百石、さらに千石に取り立てられた」と子平。

「たしかに出世した。いろいろ献策はあるが、大きな問題はもう一つある。それは朝鮮通信使問題だ。将軍宣下を慶賀するため、朝鮮から通信使（外交使節団）がやって来た。新井白石がこれに対応したが、それまで朝鮮からの国書には、日本の将軍に対して『日本国大君』となっていた。

白石は、『大君』とは王子の嫡子をさす言葉で、それを改め日本の将軍には室町の足利義満と同じく『日本国王』と記すようにした。つまり、白石は、日本国には天皇と日本国王がいるという理解であった。それは白石の日本史観によるもので、日本の政権が藤原良房以来の摂関政治などで九変し、このうち鎌倉以降が五変（源氏、北条、足利、織田・豊臣、徳川）していると認識していた。これが『読史世論』その他の文であり、水戸家の大日本史よりも史観は現実的であった。

要するに実質的に権原を持つものは誰かという観点から歴史を見て、神話や「日本書紀」に引きずられることが少なかったのである。

白石は古代の書を読む時、『神は人なり』と言っている。昔に神と呼ばれた存在は、人なのだ。神話と事実を分けてみるのである。

朝鮮通信使は四百人を超えていたので、格からいって御三家並みであり、一行の饗応の費用の簡略化と軽減を図ったのである。これは将軍の権威化にもつながった」

子平は「神は人なりか」と白石の目から鱗のような考えに感動しつつかみしめ、笠翁もこの時代、将軍の膝下で任務を果たしてきたことを誇りに思った。

「もう一つ重大な面、長崎貿易問題もありましたね」

「そうだ、本にも出ているように、『海舶互市新令《かいはくごししんれい》』を出して、長崎貿易の制限をし中国船や阿蘭陀《オランダ》船の来航数を減らし、金銀の流出を防いだことだ。なにしろ白石の言うには百年間で金七一九万余両、銀一一二万余両が流出したと計算している。その他いろいろ年貢増徴策も行っている。

よく勉強しなさい。これから世の中は、金と物の動きがわからなければ、方向がつかめない」

「そうですか。まだわしにはぴんとこないけれど、銭がなければ暮らせないのはわかる」と子平は微笑した。

## 絵島生島事件

「あの頃に絵島生島《えじまいくしま》事件も起きて幕府も江戸も騒然としていた。あれはわしが江戸城に入る一年前（正徳四年）だった。だから、まだまだ煙はくすぶっていた。大奥は家宣将軍の正室の近衛基熙《このえもとひろ》の姫、天英院と、その側室、月光院（七代将軍家継の生母）の争いがあった。

絵島というのは月光院付きの年寄だった。絵島（三十四歳）が女中五十人をつれて増上寺へ参詣した後、木挽《こびき》町の山村座に芝居を見に行き、生島ら役者を桟敷に呼び酒食をしたとされており、大奥の内部から告発された。

絵島は信州高遠に追放された。相手の役者生島新五郎は三宅島に流罪となった。室鳩巣《むろきゅうそう》もいたが、白石らはこれらの事件を契機に緩みが出ていた大奥を引き緊めたのである。江戸中噂が飛びかった大事件だった。この頃に相撲や歌舞伎が盛んになっていたのだ」

「道徳と倹約で押さえこんでも人口が増えて江戸が大きくなれば、庶民のための興行もしだいに発展したのですね」

「吉宗公が将軍になると白石は辞めさせられ、家宣公に与えられた邸も取り上げられ、新開地の新宿に住んでいた。気の毒だった。『西洋紀聞』で阿蘭陀などを指して、初めて西洋と呼んだのは白石なのである。支那では、「西洋」とは西や南の海の方という意味だった。いまは南蛮と言うがね。

この時は宣教師シドッチが武士に変装して鎖国の日本に潜入し、小石川宗門改所で取り調べられた。また、長崎の阿蘭陀人からも事情を聞いている。白石は南蛮の言語が音韻でできていることなど言葉（ラテン語）の問題にも注目している。

白石は通貨問題について次のように言っている。『事を敬して信あり。用を節して人を愛す。民を使ふに時を以てす』。つまり、国を治めるに当たっては、万事慎重に行い（敬）、庶民の信頼を失わないように努め、国の経済を節度あらしめて、人民を愛し、民を使うときは農事その他にさしつかえのない時期を選んでするのが良いということだ。

また、『これを生ずる者は衆《おお》く、これを食《は》む者は寡《すくな》く、これを為す者は疾《はや》く、これを用ふる者は舒《ゆるや》なる時は、財恒に足る』などの論語や大学にある語を用いている。これを為政者の根本としている。よく噛みしめるのだ。

つまり、生産する者は多く、政や官などは少なく、手を打つことは早く、税や処分などは軽くすれば財政は安定するということだ。わが幕府の政に朱子学も大きな役割を果しているのである」

「白石は、通貨の量などについても、時に応じて変える必要を知っていた。易の有名な言葉を引用していますね。『窮きわまれば、すなわち変ず、変ずればすなわち通ず、通ずればすなわち久し』とね（天下の事物の流通も、時がたつと壁ができて障害となる。そうすれば変わることが大切、発想も変えればまた通じる。滞らなくなれば流れは久しくなる。この繰り返しが易＝陰陽でわかる）」

## 霜月の江戸城

江戸の空は陰鬱で十一月になっても異常さを示していた。八月中旬から霜が降り、この日は朝からの雨が霙《みぞれ》に変わっていった。

仙台藩上屋敷の前には、太刀大小を帯び長羽織を着用した家臣もいた。先払《さきばらい》、髭奴《ひげやっこ》、挟箱《はさみばこ》、槍持、徒《か》士《ち》、駕籠、馬廻り、近習《きんじゅう》、傘持《かさもち》、騎馬供《きばとも》などの行列ができ、朝五ッ半（午前九時）に藩主の宗村が姿を見せると駕籠に乗り込んだ。

先頭の二本の槍が動き出した。約二百人の一行は江戸城へ向かう。宗村が月番の老中や大目付、若年寄、側用人に挨拶するためである。見送ったのは奥山奉行その他の留守居役たちである。

江戸城の天守閣は明暦の大火以後は再建されなかっ

た。仙台藩の一行はすぐに大手門に到着、ここで宗村は駕籠を降り、下乗橋を渡って本丸へと歩みを進める。中雀門をくぐると本丸の大玄関があらわれる。この玄関は東西五間あり、重々しいもので屋根は千鳥破風、全鍍金の金具が光る。

宗村は青白い顔つきで冷雨と共にその屋根をチラリと見て、玄関をくぐって入って行った。多くの供侍や馬廻り、駕籠かきたちは大手門外で昼頃まで待機しているのである。霙の寒さが身にしみる。先着している各藩の侍たちで混雑してきていた。足踏みをして寒さをしのいでいる者、煙管《きせる》を持つ者もいる。心なしか陸奥や関東の諸藩が目立つ。

宗村は外様大名の溜りの部屋へ入った。顔見知りの大名たちに目礼しながら、老中の松平武元《たけちか》に目通りするつもりである。吉宗将軍は四年前に亡くなり、この松平武元の発言力が幕閣の中で強くなっていた。御用取次は大岡忠光《ただみつ》である。田沼意次《おきつぐ》は家重将軍の側近ではあるが、まだ大岡忠光の信頼には及ばなかった。将軍家重は吉宗の長男であったが、若い頃から酒食や遊芸に耽ったため、病弱で言語が不明瞭であり、大岡忠光でなければ理解できないのであった。

呼び出しの留守居役が来て、宗村は白書院に向かった。予想外に将軍の家重が中央に座し、その右手に大岡忠光が居た。宗村は家重に平伏して時候の挨拶を述べると家重は黙ったままであった。

大岡忠光が代わって話しかけた。

「仙台どの、上《かみ》は出来秋の具合を心配されているがいかがでござろうか。今年は陸奥一帯に冷夏だそうであるから」

「遺憾ながら不作、いや半作と言える程の被害が予想され、まだ収穫の結果は出ていませんが、農民の暮しが立って行けるかどうか。

南部公にも今会ったばかりです。仰せの通り、陸奥全域に被害が及び、目下あらゆる情報を収集中です。稲の稔実がきわめて悪く、立ち枯れもあり、民の困窮は年末から年明けに顕在して参るでありましょう。しからば、その対応策を講じているところでござる」

宗村は大岡から家重に目を移したが、家重は頭を二度、三度と振り、左手の方を見つめていた。暫く間を置いて手招きをした。すると、大岡忠光が傍ににじりより耳を傾けていた。二、三の言葉らしきものが家重の口から漏れた。元に戻った忠光が答えた。

「上も御心痛の由でござる。老中らと十分御相談になられるように、また健康に留意されるようにとのことである」

宗村は再び平伏した。

この場合、目通りだけで十分であった。家重と会うことは久しくなかった。いずれ老中の松平武元たちとじっくり打ち合わせしなければならない。詳細は奉行たちが報告する。「御苦労でござる」と忠光が言うと同時に宗村は立ち上がった。その時、再び家重の方を一瞥するとすでに横を向き、目は左の方へ向けられていた。廊下を出ると加賀の藩主が到着していて、すれ違いに目で挨拶を交わした。再び溜りの間に戻ると外様大名たちが茶菓を前にして雑談をしていた。

## 大凶作

仙台藩上屋敷では例によって奉行の部屋で奥山、津田、芦名、柴田の四奉行と出入司役、勘定方の役侍の面々がそろって協議をしていた。

宝暦五年（一七七五）の仙台藩では四月に降雪、五月の霖雨、下旬から北東風が吹き、天候は全般に悪く、冷気冬の如しとなる。六月の田植えも農夫は綿入れを着た。九月中旬まで不順で、十月九日からは北上川が氾濫、北部は洪水となる。

冷夏と洪水により稲は不熟、立枯れとなり凶作となった。南部の名取《なとり》、亘理《わたり》、伊具《いぐ》、蔵王などの山麓一帯も田畑とも大凶作となった。馬も栄養不良で次々斃《たお》れた。津軽、南部、秋田などの諸藩はさらに被害が甚大であった。

奥山が天を仰ぐように言った。

「損石は五十万を上回りそうだな。まず酒造りも禁止すべきだろう」

「近来にない凶作ですから年末から来年になると民に被害が及びます、恐らく餓死者も数万人に達するでありましょう」、芦名が言った。

「非常事態という見方を取り、収穫量を見定めている余裕はありません。即刻、救い米の手当てが必要です」

若い柴田が怒鳴るように言う。

「一昨年のように他藩から買い集めるにしても、不作は関東一円のようで、低迷していた米価は急騰しています。金一両で七斗から八斗買えたものが二斗五升と、いまや三倍になりました。いずれ、四、五倍になることは必定です」

津田が「冷静に、冷静に、災害の時ほど大局を見なければならない」

「しかし藩内を巡視すれば、江戸で考えているような事態ではありませんぞ、飢餓が大衆に及ぶ」とまた柴田が言った。

「江戸でも銭《ぜに》百文で一升一合がいまでは四合も買えず、銭で買えるうちは良いが、米屋が売り惜しむ。だから、順手に対応策を練り、大坂の米問屋や江戸、そして藩内の米問屋とも打ち合わせをしなければならぬ、その交渉はどうか」と奥山。

「米を集めるには金策が最後の関門となるでしょう」と出入司の松本理景が言って、対応の最後の問題に触れた。

「藩の財政はまずまずやって来ましたが、例年の米価低迷に続いての大災害で二重に苦しい。皆の知っている通りです。例年なら十一月からは藩米の売上げ金も入り、息をつけるが、押さえただけ入金はない。藩士たちの給金の手当てもままならない状況です。北上川の災害工事もある。しかも従来からの負債もかさんでいる。買い米の資金も賄えないほどです。三重苦、四重苦です」

「陸奥全体が凶作となると、藩境の備えも手を打たなければならない。他藩から民が殺到しかねない。それ以上に米屋や富商、大庄屋の打ち壊しが発生する恐れも十分ある。郡上藩の一揆は二、三千人の農民が集まり、老中に駕籠訴《かごそ》（駕籠に乗って通り過ぎる幕府の位の高い者に訴状を投げ入れること）までした。幕閣をゆるがし、藩主は断絶となった。わが藩はこれまで静かだったが、このような全国的な風潮もある」と津田が注意をうながした。

米、資金不足は、世の中の不安をかき立てるのである。餓死者が続出すると世情全体が浮足立ち、次年度の農政対応にも響く。越境して逃亡する農民も無視できない。

奥山は当面「収穫見込み、藩の貯穀、藩内米問屋の持ち米、江戸、大坂の米市場と米問屋の状況、農民の災害見舞、救い米の対策予算と両替商の大文字屋など金融対応、各代官所の現地情報、これからの年末、年始の対応策、病人対策、米が不足すれば救難の代替食物対策」など各項目別にそれぞれ担当者を決めて問題と対策を再検討して、提案するよう命じた。

「とにかく、どのような事態になろうとも、仙台藩は見苦しい対応をせぬよう落ち着いて問題を処理せよ。これも一つの戦争だ。出入司や勘定方だけでなく、番方などの動員、町奉行配下も含め総員の緊急対応となる。

宗村公は、民と下級の藩士ほど大切にせよと日頃言われて、率先して倹約の生活に耐えられている。藩主の気持ちを一人ひとり心としなければならぬ。騒ぎ立てることを藩内にだけは及ぼしてはならぬ」と語った。

この年の凶作は東北から関東、北陸にかけての広域的なもので、米相場が急上昇したことに連れ、金銀相場は金が大幅に下落して銀が上昇した。金遣いの関東はこの影響も受け、大飢饉と二重の打撃となった。

南部藩も二十万石ほどの損石という情報である。同藩では三年前から日光東照宮の修理のため普請金七万両を課せられて財政不如意で、藩主が藩士の家禄の一部を借り上げ、前年から農民米も含めて十万石も江戸廻米として売り払っていたために、米が藩内にない状態。八戸藩も貯穀しておくべき粟や稗まで相場の上昇につられて全て売り払っていた。こうした人為的問題も災害と重なったため、南部藩、八戸藩、秋田藩ではしだいに餓死者が出ていた。

午後には宗村が老中などと会談して江戸城から退出、上屋敷に戻ってきた。

奥山ら四奉行が出迎え、彼らの協議はこの日は終了した。宗村に同行していた江戸番頭萱場多門、御小姓頭中塚十兵衛らも一行に随ってきた。

萱場が「昼食はなにを所望しますか」と宗村に訊ねると、「あまり腹は空いていない」と言う。「何か食べないと疲労が重なります」と更に訊ねると「新蕎麦がいい」と言うので、蕎麦の昼食となった。奉行たちも相伴となる。

## 急がれる飢民対策

宗村は昼食後、暫く横になって休息していたが、庭苑をみると雨も上がっていた。

奥山ら奉行衆と御座所で話し合った。

「本日は家重将軍に久方ぶりにお会いできた。相変わらず、大岡忠光どのが取り次ぎをしていた。しかし、比較的健康はすぐれていたようで、『陸奥一帯を心配している』とのことであった」

「それはよろしかったですな。家重公は、ほとんど大名たちに顔を見せないそうですから」と奥山が答えた。

宗村は続いて話した。

「久留米藩の減免騒動では、数万人規模の一揆となり、打ち壊しも発生し、藩では譲歩して決着したそうだが、百姓三十七人を死刑にしたと言う。

美濃郡上藩では検見取《けみどり》（年貢徴収法の一つ）を強行したことにより、百姓数千人が決起し、老中、酒井忠寄《ただより》どのに駕籠訴をしたことは聞いていたが、藩主の金森氏は断絶となった。また老中本多正珍《まさよし》、若年寄本多忠央《ただなか》らが勝手に藩内のことに口出ししたため罷免と決まったそうだ。大名たちの間では噂話でもちきりだった。加賀藩主の前田公ともすれちがったが、不作は加賀など北陸地方にも及び相当ひどいようだ。この分では不作は全国的な影響が出そうだ。よほど腹を据えないとわが藩も収拾がつかなくなる恐れがある」

「本日みなと協議中ですが、芦名奉行の報告では半作――五十万石の損毛になる可能性があるそうです。各地で坪刈もやり、早刈も出ていて、各面から推定している。私どもとしましては、早速にも、特に年を越せない者が出ないよう救い米の手配、凶作の藩南部には救い金の拠出もなんとか実施するよう命じたいと存じます」

「予想通り被害は甚大か。それは迅速の方がよい。民に一人でも餓死者などが出ないよう済民第一にしてもらいたい。また藩士が食えるよう万全を期してくれ。足軽たちは一番米に困る。余も仙台になるべく早く戻りたいと思っている。困窮している百姓に声をかけてやりたいのだ」

「殿の御志、身を体してこの飢饉に臨むよう私からも話しています。年末から年頭にかけて飢える者が出ないよう全藩一致協力して努力してまいります。

南部藩、八戸藩では藩米も売り払い、対応に苦慮していると、家老会でも泣きつかれましたが、当方も手を出せません。大坂の仙台藩担当の米問屋などを紹介して米の買い戻しを斡旋しています。実際に飢民が出るのは、この年末からでしょう」

「そうか。津軽などは反当たりの収量も低いので気の毒だ。関東も不作のようだ。いまのところ江戸では米価は上っているが、米の量は関西から逆流しているらしく、金で買える状況らしい。余も流通はよくわかっていないので大名たちの話だが。どの大名も下々の事情には疎いからな。とにかく万全を期してもらいたい。出入司からも報告を出せと命じてほしい」

「仰せの通り、江戸では金しだいのようですが、ここもまた下層の民は年末に悲鳴が上がると思います。幕府も郡上藩の内情は十分知っていますので、天下の台所の対応は万全を期すと思います。幕府自身が関東郡代の伊奈半左衛門どのに買い米資金を与えており、大坂にも手を打っています。わが藩も大坂屋敷に米問屋との交渉をさせています」

細かい報告ではないが、奉行たちからそれぞれ国許の情勢や他藩の動向などが、藩主宗村に伝えられた。

宗村は温厚な性格で、怒りをあらわにすることはめったになく、それからは黙って奉行たちの話に耳を傾けた。日頃自ら節倹して冬は厚手の木綿一着を邸内では着ていた。

和歌も好んだが、雪月花の季節以外は詠まず「花影集」の歌集もある。父君のように堂上の師につかず、吉村公在世中にはその添削を頼んでいた。

宗村は若年の頃、宮城郡鶴ヶ谷などに出猟し騎馬駈けをした際に、徒士《かち》で跡を追ってくれた近習、従卒《じゅうそつ》の足軽たちの顔を思い出していた。

奉行たちが室を出たあと、萱場と中塚相手に昔話をして「あの頃の従卒たちはどうしているか。みな若かった」などと訊ねた。

萱場は同僚らの話の終りに宗村の気持ちを忖度して、宗村が前年（宝暦四年の洪水の時に）つくった和歌をそれぞれ二度朗唱した。

思ひやる袖さへ氷る賤《しずか》屋の

あらしよ雪よいかに侘しき
朝夕に思ふも苦し国民《くにたみ》のいつか賑ふ春にあふへき

萱場は「殿のありがたきお気持ちが出ています」と言ったが、宗村は「それほどでも」と手を振った。そして「今年は大変なことになったな」と再び庭に目をやり、つぶやいた。

## 飢饉

宝暦五年の師走には、全国に不安が広がった。奥羽を中心に凶作が確定、関東も不作、加賀も凶作となり、大飢饉の様相を見せ始めた。低かった米価は江戸、大坂の市場で急騰し、ついに幕府は諸大名と幕領全域に対し、囲籾《かこいもみ》（幕府が諸藩などに命じた備蓄の籾米）一か年分の売払を命じた。

それでも沈静化しなかったため、明けて宝暦六年二月、幕府はさらに諸大名、幕領へ囲籾の売払を再び命じて督促、それまでの囲置令を解除した。関東郡代の伊奈半左衛門には十万両の資金を与え買米をさせ、大坂から廻船で米を江戸市中に供給させるなど、これまでにない最大の対応策を実施させた。

奥羽では年末から米沢、山形、天童などで米問屋、富商宅へ農民らが押しかけ、打ち壊し事件が起こった。さらに春になって、加賀金沢でも農民が銀札に反対して打ち壊し事件が発生、加賀藩は銀札停止へ踏み切り、後には家中の知行の一部上納を命じるに至った。

八戸、南部両藩では八月に霜が降るなどの冷害となり、稲は青立ち、収穫が皆無のところも多かった。奥羽全体が凶作のため領民は食べる物に事欠き、二、三月になって松の木の皮などをはぎ、臼でひいて煮て食料としたほどである。

人口の少ない八戸藩の餓死者は七千人、秋田藩でも三万二千人が亡くなった。道路にも行き倒れの死者があふれ、疫病も発生した。秋田藩では銀札を発行して対処しようとしたが、藩主の跡目相続をめぐり、発行賛成、反対派が対立、泥沼化したことも火に油を注いだ。後には藩士十数人の死刑処罰が行われた。

津軽藩では宝暦になり、藩主の津軽信寧《つがるのぶやす》が勘定奉行の乳井貢《にゅういみつぐ》に藩の再建を命じた。乳井は領民の財産を調査、余裕ある者から物資を取り立て領民に平均に再分配した。貸借関係も無効としたので同藩では餓死者を出さずに済んだ。しかし、標符（幕府の許可を得ぬ藩札）を乱発することとなり、乳井は罷免され、改革はならなかった。

仙台藩では南部が大凶作、全域で不作となり、餓死者もしだいに増加して、庶民は塗炭の苦しみも味わっていた（最終的には死者六万人に達する）。奥山奉行をはじめとする首脳部は凶作地帯に救い米や救い金を施し、仙台でも各町で粥など炊き出しがふるまわれた。また地主、米問屋などでは売り惜しみや隠された穀物倉庫などが町奉行によって摘発された。一部では打ち壊し騒ぎも起きたが、警護の侍によって鎮まった。藩境も警備されたが、南部藩の逃散《ちょうさん》（一村をあげて他領へ逃亡すること）農民は手薄だった秋田藩になだれこんだ。

仙台藩上屋敷では連日協議が行われたが、藩主の宗村は年末から病床に臥した。当初は風邪とみられたが、三月になっても回復せず、ますます食欲を失い病は長期化した。このため奉行たちは、藩主に告げずに対応策を処理していった。幕府との交渉も奉行の裁量で行われた。しかし、藩主の見舞いに訪れた一門の長老たちから藩の惨状が宗村に伝わった。

宗村は奉行たちを寝所に呼び、起き上がって正座していつとなく声高く言った。

「叔父たち長老の話では、餓死者が相ついでいるそうではないか、十分民の救済に当たっているのか」

「仙台南部では大凶作となったことは報告した通りでありました。問題は年が明けてから発生した飢餓でありまして、餓死を防ぐための米の流通が第一手です。藩の囲籾はもちろんのこと、全部売り払いを致し、殿の御意向にそって済民第一で臨んでおりますが、凶作は奥州全域で発生し、幕府は幕府で関東の米を買い集め、江戸に安くした米を販売しています。当藩も大坂などの米を仙台に廻送していますが、買米の資金も救済にふり当てる始末で、なかなか手に負えません」

奥山奉行が代表して述べた。

「しかし、餓死者も相ついでいるそうではないか。この対応はどうしているのか。なぜ最悪の事態を隠すのか。我は病床にありといえども、常に心を痛めている。遠慮なく実態を有りていに語れ」

芦名豊前、津田丹波らも交互に「目下、藩内の米問屋、地主層の隠し米の摘発、大坂からの廻米などを石巻に向かわせております」などと苦しい弁明が続いた。

事実は米不足が東北、関東に及び、有効な手だては時間がかかる。また餓死者の遺体の処理も疫病防止に必要であった。問答が尽きた時、宗村は、番頭の萱場と小姓頭の中塚を呼び、「あれを持ってこい」と命じた。

二人は御座所の納戸から千両箱を捧げ持って来て、宗村と奉行たちの前に三つほど続けて置いた。宗村は静かに言った。

「これは先代獅山公（吉村）から預っていた手元金である。少ないだろうが、飢民や藩士たちに分け与えてもらいたい、後は臨機応変でよしなに図らってくれ」

奥山たちは驚いて平伏した。萱場が宗村に代わって低い声で奉行たちに告げた。

「向こうにも用意してあり、全部で一万両でござる。殿の日頃の御努力（節倹）の結果であり、御奉行たちの御苦労を察しておられた御志である」

奥山は平伏した上で、「領民や藩士、足軽どもに代りまして、ありがたく頂戴致します。宗村公のお陰でありります」

「我も先代の余沢《よたく》に預かっている」と宗村が述べた。

宗村の手元金は、翌朝、早馬で仙台青葉城に輸送された。この手元金は藩財政の枠外であり、臨時の収入とみなされた。すでに藩としては両替商の十文字屋などから多額の借入金を調達していたので、藩主自らが拠出したことにより、さらに一万両を加え、計二万両が、救い米、救い金として臨時に出費された。ところが仙台の青葉城下では、「遅い」などの非難や「宗村公は倹約家というより吝嗇《りんしょく》家ではないか」などと陰口を言う者もいたのである。

## 病床の宗村

三月半ば、藩邸の庭苑には紅白梅がやっと咲き出した。お清の方は梅を見ながら「今年は遅い」と思いつつ、この日早朝から上屋敷の奥に姿を見せた。年寄の千賀の手配で側室たちも交代で宗村の見舞いや看護に当たっていた。

病床の宗村はめっきり痩せて、元来の細面がさらに青ざめていた。寝所では宗村の床の周囲に屏風が廻されている。奥医師の桑原隆朝は、高屋喜庵、錦織即休のいずれも旧臣で奉薬の医師と相談して診察をしていた。脈を取り、背や腹、顎や咽喉のあたりを丁寧に触診した。

「御気分はいかがですか、食欲はどうです」

「まずまずの調子だ」と宗村は言った。

桑原は宗村の声がかすれていることに気づき、黒味がかった顎の周囲を見つめた。浮睡《ふしゅ》（むくみ）が立っているのである。

「化膿しているのでしょうか、痛むのではありませんか」

宗村は黙ったままうなずいた。

桑原は弟子から煎じ薬の土瓶を受取り、「この薬餌、産麦湯、一煎七匁を一日、三、四回服用して下さい」と言った。さらに口鼻耳などを燻蒸《くんじょう》した。これは当時の療法で、参刀を以て歯などに当てながら焦がすもの。宗村は苦痛に耐え、時に呼吸などが切迫、煩悶している。宗村の耐える様子は、番頭なども見ていられないので目を上げず、お清の方もありのまま見ることができなかった。宗村は苦吟の声も出さず必死にこらえていた。

「あまり良い匂いではないな」

「虫などを殺すものも入っており、悪臭もありますが、漢方の香のようなもので、口や鼻耳へ焦がすように処方していきます」

奥医師らはこれを繰り返しては退出した。宗村は疲れたらしく暫くして眠りについた。二刻（四時間）ばかりして目をさました。そしてお清の方を見ると、奥女中や小姓らの看護の者を人払いした。お清の方と二人になった。

「子どもたちは元気か」

「はい、藤六郎はやんちゃで言葉の数も増えましたし、静姫もすくすく成長しています。中屋敷で雛祭りも楽しみました。もう庭にも梅が咲いています」

「そうか。それはなによりだ。二人の将来はおまえに頼んだぞ」、宗村はそう言った。

「余の誕生の際、母が仙台の大崎八幡神社の泰音法印に占ってもらうと、四十前後に凶災に遭うと言われた。そして六字明王呪を唱えよと言われた。長じて母からこのことを知らされた。寿命は天にあり、祈ってもしょうがないと思ってきた。それでも母の心に従って東照宮仙岳院の浄国法印に明王呪を短くしてもらい毎朝唱えてきたのだが……」と言って黙りこんだ。

ややあってお清の方の手を握り、ぐいと引き寄せた。お清の方は思わずつんのめりそうになり、「待って下さい」と言うと衣装を脱いで布団の中へ入った。宗村の方を向くと、宗村は抱き寄せて乳房をつかんできた。

「昔、袖ヶ崎（大崎）の吉村公の邸へ宗村さまが馬でお出でになると、大崎の道沿いに娘たちがみな美男を見ようと飛び出して来たそうですね。私たち邸内の侍女も若様の話ばかりで、私も恋心であこがれていました」

宗村がお清の方の胸に顔を埋めて来たので、お清は宗村の上になり、顔や顎の患部の周りのそこここに唇をつけてかき抱いた。宗村はじっとしたままだった。お清が身をそらすと、宗村の瞼から涙の雫が一つ流れた。それを見るとお清の方は、泣きながら宗村の頭部を一層きつく抱きしめた。

「どこまでもお供します」

「ありがとう、だが生きて二人を見守ってくれ、頼む」

宗村は目を見開いていた。

## 宗村逝く

四月上旬、仙台藩上屋敷では十数人の者に、奥山奉行から昇給や加増が告げられた。その中に林嘉善友諒も入っていた。嘉善は百五十石を与えられ、名実共に仙台藩士となった。その書き付けには宗村の花押《かおう》が書かれていた。しかし宗村の姿は見られなかった。

見守っていた井上左太夫は「良かった、良かった。宗村さまのはからいだ。これからの奉公が大切だ」と手を取って喜んでくれた。

井上は中屋敷に住んでいたわけではない。芝の佐久間町に居宅を持っていた。奥医師の桑原もそうで、江戸で採用されたり、古い経歴を持った者は藩邸外に居宅を持つ者が多く、邸内には仙台から上府してくる者や足軽が住んだ。嘉善はこれまで三十人扶持だったので、自分は変らず邸内に住むのだろうかと考えていた。

お清の方の顔や父母の顔が浮んだ。子平や多智もきっと喜んで大声を上げることだろう。

五月二十日、宗村の病状が甚しく悪化し、呼吸困難の様子が続いた。

同二十二日、女公子や側室などの婦人らは寝室を見舞うことが禁じられた。危篤の状態に入る。

同二十三日、老臣たち（片倉小十郎＝白石城主、一万七千石。田手六郎＝吉村君宮床実弟、八千石。富塚隆義右門＝御物置取締役）らに奥山、芦名らの奉行たちが召され、宗村の後事を託された。後継者は二男の重村（七代目）と決まっていたので、最後に念が押されたのだ。前年の秋、重村は徳川家重の偏諱《へんき》を賜わり（一字を与えられ）、従四位下に叙せられ、侍従兼美作守に任ぜられている。

宗村は、大夕日が落ちるように同二十四日午の刻についに息を引き取った。在任十三年、年三十九であった。

引退後に亡くなった獅山公吉村とは異なり、現職の仙台藩主であるゆえ遺体は間を置かず仙台へ向かった。柩に従った嘉善は仙台藩士千数百人の一行の中にあった。

お清の方は即日削髪して尼となり、駕籠で同じく仙台へ向かった。衝撃と哀しみに耐えている他はなかった。途中、涙は止めどなく流れ、駕籠の中は果てしない暗闇であった。お清の方は以後、円智院と称した。この時、年二十五であった。

葬儀は七月一日、仙台の両足山大年寺で執り行われることとなった。

子平はこの慌ただしい五月末の日々を兄の嘉善、姉のお清の方の出発の準備を手伝い、仙台藩上屋敷や日本橋まで笠翁と共に送り出した。米の騒ぎも少しずつ落ち着いてきたが、「明日はどうなるのか」と変転する予感を抱いていた。

事実、翌年には林一家はそろって江戸を去り、みちのくの仙台へ旅立つことになるが、まだそれを知るべくもなかった。子平はただ、学問の道と馬術に精進しようと心に決めていた。

# 第二部

# 第七章　子平の建白書

## 仙台

明和四年（一七六七）の二月二十四日早朝、子平は仙台城下川内中ノ坂通の嘉善の自宅で目覚めた。「お寒い」。冷気を感じながら母屋二階の障子を開けた。眼下の南側の低い山々には残雪があり、遠方には蔵王に続く銀嶺が美しい。東側には広瀬川と仙台の町並みが広がっている。寒鴉《かんがらす》が二、三羽飛んでいた。下の離れには笠翁と母がまだ眠っている。厩舎はまだ静かである。

子平が宝暦七年、嘉善に連れられ両親と共に仙台に移住してから、ざっと十年の歳月が流れた。

「あの頃は二十歳だったたな」

宝暦五年（一七五五）の大飢饉の後、仙台藩領内は疲弊していた。南の方は餓死者が多く藩内で死者六万人を超え、乞食、病人、浮浪児も旅の途中からしだいに目についた。藩が買米しようとすると各地で反対の騒動となり、宝暦十年には亘理郡で大肝煎の不正弾劾で家が襲われ、首謀者が磔刑となった。

広瀬川の大橋に立って、青葉城を眺めた時にいろいろな感慨にとらわれたことを思い出した。江戸から奥州街道を一週間かけて辿り着いたので、左に折れた先に森に囲まれた堅固な山城を眺めた時は、さすが伊達政宗公の築いた城だと思った。そして、住み慣れた大江戸を去り、とうとうこの地で暮すことになるんだなという、一面淋しくもあり、新天地に来た安堵の気持ちもあった。

笠翁は嘉善の肩を叩いて「やっと六十万石の仙台藩に着いたな、これからが本当の新しい出発だ。仙台人になり、主君の元にしっかり奉公しなくてはならない。住めば都。水戸よりも大きな城下町だ」と家族のみんなに語った。子平には藩内はもとより〝みちの奥〟を探訪できるという好奇心が募って来たものだった。

嘉善が先に立って大橋を渡り、母も共に青葉城を目指し、川内に賜ったこの屋敷（間口、十四間）に登って来たのだ。途中石垣が続き東北一の大手門を見上げた。これほどの門構は江戸でも珍しい。どっしりした重厚な風格である。「寛文年間には大地震があり、修理が行われ、今では本丸は儀式にしか使われない。わしはあの二ノ丸に行く」と嘉善が低い段丘を指さした。北西には西ノ丸と腰曲輪《こしくるわ》もあった。

子平は青葉城の壮大な全体を感じ取った。しかも登るに従い深く割れた竜ノ口峡谷の景観に魅せられ、以来、御裏林や城の全体をよく散歩したものだ。

香の物と子魚の簡素な朝食を笠翁夫婦、嘉善と子平を入れて四人で取った。

## お清の方への寒詣り

嘉善が言った。

「今朝は晴れて何よりの天候だ、今日は子平と二人で大年寺に寒詣のつもりで行って参ります。円智院の忌日でもあります」

「そうか、明年は七回忌になるか。足弱となりわしらは仏壇で祈っている。仙台公に召し抱えられているのも円智院のお陰だ。住職にもよろしく代参を頼む」と笠翁が返すと、「わかりました。まだ大年寺山には残雪がありますので、任せて下さい」

円智院、すなわち姉のお清の方は尼となり、宗村の葬式以来、仙台の東照宮近くに居邸を賜り俸禄も与えられていたが、宝暦十一年、三十歳で没し、大年寺に葬られていた。

嘉善と子平は、手甲《てっこう》、脚半《きゃはん》掛に両刀を腰にしての冬着姿である。残雪が溶けて流れ竜ノ口渓谷と合流する広瀬川を渡り、霊屋下を通り、愛宕山脇を抜け、城の南東方に広がる大年寺山を目指して歩いてきた。

大年寺山は別名、茂ヶ崎とも言う。広瀬川南岸の標高百メートル余の向山丘陵の東端に当たる。

「大年寺山は、室町時代に、このあたりを支配していた粟野大膳大夫の居城、茂ヶ崎城があったところだ。政宗公はこの山を青葉城の外郭防御線として鹿追いの土手を造った。三神峯のほうまで連なっている。元禄十年（一六九七）に四代藩主綱村公が両足山大年寺を創建したのだ。黄檗《おうばく》宗、日本三叢林《そうりん》の一つだ。知ってるだろうが……」と嘉善が言うと、子平は、

「何度も聞いたよ。開山は鉄牛和尚だろう。だけど綱村公は、寺社仏閣をあちこちに造り仙台藩の財政を悪化させたらしい。将軍家綱の一字をもらっているが、あの伊達騒動は芝居で誰でも知っている。二歳で跡目

を継いでから二十八年間も在位した。

騒動後の当初は幕府の監視下にあったが、後に藩主の権力を発揮した。綱吉将軍に倣って自らも論語を講義したようだ。榴《つつじが》岡《おか》釈迦堂や亀岡八幡宮、塩釜神社なども造営した。

「綱村公は大年寺をいざという時の外城と見立てていたらしい、攻防があった場合の押えにするつもりがあった。七堂伽藍などの構えは信仰心もあったが、乱も忘れていなかったそうだ」と二人は話し合いながら、大年寺の石段を昇って山門をくぐり、本堂を見ながら墓地に向かった。

## 度重なった近親者の死

所々に雪が積もっていたので辷《すべ》りやすい。水溜りもある。修行の僧侶ともすれ違った（明治維新後、大年寺は廃墟となり、現在は野草園などや茂ヶ崎公園として仙台市が管理している）。

二人はまず綱村、吉村、宗村と藩主の並ぶ墓に詣で、線香や花をあげた。

宗村の法名は政徳院殿忠山浄信大居士である。お清の方の法名は円智院殿心月浄安尼大姉。

子平は寺の水を汲み、円智院の墓を洗ったり、落ち葉などのごみを片付けた。

「あまりに早かったな。きよ姉さん。わしはなんとか御奉公に勤めています」と嘉善が墓に語りかける。

「自分も随分可愛がってもらった。円智院の邸に行くと『子平よくお出でだね』と決まって小遣いをくれたものだ。それがうれしくて、すぐ国分町の本屋、伊勢屋に行き本代に化けたんだ」

「だから子平は姉さんの邸に用もないのに通ったんだな」

「それもあるけど、あんなに若くて尼になった姉を黙って見ていられなかったな、不憫で……。老いた侍女と女中二人の四人暮らしだった。時には江戸の子どもたちにも会いたかっただろうに。毎月の宗村公の忌日には必ず駕籠で大年寺に参詣するので、いつもお供したのをとても喜んだ。お菓子を母上にと、土産をもらって帰ったものさ」

子平は目を赤くしていた。

「はじめは毅然としていたんだが、仙台の気候に合わなかったのか、食欲も進まず、しだいに身体も弱くなっていった。わしだって毎月必ず顔を出し、挨拶は欠かさなかった。母上と世間話をするのが一番の慰めだったようだ」と嘉善も話す。

「きよ姉さん、やはり寿命だったのだろうか。長男の利置《としやす》は十五歳で土井大隅守利信（三河、刈谷城主、二万三千石）の養子となり、翌年将軍家治にお目みえ、五位下、左京亮に叙任されたが、昨年十六歳で亡くなった。姉が生きていたらどんなに悲しんだことだろう」

「子の早死にという不孝に会わなかったことは不幸中の幸いだったかもしれない。しかし妹の静姫（方子《よりこ》）は健在で十三歳、雲州松平治郷と縁組が決まっているそうだ」

「それは良縁だ。雲州侯といえば、二十八万石の大名夫人だ」

この後、二人は本堂に御住職を訪ね、供養の読経をしてもらい帰途についた。

寺で持参の握り飯を使わせてもらった。大年寺を下りながら、子平が話し出した。

「宗村公がお亡くなりになり、わが家もいろいろなことが重なったな。笠翁が仲人を頼んで、妹の多智（十六歳）は幕府旗本の火消与力、手塚市郎左衛門と結婚した。仙台に来る直前には、祖母の心鏡院さまが八十歳で亡くなった」

「円智院の姉が亡くなった翌年、わしの妻（高橋氏女、二十四歳で急死）も亡くなったしな」

「そうだよ、結婚する人があれば、祖母、姉、兄嫁と三人続けて亡くなった。なんだか無常を感じる」

子平は兄を見た。嘉善はうなずくだけだった。

## 嘉善の妻と子

子平の奇怪な伝説が残っている。嘉善の妻、子平にとって嫂《あによめ》の死に関するものである。

円智院が三十歳の若さで亡くなったこともあり、子平は相次ぐ若い女性の死に感情が高まった。逮夜、兄と二人で遺体を見守っているうち、その衾《しとね》に入り泣きながら嫂の遺体を抱きしめたというのである。子平の痛恨の表現であった。

このことが噂で広まり、それは子平が嫂に恋情を抱いていたという話になった（子平のこの逸話について、明治の学者伊勢斎助は、「たしかにそういう記事は残っているが捏造だ」としている。維新後に林子平の名声が上がると、あれこれとエピソードがつくられたらしい）。

夕方になると雪がちらつきそうになって来た。嘉善、子平は川内の自宅に戻ってきた。

笠翁と母が囲炉裏端で茶を喫《の》みながら、留守番をしていた。「やあ、やあ御苦労さんだったな」と父、母も土間に来て嘉善の刀を袖で受け取った。

「御住職に読経をしていただき、有難かったですよ」

「それは良かった。住職はお元気なんだな。円智院も慰められたことだろう」

「お末さん（手伝いの女性）も、飯とお汁の用意をして帰りなさった」

母は竈《かまど》の方を見た。飯炊きは子平の仕事であり、洗濯も引受ける。清潔が身上だ。なんといっても部屋住みの身分である。

嘉善は目下、男やもめであった。仙台藩に来てすぐのころ、藩士の高橋九左衛門の娘を娶った。長男が生れ、寛蔵と笠翁が命名したが、可愛いい盛りの五歳で失った。妻は気落ちしたのかその後すぐに亡くなった。二人とも金台山龍雲院に葬った。

子平は、外出する際に握り飯などをつくってもらったので嫂に感謝していつもこう言うのだった。

「嫂さんは、料理が上手だった。特に蕎麦粉と味噌、豆入りの鉄火味噌の味は良かった。鯛味噌の味も忘れられない。わしもつくってみるが、なかなかあの味はでない」

嘉善は四年後、やはり元藩士の娘を後妻に迎えたが、子が生まれず、実家に帰ってしまった。後に離縁の手続をした。

## 幕府・各藩で深刻化する財政難

嘉善は大番士として警護が本業だったが、この日は二ノ丸の馬場に行った。宗村に学問の他、騎射を鍛錬せよと命じられたので、以来、騎射の技術を習得、子平以上に馬術が得意になった。書道にも精進し、書の能力も同僚に認められ、墓碑などの文字を依頼されることもあった。

嘉善はこの頃、連年、大崎八幡神社の神事、流鏑馬《やぶさめ》に出場し、的射の腕を見せているので、後輩と共に練習に向かった。この労を賞賜されて、重村から白金と金山紬（伊具、丸森名産）をいただいている。

子平ら士の二、三男は毎日が休みである。普段は、藩内を得意の下駄履きで縦横に歩きまわっているが、この日は、小雪が降ったり止んだりするので二階の部屋で自分の書いた藩への建白書、つまり上書した二年前の原稿を読み返していた。これは二十八歳で藩の幹部に託して藩政改革の全般について意見を提出したものである。

友人たちの評価は高かったが、子平の考えは何一つ実行されていなかった。藩内の奉行（家老）たちのいざこざがあり、それどころではなかったのかもしれない。上書はそのまま握りつぶされたようだ。お咎めもなく、受け取ったとの返事もない。子平は、「藩の重役たちにはやる気がない」とすっかり匙を投げていた。

経済が下り坂の仙台藩は改革どころではなく、その年その年の財政運営も綱渡りだった。徳川吉宗が幕府の中興をして以後、将軍は家重、家治と続き、子平はこうした時代に青年期を送っている。明和四年には田沼意次が側用人となった。だが、老中となるのは五年後のことだ。

この間に幕府の屋台骨は傾いていく。大きな転換点は、やはり宝暦五年の大飢饉であり、災害が奥州を中心として金沢藩など、関東、北陸に及んだことで、国土の修理費はかさみ、飢饉のあと米価は低迷した。幕府は勿論、諸藩も財政が悪化、貨幣経済が進み豪商への金融頼みが重なった。武士や農民は消費生活が向上しているものの窮乏の度が増した。例えば山形の米沢藩は十五万石で八万両の借財、領地返上の話も出た。にっちもさっちもいかなくなり、上杉鷹山公は藩政改革に踏み切る。だが、保守派の抵抗にあいなかなか建て直せなかった。

享保以来の商業の抑制策や倹約だけをすすめても、消費物資は向上し、インフレとなりそのギャップに庶民は苦しくなる一方だった。

吉宗時代に武蔵野はじめ関東で開田、開畑が進んだように、仙台藩の吉村、宗村期には力のある武士、商人などが田畑の開墾を行い、領石分を増加させた。それでも寒冷化、気候の悪化による半作などひどい状況だった。衣服、農具、肥料などは高値になっていった。

　江戸の商人も最初の分限者（金持ち）は交替し、流通部門の新たな商人が登場。海上交通の向上により、東廻り、西廻り、瀬戸内海などの航路が活発になった。富む者と貧者の格差は一層著しくなる。大きな大名ほど米経済に依存して返済できず、京の豪商への負債を踏み倒した。京都の大文字屋宗怡《そうい》は政宗時代から金を融通し、二代忠宗の時、すでに八万九千両の貸金に達していた。本姓は猪飼で、弟も共に千石を与えられ藩士に取り立てられた。代わった大坂商人は札差などが各藩の産米を牛耳り、幕府は米の流通やインフレをコントロールすることができなくなっていく。

## 仙台藩のゴタゴタ

　仙台藩ではどうだったか。重村が十五歳で吉村、宗村の跡を襲《つ》ぎ、この年、陸奥守のまま左近衛権中将となる。しかし、飢饉の後の藩内は、家老たちへの批判と紛争でゴタゴタが起きた。

　奥山大蔵、津田丹波、葦名豊前らの奉行らにそれぞれ免職、逼塞、改易、閉門を命じる異常事態となった。さらに中嶋兵庫は病で飢饉の際に辞任、遠藤内匠も遅れて免職閉門。柴田蔵人は生き残っていたが後に辞任した。

　これらの混乱は合議不足などといろいろ難癖がつけられていたが、結局、給米、俸給遅延などで財政困窮が全藩士に及んだ結果であろう。仙台藩は一門、一家、準一家、着座など古い家柄が多く、上層部がもめると収拾がつかなくなる。その例が伊達騒動である。重村は当初三千石以上の者に知行の七分の一の協力を頼んだが、ついには全藩士の給米借り上げなどを強制的に行わざるを得なかった。

　幕府から関東諸川の修理を命ぜられたのも響いたが、宝暦の大飢饉はずっとあとまで尾を引いたのである。気候寒冷化が早くから始まっていた上、洪水、地震、日照りなどが相ついだ。さらに、大坂商人の升屋などの金融に依存して赤字財政を転換することができずズルズルと地滑り的に財政難となっていた。

子平は仙台藩に来てから友人となった者たちの不満を聞いたり、藩の現状を白石から一ノ関まで観察して歩いた。藩士の一人が重村に上書を出したことがあるのを聞き、自分でも提言することにしたのである。この日は、それを朝から読み直していた。

## 『第一上書』の概要

子平の書いた『第一上書』をざっと見てみよう。それは「存寄端倪《ぞんじよりたんげい》」「存寄国政」「学政篇」「武備篇」「制度篇」「法令篇」「賞罰篇」「地利篇」「倹約篇」「章服篇」「雑篇」より成っている。「存寄端倪」は「はしがき」で「存寄国政」は「国政について」のことである。この二つは総論である。

まず冒頭にこうある。「千万恐れ入りますが、仙台藩の御政治をみますと、第一に国の御定法というものが明らかに確立していません。そのうえ、諸事の御手当（仕方）がゆるんでいますので、御政道の方針が国中に示されず、それぞれ藩士の勝手しだい、心のままになっています。御家中の風儀は取りしまらず、すべて放蕩勝手で、ついには困窮となり、士風もなく、武備も捨て果てるようになっています。要するに定法がなく、処置も曖昧で政治の大方針が徹底していない、武の備えもない」と大変厳しく強烈に批判している。

「志ある者は、国風崩壊を悲しみ、経済の仕方などを取り沙汰していますが、彼らは一つか二つのことを指摘するだけで全体の政治の仕方を総合的組織的に言うものは少い。拙者は禄をもらわぬ無足の者で、意見を述べるのは恐れ多いが、なんらかの助けにもなるだろうと上書します。勝手な意見ではなく、和漢の古法と新しい方法のやり方を手本として申しあげます」と堂々たる書き出しである。

次に国政について述べている。

「すべて国を治めることは、政治を正しく実践しなければ、秩序も乱れ、士風が変化し、文武の備えがなくなりなにごとも悪くなります。政治には時代と風俗と地利を理解することが大切です。その上で法令規則をきびしくし、一度立てた掟は変えず徹底させ、奢侈《しゃし》を禁じ生活が苦しくなるのを防ぎ、武士を励まし、武道を盛んにし、国中の士と民が共に誇りうるところと信頼しあうようにするのが政の達人である」

「賞罰を厳しくすべし、今の時はぜいたく三昧、柔弱、懦性《だせい》になっており、新しい仕方が工夫出来ずに、旧例を守っているだけ、要するに制度、法令を生かした創造的指導力がなければ、金のある者は飲食、衣服、居宅に美華を競い、小歌三味線の流行のまま流れていることは、学問、武道のすたれる大元です。つまり藩政改革の決断が必要です」と藩の政治の徹底実践を求めている。

第一に学政について。国政は人歳（人材）がなければならない。このためまず書籍を集め、校舎（長屋）を建て、広く実用の知を学ばせること。

第二は武について。「日本には武備がなくなったも同じである。なぜ荒廃したかといえば、武士がみな城下（都市）に集住、本業がなく土着もせず単なる消費生活者になったからである。訓練もせず、隊伍の組織がなく、武器武具の操作、馬の飼育、調教もしない、豊臣秀吉の軍さえ明に負けたのは、隊列（組織力）がなかったためである。日本は大陸など外部から攻撃の変があればひとたまりもない。せめて仙台藩だけでも人馬の訓練が必要ではないか。武備には①穀物のたくわえ、②金銭の保有（軍資金）、③人的組織力、④馬と武具が必要である」

「武士が在郷にいないと、身体、訓練の強化が共にできず、ましてバラバラに住めば組は名目だけで団体組織も生まれない」と子平はまず騎馬力の充実を強調して、育馬、乗馬法、騎兵戦について詳述するのである。当時は他のエネルギーがないため馬力に注目していた。

大筒（大砲）は城の攻防だけでなく、野戦の活用を説いている。そして武については、「町人も含めて他国の辱めを受けても義勇の心なく何事も穏便にすますことを第一にして誇りもない」としている。

第三は「制度」について。

「制は制作にて物をこしらえれば、物ごとに使用法を新しくつくること。衣食住、行動全般に物を大切にする作法あり、節約、生かす道など器物に応じる定法が考えられねばムダの集まりとなる。物品は時と共に新たに制作されるが、こうした規準がないと便利さや欲のとりこになり、いくら金があっても暮らせない。これが貧乏をつくる」

四つ目は「法令の執行を厳しく」。

「政治はただ和があれば良いというものではなく、法令、仕方を定めそれを守り、他国に行っても命がけでどんなことでも行い、他所者に負けない人をつくり、物産を活性化させることにある。他国の産品を買うのではなく、自国で生産し経済活力を生むことにある」と、二十四個条を示している。

例えば「他国へ物を売り出すのと、他国より物を買い入れるのと、出入の二つに大国（仙台藩）の損益がかかっている。これに合わせて賞罰を明らかにし、詮議は迅速になし、大の死罪は重罪に限り、主人の罪を家中に及ぼし、流浪者を多く出すことは避け、中は流罪、小罪は何かの役を課し、例えば細工物や織物をさせ、（今日の刑務所の設置）、囚人の課役制度を提唱する」

## 国益増進の具体策

次に「地利、産業開発、国益増進の具体策」がある。子平の最も力を入れたところだ。

「地は土地であり、武や教育は目的、地利はその実現の積極手段のこと。地利を尽すとは、土地より生じさせ、利用できる物をつくることにある。それが国益を生む。地利の最大のものは穀類だから、人は地利とは新田開発のみを言う。仙台藩は地利を生かしていない。

物産の例として薩州の琉球表・黒砂糖、備州の瀬戸物・畳表、四国の鯨・藍玉、肥前の樫木・干しふぐ、総州の木綿・琉球芋、紀州・遠州のみかん、南部の牛馬、会津・米沢のろうそくを挙げる。

仙台は御大国ながら世間に広まっている産物は一つもない。仙台米もさほど「上級」でない。馬は有名だが（当時、黒川、加美は良馬産地）、品不足である。土産品を開発、他国に輸出して金銭を取り入れる、これが富国策と指摘する。物産でも細工物の良い物はなく、他国へ多く出す物はない。尾州の金細工、播州の皮細工、駿河の皮細工、長州の印籠細工などを例とした。反省して指導いかんにより、工人多きは国の益と考えその養成に力を注ぐべきである。工人には諸士、足軽を取立て、加州（加賀国）の蓑笠、有馬の割籠のように家内工とし、工業工芸は藩営とし、また家中内職を活用せよ。

仙台で可能性あるものに牛馬、漆《うるし》、蠟《ろう》、桑、紙を推奨する。畑作では藍・紅花・川芎《せんきゅう》（薬用植物）・沢《おも》潟《だか》などは植える。無用の原野、永荒の地、河原土手まで桑・こうぞ（楮）などを植える、金華山などの島々も生かす。

金銀銅鉄の鉱山の再開発、漁法も銚子、小田原の漁師を呼び改良、漁業を振興する、紙子《かみこ》などもつくる、質を良くする。松やにを使い墨の製造、焼物の技術改良で相馬などのように新産業をつくる。三、四年かければ国利を増進できる」と言う。

次に「倹約の事」について。

倹約の大切さを力説しているが、参勤交替制によってなかなか克服できないことは大名たちも知っていた。子平は「御大名衆の窮迫の理由は、江戸屋敷と江戸奥方と江戸の交際贈答の三つの費用がかさむことにござ候」と強調している。

江戸の御女中、重役たちは社用族で浪費する、さらに江戸は火事が多く、屋敷の再建費用も莫大であった。

ここにおいて「江戸屋敷はみな旅宿である」と有名な荻生徂徠の江戸屋敷旅宿説を引用している。

江戸に住む武士は旅人であり、江戸は旅宿なのである。つまり米を換金して消費生活を拡大せざるを得ないのが各藩の江戸屋敷である。この参勤交替が江戸を世界的大都市に発展させた理由であるが、大富豪たちが流通、金融を握っていたのである。倹約は『礼記《らいき》の入づるを計り、出ずるを為すことに尽きる』と指摘し、収入の四分の一は貯蓄保有し、有効活用すべし」としている。次に章服は、尊卑貴賤を見分けることで道徳、秩序の基とした。

## 人材の正しい活用

最後に仙台藩の最大の問題点を指摘している。一番は家中の上層にいる「一門衆すべての大身の人々が、在郷で井の中の蛙となり、江戸参府しても万事を恐れる態で、藩政には使いものにならない。その師弟を江戸で使用、他国もみて訓練するよう」提言し、合わせて「御一門衆の扱いが問題」と手厳しい。病気と称して勤務しない輩もいることなど烈しく批判している。藩主でさえ大身の家には遠慮せざるを得ない状態だった。

「むしろ仙台藩にも優秀な学者がいる。田辺希文、葦幸七（東山）、高野備中、斉藤林太夫、別所玄季、畠中多仲（以上儒学など）、新井彦四郎（詩）、戸板善太郎、高橋道三（天文算術）、常盤玄庵、岡部養三、氏家紹庵、南条順庵（医学）などは背骨ある者共にてござ候」と人材登用と世襲の固定した高収入（世禄）は人を不歳にするとまで言い切っている。

子平は上書を読み終えると、そのまま仰向けに寝転んで天井を見ていた。そこへ階下から「子平、子平いるかい」と笠翁の声がした。子平は起き上がって下りて行く。

「今度、わしの出版した『儀式考』をみなに送り届けるために宛名を書いた。これを梱包してくれ、代送屋に頼むから」と頼まれた。子平は父の秘書でもある。

## 多賀城碑

四月、子平は親友の仙台藩士、小川只七と共に多賀城碑を見に来ていた。小川の本家は仙台藩医であったが、只七はその別家で食禄はわずか百石、画人でもあった。子平と同年輩でうまが合う。

二人は多賀城跡の近く、市川村にある市川橋を渡り、道標の前に立った。左手奥には玉川寺の屋根が見え、右手にはいわゆる〝壺《つぼ》の碑〟の覆屋の見える所に立った。

子平が「あれが壺の碑だ」と指をさした。子平は何度もここに来ていたため、小川只七を案内して来たのである。一本の柳が芽吹いている。

「なるほど、この道標には『つぼのいしふみ、これより二丁四十間、すくみちあり』と書いてある」

「その側面の古梅園は奈良の墨匠で、これを建てた人、反対側には頓宮《とみや》仲左衛門とある。これは仙台の南町の紙屋の主人だよ。隣に塩釜、越後屋喜三郎とあるのが塩釜神社の参道入り口にある菓子店の主人だった人だ」

「奈良の墨屋が建てたのか」

「そうだ、あっちが塩釜街道だ」

二人はさらに歩を進めて、多賀城碑の覆屋の前に来た。子平と只七は新しい覆屋の柵の間からのぞく。そこには人の背ほどの高さの砂岩の中に碑文が刻まれている。古びているので文字はよくわからないが、正面上部には西という文字がみえる。

「元禄の芭蕉もこれを訪ねて来たんだ、壺のいしふみというのは歌枕だろう」

「そうだ、右の方に多賀城という文字がみえる。その下に、五つの国界《くにさかい》からの距離が書いてある。

西　多賀城　京を去ること一千五百里
蝦夷国界《えみしのくにのさかい》を去ること一百二十里
常陸《ひたち》国界を去ること四百二十里
下野《しもつけ》国界を去ること二百七十四里
靺鞨《まっかつ》国界を去ること三千里
此城は神亀元年歳《ほし》は甲子《きのえね》に次《やど》る、按察使《あぜち》兼鎮守将軍従四位上勲四等大野朝臣東人《おおのあそんあづまひと》の置く所也。天平宝字六年歳は壬寅《みずのえとら》に次る、東海東山節度使《せつどし》従四位上仁部省卿《じんぶしょうきょう》兼按察使鎮守将軍　藤原恵美朝臣朝獦《ふじわらえみのあそんあさかり》修造する也。
天平宝字六年十二月一日（神亀元年は七二四年、天平宝字六年は七六二年）」

子平はとくとくと読み上げ説明した。「よく読めるね」と只七はしばらく暗い碑文に目を注いでいた。

外を見ると春の光がまぶしかった。

「種を明かせば、この碑の拓本を読んで知っているのさ、拓本は神社で売ってるんだ」

「国の境は常に変わるもので、日本は今では海の向こうの松前まで広がっている」

「そうか、多賀城が造られた平城京の時代はここが蝦夷《えみし》との戦いや政治の中心だったからな、天平の世に災害があって再建され修造とあるが」（現在は八世紀の歴史的な碑とされている）

「そう、朝獦《あさかり》が修理改築した記念碑だ、それを自慢したんだ。次は多賀城跡を通って塩釜神社へ行こう。神官の藤塚知明がいる。彼は『坪碑史證考』を書いている学者でわが友でもある。君の疑問に答えてくれるはずだ。素緬でも馳走になろう」

「この古碑はいつ頃発見されたのかな」

「新井白石の『同文通考《どうぶんつうこう》』に記していて、万治・寛文の頃となっているが、仙台藩の内藤以貫が、二代目仙台藩主の忠宗（義山公）のお供をして巡行している。それは藩内の和歌の名所を調べて歩いたので、その後『仙台封内山海の勝』を書いている、それを見たらしい。土の中か草むらの中か知らないが、江戸時代になってこの地方の人が見つけたらしい。『続日本紀』にはない。

この地元では「たて石」と呼んでいたが、いまでは『つぼのいしふみ』と呼ばれている。江戸の世になって、和歌や連歌が盛んになり歌枕の整備が流行した。わが藩にも「みやぎの」「末の松山」「まつしま」「緒絶川」などの歌枕がある。だが、この碑については、学者が『日本中央と書いてあるはずだから、これは壺の碑ではない』と言ったり、伊藤東涯先生も距離が違うと書物で書いている。わが藩の儒者、佐久間洞巌は『壺』ではなくて『壺』が正しいと述べ、中国の辞書では〝宮中の衖《みち》〟という意味だと言っているらしい。

ともかく水戸の光圀公が、綱村公に手紙をよこし、保存してほしいというので、あの覆屋をつくったのだ。それ以来、いろんな説が出ているし、偽作説もある。まあ決め手がないのさ。くわしい話は藤塚君に聞こう」

## 神官の「式部」

子平と只七は塩釜港の近くの高い崖上にある塩釜神社へ向かった。表の石段から登らず裏口から境内に入った。塩釜桜が咲いている神社の正面へ、子平は入ってゆく。松の木の間には梅も咲いていた。

「神官の藤塚知明は通称は『式部』で字は子章、塩亭と号している。『藤塚』または『式部』と呼んだ方がいい。知直氏の養子だ。藤塚家は代々撒塩役の家柄、養父は尾張東照宮で垂加《すいか》神道を学び『神学初会記』の著者で知られた人だ。式部も博識家で、古祠古碑と国歌にくわしい、まあ学者だよ」と只七に注意を促した。

本殿正面で礼拝した二人は式部が神殿にいないと若巫子にたしかめて、宮司の居宅の脇を通って藤塚の家の玄関へ入った。子平は「式部さんはおいでかな」と声をかけた。

やや猫背の藤塚がすぐに顔を見せて上がるよう勧め

たので、二人は茶の間に座った。子平は小川只七を紹介した。藤塚、小川とも子平と同じ三十歳である。

「坪碑考證を書かれたそうですが、あれは偽作説も出ていますがどうなのですか」

只七は早速、式部に質問した。

「古老たちからの話では、あの古碑は今の周辺から出てきたことはたしかで、多賀城再建の記念碑であることは間違いないですよ」

神官の服でなく普段着のもんぺ姿で式部が答えた。

「『続日本紀』以外の古書になにか出ているのか、証拠がないと弱い面もある」と子平も続けた。

「修造碑については、古誌にはなにも見つかっていない。水戸藩の学者の長久保赤水は東北・北陸を旅行して『東奥紀行』を書いている。それには、壺碑は南部藩の北群《きたごおり》七戸《しちのへ》壺村に実際にあり、市川村の碑は多賀城修造碑であり、要するに『壺の碑ではない』と述べている。内容から言ってもその通りだが、その壺の碑自体、伝説で土中に埋まっているらしい。果たしてそちらの真偽もあるし、歌枕に言われたものがこの多賀城碑なのかどうか、昔の和歌も勉強してみないとわからない。

多賀城にいた歌人たちは、七戸壺村へ行った人は少いだろう。それを見なくても京では歌枕として使われるので、そこはなんとも断定できないところだ。顕昭という昔（十二世紀）の人が『碑《つぼの》は陸奥のおくにあり、東の果て』と言う。坂上田村麻呂将軍が征夷のとき、弓の弭《はず》（弓の両端の弦の輪をかける部分）で『日本中央』と書いたらしく、石の長さ四、五丈のものに文を彫りつけた。『それをつぼとは言う也』とも書いてあるそうだ、『日本中央』という文字はわが碑にはない。もう少し調べてみなければならない」

学者らしく藤塚知明、すなわち〝式部〟は静かに話した。そして七戸の壺村にいつか行ってみたいともつけ加えた。

## 国界は時代により変わる

「多賀城碑が古代に建てられたのは事実だね」と子平が重ねて聞く。

「それは私どもは確信しているが、古い書体かどうか、

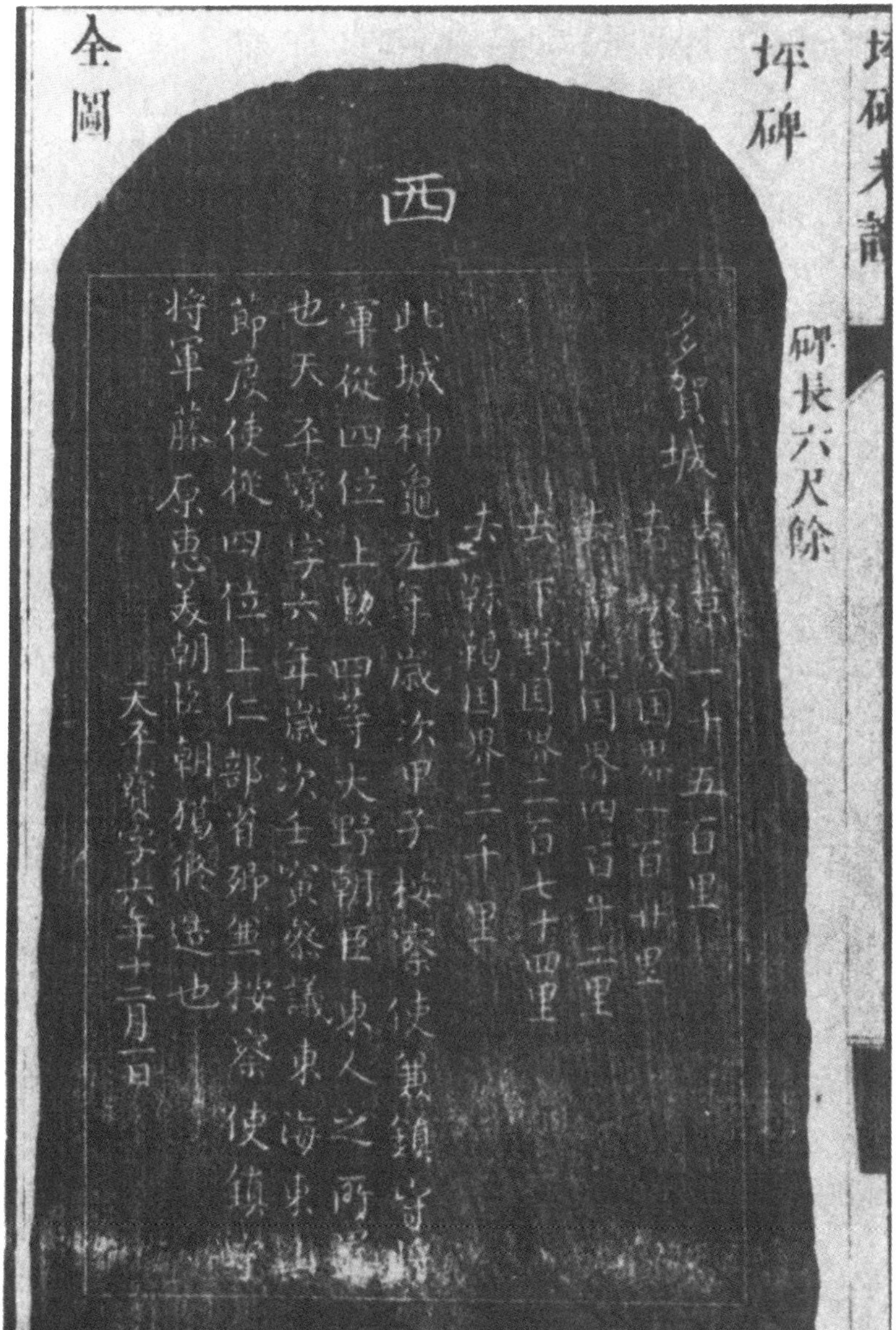


多賀城の修造碑の拓本（現在は八世紀の歴史的な碑とされている）。碑は、令和六年（二〇二四）に国宝に指定された（第一書房『新編林子平全集 4』）

また常陸国界や下野国界からの距離も今では違うので、昔はどこを国界としたのかわからないという問題もある」

「しかし、靺鞨国界三千里というのは気に入った。昔人も、大陸の渤海《ぼっかい》、靺鞨《まっかつ》を意識していたというのは、大変なことだ。江戸になってから外国のことは語らない人が多い。新井白石や荻生徂徠の先生方は格別だがね。治に居ても乱を忘れては武士ではない。古代の防人《さきもり》のようにこの国を守るのが武士の役目だ。元《げん》が攻めてきたこともある。またいつ大陸から来るかはわからない。それを忘れて、この頃の武士はだらしがない」と子平はいつもの調子である。

式部は「多賀城碑が修造された頃、渤海使がたびたび来ており、靺鞨は粛慎《みしはせ》、韃靼《だったん》と同じもので後に元となった侵略する危険な国である。また、松前藩の隣にあるカラフトはその属国である」と警告した。

そこへ藤塚の若い夫人が昼食のうどんを運んできた。

子平は「ちょっと違ったな」と小声で言いながら、

「これはこれは、いつも馳走になってすみません。只七さん、遠慮せずにいただきましょう」と言った。

「子平どのの言う通り国界は時代により変わっている。蝦夷《えぞ》でさえ、多賀城や桃生城の近くにいたのが、今では海をへだてている。

ところで、上書しても藩の御重役は改革へ動く気配はないのだろうか」

今度は式部が訊ねた。

「奉行も芝多対馬は退任したし、大立目下野、鮎貝志摩の二人は前の重役と交代して、藩内の御大身たちの調和で手いっぱいらしい」と只七が子平に同意を求めた。

「うん、藩主もまだ二十代になったばかりで不満たらたらのエライ面々に号令をかけられない。重役の方々も苦労はされているだろうが、連年の気候不順も重なり、その傷口をふさいでいるだけで、十年、二十年後の再建のために手立てをする余裕もない。しかし、これではダメだ。とにかく大坂の金融業者にどっぷりつかっているようだ。一度傾いたら立ち上がれないのもわかる、上杉鷹山公もなかなか容易ではないそうだ」と子平は腕組みをした。

「上書は藩主や奉行の立ち場で書かれているから、意味するところはわかっているのだろうが、それにしても子平どのの目はたいしたものだ」

只七は式部の目を見た。

「藩校の学問所で若い人を教えてくれればいいのに、教授たちはなにを考えているのかな」

「いや、わしは役目を求めてはいない、ただわしの意見を生かしてもらえればいいのだ。だいたい藩校の教授たちは、幕府の昌平坂学問所と同じ朱子学者ばかりだ。身を修めているだけではこの衰えた世を治めていけない。荻生徂徠のようにこの世の現実をよく見て秩序を保ち、武士は武士らしく四民を救済しなければならない。

礼《らい》と楽《がく》は聖人たちがつくった道である。礼儀や鬼神と祖霊の祭式とその音楽も民を誘道するための制度だ。刑政、刑罰も人を生かすためにある。この世と人間は昔から変わらない。そこのところがわかってない。どこから変えればいいかわからないのだ。政策がないんだ。戦争でいえば戦略がない。わしはもう一度学ぶために旅に出るつもりだ」

子平はきっと目をこらした。

## 而立の年

「子平の上書は問題点が列挙してあるので重役もわかってはいるが、どこからというより、変革を恐れている保守派を説得する勇気がないんだ。だから、重村公にも届いていない」と藩内の空気を話した。

「まあいい、塩釜神社の風景でも書いて差しあげたらどうだろう、只七画伯」と子平は言い、「この人は画人なんですよ、わしも教えてもらっている」と式部に言う。

式部は「ほう、小川只七さんは画家ですか、山水を描くんですか」

「なんとかましな絵を描きたいと思っています。腕力のほうはからきしなのでね」と丸顔の只七は笑った。

「ところで、旅に出るといっても江戸へ上るのかい」

「江戸と全国を回ってみたい、父の『儀式考』も刊行できた。このお手伝いも片がついたからね。わしも三十歳、而立の年だ。実学を深めるため、うん、遊学に出るのがいい」

子平は自分に言うように、うなずいた。

「もし江戸へ上るなら、多賀城碑より時代がさか上る二つの古碑を見学してゆくと良い」と式部が話した。

「一つは多胡碑で、上野国多胡郡に置かれた記念碑だ。時代は和銅四年（七一一）である。碑文は弁官の符（命令書）で、担当者は多治比真人《たじひのまひと》、太政官は穂積親王《ほづみのみこ》、左大臣は石上尊《いそのかみのみこと》、右大臣は藤原尊《ふじわらのみこと》（藤原不比等）、羊の名もあるが、これは渡来人で郡司の名と思われている。

もう一つは那須国造碑だ。これは永昌元年（六八九）に天皇が那須直韋提《なすのあたいのいいで》を評督《こおりのかみ》（郡の長官）に任じたことを、この人が没したので後継者の意斯麿《おしまろ》らが碑を立てて偲ぶという内容だ。

永昌というのは唐の年号で、恐らく帰化した新羅人たちをこの国に定住させたものらしい。日本の年号の文武四年（七〇〇）頃に建てられたらしい。世にあらわれたのは近くの人の発見による。このことを本にしたところ、水戸光圀公の目にとまり、その命令で堂がつくられ、碑のあった湯津上村へ参詣したと言われている。笠石神社《かさいし》といって訪ねるとわかりやすい。光圀公はこの碑が墓の近くに立てられたものと推定し、近くの塚や古墳を発掘したが、見つけられなかった」

「水戸の殿さまも歴史を大切にしている人だな。そんなに古い碑があるなら、いつか見てみたいものだ。その碑のように帰化人たちも次々この国に来て、しだいにみちのくが開かれ、蝦夷地まで国界が広がっていったのだ。その先も将来どうなるか、未開の地なら開拓すべきだろう。蝦夷地も行ってみたいものだ」と子平がますます興味を示す。式部は答えた。

「松前藩は公用でなければ通行は禁止しているのでそれは無理だろう。幕府の役人なら可能だろうが……」

「式部さん、今日は勉強になりました。そろそろ失礼しよう。帰りには松島海岸を見ていくつもりです」

只七は礼を述べつつ頭を下げた。二人は言葉通り、土産に鰈《かれい》や干し魚などをもらい、藤塚式部知明の家を辞した。

子平と只七は、松島に出て瑞巌寺や五大堂などを見て、観瀾亭《かんらんてい》の前にある茶店に寄り、甘酒で休んでから仙台へ帰った。到着する頃には日はとっぷり暮れていた。「考勝寺の鐘も六ツ（午後八時）を打つ頃だ。では、お明日」と子平は只七と別れた。

## 砲術師範の屋敷

水音をたてて流れる広瀬川を渡って子平は振り返った。二ノ丸の屋根瓦が光っている。「五月末の仙台は美しいな」と暫く〝杜の都〟と言われた青葉城を見ていた。青葉山は樅の木、橅の木があざやかな新緑であった。

閑古鳥やほととぎすの声が聞こえる。武家屋敷から躑躅《つつじ》の花がみえる。この辺は武士の家や旗本足軽屋敷もある。

仙台藩砲術師範の伊藤官左衛門は中島町の自邸で鉄砲（火縄銃）を打ち放っていた。子平は屋敷内の射撃場でその姿を後方から眺めていた。二十発ほど射ったので「お見事」と拍手をした。

「やあ、待ちきれずに試し打ちをしていたんだよ、林君もやって見給え」

「はい、支度してきます」

右手側に作業小屋があり、奥に堅牢な焔硝《えんしょう》蔵と土蔵がある。子平は作業小屋（鉄砲の修理の場）で練習衣に着替えた。

射撃の稽古場（練習場）は角場、または星場と言われている。

この伊藤の稽古場は、長さ二十間程しかなく、近距離射撃の小目当て用だった。銃砲は火薬を爆発させるので危険であり注意が必要である。本来の稽古は二ノ丸の星場が使われる。また二年に一回の町打ち（数百メートル）は広い野原または山麓が使われる。子平はイロハから伊藤に教えを受けた。

銃砲類には火縄銃と通称される鉄砲と、構造の違う大筒、青銅製や真鍮製の石火矢、木製の木筒などがある。銕包、鉄砲、鐵砲といろいろな文字が当てられ、いずれも「てつはう」と呼んでいる。鉄砲は形から筒とも呼ばれる。銃身の断面が八角形をしているものを角筒、銃身上部を丸くしたのは丸筒、上の部分だけ平らなものを表一角筒などと呼ぶ。

玉目は一匁（三・七五グラム）から数貫目（一貫目は三・七五キロ）がある。玉目と筒を合わせて何匁筒と呼ぶのが普通だ。種子島筒、国友筒、堺筒と産地名で呼ぶこともある。通常、鉄砲は口径一センチ前後、銃身一メートル前後の小銃だが、大きい鉄砲は、大筒、中筒、小筒などと言う。馬上から打つ銃身の短いものを馬上筒、城の挾間から打つのは挾間筒、長距離を町（百九メートル）の単位で呼ぶので町筒と言い、射程距離は数百メートルある。南蛮筒や変ったものを異風筒とも呼ぶが、この時代はほとんど国産でさまざまな鉄砲の形があり、まだ規格化されていない。玉目は重さのことで、三匁から二十貫目と桁違いのものもある。一般に十目玉以下で小銃型が多い。

子平はこの日、五分（五ミリ強）玉を立膝に肘を乗せて打つ。股を開いて打ってもよい。

角は小目当という近距離射撃用の標的で、竹の先端を割ったものに挟んで射場に立ててある。八寸角などいろいろな寸法があるが中心に二丸の黒丸が描かれ星という。

通常は十五間（二十七メートル）から三十間（五十四メートル）であり。ここは二十間強である。正面は盛り土で堅牢に囲ってある。

「では参ります」と子平は言った。玉入巾着から二ツ玉（二つ玉が一つになっているもの）を出して火薬口に入れて打った。五発打ったが、一つ外してしまった。標的はよく見ると五寸角だった。

「心は無にして打つんだよ」

白髪の官左衛門はまだ五十歳代である。この日は五十発打たせてもらった。子平はこの射撃が楽しい。集中して二つある照準の先に的がある。銃を構えている時は何もかも忘れる。

「なかなか上手にならないですね」

「なにごとも稽古量だよ、お茶でも飲むとしよう」

## 文武に長ける子平

子平は射撃で気持ちがすっきりし、作業小屋へ入っていく師匠の後を追った。茶のあとは硝石、硫黄、木炭の混合の方法を習ったり、鉛玉の作り方の作業をした。玉には鉄玉もある。鉛は円筒形に鋳型でつくり、最後に二つに切る。だから玉切りとも言う。

「仙台藩でもこのところ町打ち（野原の演習）を藩主

に見せる機会がない。景気も悪いし、若殿だからかな。政宗公は鉄砲組の演武をよく見たそうだ。花壇から舟町まで兵を並ばせ、三回ツルベ発射するのを仙台城御懸造から眺めて喜んだらしい。演武には六千五百挺以上の鉄砲が参加したというね、戦国時代とは違うけどね、大坂夏の陣で真田幸村軍を困らせたのも騎馬隊と共に鉄砲組の力だったんだ。

宝暦六年に幕府に出した藩の武器調書では、鉄砲の数は四万二千挺を超え、火薬も約二万二千貫あったそうだ。だから天下を狙っているという噂があったのかもしれん」

官左衛門が言った。

「砲術を真面目にやる人間も少なくなったが、いざ元《げん》の来襲の時のように攻めて来られるとあわてふためくことでしょう。太平の夢に慣れてしまったが、世の中はわかりませんよ、馬と銃、刀槍くらいは心がけてほしいものだ。三味線では武士ではなくなる。重村公も倹約、学問を言いだしたけれど、どうなるか。学問だけではだめで、文武両道でなければ精神もひ弱になる」

「わしらも修行する気にならぬ者に教えられない。昔の稲富名人などは徳川幕府に招かれたものだ。政宗公も彼に学んだ。大名たちも砲術師の弟子になったんだ。二代目忠宗公も腕が良かったらしい。このごろは狩も少なくなった。狼や猪も増えてきた。獣狩りもある。実践的でなくても武芸として弓のように真剣にやれば心が落ち着く」

「わしも二五十目玉の小目当ての内打ができる位の腕になりたいものです。大筒もまずまずになりたい」と子平が首をかしげて言った。まだ自信がないようだ。

「林君は馬術も熱心だし、武士らしい若者だ。若い人にも興味を持ってほしい」

「いや、世の中は変わっていますよ、島国にいると相手がどうなっているのかわからない。昔は蝦夷もこの周辺にいたらしいが、いまや海の向こうだ。

松前藩の果てに熊石というのがあるそうだが、多賀城趾より熊石まで小道千三百二十里、今道で二百二十里です。昔と今では大いに異なる。それはわれわれだけが感じているものではない。阿蘭陀人も遠くから来ているんですからね」

「そういえば朝鮮通信使が江戸に来た時、貴公はすぐ江戸に行って来たそうじゃないか」

「ええ、船も大きくなったし、往来も昔より容易になった。油断は禁物です。わしは大陸まで見にいきたいですよ。南も北も。師匠、私はまた江戸に遊学してくるつもりです、その時はよろしく願います」

「残念だな、継続しないと体得するものは得られんよ、もっとも江戸で育ったのだからな、また連絡をよこしなさい。貴公の予言も当たるかも知れぬ。天候不順も言い当てたしね。去年は日照りでまた減石で、米も二年続きで三割減だよ。どうなるのか」

「改革ですよ、世が移れば制度も変えなければいけないのです」

「たしかに遊興の徒が多い。不作になると領地に帰る藩士が出てきた。そのため空き家が増える。その空き屋の留守人が、人に部屋を貸し、売春の女を置いたり、博打場になっているところが少なくないらしい。侍は領地のほうが過ごしやすいだろう」

「武士のためにも、世のためにも、わしは勉強してきますよ。十年みちのくの風を吸ったので、勉強してまた帰ってきますよ、師匠も元気でいて下さい」

子平は師の伊藤官左衛門と別れ、帰りに府内の中心に向かった。

北一番丁勾当台通の東南角に仙台学問所が移転した。吉村の時代には北三番丁細横角にあったが、数年前、重村になってから移って来た。すっかり衰微したので、重村は改めて学問奨励の布告を出した（後には『養賢堂』と改称される）。

「学生の数は少しも増えないようだな」と子平は学問所の門のあたりを見ていた。「相変らず訓詁註解だけか、重箱の隅をつついているだけではなにも学べない。わしが上書で述べたように、儒学も各派入り乱れている。むしろ、六経や史記などを含めて多くの書籍を集め、若者に自由に乱読させるべきだ。聖人の道、礼楽や刑政の制度がつくられた古代のことを考え、今の世を比較してなにを変えなければならないかを若者が考え、また、身体を使って学べるように、武術も稽古できるような学舎にする必要がある」と改めて思った。

## 儒学者、芦東山

七代藩主の重村はもう一つ良いことを行った。それは、儒学者、芦幸七東山《あしこうしちとうざん》の釈放である。芦東山は吉村の時代から加美郡宮崎村に二十年間も軟禁されていた。子平も一度、話を聞くために会ったが、もう七十代半ばの老人であった。芦東山は百姓出身だったが、学問所主宰の高橋玉斎や他の藩儒とは違い、早くから京や江戸に上り、室鳩巣、三宅尚斎に学んだ仙台藩の逸材であった。

ところが学者としては狷介《けんかい》な面があり、学問所設立で高橋玉斎らと対立した。そのため東山は上書して争い、これが罪を得る基となった。

しかも、軟禁中に『無刑録』（三十巻）という傑作を著述した。この中で芦は、江戸時代の刑罰は応報刑で、人を殺せば死罪という考え方だが、罪には貧富や環境など社会の問題もある。だから、刑によっては教育すべし（教育刑）またやり直し、再出発も可とすべしという思想を発展させたのである。出版しようとしたが、大部の量と一般の関心が薄いため、江戸の版元はしぶった（後になって高く評価された）。

不遇の芦東山の釈放は当然だ。自分とはタイプは異るが現実の世の中を考える実践派であることに子平は一目置いていた。

子平は芦東山のことを思い、学問所が少しも変わらぬ宗学（朱子学）の拠点でしかないことを惜しんだ。

「江戸の時代もまだまだ底についていない。いずれ人々が、このままでは成り立たないことに気づく。わしも徂徠先生を超えて、これからの時代、武士もこの世もいかにあるべきか考えたい」

暫くして子平は学問所から離れ、国分町を通り青葉城川内を目指して帰った。

# 第八章

## 遊学の旅へ

## 再び塩釜神社へ

明和四年（一七六七）五月三十一日、林子平はこの日も昼前に塩釜神社にいた。仙台を朝に出て、約四里半を例の下駄ばきで歩いて来たのである。正面の石段を昇ると、社林は杉、檜、欅の古木が鬱蒼としていて、子平は清々しい気分になり、本殿に入った。親友の藤塚式部知明と顔を合わせる。

早速左京殿、右京殿で参拝、案内されて拝殿の広間の左手に座った。赤い袴の巫子が抹茶を運んできた。

「美味しいね、この前は小川只七君と馳走になった。彼も喜んでいたよ」

「好人物だね、また連れて来て、神社の絵でも描いてもらいたい」

「祭神は武甕槌神《たけみかづちのかみ》、経津主神《ふつぬしのかみ》、塩土翁神《しおつちのおじのかみ》だったな」

「そうだ。二神がこの土地を平定して帰還した後、塩土翁神がこの地にとどまり、広く漁業などの生業を庶民に与え、塩を焼くことを教えたことが縁起となっている。古くから陸奥一ノ宮、正一位塩釜大明神だ。恐らく海上から神々が訪れ、多賀城の港となったのだろう。多賀城創建は神亀元年（七二四）と碑に刻されていた。陸奥鎮所《むつのちんじょ》であり、みちのくの最重要拠点として按察使《あぜち》の居所でもあり陸奥国府《むつこくふ》だったのだ」

「この土地は陸奥国で変わらないが、出羽国《でわのくに》は越後国から分離された。その時陸奥国だった最上《もがみ》、置賜《おきたま》も出羽となった。この頃、出羽の蝦夷が中央政府に反発しだした。石城《いわき》・石背《いわしろ》の二国も福島に設けられ、律令制に組み込まれた。出羽では反抗して武器をとって立ち上がった」

知明は次々説明する。

「本で知ったのだが、按察使の上毛野広人《かみつけぬひろひと》が殺された。そこで征夷将軍と鎮狄《ちんてき》将軍が派遣された。ところが陸奥大掾《むつのだいじょう》（次官）の佐伯児屋麻呂《さえきのこやまろ》も殺されたので大事件になる。政府も驚いて、藤原宇合《ふじわらうまがい》を大将軍にして坂東《ばんとう》九か国から三万の大軍が押し寄せた。これに蝦夷側は飲み込まれた。というのも翌年には陸奥の俘囚《ふしゅう》七百人以上がなんと遠方の伊予（愛媛県）、筑紫（福岡県）などに送られた。

そして出羽の柵が移され、秋田城となり、雄勝郡も置かれた。だから、北方まで律令国家の力が及んだことになる。多賀城を造った大野東人が秋田城と多賀城を結ぼうとした。しかし、六千人の軍勢をもってしても秋田へ到着できなかった。雄勝の蝦夷の勢力が強く突破できなかったからだ。その後しばらく静かだったが、都では藤原仲麻呂が独裁権力となり、その三男の朝獦《あさかり》が陸奥守となり多賀城が修造された。その記念碑がおぬしも見たように碑文にある」

「人間は遠く移動するものだな。わしの先祖は伊予だ。南海道では五国造の後、鎌倉時代に、佐々木、宇都宮、細川、河野が守護となった。天正時代に長曽我部氏に統一され、翌年には豊臣秀吉が平定した。その後、小早川氏の支配となる。

　わが先祖は河野の一族だったので、秀吉方の福島政則に仕え、福島がつぶれて、江戸幕府に仕官したのさ。そして仙台に住んだ。伊予を出たものもいれば、東から伊予に移された人もいる。人生流転だ。

　大和朝廷の北進の時代だったのだ。それが多賀城の歴史だ。まだ政府軍と蝦夷の戦いは続くのだね」

## 蝦夷とみちのくの歴史

「ああ、今度は参議で按察使、陸奥守、鎮守将軍の紀広純《きのひろずみ》が軍を引き連れて伊治城《これはるじょう》に入った。ところが、伊治郡大領の伊治公呰麻呂《いじのきみあざまろ》が、紀広純を殺害した。牡鹿郡大領の道嶋大楯《みちしまおおだて》も殺したのだ。呰麻呂は勢いにのってこの多賀城に押し寄せ焼き払い、略奪した。原因は道嶋大楯と仲が悪かったからと言われている。これが有名な呰麻呂の事件だ。つまり蝦夷が国家に編入されることに反乱を起こしたのだ。

　そこで律令国家と蝦夷《えみし》は桓武天皇の時代まで戦争が長く続けられる。北方の人々に対して、文献では『毛人《エミシ》』『蝦夷《エミシ・エゾ》』『アイノ・アイヌ』などと出て来る。人々の鬚《ひげ》が長いことから蝦《えび》が連想されたのかも知れない。蘇我蝦夷《そがのえみし》（毛人）佐伯今毛人《さえきのいまえみし》などのように倭・日本の人名にも使われ、これは猛々しい人という意味がある。

　毛人、毛氏は支那の『山海経《せんかいきょう》』で使われているし、蝦夷も漢語であり、東の夷狄《いてき》があるので漢人に倣ったのであろう。またアイヌはカイと自称していたのか、クイと呼ばれていたので蝦夷の字が当てられていたとも言う。江戸では松前から先は『えぞが島』と近頃言っているが、『日本書紀』には渡島《わたりしま》蝦夷、『続日本紀』では渡島蝦狄が出ている。だからみちのくも北方の島も同じくエミシ、またはエゾと呼ばれている」

「なるほどね、日本と蝦夷の境界が北へ動いているわけだ。まつろわぬ人の集まりとその地名が、エミシ、エゾ、アイノと言われて、今は松前藩以北を蝦夷地（現北海道のこと）と言う。日本の版土の外だった。この国境問題はじっくり研究する必要がある」

子平は腕組みをして感慨深げであった。

「郡郷制もつぎつぎ北上する。それまでは秋田や津軽の方は蝦夷《えみし》村と呼んでいたとも聞いている。延暦八年には、紀古佐美《きのこさみ》を征東大使として五万の兵を多賀城に集め、衣川《ころもがわ》営に向かったが、エミシが勝った。

次には大伴弟麻呂《おおともおとまろ》が征東大使となり十万もの大軍をもって戦争となったが、エミシに対し戦果が上がらない。この副使の一人に坂上田村麻呂《さかのうえのたむらまろ》が参加していた。

さらには、田村麻呂が征夷大将軍となって来る。田村麻呂は延暦二十年に胆沢を平定し、翌年、胆沢城を、次に志波城（紫波町）を築いた。多賀城にあった鎮守府を胆沢城に移している。エミシの首長である大墓公阿弖流為《たものきみあてるい》と盤具公母礼《ばぐのきみもれ》が長年戦ったが、ついに降伏して京につれて行かれ二人とも処刑された。これは懐柔されたのではないかと思う。

その後も田村麻呂や文屋綿麻呂《ふんやのわたまろ》（陸奥出羽按察使）も軍を引きつれてきた。そして出羽、秋田で反乱が続いた。その背後には津軽俘囚《ふしゅう》や渡島夷がいて政府軍は苦戦した。時間を経てしだいに沈静化していったのである」

藤塚式部はとうとうみちのくの歴史を述べた。

## 平泉の藤原氏

「その後だね、安倍頼良《あべのよりよし》（のち頼時《よりとき》と改称）が北上川中流域の奥六郡を統治し、永承六年（一〇五一）藤原登任《ふじわらのなりとう》との間に、いわゆる前九年の役の合戦が起きたのは」

「登任は鬼切部《おにきりべ》（鳴子）で敗れ、それに代わって源《みなもとの》頼義《よりよし》が来て挑発、戦争になった。

亘理権大夫《わたりごんのたいふ》藤原経清《つねきよ》（藤原清衡《きよひら》の父）らが安倍氏側につく。頼時が流れ矢で鳥海の柵で死亡した。代わってその子貞任が戦った。しかし、源頼義が出羽・仙北の俘囚主の清原武則《たけのり》に応援を頼み、清原氏が参戦、ついに安倍氏は厨川柵《くりやがわのさく》に追われ敗北した。

結局、安倍氏の『奥六郡』の遺産を継いだのは出羽の清原武則で、鎮守府将軍となる。武則の孫である真衡《さねひら》も鎮守府将軍になった。しかし清原一族は内紛となり、陸奥守源義家が介入し、後三年合戦となる。最後は家衡と清衡の戦いとなり、清衡が最終的な勝者となった。清衡は母が安倍氏滅亡後、清原武貞《たけさだ》（武則の子）に再嫁したので、清原氏のもとで成長した。清衡の戦った相手の家衡は清衡の母と武貞との間の子であった。平泉の栄華は知っての通りで、初代藤原清衡は陸奥国押領使《おうりょうし》（地方の内乱や暴徒の鎮定などに当たる官職）となり、中尊寺を建立した」

「なるほど。二代基衡は毛越寺、三代秀衡は無量光院を造り、陸奥守鎮守将軍となった。夷は夷をもって制すで、現地の実力者を将軍にして、政府は税を収納したわけだ」

「そう、四代泰衡は源頼朝の攻撃を受け、蝦夷島に逃避する途中、大館の柵で家来に殺され、藤原氏は滅亡した。藤原氏が庇護していた源義経は泰衡の攻撃を受けて衣川の館で自害した。義経伝説では蝦夷島に脱出したことになっている」

「私も最近、平泉の金色堂や衣川などを見てきた。毛越寺の跡は庭園だけが残っているけれど、破壊した源頼朝にも都づくりの参考になっただろう。兎に角、みちのくの歴史を教えてもらい、ありがたい」

「ついでに、平泉の藤原氏は黄金、つまり砂金と産馬で裕福であった。また仙台藩涌谷には産金の黄金山神社がある。ここでは、天平感宝元年（七四九）に砂金が見つかり、当時の陸奥国守大伴家持は『すめろぎの御代栄えむと東なるみちのく山に金《くがね》花咲く』と詠んでいる。

百済王敬福がその後、陸奥守となる。今では涌谷伊達氏の所領となっている。伊達騒動、いわゆる寛文事件の一方の主役となったのは、涌谷四代目の伊達安芸宗重だ」

「九州、四国も変転したように東《あずま》の歴史も時代の変化があり、それが国の勢力の伸張となった」

「次の時代は十三湊《とさみなと》の津軽安東氏が力を持ち、蝦夷島、大陸と交易をした。さまざま経緯があって蠣崎氏《かきざき》（のち松前氏）が豊臣秀吉、徳川家康による朱印、又は黒印状を与えられ松前藩が成立していく。それまでは日本の限りは、津軽、外ヶ浜までだった」と藤塚知明がしめくくった。

「南部藩から弘前藩が反乱を起こしたのか、それで現在の両藩は仲が悪い。ともかく松前は陸奥の中に入った。わしは仙台藩に来て、国の成り立ちに興味を持った。なんと言っても歴史をみつめる目は大切だ。仙台藩に黄金はもうない。農業を振興するしかないが、米だけでなく商品作物に力を入れていくしかない。絹や紅花も少しはやっているが、まだまだ特産品がない。これからも仙台藩のために意見を述べたいが、知明どの、来月から数年間、学問の修業に江戸へ行って来ます。元気で待っていて下さい」

「そうか、少し淋しいけれど、おぬしの将来のためには旅も必要かもしれない。収穫が得られるよう待っています。わしは壺の碑の研究をしていく。お祝いにささやかな昼食をしよう。わが家に寄ってくれ」

子平は藤塚家に寄り、父上の知直氏や夫人と歓談、名残を惜しんで仙台へ帰った。

## 笠翁の『儀礼考』

塩釜から仙台・川内の嘉善の居宅に帰った子平は、母屋向かいにある風呂を沸かしたり、竈で夕飯を炊いたり日課を果たした。夕飯前には父の背中を流し共に入浴した。父の身体はめっきり痩せてきていた。「老いたな」と子平はつくづく考えざるを得なかった。

その晩は銘々の箱膳で食事することを止め、座敷で大卓を囲み家族四人で懇談することになった。父母に嘉善、子平がそれぞれ席に着いた。まず子平が正座して、父笠翁に一礼してから申し上げた。

「今月、かねてご相談申し上げていた通り、五年間江戸へ参り、学問修業に勤めてまいりますので御許しを願います。四年前、先祖の墓参りに行きました際、姉なよの夫、旗本の森川権六郎宅に泊めてもらいましたが、今回は妹多智の夫、手塚市郎左衛門の家にお世話になることになりました。先日、手紙で了承したとの返事がきましたので、どうか留守中よろしくお願い致します」

笠翁がうなずいたので、子平はその対面にいた母にも会釈した。今度は正座のまま、子平の前の嘉善の方を向いた。

「兄貴どの、ただいま話した通りですので、藩御当局に、学問修業のためお暇いただく届出をよろしくお願い申し上げます。また留守中は父母の御世話を願い上げます」と型通り挨拶をした。

「わかった。事務方の手間がかかるので、出発は六月十日過ぎに予定してくれ。暫く待ってもらいたい。規則は守らなければならない。ところで手塚どのの住居は現在どこか」

「火消与力の役宅は江戸に四か所あるはずですが、今度、飯田町となりました。若い抱え人（雇い人、使用人）三人が同居しているそうで、その手下たちと一緒になると思います」

「米は食い扶持を毎年送っておく」

頃合いをみて笠翁が話した。

「勉強は若いうちだ。時を無駄にせずしっかりやって来い。これは私からお前たちに分けておく」と嘉善、子平に本を十数冊ずつ手渡した。

「これは私が心魂こめて書いた『儀礼考』十一巻だ。それぞれ二部ずつあるので函底にしまい、世間に出して良い時機が来るまで秘しておいてくれ。朝廷儀式は禁書になっている。この前まで、すべて校訂をして、筆耕は子平とその友人たちに依頼して私家本として刊行した。先日、送付したのは江戸の従兄弟の下田師古《もろふる》、浅井奉政《たてまさ》の子孫と小日向の父祖の菩提寺の和尚、そしてかっての上司二人で都合、五人分だけだ。下田、浅井は因縁があり、二人の墓前に手向けてもらうつもりだ、禁書であることは同封の手紙でみなはっきり述べておいた。私の一生の仕事で長らく気がかりであった。これで思い残すことはない。

それから『寓意草』『仙台間語（六冊）』は手すさびに随筆風に著したもので、完結した。これはすでに世間に流布しているのでなにも問題はない。手許に残った分を二人に分けておいた（菩提寺の日輪寺の和尚の手紙では、有名な太田南畝が自分で編んだ『三十輻』に収められたとあるので、江戸の文人に評価された）。皆に喜んでもらえたので冥すべきであろう。それでは、子平の門出を祝って乾盃しよう」と盃をあげた。

嘉善、子平、母もそれぞれ酒を注ぎ盃をあげた。

「子平は自由に学問の修業ができていいな、われは藩公のお供で江戸へ行くほかない。仙台に在住していなければならない」と嘉善が言いつつ銚子を取り子平に酒を注いだ。

「部屋住みだから、気ままにさせてもらってすまないね」

## 西洋を学んだ先人たち

川内はようやく暮れかけてきた。笠翁に子平が質問をした。

「父上が新井白石や荻生徂徠先生を尊敬しているのは承知していますが、殊に印象に残っていることや、私に対する注文をお聞かせ下さい」

笠翁は酒に強かったが、近年は晩酌で一、二合を嗜むほどになり、頬を赤らめながら話し出した。

「新井白石は知っての通り、言行一致、将軍に直言、実践した。私が尊敬するのは、侍としてばかりでなく、探求心と博大なる知識欲だ。この頃は蘭学などの医学や暦算学が浸透してきているが、その蘭学、洋学の先駆者なのだ」

「イタリア人の不法侵入者シドッチの取り調べから始まり、西洋、印度、マニラやジャバなど南方の地理、言語、宗教、歴史、国体まで調べている。それを毎年江戸に来る阿蘭陀人に確認して深めたものだ。わしは江戸城の紅葉山文庫の係でもあったので、書籍の出し入れを手伝っただけだが、文庫には蘭書や世界地図など多量にあった。白石先生は『西洋紀聞』『采覧異言』『和蘭紀事』『阿蘭陀考』などの西洋、南蛮学は当時、卓越したものだ。

ラテン語と阿蘭陀語に関心を抱き、通詞から蘭語の単語三百四十五語ほど習得した。読みを仮名で翻訳も付した。わが国で初めてのことだ。

正徳の頃の通詞は今村英生といった。この男は代々通詞の家の出だが、子どもの頃から蘭人の医者の小使いとなり、教育されたので、随一の大通詞となった。通詞という役は、ポルトガル人が大勢来た頃、手伝っていた人々がしだいに習得した。その連中が長崎で阿蘭陀語を覚え、いつの間にか家業と階級まで生まれたのさ。百五十人くらいはいたが、中には細川藩などの医者が、船に同乗して来た医者に外科などを学んだ。そのため通詞たちの中にも阿蘭陀医学が身についた連中ができた。幕府にも蘭方専門の医者がいた。

　鎖国になったのは天草の乱以後、将軍は家光公の時からだ。天草の乱では、阿蘭陀も船に積んでいた大砲を打ちこんだ。幕府はそれ以後、阿蘭陀が持ちこんだ臼砲を鋳造させた。十門ほど買い入れ、その技術を学んでいる。ポルトガルはイエズス会の宣教師を多く来日させたので来航禁止となった。

　砲術や測量術も当初入ってきた。ところが、鎖国になり砲術の関心が薄れた。吉宗将軍は新井白石を免職にした。この将軍は積極的なお方で、経済を立て直したが、阿蘭陀の物に興味を強く持ち、時計、望遠鏡、動植物の図書、薬品など献上された物のほか注文して買い入れた。暦算、天文にも関心があり、自分でも使ってみた。面白いことには洋馬を輸入し、阿蘭陀の調教師からも知識を仕入れた。狩りも好きだったので清の馬も買った。書物も宗教以外の物なら良いと禁書を一部緩和した。経済振興のため西洋物産に興味を示したのだ」

「阿蘭陀の馬ね、阿蘭陀馬術はわれも関心がある。嘉善兄は流鏑馬を習練したので、馬上から鏑《かぶら》矢《や》を射る腕はたいしたものだ。わしもそのうち馬上筒をやってみたい」と子平が興味を示した。

## 荻生徂徠からの学び

「綱吉将軍は阿蘭陀人が江戸に来ると踊りや歌などをやらせて、阿蘭陀の商館長たちは困ったらしい。吉宗将軍は動物のことを聞いたり、阿蘭陀本草の本を所望したらしい」と続ける。

「白石も仲が良かった桂川甫筑（医師）も吉宗時代、蘭方に熱心に取り組んでいた。有名なのは青木《あおき》昆陽《こんよう》と野呂《のろ》元丈《げんじょう》の二人だ。吉宗将軍はこの二人に蘭学を許可した。というのも、青木は『蕃藷考』を著している。例の甘藷、サツマイモだよ。小石川薬園で増やして各地に教えた。あれは南蛮がマニラに持ち込み、支那、琉球、薩摩と伝来した。野呂は本草学者で蘭方本草に関心を持っていた。最近は江戸から仙台にもサツマイモが来ているな。青木も長崎に出かけて阿蘭陀語を学んだ」

「イモ先生か。わしも食ったがあれはうまい。飢饉の際の食料としてしだいに栽培するようになった。わしも長崎には関心がある。いずれ行ってみたい」

「長崎までは遠いぞ、江戸に毎年阿蘭陀人が来るから、会う工夫をしたら良いのじゃないか」と嘉善が合いの手を入れた。

「荻生徂徠には学びそこなった。あれは不覚だった」

## 兵学への道

「子平、ところでお前は何に的をしぼって修業するのだ」

「わたしは兵学を深めたい。先日は仙台藩の兵学者一家として名高い、玉虫十蔵尚茂《なおしげ》と会い、学びました。彼の祖先は武田氏に仕えたので、代々武田信玄流の軍学を学び、父親の暢茂《のぶしげ》は藩主吉村公に武田流兵学を講じた人です。尚茂はわしより七つ年少だが、なかなか俊敏な若者で、武田兵法と居合の術に達しています。問答を交わしましたが、的を射ている。今度は、門崎運大夫にも会うつもりです。この人は東磐井郡門崎邑に住んでいるので仙台に来た際に会う予定です。楠木流兵術と影流居合術、穴沢流長刀術、柳生流刀術、さらに柔術、馬術、小笠原流礼法を学ぶという驚くべき兵術の練達者です。大体わが国の兵学は武田流軍学が中心なので、それを学んで手を広げたいのです」

「兵学か、この世は平和になったが、おぬしが興味を持ったのならそれを徹底的に身につけるべきだ。居合や一騎打、馬術は一体として修練しないとダメだ。なにごともそうだが、考えることは、極限まで考えぬかなければ学者にはなれない。

もっと言えば、師匠の言うことを理解することだけではない。自ら『なぜ』と問いを立てることが肝要だ。自ら問うこと、それは自ら答えることだ。自らの問題は新しい時代の課題でもある。だから年若い者が新しく道を開く。ただ長年やれば良いというものではない。師を乗り越えるのだ。それが学問を開くことだ。ものごとでいえば歴史の始源にまでさかのぼることが大切だ。

荻生徂徠もこの二つの点で一派を為した。漢文は中国の文なので、日本流に読んではダメで、聖人や道も歴史の始まりを考えなければならない。孔子もさらに古代の教えを学んだのだ。文字や制度ができた頃だ。それをわかりやすく示している。文の裏を見透さなければならぬ。学者なら一派を起こすくらいの根性がなければならぬ。わしは中途半端だったが、子平の年令なら、その目標で良いのではないか。大体、二、三十歳代で人間は決まる。四、五十歳でその学問を仕上げるのが普通だ。

上書した方向は良かったが、仙台藩の奉行たちは宝暦の飢饉の後始末で大変だったようだ。

最近、国学は賀茂真淵が大きな顔をしているが、荷田春満に学んでいた。在満の弟子筋だった」

笠翁は苦々しげだ。

「わしは、平穏の世こそ軍学を学んでおくべきと思います。誰も関心がなくなっているから見直して、武士のあるべき方向を探りたいのです」と子平がいつものように興奮して話した。

嘉善は、「わしの勤務は週に二日なので馬術に精を込めているが、流鏑馬だけでなく、後輩と一騎打の技術を身につけたい」と話し、「門崎運大夫どのに教えてもらいたいな。子平、お会いしたら伺ってほしい」

子平は、会う予定であるので告げたいと答えた。

笠翁が「嘉善はもう一度、嫁をとれ、子孫を残さないといけない。わしは眠気がさしてきた」と言い、母と共に立ち上がった。母は、「子平、身体だけは大切にして、食事はきちんとしなさいよ」と話し、二人とも別棟へ向かった。

嘉善と子平は母屋に戻り酒を酌み交わした。夜は更けていったが、子平は心地よい気分であった。

## 江戸までの道のり

林子平が両親に見送られ、仙台を出発したのは六月十三日であった。兄の嘉善は長町まで同行した。子平は並の旅客より足がきく。朝は七つ（四時）に起床、夜が明ける六つ（六時）には宿を出て歩き出すのである。旅では草鞋《わらじ》がけである。

白石—福島—白河を越えて宇都宮に到着。ここでは宇都宮城の周辺を念入りに見て回った。というのも、徳川将軍が秀忠のとき、実力者の本多正純が宇都宮城主であった。本多が所用で山形に行っていた際、秀忠はこの城に寄らず江戸に帰った。そして秀忠は正純を改易に処した。宇都宮の十五万五千石から出羽由利の五万五千石への配流を申し渡したのだ。

正純はもし自分に落ち度があるなら、「所領を没収すべし」と言って受けなかった。結局、秋田の佐竹氏に預けられ、横手城に幽閉された。

正純は功臣本多正信の長男であり、福島正則の改易に反対するなど秀忠将軍とはそりが合わなかった。恐らく密告などもあり、突然の左遷であった。この事件に着想を得て、後に虚構が生みだされ、「釣り天井事件」として歌舞伎で時代を移して上演され人気を博した。子平は正純の改易に興味があったから、宇都宮から日光街道に寄り道をしたのだ。

日光では有名な杉並木を歩いた。松平正綱が山中の十四里に紀州熊野の杉苗二十万本を植えて家康に報恩をした（現在も一万五千本の大木が残り、国の天然記念物である）。

日光東照宮は元和三年（一六一七）に創立された。当初は秀忠が建てた小規模な建築だったが、三代将軍家光が幕府の総力をあげて建設した。他の大名に協力させるのが通常の土木事業だが、日光の場合は幕府単独施行であり、黄金だけで約五十八万両をつぎ込んだ。子平は、威容を誇る陽明門、唐門、五重塔、本殿、拝殿を参拝した。名工、巨匠を集めた彫刻など豪華さに舌を巻いた。奥の院は社殿の裏山、家康が眠る。

家康は生前に「自分の遺体は久能山に葬り、葬礼は江戸増上寺で行い、一周忌の後、下野日光山に小堂をつくって勧請せよ」と遺言した。これに従って十一か月後、将軍となった秀忠は東海道を通り、家康の金の輿は生前の鷹狩りの場をまわった。川越では天海の無量寿寺（のち喜多院）で法要を営み、鹿沼、今市を経て、日光山座禅院に到着した。三代将軍家光は若い時に疱瘡《とうそう》を患ったが、春日局が江戸城内に勧請した東照宮に祈って本復した。家光は「なにごとも大権現様《だいごんげんさま》（家康のこと）のお陰」と言っていた。

そもそも家康を神としていかに祀るかは幕閣で問題となり、秀吉のように「豊国大明神」とするかなどの意見もあった。僧天海が主張した通り、朝廷は「東照大権現」の神号と正一位の神階を贈った。権現とは人間の形で仮に現れた姿であり、家康は薬師如来の化身とされた。古代から日光は山岳神仰の霊場であった。

子平は、家康の幕府護持の執念と家光の家康崇拝には「恐れ入った」。兵学者としてみて、「この演出が大きな効果をあげている」と感じた。

日光を視察するには良い季節で、高木となりつつあった杉並木から洩れる日の光は格別であった。

## 江戸飯田町の組屋敷

子平は今市、鹿沼、壬生道を通り、小山で再び奥州街道（海道とも言った）に戻り宿泊。幸手、粕壁、翌日、千住大橋を渡り、早くも八日目に江戸へ入った。江戸では、上野不忍池、聖堂で右手に折れ、水戸殿の屋敷の前を過ぎ、小石川御門を経て、牛込御門をくぐり、ようやく飯田町の定火消の組屋敷に到着した。

組屋敷は頭取の役宅を中心に整然と並び、火の見櫓があった。定火消は消防を司る幕府の職名で、大名火消、町火消と異なり、幕府直属の火消隊で、本来、江戸城を守る役目。万治元年に四組であったが、宝永元年には十組となり、幕末まで続いた。一組に与力十騎、同心各五十人、交互に時替わりに火の見番を勤めた。定火消は江戸城の周辺の各方面に大名、武家屋敷内に設置されている。

子平はすぐに手塚市郎左衛門の住居を見つけ、冠木門をくぐり玄関に立った。奥方は一般には玄関に出ないが、火消ゆえ応接が大切とされているためか、すぐに妹の多智が現れた。

「まあ兄さん、よく来られました。疲れたでしょう、とにかく上がって休んで下さい」と大喜びで迎えてくれた。二人は数年ぶりの再会を味わい、父、母、嘉善の近況を話し合った。

多智は歯を染め、眉をそり、丸髷まげを結っていた。

「すっかり、若奥様といったところだ」

「あら、そうかしら、抱え人もいて台所は大変なの、旦那様はもうすぐ馬場から帰ってくる」と言うのだった。

手塚市郎左衛門は火消与力であり、役高八十石、仮抱入十人扶持、手当金二十両、別に飼馬料一日大豆三升を給される。同心は三十俵二人扶持、仮抱人は十俵一人扶持、手当金二両である。平常は防火、消防だが、一旦緩急あれば、定火消は小姓組の背後にあって戦線に立つ任務もある。与力は消防の際は騎乗して指揮をとり、御家人としての身分は低かったが、役料がつき、配下も多く、派手で威勢のある役職である。

その晩は手塚と抱え人の若者たちが帰って来たが、手塚、多智、子平と三人で晩酌をしながら夕食を取った。

学問修業のため仙台藩に暇を願って江戸に来たこと、今後世話になることをまず依頼した。子平は定火消の仕事について質問した。なんでも聞きたがりの子平なのである。

## 江戸の防火体制

「水の便の悪い町屋も多い江戸の消火体制はどうなっているのですか」

「定火消は江戸城に延焼しないよう、江戸全体を守る必要から設置された。大名は自身で防火をするため大名火消があり仙台藩も努力している。町屋敷も自分たちで防火するよう四十八の火消しがあることはご存じだろう。

江戸の防火策は明暦三年（一六五八）の大火から始まった。明暦の火事は説明するとキリがないので省略するが、江戸はほとんど焼けた。正月十八、十九日の二日連続で北風が強く、海側では霊厳島、佃島まで丸焼けだ。火元は本郷の本妙寺。人々は群れをなして海や川を目指して逃げた。ところが江戸城の南の外桜田では気がつかなかった」

「十九日になり水戸中納言の上屋敷、この飯田町を通って江戸城に火がつく。牛込の御門内へ焼入、田安御門内の大名屋敷が残らず焼け、紀伊大納言の屋敷も類焼、その火が御本丸へ、ついに五重の御天守に燃え広がった。御本丸の御殿も残らず全焼、大手門から神田橋と橋が次々と焼け数寄屋橋の御門、矢倉、そして八重洲川を限りに焼け尽くした。

これで終わりかと思ったら第三段で、麹町から出火、半蔵門外、霞が関、外桜田の大名屋敷、仙台屋敷も全焼した。つまり江戸全焼です。

わずかに残ったのは西の丸、和田倉馬場先外、桜田門内だけであった。焼け死んだ人々は約十一万人ほどで乞食頭の車善七と芝の松右衛門に遺体を集めさせ船で深川に運ばせた。幕府は土地と三百両を出し、無縁寺回向院をつくり埋葬した。なんでもその数、十万七千十六人だった。延焼した大名から御家人まで救金を出したほか、商店へは間口に応じて、家持ちにもそれぞれ支給した。大坂、駿府の銀二万貫を江戸に送り、罹災者にも町奉行が粥を連日出した」

「地獄だね。それにしても詳しいですね、火消隊もそれで設置されたのですか」

「何度も当時の書を読まされ、風のこと、命のこと、水まわりを勉強させられたのさ。

復興にはまず江戸町々の間数絵図を徴発し、道幅の拡張、側溝、火除地などを検討し、二の丸が造営された。江戸の商人、職人には、仲間組合で物価、賃銭の値上げを禁じさせた。江戸武家屋敷、寺社屋敷を割替えたり、大名には下屋敷も与えた。年号も万治と改められて、定火消が置かれた。それと共に本丸が着工、天守閣は断念された。この頃の将軍は家綱公である。武士たちは手を出せず何ら対応できず、将軍を避難させるのがやっとだった」

定火消の話は続く。

「基本は武家屋敷は武士、大名は大名火消、町屋は町人が各自、人や店子を出して消せという方針で、町火消も初めは町内から出していたが、やがて鳶《とび》の者が中心となった。町ごとに夜番を置き、水溜桶や井戸を掘らせた。水道橋もつくり直した。享保初期にも火事が多かった。護持院も小日向（大塚）に移し、明地は護持院の原と呼んでいるが、夏と秋に町人に開放している。両国橋（武蔵と房総の間なので両国橋）なども拡張新設した。

大岡越前守が町火消の設置を命じ、いろは四十七組ができた。ただし、へ・ら・ひはなく百・千・万組を加えた。後に本組が加わり四十八組となった。本所、深川には十六組がつくられ、計六十三組により江戸消防ができあがり、消防人足は一万人以上となっている。この辺は五番組といって、四谷、赤坂、青山、麻布の守備範囲で、く、や、ま、け、ふ、こ、え、し、ゑ組である。

定火消は与力、同心が指揮をとり、配下はガエンとよぶ火消人足でわしも十人抱えている。うちには三人置いているが、後は通いです。荒っぽい事が好きな連中だ。子平さん、よろしくつき合ってほしい」

「ええ、こちらこそ頼みます。ところで火消の仕事で大事なことは何ですか」

「野次馬対策だね。この辺の武家地は少ないが、盛り場はどっと群衆が出てくるし、それに目をつけて泥棒が横行する。手伝いと称して家財を盗み運ぶ輩もいる。火消はまず延焼を防止すること、風向きに注意して、燃え始まった家は破壊することが一番だ。水がけも大切だが、類焼しては町全体がやられる。

そこで建設の仕事をしている鳶職人が一番向いている。壊し方も心得ている。わが配下にもいますよ。武器は鳶口だね、ガエンは冬でも法被一枚、漢字で臥煙は火の中、煙の中をくぐる命知らず連中のことだが、博打好きが多いので困る。素人では役に立たないから彫物している奴でも役に立てば良いのさ。まあ、一盃どうです」と銚子を持った。

子平がいただくと多智が言った。

「大変なんですよ、ブラブラしているようで、ジャンと鳴ればすぐ出動ですからね」

「ところで子平さん、学問は朱子学ですか」

「いや、兵学というか、軍学です」

「徳川を倒そうとする輩もいなくなった。秀吉残党や由比正雪もいませんね、これから軍学でもありますまい」

「そうでもないですよ。国のかたちも変化する。たとえば蝦夷地、これをどうするか、南蛮や明が清となってまた元の時代のようにやってくるかもしれぬ。油断大敵だし、誰もやらないからいいんです、まあ、馬術も入りますので馬のことも研究しておきます」

「わしも毎日馬の練習をしないといけない。野次馬の中、火の中では馬が暴れますからね」

「なるほど、兄の嘉善は流鏑馬で、随分、稽古して弓矢をやってますよ」

「へえ、明日、馬場に一緒に行きましょう」

こんな具合に子平の江戸修業が始まったのである。

## 馬術の技

子平は手塚とこののち五年間、さらに馬術の技を磨くことになる。

翌朝から子平は手塚に連れられて、内堀寄りの火除のため大空き地となっている所へ行った。定火消専用の馬場兼火消人の棒術や鎗の稽古場になっているのだ。手塚の飼っている馬二頭を連れていく。

与力、同心、抱え人などが多勢集まっていた。与力五、六人は乗馬の訓練をし、同心以下は棒術と槍を使って広場の真ん中で試合したり、連続型の稽古である。

手塚と共に子平も馬場を巡回した。

手塚は馬を乗り回したあと、途中で急旋回をする輪回りを何度も繰り返してから、休んでいた子平の傍らへ戻って来た。

「急激に馬を止めて、馬首を返すのが大切なんだ。火事場でも風向きにより、火の手の上がりようで指揮の場所が変化するし、野次馬の整理に行ったり来たりしなければならない。馬上戦でも同じでしょう」と手塚が言う。

「その通りですよ。最近の戦術は鉄砲や大砲が主力ですが、決戦で相手を攪乱するのは騎馬戦です。騎馬の馬上の戦いは、互いに突っこんで行って相手を一撃で倒すんですが、その相互の速度を利用して相手を地上に突き飛ばす、または落馬させて長刀や槍でどっと徒《か》歩《ち》の兵と攻めるのです。

しかし、互いに警戒しつつ戦うから一撃では決まらない。すると行き過ぎてすぐ馬を返して攻めるためには小さく回ることが大切なんです。そして敵の後ろにつく。だから何度もすぐ馬首を返せなければいけない」

「なるほど、馬しだいですね、戦いは」

「馬上の相手を一突きで倒すのが最上です。本当のコツは後ろに回って馬を斬って馬上の武士を叩き落とし、仕留めることだ。荒っぽいのは馬をぶつけてゆく。

馬上相対でも鎧の隙間の肩などを狙って鎗で突くか、長刀などで斬るかです。昔から『将を射んとすれば、馬を射よ』が極意です」

「馬の尻を狙うのか。鎗など長いほうが有利ですな」

「相手が鎗の場合は、懐に入って刀の間合いにするのが手ですが、昔は軽く長い木を持つか、腕力のある武士は鉄の棒を振り回すほうが刀よりも有利です」

「そうか、刀など吹っ飛びますね」

「騎馬兵は一団で敵の後ろに回り、銃を背にして高台から一斉射撃も効果がある。しかし白兵戦で戦う場合には徒歩兵を蹴散らすことも戦術として重要なのです」

「私も小回りの練習をしましょう」

二人は何回も馬首を返す練習をして午前中で稽古は終了した。

## 工藤平助との再会

三日目の午後から子平は築地に来ていた。隅田川河口の右岸にあり、広くは旧鉄砲州から浜離宮までの埋め立て地、明暦の大火後に埋め立てられ本願寺別院が移され市街地となった。

子平は工藤周庵を訪ねた。彼は嘉善が仙台藩士になってすぐ、宗村公の生前に、工藤丈庵が引退すると仙台藩医（三百石のまま）となり、今では工藤平助と名乗っている。

藩主の重村はこの年、近衛権中将となり、従四位上に叙せられている。平助は重村の室、近衛年子《のぶこ》（近衛関白の娘、実は大納言広幡長忠の娘）の担当医であった。篆刻《てんこく》ができる平助は重村の印鑑をつくり、重村も平助の人柄を評価していた。

工藤家は立派な玄関とどっしりした診察室を構えた医者の屋敷であり、裏に自宅が続いていた。

子平は自宅玄関に入り、案内を請うた。出てきたのは弟子らしく暫くして客間に請じられた。客間には立派な薬箪笥が置かれ、引き出しが数多くついていた。診察中だったが半刻ほど待って平助と顔を合わせた。

「よく来たな、随分会わなかったが、子平どのも成長したね」と自分も四歳しか違わないくせに、昔と変わらぬ兄貴分らしく言った。平助は貫禄がつき肉太となり、頭は総髪で医師らしくなかった。父や兄の嘉善の近況などを親しく話し合った。子平が学問修業のため江戸に来たことを告げた。

「そうか兵学か、悪くないね。大名たちも阿蘭陀趣味が流行しているが、西洋は油断ならないそうだ。今は西洋は阿蘭陀だけしか交易してないがね。誰か師匠の当てはあるのか」

「いや、これからの武士のあり方、国の兵備などを学びたいが、古い武田軍学の師匠についてもしょうがない。良い師匠はありますかな。幕府も武士も太平に馴れてどうするんですかね」

「そう言われると漢学の荻生徂徠のような人物は兵学ではいないね。わしは服部南郭に師事したが、詩人ではないからね。町人出身の青木昆陽先生にも学んだ」

「そうですか、私の父も何度かお会いしたそうです」

「どうだい久しぶりだから阿蘭陀の酒を馳走しよう」と平助は言ってギヤマンの盃に赤い葡萄酒を注いでくれた。

「美しいものですな、初めてですよ。長崎から取り寄せたのですか」

「そう。これはどうだい、南蛮の外科用の刃物など手術の道具箱だ」

そこへ奥方が菓子や食べ物を持って現れた。

「子平どの、これは妻の遊だ。きみも知っている藩医の桑原隆朝先生の娘をもらったんだ」

「亡くなった義父の従吾と丈庵先生と一緒に歌舞伎のお供をしたことがあります」と奥方に一礼した。

「まあ、そんなこともありましたか。仙台は遠い、お疲れになったでしょう。ゆっくりしていらして」

「なに、子平は健脚で軽々と歩いて来るのさ、兄が嘉善で仙台藩士だ。子平はわしの弟分だから頼むよ」

平助はそう言いつつ座を立った。

「桑原先生は背が高く名医で、兄も仕官する際、工藤丈庵先生と共に大変お世話になりました」

「父こそいろいろお世話になって、いつでもお出かけ下さい」

## 急死

平助は手に一冊の本を持って再び現われた。「これは有名なドイツの植物標本だ」と子平に手渡した。

「いつも、阿蘭陀物や西洋の物を人に見せびらかしているのです」と夫人。

「珍しい、いろいろな草花がありますね。いわば南蛮本草の一つですね」

金属の綴じ具がついている。

「そうだ、これはな、長崎の通史の吉雄幸作が送ってくれたものだ。ところが持って来てくれた弟子の船が博多沖で遭難し、書物やこの外科道具など一切が海に沈んだのさ。長崎奉行の計らいで、幸い船から引き揚げて助かったものだ。それをわしが一枚一枚乾かして、再び本に戻したのだ。蘭文字はわからぬから桂川甫周に見てもらったのさ」と自慢した。

「それは貴重ですね、外科道具といい、よく見つかったものですね。長崎から色々な物品を購入されるのですか。桂川甫周という方はお父上も幕府の御典医ですね」

「阿蘭陀物はこの頃、珍重する人が多く、私も興味があるので収集している。手術刀は我が国のほうが切れるぜ。ところで甫周は法眼甫筑の子で四代目、若いが優秀な男だ。おぬしにも引き合わせよう。わしのところに長崎の通詞の若者が三人弟子となっている」

「よろしくお願いします。仙台ではこんなに美味い酒も飲めないし、本や珍しい品物が拝見できて、口も目も保養できました」

平助は長崎など交易の面から、子平は兵学の面から互いに勉強しようと話し合った。平助の医院は評判も良く、大名などとの交際も広く繁昌していた。

子平は、この日は初見なので、夕方には工藤医院を辞して飯田町の手塚宅に帰った。

すると、多智から飛脚便が来ていると知らされた。驚いて手紙を開けると、父が急死したことが書かれていた。子平は茫然となった。

「父が亡くなった。われが江戸に着いたころ、六月二十一日に息を引きとった。脳で血が破裂したらしい。元気で送ってくれたのに……。葬式は一週間後なので中二日しかない」

そこへ手塚市郎左衛門が顔を見せた。

「笠翁がお亡くなりになったのか、それは残念でしたな。子平どの、わしの馬を一匹貸しますから、すぐ仙台へ向かいなさい。わしは申し訳ないが職を離れられぬ、香典は持参してもらおう。嘉善兄や母上に悔みを述べてほしい、三日あれば十分間に合うだろう」

子平は身支度をし、馬の餌をその背に着け、すぐにも出立することになる。

「母と兄によろしく見舞いを伝えて下さい」

多智は涙をみせ、手塚と共に見送った。

「今夜は行けるところまで行く。伝馬ではないから、馬に休息を与えつつ参りたい」

子平は馬に鞭を入れた。

江戸に来た道を子平は逆に千住の大橋を渡った。僅か二日半、六月二十八日の葬儀の日の朝、仙台川内の嘉善の家に辿り着いた。

嘉善は驚いたが、子平は笠翁の棺を数人と担ぐことができた。位牌は嘉善が持ち、葬列は仙台北八番丁金台山竜雲院に向かった。

笠翁の享年は六十八。法名は眉白笠翁信士であった。

子平は七日の忌も過ごし、葬客の小川などの友人と別れ、江戸に馬に乗って帰った。父の遺品《かたみ》の長刀を嘉善から譲り受けた。父の死でいよいよ自立の道を探っていくことになる。笠翁の死はしだいに重くなっていった。

## 子平三十五歳

安永元年（一七七二）三月、塩釜神社の神官藤塚知明は、若芽を出しつつある神社林や庭園を見ていた。知明も子平も三十五歳の春である。

「出発してからもう四か月になる。子平は無事だろうか。いつ頃帰るのだろう」と独り言ごとを呟いて、塩釜港の空に流れる雲を見つめていた。

子平は前年十月末に、石巻港から出港した。江戸の船が米を大量に積み込み、それに子平が乗って行ったのである。直前に子平は、借りていた書物、鍋、釜などの炊事用具を知明に返済した。

「遠島《と》へ往ってくる」と知明の妻の前では言ったが、二人きりになると「実は蝦夷島（北海道）が目的地だ。黙って見守ってほしい」

あまりに唐突な話に知明は驚いた。いつだったか子平から蝦夷に渡りたいようなことを聞いたことはあったが、その場の夢物語として聞き流していたからだ。

「遠島といえば当地では牡鹿半島方面。網地島、江島などの流人の島もある僻遠の地で、交通は船に頼っているが……、蝦夷島まで行けるのか」

蝦夷地へ行くには、松前藩の許可や仙台藩への届け出も要る。いつ、誰を介してそんな許可をもらい、藩にいつ届けを出したのか。いかにその他の問題を処理したのか。知明は懐疑的にならざるをえなかった。

「たしかに壁があるので遠島に行ったと思っていてくれ。江戸で六兵衛という松前藩から来た人に会った。彼が言うには、松前藩には金儲けの商人が多勢いて、アイノと紛争が絶えない。また赤人（ロシア人）が来て、これも問題を起こしていると言う。われは国境は北進すると歴史を見ているので、ぜひこの目で見たいのだ。正式には届けていないが、六兵衛どのに手配してもらい、往きは米を積み、帰りは蝦夷の物産を江戸に運ぶ伊達屋の弁財船に乗ることになった」

「危険ではないか、兄の嘉善、工藤平助藩医にも相談したのか」などと知明は止めにかかったが、子平は押し切って出帆したのだ。

六兵衛についても詳しく語らなかった。松前氏につらなる親類筋の用人であるらしかった。恐らく船は春先の俵物、煎海鼠《いりこ》、干し貝、鮑、鱶鰭《ふかひれ》類や昆布などを積んで来るだろうからもう帰って来る頃と知明は考えていた。

## 蝦夷地から戻る

四月も末の夜に知明の自宅の玄関を叩く者があった。知明が玄関を開けると果たして子平だった。雪焼けしたような顔で大きな風呂敷を背負い、二本差しのままであった。

子平は足を投げ出して、座敷に座ると荷物を次々取り出して、これは土産だと言った。子平の説明によるとみな蝦夷の器物で譲ってもらったものだと言う。知明が見ると、たしかに蝦夷の物らしい。

「まきり、どうらん、矢筒と矢二本、蝦夷錦の数点である」と子平が言った。

「アイノは矢に毒物を仕込んで熊を倒す、弓矢の技術は抜群でそこらの武士も顔負けだ」

知明は土産もありがたいが、子平が元気だったことに安堵した。

「良かったな、無事で。難破でもしやしないかと心配したよ」

「太平洋で少し酔ったが大丈夫だった。気仙沼、釜石、八戸、尻屋崎を経て大間崎、そして松前に着いた。松前藩では伊達林右衛門の伊達屋の協力者だということで問題なかった。北前船が多く来ていた。だが、あまり遠くへは行けなかった。

松前藩の福山の町を見た。熊石は江差の先で近い。箱館、石崎や熊石の先のセタナイ、メナシまで行ってみた。帰途にはヒボク、アッケシに寄港しただけだ。船がアッケシではラッコの皮などクナシリ場所やキイタップ場所で購入するものがあったので寄れた。とにかく、蝦夷島は広大だ。冬は寒いぞ。沿岸はよいが、陸の中ほどでは瞼の雪や汗が氷り、尿も氷柱になるそうだ。

ソウヤなどまですべて歩くには数年かかる。松前藩が支配している領域は一割にも満たない。ただキイタップ場所は飛騨屋が請け負って木材などを切り出している。クナシリにも行ってみたかった」と一気にしゃべった。

「今回は初めてだから十分じゃないか。一度も見てないわれわれでは実感がつかめない、ゆっくり松前の様子やアイノがどんな生活をしているか聞かせてくれ」

「一番の収穫は蝦夷地の地図だ、十分な測量をしたものではないが写し取ってきたのだ。カラフトは半島となり、蝦夷島が大きい。また乙名《おとな》（酋長）の図は現地の絵師の物を買ってきた。なかなか威厳があるだろう」

と地図や絵を広げてみせた。

「新井白石の『蝦夷志』を読んで行ったが、アイノとは人の意味で一段と和人の商い場が増え、アイノは酷使されている。津軽や田名部からの出稼ぎも増えており、漁業や木材の収穫を商人が指図して、交易でなく直接とっている。われに関心があるのは宗谷の先のカラフトだ。カラフトはその地のアイノや別の蝦夷が住んでおり、清や女真とつながっているようだ。大陸の半島のようだが、そこはまだわからない。この地図を信用する他ない。熊石を国境とせず、宗谷、シラヌシまで含めるべきだ」

子平の話によると松前の城下町は次の通りである。町の中央に堀で囲まれて福山城が高く建っている。本土の城より質は良くない。寺や寺社もある。町屋がこの城を囲んでおり、前方の港の前の町が左右に広がっている。役所、運上屋の館、倉庫があり港町の風情で、松前まで蝦夷が家族ぐるみで来て、それぞれ縄綴船、板綴船から降りて交易をする。人口、二万人ほどと見た。

アイノ集落は、一般に二、三軒から十軒くらい。チセとよばれる平屋の住居、プという高床の倉庫、幣場《ぬさば》（宗教区域）などがコタン（集落）で、川筋などにこれらのコタンが形成され、漁場、狩猟場を調整するのが乙名とよばれる酋長である。アイノでは熊が神様なのだ。熊送り儀礼などで男の系列が全体を仕切っている。

交易は北前船などが、米、酒、煙草、小袖や木綿の衣類、刀剣類、漆器、陶器を運んでくる。蝦夷側には、ラッコ皮、鷲の羽、乾鮭、鰊魚、白鳥、鶴、鷹、鯨、トド皮などがある。

女性は働き者で、鰊、鮭、鱈漁の際は、魚の腹を鯖《さば》差《さ》しで裂き、数の子、白子を選ぶ。薪木を取り、草の根を掘り、アットゥシ（植物の繊維）で反物を織る。

小帯（ポンクッ）をしているのが結婚している。これが女性の系統を示し、家の火を管理する役割を象徴している。口辺には入れ墨、手や腕にもしている。娘が年頃になると小屋を建ててやり、若者が訪ねて来る。結婚すると順次家を出て独立し、夫婦と未婚の子どもたちが家庭をなし、一軒の家に住む。畑でヒエ、粟、マメなどを栽培するが小規模で山菜やユリの根、木の実を採る。ヒエ、粟で酒をつくる。

秋の鮭漁はコタン総出で取り組み、鮭は焼いて乾燥させる。小動物のワナ漁は女性が行う。弓矢は男の手で、鹿などの獣肉の保存加工もする。解体は男の仕事で、油も取る。

衣類はアイノ自製でアットゥシを織る。魚皮衣（サケ、イトウの皮）がある。アットウシの材料はニレ、アカダモ、シナノキの樹皮を剥ぎ、水や湯に浸して柔らかくし、乾燥させ、糸にして織り、染色もする。イラクサ製もある。木綿や絹は本土からで、蝦夷錦は女真族や大陸から山丹交易で入る。葡萄づるや鮭皮で靴をつくる。莫蓙や籠も編む。針仕事も上手い。

仕事はフカの鰭などの自分稼《じぶんかせぎ》が本来で、自分でつくった製品を交易していた。松前藩士が出向いたり、アイノが来て交易していたが、俵物などの需要が高まるにつれ、商人による場所請負制となった。商人は領主層に運上金を払う。アイノは交易から雇人となり、前貸などにより債務奴隷化しているので、過酷な労働、横暴な使役となっている。商人は儲け尽くで、漁業、木材伐採、移出などで働かされる。

アイノの反乱はたびたび起き、松前の武士たちはこれをだまし討ちや謀殺する。やはり、幕藩体制にしないと横暴な商人に対抗できないだろう。もっともこれを言うと御政道に口ばしを入れると言われるだろうから言えない。生活を支えてやりながら、飢饉の時には救済しなければならない。気候不順で狩、漁ともできぬ場合もある。共に暮らせるようにしないと、ロシア側が支配することも考えられる。

結論として全域を調査して、北は宗谷まで東はクナシリ、エトロフなど領地化する方策を考えなければならない。以上である。

## 子平、仙台へ帰る

「アイノとも通詞を介して話したが、長老たちはなかなかの人物が多い」

「私が会った乙名はショッコイという名だった。妻と息子夫婦、その子三人、それに仲間五人で松前に交易に来ていた。松前氏に会った上で、持って来た乾鮭などを売ったあと、浜につくった小屋で酒盛りをしていた」

「商場では買い叩かれるし、しだいに奥地まで商人が入ってきて、自分稼ぎが難しくなってきたと言っていた」

「エトロフのラッコ皮も紛争があり手に入りにくいそうだ。一盃飲めとさされたので話し合ったが、和人の言葉がわかる。彼は蝦夷錦を着て、煙草を楽しんでいた。婦人たちはアットゥシを着ていた。公平に取り引きをするには幕府の役人が間に入ったほうが良いと感じた。なかなか得がたい経験だった」

子平の蝦夷島体験は例によって興奮して身ぶり手ぶ

りで延々と続いた。知明も子平もまだロシアの情報は少なかった。子平は北進だけでなく南進の情報も知りたいと言う。「一晩では話し尽くせない」と子平は疲れていたらしく、明け方に眠った。

翌日はゆっくり昼近くまで寝かせてもらい、再び鍋、釜を藤塚家から借りて背に負い、意気揚々と仙台へ帰って行った。子平の蝦夷島探検は無事内密のうちに終わった。藤塚知明はその背中を見送って、子平の向こっ気と度胸にたまげるばかりだった。

# 第九章

## 新たな刺激

## 兵学についての子平の対話集

安永二年（一七七二）三月下旬、子平は三十六歳の春を迎え、仙台川内中の坂通り、林嘉善の邸内にいた。生前に父が住んでいた離れ（二部屋と土間つき）である。前年から一人暮らしになり、食事も自炊していた。朝方に厩舎で飼馬二匹の世話して、ようやく離れの机に向かったところである。

兄の嘉善は昨夕から二ノ丸の宿直でまだ帰宅していなかった。彼は最初の妻と長男を亡くした後、再婚したが子が生まれずに離縁、三度目の若い嫁をもらっていた。同じ仙台藩士の佐藤平左衛門の養女である。しかし、まだ子宝に恵まれていなかった。

母は庭の草むしりをして花を植え、水仙などの世話をしていた。嫁は嫁で、少しばかりの畑を耕してなにやら春野菜を植えていた。

子平は兵学に関する二つの文章の清書を始めた。

一つは『兵策問答』と題したもの。二つ目は『兵策問、十二則』である。『兵策問答』は以前に面談した玉虫十蔵尚茂《なおしげ》との対話である。『兵策問、十二則』は一週間ばかり前に涌谷から仙台藩邸に戻った門崎運太夫との会見から生まれたもので、同じく対話集である。二人とも仙台藩の兵学では名高い人物である。

玉虫尚茂は暢茂《のぶしげ》の子であり、玉虫一族は代々甲州流兵学や武芸の家として知られていた。尚茂自身も居合術を学び、兵学は家学として父から修得していた。子平よりも七歳年少であるが明敏な青年武士である（文学にも通じ後に郡奉行となる。また『伊達世臣家譜』の編集にもたずさわった）。

門崎運太夫は、元葛西の臣で東磐井郡門崎邑を領有しているが、藩主宗村の時に小姓となり、重村の代になって奥小姓、いまは涌谷公の子息の付人添役《つきびとそえやく》（教育顧問）となり涌谷に常駐していた。禄高は低いが武術家、兵法学者として知られている。

子平より十七歳年長である。とにかく多芸多才の士で、居合、長刀、柔術、軍馬術、武田流軍学、楠木流兵書も同藩の猪苗代盛長に学んでいた。小笠原流礼法にも通じ、和歌、散楽（猿楽）、絵画、挿花など文武百般に通じている。

子平の門崎運太夫の印象は中年で筋肉質の体格もよく重厚、古武士然とした立居振るまいに感服した。その解答は懇切ていねいで、詳細を極めていたが、それだけにややくどいほど自分の考え方を説明してくれた。当時の兵学とは武芸、築城術、軍の隊伍（隊列）、編成まで含んだものである。

武田流兵学とは、徳川幕府を開いた家康が「信玄流に学べ」と早くから徳川家の軍組織や軍法などを変えて以来、江戸や各地で学ばれ、流行していた。

仙台藩では、家康と戦国時代を生き抜いた伊達政宗が実践していた軍組織、軍法、城づくりなどの軍学に秀でていたのは当然である。政宗は青葉城だけでなく、越後の高田城（松平忠輝、家康の六男で政宗の娘五郎八姫の婿）の縄張りもしている。

この頃の仙台藩では医者の別所玄季《げんき》が塾を開き、徂徠学を教えて若侍に人気だった。徂徠も『鈐録《けんろく》』で軍学を研究、講じていた。その他にも兵学を教授する人々がいた。

子平は仙台にいた頃から兵学に興味を持ち、別所玄季の弟子の畑中多沖《はたなかたちゅう》と兄嘉善ともども交友を結び、この二人に質問することを考え、在藩の軍学者はどれほどの水準かを見ることにしたのだった。「武田兵学」すなわち甲州、武田信玄流である。『甲陽軍鑑』を講じた幕臣、小幡景憲《おばたかげのり》勘兵衛が元であった。

## 十二の質問

『甲陽軍鑑』の著者は小幡景憲と見られているが、そうではなく、武田家の侍大将であった高坂弾正が書き始め、それを手伝った春日惣二郎がさらに書き継いだもので、それを読んだ小幡景憲が教科書として使いさらに内容を整え大成させた。日本の軍、兵学の代表的なものである。『甲陽軍鑑』の由来には諸説があるがこれは省く。

子平は江戸に五年いた間に、『甲陽軍鑑』や各種の版本資料を手に入れ、専門的に独学していた。しかし、兵学では『孫子』の研究に重点を置いている。なぜならば荻生徂徠や新井白石も『孫子』を尊重していたし、家康も『孫子』をはじめ兵学の七書を印刷刊行していた。武田信玄の旗印「風林火山」も同書から出ている

（現代でも『孫子』は欧米各国の軍の大学で取り入れられ、ナポレオンが座右の書としていたことは有名である）。

『孫子』は、江戸時代に流行した日本の兵学『甲陽軍鑑』と比べれば問題にならないくらい深い書だ。単なる戦争技術の書でなく、思想の書であり、人間洞察の哲学があるからである。人間の歴史は、闘争の歴史であり、戦争の危機に人間とその社会、国家がすべての矛盾を現す。孫子は孔子ではなく老子の無為自然に影響されている。だから戦争はすべきでないが、やむを得ずこれに対応するという考えである。

子平は玉虫、門崎両氏の清書をしながら、二人とも的確に答えているものの、『甲陽軍鑑』自体が儒教じみた善正を表にしており、現実の政治や武士の組織、武家の法、これからの武士のあり方には生ぬるい考え方だと感じた。

「二人とも秀才だが、兵学も、現在の武士のだらしなさや、将来武士団をどう立て直すかという問題意識に欠けている。甲州流はしだいに形式的となり、これからの役には立たない」と思い、やる瀬ない気持ちだった。

子平にとって、武士の本来の役割、今後武士はどうあるべきか——これが最大の研究対象だった。それは徂徠学から受けた軍令兵制の課題でもあったのである。

子平はこの二人に次のような質問をしている。

①握機（軍を掌握する）とは何ものか、②黄帝が八陣の説をつくったが、李衛公または李靖《りせい》（中国、七世紀の武将）はこれを六花説にした。これで良いのか、③神武、威武、凌武と分けているのはなぜか、④兵機とは何をいうのか、⑤将器と将才はいかに見分けるのか、⑥兵に奇正があるが、何を奇正というか、⑦車戦、騎戦、歩戦のどれに利あるか、⑧鉄砲は軍のためになぜ良いのか、⑨鑓《やり》の備えはどうすべきか、⑩農兵と士兵はどちらが良いか、⑪君主の居住する城の造営は奢《おごり》のためか、用心のためか、⑫帝王の軍法と今どきの曲芸のような軍法はなぜ変化したか、の十二問である。

これに対し、玉虫は簡潔に答え、門崎は詳しく丁寧に応答している。いずれも賢明な答えばかりである。子平にとっては門崎の方が江戸の兵法を示していて参考になった。

## 兵法の原則

そもそも小幡景憲は『甲陽軍鑑』で何を講じていたのか。子平は書き終えて、机の前で背のびしたあと、その手本を見直していた。

そこでは第一に「城の構え、城廓の構築法」を取りあげている。信玄は「人は城、人は石垣、人は堀、情《なさけ》は味方、讎《あだ》は敵なり」によって有名である。

信玄は他の軍を頼りにして戦いをしたことはなく、城を敵にとられたことは一度もなく、甲州に城を構えることなく、屋敷構えだけで防禦を完《まっと》うした。これは信玄の力量あってのことで、跡取りの勝頼は長篠の戦いで倍の軍勢の織田・徳川軍に敗北滅亡しているので、兵法の原則の第一に構城法をあげている。築城は戦時の本陣、編成の考えと同じである。

その原則は、「城ハ三回輪シテ天人地三段ノ縄アリ」という。城は複廓で、本丸、二の丸、三の丸の三重とし、その形は地勢によって適応すべきだが、心は三重同心円の「天人地」にかたどるべきとした。

城の広さは国により、兵力の多少により加減すべきで、広過ぎず、狭過ぎず、要は少数の兵力で守り、難攻不落の構え、もって勝利すべしと説いている。

次に武将は三か条を心得るべしとしている。その前提が五つの基本である。①五つの曲尺《かねじゃく》、②人心の曲尺、③虎略品《こりゃくほん》、豹業品《ひょうぎょうほん》、竜韜品《ちゅうとうほん》である。そして勝頼の剛強に過ぎたるを戒め、④卍《まんじ》の字の曲尺、⑤人心の曲尺を愛用すべきことを教えている。

五つの曲尺というのは、⑴本有《ほんう》の曲尺、⑵複《ちぎりおさ》の曲尺、⑶重々の曲尺、⑷卍の字の曲尺、⑸人心の曲尺、を意味する。

曲尺というのは、ものさし、価値観、判断基準のことを指している。要は、本有の曲尺とは天地の理、万事自然の理に従い、城を設計または戦の時に行動すること。複というのは、紡織機の経糸《たていと》を巻く糸巻のこと。形は両頭が広く、中はくびれているもので、平面や直線的でなく、城のあり方や城壁の形にソリがあるもののたとえ。重々の曲尺、重ねの曲尺というのは、総ての構え（防禦）が重複して施されること、つまり四重、五重の縦長の深い守備線をひくこと、軍の編成もこれらに当てはまる。卍の字の曲尺とは、字の形からわかるように、回転、変転する形で変幻自在を象徴し、物に固執せずなにごとも柔軟に兵を動かし対応することである。

人心の曲尺とは、結局、正理正道を大切にすることをあげ、慈悲の心をもって将兵を統率することが信玄公の国持ちの作法で、よく布陣（編成）し、陰陽の隊形をつくり、敵を制し勝利を期すことを目指す。これが人心の曲尺であり、虎略品、豹業品、竜韜品を加えている（この三つはそれぞれ戦い方の心得を詳しく論じている）。

勝頼の過ちは、二十八歳で父の跡を継いだが、血気剛強に過ぎ、十戦して五勝五敗の程度をもって満足すべきを知らず、無理したために渦中に不満と累代の重臣を戦死させ、遂に十年もせず滅亡したことは惜しむべきことであるとしている。したがって人身の曲尺などの教訓に学ぶべきと言う。

ほかに、「軍法の巻」「末書」「結要品」「大星」「船戦の巻」「兵具の巻」「万法大全」「実験の秘書」「軍法発揮」なども各流派によって伝えられた。たとえば門崎が習得した仙台系の軍学の内容伝授にも加えられる。

一騎伝指南、軍法指南、印可前指南などがあり、門下に最適の後継人材があれば唯一人が印可を与えられている。これらは兵法虎の巻である。

## 実践を重んじる子平

子平にとって天地の理や季節の変化、戦いの道徳などの抽象論より、実践的な部分に興味がわくのである。たとえば軍備は定めがたい次の点である。

弓や箭備《やそなえ》の七箇条のこと。

一、備は天地形象の変化あるようにあらかじめ定めがたし（臨機応変が望ましい）。

二、敵の変化もある。敵の大将や家老、侍大将の弓矢の格（腕前、指揮の水準）、武功の心得は戦う前にはわからないこと（戦いの前の情報戦）。

三、敵の大多勢、味方の大多勢は両方をもって思案工夫すべきで、これもあらかじめ定め難い（野戦の攻防）。
四、味方より敵大多勢なれば、味方の諸人おそるる心がある。ことに雑人は畏れ戦うことは必定である（恐怖の克服）。
五、敵方より味方大多数なら、かえって兵の人数扱いにくい上、多ければ必ず不案内の頭《かしら》や物奉行多く、勝負の時、地形が悪いとかえって不都合になる。
六、右の場合、敵は小勢故かえって手配りよく、味方へ切りかかる（挑戦）。味方は不意を食い散って、一の備えで能ある武士が残り、深手を負う者、あるいは討ち死にする者が出る。二の手が守り返さなければ、初めの衆はバラバラになり、指揮する者も物見（偵察）も出さず、地形も知らず、敵の虚実も見分けず、無遠慮となり、意地ばかりで戦う、これは対応に備え難い。
七、敵地へ深く入った場合は一層慎むべし。たとえば十の備えの内五の備えの侍大将は良き指導者、土地案内で、残りの五備の侍大将が不案内ならば、失敗し、皆勇をふるわず、並進してしまう。若者も大小とも武力（弓矢）のために力を合わせる志がないと備え（編隊）はうまくいかない。つまり戦いは前もって策をつくることができないのである。
これらには、常に一に根本をただして知る。二によく身の程を知る。三によく恥を知ることが肝要だと『軍鑑』にある。そうは言っても武は備えなければダメなので信玄公は以上の三つの定めを決めた。

それは陰陽の備、敵をもって定めるもの、御旗奉行、御持ち槍奉行、武者奉行の心得は総大将と心を合わせ、人の言わない、気づかない点も守ること、武者奉行はとくに心を大剛強に、敵の様子を見る前に軍《いくさ》を始めないこと。柔剛弱強の四つ（さまざまな長所、短所）の心を配り、恐るることなし。故に疑惑もなく、敵味方さわぐことありても少しも驚かず、見えないところも計算し、よく思案分別すれば当たらないことはない。このように中道の明、勇ある者、恥を知り、心をくだくつもりとなるべし（沈着、冷静、深慮）。

## 兵書研究の歴史

子平は読み進むと夢中になってしまうが、信玄の時代のように経験のある者、実戦に強い者は少なくなり、能書きばかり述べる者が多いのを嘆いている。これも平和が続いているせい、時代のせいと憂国の情にひたるにある。そして書籍棚を眺めた。

唐から、日本に伝わった兵書には『孫子』『呉子《ごし》』『尉繚子《うつりょうし》』『六韜《りくとう》』『三略《さんりゃく》』『司馬法《しばほう》』『李衛公問対《りえいこうもんたい》』の武経七書があった。これらは二千四、五百年前、新しいものでも千数百年前に成立した古典である（この兵法は国を守り、発展させる軍の運営法が書かれているので、最近は、人の生き方や企業の戦略のために学ぶ人も少なくない）。どれも紀元前五世紀～前三世紀の戦国時代に源流があり、漢、唐の時代にかけて書としてまとめられたものである。

秦以前の戦国時代（約二百年間）には二百回以上の戦いがあり、百余国が七大強国になり、秦が統一した。この時代には諸子百家というさまざまな政治、経済、文化の思想が生まれている。みな人間探求の本をつくった。

武器も新しく生まれた。文字通り国の興亡があり、人々は悲惨や苦労、逃亡があった。当初、兵車（馬車）の戦が中心で、貴族が乗り互いにぶつかり合い勝負を決した。兵力も数万の規模である。

だが戦国期には歩兵、騎馬の野戦、包囲戦で、農民も兵士として駆り出され、秦の軍は勝って、相手の韓《かん》、魏《ぎ》の兵二十数万人を斬ったと記録されているほど大変化があった。もとは兵書も二百ほどあったようだ。

わが国には唐に留学した吉備真備（七、八世紀）が『孫子』を持ち帰った。織田信長、豊臣秀吉、徳川家康もこれを僧や学者に学んでいる。

江戸時代には、林羅山《はやしらざん》、小幡景憲、北条氏長、山鹿素行《やまがそこう》がその研究書を残している。北条、山鹿は景憲の弟子である。

『甲陽軍鑑』で武田兵学を講義した小幡景憲は祖父、父とも甲州の武田の信虎、信玄公に仕え、武功のあった一族の出身である。武田が亡びたあと、景憲は天正十年に十一歳で徳川家に召し出され、小姓がふりだしで、慶長三年に秀吉が死亡、同五年（一六〇〇）の関ヶ原合戦で井伊家の配下で活躍。大坂の陣（冬、夏）でも戦い、井伊の赤備《あかぞなえ》の中で黒具足を着て戦ったので目立ったと自慢している。

わが国では、奈良、平安時代から兵書の影響を受けた。その史書「日本書紀」に登場した初めは、神武天皇で「神策」が戦いの考え方である。神策は日神の威を背景に、刃に血をぬらさず、敵を敗走させる、「事向けやはす」やり方で戦わず勝つ戦法が第一。「神武不殺」という武徳思想でもあったと記されている。

それ故、秦、漢のやり方を取り入れ、日本的な考えを加えたものでこの考えと技術に、儒教や陰陽、卜筮《ぼくぜい》、天文気象学を組み合わせた軍配術となっていく。中世的『甲陽軍艦』も江戸時代にその学習が大流行、英雄崇拝で諸派の兵法学となり、実戦というよりしだいに武士の教養、道徳思想ともなった。幕府の考えもあり、平和な時代の武士道義となっていった。

諸流派は甲州流、越後流（謙信）、北条流、長沼流、山鹿流が盛んで古くからのもの（源氏古法、上泉流、義経流、楠流）などもあった。

## 座右の書『孫子』

子平は雑多な兵書を集め、基礎を学んでいるが、友人たちからは奇策好きと見られており、城や城下町を探訪、しだいに古武士風になっていった。寝転んで兵法の歴史と瞑想にふけっていると袢のままの兄が勤めから帰り、離れにいる子平に声をかけた。

「夕飯は母屋でとろう。畑中多仲君も誘ったから一緒に酒でもどうだ」

「わかりました。丁度良かった、兄貴にも見せたいものがあるし、畑中さんにも文書ができたので渡したい」と子平も応じた。

子平は座右の書にしている『孫子』を手に取り声を出して読み始めた。

「孫子曰く、兵は国の大事、死生の地、存亡の道、察せざるべからず。故にこれを経るに五事をもってし、これを校《くら》ぶるに計をもってして、その情を索《もと》む。一に曰く道、二に曰く天、三に曰く地、四に曰く法なり。道とは、民をして上と意を同じくし、これと死すべくこれと生くべくして、危うきを畏れざらしむるなり。

天とは、陰陽、寒暑、時制なり。地とは険易《けんい》、広狭《こうきょう》、死生なり。将とは、智信仁勇厳なり。法とは、曲制、官道、主用なり。およそこの五者は、将は聞かざることなし。これを知る者は勝ち、知らざる者は勝明らかなると。われこれをもって勝負を知る。将、わが計を聴きてこれを用うれば必ず勝つ。これに留まらん。将、わが計を聴かずしてこれを用うれば必ず敗る。これを去らん。計、利としてもって聴かるれば、すなわち、これが勢をなして、もってその外を佐《たす》く。勢とは利に因りて権《けん》を制するなり」。

将は右の五つの条件を比べるべきだ。そうでなければ勝利はおぼつかない。

一、どちらの君主が「道」すなわち正しい考え方をしているか。

二、大将の能力はどっちが上か。

三、天の時、地の利はどちらが有利か。

四、法はどちらが整っているか。

五、兵士はどちらが強いか。

六、部隊の訓練はどっちがなされているか。

七、賞罰は厳正かどうか。

孫子はこの七つで戦いの見通しをつける。見通しに従えば必勝である。私は軍師として留まる。しかし、反対にわが意見を聞かなければ敗れるので、私は去るつもりだ。子平もまた将たるもの、判断の悪い君主や



たず」

「兵は国の大事なり」これは全くその通りだ。子平は朗読してから意味を考える。兵は凶器との思想だ。戦争は、国民の生死、国の存亡がかかっている。よくよく慎重に考えなければならない。できればしないに越したことはない。

やむを得ず戦うとすれば五つの基本、道、天、地、将と法を大切にしなければならない。道は人を生かすこと、君主と国人の生死がかかっている。天地は自然と時のすべてである。将は智、信、仁、勇、厳の資質がなければならない。法には軍の編成、規律、装備が整わなければならぬ。食糧も大切だ。どれも見逃せない――と自分に言い聞かせるようにつぶやいた。

時々子平は将軍か参謀になったつもりになる。「わしは参謀が向いている」と思っている。

再び読む。

「故にこれを校《くらぶ》るに計をもってして、その情を索《もと》む。曰く、主は孰《いずれ》か道ある。将はいずれか能ある。天地はいずれか得たる。法令はいずれか行わる。兵衆はいずれか強き、士卒はいずれか練れる。賞罰はいずれか

庶民に従うつもりはないという信念が必要と考える。

次の項を読む。

「兵は詭道《きどう》なり。故に、能なるもこれに不能を示し、用なるもこれに不用となし、近くとも遠きを示し、遠くともこれを近きとなし、利にしてこれを誘い、乱にしてこれを取り、実にしてこれに備え、強にしてこれを避け、怒にしてこれをみだし、卑にしてこれを驕《おごら》せ、佚《いつ》にしてこれを労し、親《しん》にしてこれを離す。その無備を改め、その不意に出ず。これ兵家の勢、先に伝うべからず」—兵は詭道（だましあい）なり、全く名言だと子平は思う。この言葉を悪くとり、偽りはけしからん、道徳ぶった人は武士の道ではないと言う者がいるが、存亡の時を迎えているときに計を立てなければダメなのだ。これこそ戦いの厳しさである。道義にこだわっていられないのが戦いだ。子平は自分に言い聞かせる。

だから能、用、距離もその逆の道を示し、場合によっては相手を利で誘い、乱にしてこれを取り、実にして備え、強なら避け、怒らせてみたり、卑にして驕らせ、佚にしてこれを労し、親しくしてこれを離す。無備を改め、不意に出る。これ兵家の勢、先の相手には伝うべからずである。『孫子』に戻る。

「それ未だ戦わずして廟算《びょうさん》して勝つ者は、算を得ること多ければなり。いまだ戦わずして廟算して勝たざる者は、算を得ること少なければなり。算多き者は勝ち、算少なきは勝たず。しかるをいわんや算なきにおいてをや。われこれをもってこれを観れば勝算あらわる」

戦争の見通しは、戦いをする前に立てなければいけない。勝つか負けるか、見通ししだいだ。勝つ見通しの計算があればこそ勝てる。あいまいな計算、見つもりでは勝てない。まして、見通しを立てようともしなければ、勝てるはずがない。

子平は誰かに教えている気分になってきた。

「わかったか、諸君」

そろそろ馬の運動をさせようと、子平は本を置いて馬小屋に行き、年とった馬を引き出してそれに乗った。大橋を渡り、市街地に出て、八幡町まで走り、帰りは広瀬川の河川敷を走り、最後には川の深いところを選んで馬に泳がせ上がって来た。最後に馬の身体を洗ってやる。

厩舎に帰ると、兄が待っていた。

## 才人、畑中多仲

「畑中多仲さんが待っていなさる。先に二人で始めているぞ」

「はい、早速。手足を洗って参りますので、どうか始めていて下さい」

子平が座敷へ入っていくと「やあ、待っていました。いただいていますよ。馬を乗り回してきたんだって」と背の高い畑中多仲が手を上げた。

子平は午前中に清書した玉虫尚茂と門崎運太夫の解答を清書したもの二通を二人に差し出した。

「短い文章ですので御覧下さい」

二人とも静かに目を通し始めた。

畑中多仲は、通称太仲または多忠、荷沢と号している。父、淡也は国風に明るく、多仲も年少から詩歌の才名高く、藩主重村の顧問になり、昨年もその駕籠に従って江戸に上府した。

江戸では、細井平洲らの学者と交流し、一夜にして二百首を詠み詩歌で名を上げている。「経を講じ、史を論ずれば、引証該博、明晰で人皆敬服する」と評されていた。法門類題、源氏彙筆数十巻、詩文和歌集の著もあり、才人であった。

妻は芦野東山の娘で、名はサク、歳気煥発の女性だった。子は東山が加美郡宮崎村に幽閉されていた当時、しばしば上書して放免を請うなど「文辞歳筆、人々をして感嘆」せしめており、直情径行の父譲りの学者肌であった。惜しくも五年前に三十三歳で亡くなっている。

多仲は和漢に通じ、歌人にして漢詩人という広い学識と詩魂に恵まれた人物、米沢藩で教えた細井平洲と井上金峨（共に折衷学派）に学んでいる。

父の淡也は連歌を猪苗代兼郁に師事し、仙台藩の連歌執事であった。『源氏物語』を書写し、藩では連歌国文の第一人者で、多仲は連歌の後継者となり、猪苗代兼恵に学んだ。

年は子平より四歳上で、兄の嘉善と同年配であり、同僚といってもよい仲である。

「なるほど、玉虫氏は賢才で、門崎氏は噂に違わぬ兵学者である。質問はツボを突いているね。握機、奇正のちがいなども柔軟に考えれば自ら解決がつく。戦の勝敗は、敵の実力の判定が大切だし、強い相手とは戦はできない。普段から準備が欠かせない。各国とまず外交、連携も大切だし、戦が始まってからでは遅いのだから、まずは天地の理、人の和の問題を重視することはもちろん、戦争は孫子の言う通り、詭道だよね。戦いには避けられない。また平常が大事だ」と多仲が概括した。

「戦術は正があり、奇がある。正ばかりでは戦えない。いつか奇が正となる。もって循環するのさ、相手の虚なるところを攻めるのは常道なのさ。それゆえ、こちらも弱点がないように対応すべし。同じく孫子の言うように〝戦わずして勝つのが最高で、百戦百勝は善の善なるものにあらず〟さ、武田勝頼も連戦連勝の猛者だったが、織田とは戦わない方法をとるべきだった。子平のいつも話している通りだ」と嘉善も同調した。

## 江戸の平助の噂

畑中は学者の井上金峨が案外貧乏だ、など話したあと「ところで、江戸の工藤平助さんは繁昌しているらしいが、どうしていますか。江戸藩邸ではお見受けしますが、かの人は詩歌はなさらないですね」と聞いた。

「工藤平助球卿どのは、至って元気そのものです。あやという長女を頭《かしら》に二女、二男が誕生しています。あやはたしか九歳か十歳でしょう（のちの只野真葛、国文学者）。

玄関は二間間口の豪邸で、築地に医院を構えています。諸大名や富裕な商人、学者らと交際し、患者の数も多い。総髪で偉丈夫のいでたち、陰口では『俗医者』と呼ばれていますが、とても医者で収まる御仁ではないですね。当然医業も工夫しています」

「いやあ、懐かしいな。わしもそのうち、重村公に江戸へお供したら会いたいものだ。桑原隆朝先生のご息女と結婚したようだね」

嘉善は昔を思い出していた。

「お遊さんです。良い夫人です。平助どのは中川淳庵《じゅんあん》、野呂元丈《げんじょう》らの幕府の医者とも交流し、青木昆陽、服部南郭らに学んでいるので博識この上ない。周防や細川の大名との医の関係もあり、つき合っているだけでなく、公事師《くじし》（弁護士）や博徒の親分とも顔を知っており、千客万来のようです。長崎通詞の吉雄幸作の弟子も入門している。奥医師の桂川甫周、蘭学の第一人者、前野良沢も師としています。

阿蘭陀の物品を収集している。なんでもこの頃は、千両箱を傍らにいつも置いて、片手でくるくると廻し、わしと同じにできるならこれをやるぞ、と言って皆をからかっている。

公事などにも介入して、財の訴訟の相手の相談に乗り、町奉行所に対応しています。訴訟の法廷には多忙なので出ませんが、律令の知識で指導し、訴状を出す。勝てばその謝礼がどんと入る時があるらしいのです。相談されると公事師らを集めて対策を講じてあげる。大名と呉服商、あるいは札差などの貸金（または借財）の訴訟は巨額ですからね」

「医者が公事師を兼ねているなど聞いたことありませんね」と畑中があきれると、子平は「頼まれると断れない人。仙台藩のことなど顔も広いので、その人脈で重村公の相談も引き受けているようで、将来、どこまで出世するかわかりません。もともと先祖も一城の主だったということですので、とにかく幅の広い人ですな。兄二人も武士です。わしも随分宿泊をすすめられるままにしていますので、食客の一人かも知れません」

この日は江戸の話や仙台藩が少々さびれてきたことなど夜更けまで話し合った。

畑中多仲も荻生徂徠に一目おいているので、嘉善、子平と話が合い、話題も商業が栄えている反面、侍の生活のじり貧や、藩の道路や橋などが老朽化していることにまで話が及んでいった。最後に、子平は塩釜で聞いた政宗の南蛮船の派遣、支倉六右衛門について畑中に質問したが、「慶長の遣欧使節のことですね。それは事実です。いまは家中では話さない習慣になっています。それがわかる文書の写しを後日見せましょう」と話し、別れたのである。

仙台の遅い春もようやく本格的になってきた。畑中は月夜を帰り、子平は大橋まで送っていった。

## イスパニアの交流

子平は同年の四月二十四日、川内の邸を兄の嘉善と出発した。再度、江戸で修学するためである。兄の嘉善はこの日、仙台周辺の追廻馬場へ向かうため栗毛の馬に騎乗していた。仙台城と市街地を結ぶ長さ五十間の大橋を渡ったところで二人は左右に別れる。小雨が降り始めてきた。

「手塚氏と多智によろしく伝えてくれ。米は送っておく。合羽は着たほうがいいぞ。身体だけは注意してな。とかく無茶をしがちだからな」

子平は長町を経て、一路白石へ向かった。兄に言われたように、子平は途中で道中笠に合羽姿となった。仙台は桜も散り始め、青葉山ではいつも閑古鳥が鳴いていたが、今日は聞こえない。奥州街道の両脇にある水田地帯では早くも田植えをする農夫が見られた。

子平は畑中多仲に訊ねた一件を思い出しながら歩き続けた。

「政宗公が慶長十八年九月に南蛮船を造り、ノビスパニア（現メキシコ）に派遣したことは本当にあったのか。わしは塩釜神社の宮司、藤塚知明から、そのことを聞き、造船して出帆したという石巻の月ノ浦も見てきたのだ。太平洋の眺めは素晴らしいの一語に尽きるが、村人に訊ねても、誰も答えてくれなかった」

あの日の後で畑中は答えた。

「みな事実だよ。権現さま（家康）が天下をとった頃、彼の国と貿易を望んでいて、イスパニア（スペイン）と商船の往来を認めていた。幕府も黒船三艘を持っていたが、二つが破損したので、政宗公は権現さまの意向に添って南蛮船を造っていた。たしか長さが十八間ある巨船だった。

ソテロという宣教師がその前に仙台へ来て、幕府の船でイスパニアへ向かおうとしたところ浦賀で座礁したので、政宗公が幕府の申し出を受けてこの仕事を引き受けたのだ。そしてイスパニア政府の大使ビスカイノも来日、彼も送り届けることになった」

「やっぱり本当か。いま考えると奇想天外だな。信長、秀吉の時代には南蛮船（現ポルトガル、現スペイン）が頻繁に往来していたから、家康公も富国の貿易政策を考えていたのかな」、畑中はまたも答えた。

「そうさ。ところがビスカイノは軍人で、石巻、牡鹿の方で伝説の『黄金の島』がないか探ったので、権現さまの機嫌も変わり出したし、江戸では吉利支丹《キリシタン》が増えて手に余りだした。大坂の陣で秀吉方についた連中の中にその信者が多かったこともあり、権現さまの南蛮に対する考え方もしだいに変化した。

その頃、政宗公は幕府の船手奉行、向井将監の派遣してきた船大工を使って造船を始めていた。恐らく朝鮮の役も経験していた政宗公は、貿易は勿論、対岸の国々がどんな風俗か興味津々だったのであろう。それで支倉六右衛門常長（六百石）とソテロの二人を正使として派遣したのだ。ビスカイノも自分の船が浦賀沖で破損していたので同船して帰してやることになる。三か月かかってアカプルコへ着いたらしい。

それから一行はアメリカ大陸を横断、大西洋を渡り、イスパニア、イタリーまで行った」

「いまでは考えられないな。そんなことがあったなんて、わしも支倉六右衛門と一緒に行きたいよ。さすが政宗公だ。戦国時代の大名は豪快な発想だね」

「ところが、権現さまは征夷大将軍を秀忠に譲り、駿府に移るようになった頃から幕府の永続を重視して、イスパニア、ポルトガルとの交易をやめ、オランダとイギリスとだけ交易を続け、吉利支丹を禁止しだした（英はその後、撤退。中国、インドを中心にする）。

支倉が出かけている間に大坂の陣が終わり、布教も禁止、取り締りが厳しくなった。政宗公もしだいに幕府の方針に従い、この仙台にも教会が三か所あったが、吉利支丹信徒を処刑せざるを得なかった。それでもイスパニアで吉利支丹信徒になって帰ってきた六右衛門を庇護している。

禁制になってからは、この一件は禁句となり、誰も口にしなくなったのさ。『治家記録』には少しふれているので写しを持ってきた。ただし、公言しないでくれ」

多仲は一気に話した。嘉善もこの事には薄々気づいていたが、他言をつつしんでいた。

「現在では、家康公、政宗公の当時の心境は推察するほかない。貿易が制限されていることが良いか悪いか、一概には言えない。吉利支丹関連は他言無用だぜ」

嘉善も驚いていた。

その数日後に、多仲がやってきて『伊達治家記録』の写しを届けてくれたのだ。

## 子平再び江戸へ

子平は月ノ浦から見た大洋の海原の光景が忘れられなかった。道中でもそれが瞼に浮かんでくる。

藤塚宮司に最初に話を聞いた時には信じられなかったが、幕府の安泰のためには理解できる、それにしても多くの国々と交易ができないのは残念だと思っていた。太平洋の向こうが知りたくなる。

岩沼で握り飯を食べたほかは歩き続け、大河原、金ヶ瀬、宮を通って日が暮れる前に白石に到着した。そこは片倉小十郎の城下町であり、「扇屋」文右衛門の旅館で一泊した。道中、小雨が降り止まなかった。

藩主の参勤交替では江戸まで通常八泊九日かかり、浜街道経由だと九泊十日である。子平はそれを六泊七日の旅程でこなそうとしている。この日は小雨もしとしと降り続けるので、前から顔見知りの「扇屋」で草鞋を脱いだのである。

子平はいつも備忘録を手にしていた。それによると翌二十五日も小雨が続き、あちこちで雷にあった。福島で昼を取り、八丁目で二泊目、旅館は「武蔵屋」（長三経営）である。二十六日には郡山で昼、郡山を越えて須賀川の三泊目は茶屋「瓶屋」（勘七経営）である。

子平は毎晩、政宗と太平洋を渡った支倉六右衛門のことを考え続けた。畑中の写本によると支倉の墓所は仙台から北の大郷村の西光寺らしいが、仙台の光明寺にもあるらしいのである。出発から仙台に帰りつくまで七年間（元和六年）かかったと言われ、交渉は不発に終わった。

当時のイスパニアはイギリスに海戦で敗れてはいたが、アメリカ大陸で金、銀を採掘していて、アジアではフィリピンのルソンに拠点を持つも、ビスカイノの進言もあり、日本には魅力を感じていないのであった。

また、常長を迎えに行った政宗の船は、イスパニアと阿蘭陀の戦争によってイスパニアに買い上げとなり、常長は普通の便船で帰っている。

「瓶屋」では客の乗ってきた馬が病となり、子平は「わしは馬医でもある」と診察をしてやり、馬は風邪気味とわかったので、薬の処方をしてやっている。

翌二十七日は、雨が晴れ上がり晴天となった。白河で昼を取り、堀越の宿で四泊目、旅館「庄内屋」(五右衛門経営)に入った。

二十八日は、天気が一変、曇りで冷気強く寒いほどである。太田原で昼をとり、下野の喜連川に来て、鬼怒川の渡し場に着いた。雨で橋が一部流れ、船を待つ旅客が溜まっていた。

喜連川藩は鎌倉公方足利氏が先祖で、秀吉の時代に婿をとり、家康にも継続を了承され、五千石であるが、四品《しほん》(臣下の四位)、十万石クラスの格式を与えられている。

## 鬼怒川の川渡り

喜連川藩主らしき人物と三十人ほどの騎馬の侍が、舟を待つ川岸に集まり、群衆も見物していた。子平もなにごとかと割って入った。

鬼怒川は連日の雨で水嵩が増していた。そもそも鬼怒川は下野国の鬼怒沼から発し、同国を貫流し利根川と合流する川で、下野国、下総国、常陸国を結ぶ交通の要として利用され、交通量が多い。

子平の目の前では、次々と騎馬侍が川を渡ろうとして渡河に挑戦していたが、水嵩に負け川中で押し流され、向かい岸に誰一人到着できなかった。見物人たちは「またダメだ」と面白がっていたのである。

とうとう藩主らしき人の指示に従うものがいなくなり、ずぶ濡れになった者たち数人が裸になって肌を拭いていたりした。

子平はそれを見て、藩主らしき人物に近づき「それがしは馬医の端くれでござる。一度、私めにやらせてみてくれませんか」と丁重に話しかけた。

「心得はあるのかね。本日は三日以来の雨の水量でこの川は難しいぞ。おぬしの国はいずこだ」

「仙台藩の者でございます」

「ほう、馬産地だ。ではやってみるか。馬はどうする」

子平は騎馬を探しに、あちこちと侍たちの馬を見に行った。

「なかなか良馬はありませんな」

かってきた。

「勝手な口をほざくな」と騎馬の侍の若い者がつっか

「ありました。あの馬なら経験豊富とみました」と六歳馬ぐらいの馬を指して、子平が叫んだ。

「よし、貴公、貸してやれ。しかし、大丈夫か、なんならわしの馬ではどうか」とその人物が話した。

「いや、肥えてはいますが不向きでしょう」

子平が名指しした馬の持ち主が降りて馬を曳いてきた。子平は笠や雨具を脱ぐ。「かたじけない」と言うやいなやその痩せ馬にひらりと飛び乗り、川岸を下流の方へ走らせた。

「こんどは飛び入りだ。喜連川藩では誰も渡れないのさ、どうなるか」

見物人が騒ぎ始めた。

子平は二、三度、馬を周回させると戻ってきて「では」と言うなり、あっという間に鬼怒川の濁流に飛びこんだ。

やはり、ほとんどの騎士が流されたように下流に押し流される。子平は腰まで水に浸りながらかろうじて馬を泳がせ始めた。子平が乗った馬は中流まで流されつつも渡っていく。

「おい、おい、途中まで行ったぜ、あれからが大変さ。あのままだと土左衛門になるぜ。なかなかの乗り手だがな」と馬方らしい男が大声を上げる。藩主風の人物も思わず馬を下流の岸辺へと寄せる。その傍らに侍たちもついていく。

## 馬術の腕前

子平はずぶ濡れのまま、馬の背にピタリと合わせて乗り、馬のままにまかせている。時間は刻々と過ぎていく。水流にずるずる押されてはいたが、しだいに馬は向こう岸の近くに寄っていき、とうとうやや下流の浅瀬に辿りついたようで、馬の腰が現れた。子平は馬上に起き上がったかと思うと、さっと岸に上陸した。

見物たちは拍手喝采である。

「やったぜ、上がったぜ、てえしたもんだ」とさきほどの馬方然とした男も「俺の見た目に狂いはねえ」と自慢気だ。喜連川藩士の面々に当てつけるように手を叩く。

子平は対岸で馬から降り、濡れた袴を着たまま水を絞っている。そのうちに、再び岸辺の上流に馬を戻すとまたざんぶと鬼怒川に躍りこんだ。

「なんだ、危ねえぜ」

藩主たちも行く末いかんと見守っている。

馬は再び下流に流されてゆくが、とうとう此岸に泳ぎつかせた。馬が水からしだいに全身を現し、とうとう再び岸辺に堂々と上がった。馬が身をふるって水をはねとばす。子平は馬を降りて、見物に頭を下げた。群衆からは大拍手が鳴り止まない。「やった」「やった」の歓声である。

子平が藩主らしき人物の前に到着、「おそまつでした。ご無礼致しました」と言うと藩主らしき人は「よくやった。立派だ。馬の泳がせ方がうまい」と言った。

子平は馬を愛撫して首をなでながら「よしよし、この馬は流石である」と持ち主に渡して、近くの脱衣場に入って行った。

喜連川藩主らは待っていたが、子平の姿は再び現れなかった。恐らく名も告げずに立ち去ったに違いない。

この日、子平は白沢の宿「水戸屋」に夕方早目に到着。夕方から雨が降り出し、ずぶ濡れだった。早速、入浴、旅館の浴衣に着替えた。

翌二十九日は朝から曇天で夕方雨、宇都宮を経て、小山で昼、古河を越えて中田宿に到着。旅館「藤屋」(作右衛門経営)に旅の最後の投宿をした。

同晦日、朝から大雨で寒さが募る。それでも子平は早起きし、栗橋—幸手—柏壁で昼食、以後、草加—千住を足早で歩き続け、江戸の小石川小日向に到着した。

子平は、慈照山日輪寺にある叔父、従吾の墓に詣でてから、晩くなって飯田町の手塚市郎左衛門、多智の家に辿りついた。

旅中、政宗の欧州派遣使節が約百五十年前であることを考え続け、是非とも長崎へ遊学しようと決意した。兵学について阿蘭陀の知識を学びたいと強く意識したのである。

## 「解体新書」の翻訳

五月十日、子平は築地の工藤平助宅を訪ね、近くの鉄砲洲へ二人で出かけることになっていた。

子平が応接間で待っていると、平助が現れた。夫人の遊が二人に蕎麦の丼を運んでくる。

「待たせたな、蕎麦を食って出かけよう。午後からの患者の治療の仕方を助手たちに教えていたんだ。例の長崎の吉雄さんから預かっている弟子たちだ。

これから訪ねる蘭学者、前野良沢先生も、長崎で吉雄幸作翁（阿蘭陀大通詞、耕牛と号す）に教えてもらったのだ。吉雄幸作大通詞は通詞仲間や阿蘭陀語の大御所的存在である。わしは前野先生に蘭方の医学を少しばかり習っていて、前野さんが吉雄通詞に江戸に来た時に会わせて下すった。君も長崎へ行って勉強したいなら、必ず吉雄翁の世話にならなければならない。これからお会いする前野良沢先生は阿蘭陀語では江戸一番の知識と言われている。

言葉だけでなく、蘭方医学の著書も出しており、とにかく学者気質で、机に向かっていることが楽しいというお方だ。前野先生は、青木昆陽に初めて阿蘭陀語の手ほどきを受けた。明和七年というから今から三、四年ほど前、出身地の豊前中津藩主に従って郷里に帰った際、奥平藩主に長崎遊学を願って三か月ほど吉雄幸作に教えを請うた。昨年からは解剖学の本を先生が中心になって数人で会読している。

全く異なる言語の翻訳は、なかなか難渋しているらしい」（翌安永三年八月「解体新書」として刊行されるものを指している）。

「前野先生は青木昆陽の弟子だったんですか。異国の言葉など鳥のさえずりを聞いているようなものですからね。わしも朝鮮通信使が来た時、江戸で聞いたんですが少しもわからない。学者たちも筆談でやっと通じているらしかった。

漢語なら辞書があるので助かりますが、蘭語は辞書らしいものがないんですからね。長崎通詞の人たちも平戸にきたポルトガル人の仕事をしているうちに、しだいに片言を覚え、さらに長崎でポルトガル語で話していて、阿蘭陀語を少しずつ身につけたらしい。新井白石が書きつけた二百語ばかりが第一歩だったんだ」

平助が語を継ぐ。

「前野先生も、自分自身をまだまだ未熟者と言っている。蘭学はいま始まったところと言ってもいい。子平も長崎へ向かうなら丁度良い時期だ。吉雄家は五代目だ。それだけ阿蘭陀語にかけているということ。前野家で落ち会うことになっている桂川甫周も四代目の蘭方医だが、阿蘭陀人が江戸に来る度に話しているので若いだけに呑みこみが早いそうだ。

杉田玄白や中川淳庵、この二人は若狭国小浜藩士で、中川氏は蘭方医学よりも蘭方の本草家だ。その他いろいろな藩医が、月に六、七回、前野先生宅に集まっている。わしも青木昆陽先生に入門したので、前野氏とは同門ということになる」

「ぜひ前野良沢先生にお会いして、阿蘭陀のことなどお聞きしたい。阿蘭陀の商館長たちはこのところ毎年江戸へ来ているんですかね」

「そうだ。しかし経費がかかるので数年おきらしい。桂川甫周は父の跡を継いで、幕府の奥医師だから必ず阿蘭陀人に会える。前野先生も杉田玄白も共にたびたび会っている。では、そろそろ参ろう」

## 蘭学者、前野良沢と会う

平助はもはや四十歳近い。気さくな医者、なかなかの社交家だ。着流しで足早に歩く。その後を小柄な子平が、平助の土産物を抱えて袴姿で鉄砲洲へ向かう。幕府が阿蘭陀から輸入した臼砲の試射をしたことからこの地名がついた。隅田川西岸の砂州にできた屋敷地で築地と一体である。日も暮れかかり、春の草花が葦原の間に見える。

中津藩の門をくぐり、本邸宅から長屋の方へ歩くと粗末な一軒の平屋がある。そこが前野良沢の家で四部屋ほどの広さである。

居間で子平ははじめて前野良沢に会った。良沢は当時五十歳ほどの年配で頬髭が白く痩せ形である。少し年寄りじみていた。

工藤平助が子平を、仙台藩の者で親しい弟分だと紹介し、近況などを話し、持参の魚や野菜を差し出した。

「桂川甫周はまだですか。彼は二十代になったばかりですね」

「そうです。追っつけ来るでしょう。今夜は例の勉強会ですから。多分、朝方までかかるのでみな覚悟してゆっくり来ますよ」

「人体図の翻訳は順調ですか」

「いや、さっぱり進んでいません。判じ物みたいなありさまです。みな医者なんだからわかりそうなものですが……」

「早く訳書が出ればわしらは助かります。ところでこの頃、朝鮮人参の入荷が少ない。その代わり、国産ものが少々出回っていますが効果がどうもいま一つです。田沼時代になり商人は裕福になっていますが、地方では格差が生まれ各地では農民一揆があり、各藩とも藩政改革を始め銅山の再開発や物産振興が盛んです」

「吉宗公以来の傾向ですね。わしもお役に立ちたいと蘭書をあれこれかじっています。亡くなった野呂元丈や中川淳庵どのは、本草学から各地の物産学をやり、しだいに関心が高まってきました」

　子平が遠慮がちに質問した。

「いま手がけているのは人体図のようですが、阿蘭陀医学はどれほど進歩しているのですか。なぜいま人体なのですか」

「わが国では、山脇東洋が宝暦の時代に初めて人体解剖して、『蔵志』という著書を出してから医者の関心が高まりました。私と杉田玄白が参府（江戸への参勤のこと）の阿蘭陀人とたびたび会えるようになり、阿蘭陀通詞から購入してもらったのが、いま、頭を悩ましている『ターヘル・アナトミア』です。

　私は吉雄幸作、樽林栄佐衛門に蘭方医学を学んでいたのですが、蘭人のマアリンテルの文法の書を見るに及んで、ますます興味を持ちました。今から三年ほど前に、杉田玄白どのと数人で、千住小塚原（骨ヶ原は異称）の刑場で私どもも初めて「腑《ふ》分《わ》け」を見て、人体がこの蘭書の図版とぴったり、いささかも違わないことがわかったのです。あの腑分けには驚きましたな。

　なにしろ私も玄白も、漢方の図しか見ていない。それも古くから幾度も転写されたもので、何も知らずに医者をやっていたのかと驚くやら、落胆するやらでした。それから、玄白どのが『なんとしても訳出しよう、これから医学が本物になるんだ』と言ってうるさいんですよ。彼も蘭語はまだ十分やってなかった。それで桂川甫周に入ってもらったり、中川淳庵と協力してやることになってしまったのです」

## 杉田玄白の合流

そこへ四十代らしい杉田玄白、若侍の桂川甫周が入ってきた。前野良沢はぼそぼそと話していたが、次のように言った。

「杉田医師が来て良かった。いま小塚原でびっくりしたことから翻訳を始めることになったと話したばかりだ。これは仙台藩から来た林子平君だ。君から説明してくれ」

杉田玄白が話し出す。

「小塚原で腑分けを見たこと自体、それまで経験していなかったことです。そこで見た人体は図版だけで知ったこととぴたり符合していた。われわれは、ほとんど何も知らずに医者をやっていたことに二度驚いたわけだ。

私は父の代から一応紅毛流の医者だと言われてきたが、阿蘭陀語もわからない。それにも係わらず、これを訳して多くの医者を啓発しないとわが国の医療は低いままだと痛感した。だから前野氏にぜひやりましょうとお願いしたのだ。

前野氏が頼りで翻訳を始めたが、私は『盲蛇に怖じず』だったよ。みんなでわからない語に記号をつけると、ほとんど全部だ。暗号解読だって手がかりがなければできないからね」

前野はつぶやく。

「なんとかなると思った。わしはとても力がないと言ったのだが、この桂川君ら若手が努力してくれた」

桂川甫周は青年奥医師らしく鋭敏な人柄で、自己紹介かたがた話した。

「私の家も医者として甫筑《ほちく》、国華《こくか》、甫三《ほさん》、私と四代続いてきたが、語学の力はそれぞれが経験しなければわからないので同じことです。

たしかに甫筑は京都で平戸藩医の嵐山甫安から蘭方外科を学び、平戸へ移り、長崎ではダンネル、アルマンスという紅毛人に外科を学びました。そして家宣公に仕え、阿蘭陀人の商館長にも直接会っています。

国華はこの父に学び蘭人に江戸で会って鍛えられ、甫三は外科の腕を磨き、瘡瘍《そうよう》（はれ物）の本をまとめました。

私は十九歳で奥医師の名跡を継ぎましたが、腕も知識も実は継いでいない。まだまだ若輩です。長崎通詞や蘭方医に学びたいと思っています。なんといっても実力者は良沢先生、そして中川淳庵先生です」

## 長崎への憧憬

そこへ、中川淳庵、嶺春泰《みねしゅんたい》（高崎藩医）などの面々が到着した。

工藤平助は「やっぱり、噂をすれば影だね。中川氏は杉田玄白どのと同じ若狭国小浜藩出身で、薬品に詳しい。つい先年、火浣布《かかんふ》（石綿の織物、火に焼けない）をつくった男だ。平賀源内と親しいのさ。

源内は秋田の鉱山に行ってるそうだ。とにかくこのお侍は、漢、蘭、和の植物が専門だ」

「それほどでもない。阿蘭陀商館長から手紙が来て、わが国の植物の名前を教えてくれと言ってきましたよ。源内はその通り、銅の再開発だろう。秋田へ行ったきりだ。さあ、一応そろいましたので勉強しましょう」と中川淳庵が別室へみなを誘う。杉田玄白も立ち上がった。

平助は「そろそろ失礼しよう。邪魔をしないように、子平君、さあ、立ちたまえ」

「林君、時には遊びに来なさい。いずれ長崎へ行くのなら早いうちに学び始めた方が良い。二、三年かける気持ちが大切だ。わしは通詞の西善三郎に『江戸にいてはダメだ。長崎にいるわれらですら蘭人に毎日会ってもわずかずつだから』と言われたものさ」

前田良沢も立ち上がった。

「先生たちにお会いできて、わしもやる気になりました」と子平は言い、別室に向かう人々を平助と見送り帰途についた。

「平助さん、今日はやる気をもらいました。特に前野良沢先生は四十歳から蘭語を始めたんですから、わしでもまだ新しい道が開拓できるんだと思いましたよ」

「良かったな。新井白石の『西洋紀聞』に追いつかなければならんぞ。そう言えば、おぬしの父が書物奉行だった頃、有名な今村英生という大通詞がいたが、その人は新井白石とも親しかった。吉宗公が洋馬を輸入し、調馬師も阿蘭陀から招いたのは有名な話だ。

この今村がなんと『西説伯楽必携』を享保の頃に訳しているのが写本で見つかったぜ。これは西洋の馬の医療法を訳したものだ。馬医を自称している子平君だ、貸してあげよう」

「これは有り難い。もっとも馬の飼い方、訓練の仕方、馬術を知りたいのです。馬医は余技と言ったところですが」

「長崎へ行くのなら、兵法などもっと視野を広げて見てくるべし。なんでも好奇心があるお前さんだ、きっと有益だよ。早く計画をつくれ、わしも行きたいが仙台藩の仕事がある」

平助に励まされて子平の胸は高まっていった。

「どうだ、また泊まっていけよ」

「はい、いよいよ食客ですね」

二人は築地の工藤邸へ夜道を歩いた。提灯を手に持つ子平の顔は暗い路上なのに明るく、火照っていた。

# 第十章

# 長崎で世界と出合う

## 将軍を訪ねるオランダ人

安永三年（一七七四）の春、オランダ商館長、アレント・ウィレム・フェイトの一行百人余りが江戸の中心を通り、長崎屋（日本橋付近の本石町）にやって来た。

オランダ人の行列は、江戸っ子にとって朝鮮通信使と並び一種の見せ物であった。行列には先頭に警護の騎馬武士、続いて荷駄を背負った馬を引く人々が続く。それから商館長、医師の駕籠などが並び、大通詞や書記の駕籠などが続いた。間には荷物担ぎ、そして警護の侍の列である。

毎年、四、五月に江戸に来るのが定例であり、将軍に外交儀礼の挨拶をし、貢物を出して約三週間滞在した。時の将軍は第九代の徳川家治であった。

江戸ではオランダ人に対する関心がしだいに高まり、旅宿である二階建ての長崎屋周辺には、これを見ようとする庶民が集まり、向かいの塀によじ登る若者がいたり、二階の障子越しに覗く者たちが群れていた。要するに文化の違いに興味を抱いていたのである。

学者たちも次々に面会に来た。医師や天文・暦などの学者である。前野良沢、杉田玄白、中川淳庵も、幕府医官である桂川甫周の斡旋で商館長フェイトや医師、事務官と会い、この年に刊行予定の『解体新書』の原稿のことについて話した。林子平は前野良沢に連れられてお伴をした。

桂川甫周は弱冠十九歳だがオランダ人に優秀な人材と見られており、中川淳庵も将軍付きの下級医師で早くから蘭語を学び、二人とも会話に通詞はいらなかった。

『解体新書』について蘭方医は「良かったですね」というだけで、あまり関心を示さなかった。勿論、訳文の良し悪しはわかるはずもなかった。

## 『解体新書』の発刊

『解体新書』が八月に発刊されたので、九月初旬、工藤平助と林子平は鉄砲洲の中津藩屋敷内にある前野良沢の住居にやって来た。

盆も終わったというのに暑さが残り、藩邸内には蝉の声も残っていた。例によって子平は両手に祝い品の酒樽や鯛の折詰めを持ち、前野良沢先生の前に差し出すと腰の手拭いで汗をぬぐった。

平助はまず「『解体新書』の御出版、おめでとうございます」と話し、子平も祝いを述べ深々と頭を下げた。

「いやあ、わざわざ両人に来てもらってありがとう、まずまずといったところだ」と良沢らしく白髪の頭や髭をなでながら素っ気なく答えた。

前野良沢は豊前中津藩主の奥平昌鹿に「蘭学の化け物」と賞讃とも皮肉とも言われていたので、この頃は「蘭化」と号していた。家にこもって蘭書をひもとく日々であった。子平は時々訪問して蘭語の手ほどきをしてもらっていた。前野良沢は藩医なのだが、医師の仕事もせず住居にこもりっきりなので藩士から不満が出ていたが、藩主の奥平は良沢にしたいようにさせていたのだ。

平助が単刀直入に訊ねた。

「先生が中心になって翻訳したのに、著者の中に名前がありませんね。私が見たところ、第一頁に杉田玄白(翼訳)、中川淳庵(鱗校)、石川玄常(参)、そして桂川甫周(閲)とあるだけです。なにか手抜かりでもあったのですか、翼訳、鱗校とあるので、みなで連なってやったという意味ではあるでしょうが……」

「それでいいんだ。わたしは協力したのだから、少しは皆の役に立つだろう。杉田君の責任で出すことにしたのだから」

「先生こそこの本の立役者です。わしらは実際に見て知っています。なにかご不満でもあったのでしょうか。この訳出には三年半もかかったのですよ。われわれ医者にとっては画期的なもので、内科にしろ外科にしろ極めて基本の知識となる、いわば教科書ですからね」

「これを訳す前に、太宰府の天満宮に参詣した時、わしは『名声利欲にとらわれず、学問に一生を捧げます』と祈ったから、天神への誓いを守ったというだけさ」

「序文は前野先生が頼んだ吉雄幸作が書き、そこには前野良沢、杉田玄白と二人の名が揚げられ『良沢先生は真の学究者であり、良沢なくしてこの訳本なし』とあるので、注意して読めばわかりますが、玄白さんは蘭学の初心者で先生こそが一番のオランダ語通なのに、名を残すことは考えなかったのですか。主君にも申し訳が立たないのじゃありませんか」

良沢は手を組んだままそれ以上口を開かなかった。

子平は良沢が自分自身に厳しいことを知っていたので黙していた。恐らく良沢は、蘭学に一番槍を立てようとあせる杉田に嫌気がさしていたんだろうと推測した。

「これでは世間は先生の功績がわかりません。もしかすると玄白さんが一日も早くと急くので、先生としてはもっと時間をかけて完全訳としたかったのと違いますか」

「脚注の分は訳し残した。平賀源内の手引きで絵は秋田藩の小田野直武が上手にいろいろなものを参考にして描いてくれたので良かった」

たたみかける平助に、良沢はそう言った。平助は前野先生の謙譲ぶりにやきもきしていたのである。事実、この後、杉田玄白の名声は上がり、その診療所は大繁昌となった。玄白はその後、実質的にはオランダ語から手を引いたのである。対して前野良沢はオランダ語の訳に生涯骨を折ったが、さして著名にもならず、あまり弟子もとらなかった。

## 子平のオランダ語

子平は話題を変えて次のようなことを訊ねた。

「前野先生は初め青木昆陽先生に学ばれたそうですが、いつ頃からで、そのあと長崎にはどのくらいの期間滞在されたのですか」

「昆陽先生に弟子入りしたのは、明和に入ってからだ。初歩から教えてもらった。先生は、本草学者の野呂元丈と共にオランダ語を学ぶことを吉宗将軍によって初めて認められたのである。以来、オランダ人に面会し、通詞たちに問い合わせ、オランダ語の辞書らしきものをつくり始めていた。

ところが先生が亡くなったので、明和六年に私が長崎に行った。藩主に許可してもらい、奨学金までいただいた。約百日ほど吉雄幸作、楢林栄左衛門（または重左衛門）の二人に学んだ。そこでオランダ語の『ターヘル・アナトミア』を入手した。これはドイツ人のクルムズの解剖書だった。

杉田玄白も後にこの書を手に入れて、互いに興味を持ったのである。わしはそれからは毎年オランダ人に江戸で会い、いろいろ質問してきた。蘭書はピイトル・マアリンの言語の本が最初だな。わしより中川淳庵の語学力は相当なものだ。平賀源内も長崎遊学をしており、二人は仲が良い。

しかし、なんと言ってもオランダ通詞にはかなわない。西善三郎、本木栄之進（良永）、荒井庄十郎、石井恒右衛門など練達の人々が多く、私も会っている。江戸の蘭学はこの人たちの力を借りてなんとか発展できる。

本木良永は若いのでこれからが楽しみだ。通詞たちも貿易の商売の通訳だけでなく、吉雄氏のように医学でもめきめき腕を上げ吉雄流と言われている。天文書なども訳す人々も出て来た」

「先生の訳された『和蘭訳筌』や『和蘭文略』は私のところにあるので、失礼ながら子平君に写本するため貸しましたよ」と平助も言葉を続けた。

「先生に教えていただいた『人は食べるために生きるのではなく、生きるために食べるべきである』（Men moet eeten om te Leeven marr nie (leven) om te eeten）だけは暗記しました」

子平の発音はしどろもどろでレーベン、イーテンだけはわかった。また子平は続けた。

「ik（自分）visch（魚）vleesch（肉）と prijs（値段）ぐらいしかまだ知りません。『値段を負けろ』というのは何て言うんですか」

「はっはっは、子平君は面白いね。値引きしてくれというのは、たしか Laten afdingen だと思うが。蘭人から本でも買うつもりかい」

「そうです。すぐ使う語から覚えたいですね。教えるというのは onder wijzen か Leeren でいいでしょうか」

「まあいいでしょう」と前野良沢は笑った。

## 前野良沢の養子

「とにかくコツコツやるしかない。私も学習途上なのだ。言葉は子どもが親の話しているのを真似るように、毎日毎日人の話すのを聞くのが一番だし、毎日一つでも辞書を引くように記憶したり、書くことだ。ここは長崎でなく江戸だし、殊にわしは発音が苦手だ、耳が良くないといけない。ところで長崎へはいつ行くのか」

「無禄厄介のわしは、金の工面もしなければならないので、早く行きたいのはやまやまですが……」、子平は口ごもった。

「来年春にはまたオランダ人の一行が来るので、通詞に頼んで一行に入れてもらい、一緒に長崎に向かってはどうか。大通詞吉雄幸作が来るかどうかわからないが、わしも紹介状を書いてやるよ。とにかく彼のところへ弟子入りするのが一番良いよ」と良沢先生は工藤平助のほうを見た。

「そうだ。わしも吉雄さんなら手紙を書くよ。前野さんの紹介で彼の弟子を私のところで預かっているのだから。そうしたまえ。オランダ側はわずか三人（商館長、医師、事務方）に通詞や長崎奉行所の連中、それに荷物担ぎの人夫などでざっと百人位にはなる。一人位の増加はオランダ側の負担にならない。

来年は別の商館長が来るはずだ。そのほうが道中も楽だからそう決めたまえ」

「ではよろしく手配をお願いします。長崎までは地図を見ると江戸から四百里はありそうです。仙台―江戸が九十里ですから四倍です」

良沢先生は「それが一番良い、林君は今度が初めてだから、工藤医師もそう手配してやりたまえ」

「わかりました。来年のことだから十分時間はある。そうすると五、六月に出発することができる」

良沢・平助がこのように子平の将来の契機を与え、子平はその協力によって一歩を踏み出すことになる。

さらに平助は前野良沢に語った。

「大分前に、良沢先生は子がないので養子をとって前野家を継がせたいと言ってましたね。この件を子平と相談したところ、その候補が見つかりました。

奥州、仙台藩の塩釜神社の禰宜《ねぎ》、藤塚式部に二人の子どもがおり、その二男坊が良いのではないかと子平から提案があったのです。父の藤塚も代々の学者神職の家柄であり、彼も賛成同意してくれるのではないかと言っています。私も藤塚氏を知っているが篤実な人物です」

「奥州の人は我慢強く実直な子どもも多いと聞くの

で、その父子が了承してくれるかどうか、その意向と子の人柄を実際に見て確めてもらいたい」と良沢先生は工藤平助に改めて依頼した。

「わかりました。余も子平の斡旋で仙台藩に行って確認してきましょう」と言った。

これで子平の旅と良沢先生の懸案が解決しそうになった。どちらの問題もこれから動き出すことになる。

## 長崎奉行とオランダ商館長

同じ年、長崎奉行に柘植正寔《つげまさこれ》が就任した。年の暮れには久世広民《くぜひろたみ》も同じく長崎奉行に発令された。つまり長崎奉行は二人で、柘植のほうは現地に、もう一人の久世は江戸にいて長崎と江戸の連絡調整を図る制度となっているのだ。二人が一年交替で現地の長崎奉行を勤めるのである。

柘植の前職は佐渡奉行で千五百石の旗本、久世は浦賀奉行を経て三千石取りの旗本である。格の高い役職である。実はオランダ商館長も一年毎に交替し、長崎―ジャワに赴任することになっていた。それだけ利害が絡み、疑惑を持たれる職種であった。

安永三年（一七七四）には二度目の商館長としてアレント・ウィレム・フェイトが江戸に来たが、安永四年にはダニエル・アルメノールトが三度目の商館長として江戸参府のため長崎を三月四日に出発している。この数年は二人で交代しながら参府した。

この一行の中にツンベルグという三十歳代のスウェーデン人の植物学者で医師が同行していた。それ以前には綱吉の頃に医者で有名なケンペルが長崎に来たが、彼は『日本誌』という旅行記の他に『エキゾチックな愉しみ』も書いている。

ツンベルグはスウェーデンのウプサラ大学で植物分類の父と呼ばれたリンネに学んだ青年学者である。リンネはケンペルの『エキゾチックな愉しみ』を読み、「これは日本の植物の全研究である」と賞賛したので、ツンベルグはオランダ東インド会社社員となって日本に来たのだった。ツンベルグは安永四年、長崎に到着したばかりである。

ツンベルグは日本の植物を採集するために来日したのだが、長崎奉行の柘植正寔に植物採集は医師の助手しかできないと拒否された。

ツンベルグは正式な出島付きの医師である。このためフェイト前館長が奉行に請願を続け、やっと許可が下りていた。こうしてツンベルグは長崎や旅行中に日本の植物を採集している。

ツンベルグは新しい商館長のアルメノールトの一行と共に長崎を出発して陸路で下関へ、堺までは船で海上を移動、堺からさらに船で淀川を上って京へ、その後は東海道を歩いて江戸に上る例年と同じルートで参府している。旅程の間、特に箱根ではケンペルに倣って熱心に植物採集をした。彼らは五月一日に江戸に着く(ツンベルグは後に『日本植物誌』と『旅行記』を書いている)。

ツンベルグは中川淳庵と桂川甫周と会談した。以来、彼はこの二人を「親愛なる弟子たち」と呼び梅毒の水銀治療法(ファン・スウィーテン法)を伝授した。本草家の中川と甫周の二人にはこの後も親しく交際し、両者の関係は長く、ツンベルグが日本を去ったあとも続くのである。

リンネは大学の教職の前は性感染症の医者であったらしく、ツンベルグもかなりの専門家であったため、長崎でこの療法を患者に施した。吉雄幸作にもこの梅毒治療法を教えた。

当時長崎では梅毒が蔓延し、船員らは梅毒を嫌っていた。このため吉雄幸作は多くの患者を相手に治療し、富を貯えたようだ。日本では多く薬草を用いて治療していたのである(『オランダが通る』タイモン・スクリーチ著によると、中川、桂からこの治療法を知った杉田玄白も一般患者の治療を行っていたので患者がつめかけ利益を上げている。江戸吉原などでも梅毒が広がっていたのである)。

また、次のような秘話も伝わっている。それはリンネが亡くなる前に、自らが所有していた重要な植物標本を大学に寄付するという条件で息子を教授職につかせようと画策していたらしいというのだ。結局、大学側はリンネの息子を雇っている。

ところがその息子は間もなく若くして死亡する。このため一年足らずで帰国することになるツンベルグが正式な教授となる。リンネの未亡人は、自宅にあった収集品を市場に出してしまう。リンネの収集標本はイギリスへ売却され、今でもロンドンにあると言う。

前野良沢、杉田玄白の両人はツンベルグに会い、『解体新書』を進呈するが、彼はなんと言うこともなかった。彼の日記には「日本の外科医術の水準の低さ」を『旅行記』の中で書いているらしい。

林子平は、前野、工藤の推薦の手紙が功を奏して、通詞たちの帰国の列に加えられ、長崎へ向かうことになる。ただし、吉雄幸作はこの一行に入っていない。多分、この頃通詞になった松村元綱らに連れて行ってもらったと思われる。吉雄らから話が通じていたようだ。商館長のアルメノールトは寛大だったので、子平の同行を認めている。

前年に一時仙台へ帰った子平は、兄の支援や藤塚から餞別をもらい、再び江戸に戻り、オランダ人の下向の長い行列に加えてもらったのである。

安永四年五月末、子平は長崎へ出発した。

## 工藤平助の多忙

工藤平助の築地の家には数多くの来客があった。このため平助は診療や人の応接に多忙であった。その一つは、仙台の町人より鋳銭のことを頼まれ、仙台藩を通じて願い出て許可されていることだ。しかし、暫くして銭相場は仙台藩内だけの通用のため下落、のちに幕府より鋳銭停止を指示される事態となった。このため平助は仙台藩へしばしば往還した。

二つ目は松前藩の用人が来て、業者が松前の木材を乱伐したり、物産を無理にアイヌ人に採らせて江戸へ運び巨利を上げていることの処分対応について相談があった。平助はこれらに応じ、訴訟を起こすには、江戸の木材問屋や商品問屋から証拠を集めなければならないと助言をした。

またこの頃、ロシア人が千島の列島を南下、島々でアイヌ人たちとのトラブルが多くなるなど蝦夷地の情勢を松前藩から聞いていた。藤塚式部の息子が前野良沢の養子に入ることも話をまとめている。

私事では平助の妻、遊の父親、仙台藩医の桑原隆朝が亡くなり、江戸で葬儀を行う。その子息が後継者となるよう藩に願い出ている。また築地にさらに東屋を増築する。

この年には、平助の行動が広がってきたため、藩主重村から武士専門になるよう仰せつけられ、藩医よりも藩命、中でも財政の周施など行政が職務となる。長女のあやは十四歳となり、和歌や古今集などの文学を習う。縁談の話も出てきているので平助はいずれ仙台藩の奥御殿へ勤めさせることを考える。妻の遊は御殿に出ていないが祖母が経験している。女子教育は御殿女中修業が多くなっていたからだ。あやは和文を書いて父の友人、国文学者の村田春海に平助が見せたところ、「なかなかの出来」と褒められてもいる。

この時代、幕府は南鐐二朱銀などを発行、商業発展のため通貨政策を行った。安永に入って以来、田沼意次の老中としての施策が行われている。鉱山開発も多くなり、銀座のほか鉄座・真鍮座なども専売となる。商業活動も活発化し、出版では黄表紙、浮世絵などが相ついで刊行され、庶民の人気を集めていた。町人の富豪も目立ってきた。従って免許商人の冥加金の上納も増加した。仙台藩では重村が城下で久しぶりに銃火器の演習を行っていた。

## 京、大坂の子平

子平が江戸を立ってからしばらくした六月下旬に、工藤平助のもとに大坂の子平から飛脚便が届く。以下はその内容のあらましである。

——オランダ人の一行は東海道を下って京に十日間余りで到着、京都所司代に貢物を届けるため二条城を訪れている。彼らの旅宿は、京の海老屋という専用宿舎である。洛中ではオランダ人は京の清水寺、銀閣などを見学する。

この時代、名所図絵が江戸や京で刊行され、人気を博していた。それだけ庶民の旅行も増えている。

オランダ人は例えば祇園の二軒茶屋にも足を延ばしている。二軒茶屋周辺には祇園神社の参詣人が多く集まり、この店では炙餅《あぶりもち》と豆腐の田楽を串にさして売ったり、休憩の人々に料理を出しており、若い娘たちが応接したり、料理をつくって見せて、京の名物になっていた。

次にオランダ人たちは大坂に向かう。宿舎は長崎屋

（江戸と同名）で大仏殿や住吉大社や四天王寺などを見物、芝居小屋も訪れたり、「浮瀬」という料理屋にも姿を見せている。ここは貝殻を酒盃にして酒を客に飲ませる趣向で知られている。

子平はオランダ人の観光についてまわる長崎通詞たちと共に、一行のあとに従って、京、大坂を見学した。幕府によって再建された大坂城や二条城、京の所司代などに興味を抱いたが、時に一行から離れた。大坂では堂島の米の売買の様子を見て手紙に詳しく書いている。

堂島は大坂の堂島川の北岸にあり、江戸になって堂島新地ができ、遊女の町として発展した。以前の米市場は淀屋橋の南詰にあった豪商淀屋の門前（北浜）で開かれていたが、元禄十年（一六九七）に堂島に米市場が開かれてからは、堂島川と土佐堀川にはさまれた中之島に諸藩の蔵屋敷が立ち並び、米市が定期的に開催された。全国の米約百五十万石が集まり、日本の米相場はここで決まった。世界的にも珍しい米の先物取引も行われ、子平は、商売に働く米屋や札差、両替の商人たちの活況を自分の目でたしかめた。仙台藩もここに米を出していたし、木津・今宮には伊達の屋敷があった。また堺では有名な鉄砲鍛冶の店を見学している。

子平は京、大坂を見た後、堺に行き、海上の船客となり下関へ向かう。大坂は八百八橋で知られているが、子平には金と物の流れる水の都に見えたと手紙にしたためた。

手紙を江戸で見た平助は、子平はもう肥前や長崎へ向かっているだろうと想像した。

「今ごろは子平も元気に、瀬戸内海を航行しているだろうな」

平助にはオランダ人一行に混じって小柄な子平があちこち興味旺盛に歩いたり、船に乗っている様子が目に浮かぶのであった。

## 長崎の吉雄幸作の家

六月末、林子平はオランダ人の一行約百人と共に、堺から乗船、帆船で兵庫、室津、牛窓など瀬戸内海の静かな航路をめぐって下関港に着き、小舟に乗り換えて北九州に上陸。今度は徒歩で福岡を経て佐賀に到着した。子平はわざわざ寄り道をして有明海を眺め、南海の一角を初めて見て感慨に浸った。そして大村を通り西の果ての長崎の町に至ったのである。そこには太平洋が大きく広がっていた。

長崎では長崎奉行の役所前から、オランダ人と通詞、警護の役人たちが出島の橋を渡った。子平は残った伴の者らと共に、長崎港から奉行所前の平戸町に向かい、吉雄幸作の家を訪れた。

吉雄幸作は肩幅が広く太り気味、男盛りの五十代で鷹揚に子平を迎え入れてくれた。すでに前野良沢、工藤平助の手紙が届いていると見えて「江戸からよくいらした。待っていましたぞ、林さん。泊まる部屋も用意してあるので、今日はゆっくり休みなさい」と言った。

「蘭学修業に参りました。仙台藩の林子平と申します。右も左もわかりませんのでどうか御指導の程お願い申します」と型通りの挨拶した後、江戸土産の包みを差し出した。

「ほう仙台藩ですか、奥州からは初めてです。前野良沢、工藤平助どのはお達者ですか、工藤家には私の親戚から三人の者が弟子としてお世話になっている。子平どのはそのお返しとして、どうぞゆっくり勉強して下さい」

子平はその夜、長旅の休息をとらせてもらった。江戸を出てざっと一か月ぶりであった。

吉雄幸作は大通詞となってから長く、通詞仲間はもとより蘭学、蘭医の旗頭であった。オランダ人の江戸参府にもすでに十数回程同伴していたが、この数年は、多忙にて他の通詞に江戸参府の仕事を任せてきた。それというのも診療所も繁昌し、ことに外科医として、前に述べたように梅毒治療でツンベルグの指導を受けた水銀療法を実施、名前も高くなっていた。吉雄塾には十数人の弟子が在籍していた（巷ではのちに弟子千人と言われた）。子平も入塾したが、どちらかと言えば蘭語を学びたいと思っていた。

子平は翌日から吉雄幸作を「師匠」と呼ぶことになり、弟子たちと共に別棟で下宿した。吉雄には長崎の歴史とその概要などを教えられ、蘭語は、高弟たちから教科書ごときものも与えられ初歩を学んだ。また子息や門弟たちに、平戸から長崎の町全体を案内されて歩いた。

子平がまず驚いたのは幸作の家にあるオランダの物品の多さである。来客用の奥座敷は畳がなく板敷きで、その上に西洋風の椅子やテーブル、飾棚がある。昨夜はこの家具で赤い酒、ワインで歓迎を受けた。子平も幸作と共に椅子に座ったのである。そして鴨肉を馳走になった。

ガラスの酒瓶、酒盃、ナイフまでついている。時計、人形、オランダ船の絵も数点、床の間などにあった。

「これは代々の商館長から頂戴したものだ」

幸作の自慢のコレクションなのであった。

「子平さん、出島のオランダ屋敷を見学すれば、このような品物は沢山ありますよ、船が持ってくる品々にも驚かされる。これは序の口です」

「師匠、わしは前野先生から蘭書、工藤平助藩医からは外科道具などを購入してくるように依頼されてきました。良いものが手に入るときは教えて下さい」

「わしも販売しているし、通詞たちのものもある。もちろんオランダ人から買うことができるので、よく品定めしてからにしなさい」

## 子平の学び

通詞たちは貿易の際の通訳だけでなく、物品の購入、売買も許されていた。オランダ側は、東インド会社の商品はもとより、館員たちの私的売買もそれぞれ認められている。

幸作の屋敷はのちに二階建てに新造築されて、二階は西洋の床にオランダ風の家具が並べられ、オランダの珍品が飾られ、客を接待した。さながら「オランダ屋敷」として名を馳せたのである。子平の訪問した時にはまだ平屋建てであった。また子平の来た安永年間以後の江戸後期には、続々と著名となる人々が長崎に来向したのである。

この日から幸作は、ポルトガルが日本に来て以来の長崎の発展とキリシタン布教、弾圧時代を経て今日のオランダ交易の歴史を折にふれて話してくれた。子平は後で帳面にメモし、時には平助宛の文に報告した。しかし、キリシタン対策などは帳面に書きとることを禁じられたので、自分用のメモとした。

「通詞の仕事は、長崎奉行の支配のもとで出島乙名《おとな》（今で言えば町長）と協力して、奉行所の役人の下にオランダ船の検査、上陸者の点呼、乗組員名簿、積み荷など目録、送り状、貿易取引の仕事すべてに立ち会うことになっている。もちろん、オランダ人の商館長、館員、医師、書記、簿記役、船員、黒人などすべての人の世話もする。なんと言っても対話するのが私ら通詞の仕事ですからな。

通詞にもいろいろ階級がある。昔からの家柄もあるが、オランダ語が話せなければダメなので、頭の良い子どもを養子にして、早くから手伝いをさせながら訓練をする」

吉雄は話しながら朝から赤い酒をグラスに入れてチビチビなめて、子平にもすすめた。しかし、前夜にいただいた子平は遠慮した。

「わしらの仕事は貿易とオランダ人の世話のほかに『オランダ風説書《ふうせつがき》（海外情報の書類）』の翻訳が最も大切なものです。長崎奉行に提出し、奉行は早飛脚で江戸の老中に送付します。国外情報、西洋事情がジャワから伝達されるので商館長の基にこれを写し、その内容は他言できない。通詞は大通詞《おおつうじ》、小通詞《こつうじ》、小通詞助、小通詞並、小通詞末席、稽古通詞などがある。

わしの家は「肝附《きもつき》」と呼ばれていたが、後に吉雄になった。ポルトガル以来の通詞である。とは言っても、恐らく最初は手伝ううちに、見よう見まねで始まったものでしょう。

大名や侍もキリシタンになった人もあるのでポルトガル語を話した人は多かったのですが、わしらの先祖は町人なので荷を運ぶ仕事をするうちに、歴代の商館長や船医に少しずつ習ったものと思いますな。わしは吉雄家の五代目です」

吉雄は茶を飲みながらさらに話し続けた。子平はいつもの物怖じせぬ態度で聞く。

## 南蛮語の広がり

「おぬしも知っての通り、ポルトガル人を乗せた中国船が種子島に漂着したのは戦国時代です（一五四三年）。今から二百年も前のことで『鉄炮記』に詳しい。

鉄砲が入り、またたく間に、根来《ねごろ》、堺、国友（滋賀）でつくられ、織田信長が天下に名を馳せた。

ポルトガルは明と通交していてマカオを譲られ、日本にも来るようになる。漂着後六年目にイエズス会のザビエルが薩摩から平戸に来たのが始まりだ。貿易品は主に明からの生糸、絹織物、自国の鉄砲、火薬、羅《ら》紗《しゃ》などだろう。こちらからはみな銀で支払った。

結局、大友宗麟《そうりん》（豊後府内＝大分）に招かれ布教の許可が出た。わしらはキリシタン、バテレン（僧侶）と呼んだ。さらに大村純忠が肥前横瀬浦にポルトガル船を誘致、キリシタン大名となる。フロイスが来て京に南蛮寺ができる。信長の許可が出たのだろう。以後、ポルトガル船が長崎に毎年入港するようになる。わが先祖たちが荷物を担いだのさ。

イギリス船も来た。しかし日本を去り、後に明、清だけになる。わしらに伝えられているのではヴァリニャーノというイエズス会の巡察使が偉い人物だった。信長の許可を得て安土に協会やセミナリオ（日本人教育の学校）をつくった。九州にも有馬氏のセミナリオ、大友氏の領地にノビシャド（伝道学校）コレジオ（宣教師学校）ができた。

これが日本人に南蛮語を伝えたのだ。

キリシタン信徒も何万と増えたから、言葉は広く知れ渡った。秀吉、家康の神君も貿易で利益が上がり、武器も入るので歓迎する一方、キリシタンが増えるのを恐れたのだ。秀吉の弾圧が始まったのもこの長崎だ」

吉雄が一息入れたところへ子平が聞いた。

「南蛮（ポルトガル、スペインのこと。この当時、イスパニアと呼んだ）との交易はもう昔のことになったですね。キリシタンが禁止されたから今はオランダやイギリスを紅毛と呼んでいますが、その南蛮の頃、天正時代にこの九州からローマに使節が派遣されましたね、有名ですが……」

「よく知ってるな、四人の少年だよ。リスボン、マドリッドへ行き、ポルトガル、イスパニア両国のフェリペ国王に会った。往復なんと足かけ八年余りかかった。帰ってすぐ秀吉に会い報告した。

その頃、ポルトガル語の辞典が初めてできた。南蛮人がつくった日葡《にっぽ》辞書（日本語をポルトガル語で解説した辞書）だ。恐らく言葉を知った連中には大変便利だった。みな写本して覚えたと聞く」

「実は仙台藩でも伊達政宗公時代に、ローマに支倉常長という家臣を送りました。今では話が隠されていますが、『治家記録』には掲載されています」

「へーえ、わしらは全く知らんね」

「家康公がノビスパニアと交易したくてルソンと話をしていたので、伊達政宗公もそれを手伝いながら使いを出したのです。しかし、イスパニアとイギリス、オランダは仲が悪いし、イスパニアは清との交易だけに関心を持ち、日本に魅力を感じないのでこの交渉は失敗となった」

「そんなことがあったのか。家康公も貿易はしたかったのさ。ところが後に島原の乱もあったし、オランダが来て、イスパニアとも断絶、ポルトガルも追放された。そもそも秀吉の時代にサン・フェリペ号事件が起き、長崎で二十六人のバテレン、キリシタンが処刑され、それからキリシタンの血がたびたび流された。

そしてオランダが豊後の臼杵《うすき》に漂着した。これから今日の交易が始まる。それまではポルトガル中心で、長崎、平戸、府内（大分）の港が使われていた。家康公の時代には朱印船貿易も盛んだった。

西国大名の松浦鎮信《しげのぶ》、島津家久、有馬晴信、長崎の商人、末次平蔵、関西の角倉了以《すみのくらりょうい》、茶屋四郎次郎、末吉孫左衛門らが盛んにカンボジア、シャム（現タイ）などに船を出したものさ」

「残念だなあ、その頃生まれていたら、わしも船に乗って海に出ただろうに」と子平はつぶやく。

「今となってはしょうがない。それが御政道だ。家光公の時代に海外渡航、帰国禁止が決まり、長崎の者も他国で骨を埋める人も出た。オランダ商館のため出島が造られた。出島は幕府の指示で長崎町人（高木作右衛門ら）が埋め立てして造成したから、所有主は長崎商人だ。これを知らないと長崎の仕組みはわからない。オランダ人は出島の賃貸料、銀五十貫を支払っている。だから出島乙名（町長）が出入りの鑑札を検めている」

「なるほど、出島の管理は長崎町人ですか」

「そう、修理も行っている。ただし、すべて長崎奉行の支配を受けている」

「オランダ船はジャワ島から来るのですか」

「そうだ。昔はジャガトラと言ったが、今はバタビヤと言いそこにオランダの総監がいる。商館長は毎年交代し、船は年に二隻と決められている。六、七月頃に来て、十月か十一月に当地を出発する」

「輸出入の品目も変わりましたね」

「大きく変わった。新井白石以来だ。日本からは、銀、銅が少なくなり、樟脳《しょうのう》、有田焼、日本刀、海産物、醤油などで、オランダものは羅紗、ビロード、更紗《さらさ》、金布（インド産）などだ。清の生糸、絹織物は減っている。養蚕がわがほうで盛んになってきた。もっとも清の船は年に三十隻が来る。清が砂糖も織物も運んでくる。したがって唐人屋敷があり、二千人以上がこの長崎にいるのだ」

この日の幸作の〝講義〟は終わった。

## 言葉は音

翌日、子平は長崎について吉雄幸作に質問した。

「長崎の名の由来と誰がここを造ったのですか」

「長崎には昔、長崎氏の居城があった。それが地名の元だろう。長崎甚左衛門の時代（天文、元和《げんな》の頃）に大村純忠の家臣となり、共にキリシタンとなった。

その頃、長崎に初めて教会ができたと言われている。それから大村の臣の朝長対馬《ともながつしま》が来て、町づくりをしたのが始まりと聞いている。それが今の平戸、島原など六町。当時、大村純忠はイエズス会に長崎を寄進した。貿易を推進したかったのだ。それから発展して現在では幕府直轄の八十町あり、人口も一時、六万人を超えたが、以後、減って五万人位であろう」

「通詞になるにはどんなことを学ぶのですか」

「十歳から十二歳の頃から毎日、出島に行かせてオランダ人や通詞たちの小使い、手伝いをさせる。若いほど早く言葉を覚える。片言を覚え、少しわかってから、子どもたちにアベブック（A-Book）すなわちA、Bの綴り方を教える。次にサーメンスプラーカ（samens praak）すなわち、日常の挨拶など会話本を教えて、ついでオップステルレン（opstellen）、これは作文の初歩を勉強する。

わしもそうだったが、オランダ人の小間使いをしているうちに、ひとりでに、つまり見よう見まねで覚える。後は本人の努力しだいで本が読めるようになり、会話をしたり、話す力、書く能力も上がるのです。

まあ、好奇心しだいです。勘の悪い子もいる。そこで養子をとることもある。それから初めて来たオランダ人に日本語を教えてくれと言われる場合もある。オランダ人には、医師の他に書記や簿記係、料理人、大工、黒人、いろいろ作業員もいる。中には十年以上いる人もあり、日本語の達者なものもいる」

「なにより慣れることですね」

「まあ言葉を習うには早いほうがいい。言葉は音から生まれたのだ。習うには大人も子供もないし、武士、町人の差もない。とかく江戸の医者など学者は、われわれ通詞を低く見るきらいがある。林さんは肩の荷を下ろして、弟の作次郎も師匠として、蘭語の時は頭を下げるのですな」と吉雄は声を出して笑った。

「なるほど、言葉は音ですか。われらの言葉も音からつくられたのですね。今は字で覚えている」と子平は感心した。

吉雄幸作は「どれ患者を見て、午後からは出島で相談事がある。そろそろオランダ船が着くはずなのに遅れていることの連絡かも知れぬ」と立ち上がる。

## 子平、長崎港を俯瞰する

子平は塾へ戻って朝食をすませ、長崎の見学の準備をした。町全体を見るため幸作の弟の作次郎に一緒に案内してもらう。道々、雲仙岳や長浦岳があることを聞く。長崎で小高くなっている八郎岳に続く丘陵地へ向かった。

長崎の後方を「あれが雲仙岳の煙、その向こうに島原城跡がある。こちらが松浦岳」と作次郎が指さした。海に接した島々があり、細長い長崎湾が広がっていた。

「これが長崎湾か。箱庭みたいだな」

子平は深く息を吸って両手を広げた。そしてそここと歩きまわった。

「諫早湾、大村湾、佐世保湾、あっちは国見山、その向こうに有田がある」とつぎつぎに全体の地形を教えてもらった。二人で長崎湾を向いて草の上に座った。

子平はじっくり湾を見ようと思った。

「ドーン」と大砲の音らしい物音がして、作次郎が立ち上がった。「あっ、船だ。船が来る」と作次郎が子平の手を取った。

「あれは野母の遠見番所の合図です。また一発鳴った。これから奉行所の役人、検使が出向き、オランダ船かどうか確認に行き、旗合わせをして船へ乗り込みます。見ていましょう」

子平は遠方を探すように見た。島々の間から船らしき影がしだいに大きくなってきた。改めて湾を見ると眼下には細長い長崎港が広がり、港の両側をはさむように山と陸が続いていた。その間に広がっている長崎湾に二隻の三本マストの船が入って来て、手前の扇形の出島の近くへ滑るように入港して来た。

作次郎が指さして「向こうに停泊している三隻は清の船ですたい。あれがオランダ船。三色旗とV・O・C（オランダ東インド会社）の旗をはためかしているのがそうです」

オランダ船が停止する前に、手前のほうから、日本の監視人たちの船が四、五隻漕ぎ出して行った。

「あれがオランダ船か。それにしても素晴らしい良港だ。奥が深い。その先の方にあるのが太平洋」と子平がまた叫んだ。

「海はいいなあ。海には自由があり、あの先にはジャワやシャムがある。インドがある。そのずっと向こうに、オランダなどがある」――そう思うと子平の胸に明るい空と世界が広がった。

「幸作兄も多分、出島のオランダ屋敷に行っている。いよいよ船員たちが上陸し、荷揚げがある。子平さん、われらも港へ行きましょう」

山を下って港へ向かうと長崎奉行所と出島が見えてきた。二人は出島の入り口の門の前に着く。出島の西側に水門が見えた。艀《はしけ》がある。その上にオランダ人や奉行所の役人、通詞たちが出てきた。

「あの水門にオランダ船から上陸する船員や荷物を運んできます。その隣にあるのが検使部屋と通詞部屋、きっと兄の吉雄幸作がいます。中央にある二階建てがカピタン（出島商館長）の部屋、続いてオランダ台所、時鐘、赤白青の三色のオランダ国旗、その近くに乙名部屋、町人番所があります。表門の正面に辻番所、そして牛や豚を飼っている家畜小屋。左手には庭園があり、花畑や野菜畑、涼み所。あそこでオランダ人たちは休んだり、玉突きなどを楽しむ。

あとは荷蔵や館員の部屋（みな二階に住居部分）、これらが一番多い。入札場もあります。商人たちが競り売りをするか、相談する場所、洗濯場もあり、伊万里見世小屋の道具入れもあります」

作次郎が次々と指をさして子平に出島の配置を教えてくれた。

「検使役人の検査や人員確認が終わると船員の人々が上陸してくる。名簿に従って点呼をとっていきます。ほら、その後ろから荷物を積んだ小舟が次々続いて艀に到着していきます。これから積み荷の検査は念入りに行われて、忙しくなります」

## 暴れ馬

子平たちが水門のほうを見守っていると、物見番の人たちや積み荷おろしの人たちで混み合って来た。町内の人々も多数、岸壁の周辺に見物のため集まって来る。港はしだいに人々で混雑し、物音が響く。子平は港に寄せる波を見ていた。すると、

「何か騒がしいぞ。あっ馬が狂ったように暴れている」

と作次郎が叫んだ。遠くで町人たちの悲鳴も上がる。

子平が港の西側を見ると、馬が前脚を上げて躍り上がり、乗っている若者を振り落とそうとしている。走って来た馬の前を横切った人や引車などで馬が驚いたのだろうか。群衆が見守っているうちに、狂ったような馬から若者が振り落とされた。

人々のどよめきが聞こえた。奉行所の役人数人が現場の方へ駆け寄って、落馬した者を助け起こそうとした。

しかし再び馬が暴れ出して、今度は子平たちのいるほうへ突っ走るように向かって来た。集まっていた人々がさっと左右に分かれる。

速度を上げて馬が向かってきた。誰も興奮した馬を止められない。

するすると子平が出ていき、一人で馬の前に両手を広げて立った。

「あぶないぞ。離れろ」と叫ぶ声がした。

馬が止まらないので、子平も後ろへ引き下がる。ひるんだ馬の右側に子平が寄って鞍をつかみ、左手で引きずっていた手綱を握った。二、三間、子平は引きず

られながら今度は馬の首を抱えて、つかんでいる。馬の興奮が高まりさらに数間引きずられたが、あっという間に馬に飛び乗った。

馬は子平を乗せたまま走り、長崎奉行所の門の角を曲がった。人々が行方を見ようと追い、作次郎も気を取り直して角の方に走って行く。角を曲がると子平も馬の姿も見えない。「また振り落とされるぞ。危ねえな」と言ってる男もいた。暫く行く手を見ていても子平と馬はどこに行ったか行方知らずになった。

「戻ってきたぞ」という声がして振りかえると、反対側の道の角から、子平が馬上に腰を浮かせている。馬が小走りになって来るのが見えた。そのまま出島の正面、長崎奉行所の表門へ近づくと、馬は走るのを止め、静かに歩き出した。遂に馬が止まり、馬の首を叩き「どう、どう」と声をかけている子平が馬上にいた。作次郎はようやく安堵した。

子平は暫くして馬から降りて、手綱を引いて来た。

「落ち着いたよ」

作次郎が見ると、落馬した男は奉行所の役人に抱えられて板戸に乗せられ、奉行所内に運びこまれた。表門から奉行所の役人が多勢出てきていた。

一人の侍が子平に歩み寄る。「お奉行様がお呼びである。こちらへ参れ」と言った。

子平と共に作次郎も奉行所の門をくぐり、邸内に呼びこまれて上がった。そして侍の案内で奉行の部屋に連れられて行く。

そこには柘植正寔《まさたね》長崎奉行と側近が上座にいて、子平と二人はその下手に座らされた。子平たちは頭を下げた。案内の侍が、「この御仁でござる」と言った。

柘植奉行は事情を聞いていたらしく言った。

「ご苦労でござった。馬を鎮めてくれてよかった。町人たちに怪我人を出さなくて済んだ。暴走の馬に乗っていたのは唐人屋敷から抜け出した男で、腰を強く打ったようだが大事なかろう。しかし、許可もなく騎乗し市街に出るなど、不埒な働きである。ところでそなたは初顔だな」

「わしは仙台藩の林子平と申します。先日、吉雄幸作大通詞の元へ参って、教えを受けることになり申した者です。ここにいるのが吉雄氏の次弟の小通詞、作次郎でござる」と子平は一礼をしてから、作次郎のほうを向いた。

「ほう、奥州、仙台藩からとな。それはまた遠方から来られたな。馬の扱いは馴れているようじゃな」

「いささか嗜んでおります。それがしの兄は、仙台藩の大番士で百五十石を頂戴していますが、流鏑馬の名手です。わしの義父は亡くなりましたが、藩医でもありましたので、わしも心得はあり人も診ますが、馬医も頼まれればしています。豊前中津藩士の前野良沢先生に師事しています。その紹介で、オランダ人の参府の帰りに同行させてもらい、長崎に参りましたばかりです」

「武士が蘭語を学ぶ世になったか。してどのくらい、長崎に滞在するつもりか」

「およそ一年の予定でございます」

柘植は壮年の色つやも良い、いかにも品の良い上級旗本らしい態度で子平に応対した。子平が自分は蘭語と西洋の馬の飼育、調教の仕方、馬医のことなどを学びに来たと言い、オランダ商館を訪問したいので面会の許可を願い出た。

「交易中は入れられないが、暇な時ならよかろう。ただし、その際は吉雄大通詞を通して奉行所に届け出よ」と言うのだった。

奉行は上機嫌で菓子一包を子平に持たせてくれ、子平は礼を申し、作次郎と吉雄の自宅へ帰った。

## 世界の情勢

その夜、吉雄幸作にこの日の出来事を報告すると「それは良かった。奉行の覚えがめでたいと何かと便利である。おぬしもやるもんですな」と褒め、今度は泡盛を出してくれた。子平が奉行からもらってきた菓子を吉雄に差し出すと「カステラだな」と言った。

「なんですかそれは」

「食べればわかる」

作次郎は「子平さんが馬の前に飛び出したので驚いた」。馬に引きずられながら飛び乗って姿が見えなくなったこと、騎乗し無事戻ってきて安心したことなどを身ぶり、手ぶりを交えて話すのであった。

「しかし、丘から長崎湾を見回すと、湾を囲んで山々が迫り、奥深く湾が伸びている。長崎は素晴らしい港ですなあ。仙台藩でいうと、石巻、気仙沼と似ています。私のほうも太平洋に面していますが、相手は波ばかり。こちらはジャワや清の国、インドとつながっており、さらに西洋まで船で行ける。海は自由で良いですな」と子平が言った。

「自由？　そうでもありませんぞ。海は台風で荒れるし、イギリスや清も、航海中は海賊行為を仕かけられてくるそうですぞ。オランダ船も大砲を乗せて戦うことがあるらしい。また、オランダやイギリスもバタビアなどに砦を築き、一帯を支配して胡椒などを収奪して本国に持ち帰るようです。昔、長崎商人の末次平蔵の持ち船と衝突して事件を起こしたこともある。

　オランダは古くからフランドルちう地方とイスパニアの属国となっていて、天正九年（一五八一）に共和国として独立して、東インド会社をつくった。「V・O・C」と略して言うが、明の台湾に城を持っていた。しかし、ここは明の鄭成功《ていせいこう》に奪われた。

　承応元年（一六五二）には、オランダはイギリスと戦争したし、フランスとも戦っているし、周辺の国々と争いもあるようだ。たしかに医学や他の文化や技術に学ぶべきことが多いが、なかなか油断はできません。『オランダ風説書』で連絡して来ますが、近頃はイギリスが大きな力を持っていて、国々の摩擦も多いらしい。かの国はアメリカという大陸も支配している。イスパニアもノビスパニアを持っているのはご承知だろう。イスパニアはルソンに城を造り、清と交易をしている」

「へえ、そうですか。わしはまた海の上はのんびりした自由なものと思いましたが、航海にも戦いがあるのですか。海賊もいるとは物騒だ。晴れた海ばかりじゃありませんね」

　子平は、国外の情勢にしだいに関心を向けていくのであった。

　オランダはイスパニアとちがってキリシタン布教はせず貿易だけが狙いであること、その貿易も年々沈滞してきつつあった。幕府はオランダを出島に閉じ込め、それでも海外の情勢に気を配っていることを理解するようになった。

# 第十一章 世界地図と兵学

## 成秀館

林子平は吉雄家の塾「成秀舘」で塾生として生活、オランダ語学習を始めることになった。吉雄幸作の下、弟の作次郎（四十代の小通詞）が直接指導に当たった。弟子たちのうち同家に住み込んでいるのは、子平を含めて二、三十歳代の若者八人ほどで、十畳一間で雑魚寝《ざこね》である。その他は下宿をとったり、自宅などから通学していた。

幸作の家族は妻の縫と二人の息子である。長男は献作で六歳、次男は定之助三歳でまだまだ手がかかった。縫は唐大通事、陽市次郎の娘で四十半ば過ぎの美人であった（献作は長じて医師、定之助は通詞を目指す）。

作次郎はすでに結婚、子息左七郎がいるので通勤していた。他に幸作の姉（長崎町乙名の荒井家に嫁す）、その子で若い西雅九郎は幼い時から幸作にオランダ語を学び、オランダ大通詞の三代目西善三郎の養子となったが、義父が死亡したので同居していた。もちろん、彼も塾生の一人だ（後年彼は荒井姓に戻り、通詞となった後、荒井庄十郎、または森平右衛門と名のり、江戸に出て平賀源内宅に寄寓。桂川甫周など江戸の蘭学者にオランダ語を教えた）。

他に女中二人もいたが、子平は塾生たちの炊飯を率先して買って出ていた。後片づけもした。というのも他の弟子はほとんどが医師の修業が目的のため、朝食後の午前中から診療を手伝っていたからである。

幸作の教育方針は医師を目標にしていてもオランダ語は基礎として必修すべしというものだった。子平は内科の医師であった叔父を手伝った経験はあったが、吉雄流は外科を得意としている。診療を見学する場合もあったが、オランダ語専修とした。

この日も朝早くから子平は飯炊きを手伝い、朝食を他の弟子たちととると、部屋に残って先生の作次郎から吉雄家と通詞仲間などについて聞いた。

「ポルトガルが追放され、オランダ商館が平戸から長崎の出島に移った頃、随行してきた最初の通詞の一人が吉雄家の先祖の肝附《きもつき》伯左衛門だった（慶安四年没。将軍家綱の時）。長崎奉行に貿易関係の通訳で認められた通詞という役は地役人で四十家の家柄があり、みな世襲であった。

　当初はほとんどポルトガル語使いで、大通詞四名、小通詞四名、稽古通詞若干名が基本だったが、しだいに職階が分かれ、オランダ語を身につける者が出て、正規の通詞の下に内通詞と呼ばれる数十名もいて、総勢百数十人が在籍していた。

　初代肝附の孫は寿山(享保八年没。将軍吉宗の時)だったが、姓を吉雄に変えて出家したり、医者になったりしたので通詞職は中断した。ポルトガル語の時代、通詞はほとんどキリシタンだったので、いろいろあった」

「吉雄家の危機だったたですね」

「そうだ。長崎はポルトガル時代、小ローマと言われるほどカトリックの教会が多かったが、島原の乱後、カトリックのポルトガル人は追放となる。それでも幕府は通商再開を求めて来たポルトガル軍船二隻を焼き、乗組員数人を斬ったと聞いている。下級船員はマカオに送り返した。

　そしてポルトガル船来襲に備え、福岡黒田藩、佐賀鍋島藩などに長崎警固を命じた。この時は西日本の兵、五万人が集まり、ポルトガルの軍船は引き返した。その頃から教会は破壊されて宗門改役が置かれ、寺や神社につぎつぎ変わったのが将軍家光の時代以後だったらしい。

　秀吉の時代からその傾向は起きていた。キリシタン追放など大きく変化した。キリストやマリア像による絵踏みや詮議逮捕が行われた。

　当家は、仏教に変わった寿山の女に品川家から養子を迎えた。それが藤三郎で、われらの父であり、四代目の通詞としての吉雄家を再興した。その長男が幸作である。幸作は十四歳で稽古通詞となり、わずか二十五歳で大通詞に昇進した。オランダ人に頼み長崎奉行もオランダ語を通詞たちに習得させ、その試験も行った頃だ」

## 長崎の蘭学百年

「通訳と言っても、唐船の対応は唐通事と言う。唐通事は明や清の帰化人が務め、唐人の管理も行う。詞と事が違うのは、オランダ通詞は貿易、外交が主なのだ。

　当時は辞書もなかったが、藤三郎に仕込まれた幸作はオランダ人に習い、本を譲り受けて必死に自分で勉強した」

「吉雄幸作・耕牛大通詞となるまでは大変だったのか。吉雄家も波を被ったのか、察します」

「新井白石を西洋語で補佐したのが今村源右衛門英生《えいせい》ということは知っているだろう、江戸でも有名だから。藤三郎から私の時代までの人だ。

その頃、潜入してきた男が見つかった。それがローマ人の宣教師シドッチで、丁髷《ちょんまげ》と紋所のついた袷《あわ》せを着て刀を差し、変装して屋久島に上陸したが、大男のためすぐ異国人と見破られ長崎奉行に引き渡された。

オランダ人も訊問に立ち会ったが、ゲルマン系のオランダ語とイタリー語は違うので、江戸に送致された。若かった今村英生はこのシドッチからラテン語を学び、ポルトガル、スペイン語はラテン系だからその経験でなんとか通訳した。白石は支那の本を読んで天文や世界地理にも詳しかったが、シドッチの学問を知って驚いた。

今村も若くして大通詞になった人だ。楢林鎮山《ならばやしちんざん》も語学の天才だ。やはりかっての大通詞でポルトガル船再来航の時に対応した。元禄時代にオランダ人に加担したとして勤方不行届きとなり退職したが、蘭館医ケンペルらから医術を学び『紅夷外科宗伝』を翻訳刊行し、初めて紅毛流外科医となった人だ。蘭学は江戸から発達したというけれど、百年からの歳月をかけて通詞たちが蘭学を始めていたんだ。鎮山の弟子に貝原益軒もいる」

「なるほど。戦国の頃からだもの」

「だからおぬしも前野良沢先生からＡＢＣなどは手ほどきを受けたばってん、オランダ語はこれからだ。サーメンスプラーカから会話を覚え、兄や私がつくった単語集を少しずつ伝授するから、せいぜい踏ん張れよ」と作次郎はわざと長崎弁をまぜて言った。

子平もたしかにこれからと思った。道は遠い。

「よし、おいも毎日、頑張るけん、ぜひ教えて下せえ」と長崎弁をまねして頭を下げた。

「では、格言を暗記したですかい」

「Tijd is geld（時は金なり）Goed begin, goedeinde（始め良ければすべて良し）Eerlijk duurt hetlangst（正直

のこうべに神やどる)、こんなところです」

「その調子だ。こんな言葉もあります。Goedkoop is duurkoop(安物買いの銭失い)。帳面に書きますか。買うというのはこの綴りで koopen です」

「それはいいばい、おいにふさわしい。人種は違っても人情は変わらんですね」

子平は笑って、帳面を差し出した。

「そうです。焦らずしだいに言葉の数を増やしてみて下さい。では、単語帳をやって下さい。幸作はオランダ屋敷に行ったばい、私はこれで、兄の診療所に行きます」と作次郎は立ち上がった。

子平は前に教えてもらった基礎になる単語帳を取り出して、何度も声に出し書いてみる。「今日は良い天気です」など会話文もやる。この日も午前中は部屋に閉じこもっていた。

## 出島の荷おろし

平戸町の幸作の家を出ると向かいに通詞仲間の本木家があり、長崎奉行の西役所を回るとすぐ目の前に出島のオランダ商館がある。七月になったがまだ梅雨が残っていて蒸し暑い。子平は出島の手前の波止場など岸壁あたりを歩きながらオランダ商館のほうを眺めた。高い所に上がってみたりする。屋根にも上がる。

積み荷おろしの作業が進んでいた。船が着いてから十日間くらいはかかる。荷おろしは長崎市中で請け負っている。長崎奉行の配下と地役人の長崎代官の配下は俸給をもらっているが、荷役を実行するのは労賃で働く下層の町民たちだ。こうした人夫たちが多勢集まって商館の中へ砂糖などを重そうに肩に担いで運んでいる。

砂糖は貴重品だが、船底に積みバラスト(船を安定させる重量物)にもなるので大量にある。館内には人の背の二倍以上もある大きな計量秤があり、片方には分銅、片方には砂糖などの荷をかけて重さを量っている。その両側には帽子に洋服のオランダ商館員や書記、そして長崎会所の地役人、通詞たち、全体を見守っている長崎奉行の検使人がいる。検使人たちは紋付きに両刀を差し、身分差はその服装でわかる。

荷を担いで倉へ運ぶ人夫たちは鉢巻きだ。素っ裸で汗にまみれて働いているものもいる。日雇い人夫たちは黙々と仕事をする。荷物をぞんざいに扱うとオランダ側から不満が出る。人夫にオランダ語はわからないし、地役人の言うことは聞くが、蘭人の注意は無視したりする。検査、数量、品名確認（生糸、絹織物など）、運搬、保管、そしていずれ入札などが行われる。商人たちも扇子を手に集まり、出島内外は混雑して活気づいていた。海上には警備の船があちこちに出ている。

子平は早く出島の中に入りたいと思うが、荷揚作業が終わらなければ入ることは許されない。出島の動きを対岸からウロウロと見守るしか手がない。地元の見物人たちに混じり汗だくになっている。

## 通詞と外人との交流

吉雄幸作は小刀を腰に、羽織姿で通詞部屋にいて、『オランダ風説書』を翻訳中である。大通詞、通詞の当番役たちが集まり、手分けして文書を作成中だ。これが公務で、でき上がれば商館長と点検、確認させ、長崎奉行に一週間で届けて点検を受け、場合によっては修正し、作業を終える。奉行が了承すれば大通詞たちが連署し、ただちに江戸へ飛脚を立てるという段取りだ。

幸作大通詞は監修役だから、場合によっては商館長の部屋に行き事情変化を聞いたりする。商館長フェイトや医者のツンベルグとコーヒー、紅茶をいただき、談笑しながら翻訳作業を見守っている。そんな間も商館長は荷さばきを見るため、階下へ、あるいは通詞部屋へ『風説書』の説明とあちこち忙しい。

ツンベルグは来日半年以上にもなるので吉雄幸作が蘭流の医者も兼ねていることを知っている。幸作に医学、植物学、天文学などの話題を話しかけてくる。ところが、ツンベルグはスウェーデン人なので、オランダ語はかならずしも得意ではない。言葉は訛っている。初めはオランダ人でないと長崎奉行から外出して植物採集することを許可されなかった。

うまく通じないこともあるが、幸作は西洋知識の全般に好奇心を持っているので、翻訳作業を終えると、時には時間をかけて、手まねや文を書いて語を示し、じっくり話をする。こうして幸作はツンベルグと親しくなり梅毒の水銀治療法（スウィーテン法）を伝授されたのである。診療は彼からの新しい技術で大助かりだ。

幸作は若い頃から出島に来たムスクルス、エーフェルス、バウエルらの商館付け医師たちから蘭方医学や天文地理を学んだ。たびたび来日し、通算で七、八年滞在したものもいるから、外人との交流は年期が入っている。オランダ人医師たちの噂話もできるのである。いろいろとオランダ人の消息を聞いた。東インド会社の人事も事情も移り変わる。こうした無駄話は重要で、一つの間接情報なのである。検使役人にはできぬ仕事なのだ。言葉の技術と経験がものを言う。

## 吉雄幸作の夜話

その日も子平は、夕飯の手伝いをしながら吉雄家の風呂焚きをしていた。火に顔をほてらせていると、後ろから西雅九郎が一人の少年を連れて子平の肩を叩いた。

「なんだい、びっくりしたよ」

「林さん、俺も風呂焚きを手伝うつもりだったのに悪かったばい。出島の仕事をさせられて間に合わなかったばってん」と雅九郎が言った。

「この子は中野忠次郎というんだ。外浦町《ほかうら》の中野家の子で十五歳。中野家は大商家で三井越後屋の代理人、長崎会所で渡来品を買いつけている」

その子は「こんばんは」と頭を下げた。

「幸作叔父にオランダ語を習って塾生でもあるが、最近は向かいの通詞、本木良永さんにも教えてもらっている。実はオランダ通詞の志築《しづき》家の養子になったばかりで、ゆくゆくは俺と同じ稽古通詞をめざす。だから林さんも友だちになってもらおうと思い、連れてきた。とても頭がいいばい」

子平はこんな少年がオランダ語とその文化に興味が沸くのかと驚いた。

「わしは三十八歳のおじさんだ。長崎に来たばかりだから、よろしく」

「長崎ではなにか技術を身につけないと食えないから親は行く末を考えた。ところが忠次郎はオランダ語だけじゃなく、星や天文にも興味があるらしく、本ばかり読んでいる。そこで本格的に修業させようと本木通詞に学ばせ、元通詞の株を買い志築家に養子に出ることになっている」

「わしは二男坊や、武士は禄を食めるのは長男だけだ。戦もないし、男を立てるにはどうするか、長崎にその種を探しに来ている」

中野忠次郎は、この後、志築忠雄と呼ばれ、本木良永に続いて、天文学、物理学、数学、オランダ文法などの多分野の翻訳で名をあげ、天才とまで呼ばれるようになる。西雅九郎、中野忠次郎、林子平も、まだ海のものとも山のものとも知れない時代に出会ったのだ。

「中野君、わしもこれからオランダ語を身につけたいので仲間にしてくれ」

子平は若い人々と競うのは大変だと感じた。

「そろそろ夕飯の支度ができているだろうから、林さん、一緒に帰りましょう」

雅九郎、忠次郎と子平も腰を上げて風呂場から母屋に向かった。三人で台所に用意された銘々の膳を運んで書生部屋に向かった。忠次郎は「帰る」と言ったが、雅九郎が「一緒に食っていけよ」と引き留めたのである。

早くも書生たちの数人が診療所から帰っていて、夕膳を並べていた。「ご苦労さん」と挨拶し合い箸をとって食べ始めたばかりに、幸作の妻の縫が顔を出して手招きした。「林さん、うちの大通詞が帰って来て、客間に来てくれと言っています」と呼び出された。

## 「オランダ風説書」

台所には子どもたちや女中たちが見えたが、その傍らを通り抜けて客間に子平は入った。

吉雄幸作は大テーブルの片側に座ってワインを飲んでいた。

「座りたまえ、ワインがいいかい、それとも地酒にするかい」

「酒で結構です。すみません」と子平が洋椅子の一つに腰をかけた。

「どうだい、落ち着いたかね」

「今日は作次郎さんに単語帳や格言などを教えても

らって、独習しました」

「ま、焦らず根気よく、数をこなすことだよ」

赤ら顔をして幸作が言った。

「わしらも『風説書』を仕上げてきたところで、一段落だ。柘植長崎奉行の承認が出て、わしら大通詞、通詞たちが連署したから、明朝、江戸へ飛脚が出るので安堵している」

「それはご苦労様です。『風説書』も訳すのに手間がかかるのですね。文書は厚いのですか」

「そうさな。ジャカルタや台湾のことなどさまざまな項目に基づいて書かれている。幕府の関心に応えなければならないが、オランダ政府は自国のことは隠していることもあるので微妙なのだ、ジャカルタの情勢は詳しく書いてあるが、オランダは繁栄しているようだ。西洋では戦争もあるらしいがわからない。イギリスやスペインの植民地についての商館長の言葉は曖昧だ。わしらは詮索せず、細かいことはいろいろあるようだが気づかぬようにしている。

オランダと言ってるが、ポルトガルがそう呼んだのであって、本当の国の名はネーデルランド、低い国という意味だ。ゲルマン系とラテン系（ベルギー）が混合している。政治がらみは職務上気を使うことが多い。それに幕府上層や長崎奉行の注文品の答えも、品薄や輸送上の問題も入っている。吉宗将軍の頃は象などの獣や洋馬、珍しい鳥、石火矢の注文もあり、うまく対応できないこともあった。そんな商品情報もある。唐大通事のほうからは唐の『風説書』が出る」

「なるほど、気苦労もあるのでしょうね」

「長崎奉行の最重要事だからな。ところで前野良沢、杉田玄白さんらはどうしてるかな」

「良沢先生は部屋にこもり蘭書と首っ引き、玄白さんは有名となり、蘭学の塾を始めていますよ。景気も良いらしい」

「『解体新書』の序文をわしが書いた頃は、二人の微妙な関係は知らなかった。江戸にオランダ人が参府して、わしが通訳してあげた頃は仲が良かった。良沢さんの名が全く出てこないのは、書物が届いてから知ったことだ」

「まあ、性格の違いもあるでしょう。ところで、あの書物の正しさは十分なんですか」

「それは、大体六十点ぐらいだろう。言葉自体もわれらだって十分とは言えないし、この国の言葉も曖昧で、適切な訳語をこしらえるのも難しい。うまく適合すれば新しい訳語が使用される。翻訳というのは、文化の違いの間に落ちることもある。こちらにないものは、言葉もないからつくる。

『解体新書』の神経は良い訳だ。蘭学は江戸でこのところ関心を持たれているが、長崎では通詞たちによって何代もかかって熟してきたものだ。長崎人が開拓したことを軽くみてもらっては困る。わしでさえ今もいるフェービスケイ、ツンベルグなど何人ものオランダ医者と交際してきて理解できたこともある。江戸では青木昆陽、野呂元丈の二人が蘭学の初めだろうが、江戸に参府するオランダ人との対話をつないだのは西善三郎（三代目）やわしの父の吉雄藤三郎らだ。

前野、杉田両名に西通詞が、江戸ではオランダ語の学習は無理だと言った。それで杉田医師はあきらめもあった。前野さんは長崎のわしのところへ来た。通詞の手助けは必要だったのさ。今村源右衛門英生は前にきたオランダ医者のケンペルに子どもの時から助手として雇われたので当時随一だった」

## パンにバターに

食事を終えたのか、雅九郎と忠次郎が幸作、子平のために、鯵の刺身や魚の天ぷらなどを運んできた。

「おまえたちもわしの話を聞け。耳学問も大事だ。オランダ商館長からワインとパンなどが出た。パンをもらってきたからみんな食べてみろ。パイや金平糖の菓子もある」

通詞たちはみなワインは飲んだが、オランダものは紙に包んで持ち帰ってくる習慣だ。丸いパンには胡麻もふってある。子平らは一つずつもらい、若い人は砂糖菓子もすすめられた。

「バターもつけてみろ。林さん、これは牛の乳を発酵させたものだ。長崎には砂糖が輸入されているから、金平糖も出回っている。カステイラはスペインの地名から、ポルトガル人が呼んでいた名だ。これも砂糖を使わないとつくれない。オランダ商館では、パンの竈をつくり、船にはコックがいるので毎日焼いている。

連中はこのパンと肉がないと生活できないから牛、豚、羊を屋敷で飼っているし、苺や葡萄も畑でつくる」

「これがパンですか。麦の味か、変わった味だね。牛や豚は屠殺すると足りなくなりますね」

「そうなんだ。だから牛は特別な日にしか食べない。猪や豚はみな食べる、丸焼きにして。豚の腸や肉は塩や香料で加工貯蔵する。オランダ語でハムと言う。

羊は長崎の農家に頼んで飼育しているし、彼らの野菜も頼んでいる。ジャガ芋、オランダナ（キャベツ）、セロリ、赤ナス（トマト）などだ。大名たちもオランダの食べものに興味を持っているので訪問に来る。みな食べずに紙に包んで持って帰る、奥方たちに見せるんだろう。服地や絹製品も注文する」

「魚は食べないのかな」

「いやあ、煮炊きしてあげれば長崎名産の鯵や鰹も食べるし、彼らも日本の食物に興味があるが、生の刺身は食べない。この港から柿や醤油は輸出している。パイやワッフルなど菓子もコックたちが焼くし、料理の下働きに長崎の町民が二人雇われているので、牛肉も長崎で食べるようになり、砂糖を使った菓子やパイも長崎人に伝わっている。唐人も豚肉を食べる。ポルトガル時代が長いので、ポルトガル語が多い。カルタ、ピン、キリ、ビイドロ、タバコもそうだ。タバコはクレー・パイプ（陶器の煙管《きせる》）で連中は吸っている。所違えば品変わるよ。酒にはジンというものもあり、薬用酒もある」

「歴史を話すとそもそも通詞には平戸組と長崎組があり、平戸組では名村、西、志筑、本木、横山、猪股、石橋、わが先祖、肝附がいる。吉雄に変わったので、わしは平戸組でもあり、長崎組でもある。長崎組には今村、加福、堀、茂、楢林、中山などがある。このうち西吉兵衛などは初め南蛮大通詞、後でオランダ通詞となっている。

幕府ができてから江戸参府には必ず通詞がついて行く。将軍に目通りもする。わが家の祖先は常州水戸の出身だった。通詞には町民、武士の出身とさまざまで、明や清から帰化した家もある。シャム、安南から来て東南アジアの言葉とポルトガル語など数か国に通じた人もいた。支那、朝鮮語を話せる人もいた。林《はやし》の姓は林《りん》で支那である。高砂など台湾もあり、日本の姓に変わった人もある。本木などは元は林で二木も林からきた。商人から出た人もある。薬種商や呉服卸商から分家した場合だ。紅毛はオランダ系の髪が赤いことからそうなる。抜け荷で疑われ、隠していたキリシタンがばれて断絶した旧家もある」

## 長崎で翻訳されていた人体解剖の書

「寛政十四年には島原の乱があり、幕府は相当手を焼いたので、混乱は大きかったでしょう」

「そうさ、オランダは船から天草の原城に大砲で攻撃したので幕府は好感を持っていた。家康は三浦安針(ウイリアム・アダムス)から西洋事情を聞いていた。スペイン、ポルトガルはカトリックでイエズス会とつながりは深い。

イギリス、オランダはプロテスタントで商売本位とオランダは言っていたが、イギリスもオランダも他国を支配していることは変わらない。悲惨だったのは、日海航渡航禁止や帰国禁止だ。シャム船に乗っていた日本人が磔《はりつけ》や投獄されたこともある。混血児の悲劇もある。幸せに暮らした例もある。

ジャガタラお春はイタリア人船乗りの父と日本人の母の間に生まれたが、父が死に、母と日本人養父との間で育てられたが、追放されてオランダ船に乗った。長崎から母と娘も大勢追放された。

お春は、ジャガタラで東インド会社の人と結婚して幸せになったが、平戸が恋しかったようだ。

カピタンと日本人の女との間の子もいたが、母が日本人と再婚したので、姉と共にジャガタラに送られた場合もある。本名はフェレイラで、イエズス会の宣教師であるのに転び、沢野忠庵と改名してバテレンとなり、日本に帰化した。排耶書も書いたが、天文や医術を伝えている」

「『解体新書』が江戸で出版されて広く知られた功績は大きい。しかし、長崎では人体解剖について本木良永の祖の本木良意が、天和二年に翻訳している。それは九十年も前のことだし、ドイツ人のヨハン・レムリンの蘭訳書で解剖図と説明書の二冊だ。大目付に献上したので出版はせず、長崎では医者などが書写していた。江戸では知られていないが。

明和九（安永改元）に周防の医師、鈴木宗云がようやく『和蘭全躯内外合図』と題して上梓している。実際に伊良子《いらこ》光顕（長崎で学んだ伊良子流の孫）も京の伏見で解剖もやっていた。当時、山脇東洋も解剖図を著していたからね。人体解剖は各地で試みられていた。

だから杉田玄白さんは事を急いていた。目立たないが、長崎の医学が江戸より大きく進歩していたことは事実だ。このことは考えておくべきだ」

「そうですか。『解体新書』よりずっと前に長崎では解剖書の翻訳がされたり、実見もあったのか、先学恐るべしですね。内容的には十分ですかね」と子平は座り直す。

「原書には注に内容がたっぷり含まれており、前野良沢さんからすれば、それを訳してないのは不満足だっただろう。わしが見てもそう思う。いずれ改訂を出したほうが後人の役に立つ」

「オランダ流医学は、最初はカスパル・シャムベルゲルが、井上大目付の紹介で幕府高官の治療をしてから注目された。腫れ物と傷の治療や膏薬だ。カスパルの通訳をしていた猪俣伝兵衛は、奉行に報告するため話を聞き、訳したことから西洋外科術を習得、外科の道具も普及した。その女婿が将軍御典医となる。沢野忠庵から伝授された西玄甫、嵐山甫庵は通訳から医業に転じた。その弟子で、平戸、長崎で学んだ桂川甫筑が幕府奥医師の桂川家となったのさ。

また栗崎家、楢林家がそれぞれ一派をなし、それに吉雄流も加わっている。わしは纏帛《てんはくほう》法、切脈法、腹診法、服薬法、刺鍼法、治創法、療瘍法、整骨法という八法を教えている。ただしオランダ語を学ばないものには弟子でも免許状を出していない。

だから、林さん、雅九郎、忠次郎も大いに学べよ学べだ。忠次郎はいろいろ関心があるので頼もしい。林さんは何を学ぶかだ」

子平は幸作の話に聞きほれた。長崎には百年以上かけた蘭学の歴史がある。

「ところで、工藤平助医師は元気でしょうね。こちらの三人が弟子入りしている」

「ええ元気一杯で、医術も繁昌していますが、公事師の親分でもあり、上は大名から下は博徒まで千客万来ですよ。最近は藩の金の出し入れなど、藩主の仕事が多くなっています」

「そうか、わしも上府したときは世話になったし、前野さんと一緒に話もした」

「長崎では薬も良いものがあるから求めてこいと言われました」

「そっちのほうは任せてくれ」

## 本木良永と松村元綱

吉雄幸作の話を聞いた夜から暫くして、中野忠次郎が吉雄幸作に伝言を持って来た。

「本木良永先生と松村元綱通詞が、大通詞に面談したいことがあり、明日午前中の都合を聞いてくれ、と言われました」

吉雄は「荷おろしが大体終わったので結構だ」と答えた。忠次郎は返答をもってすぐに吉雄宅から出ていった。

子平は書生部屋にいたが幸作に呼ばれて「明日、本木と松村が来る。良永はよく知っているだろうばってん、松村元綱を紹介するから、同席したらどうだ」

「私が長崎に来た時の大通詞はわかりません、ただ一行に入れてもらっただけで。松村さんは、同じ一行で世話になりましたが、通詞として忙しそうなので遠慮していました。ぜひとも、お二人に会わせて下さい」

「おぬしには知らせていなかったが、安永四年の年番大通詞は今村源右衛門だった。あの頃は、わしと楢林、名村、今村の四人の大通詞で順繰りだった。

それはともかく、良永の父は長崎の御用医師・通詞でもあった西松仙の子でな、西茂三郎として生まれたが、母の多津は本木良意の娘である。前に話したが、わが国初の解剖書を翻訳した人物である。だから、良意の孫でもある。西家に生まれたが伯父の良固の婿養子となってオランダ通詞、本木家の三代目となった。栄之進良永、号は蘭皐《らんこう》と名乗っている。オランダ語だけでなくラテン系、ギリシア語、イタリア語、ドイツ語から英語までみなに通じている。驚くべき男でわしより十歳若い。数年前にわしが与えた『阿蘭陀地球図説』でコペルニクスや地動説を簡単に紹介した。

松村元綱は、良永の仲間でやはり通詞だが、漢学に詳しい。いつも協力している。そんな二人がそろって来るよ」
幸作は顎をなでながら言った。

## 天動説と地動説

本木良永はやせ型で、子平とほぼ同じ背丈だったが、松村はやや小太りの大柄で、そろって吉雄家にやってきた。子平は例によって幸作の客間〝オランダ部屋〟で紹介された。二人は書物を共訳して、それを持参したのだった。

「大通詞、以前頂戴した書で天文に目を開かれ、先輩に訳せと言われた本を二人で昨年末訳了、やっと刷り上がりました。御覧いただきたく持参しました」

良永は大テーブルの上に四巻本と一書を出した。「校訂はこの松村通詞です」と静かに頭を下げた。

「ほう『天地二球用法』とな、『太陽距離暦解』は付属書だな。わしがすすめていたものだ。よくやった。あれから二年かかったか」

「大通詞の地動説の話を拝聴していたものですから、結局、ここまで来ました」

「なに、わしはオランダ医者たちから、やれ天動説だ、地動説だとオランダでもちきりと聞いていたので、本を覗いてみただけよ。わしは通詞と医者で手一杯だ。おぬしほどなら十分できると期待していた」

これは最初の図説と違って詳しい。本邦初の地動説の訳述になるな。だれもわかっていないので、良い手引きになる。さすがだ。林さん、この連中は油がのっている。お手前もこれに負けぬようにな」

子平は幸作の脇から新しい本を見つめていた。すると本木が言葉を継いだ。

「これはオランダの地図製作兼出版社のウイレム・ヨハン・ブラの天球儀や地球儀を売るための手引き書で、大通詞から言われていた仕事をやっと形にできました。初心者用に天動説と地動説を両方書いてあるのでわかりやすいのです」

本木は続けた。

「太陽は不動で、その回りを五つの星が回り、地球はその五つの星の一つで共に回っている。約百年前にコペルニクスという者が、天体測量の第一人者チコ・ブラーエと交流してこの原理を明らかにした、という内容です」と林の方に顔を向けて話したのだった。

子平は酔った幸作から聞いていたとおり、「長崎の俊才たちはすごい」と思った。

「コペルニクスはいわば寺の住職で、ポーランドの商人の生まれ、地動説を発見してガリレイなどに伝わった。この頃は、修道僧が学者となる」

本木が言うと、松村が、

「とにかく、良永さんは横文字の達人ですよ。あの天体図と幸作先輩の持っている八分儀の使用法も訳しているから、江戸の天文、暦の学者よりも知っている。天体観測器具も長崎に入ってきた時には、商館の連中が動かし方を知らないので、良永さんは自分で器械を動かして解釈したんです」と褒めた。

吉雄と共に子平は部屋に飾ってある天文図をしげしげと眺めた。

「おい、お祝い酒を出そう」と吉雄は赤いワインとグラスを戸棚から出しかかったので、子平は慌てて運ぶのを手伝った（本木良永はこの後も天文書や星の観測器具の説明書の翻訳に取り組んだ。外国語がわかっても漢学の素養がないと適訳の訳語を考案できないので手伝ったのが、肥前藩の藩邸、鎮台館にいた松村元綱だったのである）。

松村が子平に話しかけてきた。

「貴公の儒学は何派ですか。古文辞派か折衷派か」

「いや、派はなく、わしは荻生徂徠だけです」

「なるほど、礼楽刑政《れいがくけいせい》（礼節、音楽、刑罰、政治）は聖人（古代の偉人）がつくった制度ということですね」

「ええ、この頃の武士は腑ぬけで、商人に米などを金に替えてもらわないとダメなので都市の厄介者になり下がった。なんとか新しい役割を見つけないといかん」

「たしかに西洋は前にすすんでいますよ。世界を股にかけて船を乗り回しているんですから。船乗りなら地球が丸いことを知りますよ。そして星を見なければ航海できませんからね。面白いものがあります。一度私のところに寄って下さい」と松村は言った。

## 彩色両球図

子平は日差しの暑い八月初め、浦五島町を歩いていた。長崎の町はいろいろな藩から来た武士や町人が集まってできている。五島列島から来た人たちがここに住んでいる。諫早、筑前、柳川、島原、平戸の各藩邸を海側に見て歩いて来た。目の前には肥前佐賀藩の広い敷地に塀がぐるりと囲んでいる。その隣には肥後藩、共に長崎港の主たる警護をしている。

子平は佐賀藩邸に入る、松村元綱を訪ねてきたのだ。松村はその邸内の長屋の一室に住んでいた。通詞は長崎の地役人だが、彼は肥前の御用も引き受けていた。通詞たちの中には各藩の大名の侍医やオランダ語担当になって禄を食《は》むものもいた。

松村元綱の部屋に入ると横文字や漢学の書物が積み重なっている。挨拶もそこそこに一枚の地図を子平に広げてみせた。

「これは、それがしが写した世界地図ですよ。最新のものです」

畳一枚分の大きな画仙紙をつないだものに、二つの円が描かれ、それぞれの円の中に彩色した地図があった。つまり彩色両球図である。

「右の方が西洋とアフリカ、左の方がアメリカ大陸の北と南です」

子平は二つの円の中に大陸がある世界地図を初めて見たので、しばらく沈黙していた。元綱はかまわず地図の反対側から指をさして子平に説明していく。

「これが、日本、九州、琉球、清、ジャワのジャガタラ、そしてインド、ここらがゴア、ここからこのアフリカの南端の希望峰を通ってポルトガル、スペイン、さらに北上してイギリス、この小国がオランダですたい」

元綱はオランダ船の航路を九州・長崎から逆にたどり、その帰航の道筋などを説明したのだった。

「ジャガタラまでがこんな距離ですから、オランダ本国までは遠いですよ。イギリスから大西洋を渡るとアメリカです。こんなに大きな大陸が南北につながっている。この真ん中が赤道で、太陽からの光が一番当たるところです」

子平は一言も発せず、元綱の示す指の先を見ては、オランダ、日本へと視線を往復させていた。衝撃的な瞬間だった。そして自分の指先で今度はオランダから日本・長崎へと辿った。

「なんだ、日本は尻切れで半分しかこの地図の端に載ってない」

「紅毛から見た世界図ですからな。それ中心に見た世界ですよ。地球は丸いのだから、どこでも中心になるんです。日本から見れば広い太平洋も中心となる。これがぐるぐる一日一回転して、さらに一年かけて太陽を回っているのだ」

子平は頭をガクンと殴られたような気がした。この間、幸作と本木良永との話した地動説とこの世界地図が一緒になってぐるぐる回り出したのだ。

「なるほど……そうか。太陽が中心で、地球が回り、その東の果てに、日本、江戸がある」

子平は地図の脇の卓に肘をつき、その手に頬を傾けた。

「九州も北、オランダも北、円の中心の線の周辺は熱い地帯で、植物、動物が豊富です。オランダは、台湾などから生糸を出島まで船に乗せて来て、わしらの銀、銅を持って行き、ジャワ周辺で香辛料を買って帰ると大利を稼ぐことができる」

子平は天文も面白いが地図はもっと興味深い、これを勉強しなければ、おれの兵法、兵学は成り立たない。兵法はまず地の利が第一だと考えながら、元綱の話を聞いていた。

「オランダはかつてスペインの属国だったが独立して、イギリスと戦いを何度もしている。アムステルダムというのが首都で、河口にあるロッテルダムという港で繁昌し、いまや西洋一らしい。東インド会社には各国から入社し、みなオランダ人と称しています」

「天体の距離といい、地球上の距離といい、どうして測量するんですか」

子平には不思議だった。

「良永さんは測定儀や航海術にも興味があり、象限儀《しょうげんぎ》用法と『万国地図書和解』の翻訳にも取り組んでいます。経度は西瓜を縦切りにする。緯度は横に切るが測定地までの角度をとるらしい。まだわが国ではこの方法をやっていない。『われらより若い志築忠雄の時代にこの問題に取り組ませたい』と良永さんは言ってましたよ」

「なぜ、若人に期待するんですか」

「それは数学を学ぶ必要があるから。

言葉だけでは十分、人が理解できるように翻訳できないのです」と元綱が説明する。

「翻訳というのは西洋の文化をこちらの文化に移すので、両方わからないとできないものです。抽象的な言葉は漢字にあるので、それを参考にする、だから漢学も必要です。そして新しい和語をつくり出す」

子平は感嘆することしきりであった。そして「元綱さん、この世界図をぜひ写させて下さい」と頼みこんだ。

「ええ、いいですよ。オランダの地図を写したものですから、わしらが書いたものではないので結構です。ただし、この邸内でやって下さい」

「それはありがたい。さっそく明日から紙と筆を持って参ります」と小躍りするような喜びようだった。

子平は早速、この世界地図の書写にとりかかり数日で正確に自ら彩色して完成させた。以後、地図に取り憑かれ、ここから子平の兵学が始まる。子平は馬の飼い立て、訓練法、乗馬法にも関心を持って長崎に来たが、地図によって地理に開眼していったのである。

## 海の向こう

子平は書生部屋で朝から筆と定規を操っていた。松村元綱から写させてもらった世界地図の二枚目をつくろうと余念がなかった。紐で襷《たすき》がけしても子平の両手に墨が付着していた。前に描いた地図の上に日の光を透かして当たりを取り、全く同じ地図を複製していくのだ。西洋の周辺は湾が入り組んでいるし、ジャワの付近は島々が散乱している。何度も下の図をめくり直しては細筆で写してゆく。

両球図の右半分が仕上がったのは、もう昼頃だった。そこへ雅九郎が顔を見せた。

「なんだ、オランダ語の勉強をしていると思ったら、今日は絵を描いているのか、これは世界地図だね」

「そうだ、幸作師匠に差し上げようと思ってつくっている。絵描きではないので上手ではないがね」

子平は顔を上げた。

「そんなことないよ、大したものだ。これは両球図というものだね、東側に西洋、アフリカ、支那や日本が

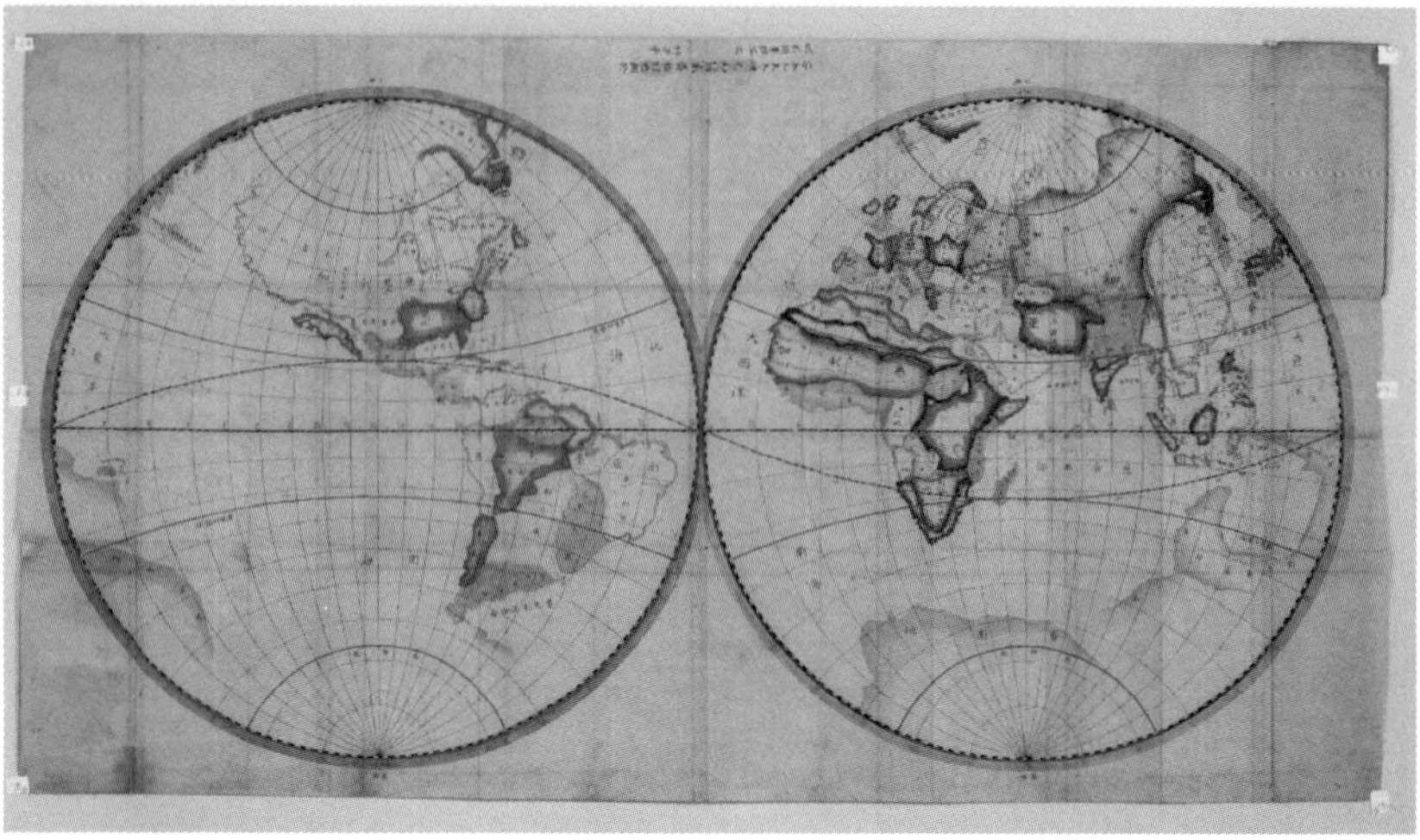

林子平筆写「世界之全図」（仙台市博物館蔵）

あり、西側にアメリカ大陸かい」

「そうだ、われわれの陸奥は切れて地図に入ってない。仙台藩の石巻から東に行けばこんなに大きな大陸があるとはね。仙台藩では家康公の時代に太平洋を越え、アメリカを越えて、大西洋を越え遠いスペインやローマに行った支倉常長《はせくらつねなが》という侍がいた、今や忘れられている。恐らくいま、この地図がわかっている人はいない」

「そんな昔に使いをした人がいるなんて……長崎では誰も知らない。こちらでは天正遣欧使節の伊東マンショや原マルチノたちがローマに行ったことは知ってる。印刷機を持ち帰った。たしか往復で七、八年かかっている、それで日葡辞書が印刷された」

「どうだい、海の向こうへ行ってみたくないか」

「たちまちお縄になるよ、そんなこと林さんは考えているのかい、それはやめたほうがいい」

「そんなことはわしだって知ってるさ、地球がどんなものか知りたいのさ。それに何枚も地図を写すと頭に入る」

「幸作大通詞がね、午後からオランダ医者が来るから診療所に来てみなさいと言ってたよ、どうする」

「ツンベルグ博士かな、ぜひ会いたい。どんなことで来るのかな」

「黙って観察してればわかるさ、そろそろ昼飯だ、この部屋、片付けてよ、おいは腹が減った」

雅九郎はそう言って台所へ行った。

昼飯が終わっても来客はなかなか現れなかった。子平は診療所を覗いては、書生部屋に戻って地図を描き続けた。そして幸作の傍らに戻った。

## ツンベルグ博士

夕方になってツンベルグはもう一人の助手という男をつれて幸作の診療所に来た。子平は客間に座って待ちくたびれていた。幸作は早速立ち上がって出迎えた。

見ると背は六尺ほどあり、二人とも大きい。やせて鼻筋が通っている。共に木綿の帽子をかぶり、植物採集の籠やナイフなどをそれぞれ持っていた。長崎湾の西側の半島の先端まで行ってきたとのことだった。船で離島も見て帰ったのだ。ツンベルグは医者というより植物学者で目は鋭くやや猫背である。

「野母岬の先端まで行ってきたよ、獅子島という離島もね。監視のお役人つきでね、躑躅《つつじ》は終わっているし、余り収穫はなかった」

幸作は「あの辺は、古くからの石器が出るので人が住んでいたり、漁業をしていた」などと言い、「わしが案内すれば良かった。どんな植物を探しているのか」と聞いた。

「草花や草木でも、百合や躑躅などの木でも鉱物でも珍しいものが欲しい、それにあれもね」と片目をつぶった。

「本草書を見て植物は探しておきますよ。あなたの収集している古銭は少し用意してあります」と幸作は、古い銅銭や小粒銀貨などの数種類の貨幣を取り出してみせた。

ツンベルグはかねてから古い貨幣をコレクションする趣味があり、幸作に頼んでいたのだ。早速手に取り、「この豆粒みたいな銀貨は面白いね」などと手放しに喜んだ。

「商人たちに頼めばそのうち小判なども手に入ります

よ、これはどうぞ持ち帰って下さい」と幸作。

「元禄時代に来たケンペルさんは〝イチョウ〟を見つけて、えらい喜んでいたと父に聞きました」

「そう銀杏、ギンキョウ・ビロバね。あれは私の師のリンネが興奮した話だ。現生する種子植物としては最古の部類に入るので〝生きた化石〟と呼ばれている。日本に現存していると感心もした。なにしろ生物分類学の父だからね」とツンベルグが専門家らしく言った。

「日本ではどこでもあり、珍しくないですがね」

ツンベルグは診療所に行くと幸作と共に数人の梅毒患者などを診察して、いろいろな意見を幸作に話した。日本の古い薬物療法や針なども有効だし、尿の検査もやっているのは大切だと語り、包帯の巻き方も一緒にやってみせた。

最後にツンベルグが教えたスウィーテン水（吸み薬）の水銀の処方のやり方をていねいに幸作に指導した。幸作は熱水に入れる水銀の用量の加減を問いただし、満足していた。ツンベルグは親切な男だが、また冷静な男だった。

帰る際に何人かの塾生と共に子平も紹介され、仙台藩という東北の侍だと幸作は子平の肩に手を乗せた。

それから数日後、子平は幸作に「明日、オランダ商館に連れて行く」と言われた。長崎奉行から許可が出たのである。

## オランダ商館

八月中旬、入道雲は出ているが、晴れていた。両岸の緑は美しく輝き、杉や柏が燃えあがるようで緑が濃かった。波は規則的に岸壁に寄せている。幸作の後に続いて長崎奉行の西町役所に寄り、出島に向かった。途中、大波渡の前に置かれている大砲の弾丸を幸作は「これだよ」と手で触って見せた。島原の乱の時にオランダ船が撃った石の弾丸であり、港の真ん中にある。長崎当局は弾丸により石火矢（大砲）があると見せているのだ。

出島の橋を渡り、禁制の立て札を見て門に向かい、鑑札を示して門番を通過、カピタン（商館長）の二階建ての商館に入った。子平は羽織に二本差しで玄関に付属する階段を登った。そこは洋間で、幸作に教えられ草履のまま上がる。椅子が並び、シャンデリアつきの大広間である。オランダ屋敷と思わせる。

商館長のフェイト、子平の顔見知りのアルメノールトの二人が出迎えてくれた。二人とも靴をはいたままである。握手をして中央のテーブルに幸作と共に案内され、椅子に座った。子平はまごつきながら「私は林子平です」とオランダ語で言った。すると一人が「ようこそお待ちしていました」と日本語で挨拶したので驚いた。

日本語ができる。後は任せておけと幸作が言うので安心していた。午後のお茶に招かれたのである。

商館長は現在二人いるが、一人は秋にジャカルタに船で帰る。一年交替制で六月に来たばかりの一人フェイトが残る。そこへ「やあ、よく来たね」と先日会ったツンベルグが出て来て、これも握手である。日本の婦人二人が出て来て、紅茶用のポットやティーカップなどを運んできた。二人は花街の丸山から出張して来ている。丸山の遊女らしく友禅や絹の織物を羽織っていた。彼女らは「蘭館行き」「オランダ女郎衆」と言われる商館なじみの遊女で手慣れた様子であった。

幸作は子平を東北方面にある仙台藩の侍で、オランダ語を学びに来たばかりだと言い、馬に関心があると告げた。フェイトが口火を切った。

「将軍吉宗の頃からペルシャ馬（アラブ産）とジャワ馬が輸入され、これまでに五、六十頭はオランダ船で運んだ。初めの頃、将軍のたっての要請でドイツ人のケイゼルという馬術師が来て、江戸で将軍に騎馬の仕方を披露した。また馬に関する医学を教えた。しかし、今は馬術師がいないので私でわかることならお答えしよう」と言った。

子平が口をもぐもぐしていると幸作が日本語でいいから話せとせかした。

「今村源右衛門の『西説伯楽必携』を読んであらましはわかっている。ペルシャ馬は陸奥や幕府の牧場でそれぞれ繁殖、良い馬が少しは生まれました。洋馬は日本の馬より背高で優美ですね。戦争では相当使われていますか」

幸作が訳した。

「ええ、日本の馬より体格も良いが、私には乗りにくい」と笑いながら「戦争では騎兵隊が訓練されて、騎兵は馬上から銃を発射します。西洋では歩兵が一列に並んで前進するので騎兵は両脇から敵の隊を混乱させ、速攻を得意とするし、偵察にも使われる」

子平は騎兵隊は一小隊でどのくらいの人数か、訓練はいろいろあるかなどと聞いた。

オランダでは宮廷風訓練法もあるが、戦場用はそんなに特別には訓練していない。むしろ丈夫な馬が騎兵隊に飼われている。やはり歩兵より大事にされているなど冗談もまじえて馬問答が交わされた。子平は最後に欧州の戦争は陸上はもちろん海上の戦いが増加しているのか、などと訊ねた。

カピタンは、しだいに海上戦が雌雄を決するようになり、民間の船も徴用されるので、会社も戦争になると貿易船が少なくなり困る。艦船数が問題となる。昔から西洋では内陸戦は別として海陸連携の戦いが常態だと言った。

さらに、船も大砲がいくつも載せられるように変化していること、ジャワなどの行き帰りには中国やインドなどいろいろな国の海賊や敵艦船がいるので危険だと言い、長崎では、入港すると検使役人に大砲の弾や硝煙用の火薬、舵まで取り上げられ、奉行の許可なく出航はできない、なかなか大変です、と微笑した。しかし、唐船も同じなので入港すれば安心などと教えてくれた。

## 地理学

子平は海の水軍が常設されていること、水兵も訓練されていることを知った。なるほど当然だろうなと合点がいった。ツンベルグには植物学は相当に発展しているかを聞いた。ツンベルグが答える。

「私の先生はリンネという生物の分類を始めた人で、二分法や綱《こう》、目《もく》など部門別になっている。西洋は世界と貿易しているのでアフリカ、インド、ジャワ、香料諸島、清、そして最近はアメリカ大陸の芋、トウモロコシなどの植物、動物を調べていて、非常に盛んです。植物園もできるようになった。なんといっても薬用、食用植物、果物などに関心が集まっている。

しかし、分類はどちらが古い種か新しい種か進化の問題が重要です。特に熱帯に注目している、それに地理学、造船学なども同じように盛んです」

「地図の製作もしだいに厳密になって来たようですが、測量方法はどうなっていますか」

子平は次々質問する。

「世界がわかるようになるとこうした学問が大切で、各地に学者が派遣されるようになった。日本の本草学は貴重です。なかなか詳しいが、分類法はもっと考え直さなければならない。幸作大通詞も持っているが、観察にルーペや顕微鏡などが使われている。

地図ではメルカトール図法や南半球、北半球の天体図も出ている。地図の測量は数学が発展してきたので正確になってきた。それでも丸い地球の図を紙の上に画くのは、正確にはできません。地理学は範囲が広い。気候と地理、地理と生物学、地理と人間の文化も含むのです。新しい分野です」

ツンベルグは学者らしく話すと、幸作は「この辺の通訳はなかなか難しい、子平どの、今日はこの辺で」と笑って止めた。

そこへアルメノールトが、「望遠鏡、顕微鏡、いくらかの世界地図も商品があるので購入するならどうですか、科学の本も少しあります」と商売人らしく、これまた笑顔で勧誘した。そして「とにかく、このビスケットも美味しいし、紅茶は冷めないうちにどうぞ」と子平に言った。

幸作は子平に質問させて通訳してくれ、自分の番になるとベラベラとオランダ語でカピタンと話し出した。子平にはさっぱりわからない内容で、黙っていると遊女たちが寄ってきて「お若い方どうぞ」と紅茶に砂糖を入れてくれたり、ビスケットを取ってくれ、「丸山にも遊びに来て下さい」と誘われた。

幸作は子平に「地理学とはオランダ語で〝ゼオガラヒー〟と言うんだ」と教えてくれ、子平は面白い、よし、わしはその地理学《ゼオガラヒー》を課題にしようと思った。少しも喋べれぬので、オランダ語で話せるようにならなければ長崎に遊学したかいがないと痛切に思いながら、幸作たちが話すのを見ているだけだった。

一刻ほどして、今夜は肥前や薩摩など大名が訪問するので晩餐会をするとカタピンが語った。帰ろうとするとフェイトが日本語でこう言った。

「幸作さんは上手だが、日本人のオランダ語わからない。日本式に単語だけ並べるだけ。語の順番、文法（グラアティカ）を勉強し恐れずにどんどん話しなさい、言葉は実践だから繰り返さないとうまくできないです」と子平に言った。

# 第十二章

# 長崎の暮らし

## 船の商人

林子平は小通詞の作次郎にオランダ語をこの日も朝から習っていた。子平は会話文を読んだ。

Goedemorgen（お早うございます）

Goedendag（こんにちは）

Hoe gaat het met U？（ごきげんいかがですか）

Heel goed, dank U, en hoe maakt U het?（ありがとう、元気です。あなたは?）

Op Uw gezondheid Prosit!（健康を祝して乾杯します。乾杯）

Ik dank U zeer voor Uw uitnodiging（ご招待ありがとうございます。）

「まずまずですよ。その調子、恥しがることはない。Uはイェー。唇を丸くすぼめて出す」

「この前、オランダ商館に行ったとき何も話せなかったので、ぜひ覚えたい」と続けた。

Hoe lang bent U al in Japan（日本に来てどれくらいですか）

Wat voor indruk hebt U van Japan（日本にどんな印象をお持ちですか）

「indruk はインデルックと発音する」

「蘭人と話をするのは大変だね。なにせ初心者だから」

「そのくらいは反復練習すれば誰でも覚えられますよ。会話は日本語でも難しい。それから前に質問された単語を書いて来ました。国（rijk, staat）国民（volk）地図（kaart）陸軍（leger）海軍（marine）軍艦（oorlogschip）商船（koopvaardijschip）帆船（zeilschip）新教教会（protestantse kerk）です」

「私の興味のある単語ばかりだ。助かります。地理学は goegraphy ゼオガラヒーでいいのかな」

「ゲオグラヒイという人もいる。今日はこのくらいにするばい。ところでいま、春に続いて夏の清の船がつぎつぎ入って来ている。昔はたくさん入港したが、明の禁止令で減り、このごろはまあまあですよ。唐人屋敷はまた満杯になる」

「蘭船は年に一度わずか二隻だが、唐船は春夏秋と三度で、船数も各二十で貿易高は大きいですな」

「まあ信牌《しんぱい》（幕府発行の貿易許可証明書）がなければ入

港禁止だ。そうなると沖やよその港に行って抜け荷となり、監視するのが難しい。唐船の乗組員も多い。大船で百人、中船で六、七十人、小船でも三、四十人は乗っている。

船頭は正船主、副船主で勘定役が賊副、事務長は総管、船を操舵するのが夥長《かちょう》であり、一番多いのが水手で工社、近い江蘇、浙江省からは小型船で口船と言う。南部の福建、広東両省から来るものは中奥船。南洋からの東京《トンキン》船、安南船、広南船、チャンパ船、シャム船、バタニ船、咬𠺕吧船などは奥船と言われる。南洋の特産品を積んでいるけれども船主は清人なんだ」

「航海の日数はどれくらいか」

「帆船で風が荒れると難破することもある。近くの寧《にん》波《ぽう》港からなら八日〜十四日、広東港からは十六日〜二十五日、シャムなら四、五十日かかる。蘭船ならバタビアから約一か月で長崎に着く」

「案外早いな。新井白石の正徳新令（貿易額を制限した法令）からは年三十隻にしたはずだがどうです」

「正徳新令前は六十〜八十隻も来たが、新令で制限されてからは三、四十隻になり、いまは毎季二、三十隻といったところだ。貨幣のための銅が唐では不足しているのだ。隻数は少なくなったが、船は唐、オランダが共に大型船化している。だから積み荷は増えている」

「船主はどんな連中なのだろう」

「昔は沿岸の商人、船主などだったが、清の時代になってからは総商、官商、額商がほとんどだ。つまり銅銭のための銅原料がほしい政府が介入した。総督などの地方長官が商人に資金を貸して派船した総商。また清朝のお墨付きをもらった官商や民間弁銅商人の額商が日本の銅の買いつけに来る。みな独占的商人なのさ。清朝とは国同士の交渉はなかったからね」

## 交易品

「時代によって交易品は変わったんだろうが何を輸出し、輸入したのか」

「初期は白糸、磁器、布木綿、采果、砂糖だが、しだいに珍品を好む世情となり、贅沢な織物、漢方薬、皮革、什器、書籍が増えている。こちらからは銀と銅だったが、銀は出さなくなり、俵物という昆布や水産品となった」

「生糸や織物は今の時代はやはり唐に依存している。しかし、養蚕、木綿は少しずつ和糸が出てきたね。織物も西陣などの織機は高機に変わり、日本人好みの流行品が江戸で売れている」

「たしかに西陣の腕は上がってきた。絹織物は今も入るので、丸山芸者は日本一派手と言われる。しかし、無地で輸入して長崎や京で染めるやり方も盛んになってきた。黄糸《こうし》は安南（ベトナム）のトンキン産やジャワ産木綿は好まれる」

「砂糖は長崎では普及している」

「サトウキビが東洋に入いり、初めは福建、台湾、ジャワで栽培された。台湾ものは極上品で、初期にオランダが育てたらしい。しかし、台湾は国姓爺《こくせんや》と言われた鄭成功《ていせいこう》がオランダを追い出した。だからオランダと鄭成功は仲が悪かった。そこでオランダは唐人を使ってジャワで砂糖をつくった。今は唐から四五十万斤（約三万トン）、蘭から三百万斤（約二万トン）で、砂糖は貿易品の柱となっている。京や江戸の菓子づくりが盛んになっている」

「漢方薬はどうですか」

「朝鮮人参は蘇州に大薬種問屋があり、遼東産も極上品。山帰来（性病薬）、大楓子（ハンセン病）、檳榔子《びんろうじ》（二日酔い用）、冬虫夏草などがある。鉱物では亜鉛、水銀、錫《すず》、明礬《みょうばん》などだ」

「紅茶も輸入したと聞くが……」

「その通り、和産は少しずつ出ているが輸入が多い。絵具や焼き物の塗料、漆も入ってくる」

「書物はどうですか」

「吉宗公の解禁で、天文学、暦学、教学などやキリスト教関係以外。唐の経書、史学、文学。医書、本草書などは注文も増えている」

「こちらからは金、銀、銅と俵物ですか」

「金、銀は今は出さず、逆に輸入している。銅が支払いの中心で大坂の銅吹屋が独占している。俵物とは煎《いり》海鼠《なまこ》、干鮑、鱶鰭《ふかひれ》などで、するめなどの海産物、しいたけ、寒天、樟脳や伊万里焼、蒔絵などが輸出される」

「唐船の貿易業務を管理するのが唐通事ということは知っているね。通訳以外に唐人屋敷の管理もする。唐通事も『唐船風説書』をまとめているが、長崎奉行所の相談役といった役目で貿易の仲介もしており、オランダ通詞より俸給も多い。唐通事もオランダ通詞と同様に唐通事目付、唐大通事、小通事、小通事並、末席とある。最上位の唐通事目付は五人扶持銀七貫で高級役人だ。支那の会話だけでなく経書、書画、詩歌など教養も高く、家柄もあるが有能なら一代で昇進する。初めは山西省上党出身で、その家系は平野と名乗った。合計四十九の家系があり、数も多い。
しだいに日本化した潁川《えがわ》家（陳）、彭城《さかき》家（劉）、林・官梅家。東海家（徐）鉅鹿《おおが》家などが代表的だ」
「なるほど。幸作先生の奥様の父親は唐大通事の陽家なので偉い人ですね。昨日も唐船が入港したとき石火矢の砲声が響いた。港で見たが、たくさんの小舟が迎えにかけつけ、曳き船をして入港してきた。検使船が出て、乗組員、貨物の検査がなされたのでしょうね」

## 唐人屋敷

子平は午後から西雅九郎と港に唐船の入港ぶりを見学に出かけた。

吉雄幸作家のある平戸町は出島の前にある西役所のすぐ裏に当たる。波戸場や江戸町からは港の全景が見渡せる。気温も上がり、抜けるような青空の下、鷗の群れが集っていた。

唐船はオランダ船よりは小ぶりだが、梅が崎の浜あたりに三隻ほど停泊している。長崎町民が数多く小舟に乗って出て、唐人荷物倉へ貨物を運んだり、みな忙しく立ち回っていた。また舟神（姥媽《のうま》）を抱いた唐人たちが列をなし唐寺に預けに行くところも見た。先頭は銅鑼を鳴らし旗を掲げていた。

「唐人屋敷ができたのは元禄時代で、それまでは長崎町内の宿や市中に唐人は雑居宿泊していた。口銭銀という世話料は市民にばら撒かれていた。今は長崎会所で貿易の利益から各町民に配分金が出ている。唐人の世話はかつての宿町や付町が入港から出港まで、荷揚げ、積み込み、唐船の警備、修理などの世話をしている。オランダ船、唐船とも長崎の人々はその利益を受けている」と雅九郎が歩きながら話した。

「なるほど、唐船のために出ている和船はみな長崎の人々なのだ。検使も出ている。キリスト教を邪宗門とし、唐人の取り締りのためなんだね」

「清朝もキリスト教を禁止していたらしいが、乾隆帝なども宣教師の天文、暦、その他の世界情報入手のため日本ほど徹底したものでないので、唐人クリスチャンもいた。密貿易も多かったので、銀も闇で流失した。それへの対応策もあったのでしょう」

「出島の南に見えるのが唐人荷物蔵だね。よし南の方へ行こう。最後に唐人屋敷を見たい」

二人はブラブラ歩いて行った。

子平、雅九郎は次々に長崎の各所を通り、二股川にかかっている大橋を渡った。さらに「あれが丸山町だよ」と西雅九郎が橋のたもとで指をさした。子平が見上げると、丸山町は寄合町と並んで坂上になっており、梅園天神、正覚寺の森の下に甍を光らせている。

「日本三大廓の一つだが、今日は唐人屋敷を見学するのが第一なので通過しよう」

二人は本石灰町、舟大工町、本篭町を通り唐人屋敷の御番所の前に着いた。

「ここは昔は薬草園があり、十善寺町の一画だった。薩摩藩も手前にあったが、大波止場へ移転した。建設費を奉行所が負担し、四割を住民が負担した。唐人は家賃として売上金の二分を支払っている」

子平は道坂石塀をまわした唐人屋敷を見上げた。入口には高札があった。屋敷内には大門があり、広場が隣接している。

子平は御番所の門番に「唐大通事の陽市次郎氏に吉雄幸作家から頼まれて会いに来た」と告げた。門番は「待っていろ」と言うと門内に入ってゆき、通事部屋の若い人をつれて来た。

「こちらです。案内します」というその通事の下役のような青年に案内され二人は屋敷の中に入った。

唐人屋敷は九千三百坪（約三万平米）の広さで、すぐに広場だ。その中に市場があり、野菜や肴の仮店がある。人々が買い物をしていた。二ノ門をくぐり屋敷内には二階建ての二十棟の宿泊施設があり、小路で区別されていた。その他、土神堂、関帝堂、観音堂、管理の乙名部屋などがある。子平は大通事や小通事のいる事務棟に入った。すると白髪の老人が出てきた。顔見知りの雅九郎が「届け物です」と乾物の包みを渡し、「幸作先生の弟子で仙台藩の林子平さんを見物にお連れしました」と子平を紹介した。

大通事は「よく来た。仙台藩ですか。ちょっと覗きましょう」と言った。子平たちは唐人棟の一つを案内された。一階には多くの水手たちの雑魚寝の大部屋があり混雑していたが、二階は立派な造りで、船主たちが数人で遊女を交じえて酒を飲み、皿を並べ宴会をしていた。ざっと見て回り、早々に引きあげた。屋敷内には柳の木が植えてあった。

子平たちは老人に「唐人は一年以上滞在しているものもあり、丸山遊郭から遊女を呼び寄せることができる。また、船主たちは商品と引きかえに銅を欲しがっているが、品物がそろわないため一年も滞在している者もいる」といった唐人たちの事情を聴いた。

唐人は外に出られないので、部屋で退屈を紛らわせる賭け事や酒飲みが多く、喧嘩沙汰もあると聞かされ、夕刻には吉雄家に帰ったのである。

## 立山御役所の馬

子平はこの日、長崎奉行の正庁、立山御役所に向かった。海風が折りにふれてむっとする暑気を運んで来た。吉雄家に隣接する西御役所には次の長崎奉行となる久世広民が七月末に入っていた。子平は、海を背にして東の方にあるもう一つの立山御役所で柘植正寔《つげまさこれ》奉行の用事をするため、本興善町を通り、勝山町へ歩いた。左側には高木長崎代官の屋敷が見える。その手前右側には牢屋があった。長崎代官は長崎町内以外の天領を管理している。長崎の支配は長崎奉行が一手に担い、その貿易業務は商人などによる長崎会所が奉行の支配のもとで扱っている仕組みである。

子平は着古した仙台平の袴姿に両差しで足早に歩く。長崎会所の前に立山御役所の屋敷があり、立派な門が石段の上に立つ。子平はその石段を上り門番に挨拶する。

子平は額の汗をぬぐい、「暑いですね。御奉行の馬のことでまた来ました」と言った。

「いつもの厩舎ですね。どうぞどうぞ」と指をさす。

子平は門をくぐり、そのまま右へ折れて厩舎内に入り、奉行の馬のうち調子を崩している鹿毛の馬の前に立つ。馬番二名が寄ってくる。子平は三歳馬の腹の下に入り、あちこちと触診をし、さらに、背、首などをなで回したあげくに言った。

「糞の状態はどうです」

「昨日は例の飼料と水だけやりましたが、普段と変わりなかったばい。糞も調子を戻してきたようですたい」

「良い様子だな。下痢も収まっている」

子平は馬の首をなでながら、目を覗くように見た。

「よし、よし、もう大丈夫だ」と馬に寄りそい、ふところから懐紙に包んでいた人参を取り出し、少しずつ馬に与えた。

「食欲も出てきたな。今夕からは水と飼い葉、できるだけ乾燥したものをたっぷり与えてください」

馬番たちの肩をたたいて子平は厩舎を出た。手前の馬場では数人の侍が馬の訓練をしていた。

子平はそれから奉行の役宅に入り広座敷で柘植奉行を待った。暫くして奉行は絹の衣服で現れた。

「いや御苦労であった。どうかな」

「いま御馬を診察して参りましたが、大丈夫です。ちょっとした腸の不整でした。調薬も効いた様子です。たいていは馬自身の力で、一定の時をかければ治りますから、水をよくやるよう馬丁に話しておきました。もう一週間も経ちました。御心配いらぬと存じます」

「そうか、明日は朝駆けしてもよろしいか」

「はい。馬のためにもよろしいし、気分もすぐれて回復には有益です」

「なぜ、あんなことになったのかな」

「さあ、何か悪い刺激物を口にしたのかもしれませんね。なにしろ南国の長崎には植物も虫もいろいろいるし、船も病菌を運んできますから油断できません」

「なるほど蚊も多いし、植物にもクワ科の『かかつがゆ』などもある。あの実は苺に似ているが、一口でがばっと食べると種子は辛く、舌をさす。そんなものも少なくないからな」

「そうですか。オランダからツンベルグのような植物学者も来ますから、珍しいものが多いでしょう。例えば麝香鼠《じゃこうねずみ》がバタビアから船客となり渡って来ていて、食べ物をねらってあちこち出没する。イタチに似て臭いし、猫も近づかない代物もありますから」

「なるほどその通りだ」

## 日本の金銀

「御奉行は夏の唐船が多くやってきて御多忙でしょう」

「まずまずだ。前任の石谷備後守《びんごのかみ》が長く勘定奉行と長崎奉行を兼務されたので、その御指導通りいくようにしている。手堅いのが一番だ」

「おっしゃる通りです。貿易収支や銀の出入りの監督など、御苦労なことばかりですね。勘定奉行の配下も常駐されていますな、波止場で姿を拝見しました。それがしも新井白石は銀の流出を心配されたことがあります」

「新井白石は銀の流出を心配された。以前は野放しだったからな。あの頃はわが国がもっとも多く銀を算出していた。わしは佐渡奉行も経験したが、銀よりは金が産する。ただし、鉱山の仕事は楽ではない。石谷奉行はそれと逆に銀の買い入れを開始した。田沼御老中も銀貨不足が経済の足をひっぱっていると見ておられるそうで、南鐐二朱銀など通貨対策をされている」

「唐船は生糸以外に銀を持ち込んでくるのですか。あの国は銀使いの国と聞いております」

「唐はな、自国の銅銭用の棹銅《さおどう》（貿易用の銅の一種）をほしがって長崎に来る。官商たちは政府の要望なので、わが方の銅を求めていることはたしかだ。泉屋などの生産が遅いと、一年余も滞在する」

「なるほど。政治の安定は経済しだいですから本当に気を使いますね。御苦労さまです。拙者も仙台藩の振興策を献策したことがあります。なるべく他藩から物を購入せず、自藩で生糸や茶、紙、布をつくり、藩の金銀を出さないよう重役に申し上げましたが、聞こえたかどうかわかりません。

頼朝公の鎌倉以前は、奥州では砂金が多く採れました。仙台藩領の中尊寺、北上川より東には花崗岩が多く千か所も砂金掘り場があったのですが、この頃は枯れて出ません。涌谷というところでも砂金が出ました」

「おぬしもなかなかだ。平泉地方はたしかに砂金が多かったそうだね。佐渡は深く地中まで掘っている。金は国の宝だ。おぬしの言う通りなにごとも浪費せぬことが肝要だ。見上げたものだ」

「仙台藩も宝暦の飢饉が重荷となり、藩主や御重役は四苦八苦です。高禄を食む方々は知らぬふりで贅沢に過ぎるし、貧乏侍はただ無為に日を送っていますから、せめて御重役のため藩内の雰囲気づくりに役立てば良いと考えたまでです」

「この長崎まで遊学に来ているのだから、ただの馬医ではないな。吉雄大通詞のところにいるなら蘭方医術を学んでいるのか」

「いえ、オランダ語を少々噛じり、西洋地図を通詞の河野元綱さんから見せてもらったり、本木良永さんの本を読んだりしています。やはり長崎は他国との窓口ですので、砂糖一つをみても豊かです」

「しかし町民の生活も緩んでいるな。長崎は配分金を拝領している。他領とは違う。女も平気で夜歩きをする。気候が南方のせいもある。ところで通詞の本木良永がこの前、翻訳した書物を届けてきた。幅が広いな。河野も荻生徂徠を学んでいるらしい。通詞の一部はよく勉強している」

「それがしも本木通詞の地動説は伺いました。しかし、急に言われても、星を見ると天の方が動いているように見え、頭がついていきません」と子平は頭をかいた。

「地動説か、見方の大転換なのだろう。幕府の天文方も暦のことで、蘭書の注文は多い」

子平は、柘植奉行の関心は財政の上納金や銀の買い入れなのだろうと推測し、さり気なく応待していた。子平は吉雄幸作に聞き、中国から銀三百貫を輸入し、オランダからも西洋銀貨が入っていることを知っている。したがって子平は奉行の仕事には触れぬほうがいいと押し黙った。

そこへ奉行の配下の松崎与力組頭が入って来て報告した。

「御奉行、唐人屋敷から連絡があり、またも唐人が騒いでいるらしいので行って参ります。与力十騎、同心二十人のうち、今朝から半数が唐船の検使、荷倉へ行っております。人手不足ですのでいかがしますか」

「熊本藩や肥前藩に助力を乞うてはどうか」

「連絡させてみますが、すぐ駆けつけることが大事です」

子平が言った。

「わしで良ければ同伴します。手伝わせて下さい」

「そうか。唐船に人手を取られているので行ってくれるか。わしの馬を使って良い」

「それは願ったりだ。一人でも助かる」と与力頭。子平は「では」と一礼し、立ち上った。与力四、五人が馬上で奉行所から出る。子平はその後を追った。同心や足軽は駆け足である。

## 騒ぎの仲裁

唐人屋敷に近づくと爆竹の音が聞こえた。

松崎与力頭らは唐人屋敷の門前で馬を降りる。警護士たちは門内で誰もいない。門を入ると売店などが立ち並ぶ広場で四、五十人が喧嘩しており、口々に大声でわめき殴り合いが起きていた。

通事たち数人も間に入って止めようとしているが、相手にされない。与力組頭の松崎も割って入るが逆に押し返される。

大通事が支那語で「こら、やめろ」と大声を出すが、多勢には敵わない。

二ノ門から次々唐人たちが出てきて人数は増えるばかり。浙江省の連中と広州の連中の争いらしい。再び誰かが爆竹を鳴らす。子平は門前で後から来る同心たちへ「ここだ、入れ」と誘導した。

広場はますます多人数となり騒乱の様相だ。酔っている者もいる。先に屋敷にいた連中と、最近到着した者たちとが対立しているらしい。

松崎与力頭は「鎮まれ、鎮まれ」と十手をふりかざして声を上げ、与力たちは群衆の中へ割って入ろうとするが、みな押し出される。

そこへ裏口から回って来たのか、子平が馬に乗ったまま騒乱の中へ突っこんで来た。人々は驚いて、殴り合いをした連中もさすがに馬を避けようとする。馬上の子平に怒声が上がる。唐人はとにかく大声でわめくが弱いところもある。子平は無理矢理人々の中に馬をすすめ、突っ切ると反転して馬を返す。

子平は「暴れ馬だ。どけ、どけ」と叫びつつ群衆の中へ、二度、三度、馬を返す。しだいに人々が左右に分かれてきた。子平に殴りかかろうとする連中もいたが、到底、馬には敵わない。空隙ができる。そこへ松崎と与力や同心が割って入り、唐人たちは殴り合いを中止せざるを得なくなった。松崎与力頭が指揮して、与力たちは頭立ったものを捕縛する。ようやく騒ぎは収まりつつあった。

唐通事たちが支那語で呼びかける。

「奉行配下の役人が来た。鎮まらないと港から追放だ。金にもならぬぞ」

十人ばかりの逮捕で人々は逃げ始める。やっと事態は収拾された。子平は終始馬上で人々を蹴散らす役目を果たしたのである。子平は立山御役所に奉行の馬を返して早々に吉雄幸作の家に帰って来た。

翌日朝、奉行配下の松崎与力組頭が羽織、袴の正装で吉雄の家を来訪した。子平は吉雄幸作と共に例のオランダ座敷で対面した。

「昨日は林どのの御助力で無事、騒ぎを収拾できた。これは御奉行の御礼でござる」と祝儀の日本酒二升を差し出した。

「それにしても、林どのが唐人屋敷の門内の広場に馬を引き入れ、騒ぎの中に乗りこんだのは前代未聞のことで、あれだけの人数の喧嘩の仲裁にはお手柄であった。さすが仙台藩の侍であると奉行も感心しておりましたぞ。裏口から馬で飛び越えたんですな」

「なんだ、子平どんは何も話さなかったので、さっぱりわからない。唐人屋敷の騒ぎを鎮めるのを手伝ったのは大したもんじゃな。いつかは暴れ馬を乗りこなしたしな」

吉雄幸作もこの話を聞いて喜んだ。

「いや、お陰で刀も抜かず、血を流さずに騒ぎを起こした唐人十人ばかりを逮捕できた」

「騒ぎの張本人たちは長崎追放ですか」

子平は聞いた。

「まあ、十日間ぐらいは拘束しておくが、今回は火事や盗難を起したわけではない。唐人同志の喧嘩沙汰で反省しており、御奉行は軽い処置をなさるでしょう。場合によっては唐人屋敷から港内の船で待機ということになる、みせしめも大事ですからな」

松崎与力頭は待たせていた同心と立山御役所へ帰っていった。

## くんち祭の日

九月九日は重陽の日、長崎では諏訪大明神の大祭が催され、これを九日《くんち》と言った。数日前から子平は吉雄幸作や作次郎から祭りのことを聞かされてきた。祭りに参加する町は交代で、当番の町内では踊りの練習が行われているらしく、鳴り物の音も聞こえてしだいに盛り上がってきた。

子平が二人に聞いたところでは、寛永三年（一六二六）に湯立神楽が奏されたのが始まりで、寛永十一年頃には大波止のお旅所へ神輿が渡御し、そのとき丸山の遊女二人、高尾と音羽が小舞を奉納してから踊りがつきものとなった。

くんち当日の朝は快晴で、海の色はしだいに秋めき、時折吹く海風に波は荒くなってきていた。子平は例によって西雅九郎、中野忠次郎と連れ立って大波止周辺で祭り見物をしていた。神輿は無事、大波止にやってきた。

西御役所では、柘植長崎奉行と久世奉行がそろって祭りの一行を迎え、遊女たちの踊りなどを見た。

この頃、丸山町から選ばれた十代の若い禿《かむろ》たち十人が訓練された踊りを披露、華やかであった。神輿には子どもたちが古式ゆかしい装束でお供していた。

子平は町印の傘鉾や竹ん芸（高い竹さおの上の芸）や山車（唐人船や御朱印船）などと当番町の役員たちの行列を楽しんだ。

「あの傘鉾の重さは俵二つ分ほど。力持ちが担いでいる。各町によって違う。行列に丸山町、寄合町は毎年参加、七十七ある長崎の町は七年ごとに参加する。笛と太鼓の音はシャギリと言うんだ」

雅九郎が子平に説明する。

「十三日には、流鏑馬神事や諏訪大社の能舞台で神事能が奉納されるから、見に行こう」と忠次郎も教えてくれた。

三人で大波止にいると長崎奉行の西役所からオランダ商館の一行五人ほどが大きな帽子をかぶり西洋服を着て出てくるのを見た。

「ほら、オランダ人だよ。商館長のフェイト、アルメノールト、医師のツンベルグ。四番目の男がヘンドリック・デュルコーブだ。あの人は助手から勤め上げて簿記役、いまは荷蔵役に昇進した。もう七、八年いるので長崎弁も知っている。わしも蘭語を教えてもらっているんだ。親切な男だ、あの少し背の低い男さ」と雅九郎が指さす。

子平はその男を見たが、たしかに一行の中では小柄だが、オランダ人は日本人と比べてみな背が高く、フェルトの帽子をかぶっているので大きく見えた。

「わしも蘭語の文法を学びたい。連中には長崎奉行の許可が出ているのかな。踊りの見物に招待されたのだろうか」と子平。

「そうだよ。柘植奉行も蘭人に慣れて許可したのさ。蘭人だってこの町の祭りは見たいんだ。それに二十日頃には湊下ろしと言って、オランダ船が南のジャカルタ方面へ出帆するのがいつもの例さ。天候しだいだが」

「もうすぐじゃないか。ツンベルグもわずか一年で帰るという噂だ、大通詞が話していた。商館長も十月には一人が離任するので同じ船だろう」

「だいたいこの〝くんち〟で毎年、季節の区切りがつくのさ。いろんな別れがある」

「子平さん。文法は誰に聞いたの。グラマチカのことかな。わしも知りたい。まだ誰も文法の本を訳してない。あれ、オランダ人たちは町の方へ歩いて行ったよ。どこか他に見学を許されたのかも」と忠次郎。

雅九郎が子平に「ガラス工場を見る話を聞いている。わしらは丸山町まで歩こうか。子平さんはまだ知らないね」

「唐人屋敷や立山御役所には何度も行ったが丸山・寄合はまだ見てない。だいたい金がないし、もともと興味ないから遊郭は縁がない」

「丸山町歩きを長崎弁では〝すねふり〟と言ってね、ひやかしに行くだけなんだ。丁度今日は仕事もなし、まだ昼だから人通りも少ない。大通詞、小通詞も奉行へ顔出して御酒をいただいているころだ」

「よし、行ってみようか」

「おいらは帰るよ。どうせこっちがひやかされちゃうばってん、本木先生のところへ顔出しせにゃ」

忠次郎はそう言って二人と別れて帰った。

## 丸山遊郭

子平と雅九郎はぶらぶらと東築町から大橋を渡る。この二股川には唐人がつくった石橋が並んでいる。祭り見物の人々が行き交っている。

「あの橋が思案橋さ。遊郭に行こうか、戻ろうか人々が迷ったのでついた名だ。普段は昼間だと人は通らないけど、〝くんち〟だから結構人が出ている。手前は金剛院如意輪寺、その向こうに梅園神社がある」

雅九郎が案内する。

子平は如意輪寺の向こうに廓の家が立てこんでいることがわかり、「これが名高い日本三大遊郭の丸山か」と混み合う屋根を見た。寺の周辺には早くも野菊が咲いていた。

二人は二重門を通って旭町裏通りの坂道を昇っていく。そして右に折れ旭町通りを下って来た。道の両脇には大きな遊女店がずらりと並び立ち、祭りの飾りが立っている。二階や三階から遊女たちが顔を見せている。子平が足早になった。

「なんだい、子平どんは急ぐぐね、昼だからひやかしで大丈夫ですたい。店はまだ開いてない」

子平は下まで降り切って腕組みして待っている。

「今度は寄合町を歩いていきますよ。こっちの細道です。なかなか大きい。江戸の吉原、京の島原と並び称される花街ですが、吉原のほうが大きいですか」

雅九郎はよく話す。さらに続ける。

「ここでは遊女でなく傾城《けーしぇー》と呼びます。女郎衆《じょろし》とも言います。ほら、あそこに二人出てきました。唐館行きか蘭館行きの女郎衆かな。子平さんもオランダ商館で会ったと言ったでしょ。他所とちがって丸山だけは遊郭から外に出ることが認められているんですよ」

遊女二人とすれちがう。店内にはちらほらと遊女の姿がかいま見える。花街は傾斜地となっていて、ところどころに石の階段があり、寄合町は階段が十数段もある。子平はどうしても早足になる。昼間でもなまめかしい花街歩きは少々恥ずかしいのである。後から追いついてきた雅九郎は知ったかぶりだ。

「この頃は遊女屋より『中の茶屋』『花月楼』が評判ですよ。一流の丸山太夫は読み書き、歌舞音曲、能楽から琴、三味線なんでもできるので文人墨客が来るんです。唐船で来る客もいるらしい。それに丸山は貿易商人が多い。女性たちは〝長崎衣装〟を着て全国一の華美と言われてます。唐人などは舶来の織物や髪飾りもくれるし、最高の衣服の太夫がいます。揚代の他に砂糖を袋でもらうのも慣例となっている」

「砂糖まで花代としてもらうのか。江戸ではないな」

「『丸山へ女の読めぬ文がくる』なんて、唐人やオランダ人の恋文の川柳もありますよ」

子平は雅九郎のおしゃべりを聞きながら、素通りのまま見返り柳を通って帰ってきた。

吉雄宅へ帰ると、この日は医も塾も休みで、弟子たちは早くも振舞酒を馳走になり、書生部屋も和やかな雰囲気だった。

子平は、例の吉雄の部屋で〝くんち〟や丸山の花街を見てきたことを報告した。

「ツンベルグも随分カピタンに引きとめられたが帰国するらしい。植物学者リンネの高弟らしく大学へ戻ると言っていた。商館長二人とツンベルグも柘植奉行、久世奉行に馳走になっていた」と幸作は弟の作次郎と茶を飲んでいた。

「ところで師匠、わしはオランダ商館で語順に注意しなさいと言われたのです。考えてみると蘭文も漢文と同じです。漢文ではレ点をつけて語順をひっくり返して読みます。ヲニは返れと言います。蘭文は酒をくれでなく、くれ酒となりますね」

「そうだ。語順がわが国の言葉と違う、意味はひっくり返して理解する。だが、まず文は繰り返し暗記して覚えることが肝心だ。西洋の言葉はヘブライ語、ギリシャ語、ラテン語、低地ドイツ語が源で、オランダ語はドイツ語の分かれたものとカピタンたちに聞いた。われわれの日本語はこれらと違うのだ」（この頃は旧約聖書が古いと思われていた）

「南蛮紅毛の源流は四つもあるのですか、文法のことは忠次郎がグラマチカと言ってましたが……」

「忠次郎はマーリンの書を見ているのかもしれないが、まず文章を暗記せよ。作次郎に単語を習っているんだろう。単語の数を知らぬと蘭書は読めない。千五百語を目標とせよ。会話は練習だよ。繰り返せば誰でもできる」

「それがなかなか、わしも若くないので」

「前野良沢さんのことを考えよ。年ではない。良沢さんは長崎には三か月ほどだけだったが、その後は独学で『和蘭訳筌』の書を出した。学者だよ。聞くところによると、医者の診察はしないらしいのでこの頃は蘭語専門らしい」

## 帰郷

「ところで師匠、わしも一年では道半ばですが、来月一度江戸、仙台へ帰りたいと思います。藩と兄の許可を得なければなりません。長崎にはまた戻って参ります。よろしいでしょうか」

「そうか。藩の許可は必要だろう。前にわしのところへ来た高松藩の平賀源内は器用な男で、長崎で二、三年学んだ方がよいとわしが言ったのに、すぐ帰った。今は江戸にいる。あれは本草学や器物に興味があった」

「江戸では知られています。秋田藩の鉱山開発の仕事をしていることを工藤平助から聞きました」

「そうか。おぬしは地理学《ゼオガラヒー》に向かうのも良いが、オランダ語の基礎はしっかりすべきだ。ともかく、新井白石、青木昆陽から江戸で始まった蘭学はいま良沢さんに引き継がれている。この前に会った本木良永はよく努力している。

そういえば、『和蘭地図略説』も訳しているから、忠次郎と訪ねなさい。天文地理も、西洋の学者とその歴史を学ばないとできない芸当だ」と幸作は説教して、子平の帰郷を許した。

「唐人屋敷の騒動はお手柄だった。唐人はのんびりしているだろう。多勢で仕事をするのでなにをしてものろい。しかし、料理は豊富だよ」と作次郎が言う。

「数百人で喧嘩しているので驚きましたが、与力たちでなんとか収拾できました。ともかく声だけは大きいですね。北の方と南の方の人間は言葉も通じないようで、声と身ぶりが大げさです。通じないのでしょうがない。長崎ではいろいろな人種に会うので違いがわかります」

「唐人の船主たちは金を持っている。遊女には気前がよく、長崎に住みついて浄瑠璃を覚えた富者もいる。一方、雇われた水夫たちは不満がある。唐人屋敷に詰めこまれているから、騒ぎが時々起こる。蘭人は仕事に階級があり黒ん坊（当時の呼び方のママ表記）は差別されている。彼らはジャガタラあたりの日に焼けた人間だ」

「なるほど。黒ん坊は奴隷みたいですね。ただし、羽根つき（バドミントン）などは許されて遊んでいる。

たしかに長い滞在で不便ですからね」

子平は唐人や蘭人の噂話を聞いた。

九月末にはオランダ船が出航した。多くの曳き船で岬の方まで移動させ、石火屋（大砲）が続けざまに打たれ、見送りに出た幸作、子平たちの耳をつんざいた。それから船は帆を立ち上げ、旗などをなびかせて出ていく。長崎の町民は舟を出し、酒などを飲んで見物する。港には小舟がたくさん出ていた。

十月十日、柘植奉行の一行五十人が、後役の久世長崎奉行に見送られて江戸に向かった。奉行は駕籠に乗り、騎馬の与力たちが囲む。その後に足軽がつづく。そこに林子平の姿があった。子平は柘植奉行に許されて、同道したのである。

一行の経路はまず小倉へ向かい、下関に渡り、瀬戸内海の船客となり兵庫港へ。さらに陸上で大坂、京へ。東海道を上り、浜松、静岡、小田原、藤沢を経て川崎へ。四十日目には江戸へ到着する予定である。

## 子平の長崎物語

子平は安永四年、十一月末に江戸に到着。柘植長崎奉行一行と別れ、飯田町の定火消の組屋敷へ向かい、手塚市郎左衛門の住居に宿泊した。妹の多智に背負ってきた長崎土産の砂糖袋を手渡した。

約一か月半の旅から解放された子平は、妹夫婦を相手に長崎の出島、オランダ商館の話、オランダ船と唐船の比較、港のにぎわい、唐人屋敷のこと。オランダ語の師匠の吉雄幸作一家などについて、手ぶり身ぶりを入れて夜遅くまで話して聞かせた。手塚も多智も、子平の愉快な話しぶりに身を乗り出した。

子平は多智を指さして、「ユウ、ヴラウ（uwvrouw）＝あなたの奥さん」、手塚を「ユウ、マン（uwman）＝あなたのご主人」などと笑わせた。子平は酒を飲み、日本酒をヤパンスサケと言ったり、土産品の葡萄酒をフーデヴェイン（うまいワイン）、ネーデルランツヴェイン（オランダ人のワイン）と片言のオランダ語を連発した。

多智が「蘭人の言葉も覚えてきたのね」と言うと、子平は「横文字はまだ囓ったばかり。オランダ人と話ができるようになりたい」

手塚夫婦は、子平の長崎物語をすっかり喜んだ。

骨休めをして数日すると長崎から送った荷物が届き、その中から工藤平助への贈り物を荷ほどきした。

十二月初め、子平はこれを背負って築地の工藤邸を訪問した。

懐かしいあの広い玄関から妻の遊が顔をみせ、女の子一人を伴っていた。

「まあ、まあ、長崎から帰ってらしたのね、主人は今、来客中ですが、どうぞお上がり下さい」と玄関脇の客間に招き入れた。

「あやさんはもういくつ？」と平助の長女のあやに訊ねた。

「十二歳です」とあやが答えると「いまは荷田蒼生子《かだたみこ》先生に古今和歌集を習っているのよね」。遊があやの顔をみながら子平に言った。あやはこっくりした。

「へーえ、和歌の手ほどきを受けているの、それは大したものだ、私の姉も子ども時代に古今集を学び、和歌が好きで上手だった」

「林さんの姉御前は、仙台藩主宗村さまのお部屋様で二人の子を生したのよ」と遊が言う。

遊にはあやの他に男の子と妹二人もいて子育てに忙しい時期だった。

## びいどろの掛行灯

茶を飲んで待っていると平助が弟子を連れて現れ、「いま、出羽様など大名の客が来て診察を終えたところだ。ともかく無事に帰ってめでたい、めでたい」と言った。さらに「この男は吉雄さんの身内でわが門人の樋口司馬だ。覚えているだろう」

樋口は江戸に来てから四、五年経過し、二十歳を過ぎていた。

「林さん、吉雄大通詞はお元気でしたか」と司馬は、吉雄一家の安否を聞く。

「幸作師匠は患者が多く、ますます元気。大通詞としても重きをなしている。奥さまはじめ、みな達者で暮らしています。二人の子も大きくなっている。私もお世話になってきた」などとしばらく吉雄一家の話をした。

「幸作師匠がこちらに荷物を送られたのは着きましたか」

「着いて、もうあそこに飾ってあるよ」と平助は床の間を指さした。

「これは長崎の掛行灯ですね」

それはびいどろで四方を張ったもので、鏡がついており、蝋燭を灯すと通常の行灯よりも数倍も明るく照らす仕掛けになっている。色彩も赤や緑と豊かだ。

「奇麗なものですね。吉雄先生は春にはカピタンの参府で東上すると言ってました」

子平も持って来た風呂敷をほどいて、なにやら四角の箱を平助に差し出した。

「これは平助さんに頼まれた紅毛医者の診療箱です。カピタンから譲り受けたものです」と言いつつ、箱の説明を始めた。

青い塗装がしてあり、中央や裏などに金の金具がつき豪華な携帯用の箱である。上蓋を開けて裏返すと蝶番がついていてガラス絵があり、中に紙類や小物が入っている。その下は三層になっており、一番上は膏薬入れとなっている。重箱なので多数収納できるよう格子状に区切られている。その傍らには膏薬べらが入っている。その下層には縦長の水薬入れがあり、多くの瓶の本数が入るようになっている。さらに最下段には二つの引き出しがあり、粉薬入れとなっている。

「オランダ人医師用につくられた立派なものです」と子平が箱の機能を開けたり、閉めたりして見せた。

「ほう、いい細工だね。藩の江戸屋敷に診察に行くときに使える。軟膏もそろっているし、水薬、粉薬もある」

平助は御満悦だった。

「水薬入れの下には隠し引き出しがあり、ここには携帯時計とガラスの吸玉があります」

子平はさらに皮地に金張りの扉を開け、引き出しをみせる。

「うーん、見事だ。吸玉は治療のときに血液をとる道具だ。吸い口から悪血や膿んだ汁を吸い上げる。蛭を昔は使っていたんだ」と平助が感心している。

「吸玉はオランダ語で、ホッヘッベントウザと呼んでいます。吸いふくべのことですね」

「なるほど、これは有り難い」と暫く、青箱を開閉させて感心していた。

それから珍品の時計を手にしてネジを巻いたり、ひとしきり、ためつすがめつして喜びを表した。そして遊を呼ぶと、「今日は、わしが包丁をとって賄いをつくる、甫周も来るからな」と命じた。普段から平助料理とみんなに言われ、自ら客のために腕をふるう。平助が調理場に立った。

## 桂川甫周との再会

暫くすると奥医師の桂川甫周が姿を見せた。久しぶりの再会だった。また、長崎での見聞や吉雄幸作、作次郎の噂をひとしきりしているうちに、平助の料理が運ばれた。湯豆腐の鍋に焼き物、刺身、酢の物、吸い椀などが並ぶ。

「わが友、子平の帰府を祝って乾杯」と平助が言って懇談が始まった。

「吉雄師匠のところに医師のツンベルグが来て、梅毒治療の吸み薬の作り方、水銀の分量などを教えていましたよ」

子平が話すと、甫周が言った。

「ツンベルグね。わしらもツンベルグが江戸へ参府したとき教えてもらった。以来、文通もしている。玄白さんもその治療で効果を上げている。植物採集はしたのですかね」

「元気ですよ。植物学が専門なので、長崎を歩いている。わしらは近づき難い印象もありますが、実際は親切です。カピタンや柘植長崎奉行も引き止めたんですが、『スウェーデンの大学に帰らなければならない』と九月に帰帆しました。植物も十分取り、帰って『ヤパン植物誌をつくる』と言ってました」

子平は出島を訪ね、カピタン、ツンベルグと話をすることができたと報告した。

「長崎貿易はうまくいってるのか」と平助が言う。

「蘭船、唐船は大型化して規則通り入港してますし、和銅や俵物がその支払いに当てられており、順調だと思います。柘植奉行は佐渡奉行出身で金銀の重要性を理解しています。私も話を聞きましたが、石谷勘定奉行が前任なので、その方針にそって長崎会所を見ていると言ってました。今ではわが国も銀を買い入れたりしており、貿易の利益は多く幕府が吸い上げるようになっている。唐船は銅を買い入れたいらしく、総商や官商への清の政府の要望が強いので、銅の分量ができるまで滞在している」

「なるほどな、田沼老中の農商重視政策、とくに商業重視主義が効力を発揮しているな。安永に入ってから幕府は大坂の天満青物市場の問屋・仲買株を許したり、大坂綿屋仲間、樽廻船問屋株、菱垣廻船問屋株のいずれも認め拡大している。さらに醸造・絞油業者に冥加金上納を命じているから、町人の商いは活気が出ている。

だが、諸大名たちは米が安くなって借金で苦しくなっている。米価引き上げのため、江戸買米問屋に買い入れ金七万両を貸し付けている」

平助は世間の金回わりにも詳しい。

「宝暦年間には多くの藩が不作で困ったのでしょう」と甫周。

「そうなんだ。仙台藩でも随分聞いた。重村公も苦労したさ。わしらは両替商の大坂の升屋などに藩の立て直しができるか見守っている。松前藩も苦しくなって、飛騨屋などに場所の請けおいを増やしている。わしのところに元松前藩勘定奉行だった湊源左衛門が相談に来ているが、蝦夷地をなんとか生かすべきだと思う」

平助は松前藩の動向にも詳しい。

## 井の中の蛙

「わしも安永元年に蝦夷に行き、松前藩の城下町を見学してきた。鮭、昆布などの俵物は豊富だし、木材がある。短い期間だったので十分ではないが、湊さんの知人のお陰で地図も手に入れることができた。その後、様子は変化しているだろうな」と子平がうなずく。

そして平助に自分が写して仕上げた世界地図「彩色両球図」を示し、「差し上げます。これはわしが手写したものです」

平助はさっそく立ち上がり、畳一枚もある地図を座敷のかたわらに広げた。桂川甫周も立って来て、二人でしげしげとそれに見入った。

「これまでの世界図と違って正確になっているな。アメリカ大陸と大西洋の関係もしっかりしているし、ジャカルタ周辺も詳しく描き込まれている。それにしても子平どのは絵が上手ですね」と甫周も平助も熱心に見つめた。

　子平は「大したことないです」と宴席に戻ると一冊の本を取り出し、「これも進呈します。甫周さんには、いずれ私がもう一つ写本して差し上げます」と和綴本を平助に手渡した。

「ヨハン・ヒューブネルの『ゼオガラヒー』で長崎の本木良永、松村元綱の訳した地理書の本です」と説明し、「わしは吉雄幸作師匠に示唆をいただき、地理学《ゼオガラヒー》の地図に注目しました。これはわが国に最も欠けている視点ではないですか。オランダと唐としか交易してないので世界の動向をわれわれは知らない。幕府は『風説書』で満足しているでしょうが、他国の地理、風土、産物を知らない。井の中の蛙です」

「その通りです。それがしも医師ではあるが、本草だけでなく、天文などもっと蘭学に学びたい。しかし、平助どのもわしも共に医師として勤めがあるので長崎に行けない、林さんが羨ましいですよ」と甫周が言えば平助も続けて言った。

「田沼老中も苦労しているように、金と物をどう切り回すか、そのためには交易が大切だ。手賀沼など内地の干拓も良いが、松前にもいろいろな可能性がある。その地理もわかっていない。子平は恵まれている。長崎でオランダ語は学んだか」

「いや、初心者ですから、まだまだ前野良沢先生の足許にも及ばない。お恥ずかしいほどで、一年ぐらいでは長崎事情がわかったばかりだから、再び長崎へ参りたい。そして蘭医ではなく、カピタンたちの話を詳しく聞きたい。幕府が手をこまねいているうちに、蘭船はしだいに大きくなっている。長崎をジャカルタへ向けて出帆するとき、やつらの放つ石火矢の音が何十発も耳をつんざいた。鉄砲もしだいに火力を強めているのではないか。船の造りもわが方より進んでいると心配したが、余計なことと思われるので、長崎では馬医で通して黙ってきた」

　桂川甫周は「ぜひ『ゼオガラヒー』の写本をいただきたい。幕府には本木さんの本が届いているのでしょうが、手に取って勉強するには自分の傍に置いておかないとね」と子平に頭を下げた。

「そういえば、子平の紹介で、塩釜神社の藤塚家の次男坊、俣《のぼる》が前野良沢先生の養子になった。中津藩医を継げるように努力させている」

「それは良かった、良沢先生も安心だ、さっそくわしが会ってくる。先生にはお礼と報告に行かねばならぬ」

三人は子平の長崎話や平助の蝦夷地への関心などを夜遅くまで話し合った。

外には珍しく白いものがわずかにひらひらと降ってきた。江戸の初雪だった。

# 第三部

# 第十三章——仙台、江戸、長崎を股に掛けて

## 仙台の子平

塩釜神社の社家、藤塚知明（通称は式部、塩亭と号した）は、安永六年（一七七七）三月初めに塩釜街道を通り、原町、広瀬川に沿って歩いてきた。知明は仙台表柴田町を探しながら、引っ越した嘉善の邸を目指して来た。やっと探し当てた嘉善宅に入り、別棟の子平の小さな家の前に来た。子平の声が響いた。

「えいっ、おうっ」と、子平は肌脱ぎ姿で庭に立てた竿竹を斬る練習をしていた。

「子平どの、精が出るね」と知明が声をかけた。子平は振り返って、「やあ、知明どの、参ったか、居合いの練習さ」と返事をした。子平の手前には五歳の少年がいた。

「これは珍平と言う。兄の二男だ、実質的後継者だ」（嘉善の三人目の妻は佐藤平左衛門の養女だが子がなく、妾とした高橋折右衛門の女に生まれた子である）

「兄はようやく跡継ぎを得たのだ」

知明は傍らに寄って「珍平くんか、叔父さんは好きか」と頭をなでた。少年は恥ずかしがった。

「部屋に入ってくれ」

子平に言われて、知明は二間しかない子平の住居に入り、もって来た鮪などの土産を差し出した。子平は汗だらけであり、上着を羽織ると座布団を差し出し、自分は安座《あぐら》をかいた。

「江戸にはいつ行くんだ？」

「もうすぐだ。五月には長崎に出かける約束ができている。長崎奉行の柘植長門守に随従する予定だ」

「長崎奉行とまたどうして？」

子平は茶を出し、二人で六畳の居間に向かい合った。

「奉行の馬医になった。もっとも、同時に臨時の随員になったのさ。長崎で知遇を得たんだ。長崎では雇いの武士が不足している」

「長崎へ行く今度の目的はなんだ」

「兵学の観点から初めは紅毛オランダの馬の飼い方、訓練の仕方、騎馬兵のあり方など馬術に興味があったのだが、今回はゼオガラヒー（地理学）を学びたい。これを見てくれ」と子平は壁に貼り出してある彩色の世界両球図（現在、この地図は仙台市博物館が所蔵）の前に立った。

「日本はこの大陸の端だ。ここがルソン島のマニラ。ここにスペインの砦がある。これがジャワ島で、ジャカルタがあり、オランダはここを根城にして一帯を支配し、唐や東洋の国々と交易をしている。彼らの本国はこの欧州の北にある。小国なのだ。ここから彼らは万里の波涛を越えて来ている。

この地図は長崎のオランダ通詞、松村元綱が持っていた和蘭の世界図の最新のもので、わしが書写してきた。これを見て視野が大きくなった。考えてみると、わしら日本人は、ジャワはともかく、周囲の国々、朝鮮や唐の地図も知らぬ。北のロシアもわからぬ。蝦夷地さえわからぬ。これでいいのだろうか、日本の守りの海岸線は長い」

「たしかにそうだ。われらは日本の国がどうしてこうなったか、その歴史も知らぬ。子平が初めて蝦夷の松前を見てきたとき、私が多賀城碑の研究をしてきた意味がわかった。陸奥の国がいつごろ出来たのか。それをもっと理解したい。長崎に行ったら、清人などに、碑の文字がいつの時代のものか問い質してほしい。考証をする必要がある」

「わかった。時代を知ることも大切だが、わしは日本が北へ北へと領土を拡大してきた歴史と、日本の将来の領土の北限を知りたい。カラフトの地図も手に入れた。幕府は自分の国の領土を確定していない、どう守るか、どう資源を活かすかにも関心がない。

長崎のオランダ通詞の吉雄耕牛幸作も言っていたが、西洋の国々がみな東洋に進出して来ている。オランダも貿易国だが、イギリス、フランス、ドイツも来ている。太平洋の日本の反対側には、この地図にもあるがアメリカ大陸がある。この北方はイギリスやイスパニヤ、フランスの植民地であるという。南方はポルトガル、イスパニヤに属す。未だに領海争いをしている。オランダ人は詳しく話さないが、世界はしだいに変化している。唐の清人にも会って藤塚氏考証の件は調べて来るよ」

多賀城碑は、四代藩主、伊達綱村の時に土中から発見され、元禄の頃、松尾芭蕉がみちのくに旅した時は蒼古な姿で建立されていた。今では全国に知られている。その碑文には、多賀城から京へ千五百里、蝦夷国界へ百二十里、常陸国界へ二百七十里、靺鞨国界へ三千里と距離が記してある。現在の三十六丁一里で計算すると桃生郡が国界に当たる。

「私は『坪碑史証考』を書いて、古書には、東夷、日高見国、齶田渟代《あきたぬしろ》の二郡蝦夷、海道蝦夷などと見えているので、日高見国は多賀城を去る百四里の地、桃生郡日高見神社の付近。当時東夷はみちのくのどこにでもいたと予想した。というのは斉明天皇の時代に安倍比羅夫が秋田方面に来た際に、蝦夷の族長恩荷《おが》が姿を見せた。現在は松前の周辺にいる。混血したものは残った。

　靺鞨国《まつかつのくに》については、歴代要覧を見ると、これは北方より起こり、唐の一部で古くは粛慎《しゅくしん》、今の韃靼《だったん》である。北狄《ほくてき》の大魁首《かいしゅ》（集団の長）で、後に金を滅ぼし、元と名を替え、我が国も侵略しようとした。唐書に靺鞨伝がある。松前の隣にある加良布上《カラフト》島はその属島であり、靺鞨が北侵して来る可能性があると書いた」

「わしも、おぬしのお陰で碑の内容を知り、現在の蝦夷がかつては仙台領まで勢力を張っていたことを知った。だから君の期待に答えて五年前に蝦夷に行ったのだ。蝦夷地は一見、外国のようでそうではない、われらの国に編入すべき可能性がある」

## 侍は遊んでいていいのか

そこへ嘉善が顔を見せた。

「夕飯を用意した。藤塚氏も寄っていっていただきたい。先程は鮪の手土産をありがとう」

嘉善の家で晩餐となった。子平が言う。

「藤塚さん、御子息の俣君は前野良沢先生の養子となり、元気でしたよ。四書五経を毎日読んでいるらしい、安心しなさい」

「みなさんのお陰です。前野先生の一人っ子は亡くなられたのだそうですね。とにかく、前野さんの名を汚さなければ良いのですが」

「兄貴も珍平が元気に育っていて何よりだね。継子がいないとわしも困るよ。珍平のお陰で勉学に精を出せる。では、みなの健康を祝して乾杯！」

「まあ、やっと五歳になったから、まず安心だ。ところで子平は長崎でなにを学びたいのだ。オランダ語か」

と兄の嘉善が聞く。

「ちょっとは習ってきたが、なかなか歯は立たない。青木昆陽先生は三十年かけて千語以上解明した。『和蘭文字略考』を見ると、アルファベット（阿蘭陀伊呂波）から始めている。

あちらでは母音と子音を二字以上組み合わせて音節をつくる。これを先生は『寄合せ』と呼んでいる。わしはオランダ語学者になるつもりがなく、少しでも蘭人と話がしたいので発音を習ったが難しい。IとJを同じと考えるらしい。日のことをソン、月はマーン、星はステルレ、天はヘーメル、地はアールドだ。子どもみたいだよ。

その弟子の前野良沢先生もすごい。十年以上取り組んで飽きない。辞書もないのだから大変だ、でも『和蘭文訳』は単語をアー、ベー、セー順に並べ、恐らく千四百から千五百語くらい調べあげている。年に一度上京するオランダ人相手では根気がいる。その上に勉強を重ねているのが前野先生だ。前野先生も長崎に来た。マーリン、ハルマという辞書みたいなものの存在を知っていた。独力で『ターヘル・アナトミア（解体新書）』を訳したようなものだ。オランダのことを、『ホルランド』と発音するより『ヲランド』または『ヲホランド』とするのが正しいとした。わしが聞いたのはこの程度だ」

「そんなに難しいなら止める手がある。祖父の代から医者でもあった。医学を修得したほうが良いのではないか。吉雄耕牛通詞は外科も得意だそうだ」と嘉善。

たしかに子平は近所の人々の風邪などを診たため、時折り医者と呼ばれている。

「わしは、オランダ人が何を考えて東洋や世界を周航しているか、その考えが知りたい。この世をどう思っているのか。

ところで、Gの読み方は「ゲー」「ヘー」でもないと前野先生は言うが、ゲーの音は飲み込むのだそうだ。わしは前野先生のような言語学の深みには興味がない。

大体、オランダ語は低地ドイツ語、ラテン語から出来ており、日本で言えば各地の方言が混じっているそうで、そんなことを知ってもきりがない。わしは武士は何をすべきか、治にいて乱を忘れずという言葉が好きなんだ。自国の領土にも関心がないのはわしにとって我慢がならぬ。『孫子』を学んだからには、他国に侵されぬ負けない武士団をつくり、わが国と民を守る必要があるのに、馬にも乗れず、刀槍も使えない侍が増えている。

　藤塚さんは神に祈ることが仕事だ。侍は遊んでいていいのか。そんなことを考えている。いよいよ窮地になってからでは遅い。勝つ条件、不敗、短期決戦など彼我を比較して考えておかなければ、将とは言えない。戦いと和平の流れから一歩離れて流れそのものを操る」

「子平さんとわれわれは違うね。私は壺の碑はだれが、いつ頃書いたか。あの字体の来歴に興味がある」

「江戸日本橋の長崎屋に蘭学好きが集まっているのを見ると、しだいに蘭学や洋物が人気が出ている。工藤平助（周庵）どのからは早くも望遠鏡、紅毛酒、猪肝《いのきも》、丁字《ちょうじ》、胡椒、肉桂《にっけい》などを長崎で買い入れて来いと注文が出ている」

「そう言えば、塩釜の船乗りが大坂や堺の方からヒストール（短銃）を持って来たので、買ってくれと言ってきた」と藤塚知明。

「それはわしも見たい。どう使うのか。火薬はどうするのか知りたい。買えたら買ってわしに見せてほしい」

「値段しだいだな」

## 仙台藩の寒冷

「子平、安永に入ってから米の不作が続いている。藩はまた侍の給料から借り入れをしている。宝暦の災害もひどかったが、百姓や武士もなかなか楽ではない。学業も大切だが、なにか収入を上げないとお前も暮らしが苦しいだろう」

　嘉善は心配気である。

「それも難題だが、今はようやくわしの学問を見つけ出したところだ。もう少し続けたい。藩へは長崎遊学を届け出て下され。重宗公は御壮健だろうか。仙台藩の立て直し策もわしは考えている。全国の藩ではそれぞれ名産をつくる努力をしている」

　夜はまだ寒い。子平の心はしだいに熱気を帯びてゆく。藤塚は宿泊していくことになった。子平は翌日、父笠翁の墓のある龍雲寺と姉円智院の墓所のある大念寺に詣でるつもりである。

嘉善、子平らの不安は事実となっていた。仙台藩では安永年間（一七七二～八〇）に入って以来、地震、大雨洪水、旱魃《かんばつ》、病害虫など寒冷下に伴う災害が連年続き、平均して三十万石の損石が続いていた。安永元年以降、毎年こうした被害額を幕府に通告していた。安永三年には気仙郡で疫病が発生、患者一万三千人以上、死者二千百人以上となり、藩が医員を派遣して対応する騒ぎも発生した。宝暦以来のことで藩財政への影響は深刻で、利水、治水対策もままならず、農家は疲弊し、対抗する力を失っていた。

藩士も借上げ金などにより藩内の消費力は低下していたのである。藩民はこの不作がいつまで続くかと不安になり、やがて天明の大災害へとつながることになる。江戸は人口が伸びていたが国内全体は停滞し、乳幼児の死亡率も高いままであった。子平も暗い藩内の空気を感じて暗澹たる気分になっていた。

こうした中、子平は三月中ごろに江戸へ旅立った。飯田町の手塚家で定火消の組員らと共に馬術や火消の訓練に参加。五月には柘植正寔長崎奉行の一行と東海道を京まで下り、瀬戸内海航路を経て肥前、長崎へ第二回目の出立の予定である。

安永六年（一七七七）、子平は四十歳の夏を迎えた。十年ほど前から蝦夷地の千島列島へ露人チェルヌイ・ステパンらがシムシリ島、エトロフ島、ウルップ島などに来たり調査している。その噂も子平は気がかりであるが、松前藩から詳しい情報は届いていない。子平の脳内には瀬戸内海の島々の光景と松前の景色が交互に浮かんだのである。

## 長崎、四十歳の夏

林子平は柘植長崎奉行の一行と共に五月中旬、長崎に着き、夏めいてきた長崎湾と平戸町にある吉雄幸作の家に辿りついた。

幸作は子平を見るなり「よく帰ってきたな、今度はいつまでいる」と言った。

「安永七年までの二年間お世話になります。柘植奉行の馬医にもなりましたのでその仕事もします」

「精を出すんだな、蘭語の基礎をやって。それからどうする」

「わしは兵法家を自認していて、前回は地理学《ゼオガラヒー》に目覚めさせていただいたので、医学よりこれに専念したいのです」

「わかった。蘭語の手ほどきは弟の作次郎で良い。地理・天文は本木良永だな。通詞では小通詞並の待遇だが、オランダ語のほかラテン系のイタリア、フランス語もできる。博識だから本木を師としなさい。わしからも話しておくばってん。家も近所だ」

「よろしくお願いします。中野忠次郎の師匠ですね。一昨年、ここで松村元綱と本を届けに来たとき一度会いました」

「そうだったか。あれはたしか天文書だったな。中野忠次郎はいまは志築忠雄と改名している。十七歳ぐらいで通詞の志築家の株を買ってもらったのだ。これも天才的な語学力があるが、いつも家にこもっている。なにか翻訳に没頭しているそうだ。若い者は頼もしい」

　子平は幸作の妻に仙台の米、味噌を土産にし、西雅九郎の書生部屋に腰を落ちつけた。早速、翌日、本木良永の家へ訪問し、彼の八畳の書斎に招じ入れられた。

「今朝、吉雄大通詞から、林さんのことは聞いていました。前にお会いしましたね。長崎まで再びの遊学ですね」

「二年ほど滞在する予定です。どうか弟子にしていただきたいのです。わしは、本木先生の専門としている地理学《ゼオガラヒー》を兵学の重要な部門と考えていますので、ぜひお願い申します」と頭を下げて続けた。

「おわかりのように、今の兵学は太平の講釈となっている。孫子曰く『百戦百勝は善の善なるものに非《あら》ず。戦わずして人の兵を屈するは善の善なり』は有名です。また『亡国は以ってまた存すべからず、死者は以ってまた生くべからず』とも言い、国が亡んでは終りです。不敗の態勢をいかにつくるかです。『必ず全きを以って天下に争う』ですから、敵の同盟関係を断つことや劣勢なら戦わない。『一に曰く道、二に天、三に地、四に将、五に法』が大切で、天と地理、条件を知ることは最も重要で、先生の天文も学びたいのです。すべてを比較考量するのが兵学の基です」

「なるほど。兵学を教えていただきましたな。われわれは通詞ですが、林さんは仙台藩の武士ですから目のつけ所が違います。幕府の重役や学者もまだ目をつけていない独自のオランダ学を探している。私でお役に立つならなんなりと言うて下さい。

私も蘭訳のヨハン・ヒューブネル（Johan.Hübner）のゼオガラヒーは訳し持っています。彼の『コウランテントルコ』（世界地名辞書で後の蘭学者の宝典となる）にも関心を持っています」

「わしには南と西も関心事ですが、北も重要と見ていますので、新井白石の『蝦夷志・南島志』も読みました」

「さすがです。北からはロシアも来ているそうです。兵学者として地理と天文に目が向いたのは、おぬしが最初で翻訳すれば江戸随一になりまする」

「いや、兵学は実学ですから、翻訳は通詞の方に頼んで、わしは日本の武士が心得ておかねばならぬ近隣諸国のこと、海戦のことなど必要な知識、地図をまとめて編集し、さらにその見方を加えて論じることに注力したいです。

一昨年、松村元綱氏の鎮台館で両球図を見せられ、世界地図がしだいに明らかになってきたことに、ぶったまげたのです。日本はアジアの東の端にあり、あまりに小国です」

「松村元綱なら私と共訳者ですから、彼の訳した『東航和蘭海路記』は知ってますが」

「両球図を手写させてもらった時に見せられ、オランダが自国から来る航路の地名などを地図上で少々教えてもらいました」

「私のところに松村訳がありますよ。また、ヒューブネルの『ゼオガラヒー』の万国地理書も一部を書写、訳したものがあるし、『輿地国名記』もありますよ」

「なるほど、二つともぜひ書写させていただき、また御教示願えれば幸いです」

「どれ、ちょっと探してお目にかけよう」と言って本木良永は書棚から二つの冊子を持って来てくれた。

「これはありがたい。なによりの宝を見せていただけるとは、感謝感激です」

子平は本木からの了解を得てすぐに筆写を開始した。「世界の地名もなんにも知らない日本人、これでいいのか。井の中の蛙だな。織豊時代はみなシャムなどに行っていた」とつぶやきながら読み始めた。

## 「東航和蘭海路記」と「輿地国名記」

子平の書写したものを以下に記す。ただし、わかりづらいので一部である。

「東航和蘭海路記」

阿蘭陀ノ商船、東ノ方、咬𠺕吧（ジャカルタ）、日本等ノ地ニ渡海スルニ初メ船ヲアムステルダムヨリ開帆ス、アムステルダムハ阿蘭陀都城ノアル所ニテ、北極ノ出地五十二度廿三分ニシテ気候最寒シ、基地ニ河アリ、アムステルダムト云是ニ名クト云也

其港ニ欧邏巴諸国ノ商船輻湊シテ最繁花也、阿蘭陀人此所カラ出帆シテ針路ヲ西ニ求メテ諳尼利亜《アンゲリア》海ノ方ニ乗ル、其ノ海上ノ視ル所西ニ諳ケリア（略）三島アリ、総称シテコロフリタニロト云

東ニフランス国アリ此国ノ渚トアンゲリヤトノ中間ノ峡ヲ船師ノ詞ニカナールト云リ、フランス人ハマンセト云ヲランタ人ハモウト云リ（略）アンゲリアハ西洋中ノ大島ニテ北極ノ出地五十度ヨリ五十六度ニ及べリ、其人狂ニシテ智アリ、水戦ヲ善ス

諸ノ技芸ニ長セリ此ノ国ノ内ロンドント云所ハ自鳴鐘ノ細工天下第一ニテ他国ノ及フ所ニ非ル也

又フランス国ハ欧邏巴州ノ中ニ在テ其地赤道以北四十二度カラ五十一度ノ間ニアリ（略）此国ノ風俗人情親切ニシテ学歳アリ、人ミナ強勇ニシテ軍略ノ事ニ長セリ他国ノ人ノ交ルニ礼譲厚ク大都ノ人ノ風アリ、衣服ノ制ハ時走ニヨリテ変革アリ

其言語能弁シテ聴クニ堪タリ其君長ニ和睦シテ自己ノ事業ヲ勤ムル事速カナリト云

コノ海ヲ過テハ針路ヲ西南ノ間ニ求メイス巴ニヤ海ニ出ツ、其海上ノ在ル処西ヲヲセアーノスヲクンデンターリスト云、訳シテ大西洋と云、其東ハイスパニア国ナリ

以上はほんの書き出し文である。これ以上は略すが、オランダの商船が首都アムステルダムを出帆して、バダビア（ジャガタラ又はジャカルタとも）、フィリピン、台湾、支那、日本に東航する航路を記し、途中の国々の土地風土、産物を正確かつ簡潔に記述している。これは松村元綱の「世界の図」と共に見せられたもので

子平はずっと写して「輿地国名記」の文に移った（以上、子平の時代、十八世紀の日本の地名に使われた用語の一端をわかってほしい。みな当て字である）。

「輿地国名記」（訳の本木良永は享保二十年六月一日に生れ、寛政元年七月十七日没した）

その内容は五大州の亜細亜《アジア》、欧邏巴《ヨーロッパ》、阿弗利加《アフリカ》、北亜墨利加《キタアメリカ》、南阿墨利加《ミナミアメリカ》の順に国名、島名、河名、海名などをあげ、読みがなを付け、それに変名を付けている。最後に黄道十二宮符号を掲げ説明している。

試みに数行紹介しておく（すべて漢字だが現在使ってないものは省略）。

亜細亜、大日本、四国、九州、蝦夷、琉球、ヒリベイントウ、呂宋《ルソン》、亜甘《アカン》、幽安《ユーアン》、マスバド、アベロ、バナイ、ミンドル、パラゴア、ミンダノフ、子キロス、盗《ディーヘンエイラントボルトヲ》　島（中略）亜蘭《アラン》、爪哇《ジャワ》、バタアヒア、爪加太剌即咬嵧吧《ジャガタラジャカルタ》、満剌加《マラカ》、支那、高麗《コウライ》、台湾《タイワン》などとなっている。山西以下中国の州の地名の次には東南アジアの占城《チャンパ》、交趾《コウチ》、東京《トンキン》、カンボジア。シャム、モンゴル、インデアや海洋名などがある。このほか欧邏巴、亜弗利加など詳しく書き連ねている。

こうして子平は、良永たちが翻訳し、海外地名を研究したことを兵学的観点から見直し、ヨーロッパ航路と日本の隣接している地理に注目していく。この頃まだ世界の地名の当て字は確立しておらず、長崎通詞らが勝手に使っていたものである。子平はこれらを後に編著することになる『三国通覧図説』に組み込むことになる。この頃すでに将来の著述の準備を始めていたのである。

## 子平の武勇伝

本木の元へ通い続けていたある日、柘植長崎奉行の配下から呼び出しがかかった。西役所におっとり刀で駆けつけると、日本から積み出す銅などの生産の遅れや、他の品物が一年以上も積み込めず、不満を抱いた清人たちが徒党して乱をなしていると言う。

子平がのちに吉雄に報告した内容によると「吾党十五人、鎮台（長崎奉行のこと）の令を受け、相向い、即時に六十一人を討破り、その立てこもった工神堂を毀ちて帰り、この時、唐人を手詰めの勝負をなして彼の国人の力戦に鈍きことを試みて知れり」

前年に唐人館内を経験していたとはいえ、清国人の暴乱のごとく気勢を上げ、工神堂に立てこもっていたのを、子平は十五人の長崎奉行配下の侍を引きいて先頭に立って接戦し、工神堂を破壊、暴動を鎮めたのである。こうした争いに際して子平は小柄ながら俊敏、その鍛錬ぶりは、江戸で義弟の手塚とその配下の火消人たちと共に馬術、防火、剣術の訓練をした成果が出たものであろう。気合い接戦を優先の戦闘法なのであった。長崎のオランダ商館にもしばしば通ってカピタン（商館長）たちに西洋の話を聞くことも続けたが、こんな武勇伝も発揮したのである。

またある時、日本の居合い術を見せようと子平は予告して碁盤などをオランダ商館に持って行き、カピタンに話して洋刀で実験させてほしいと頼んだ。子平はその洋刀七本（サーベル）を束ねて碁盤の上に置き、自ら帯していた康光の長刀で「えい」と叫びざま一撃で切断、自刀は碁盤上にやや斬り込んだ。オランダ人たちは日本刀の斬れ味に驚き、子平の居合い術に目を丸くしたと言われる。

## フェイトとの会談

アレント・ウィレム・フェイト（Arend willem Feith）はオランダ商館長である。オランダは東インド会社でアジア貿易を行っているから、日本支店長みたいなものである。初めにジャワから長崎に来日したのは、明和八年（一七七一）。十一月に季節風と潮の流れに乗って来て、翌年の十一月頃に帰る。安永元年（一七七二）には交替のダニエル・アルメノールトが来た。

商館長は一年ごとに変わり、荷受けをして船に積載して船団で帰帆していく。安永四年に林子平が初めて長崎に来たのは、フェイトが二回目に来日した時で、子平は吉雄幸作とお茶に招待された。フェイトはこの冬の十一月にジャワに帰った。

子平が再び長崎の土を踏んだ安永六年五月にはフェイトと交替したヘンドリック・ホッドクリート・デュルコーブが商館長だった。十一月にフェイトが来た船でデュルコーブが帰る。したがって、子平は安永六年末にフェイトに再会した。

子平は、本木良永と吉雄幸作の家で地理学を学び、この頃には、フランス、イギリスの風土や人間像、その工芸品などを頭に刻んだだけでなく、カナリー諸島やアフリカの地形やアフリカの土人が黒色であること、金銀などの宝石や物産が豊富なこと、地中海やエジプト、ナイル川なども知っていた。

また、インドが酷熱の地で黒人や白人もおり、貴金属、木綿など物産や文化が古いこと、ガンジス川などを知る。さらに東南アジアのマラッカ海峡やスマトラ、ジャワ島など諸島は香辛料が豊富で、それは西洋では金と同じ位の金額が張ることも理解した。物産を知れば今度はその地図に関心が向く。

子平に言わせれば、日本の知識人は世界図を理解してそれで良いと思っている。しかし近隣の国々の地理を知らない。この地理学を柱にした子平の兵学は、実学であるが故に単なる知識に止まらない。日本が元に攻められ、又は豊臣秀吉の時代に朝鮮、明に向かった時のように、日本人が自国だけでなく隣国と戦う場合にも、近隣の地理、地勢を知っていなければ、かつて敗戦したように危険である。どんな場合にも敵を知り、己れを知らなければ勝敗の帰趨《きすう》の判断ができないという考え方をしている。判断ができなければ開戦してはならない。亡国となるからである。だから子平は琉球、朝鮮と九州などのつながりに強い関心を抱いていた。手始めに九州薩摩の地図はどうなっているか調べ始めていた。

地図を考慮しているうちに、知遇を得ていたフェイトが長崎に帰港した。さっそく子平は吉雄の仕事の合い間にフェイトに会いに行く。

吉雄と子平は平戸町から西役所の前に出て、寒さのしのびよる白波が寄せる長崎湾に沿い、出島に向かった。「俺に任せておけ」と吉雄はいつもの小刀姿で先に歩く。子平は商館長への訪問なので袴姿だ。古いものだがきちんと洗濯したものを身につけて小ざっぱりしている。それに両刀差しだ。

橋を渡ると門番がいる。吉雄は「柘植長崎奉行の馬医の林氏で、カピタンに用事だ」と告げて、この日は鑑札なしで通った。子平には久しぶりの出島だ。花壇には秋の薔薇などがわずかに白や赤く咲き、商館長の屋敷の前の国旗掲揚塔にはオランダ国旗がたれ下がっていた。

二人は商館の階段を上る。そこは記憶にある商館長のシャンデリア付きの広間であった。

## フェイトの語る国際情勢

吉雄が入ると二、三人のオランダ人のうち、フェイトが振り向いた。丁度、紅茶を飲んでいるらしかった。「この前に会った仙台藩の林子平だ」と言うとフェイトは、「おお」と声をあげ、「林さん、懐しいネ、元気ですか」と肩を叩いた。

子平は驚きつつ「覚えてくれていたか」と同じく抱きついて安堵し、「しばらくでした。お元気で何よりです」と挨拶した。

「昨年は西洋馬の馬具や飼い方についていろいろ教えてくれてありがとう。今度は世界の動きについて教えて下さい。世界はどう変わりつつありますか」と訊ねる。地理、地勢に生きた世界の情報をのせてようやく戦略的判断の知識となるのだ。

「吉雄さん、林さん、まあ、どうぞ椅子に座って下さい。紅茶を出させますから」とフェイトは二人をテーブルに着かせた。

「林さん、あなたはなぜ馬術にあんなに興味があるんですか」

「林どのはね、馬術に秀でているし、今は馬医でもあるし、武士ですから。あなたも江戸へ上って、全国の各藩には武士が多数いることは知っているでしょう。仙台藩は六十万石という、日本の北では大藩なんですよ」と吉雄が間に入った。

「そういうわけですが、私に言わせれば馬を飼い慣らせない武士は武士ではないと思っています。昔とちがって最近の武士は都市に住居を置き、馬を持っていない。これからの陸戦では騎馬兵が中心です。騎射できない騎兵では役に立たない」と子平は話した。

「なるほど、陸戦には砲兵も大切です。海戦には大砲が欠かせません。海賊も持っています」とフェイトが答えると子平は「その通り」と合づちを打った。

「太平洋には海賊もいますか」

「インドから東南アジアは海賊だらけ。往復は危険なので、安全な航路を複数の船で守りながら航行しています。あなたは西暦を知っていますよね。キリスト誕生前後からの暦年です」

「ええ、最近知りました」

「欧州からアジア、アフリカ、南北アメリカに西洋人が来るようになったのは一五〇〇年以後です。ローマ法王が大西洋の中間からアジア方面はポルトガル、大西洋のその先はスペインに航海して良いと決めました。そこでポルトガルが一番最初にアフリカの喜望峰を越えインドに到達、日本には台風を避難して寄港しました。そこで鉄砲が日本に伝来しました。スペインからはコロンブスが大西洋を渡り、インドを発見したと思いアメリカに着いた。

アジアにも、十六世紀にポルトガルが先陣を切ってマラッカを占領、ベトナムに到着。その頃の地中海はオスマントルコが支配していた。スペインはボリビアのポトシに銀山を開いた。ポルトガルはブラジルに総督を置いたのです。さらにポルトガルは明からマカオ通商を許してもらった。ところがスペインがポルトガルを攻めた。

一五八一年、オランダは独立を宣言、イギリス人もドレイクという船長が世界一周に出て、その後、アメリカに植民をした。ところが、スペインの無敵艦隊がイギリスに敗れた」

「それ以後ですね、スペインは大国だけどイギリス、オランダと対抗したのは。仙台藩もスペインに支倉常長を派遣したが、スペインは乗ってこなかった。わけがあった。つまり、スペインはイギリスに敗戦したのです」

「オランダ船が初めてジャワ、ギリア湾に着いたのは一五九〇年頃です。その頃、シャムには日本人町があったらしい。オランダ、イギリスも東インド会社をつくり、アジアに来たのです。そしてわが東インド会社はジャカトラを確保して、バターフィアと改名した。しかし、イギリスも追いかけてきた。日本は徳川幕府が安定していた。鄭成功がポルトガルを追い出す。英蘭戦争も三度続く。オランダとフランスも戦いをする。今ではそれぞれ落ち着いている。イギリス、フランス、オランダの進出でスペインはアメリカ大陸の南北で実力が落ちています。

今はイギリスの東インド会社がインドのカルカッタや清と貿易を続けている。そしてロシアがトルコに勝つ。ざっとこんなところです」

「いやあ、目まいがするねえ、欧州内外で英、仏、蘭、スペイン、ポルトガルの勢力争いがあった。トルコ、ロシアもいる。国内の力と貿易による富で兵力に差が出ますかな」

「それはそうです。わがアムステルダムは世界一の繁栄をしている。しかしいつまで続くか。金力がなければ国力も兵力も弱くなります。

ところで、六年前に出島のオランダ商館に怪情報が入ったのを、吉雄さんならば知っているでしょう」

「ベンゴロウ事件ですか。私は明和八年（一七七一）頃の商館長、フェイトさんの前任者アルメノールトから話を聞いて、幕府に『オランダ風説書』で知らせた。その後、すぐフェイトさんも来日したことですね」と吉雄。

「ぜひ教えて下さい。なんの事件が起きたのですか、幕府に通報したのならよいでしょう」と子平が身を乗り出す。それは欧州とアジアの問題でなく、日本の話であった。

## ベンゴロウ事件

そこへ丸山から来た芸者二人が頭を下げて入ってきた。赤い衣裳がなまめかしい。

フェイトは立ち上がって手で制止して、傍にいたオランダ商社員に合図した。

若い館員はすぐ立つと「下に行こう」と芸者二人を連れて階下に行く。恐らく台所であろう。

「ベンゴロウ事件とはな、われらはベンゴロウというが、マウリツ・アラダン・ハン・ベニョフスキー（Mortz August Alandar Von Benyovzky ＝一七四六〜八六）と言うハンガリー生まれのポーランド軍人のことです。ポーランドとロシアの戦争で捕虜となり、シベリアのカムサスカに来た。ところが船を奪って脱走、日本近海に来た男である」と吉雄、それを引き取ってフェイトが話し始めた。

「ベニョフスキー伯爵の話は、あまり信用できないが、彼が日本内地や奄美大島に寄港したのは事実だ。寄港先からわが長崎のオランダ館長宛に書信が送られて来た。それを吉雄大通詞らに和訳してもらって、われらが幕府に届け出た。その信書には、ベニョフスキー（ベンゴロウ）は『自分はリユス国（ロシア）の命を受け、要害を知るため日本国の筋を乗り回して、同国の者どもと一所に集まる考えであったと言う。来年には松前の地その周辺の島々を手に入れたいと聞いた。これらの地は赤道以北四十一度付近に測量した（松前辺に当たる）。カムカツテカの近所、クルリイスと申す島（現在の千島列島）へ砦を築き、武具などをしまっておく云々』とあった。この書信は、明和八年、ウシマ（琉球国大島）で発せられたもので、信書のサインはハン・ベンゴロとあった。

　つまり、ベンゴロウはロシア人が千島に要塞を築き、近く松前領へ侵入する計画があると警告してきたもの。ベンゴロウでもベニョフスキーでも同じだが、このような機密をオランダ人に通報したのは、欧州へ帰るにあたり、世界の港にいるオランダ人から便益を得たいという下心があったと思われる。オランダ人にとって、ロシアの南下、蝦夷地への侵入は、江戸幕府にとっても日蘭貿易のためにも好ましくないと思い、通報した」

　フェイトが子平にもこの情報を教えたのは、長崎貿易の安定に由々しきこととなる恐れがあることと、子平が北方の仙台の武士ならば蝦夷地への認識があると思ってのことらしい。

　子平は蝦夷地を幕府に内緒で下見しており、日本の領土がしだいに北進していることに注目していたので、これを聞いて仰天した。

　蝦夷地に異国人、すなわちロシア人が接近している風評は子平もわずかに聞いていたが、この時、はっきりとロシア国の怪しきことを聞いたと後に記述している。このことが直接的な原因となり、子平はますます自分の兵学、地理学をなるべく早くまとめ、幕府や世間の学者に警告したいと思ったのである。

　子平がぼんやりと日本国の安全を武士によって図ろうとしていたことから見れば、この情報の衝撃は大きかった。

「われらも和訳して幕府への『風説書』に入れたが、

長崎人だし、北の蝦夷のことはよくわからん。幕府や長崎奉行は何の動きもないようだ。通詞仲間は知っているが職責上一応内密にしておいた」と吉雄。

しかし安永三年、林子平氏が長崎に来る前年、長崎へ来た宇治の学者、平沢元愷《げんかい》は『瓊浦《けいほ》隋筆』にベンゴロウの漂着とロシアの南下の形成を松村元綱より聞いたと記し、安永七年五月、松前に渡ったと長崎では噂されている。

また後に長崎に来た三浦梅園（哲学者）も吉雄から聞き知り「国防厳に怠らず、西人の意測り難し」と記しているという。

林子平は、直接フェイト、すなわちオランダ館長から聞いて警戒心を強くしたのであるが、一年か二年の違いで他の二人の学者は通詞から聞き知っていたのである。

「わしの兵学を早く完成させなければならない」と強く子平は期し、以来一層、地理学、中でも近隣諸国の最も重要な情報の基礎である地図を収集することに精力を注ぐことになった。眠っている国の武士として、国策はともかく、まず自己の学の基礎をつくろうとさらに決心したのであった。まだ西洋の測量技術が日本に入っていない段階だ。さまざまな地図情報も編集しなければならぬ。

子平は「フェイトさんに今日うかがった知識に極めて感銘を受けた。もっといろいろ教えを受けたい」と礼を述べた。

フェイトは、「年末はクリスマスなどもあるので、新年（安永七年一月）の落ち着いた頃を見て、林子平氏を夕食に招待したい、吉雄さんもどうぞ」と約束してくれた。

子平は帰途、吉雄の後ろを歩きながら、「長崎で北の蝦夷地を想像しなければならないとは。日本以外の世界は大きく変化している」ことをつくづく思ったのである。

子平の行動と情報収集力は加速がついて行った。

# 第十四章

# 経済先進地への視察

## オランダ冬至

林子平が、吉雄幸作と出島のオランダ商館のフェイトに挨拶に行ったあとのことである。クリスマスの頃に、吉雄幸作と通詞仲間、長崎奉行など数人が招かれて宴会が開かれた。オランダ館では幕府の禁教下のため、表立ってクリスマスを祝うとは言わず、日本の習慣に倣い「オランダ冬至」と称していた。

吉雄幸作は、この頃自宅を改築して二階建てにし、二階をオランダ風の洋館のように造り、椅子などを設け、「オランダ冬至」の真似をして子平や通詞たちを呼び、例年のように飲み会を開いた。

安永七年（一七七八）、オランダ館では太陽暦で正月を迎えた。林子平は一人で同館に呼ばれた。子平がオランダ語で「新年明けましておめでとう（Ik wens U geluk en voorspoed）」などと挨拶したあと、フェイトに了解を得て立ち上がり、宴会場の様子をスケッチした。子平は簡易携帯用の筆と墨入れを持参していたので、難なく五人のオランダ人を描くと、それをフェイトに見せた。フェイトは、皆にかざして「うまいもんだね」と拍手をした。その間に卓上には酒や肴が、オランダ風の洋服に帽子をのせた召使の女性二人によって運ばれた。

子平が自画自刻したその絵を見ると、子平には主客用の椅子が用意され（絵では空席）、子平を囲んでオランダ人五人が腰かけている。左手にはツンベルクの後任の医師ヤコブセン、次にフェイト、子平の向かい側には、荷蔵役のデュルコーブ、彼はすでに滞日九年目で日本語も話せるので通訳の役目を果たす。右手側には商館次席と書記が座っていた。

子平は、オランダ文字をメモに書いてフェイトに見せながらいくつかの質問をした。

子平が座ると「あなたのわが国についての質問には、こちらの医者がまず答え、あとで私らも補う」と言った。

## オランダの風土と歴史

医者が話し始めた。

林子平自画自刻のオランダ人との宴会図。左側の空席は子平の席だが、彼は立ってこの絵を描いている。正面の二人の右側がフェイト商館長（第一書房『新編林子平全集５』）

「私たちの国について簡単に答えよう。古いところでは紀元前から五世紀までローマ帝国の領土であった。人種的には北欧系、アルプス系で背高く皮膚も白い人が多い。ケルト人は追われ、アングロ・サクソンの通り道となる。七世紀（日本なら奈良朝）からカロリング帝国となる。カロリング朝はフランク王国後半の王朝で、ピピンの子カール大帝（カールはドイツ語、フランス語ではシャルルマーニュ（Charlemagne）＝八〇〇〜八一四）はローマ教皇から皇帝号を受けて西ローマ帝国を復活。八四三年、相続などで王国は三つに分裂し、現在のドイツ、イタリア、フランスのもととなった」

医者は続ける。

「その後、わが国はスペインのカール五世、その息子のフェリペ二世に支配された頃、陸や海から反乱を起こして一五七九年独立を宣言し、一六〇九年に休戦条約を結び実質的な独立を達成した。現在のオランダになるまでには、フランスなどに支配された時代もあった。日本で言うと徳川幕府ができた前後だ。正式名はネーデルランド（Neder-land または Netherland）共和国である。

　なぜ日本ではオランダと呼ばれているか。それは建国以来、わが国のホラント州（現在の南北ホラント州）がHollandとも呼ばれていたからだ。この両州が政治、文化の中心だったため、恐らく日本に来たポルトガル人がオランダをOlandaと呼んだのだろう。漢字では阿蘭陀、和蘭と記すのは御存知の通り。イギリスではDutchという。ドイツ語のDeutschと同語源である。

　オランダの東側はドイツ、南側はベルギー、フランスである。北と西は北海に面し、海峡を越えてイギリスがある。バルト海にはロシアの新しい都ペテルブルクがある。

　国名のネーデルランドは『低い国』の意味で、四分の一は標高零メートル以下である。首都は知っているように、アムステルダムである。その傍らのライン川、マース川などの三角州に形成された国だ。位置は北緯五〇度前後にあり、面積は九州ほど。温和で農業に適している。時代ごとに堤防や運河を造り、海水を汲み出している」

## 西洋諸国のアジアの勢力

　子平は続けて問う。

「日本にはポルトガルが室町幕府の初め（一五四三）に来て、秀吉、徳川家康の時代に宣教など禁止されていく。オランダは慶長五年（一六〇〇）リーフデ号が豊後（大分）に漂着して以来ですね。ポルトガルがキリシタン問題などで追放されたあと、オランダは平戸から長崎出島に来て貿易を続けている。

　スペインについては秀吉がマニラを脅していたが、家康将軍はシャムやメキシコとの交易を望んでいたので、開幕前後にスペインの宣教師に対し、江戸、伏見などに聖堂の建設を認めた。伊達政宗もこの意向を汲んで、メキシコ（ノビスパニア）へ船を出し、ローマまで行ったが、結局、不首尾となった。イギリスはオランダと同じ時代に平戸に商館を認められたが、その後、撤退した。結局西洋では、イギリスはインドの支配に手を出していた。結局西洋では、オランダだけが長崎で貿易を続けた」

医師が答えた。

「そうです。スペインはローマの植民地だったが、その後イスラムのサラセン帝国領となり、十五世紀末にこれを脱してスペイン王国として成立した。コロンブスがアメリカ大陸を発見したので、カリブ海と北米、南米など広大な土地に植民地をつくり、銀山を発見して、太平洋側に出てマニラに城塞をつくった。ポルトガル、オランダは日本の銀が魅力だったので、中国の絹などと交換した。

　われわれは香料輸入を第一目的にしてジャカルタを拠点にした。現地の首長とも仲良くし、以後ジャワ・スマトラ一体を農園として開発した。ポルトガルは初めに来て、マラッカ、香料諸島、マカオ、平戸などで盛んに貿易活動をしていた。オランダは国策で支援し、東インド会社（V・O・C）をつくり強力な船団を持っていた。

　イギリスは先に東インド会社をつくり、当初インドの紅茶と木綿などの貿易を中心とした。オランダとイギリスは東南アジアで競争したが、オランダがマラッカ、ジャカルタ、香料諸島に勢力を築いた。ポルトガルはかつてローマの属州で十二世紀に王国となり、インドのゴア、マカオ、南米に勢力を占めたが、一五八〇年から一六四〇年にスペインに合併され、その後、衰えたのである。たしかにポルトガル、オランダ、イギリスはアジアで競合し現在に至っている」

「なるほど、アジアに来た順序や国全体が応援している場合と、個々の商人の貿易のポルトガルでは違いが出たし、主たる交易品の目的も異なっていた。

　家康公はオランダ船リーフデ号に乗ってきた三浦《みうら》按《あん》針《じん》（ウィリアム・アダムス＝イギリス人）やヤン・ヨーステンらを召しかかえ、イギリス商館を平戸に招いた。按針に朱印船で安南・トンキン貿易を許した。将軍は当初、朱印船交易を望み、関東の浦賀で貿易拡大を考えていた。朝鮮通信使や清の民間船の長崎入りも認めた。秀忠公、家光公になるにしたがい鎖国体制となった。島原の乱もあったし、寛永一六年（一六三九）にはポルトガル船の来航が禁止となった」

　フェイトが言う。

「その通り、商売や貿易は競争ですから、私どもも生糸と伊万里焼を売買したり、香料や砂糖、コーヒーなどを栽培するようになった。台湾にもゼーラント城を造り一時使ったが、一六六一年に明の軍人、鄭成功《ていせいこう》に奪われた。鄭は平戸生まれ、日明貿易を牛耳った。

十七世紀にはアムステルダムが北欧などとも交流、にしん漁業やバルト海、北海の中継貿易で欧州で最も繁栄したがフランスやイギリスと戦争があり、いまはなかなか大変だ。

アメリカ大陸でオランダは北米のハドソン湾を発見したり、マンハッタン島にニューアムステルダムや南米にも交易拠点を持っていた。各国の植民をして広がり、しのぎを削っている。しかし一六九七年に英蘭戦争で負け、イギリスにアメリカの植民地を譲渡させられてしまった。代わりに南米のスリナムを得て、蘭領ギアナと称し、鉱物を産出する。ポルトガル、イギリスと同じようにアフリカからアメリカ大陸へ奴隷を輸入した。

十七世紀にオランダが繁栄したのは造船。帆や綱、製糖加工業、織物業（フランドルから熟練工が移動）、穀物などの運送業、漁業、アジアからの物産を集めた。

しかし、ゆるやかに下降しつつある」

「日本からは漆器、有田の磁器、樟脳、醤油が出ているが、清からは何を得ているのか」と子平が問う。

「やはり磁器、絹、茶だが日本の有田焼がいい。清は海禁策をとっていたが南方行きは認めた。そこで、最近は広東に商館を設けている。昔は太平洋で銀を輸送中のスペイン船を襲ったりした。スペインはオランダ、イギリスに負けてから少しずつ衰えている。近頃はわがオランダから日本へ金、銀を輸出して助けている」

## 世界の情勢

「英蘭戦争はどのようになり、オランダはどう変わったのか」と子平がまた問うと、フェイトが答える。

「長い歴史がある。オランダがバルト海交易で経済的に成長するとイギリスはこれを嫉妬した。そして一六五一年に、自国の海運を守る航海法を成立させた。これは、欧州の商品はイギリス船が、原産国の品物はその国の船に限るというもので、オランダの商船隊の収入を奪うものだった。そこで第一次英蘭戦争

（一六五二〜一六五四）が起き、オランダが敗れる。和平交渉があった。その後、イギリスが、オランダ領の北米のニューアムステルダムを奪ったことによって第二次英蘭戦争となり、今度はオランダ艦隊（デ・ライテル提督）が勝った。艦隊装備に資金をかけたからだ。この勝利は今でも歌に歌われている。その一方で、陸軍は軽視された。そこにフランスのルイ十四世がつけこみ、オランダの東南部は占領された。オランダ共和国は空位だったがオラニエ公という方に頼って陸、海司令長官となる。

第三次英蘭戦争にライテル提督は再び勝ち、ケルンなどと陸側で講和となった。フランスのルイ十四世とも和睦した。オランダにいたオラニエ公は、一六八九年に、イングランド、スコットランド、アイルランドの王位に就く（名誉革命。女王メリーとウィリアム三世の同君連合）。ルイ十四世はまたもオランダを征服することを目標にしていた。

イギリス国王となったウィリアム三世は対抗して対仏同盟をつくり、海戦はイギリス、陸戦はオランダと主力を分けた。これによりイギリス海軍はますます優勢になり、オランダの商船団の世界貿易の地位を低下させた。一方、フランスは陸上では最強と言われたが、海ではイギリスとオランダの連合艦隊の敵ではなかった」

「なるほど海上貿易のためにも、海軍がしっかりしないといけないので、この場合イギリスが強くなり、オランダは弱くなったか。やはり、領主・領海を守るにも海の兵力が大切だろう。わが国には、昔は瀬戸内海や九州に水軍があったが、今や陸戦だけしか関心がない。関ヶ原や大阪の陣だけが記憶に残っている。しかも太平の世だ」と子平が顎をなぜる。

医師が話を引き受ける。

「オランダは小国なので、常に戦争は望まない。富裕層は戦争は金がかかると厭がるわけだが、他国と紛争が起これば仕方なく軍備をする。

一六八九年は英仏植民地戦争、一七〇一年にはイスパニア継承戦争があった。一七四〇年、マリア・テレジアがオーストリアの継承を主張したとき戦争が起きた。オランダはウィーン条約により軍を出す約束だったが、遅れて出したため各国の敬意を失い、フランスは各国に宣戦布告した。

一七四六年までにオーストリア領ネーデルランドはフランスの手中にあり、一七四七年にはフランドルのオランダ領が占領された。これも大きな教訓である。

今やイギリスの砂糖条例などで、アメリカ大陸のイギリス植民地では独立紛争が起きつつあり、オランダ国民は反英的な雰囲気だ」

このあとパリ条約でフランスはアメリカ大陸の植民地の多くを失う。オランダも多大な損失を受ける。その後、アメリカの独立戦争やフランス革命などが西洋世界を大きく変える。日本は田沼意次の時代で、開拓や商業政策を活発化したが、出島はその外側にあった。

フェイトが話を続ける。

「ロシアは毛皮を求めてシベリアやカムチャツカなどしだいに北アジアに進出している。清とは領土争いをしている。北方から暖かい南へ下りやすいが、南から北へは国力は進展しない。一般的に北から下がってくる。

初めは交易を求めるが、手なづけると、互いに争わせて、しだいに領土化する危険もある。一七七一年にロシア船は阿波（徳島）に漂着したし、ロシア人が国後に来たとの情報もある」

「いろいろな動きがあるね。私の江戸の友人、工藤平助は民事訴訟で松前藩から情報を得ているが、ロシアは交易を求めていると見ている。なんとか国を守る必要がある」

「ロシアはしだいに強国となり、ヨーロッパを侵食している。わがオランダには『海洋自由論』を唱えた国際法学者グロチウス（Hugo Grotius）がいるし、盛んな時代には学問、地図作成や建築、美術が充実し絵画ではブリューゲル、レンブラントやフェルメールが出た」

「なるほど、海は自由という国際法が守られれば良い。それは同感だが、わが国では一度でも国を出てはいけないし、帰国も禁じられている。守備の中で考えていかなければならない。蘭学はまだ医学の分野だけだが、これから一層盛んになるだろう」

「ロシアが東に出て来たことは事実だ。そろそろ難しい話は打ち切って飲食を始めましょう」

「勉強になりました。荷蔵役のデュルコーブさん、この御馳走を説明して下さい」と子平はすっかり場に慣れたようだった。

## 陸だけでなく海も

デュルコーブが指さしながら立って料理の内容を詳しく話す。

「これはラーグーと言う鶏のひき肉と椎茸、ロストヒルブは鯛の塩焼き、次のスペナーンはほうれん草のバター炒めにゆで卵、これは豚の股の丸焼きでフラートハルコ。これはケレヒトソップで伊勢海老のスープ、ハルトペーストは鹿の肉の丸焼き、後は果物の砂糖漬けやクッキーで、とにかく召し上がれ、まず赤ワインで乾杯、Prosie!」

「これはこれは珍味ばかり、わしは肉を食ったことがないので、まず鯛からいただこう」と子平。暫く雑談が続き和やかになった。

丸山芸者が二人入って、手踊りをしたり、黒人が来て笛などの楽器を演奏した。子平も剣舞や能の踊りを披露すると、やんやの喝采があった。

宴会が終わりに近づくと子平はまたも質問攻めだ。

「陸を守るだけでなく、海も大切なんだということ、ロシアも南下しやすいことなど、フェイトさんたちのお陰で学んだ。日本では世界地図を単なる知識として見ていれば良いと考えている人が多いが、これからは朝鮮や清、蝦夷やカラフトなど自国の周辺の地理学を学ばなければならないと思う。その知識が欠けている。わしは兵学を学ぶ者で侍である。国の安全を考えている。これからは薩摩や琉球を調べなければならない」

フェイトも話に乗る。

「琉球などの島々は鹿児島から近い。しかし、地理学などでは、日本の辰巳（東南）二百余里に島がある（伊豆沖）。われわれはウーストエーラントと名づけている。ウーストは荒地、エーラントは島のことだ。この島は無人なれど草木多き故、不毛の地ではない。日本から人を連れて行き、五穀産物などを植えれば大きな利が見込める。オランダからでは島が小さく、費用が過ぎる。日本から年一回向かえば良い」

「なるほど太平洋の無人島ですか、それは調べておく必要がある（小笠原諸島と家康が名づけた）。情報を聞いたり、腹もいっぱいで大分酔いましたよ。どうもありがとう。本日はこれで失礼します」

この夜、子平は大満足だった。

## 幸作の家、二階

上機嫌で帰って来た子平は、吉雄幸作の家の二階で、幸作、弟の作次郎、甥の西雅九郎などと話し込んだ。

「今日は収穫だった。これまではオランダの地図がわかっただけだったが、オランダが欧州では小国で大国のフランスやイギリスに囲まれて大変らしいことがわかった。ポルトガルはスペインに合併されてしまった。スペインは依然として大国らしいが、アメリカ大陸の植民地が大きいようだ。ポルトガルも南米のブラジルに総督を置いていることは前に聞いていた。東南アジアではオランダがポルトガルを追い払い、ジャカルタや香料諸島のモルッカを押さえて清とは広東で交易しているらしい。要するに、国境はその力の結果となっている。地図の線は軍事力、貿易力の表れだ。

わしの推測では絹織物も清の民間船と競争らしい。清とその交易ではいろんな品物を持ち込んでいる。木綿が増えている。インド更紗やジャワのものだ」

「そうだろう。毎年輸出入の品物は変わる。買うほうの好みも変わる。わが国は銀を出せないし、銅は追いつかない。俵物が多くなる。清の船が多く、オランダは船数が決まっているからしだいに大型船になる。金、銀を持ち込んでいるし、砂糖や時計など他の品々も多い。

カピタンは毎年江戸に行き、幕府に挨拶しなければならないので土産品などもあり、苦労しているな。前には珍獣を持ち込んだこともあった。珍鳥もある。恐らくアジア全体の貿易で利を上げるためにも、バタビア（ジャカルタ）の拠点を守ったり、開発したり、イギリスとの張り合いも楽じゃないと思う。だから、オランダ船は多数の大砲を積んでいる。その苦労は隠していると思うよ」と幸作が盃を手に相槌を打つ。

「そうでしょう。西洋の苦労話はしてくれたが、アジアでの領地や拠点争いはあまり話に出なかった。ロシアは急速に大きくなり、アジアにどんどん進出してきて、千島列島を下って来て、警戒すべきだと言っている。ま、オランダの利益も考えているのだろうが」

若い西雅九郎は面白がって聞いた。

「ロシアか、北方は長崎では縁がない。子平さんの蘭語は通じたかい。なんとかなったんだね」

頭をふって子平が答える。

「いや、いや、とてもダメだ。挨拶程度さ。カタコトで、後は荷蔵役が通訳してくれる。やはり、歴史などは医者が詳しいんだね。カピタンはそれを補足してくれた。しかし、カピタンは心得たものでね、わが国への注文はほとんど語らない。わしはお客さん扱いだよ。ただ気になったのはオランダも阿片を取り扱い始めたらしい、ということだ。

幸作師匠、料理は豪華でしたよ。いつもあんなに肉などが出るんですか」

「そうさ、彼らも食べるのが楽しみだし、みんなで皿に取りながらワインを飲むのが唯一の娯楽だ。出島に閉じ込められているからな」

「玉突きなどをして見せてくれるけど、どうだった」

と作次郎。

「いや、今回はなかった。丸山芸者の踊りや黒人二人の音楽を聞かせてくれた」

「それはもてなしてくれたんだ。玉突きも面白いが、黒人は羽根つき（バドミントン）で遊んでいる。庭の孔雀や羊も見ただろう」

「ええ。建物はみな二階を住居にして、一階は倉庫になっているんだね。カピタンの住む部屋は別の建物にあるらしい」

「船員は自分の持ち込んだ品物を売って給料の足しにしている。値の張らない鏡など雑貨がある」

西が話すと幸作が言った。

「シャムと日本は独立国だが、その他の東洋はみな植民地にしているらしい。船の大砲はアジアの島人にとっては脅威だからな。西洋の船同士の戦争のような襲撃、乗っ取りがしばしばある。オランダ人に聞くと、だいたい昔はイギリス人は海賊船（私掠船）を動かし、それを国ぐるみで応援していたようだ。大西洋やアメリカ大陸では互いに戦っている。わが国は今のところ安全だ。あまり詳しく話さないがね。

ところで、清や日本の紙を壁紙に使うことがオランダで流行していると聞いたことがある。伊万里焼はずい分輸入して西洋中に売っているようだ。

ところで、勉強はどうだ」

「世界地図の見方や国名、地名を訳したものを写しながら記憶しています。それで、オランダの話もなんとかついていける。ただ地図を見ていても国柄、土地柄、風土をもっと知りたい。バタビアにも行きたいが国禁で行けない。私は薩摩藩を見学したい」

「作次郎、いろいろ相談に乗ってあげなさい。長崎から海上の方が早い。薩摩から来ている船主もいる。面白いことに、向こうにも琉球を相手にした通詞みたいな人がいる。大体は琉球から来て薩摩に住んでいる」

「作次郎さん、お願いします。向こうは温暖でしょうから、冬のうちに行くのがいいですね」

作次郎がうなずいた。

数日後、子平の姿が吉雄家から見えなくなった。西雅九郎が作次郎に聞くと「薩摩の串木野へ行ったよ。今頃薩摩半島を歩いて桜島でも眺めているかも知れないよ」と言った。

「そうか、どこまでも行く男だな。歩くのも達者らしい」

## 薩摩のようす

長崎に梅が咲き、初午《はつうま》祭りが近づいた。吉雄作次郎と西雅九郎が連れ立って出島から帰ってきた。彼らはオランダ商館の通詞部屋に詰めていた。

「子平さんは何をしているのかな、もう一か月近くになる」

「あちこち歩いて見てるのさ、好奇心が旺盛だからな」

そんな噂話をしているところへ、ふらりと子平が戻ってきた。背負っていた風呂敷包みを下ろすと、「やれ、やれ、長いこと留守してすみません」と二人に言った。

西雅九郎は「いやあ、よく帰ってきたね。親父さんを呼んでくる」と奥の診療所に向かった。吉雄の二階の部屋で作次郎と子平は茶を飲んでいる。そこへ「やぁ、戻ったね。どうだった薩摩は」と幸作が白い上衣を着たまま訊ねた。

子平の話は大略次のようだ。

「薩摩は公式で七十二万五千石もある。なにしろ関ヶ原の戦いで石田三成の西軍方につかざるを得なかった。敗色濃い中、敵陣を突破した島津義弘は桜島に執居し、次男の忠恒は鹿児島城（鶴丸城）を築城した。都城の伊集院一族を滅ぼすと上洛し、家康殿に拝謁して十八代目を継ぐことを認められ、藩主となった。

慶長十四年（一六〇九）、家康の一字をもらい家久と改めた。彼は、家康公の許可を得て琉球に出兵した。降伏した琉球の国王、尚寧王《しょうねいおう》を連れて来たので、琉球の十二万石が加わった。薩摩藩は多くの武士を外城に移し、それぞれの郷に帰して農業させた。わしの考えと同じです。仙台藩のように城下に集めると侍は弱くなるが、薩摩藩は農家の支配もさすがだ。

宝暦三年の木曽川の治水は苦労して家老が責任を取り切腹、この話は有名です。財政は苦しく、藩主は重豪《しげひで》だった。宝暦五年に相続し、三女茂姫は将軍家斉の御台所《みだいどころ》（妻）となっている。また家斉の姉を夫人に迎えているので今や将軍の岳父となっている。いろいろ開化政策もしている。見上げたものだ。

城山は拝んで来ただけですが、豪奢な天守はなく屋型造りだった。二の丸前に造士館と武芸稽古所がある。藩校で、下士の子弟に朱子学を教えているそうだ。弓、槍、剣、馬、騎射などを練習させ、医学院もつくった。私が若い頃に描いた理想が実現されている。

犬追物《いぬおうもの》も復活させ、騎馬で犬を追って射る技を競っている。その稽古もこの目で見てきました。千石馬場でやっていた。造士館などは安永二年建設だというから五年前だな。

藩主が初めて薩摩入りする時は、館の馬場で藩士たちが侍踊りをするらしい。素朴な感じがいい。侍の数が多い。仙台藩と同じだ。城の背には鶴丸城と呼ばれる山がある。石垣と大手門が見事で青銅の擬宝珠《ぎぼし》がついた木橋であった。城山は薩摩の真ん中にあり、シラス（火山灰などの土地）の台上にある。高いところから見ると桜島が正面で市街が一望できる。そこの楠の原生林を下って降りてきた。城を中心に上級武家屋敷が並んでいる。島津家の菩提寺福昌寺がある。水軍の港は甲突川下流左岸にあった。島津家別邸も見た」

## 琉球も蝦夷も

「城山と島津家ばかり見て来たんだね」と幸作が聞いた。子平は、長く話して疲れたのか、暫く額の汗をふいた。

「鹿児島を言う〝カゴツア〟とかいろんな方言は仙台弁と似ているが、われら藩外の者にはわからない。奄美の方言はまた違うらしい。言葉はまぁ楠の森みたいなもんさ。城下も最近整備されたらしい。関ヶ原の敵中突破した島津義弘公は、最も敬愛されている。菩提寺にはわしも詣でて来た。その妙円寺詣りは盛んでしたわい。学者では桂庵玄樹は明に渡った。藤原惺窩《ふじわらせいか》にも影響を与えたそうです」

作次郎が訊ねた。

「串木野港から入ったのだろう。そして鹿児島街道に下る」

「そうです。海側では峠から甑島《こしきじま》列島を見て桜島へ向かいました。桜島は一周しましたよ。不気味でした。一部噴煙も見え、依然に爆発があったことを聞きました。まざまざと火山であることを実感しましたね。また、船で渡り、佐田岬からは南の水平線上に遠く種子島、屋久島を眺めて来ました」

子平の話はきりがない。最後に吉雄幸作が訊ねた。

「琉球へ、まさか、行ったんじゃないだろうね」

「……でも話はいろいろ聞いて琉球の那覇の港やその傍らの首里城について知りましたし、思い描いています」

幸作はそれ以上追及しなかったが、三人共、子平の琉球の話を怪しんだ。

「しかし琉球は清に冊封《さくほう》され（君臣関係を結び）、裏では薩摩に税を払っている。一時は栄えた琉球王国にも、清や東南アジアの船が多くなった。支那と日本に挟まれて苦しい立場です。それは理解できるが、しかし、そこで生きなければならぬ運命だ。無理に戦っても武力の差は如何ともし難い。生存することが何より大切なことは理解できる。これからは、このアジアも国家同士の対立が強まるのは避けられないのだろうか。

琉球の言葉も薩摩も源流は同じかもしれぬし、薩摩人も琉球人も同種なんだろう。歴史を考えればそのことがわかる日が来るだろう。これは蝦夷も同じとわしは考えている」

「薩摩の出水《いずみ》平野は鶴の越冬地で知られている。毎年秋から翌年の三月末までナベヅル、マナヅルを中心に約一万羽がシベリア東部、中国東北部から荒崎の干拓地に飛来する。間近で鶴の舞う姿が見える。鶴を思えば、古い時代から生存を求めて来るのである。悠久の時間と大地の生成を思わずにはいられない。これこそ人間の旅を越えたものである。鶴の勇姿を空に見る時、生き物の美しさ、生命というものを感じない者はいない。本能は偉大なのであり、人間の策や知恵は遠く及ばないと思われる。薩摩の旅で教えられたことは多い」

子平が薩摩を訪れたこの翌年、桜島が爆発している。

## 二枚の地図の模写

子平は朝から二枚の地図を模写することに専念していた。午前中は「朝鮮八道之図」を描いた。例によって襷《たすき》掛《が》けで熱心に取り組んでいる。三国の地理を知っていれば、平時や戦争など治乱の変化に対応できるからである。だれでも利用できるものにしたい。そばに若手の西雅九郎がついている。

「朝鮮図は元大通詞の楢林鎮山《ならばやしちんざん》の子息が秘蔵していたのを借りたのか」

「そうだ。本邦の図については、水戸の長久保赤水（享保二〜享和元＝一七一七〜一八〇一）の地図で見てほしい。朝鮮図はその通りで長崎にある。これは朝鮮大象胥から伝わったもの。つまり向こうの役所がつくったものだ。今日はこれと琉球図をつくりたい。こちらは中山伝信録を証拠に作図する。

また蝦夷図は、前に蝦夷に行った折に得た自己所有の一図と新井白石先生の『蝦夷志』と陶金家《かねほり》の著せる北海随筆等をもって考え定めたい。しかし蝦夷の北までは行っている人々がいるが、その先はなかなかいないので、よくわからないのが正直なところだ。よりよい情報を集めて仕事をしたいから、今回は見送ることにする。

無人島図は長崎の島谷家にある記録が極めて重要だ。なるべく根拠たしかなものにしたい。多くの人々の便利を図りたいからな」

「わが国周辺の地理と言っても手間暇がかかる。無人島とは、小笠原島とも言う。この島には長崎の島谷市左衛門、中尾太郎左衛門、島谷太郎左衛門の三人が、唐船仕立ての船を造り、伊豆国へ回したそうだね。だから島谷家の資料ならたしかだ」と西が述べると、子平が答える。

「そうだ。島谷氏ら三人は学問があり、特に天文・地理に詳しく、古来、噂されてきたことを実現させようと船を造り、江戸小網町の大工八兵衛を中心に約三十人ほどが乗り込み、延宝三年（一六七五）春、伊豆の下田を出帆してまず八丈島に着き、それより東南の方向に八十余島を発見。島の大小、天度の高下、草木産物を調べて、同年の六月二十日、再び伊豆の下田に戻った。それが島谷家に記録してある。もちろん、幕府にお届けの上だ。島の草木を伊奈の忠易（代官）を通して将軍に献上したそうだ。朝鮮については多くの著書があり、通信使が来ており、わしも江戸で見たので、わが国でも知られている」

子平は自分のメモした朝鮮に関する手書きを「まずこれを読んでみろ」と西に見せた。

## 朝鮮半島から琉球まで

そこには、朝鮮半島とそれには従属する諸島がある。東は日本海、西は黄海に面し、南は朝鮮海峡、北は豆満江と鴨緑江によって画される。史書などには前三世紀頃箕子《きし》朝鮮、続いて衛氏《えいし》朝鮮のち、漢の武帝が楽浪以下四群を置く。北方に沃沮《よくそ》南方に韓族などが住み、馬韓、弁韓、辰韓の三部数十か国に分かれていた。四世紀頃、高句麗、百済、新羅の三国が鼎立した。七世紀頃に新羅が統一、国が整えられ文化が興隆した。十世紀に高麗、十四世紀に李氏朝鮮と王朝が変わってきたと記されていた。

子平は読んでいた西に次のように言った。のちに原稿に書いたものだ。

「此国太閤征伐ノ頃迄、風儀懦弱ニシテ、武備ノ沙汰モ統制ノ如クニ無カリシ故、八道ヲ只三ケ月ノ間ニ陥レラレ、其後大ニ悔懲シト覚ヘテ代々武ヲ構シテ今ハ水陸ノ備、能《よくな》レリト聞キ及ベリ、水営モ十四ケ処有テ平生水戦ヲ習ワシムト云リ、況ヤ陸ヲヤ、是等ノコ

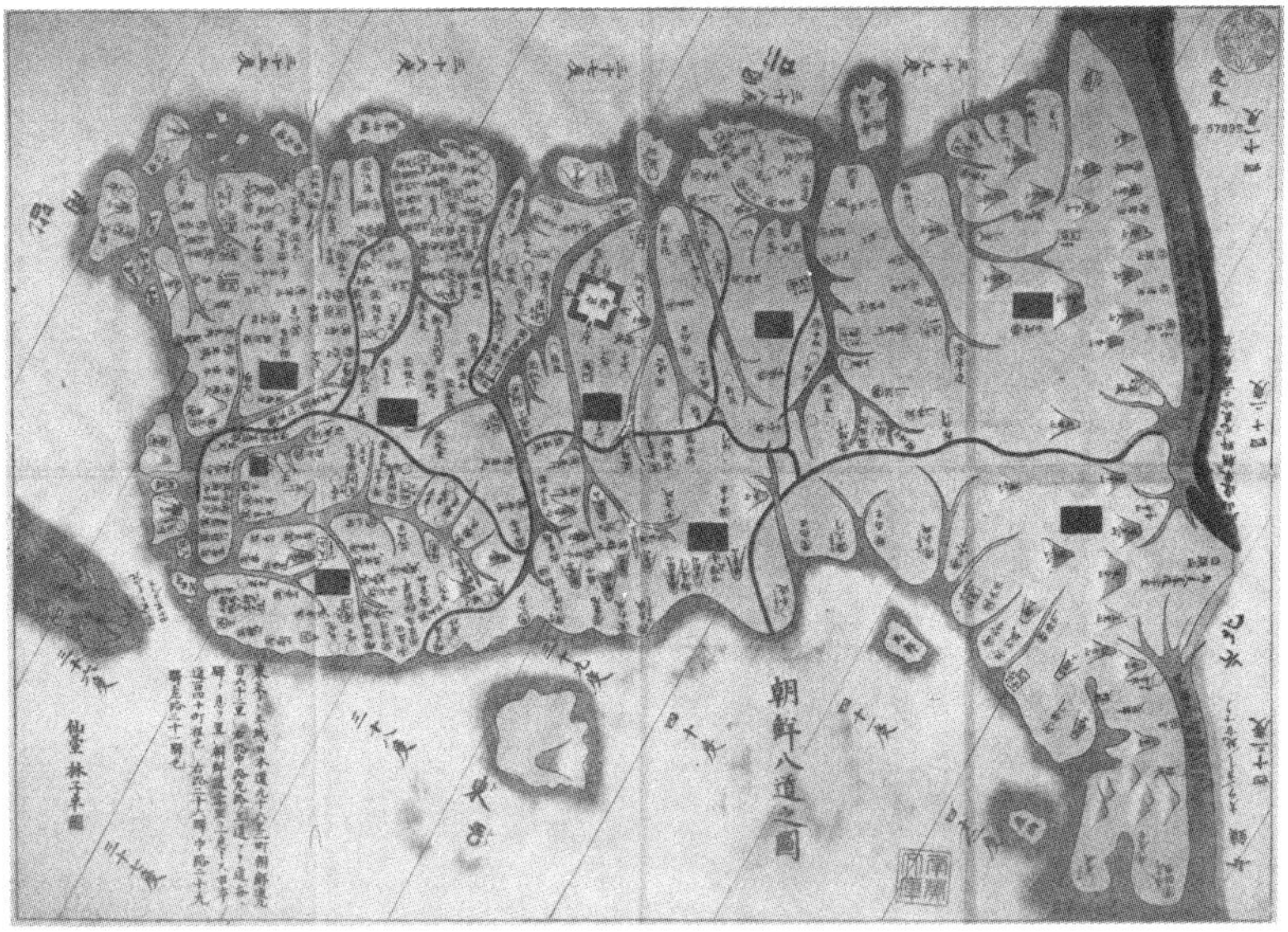


朝鮮八道之図（右が大陸側）（『三国通覧図説』附図、東京大学総合図書館所蔵）

トハ、俗諺ノ『雨振リテ地固マル』ノ如シ」

「なるほど太閤秀吉は最後に総引き揚げをしたからな、特に朝鮮の水軍が盛り返して来たらしい。当時わが方も軍船を持っていたが、熟練していなかったのだろうね。最後はみな逃げ帰った。その後、朝鮮は陸も海もしっかり防備の努力をしてきた」

「わが国の当節の侍たちは、朝鮮の武備を問題にもせず、通信使の江戸詣りが華やかで学者などは漢詩を教えてもらっている。しかし、あの国の水軍の武備はわが国よりも強力でとても軽視できない」と憂国の情を示した。

「住民は日本唐山ヨリ壮大にして、筋骨もツヨシ」と体格の長大を認めているが、「其心機アクマデ遅鈍ニシテ不動也、太閤ノ征伐ニヨク負ケタリ」と記し、行動の機敏さは我国人が随一と自負していた。西の前で子平は愛国的というか楽観的なのであった。子平には子平の経験があるのだろう。琉球についても記述が及ぶ。


　そこには「言語、風俗、信仰ナドハ日本ト共通シ、国主、『源氏朝ノ血脈ナリ』と琉球人ハ言ヒ伝ヘテイル。

其国、小ニシテ、日本、唐山（カラ）両大国ノ間ニハサマル、然ル故ニ両国ニ服従シテ両朝江聘使（ヘイシ）ヲ奉ル、然レドモ唐山江聘スルコトヲバ日本江秘サズ、日本江聘スルコトヲバ唐山江秘ス、是ヲ以テ見レバ唐山ノ威権、日本ヨリ重シトモ言フベキカ」と冷静である。

西は「薩摩も幕府と話し合い、唐を立てている。事を荒立てないよう琉球の態度を認めているのだろう」と子平の考えに同調している。

「わしは新井白石先生の『南島志』で琉球について学んでいる。読めば読むほど白石先生はすごいね。幕府の頂点にいた地理学の大家だとも言える。なにしろ唐の史書やわが国の史書『日本書紀』などあらゆる文献をひもといている。唐の『中山伝信録』は白石と同じ頃書かれた琉球誌だが、明和三年に京の銭屋善兵衛が出版している。またその要約版が、わしの友人である森島中良の『琉球談』に出ている。白石先生はまだ出版していないのでわしは写本して読んだ。まずその地理を総説して次に世系が綴られている。これが面白い」

西が聞く。

「写本は大変だね。地理書にはいろんな分野も含まれているのだね」

## 新井白石の書いた伝説

「なんと源為朝も出てくる。為朝は源為義の子（義家の孫）で十三歳で九州に追われ鎮西八郎と称した。保元の乱では父と共に戦ったが敗れて伊豆大島に流され、そのあとに攻められて自殺したのは三十二、三歳とされている。

ところが琉球では伊豆から海上を南島に逃れて、伊豆に帰ったことになる。そこで大里按司の妹と結ばれ、一人の遺児が生れる。その子が成長して舜天王《しゅんてん》（初代琉球国王）となった伝説があり、白石先生はこれを書史にのせ、その舜天王が即位したのは文治三年（一一八七）としている。恐らく琉球王統の記録である『中山世鑑』などから引用したと思われる。また琉球使節の話を直接聞き、いろいろ判断している。白石先生がこの為朝伝説を入れたのは、伝説を残して琉球とわが国の関係が歴史の中にあると言いたかったのだろう。わしにとっては、この白石先生の見方が面白い。

また、『蝦夷志』にはそこへ渡った義経伝説も加え、さらに越前国の新保の船員が寛永二十一年（一六四四）に佐渡を出航して、大風に遭い漂流、韃靼国に着き、最後に生き残った十五名が北京などに寄り帰国した。帰った人々が言うには、『北京で義経に似た清の太祖であるヌルハチの像を見たとする』話がこの書に出ている。後の義経＝ジンギス・ハーン説の源流となった」

「そういう漂流民の話が伝説をさらにふくらませたのか。なぜ白石先生がそんなことも書いているのかな」

西雅九郎は不審気だ。

「琉球は薩摩藩、蝦夷は松前藩とつながり、結局、最終的には幕府の支配下にあるので、白石先生も地元の伝説とはいえ、わが国と異なる地域も縁があることを明らかにしたかったのさ」

子平も伝説の扱いに道理の通らぬ部分を感じながら『南島志』や『蝦夷志』の白石の説を受け入れている（勿論、今日では歴史の枠に入っていない）。

「ところで、岬からトカラ諸島を見渡せば琉球に行きたくなっただろう。いや行ってきたのか。正直に言えよ。微妙な国同士だし、今の話のように裏表もあるので難しい点もある。言いたくないこともわかるけれど」

子平は「いや行ってない。わしは天空から見て来たのだ。白石先生の書をよく読んでいるからな」とすっとぼけている。

「那覇の港も首里城もなかなかだ。栄えている時代の力が見える。しかし、明の頃には乱れて唐の海賊も倭《わ》寇《こう》も出てきたからな」

「薩摩と琉球の間には、幕府にも知られていない密貿易があるに違いないと噂されている。港の出入りには厳しい監視の役人がいる。砂糖など貴重品も産物になっているからな。なにせ船でどこの港にも着ける」

「では地図を描く方に戻る」と子平は西と語るのを止めて、大小数本の筆を用意し、墨をすった。

## 琉球図

再び朝鮮図、すなわち朝鮮の図を大きく描き出し、北緯四十三度から三十五度の下まで度数の線を斜めに引く。北の国境には豆満江《とまんこう》、鴨緑江《おうりょっこう》以上は女鎮（オランカイ地方ナリ）の字や白頭山、そして遼東を書き入れた。白頭山の下には「この山は遼東、朝鮮、モンゴルなどの三国の界に在り」など細筆で入れた。半島の数多い山々や三十八度線近くには京師（現ソウル）の東西南北門を四角で囲う、八道すべての各地の地名を詳しく書き込んだ。随分時間をかけた。いつの間にか西雅九郎は部屋から出て行っていた。対島も加える頃には午後の作業となり腹がすいていた。

一服して次は琉球図に取りかかる。

北に薩摩、大隈、日向の方面、鹿児島湾と桜島、種子島、屋久島、喜界島、奄美諸島、大島、徳之島、沖永良部島、与論島（ここが海の国の境界）、沖縄本島、沖縄諸島、慶良間群島、久米島、伊豆屋島、伊是名島、宮古島、西表島、石垣島、尖閣諸島、台湾。

すべてを描き終えて窓外に目をやると夕闇が迫っていた。行灯がいつか灯っていた。子平はくたびれた。両眼を手でもんで目をつむる。これから無人之島図、蝦夷島之図、数国接壌一覧図など全体図をなんとかしなければならぬ。三国通覧図説の五枚をなんとか読者のためにつくらなければならない。その最大眼目は人々がこれらの図を読むことであり、人々にわが国の周囲を認識させることであった。要するに日本人に、われわれを取り巻く世界の周囲をわかってもらいたいのだ。

「うーむ。地図の上でも疑問は数多い。まして文化はわかりにくい。それぞれの国の伝説や趣向、衣服、食、首長制や階層など、勉強しても尽くせない。白石先生などの先覚者やこれまでの権威に依存するほかない」

と子平はさまざまなことに思いをめぐらし、これからの方向を考えると前途多難だと感じたが、やるしかないと決意を固める。さらに、わが国の将来の安全策、ことに水軍のあり方、海国の防備策である。そもそも、わが国は対外国と海戦の経験は少ない。豊臣秀吉も安易に攻めた。陸戦中心だった。海戦の史書や兵書にもない。この本邦初の難問に立ち向かう、課題の最初の突破口がこの五つの地理なのだ。

## 長久保赤水の日本図

子平は改めて大きな日本地図を眺めた。この地図は安永三年（一七七四）、四年前に作成刊行されたばかりの『日本輿地路程全図《にほんよちろていぜんず》』である。出版したのは儒学者の長久保赤水《ながくぼせきすい》である。彼は水戸藩主、徳川治保の侍講であり、江戸小石川の藩邸に住む。赤水は江戸中期の地図考証家、森幸安によって描かれた『日本分布図』を参考にして『改製扶桑分離図』をつくりこの地図を仕上げた。『幸安図』にも『赤水図』にも当時よく知られていない蝦夷、現在の北海道は一部しか描かれておらず、経緯は記載されているが、経度はない。

のちに作成された伊能忠敬《いのうただたか》の『大日本沿海輿地全図』も京を基準に経線が引かれている点で共通である。十里を一寸としているので縮尺は一三〇分の一である。

赤水の『全図』は改正され伊能の『大日本沿海輿地全図』より四二年前に出版され、明治初めまで百年ほどの間に七版を数えた。伊能の地図は近代測量技術を使いきわめて正確だったが、江戸幕府により厳重管理されたので一般に広まらず、赤水図が広く使われた。

子平はこの長久保赤水の地図を参考にしてほしいと読者に告げ、そのように原稿にも書いた。子平の不安は自ら測量していないことで、その時代のたしかとされる図に頼るほかなかった、国名、地名なども、通詞たちの翻訳を頼りにしたのである。本木などの仕事は幕府に届けただけで、出版していないものが多かった。子平の仕事は当代の知識を集め、編集者の着眼に新しさがあったのである。

子平は地図を見て「なるべく里数を正確に入れたいものだ」とつぶやき、それぞれ描いた朝鮮図琉球図も見つめていた。

日本人に地図に関心を持ってもらいたい。それがわしの希望である。

## ロシアへの警戒

長崎から江戸に帰った子平は、安永九年（一七八〇）春、工藤平助と再会した。この日は一緒に鉄砲洲にある中津藩江戸屋敷の前野良沢家に向かった。周辺の堤の桜は既に散っていた。

蘭学者の良沢は、普段人とは付き合いもせず家にこもりがちだった。『解体新書』を訳した仲間や杉田玄白ともあまり会わなかった。

平助と子平は、八畳の書斎で良沢と話し始めた。良沢は不精髭を生やし、猫背だった。

「子平は昨年まで長崎で修行していましたが、オランダ商館長に会い、ベンゴロウ事件を聞いたのです。ロシアとポーランドの戦争で、ロシアの捕虜になったポーランド兵だった男、ベンゴロウが、カムサスカ（カムチャッカ）から脱走して逃げる際、日本の周辺を通り、オランダ商館に連絡してきたことからわかった事件です」とまず平助が話した。

子平が話を引き取った。

「そのベンゴロウの話では、ロシアが千島（クルリイス）を南下していること、日本へ接近し千島に要塞を築き、近く松前領へ侵入する計画があると警告してきたそうです。わしにとっては大きな驚きの一件でした。いずれロシアを警戒しなければと思ったのです」

「なるほど、北方の動きは注意するべきだということですな。オランダは幕府に知らせたのでしょうな」と良沢は顎をさすった。

平助は話を続けた。

「私もこの話を聞きましたし、千島方面にオランダ風の衣服を着た赤蝦夷がアイヌ人（蝦夷）のところへ商売に訪れていることを聞いていましたので、前野先生にロシアのことをいろいろ伺いたいと思って二人でやって参りました」

「ふーん、私はあまりロシアのことは知らないよ。むしろ、長崎の吉雄幸作大通詞の方が詳しいと思う。私は吉雄大通詞が訳した『ロシア帝国史』を読んで、オランダ語の『魯西亜大統略記・帝記篇』をまねして訳しながら読んでいるところだからだ。子平どのは大通詞に聞いたかな」

「吉雄師匠は、オランダ語で書かれたその本を訳したと言ってましたし、前野先生が勉強中なので詳しいだろうと話していました」

「ロシアとか、リユス国、モスコビア、カムサスカ、あるいは、この赤蝦夷について、先生の知っていることを聞きたいのです。なにしろ、わしは蘭語は全くダメです」と平助は重ねて聞いた。

「たしかに吉雄大通詞の本は読んだし、今勉強中だが、まだまだわからない。大体しかわからない。この本は国王、皇帝のことを記している」

「私には五里霧中なので、少しずつでも教えて下さい」と平助が再び良沢に迫った。

「ロシアは昔、元《げん》（モンゴル）の仲間の支配を受けていたらしい。キエフ公国とかモスクワ公国とかという地方領主の国があったらしい。そしてモンゴルのくびき（タタールの軛ともいう）から独立した。それがわが国の室町幕府の頃だ。

モスコビアというのは、大公国になった国であり、首都の名である。イヴァン三世から四世になり初めて皇帝（ツァーリ）と称した。それは、種子島に鉄砲が伝わった頃だ。大坂夏の陣の頃にロマノフ王朝となり、ロシア、ポーランド戦争が起きる。ベンゴロウ事件は、こうした戦争の時代だ。その後、ピョートルという大帝の時代となり、新しい都をつくった。そして女帝エカテリーナと続く。とにかく、皇帝の名ぐらいしかわからない。ロシアはしだいに大国となった。カムサスカはロシアが領有している北の島である」

「ロシアは国の名で大きい。モスコビアは国の名でもあり、それより小さい江戸のような名でもある。カムサスカはロシアの支配下にある領地ということですな」

平助はうなずいている。

「まあ、大体そんなところだ。わが国ではまだだれも知らない」

「北の国だが、広いらしい。わしらには地理的になかなかつかめない。奥蝦夷の上なのか。オランダ人に聞くと今は強大国らしい」と子平は悩んでいる。

良沢はしめくくって言った。

「松前藩に詳しい人がいるかも知れぬ。松前藩の役人に聞いてみたらどうか。カムサスカの本を読んでみる」

（この本は後に良沢が訳すことになる）

「赤蝦夷のことをオランダ人に聞くと、子平も聞いたように警戒すべきで、陰謀ある由だが、この風説も私はあやしい」と平助は、とにかく交易を求めていると言って、この日のロシアなどに関する対話は終わった。

丁度その時「ご免下さい」と玄関で呼ぶ声がして一人

の青年が来た。

## 一関の蘭学者・大槻玄沢

良沢は「入りなさい、こちらへ上がりなさい」と答えた。青年が入って来ると「失礼します」と平助や子平に頭を下げた。

良沢は「これは大槻茂質《しげかた》という陸奥一関藩から来た若者である。この客は仙台藩の工藤平助医師、林子平藩士だ。兄が仙台藩士だよ」と紹介した。「大槻でございます。以後お見知り置き願います」と、その青年は改めて礼をした。一関藩出身の蘭学者・のちの大槻玄沢である。玄沢は前年に江戸に来て、杉田玄白の塾に入り、現在は前野良沢に蘭学を学んでいた。彼は建部清庵に医を学び、三年の暇をとり江戸に来ていた。まだ二十三歳の若さであった。

平助と子平は、思わぬところで同じ仙台藩士の若者に会い、「これは良い所で出会った。若いのに頼もしい」などと、それぞれ声をかけた。背丈もあり体つきもよい。「優秀な若者で良くオランダ語を勉強している」と良沢が言った。

二年後に玄沢が一関に帰らなければならなくなった時、工藤平助は一関の田村公に頼み、さらに二年、江戸滞在を許されることになる。この日の出会いは後の大槻玄沢と平助の初対面となり、子平ともこれを機会に知り合うことになる。

林子平はこの年の五月、仙台に帰り、仙台藩の建て直し策（二回目の上書）を書く。そして天明元年（一七八一）には、さらに第三回の長崎遊学をすることになる。これは海（水）軍研究のため、オランダ商船の実態を見学するためだった。

工藤平助はまた次の情報を得た。

ロシア人から通商を求められた松前藩は再びクナシリ、ノッカマプを経て厚岸《あっけし》に来たロシア船に対し、通商の拒否をしたと言う。残念だった。

平助は幕府老中の田沼意次の用人に会い、蝦夷地の開発やロシアとの通商をすべきとの自説をとうとうと語った。するとその意見を文書にまとめるように求められた。それを『赤蝦夷風説考』として書き、のちに蝦夷地やロシアから来る赤蝦夷と呼ばれる動きを調査することになる。

## 四十四歳の上書

仙台に帰った林子平は、天候不順が長引き、洪水が続発した藩内の状況や、藩士たちの気力の無さを見、窮迫した藩政に対し、十五年前と同じように再建策（上書）を書いた。天明元年、四十四歳のときである。以下に主な項目を要約する。

一、財政再建には応急の処置なし

各藩とも借金政策になって以来、その返済ができぬため信用を失い、融通の道がふさがれて回復する応急の道がなく、遠回りでも二十年かけて再建するよう自分らを江戸で働かせてほしい（隣国の庄内藩なども苦労しているようだ）。

一、藩を立て直すには人材教育を

学校建設、教育の充実には多額の金が必要である。まず千両の金を元手に「貨殖」すなわち、利貸しをして資金を蓄えて費用とすべきと述べる。千両の元金で、二十年かけて、三分懸りなら二十万両に増殖できる（いろいろな場合を考えているが略）。江戸で貨殖を実施する。いろいろな経費を差し引いても相当量貯えることができるので、その資金で学校を経営する。（薩摩藩の教育策に刺激を受けたのだろうか）

一、飢饉は三、四十年に一回発生する

三十七、八度より北の土地、すなわち奥州は飢饉になり易く、大凶作の接近を予言している。天明三年には事実大凶作となり、この予言は不幸にして的中する。このためにも貨殖が必要であるが、凶作の対策も次のようにせよと語る。①塩の煮出、②寒土に強い漆《うるし》、桑、楮木の植立、③紅花など高価格の農産物、④俵物の加工品の生産と専売制度、産業振興（蠟、蚕、紙の生産）を第一とすべし。

貸金で得た費用は教育の施設の他、城下の橋などの普請の費用に充てることも提案している。

一、国産の仕立方は薩摩藩に学べ

薩摩では樟脳、黒砂糖、七島表を全国に藩が専売している。この他陶器、ろうそく、赤樫、焼酎などの特産品があるのを参考に。

俵物では煮乾海鼠《にぼしなまこ》や乾鮑などを長崎に直送して、その代銀で薬種を取り寄せ、領内の医療に用いるべきである。

この他、貨幣対策なども論じているが省略する。薩州は子平にとって藩の振興のモデルであったが、江戸時代後期の隆盛は幕末期を見れば実証された。とにかく、利益を上げて、学校にて文武の英才を教育し、人材を育てれば御国ぶりも大きく変化することを述べている。

この上書は天明元年十一月の日付となっている。子平は江戸、大坂、長崎、薩摩など当時の経済先進地を比較して視察し、現代なら経済市場の観察眼でこうした再建策を出していたと言える。しかし、仙台藩では実践されず、のちの時代に取り組むが後進藩となっていったのである。

# 第十五章

# 田沼意次に渡された『赤蝦夷風説考』

## 「壺の碑」の鑑定書

天明元年（一七八一）年、林子平は仙台藩士の友人、小川只七と仙台から徒歩で向かい、塩釜神社の裏手にある藤塚知明の居宅に着き、いつものように三人で話し合っていた。七月の暑い日だった。汗がにじむ。子平が語る。

「今回は、多賀城址にある壺の碑の鑑定書を持ってきた。これは長崎に遊学した際に、支那人の学者である程赤城に面会してもらったもので、君に頼まれたものだ。よく見てくれ、呉超後学、程赤城と印鑑二個が押してある」

「なるほど唐人の学者が書いたものだ。呉の出身者らしい。しかし、これだけでは要領を得ないね」

「そうなんだ。彼は長崎にいる唐人たちの中で学識が高いとされている。だが、壺の碑の写しを見せたところ、そこにある通り『この筆法を観ると古人に倣ったもので勁《つよ》いものがあるが、時代の精粗などを私では判断できない』と言った。この壺の碑文の刻文は、日本の字体だし、字数も限られているので、学者ほど却ってなんとも言えないそうだ。君のほうがわが国における考証は優れている」

「そうか。長崎まで碑文を持って行ってくれてありがとう。唐人の学者は判定できないのか。偽書説もあるが、わしの目から見れば、天平時代のものと言える。多賀城は神亀元年、按察《あぜち》使兼鎮守《ちんじゅ》将軍大野東人《おおののあずまびと》が設置、そして天平宝字六年、参議、按察使兼鎮守将軍藤原恵美朝獦《えみあさかり》が修造したもので、『続日本紀』等を調べて正しいことがわかった。詳しい考証は文章にまとめた、いずれ発表したい。

現在の蝦夷（アイヌ）は松前以北に居住しているが、碑文の時代は仙台藩内まで。つまり、陸奥の州内に群居していた。これらのことは沢田東江、井上金峨など の江戸の学者にも判断してもらうつもりだ。さらに古碑の那須国造碑も研究したい」

藤塚知明は唐人の判定が得られないことには残念だったが、自らの研究には自信を持っていた。子平は続けた。

「君の研究は詳しい。わしはその研究に影響されたが、前にも話した通り、蝦夷国界は時代によって移動しており、現在は海を越えたばかりの松前藩だけでなくソウヤ等蝦夷（北海道）の極北までをわが国の国界とすべきだと考えている。わしも安永元年に蝦夷地の松前を見てわかった。ロシアの動きも当時から噂に聞いている。長崎ではベンゴロウという男のロシア南下の警告を聞いてきた。江戸と仙台で、この蝦夷図、無人島図を作図してみた。見てほしい」

子平は自分で描いた二枚の地図を障子に貼って見せた。

藤塚も小川も傍に寄って眺めた。子平はその上図の横長の図面（無人島図）を指さして説明した。

「これは小笠原島と言われているが、無人島とオランダ人などが称しているので、一応、無人島と表することにした。伊豆の沖、三百七十里にある。伊豆下田より三宅島へ十三里、三宅島より新島へ七里、新島より三倉島へ五里、三倉島より八丈島へ四十一里、八丈より北の無人島へおよそ百八十里、南の無人島へ二百里、八丈より無人島へ渡る洋中に五島あれども只一大岩山にして産物はない。三倉島より八丈島へ渡る洋中に黒瀬川と言う瀬あり、舟人の難所とするところだ。島々の大小すべて八十九山あり、そのうち大島二、中島四、小島四、この十島は土地広く草木多く、ところどころ平地があり人の居住ができる。そのほか七十余島は岩石嶮峻なる故に人居住することあたわず、ただ産物を探るべきだ。この島は二十七度の暖地なるゆえに山領潤谷と言えども、蕎麦、稗《ひえ》、粟《あわ》、芋などを植え、蠟《ろう》を得るための植物も植える試みもできる。漁労では珍魚もとれそうだ。この島に産する草木及び諸物は別文に記してある。後に読む。しかし獣類はほとんどいない」

一気にここまで言った子平は、すでに出版のための原稿も書いており、それを手にして読み上げた。

「林のように木々があり、三十余尋《ひろ》の堅木、高木がある。椰子樹、びんろう木、白楽木、カチャンノ木、センダン樹、榎木、山柿藤の葉に似た大木、桂樹、桑の木など、草地もある。島ではインコに似た鳥、五位鷺、白鴎に似て大きさ三尺余の大鳥など、この鳥類は手で捕えられると言う。医師には明礬《みょうばん》、緑ばん、五色石ほか異石多し。海産物では、鯨、大海老、大牡蠣、雲丹など産品多し」

ざっと語り終えて、子平は座り直した。

## 『三国通覧図説』の構想

藤塚も小川は「初めて伊豆沖の無人島図を見た。島が多いなあ。林どのは現地まで行ってきたのか」と質問した。

「この無人島には行ってない。長崎の学者らが、江戸小網町の大工八兵衛などを連れて、幕府の御印の旗を賜りて延宝三年に伊豆下田を出帆して調査したもので、ここに記した地図は嶋谷家に保管してあった記録によるものだ。

その記録には黒瀬川（三倉島（深い渕）と八丈島の中間の海域、幅二十余町、東西百里）の急流で黒瀬であることは記していない。彼らが四月初旬に行ったからだ。この瀬を乗り切るには大いに経験が必要と聞いたので加えた。

わしが思うに八丈島の中、第一の大島は回り十五里で壱岐島ほどある。その次の大島は天草島に比せる。その他の八島もみな平地があり、人は居住できる。五穀を植えれば利用できる。その他七十余山も珍奇なものを産し、利用可能だ。したがってこれらの島々に人を植民して村落をつくり、渡海は年に一船を仕立てて産物を収益する。商人がこれを行えば巨万の利を上げることができるとつけ加えたい。さきに長崎（安永年間）へ行った際、オランダ人のアーレント・フェイトに会った。彼はこの無人島を知っていて、『日本より人を置きて五穀産物を仕立てれば大利あるべし』」と言っていた。

「蘭人も無人島を知っているのか、驚いたな、それにしても大島があれば、わが国にとって大切だな」と藤塚、小川の両人は感心しきりだった。

「オランダ人は、わしらの国の周囲を知っている。そればかりではない。ベンゴロウがオランダ商館に語ったところによると、リユス国（ロシア）の人は、わが国の港々を測量しているらしい。何を探訪しているのかは知れない。わしが『三国通覧図説』を早く完成させ、人々に知らせたいと、目下、隣国や九州薩摩の地図も模写したり、わが近辺の地理学、航海に必要な天文学を勉強しているのだ」と子平は語った。

## 蝦夷地は日本が開発すべき

子平が一呼吸置くと、藤塚知明が話し出した。

「藤原仲麻呂は奈良中期の人なり、紫微内相となり、淳仁天皇を即位させたが、道鏡の排除を図り、逆に近江国で斬死した。藤原仲麻呂の子が、藤原恵美朝獦《あさかり》で、天平宝字元年（七五七）に陸奥守となり、続いて同四年に按察使兼守鎮守府将軍となった。壺の碑にある通り、出羽や陸奥の築城に貢献し、多賀城を修造したが、同八年に失脚した父と共に近江の国で処刑された。

延暦一〇年（七九一）に大伴弟麻呂が征夷大使、坂上田村麻呂《たむらまろ》が副使となり、同十三年には蝦夷を制圧した。この功で田村麻呂は鎮守府将軍、征夷大将軍となり、二〇年には四万の兵を率いて再び東下し、陸奥の関伊（岩手南部）まで攻めて帰京した。翌二十一年には胆沢城造営のため派遣され、以後、鎮守府は多賀城から胆沢城に移った。

この年、蝦夷の長、阿弖流為《あてるい》と母礼《もれ》を降伏させ京に連れ帰ったが、田村麻呂の助命歎願にも係わらず二人は河内で処刑された」

「その通りさ、しかし、それ以後の津軽までのことは記されていない。新井白石先生は『その後、若狭の守、源信広、海を越えて夷中に入り、北地を定めぬ。この年は嘉吉三年（一四四三）なり。信広は後に蠣崎《かきざき》を名のる。また改めて松前と称する。これより後は子孫世々その地を抛守した』と記している」

知明が続けて言う。

「一四五七年にアイヌのコシャマインの乱が起きると信広が鎮圧して蝦夷の和人の頭領となり、松前の祖となった。蠣崎姓は四代季広まで続き、五代慶広の時に豊臣・徳川氏に従い、松前と改めて藩主となった」

「白石先生は『新羅の記録』を見て、安東盛李が青森の小泊の柴館を落とされた年が嘉吉三年ごろなので、武田信広と名乗って渡海したと判断した」と子平は答えた。

「『三国通覧図説』は、私がこの蝦夷の地図に、三十五歳の頃蝦夷から持ち帰ったものなど新たに三図を検討して、白石先生の『蝦夷志』や、『北海随筆』などを読み、北海舟人の説を交えて考え定めたものだ。

つまり、朝鮮、琉球、蝦夷の三国は本邦の隣接の地で、平素から地理を知っていれば不安を感じることがない。事が起きた場合は、これらの図を抱いていけば良いので、武術を補うことができる。なるべく正確を期した地図であり、いい加減に制作したものではない。朝鮮、琉球、蝦夷、無人島に加えて、本邦との接壌図もつくりたい。五図を見れば全体がわかるだろう。それには、まだまだ努力しなければならない。

　最近、松前の人、六兵衛と江戸で旅宿を共にして聞いた話によると、①蝦夷人はほとんどが日本を慕って、わが国の風俗をまねている。②其の地に砂金や金銀山多し。③ロシアとやらん国より、怪しき人が来ること――などの噂を聞いた。それに加えて、長崎のオランダ商館長アレント・フェイトに次のことを教えられた。

①蝦夷は日本と一条の海水を隔《へ》だつ、其地勢は別国に似たれど日本より人々を多く入れれば、より上国の風を望みてその風俗変化すべし。其俗変化すれば其の国ことごとく日本の分内となるべし。②オランダは申すまでもなく、欧州の各国は、遠く万里隔たる国さえよく治め、おのれの分国となして本国の助となす。③莫斯歌末亜（モスコビア）遠く北海を越えて蝦夷をなづける志あり」

　つまり子平はフェイトからヨーロッパ列強の植民地政策の実情を聞き、その動きからロシアの東進、南進の形勢と見るべきだ、日本が蝦夷地を外国と見て放置することは危険であることを聞かされ、日本が蝦夷地を開発すべきと思ったのである。

「商人、舟人だけに任せては、この風俗の良い影響が与えられない。何故なら商人、舟人は蝦夷人を教化せず、利だけのために使い捨てにしている。では次に図面を説明しよう」

## 蝦夷国とは

以下は子平の説明である。

一、蝦夷は、津軽の竜飛埼南の大間ケ獄より只一篠の海水を隔てるのみ。

一、その地形凡そ四十三度より五十一、二度にかゝり、大寒地なり。大概南北日本道で三百里、東西一百里ばかりの国なり。しかれども東西は屈曲し、広さは

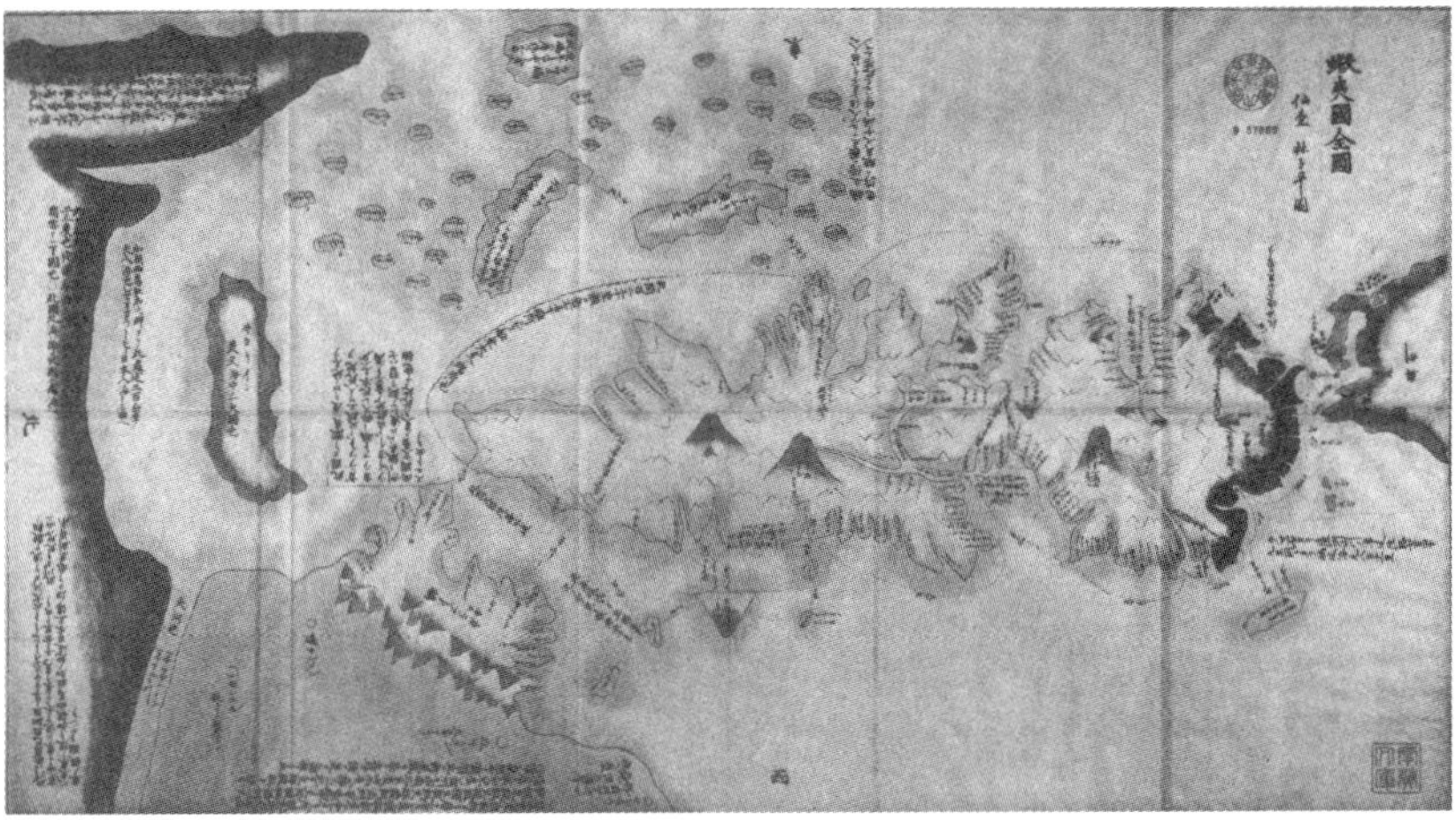


「蝦夷国全図」（『三国通覧図説』附図、東京大学総合図書館所蔵）

一定でなく、石カリイブツ（現石狩付近）の処にては、わずかに二十四五里にくびるなり。

一、蝦夷一州を五部に分つ。松前七十里の地は五部に入れず。（以下、簡略に）

①ハラキ～キイタフ、七八十里を東の部とす（夷語では東の部分をメナシクルトいう）、②キイタフ～ウラヤシベツを東北の部、③ウラヤシヘツ～ソウヤを北の部、④ソウヤ～ウスヘチを西の部（西部を夷語にシュムクルト）、⑤ミズタマリのような並びに大河に添う処を中部という。

右五部共に、本邦の商船入りて賑わう。村々には運上屋という商店の輩が会所を建て、夷人を指引し交易を成さしむる。交易の際、その産物を少しばかり松前の公室へ納めしむる（サシ荷とよび年貢の心持なり）。

運上屋にある輩、ことごとく俗商なるので、夷人に接待すること見苦しきことありと聞く。願はくば、これらを禁じて礼と徳を以て相接して夷人をして心服せしむべきこと、俗商にも心得ありたしこと。東の部に御味方蝦夷というものあり。家中同然にて年毎に松前に年始の礼に出仕するなり。

其国、文字なく、財貨なし。穀帛《こくはく》無。熟銅鉄無。只海物を取り、又鳥獣を持って食として生を遂げる。其国医薬なし。病あるときは、只、祈祷あり。小子、思うに医薬全くなしと言うにあらず、イケマ、エプリコの二薬を以って腹痛、切疵などを療することあり。

其国、木綿、絹なし、其服はアットゥシ（藤蔓の如き物の皮をはぎて粗く織る）これ以外は獣皮。近年、本邦と唐、満州、モスコビアなどの古着を着ている。家族内でも着るものはマチマチ。雑穀植えると寒気の粗田ゆえに実り少し。

蝦夷国の北に又一国あり。蝦夷国の西北界より、わずかに海上、六、七里を隔つ、カラフト島という（本名タライカイ）。集落二十一在りて廻り三百里の島と伝えれども、その詳なることを見たる人なし。この地全く離れ島にあらず、東韃靼の地続き、シイの地方にて東南海の一出崎なりと言う。白石先生は、万国図の野作という地はこのカラフトなるべしと言う。

さらに西北にサンタン、マンチウという地あり。マンチウは満州なるべし。思うにカラフトより満の都までそう遠くなし（寛永年間、越前国の藤右門の漂流の記あり）。

カラフトと交易する産物、青玉、雕羽（鷲の羽）、煙管、絹、文絵、絵帛など、北京より満州―カラフト―ソウヤ―松前と来るなり、カラフトの闇と海には暗瀬が多く、陸路も難しく大交易はなし。

蝦夷の東海中には千島という三十七島あり。蝦夷と通じるものに、クナシリ、エトロフなり。この三十七島を過ぎて東に国あり。カムサスカ（夷人）加模西葛杜加と記す。これ又韃靼の地続きにて、蝦夷国の北を取り巻きして東へ延びたる遠地なり（欧州モスコビアの女帝、帝業拡大を号令す）。日本道三千余里をモスコビアの領国として、代官を置く。この東には略すべき土地なし。故に西の千島を手にすべき機ありとす。千島の極東にラッコ島クルハセの大島あり。この島にモスコビア人多く居住する由、ここよりエトロフへ来りて交易す。交易品（胡椒、砂糖、猩々《しょうじょう》緋色《ひいろ》、南海の産物）を手に入れ、エトロフへ来りて呑むの志ではないか。

問へばロシアと蝦夷人聞く。思うにロシアはルシヤの一転語なるべし、ルシヤといえばモスコビアの都城の地にして、日本の江戸というが如し。その服はオランダの服に似て、色は赤、故に夷人来り、蝦夷人はホリ、シイ、シャモと称する（夷語に赤きをホリ、善をシイという。人をシャモ、ホリシイシャモとは赤色のヨキ人という意である）。

すでにラッコ島を取りて、エトロフをなつけし上は蝦夷の東北部に至るべし。

蝦夷の性、愚にして善なり、ロシア人は蝦夷に接するも武力、暴虐をなさず。胡椒、冬服を与えて寒気を除かせ、砂糖、淳酒を飲ませ、時に大砲をとどろかせ威厳を示し、文武を兼ねてなづける術をほどこす。オランダ人フェイトはロシア人はこの術を知るという。

当時の蝦夷で予想された物産＝金、銀山、銅山、砂金はクンヌイ、ウンベツ、ユウバリ、シコツ、ハボロにあるなり。ひそかに思う。今取らずんば後世、かならず、モスコビア取るべし。ホゾを噛むとも遅かるべし（略）良材＝蝦夷松、五葉松。この他、桂、櫁、黄栢等多し。草＝春菊の白花あり、百合に黒花、イタドリ、山獣＝羆熊、牛馬は松前、水獣にラッコ、オットセイ、アシカ、アザラシ、鷹、シマトビ、雕（オオワシ、多く矢はねは絶品）、魚＝サケ、カトは大産物、サケは他国に比類なし、カトの卵は数の子、鯨、イルカ、アカエイ、昆布、薬品、前に二品挙ぐ、他に附子、黄精、黄連、ニンジン、黄栢、その他略。

蝦夷も同類の人なり。日本、唐山、朝鮮、オランダも今こそ文物国とはなりたれども、開花の頃はみな今の蝦夷の如くにありし。新井白石は『蝦夷志』をつくるも、『北海随筆、蝦夷随筆』あれどもなお遺稿、誤り多し。もっと情報を集めなければならない。

## 蝦夷の奥にある蝦夷

「蝦夷国についてよく調べた。書かないこともあり、十分でないこともあるだろうが、子平どのの述べしことは有益だ」と知明が言えば、小川只七も「われらには全く知らないことばかり、世人に知らせることだけで価値がある」と二人は大いに感激した。

しかし、当時、蝦夷の北方には、オランダ人も知らない地があった。カラフトとサガレイン（サハリン）は同一の島名だったが、カラフトはアイヌの呼び名で伝説では、カムイ（神）、カラ（造る）プト（河口）、アツイ（海）、ヤ・モシリ（丘・島）と言った。サハリンとは北方民族ツングース語でサハリン・ワフ・アンガ・ハタと言い「黒竜江口の山」を意味した。当時は、支那、ロシア人の呼称で、蝦夷人も松前人も実状はよく知らぬことで、子平も両人種に聞きて結果的に誤ったことになる。サガレイン（サハリン）とカラフトの二つの地名としたのだ。後に幕府が調査団などを派遣し、北部を蝦夷地と呼んだが、明治以後の日本政府は北海道、樺太と名付けた。

間宮林蔵（一七七五～一八八四）は寛政十一年（一七九九）蝦夷地に渡り、翌年御用掛となる。伊能忠敬と函館で会い測量術を学ぶ。文化五年、松田伝十郎とともに樺太に渡り、島であることを確認。この時までは欧州人も知らなかった。そのため、サハリンは満州語となり、大清帝国地図でサハリンとなる。ロシアでも世界図の名となった。

翌年、間宮は単身で海峡を大陸に渡る（間宮海峡の発見）。黒竜江をさかのぼり、満州仮府所のあるデレンに至るが、シーボルト事件の密告者といわれ、後に幕府隠密ともなった。

なお、新井白石は世界史的視野を持ち、各種の地図を利用して『蝦夷志・南島志』を著したが、白石は韃靼《だったん》を警戒した。子平にはこの影響があった。「だったん」とは中国からの呼称の東モンゴル系タタール人で、時と場所により、多様な民族を示す。八世紀に東モンゴルに出現し、モンゴル帝国に合併された。明では元の滅亡後、モンゴル族を「韃靼」（北元）と呼んだ。

「蝦夷の奥にさらに蝦夷があるようだが、そこの方面には赤服を着たロシア人がいるとすると、韃靼や満州、北京などの大陸はどうなっているのだろう」

藤塚知明が子平に訊ねた。

「正直言ってソウヤから先へ行った日本人は多くない。カムサスカまでつながっている。ソウヤの蝦夷とカラフトの蝦夷が交易していた。探検も必要だが、蝦夷地を松前藩だけに任せておくのか、幕府やわが藩も、まず蝦夷に人々を派遣して現実の地理を考えてみる必要がある。放置しておくだけでは将来どうなるか憂慮せざるを得ない。そこをみなにわかってもらいたい。

この頃、『松前志』がようやくできた。だからわが国の周囲を見ろという啓蒙が大事だ。そのほか、オランダ人フェイトの教えてくれたように、欧州の各国はしだいに東方へ進出して来そうだ。イギリス、オランダは広東で交易している。ロシアは北から蝦夷に進出している。

蝦夷人の教化などをどう日本は考えるか。防護策の対応をしていく必要があり、武士も平安をむさぼっている時代ではない。若人たちを教育しなければならない。海外を見つめ直し、準備していかなければならない。三国の地図をもて遊んでいるのではない。次の世に備えているのだ。また長崎へ行って、調べて来るよ」

「三度目の長崎行きか。林君は健脚だな」

子平の活動していた天明元年（一七八一）から約七十年後の安政元年（一八五四）、幕府は神奈川条約の締結により函館を開港した。安政五年には栗本鋤雲が函館奉行組頭となる。探検家松浦武四郎は弘化元年（一八四四）エトロフとカラフトに足を延ばし、安政二年、蝦夷地御用となり北方を踏査。明治二年、開拓史判官となり、蝦夷地を北海道と樺太と命名したのである。

## 蝦夷を国内の通商路に

江戸の工藤平助は、診療に公事の相談、藩主、重村の求めに応じて御番医師兼相談役のような立場で、相変わらず、なにかと多忙であった。

診察などが片付いた夕方、仙台から着いた子平に「仙台はどうだったか」と訊ねた。

「この数年同じだが、七月は大雨で各所が洪水だった。迫川など出水で堤防があちこちで決壊した。今年も不作だろう。なんとも天候が不順で暑かったり、寒かったりだ。連年の冷害で藩内の空気も暗い。いずれ大飢饉が来ないとも限らない。江戸に上ると気分的に明るいので救われるね。長崎へ三度目行ってくるよ」

「長崎にとりつかれたな。まあいい。わしも行きたいが、暇なしだからな。今年も減石とはわが藩もやり切れないな。米処はまず天候だ。仙台藩と同じように幕府が買米制度や酒造りの増減で市場調節しているが、なかなか大変だ。

おぬしが長崎に行っている間に江戸では浮世絵や黄表紙が売れたり、狂歌が盛んだよ。作者は幕臣が多い。狂歌作者の唐衣橘州《からごろもきっしゅう》、四方赤良《よものあから》（大田南畝）、狂歌作者の平秩東作《へずつのとうさく》、戯作者で狂歌師の朱楽菅江《あけらかんこう》、狂歌作者の元木網《もとのもくあみ》、木網の妻の知恵内子《ちえのないし》などが橘州の主催する狂歌会で集っているそうだ。川柳の句集『俳風柳多留《やなぎだる》』が出て、前句付《まえくつけ》が流行している。賞金つきだ。

俳句も蕪村で再び興隆しているよ。庶民の間で人気が出るから『本朝水滸伝』など読本《よみほん》も売れている。上田秋成の『雨月物語』は傑作とされている」

「ははあ、わしも狂歌でも書くか。とても売れないだろうが。わしはやはり時がかかっても三国間の地図を出版したい」と子平が手持ちの『無人島図』や『蝦夷図』を畳の上に広げた。

「おぬしは器用だな、浮世絵の版画もつくれるぜ。しかし、この蝦夷図はずいぶん詳しいな。それがしの持っている蝦夷図は簡単なものだ。手前が松前藩で小さい山は羊蹄山、一番高い山は大雪山、北の頂点がソウヤか、カラフトにサガレインか」

「わしは蝦夷に行ったことがあるが、熊石（日本海側）あたりまでなので、松前藩の二、三十里四方と、クシロ、ネムロ（太平洋側）くらいしかわからないので心配だ。新井白石先生の『蝦夷志』と数枚の地図を加えてつくった。実際に奥蝦夷まで行けばいいのだが、松前藩が監視している。こんなところがわが国の現在の知識だな」

「大したもんだ、これだけの地図は見たことない。わしにもまた描いてくれ。ルユス国とかモスコビアとか、カムサスカなどロシアの本もない。君の言う通り、ロシアも欧州に近い感覚だから、不案内なのだろう。子平君の写本の地理書『ゼオガラヒー』はもらったので参考にしている。予め前野良沢さんに教えてもらったが吉雄幸作大通詞の訳した『ルユスランド』（ロシア誌）がほしいので、大通詞に話してくれ」

「わしが写本にして、今度、土産にするよ」

「なるべく早く読みたい。飛脚便で送ってくれ、金は払うよ。頼むぜ」

「蝦夷に注目しているな」と子平。

「そうだ。わしはまず開発と交易をすべきだと思う。公事訴訟で松前藩の相談に乗っていた。だが松前藩の勘定奉行だった湊源左衛門は敗訴して首になった。相手の飛騨屋久兵衛は、この地図で言うとソウヤでも木材や青玉など不正な抜け荷をしているが、松前の殿様も煮え切らない。業者の出資金が効いている。可愛そうに、今では湊さんは江戸でブラブラしている。湊の話を聞くと蝦夷地の内幕がわかるし、松前藩はだんまりで秘密主義だ。ロシアも通商したいと来ているのに隠しているんだ。幕府に報告せずに勝手に拒否している。独立王国でいたいのさ。交易でわが国も利をあげることができる」

子平が答える。

「しかし、交易も大切だが、オランダ人はロシアを警戒すべしと言っている。長崎貿易を見ていると、わが国は銅も銀も少なくなっているので、薬品や書籍も多く輸入できない。逆に金を買い入れているくらいだ。蝦夷地で砂金や鉱山は掘れればいいけど」

「あれだけの土地と高い山があるのだから、金銀山はきっとある。幕府の役人には知らせないのだ。俵物もあるし、赤蝦夷は米や油、日用品もほしがっていると

いう。湊さんに聞くと砂金は昔とれたと言っている。本州からなにも出さなくても割に合うと思う。交易の通路を開いて置いて、警戒もするさ」

平助は胡座をかく。

「わしは兵学者だし、防備を固めることを一番大切にしている。そこに武士が生かされる。しかし、平助の言うように蝦夷を国土にして、開発するのは賛成だ」

と子平は言う。

「蝦夷を国内とし、通商路とすることも必要だという点は同意見だ。田沼意次御老中も、印旛沼の大干拓に手を出しているが、それよりもっと分がいい。こんなこと言えないが松前を上地（幕府の管理）にして、幕府直轄の天領にすべきだ」

子平が結論づけるように言う。

「その通り、わが国界もしだいに北へ北へと伸びて来た。海を渡ればすぐ目の前だ。商人たちは利ばかり追っている。アイヌ人もわれわれと同類だ。教えれば字も読み、書くようになる。田畑もつくれるさ。古代ならわれらも字を知らなかった。わしはまず『三国通覧図説』を出版して啓蒙がしたい。その後は国を守る方策を考える。そのために長崎に帰り、水戦のために蘭船や清の船を研究してくる。地理学ばかりに目が向いて

いたが、航海のためには天文も知らぬとダメだろう。この地球は丸いのだから」

「わしは医者だが、世俗の経世済民にかねてから関心を抱いている。ロシアの知識と松前の内情を調べ、蝦夷地に関心を持つ。共に力を入れよう。今夜はわしが美味いものを馳走する。泊まって行け」と平助は子平に勧めた。

数日後、林子平は東海道を下って行った。

## 飛騨屋告訴の一件

工藤平助は、弟子で三十代の前田玄丹と湊源左衛門と三人で話し合っていた。前田玄丹は松前の出身で父親が同藩士であったが、六十過ぎの老人湊源左衛門の紹介で入門して来たのだった。

「お元気ですか」、工藤平助が茶をすすめながら話した。「近頃はどうですか。松前藩を重追放となっている身では、あまり出歩きませんか」

「この前、幕府勘定組頭、土山宗次郎が訪ねて来た。土山は田沼老中を取り囲む連中の一人で、狂歌作者の大田南畝、朱楽菅江、地口有武《ちぐちありたけ》、三井長年、平秩東作などと交際している。新吉原妓楼、大文字屋の誰袖《たがそで》という妓女ともつきあっている。新宿の豪邸に住んでいるという、まあ隠密というより、世情にくわしい。なにせ本人が知られている。土山は蝦夷地に興味を持っていたが、わしは『飛騨屋告訴の一件』で、罪を負い、公儀から給地を没収されたからな」と、湊は腕組みをして話した。

「藩は、飛騨屋が抜け荷をしている事実を突き止めようとしたんだ。しかし実証しなければ公儀に訴えられぬ。飛騨屋はさまざまな財物を、カラフトなどから買い入れ、松前藩に金を貸して場所請けをしていることにつけこんでいた。ソウヤからそのまま日本海に出ると四日程で酒田を経て京に着く。その密輸をわしら松前藩はあばこうとした。松前藩は金を受け取っていたから、藩主はなにも言えなくなっていたが、逆提訴されたのさ。今に見ておれ、飛騨屋を免職にしてやる。不正は死んだ浅間が一番知っていたのだ。哀れだよ」

湊は数珠を出して拝んだ。平助が言った。

「全く、大商人は金で人を縛りあげる。蝦夷地は大陸との交易が大きい。山丹人―カラフトアイヌ―日本商人のルートだ。わしに言わせれば松前藩が幕府に内密にしていることも問題だ。逆に堂々と山丹人、ロシアとも交易の道を公開して商いは商いとすべきだ」

「しかし、蝦夷地は広大な未開地だ。武士の人口が増えなければ係や護衛兵も必要となる。江戸から武士、町人を派遣できても、とても寒冷地で人は集まらない。湊氏は、松前藩の主家筋だった秋田の土崎湊の安東氏の血を中世から引いているんだね。松前では代々物頭格だったのに気の毒をした」。

平助は前田玄丹に向かって説明した。

「飛騨屋は山林伐木などの請負人を長く勤めていた。藩の負債となる八千二百両の債権を持つ大商人だが、その代わり、クナシリ、エトロフ東蝦夷地の場所を請けていた。その上、さらに藩債二千八百両で、西のソウヤを十五年請け負った。ところが飛騨屋の手代の嘉右衛門がくら替えして、急に松前藩士となり浅間と姓を変えた」

平助をさえぎり、前田が聞いた。

「湊さんら松前側の画策だったのか」

湊は手を振っただけだ。そこで平助が話を継いだ。

「手代は浅間嘉右衛門となり、船中吟味役として飛騨屋を不意に臨検した。この不法に対し、飛騨屋船頭が自殺した。飛騨屋は、藩債という財政援助で場所請負の権利が明白なので、この浅間ら藩の不法行為を公儀に訴えた。そしてこの秋、松前藩家老、蠣崎土佐、勘定奉行湊氏が給地没収となり、浅間嘉右衛門は死罪という判決が下ったのさ」

これに湊が抗弁した。

「藩に金が集まらぬ、まだ時がかかる」と湊が否定しつつ「それでも松前藩はしだいに道理に合うように仕組みを直しているところはわかってほしい」と話した。

「松前藩も数百年、田畑なしの蝦夷地を治めてきたのは御苦労だった」

平助は腕組みした。

## 平助の蝦夷地開発通商論

工藤平助の医院に、治療のため初老の男が来た。診察をすると軽い風邪で、体力が弱っているようだったので、甘草《かんぞう》と葛根湯《かっこんとう》などを調合した薬を出すことにする。前田玄丹にその旨を告げた。

「寒暑に注意して下さい。薬を差し上げます。奥で少し休んでいきませんか」と言って、自分の座敷に連れて来た。ピンと来たのだ。

平助は、老人が松本伊豆守秀持や土山宗次郎ら勘定奉行の関係者を口にしたので訊ねたところ、こう言った。

「わしは田沼意次老中の用人で、秘書方の三浦庄司である。おぬし工藤平助が桂川甫築の子息甫周と知り合いで物知りであることを聞いてきた。実はなにか献策はないか教えてほしい」。

三浦が言った言葉は以下のようだった。

「わが主人は、周知のように小姓から老中へ異例の昇進を果たし、また遠江国相良藩五万七千石の大名となった。富や禄、官位に不足はない。ただ念願していることは、田沼治政の時代にこんな仕事をした、後世に役立つことをしたと評価されたいのである。なにか良い施策はないかと、国の内外を見て苦労されている。わしもその手先となって知恵者を探しているところなのだ」

平助は持論を言った。

「わしには長崎通詞や幕府医官の友人がいます。学者や仙台藩の重役の話も聞いている。世情にはいろいろ課題はあるが、田沼御老中のお陰で世の中には活気が出ている。あらゆる商人世界に株仲間制を取り入れ、冥加金（一種の課税）を課して、商品の流通を活発化した。銅の生産、流通を一元化し、金銀を逆輸入して、これを財源に通貨も一元化した。近年は大規模な新田開発を許可実施させている。見上げたものです。江戸の商人の発達、庶民の文化のにぎやかさはどうです。わしらはその御手腕には舌を巻いております」と素直に持ち上げて続けた。かねてからの蝦夷地開発通商論である。

「下々の意見を取り上げるのも、もっともです。わしらは江戸にいるだけなので地方のことはわかりません。だが一つだけ、興味を持っていることがある、蝦夷地のことです。江戸から最遠の北方の地なので、これまで幕府は松前どのに仕方を任せておられた。蝦夷のアイヌの人口は数万人。奥地も広大でこれからが大切だ。

しかも、江戸の商人、京の商人の一部は蝦夷地の産物に注目しており、蝦夷地の飛騨屋などの商品には俵物に昆布、ラッコなど海獣の皮やワシの羽など珍品もあり、大金を投じる者が殺到して蝦夷地に関心が集まっていると聞く。今や海運も盛んになった。そろそろ蝦夷地を調査されて田畑にするもよし、砂金が取れ、金、銀山の鉱山も豊富かもしれぬ。技術を使えば漁業も発展させることもできます。幕府の上地《あげち》にすれば国土を倍加できるだけでなく。財物も倍増できます。

赤蝦夷も通商の窓を開いてほしいと言って来ているそうです。赤蝦夷はロシア人やカムサスカという国人です。いままでのように松前藩まかせでは後でほぞを噛むことになる。ロシアはオランダ、ドイツ方面の隣国です。長崎のように、松前か函館の港で交易をすれば、さらに財力も増加すると思います」

三浦はこれに飛びついてきた。

「ほ、ほう蝦夷地とな。わしは文盲の手合いで少しも知らなかった。国土を北に広げること、さまざまな産物、金、銀山の話、オランダの隣国のロシア人が通商を申し入れていることなど、みな初耳ですな。わしに口頭で告げるより、その方策のあらましや見積もりを概括的に一書にまとめてほしい。それを勘定奉行の松平伊豆守に差し出して、もし重要なら田沼どのに伝えることができる。これは英断、果断のわしの主人、田沼御老中の耳に入れるべきことかもしれぬ。ぜひ、早く文書にして下されよ」と言うのだった。

平助は一瞬、この老人は隠密の一人かと不安になったが、あっけらかんとしている三浦庄司の顔の皺を見ると、老中に告げたいという心の方が勝ったのである。

「三浦どのは、じかに老中ともお話しできるのですか」

「そうだ。ただし、わが主人は部下を指揮して対応策を考える。そのために松平伊豆守たちも相談相手になる。あるいはすでにいろいろ情報もあるので、幕府内のそれぞれの司《つかさ》に問うだろう。しかし、断を下すのはわが主人さ」と初老の人は言った。

平助の頭は回転が早い。すぐに、前野良沢や桂川甫周、長崎の吉雄幸作や林子平のことが浮かんだ。林子平は先日、長崎に出立したばかり。

「一文にするには三か月はかかります。なにせ、わしは診療せにゃなりませぬ。仙台藩にも出頭しなければなりませぬ。やはり、内密にする必要もあるでしょう」と話した。

「なるべく簡易にまとめてくれ、少々の疑問は良い。周囲には話さず大げさにしないことだ」

三浦庄司は、あまり多くを語らず「そのうち寄ってみる。早く文にして下され」と言って帰った。

## 平助の上申書『赤蝦夷風説考』

工藤平助は、午前中の診療後は弟子たちに任せ、自室に閉じ込もって上申書とする北方情報をまとめにかかっていた。時折、妻の遊が平助のもとに茶を出す。平助の家族は長男一人と、あやを含め五女がいる。長男は長庵元保で平助の跡取りとして教育中。妻の遊は幼い姉妹の世話で忙しかった。あやは十六歳となって仙台藩上屋敷に上がり、伊達重村夫人の近衛年子《のぶこ》に仕えていた。天明三年には十八歳となり、姫君の詮子《あきこ》の輿入れにお伴し、彦根藩井伊家の上屋敷に勤めが変わっていた。江戸にいたが、なかなか実家には顔見世ができなかった。平助は男盛りで一家は絶頂期だった。

平助は、正月休みから田沼老中の用人、三浦庄司に頼まれた文書を清書していた。まず原題『加模西葛杜加風説考』としていたのを、二本の赤線で消し『赤蝦夷風説考』と書き換えた。その書き出しは以下の通り。

序

カムサスカとは赤蝦夷の正しい名である（赤蝦夷とは赤ら顔で赤い服を着た異人のこと）。

よく調べたところでは、オランダの東隣に、ロシア国があり、都をモスコビア（今のモスクワ一帯）という。わが国ではムスコウベヤと呼んでいる。ロシアは寛文年中ごろから勢力をえて、正徳ごろには奥蝦夷（今の北海道以上、千島、カラフトを指す）のカムサスカ国まで従えてしまう。

蝦夷とカムサスカの間に、千島の島々がつらなる。ここをもロシアは享保ごろから侵しはじめ城郭を構えているともいう。ロシア人たちは、ときどき松前地の近辺に漂流してくるそうだ。オランダに接しながら、そこから奥蝦夷まで手をのばしてきたと聞いている。

以上の事情を考え、また松前での取りさたと、オランダ本の記載とが一致する箇所もあるし、わたしの考えも入れて珍しい話の一書とした。さらに私見の証拠もあげて一冊を加え、合わせて二冊とする。しかし、読者は上巻一冊でこと足りると思う。

天明三年　癸卯《みずのとう》　正月

「こんなところで前書きは良いか。蝦夷ことばやロシア語も入るので、わかりやすくしよう」と平助は序文を読んで言った。「まずまずだ、これでよし」。さらに、赤狄風説の事と題して上巻の本文に入る。

一、松前人の物語によると、蝦夷奥地の東北に、赤蝦夷国がある。蝦夷地に接した海上には、千島と名づけられる大小数々の島々がある。千島の島つづきとは、むかしから交易があったそうだ。赤蝦夷の産物はカラ鮭（くん製）クジラ油など。こちらからは塩、反物、鉄細工、刃物、包丁などで、かれらと口蝦夷（奥蝦夷の手前の地）との交易は、昔から伝え聞くところだ。赤蝦夷をあか人、人えぞ、広くは奥蝦夷とも呼んでいる。ところが、近年、漂流と称しては、蝦夷地ウラヤシベツ（網走の東南部）、ノッシヤム（根室の納沙布半島）に着船している。以前とは事情一変し、船の造りもオランダ船に似ていて、衣服またオランダ人に類して、ラシャ、ビロード、猩々緋を着て、通詞も連れてくる。

## 田沼意次に届いた上申書

平助はこの一件に熱中していた。次の二冊と首っ引きだった。一冊は子平から届けられたヨハン・ヒューブネルの『ゼオガラヒー』で、本木良永・松村元網により『阿蘭陀の地図略説』として訳されたもの。もう一冊は、ヤコブ・ブルーデル原著『ベシケレイヒング・ハン・ルュスランド』（ロシア誌）で、長崎通詞の吉雄幸作の訳だった。また前野良沢・林子平の話を聞き、松前藩の湊源左衛門から聞いたものに自分の推察を加えていた。長いので以下に簡略する。

一、赤蝦夷がつれて来た通詞は、漂着した日本人子孫のロシア化した男だった。

一、ロシアはモスコビアの総称で赤蝦夷はこれに従属している。モスコビアの役人が常駐しているので、国名を聞けば「赤蝦夷はロシア」と答える。
一、明和八年、阿波への異国船漂流があった。これはハン・ベンゴロウ事件で、在日のオランダ人には連絡があった。
一、赤蝦夷の本国はロシアであり、リユス国も同じである。城下をモスコビアという。
カムサスカは赤蝦夷の本名、カムシカトカも同類だ。複雑なので別冊へ。
一、オランダ人に尋ねれば、日本に対し陰謀あるよしと語る。天明二年のオランダ風説書にもリユス国が日本に陰謀を企むとある。
紅毛（オランダ）とモスコビアとは近隣で国交あり。オランダはリユス国に服従した国のようだ。ドイツ国も同じ。オランダはロシアと日本が交易をすれば、自国の衰微に係るので雑説をふれまわる。
一、ロシア国は赤蝦夷まで地続きで、赤蝦夷から日本までは島つづきで、ロシアの内海のようだ。ロシアの港からハルシヤ（ペルシヤ）へは大河が流れ、インデヤ、カサビヤ、アフリカなどにも大河があり、運槽は自由、産物はモスコビアの都の河港に集まるから、万国の産物でないものはない。モスコビアからカムサスカまで遠路だが、大河が流れているので運槽は自由。大北海へ出ればさらに自由で、物品を日本へ送りこめる。ロシアから唐への通路は三筋あり。唐物は北京口から出る。
ロシアと日本の交易は、オランダの下降となり、流言もロシアに近づけぬことにある。
一、日本の心得は、一本の通路があってしかるべきだ。ロシアのごとき大国は、なにを企んでいるか打ち捨てて置けない。願わくは交易の件を吟味して進める、陰湿なものは抜けきれぬ。抜け荷防止策は難しい。交易通路を開いた場合、第一に要害を選び、第二に抜け荷は禁制とする。正式の認可こそよい対策だ。
一、蝦夷地には金山が多い。銀山銅山もあるよしだが、たしかではない（当時はこう思われていた）。
一、調査したのちは、奉行制度にして、年々交代制をとるべきだ。開発と交易の力をかりて対策すれば、金銀銅に限らず、一切の産物はわが国の助けになる。交易は蝦夷地に限らず、要害よき港で引き受けて良い。

このほか下巻は赤蝦夷地の地理などがある。アムール川、カムサスカの火山などは『ゼオガラヒー』に載る説とある。ロシア語のＡＢＣもある。

　蝦夷の果てにはカラフトの北にサガレインという大島がある。九州ほどの大きさ、難所があり、サガレインは蝦夷地や松前人の知らぬのも道理であろう。サガレインと呼ぶ大河があり、この落ち口にある島ゆえ、かく命名された。

　クナシリ、エスツルツヒコ、ウルツペこの三つを日本では蝦夷と言う。以下ロシアの大帝ペーテルらの皇帝の名がある。ロシア文字や赤蝦夷人の像図について書いている。


　平助はひとまず上巻を読み終えた（下巻の内容は省略する）。

　田沼老中の用人と会った翌年、天明三年（一七八三）一月に工藤平助の、『赤蝦夷風説考』が成り、田沼老中関係者に上申された。

　これに先立つ天明元年（一七八一）、四十五歳の林子平は十一月末に江戸から長崎へ着き、翌年に絵図「オランダ船団」を現地で刊行している。長崎より帰り江戸滞在。天明五年（一七八五）には『三国通覧図説』の稿ができている。

　この間の天明三年には天変地異が起こった。七月に浅間山大噴火、奥羽地方大飢饉、餓死者多数で大凶荒となっている。子平は難を避け江戸に居続けて、出版元を探していた。

　なお、『赤蝦夷風説考』の下巻の日付は、上巻に先立つ天明元年（一七八一）の四月二十一日、上巻は天明三年正月とされている。同書は刊行されぬ手稿である。現在、『赤蝦夷風説考』は写本は国会図書館、内閣図書館、天理図書館蔵となっている。また『赤蝦夷風説考』の現代訳（井上隆明訳、教育社新書）がある。

# 第十六章

# 『三国通覧図説』刊行なる

## 三度目の長崎

林子平は天明元年（一七八一）八月に江戸を出立し、大坂から瀬戸内海を船で抜け、九月二十日に下関に着いた。小倉に渡り箱崎経由の長崎街道を下駄で歩き、佐賀からまた船に乗って有明海を眺め、諫早《いさはや》の干潟を見て到着。矢上宿の番所で手形を見せ、日見峠を下ってようやく長崎に着いた。九月二十六日の午後だった。

「やれやれ、安永六年、長崎奉行の柘植長門守に随従して以来だから四年ぶりだ。〝くんち〟の祭りも終わり、町は普通の日々に戻っているだろう」

汗をふきながら、しばらく長崎の町を見つめた。

さっそく大波止に来ると懐かしい湾風が吹いていた。西役所の裏手の平戸町の吉雄幸作の門をくぐった。

奥さんが出て来て「まあ、しばらく。相変わらず元気ねえ」と明るい微笑で迎えてくれた。

「また、お世話になります。師匠は診療所ですか」と聞く。

「それがねえ、近頃、昼頃からどこかへ行ってしまうの」とやや暗い顔つきになった。子平は背負ってきた荷物から仙台土産を出し、奥さんの案内で書生部屋に落ち着いた。結局、師匠はその日、帰宅しなかった。妾宅に行っているようだった。

翌日は柘植正寔長崎奉行に長崎到着と天明三年までの滞在の届け出に出かけた。前回長崎に来た際は奉行の配下となり、度々仕事の手伝いをしたので、奉行の目通りを受けた。

「また当地へ来たか。江戸でも蘭学が盛んなようだな。貴公は兵学が専門だそうだが師匠は誰だ」

「亡くなった父のほかはありません。しかし荻生徂徠先生の著作には啓発され尊敬しています」

「そうだった、前に聞いたな。古文辞学派か、その弟子の太宰春台などは読まぬか」

「はあ、一応読みました。『経済録』は諸藩の藩政改革に影響を与えていると言われていますが、徂徠先生を批判して、なかなか毒舌家ですな」

「煙たがられているな。また朱子学も勢力が出てきた。ところで仙台藩の米はどうか」

「天候が悪く、このところ藩全体が半作状態の減収で、勘定方は苦労しております」

「そうか、江戸はどうか、各地で一揆などがあるそうだが？」

「江戸は読本などが盛んに出版され、地方と比べると庶民の文化は活発です」

「そうか、吉雄大通詞のところにいるのか」

「はい、わしに用事があれば命じて下さい。唐人たちの騒ぐ時などいつでも駆けつけます」

子平はこう最後に述べて引き下がった。

長崎奉行は変わらぬ様子であった。江戸も知っているはずなのに質問する。安永四年からの長い任期である。一年交代なので、相方は長崎奉行で久世広民元浦賀奉行である。

長崎湾にはオランダ船が二隻浮かんでいた。かつては十月出航だったが今年は遅れて十一月に出航予定らしい。吉雄幸作から出島入りの鑑札をもらいオランダ商館長とも対話したい。子平は急いで、吉雄家の診療所へ向かった。師匠は午前中は患者の診察をしているからだ。

## 吉雄幸作の診療所

吉雄幸作は三人ばかり裸の患者を並べて診察していた。その手伝いに四、五人の弟子が付き従っている。子平が白いひげが左右に動く仕事ぶりを見守っていると幸作が横に来て座った。

「江戸の工藤平助どのは元気か、おぬしは益々元気だな。長崎まで三度も旅して来るなど並ではない、ところで仙台藩の大槻玄沢という若者が来るそうだ。前野良沢さんから手紙の依頼があった。なかなかの人間らしい。蘭語は若い程伸びる」

「そうですか、私も工藤平助医者と共に、前野良沢先生の自宅で彼に知り合いました。前野先生も吉雄先生の弟子に当たるとのことですが、勉強家ですね。医者というより蘭学一本槍ですね」

「ま、学者だね。この前はわしの『リユス誌』（ロシア誌）を望んで来たので、金を払った朽木《くちき》の殿様を通じて原書を譲り江戸へ送って上げた」

「そうでしたか。工藤平助医者も先生の『リユス誌』

を訳したものが読みたいので、先生の訳本をお願いしてくれと申しておりました。わしが写本を頼まれたのです」

「では後で渡すが、一冊しかないのでおぬしが写してくれ。工藤さんなら了解だよ」

「吉雄先生もよく翻訳など努力されますね。この頃は江戸には参られませんか」

「うん、当番ではないからな、わしも大通詞の仕事より、外科医のほうが忙しい。ところで妻は何か言っていたか」

「はぁ、午後からはいなくなるとおっしゃっていました」

「はっはっは。わしも時には遊びもするさ。女も好きだからな」

吉雄は頭をかきながら笑っていた。

「先生は既に門弟一千人と世間で言われていますよ」

「それほどでもないさ、今のところ、九州の各藩から少し来ている。これが熊本藩で、あれが肥前の者だ」と顎をしゃくった。

子平は天明三年春まで滞在する許しを得ることができた。

## アメリカの勃興

子平らは、幸作の自宅に戻ると共に座して話し合った。

「ところで今度は何を学ぶつもりだ」

「オランダ語も少しは学ばせていただきますが、船や航海術などが知りたいと思っています」

「商館ではなかなか本音がわからない。欧州ではいろいろ戦争が多くなっているらしい。オランダよりイギリスのほうが海軍が強いらしいし、フランスは陸軍が強くオランダの南部を占領され、ベルギーという国になったらしい。支那の広東にはオランダとイギリス、フランスも来ている。イギリスはインドと通交が忙しい上、イギリス、フランスはスペインと共にアメリカ大陸でも争っているらしい」

幸作は西洋事情もいろいろ知っている。

「アメリカは地図の上では知ってますが、われわれには遠い。欧州は太西洋でひとまたぎですが、それは全く知りませんでした。わしは遠方より朝鮮や琉球、蝦夷など近国を詳しく知りたいのです。アメリカの二大陸についてもオランダ商館長に聞きたいですな」

「おぬしが知り合いになったアレント・フェイトが昨年から来ている。運がいい。交替役はイサーク・ティツングだ。フェイトは一年置きに四回も続いて来ているよ。あいつは人が良いし、酒も好きだから、きっとまた良い話が聞けるだろう」

「それはありがたい。やっぱり長崎だ。オランダ人の話が聞けるのは、わしには天啓のようだ。オランダ人はオランダの内情は内密にしているが、他国のことは話してくれる。オランダは貿易だけが関心事だから良い」

「だが、バタビアなどの島々やアメリカで何をやっているか知れたものじゃない。黒ん坊を召使いにしているが、あれはインドネシアの人間らしい。スワルトヨンゴと呼ばれているが、長崎人がうろうろのぞいて〝黒ぼう〟と呼んでいる。アフリカからアメリカへ随分奴隷を輸送しているそうだ。アメリカも人口が増えて、主人のイギリスともめているらしい」

「そんなにアメリカは伸びているんですか」

子平は幸作に訊ねる。

「そうだ。ロシアもしだいに大国となりつつあり、トルコやスウェーデンと争っているそうだ。このところオランダもロシアを警戒している。昔はイギリスとオランダが争っていたが最近は友好国になりつつある。われわれはオランダ語だけ知っているが、次の世代はイギリス語やフランス語、ロシア語も学ばなければならない。若い連中はそんなことを話している。われわれ通詞にはかつてポルトガル語、スペイン語のできる人間もいたのだ」

「なるほど。吉雄師匠は十四歳で稽古通詞となり、二十五歳で大通詞となったそうですが、なぜ若くしてオランダ語に精通したのですか」

「若い時にオランダ商館に入り、小使いをやらされて直に言葉を聞き話した。そして本をできるだけ読んだ。言葉は毎日話すことさ、わしもスワルトヨンゴの一人だったのさ、若くから長く勤めたのが良かった」

「なるほど、わしも商館にできるだけ行きたいので門番に見せる鑑札をよろしく頼みます」

「商館長も慣れてくれれば、出島から出て見物したいし、江戸人とも話したい。門番も昔ほどうるさくない。何度も行けば心もゆるむ」

子平は沈黙していた。幸作が続けた。

「こんな話知ってるか。実は寛永二十年（一六四三）に奥州の南部藩（現岩手県）の山田浦にオランダ人が漂着した。プレスケン号という船名で、三陸沖にあると噂された金銀島の探査を兼ねて航行しているうちに、水と食糧の補給のため入港して漁民と話してるところを南部藩の役人に捕らえられた。プレスケン号は船長以下十数人を置き去りにして逃亡した。

ところが、幕府で調べた結果オランダ人であることがわかり釈放された。幕府は感謝の使いが来ると思っていたが来なかった。このためオランダ商館長が江戸へ行っても将軍に会ってもらえなかった。そこでバタビアの総督は適当な使節を送り込んだ。そうしてやっと将軍代理の老中に会えた。この件はわれわれもしばらく知らなかった」

子平は仙台の事情を話す。

「南部藩に来たのか。昔、伊達政宗公の時代、日本に来たスペインの軍人大使が、奥州の港の測量をすると言ってやはり黄金島を探しに来たことがあり、家康公が知って怒ったらしい。西欧人は黄金には目がない」

「誰だってそうだ、仙台藩ではわが国で最初に砂金が発見され、それがしだいに北上したことはみな知っている。平泉では金色堂があり、こんな情報が流れたのだろう」

## 子平、オランダ船に乗る

吉雄幸作と連れ立って子平は、オランダ商館の正門の石橋を渡った。久しぶりに出会った商館長のフェイトは子平に抱きつき「久しぶり、今日は良い日だね」と言った。子平は「イキウェンス、グーテン、ダク、ミネール＝今日は良い日だ」だけわかったような気がした。後は吉雄幸作が通訳した。子平が、

「私は一度、オランダ船に乗りたいです」

と言った。

「今、少しずつ積み荷を運搬しているところで、検使役人がうるさいのだ。しかし、水門やこの商館からで

なく、和船で船のそばにまで君が来れば甲板上だけは見せても良い。大砲があるが、入出港では空砲を打っているのでその辺だけ見るなら手配するが、商館からは出てゆけないと、フェイトが言っている。どう返事しようか。何なら、わしの知っている船屋に頼んでオランダ船まで行けば良い。見物人の便宜を図っている男がいる。見物人たちも船に乗って見に行ってるぞ。そう返事するか」

子平は検使役人がうるさいことはわかった。そこで

「和船で行く、短い時間で良いから見学させてくれ」

と頼んだ。

幸作とフェイトは、話し込んでいたが、最後にフェイトが子平の肩を叩いて「グート、グート」と言った。

半刻後、子平が和船を頼んでオランダ船の周囲に行けば、デュルコーブが待っていて見物させるとＯＫが出た。デュルコーブは、前回まで荷蔵役だったが、今では商館の次席（ヘトル）となっていた。

子平は満足して何度も頭を下げた。フェイトは使用人に言いつけると、デュルコーブがすぐにキャプテン部屋に来て、子平に挨拶をした。彼は滞日十年以上の経験者で日本語も話せたので、子平にとっては助かった。旧知なので思わず飛び上がったほどだ。こうしてオランダ船に向かうことになり、さらにその夜吉雄幸作と共に夕食に招待されることが決まった。

子平は和船の手漕船に、漕ぎ手一人と共に乗り込み、出島の先の湾内の大きなオランダ船へ向かった。船の周辺にはカモメが飛びまわり、他の船にも見物人たちがいる中で反対側に回って、船上を見上げた。デュルコーブが船から縄はしごを降ろしてくれた。これを昇って子平は一人で帆を休めているオランダ船に上がった。

デュルコーブは万事承知しているといった様子で甲板上を案内してくれた。子平は揺れているオランダ船の甲板上を歩測しながら歩き、その巨大さに今更ながら驚いた。商艦というより軍艦の印象が走った。

「遠くで見ているより、ずうっと大きい。すごいね。少しだけ描かせてもらっていいか」

「悪いが甲板だけは十分見て良いが、積み荷が入っている部分は案内できない」とデュルコーブは歩きながら子平に帆柱などを教えた。傍らでは水夫たちが仕事

をしていた。

## 『阿蘭陀船図説』

以下に子平が記録したオランダ船の印象を簡略に記す。

『阿蘭陀船図説』（紅毛船図）

オランダまたの名ハ和蘭《ホウラン》又ハ紅毛《ホンマウチ》ト称ス、すなわちネエデルランデヤノ中ノ一州ナリ　ソレ、ネエデルランデヤハ世界の西北辺、欧羅巴《ユーロッパ》分野ノ国ナリ、ソノ地七州十七都会アリ、オランダモソノ中ノ一州ナリ、本邦モ惣名ハ日本、ソノ中ニ四国、九州など分ルガ如シ、オランダハ北極ノ出地五十度ヨリ五十三度ニ至ル、ハナハダ寒地ナリ、人物ニ五つノ異相アリ、長鼻《ハナタカ》ク、緑眼《メアオ》ク、紅毛《ケアカ》ク、白色《イロシロ》ク、長高《タケタカ》シ也。

この後に、自ら描いたオランダ船の絵を彫り師に彫らせて出版している。読みやすく紹介すると以下のようになる。

レッテルという文字は横書き、その服はブルックといい、日本の股引《モモヒキ》の如きものを着て、夜はロッコとて襦袢《ジユバン》の如きものを服す、官ある者はマンドルとて丸合羽の如き物を礼服とす、その食物はブロードとて小麦の粉を餅もちにつくりてアブリ食う、世にパンというものなり。鳥獣アブラ濃きものを好み、又生大根を多食す。

——この後に有名になった文章が続く。

その国、日本を去ること日本道一万三千里なり、その中、日本よりジャワ（爪哇）へ三千里、ジャワよりオランダへ一万里なり、扨《さ》て、毎年日本へ来るオランダ人は本国より来るには非ず、皆ジャワより来たれり、ジャワはオランダより押領したる国にて出張りの城ある所をバタビアという、日本の紅毛館を出島というが如し、ジャワは日本の正南に当たれりこの故に五月梅雨の節、南風を得て日本へ来船し九月北風を待ちて帰帆す、オランダ船をシキップという、その船の制、はなはだ壮大なり、まず大材を用いて船の骨組みをつくり、栗の角材をもって縦横に打ち合わせ、すきまは漆《うるし》あるいはチャンをこめ、外の水に入るところはことごとく鉛をもって包む、船の大きさ横三丈余、長さ十五丈、深さ三丈八尺、船の内は総三階なり、階ごとに九尺、帆柱すべて四本あり、中央の大柱の高いこと十九丈なり、すべて帆の数十七、幟《ハタ》の数十二、四面に大砲《イシビヤ》三十余口を設く、砲ごとに三貫目の玉を入るべし、その船に乗る人はおよそ百余人なり、その中、カピタン、ヘトル、シケップル、コウフマン、スチュルマンなどという役名にて上役のオランダ人なり。その下人をマタロースと言い、はなはだ賤《イヤシ》き風俗なり、又下人の中一種スワルトルヨンゴという者あり、世に黒ボウという者是なり。

これは本国の人には非ず、ジャガタラ、フウキス、ボウトン、テモールなどという南海の嶋々の下人を、オランダ人が買い取りてそれぞれの使ひ者とするなり、皆、熱国なる故、その人ははなはだ黒色なり、又船ごとに名あり、あるいはゼードイン、あるいはスタアベニス、あるいはホイストスペーキなどと言うなり、日本にて何丸と名づくる如し、さてその船に乗せてくる物は、砂糖、蘇木《スハウ》、藤《トウ》、羅紗《ラシャ》、ビロード、サントメ、海黄の類、木香阿仙薬、丁子、山帰来、胡《ショウ》、ビイドロ、眼鏡その外珍器、奇鳥獣なり。その食料に牛豚鳥などの類各数百千を載す、又日本より積み帰る物は銅百万斤を定式として、傘《カラカサ》、磁器、漆器、銅《ヤカン》、銅銭、小間物類、織物類、又食物には界酒、芥子、粕漬の大根、果物の漬物、又数百千を積むなり、その船およそ千万斤を受く、さてその国開びゃくより今年まで五四〇二年になる、オランダという号を立てし国主より今年まで一七七六年国主統脈は変わりなし、寛永十七年商売免許ありしより今年まで百四十三年、綿々続いている。

天明二年記

子平が船図と船説を述べたこの絵は長崎の富島伝吉という人の梓蔵板であると言う（子平の自画自刻とも伝わっている）。この絵とさきに掲載した「阿蘭陀人宴会図」を、金のなかった子平は売り、のちの出版の費用の資金としたものらしい。この版は天明板と言われるが、この他にも寛政板があり、仙台、江戸などに流布したらしい。

## ヨーロッパの列強国

オランダ船見物の夜、子平は吉雄幸作と会食に再び出た。オランダ人も六人が出席していた。次の商館長イサーク・ティツング（Isaac Titsuingn）もいた。フェイトは、子平の国際情勢に関するさまざまな質問に次のように語った。

「この頃、つまり十八世紀中には医学の発達のせいか、欧州の人口は増え続けている。ペストの流行も終わった。しかし、天然痘などの治療法はまだできていない。吉雄大通詞はオランダ外科を学んでいるから、このことは知っているだろう。外科の解剖学が盛んになった。次は天然痘退治などだ」

吉雄幸作はうなずいた。商館長が続けた。

「イギリスは狭い国土ながら比較的人口が多い。オランダはその点不利だ。船の戦いも同じように大砲を備えていれば水兵の多いほうが有利だ。ロンドン、パリは大都市となり、アムステルダムはそれでも二〇万人である。国別ではフランスが最大だ。だから陸上の戦争に強い。

しかし、イギリスは船も多く海上に強い。オランダは前世紀までは対等だったがしだいに弱小になった。この頃は英蘭と戦争の時があったり、友好的になる時もある。オランダは農業も先進的だったが、イギリスが酪農や家畜の飼育法を改良したそうだ。ジャガイモはアメリカ大陸から来た。人口が伸びてフランス、イギリスは新大陸のアメリカに移住民を出している。北米やカリブ海諸島である。日本には関係ないが、『オランダ風説書』ではアジアの動きとアメリカの植民地の動きも報告している。これも吉雄さんは詳しい。一般の人には通じない。幕府が内密にしているからだろう。

スペイン人、ポルトガル人は中南米に新たに移住している。とにかくアントウェルペンは衰えた。アムステルダムの銀行やイングランド銀行が欧州の信用を集めている。われわれの商売も金融が大切だ。つまり為替手形を利用しないと商売物が集められない。長崎には清から絹などを買ってくる。これが上手にいかないと各国の争いが起きる。

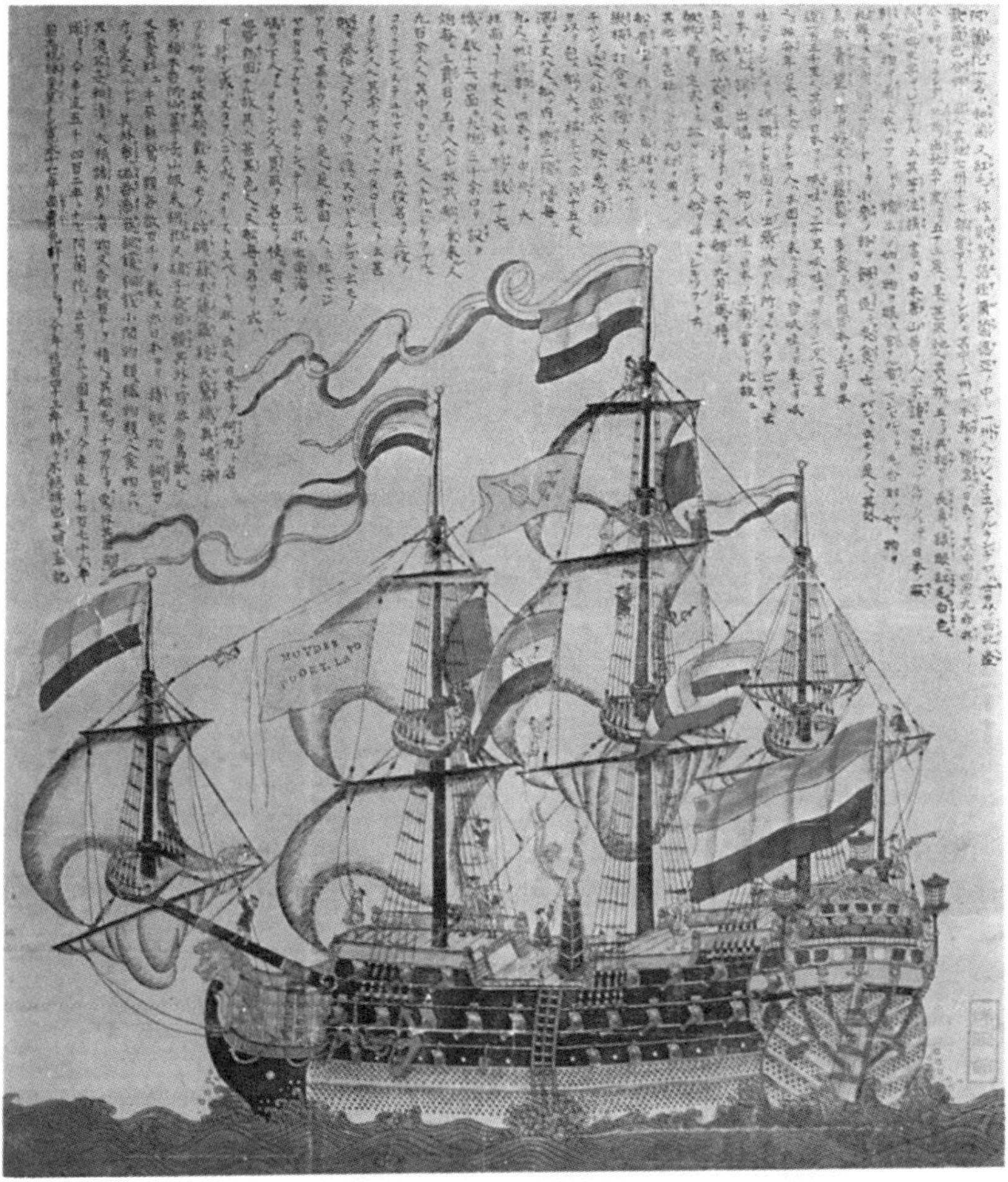

林子平自画自刻とされる『阿蘭陀船図説』（天明２年板）（第一書房『新編林子平全集１』）

黒人の奴隷はアフリカからポルトガルが連れていった。その模倣を各国がしている。われわれは少ないほうだ。欧州では時計や火器の製造法が盛んになってきた。われわれも珍しい品を持って来ているので、ご存じだろう。

わがネーデルランドがスペイン領から独立したのは、オラニエ公ウィレム一世（十六世紀のかつてのオランダ総督）の指導だった。この独立戦争からベルギー（南部）と分裂して北部諸州（オランダと呼ばれていた）のネーデルランド連邦共和国が生まれ、信仰の自由も保証された。このためわれわれは貿易相手に宗教を押しつけなかった」

子平はフェイトの考えを受け入れ、ヨーロッパの時代の雰囲気を感じとっていた。

「イギリスでも国王が処刑された。共和国に一時なったが、再び王制に戻り、議会の力が強くなった。一方、フランスは絶対君主制となっていた。またポルトガルはスペインに併合されたりした。欧州の歴史はそれぞれの国で異なり、イギリスはメアリー女王と夫のオランダ総督のウィレム（ウイリアム三世）が統治者となり、新しい立憲君主国家になった。これが名誉革命（一六八八）である。その後英仏戦争などが起きて、しだいに国の権力がそれぞれ強くなる」とフェイトが話した。

この頃の日本は江戸中期にあたる。平和だがしだいに経済などは硬直化してきていた。世界ではアメリカの独立やフランス革命が起きる少し前だった。イギリスとオランダは戦争もあったが国民がまとまっていた。イギリスはしだいに強国となり、インドに進出、支配しつつあった。一八七七年には、英領インド帝国成立。オランダは十七世紀に栄えたが、十八世紀には下り坂に見える。

一方、ロシアはしだいに専制国家となる。当時はエカテリーナ二世の女帝時代である。十八世紀にはヨーロッパ諸国はアメリカ大陸をはじめ世界中に植民地を広げていった。オランダはジャワ島のバタビアに本部を置き、ポルトガルなどを追い出し、中国船も苦しめ、香料貿易に関心を向けていた。オランダはマラッカ海峡に勢力を張り、マレーシア、インドネシアを経て中国や日本に来ていた。現地の東南アジア人は苦しんでいたが、このことを商館長フェイトは語っていない。

吉雄幸作と林子平はワインやコーヒーを馳走になり吉雄家へ帰った。

## 日本中心の接壌図を描く

子平はオランダ船の出港を見送った。多くの出島の和船に曳かれてオランダ船は帆や旗をなびかせ、空砲を打ちながら湾の中から出ていく。検使船や見物と見送りの船も出て湾内はにぎやかだ。天明元年（一七八一）十一月二十三日、フェイトの乗った船は出航した。後任のティツング商館長が船を見送った。彼は背が高く細身である。

子平はその後も何度か幸作に同伴し、ティツング館長の許へ通い、紅茶などを飲ませてもらった。オランダとイギリスは造船業が盛んなことや、星などの観測、地図と海図の発達で航海できるようになったことなどを教えられた。もちろん磁針も必要だ。各国で調査船を出し、オーストラリアや南半球の様子が知れたこと、ロシアではベーリング海峡などを調べたようだと言う。北米の調査も進み、オランダ、フランス、イギリスなどが植民地づくりを競ったことを聞いた。

天明二年になって、子平はオランダ船の絵を上板した。長崎では誰もが船を見てるので珍しいものではないが、大坂などから見物する人が旅して来ることもある。外洋船の絵はあまり残っていないが、イギリス船の突然の出現で事件になったものがわずかに残されている。

延宝元年（一六七三）イギリス船が五十年ぶりに来航、長崎港では大事件となり、九州諸藩の軍船などが取り囲んだ。その時の絵「寛文長崎図屏風」に英船がある。この時代以後の文化五年（一八〇八）、やはりイギリスの軍船フェートン号の侵入事件の船図など、いずれも長崎歴史文化博物館に現存している。

有名な「蘭船図」を描いた画家には石崎融思（一七六八〜一八四六）がいる。文政六年（一八二三）来日したシーボルトは蘭館医師兼自然学者で事件を起こしたが、彼を補佐した長崎の画家、川原慶賀（石崎融思の弟子筋にあたる）にも自然や船図があるが、事件に連座して長崎から追放されている。

既に『海国兵談』の構想を持っていた子平にとって、オランダ船への乗船は軍艦の調査となり、海戦の中心をつかむことになった。『阿蘭陀船図説』の絵図は縮尺されたものだが、きわめて精密で、砲口は左腹に両層十六門、艫ともに四門、計三十六門あることがわかる。商艦というより立派な軍艦であった。

人物も甲板上に六人、その中に船将とみられる者一人、後ろに立って望遠鏡を見る者一人、中の柱にある者五人、前に三人、後ろに一人、舳檣には三人、みな帽子をかぶり、筒袖筒袴の姿となっている。これらの人々の役割分担も詳しく子平は聞いた。子平の関心は日本全体の位置づけであり、その安辺策（防衛策）であり、今では軍艦や水戦（海軍）とその組織などに及んでいた。若い時からの兵学への関心に育まれ、安永時代から長崎に来て啓発されたものであった。

## 『三国通覧図説』と海国

子平のもう一つのテーマは、『三国通覧図説』の仕事である。これはゼオガラヒーといわれた地理学、地理、風土、風俗、産物を含むもので、子平にとっての地政学であり、すでに朝鮮、琉球、無人島（小笠原）、松前を含む蝦夷とサハリン（カラフト）、カムサスカと千島列島（クナシリ、エトロフ）などの地図と物産その他の原稿を書き溜めていた。これら周辺地理の中で最も関心を集中したのは日本、奥州に連らなる蝦夷地であった。

子平自身が渡島したのは松前藩（手前の一部）であり、宗谷までの広大な奥地と島々、ロシアや満州や清との関係である。日本人では一般人は知らぬ未知の分野で、「蝦夷地は幕府領とすべし」が子平の意見であった。つまり日本の領土化への関心である。領土は時代と共に変化して来たのであり、当時は自藩と幕府（江戸）との世界にしか関心がないのが通常の武士であった。

この時代、蝦夷地（北海道）は日本の領土というより国外であり、水戸徳川家の編纂した『大日本史』でも蝦夷を外国伝としている。著名だった中井竹山の『草茅危言《そうぼうきげん》』や中井履軒の『年成録』は蝦夷地無用論で蝦夷地は開発もせず、放置すべしとの説であった。

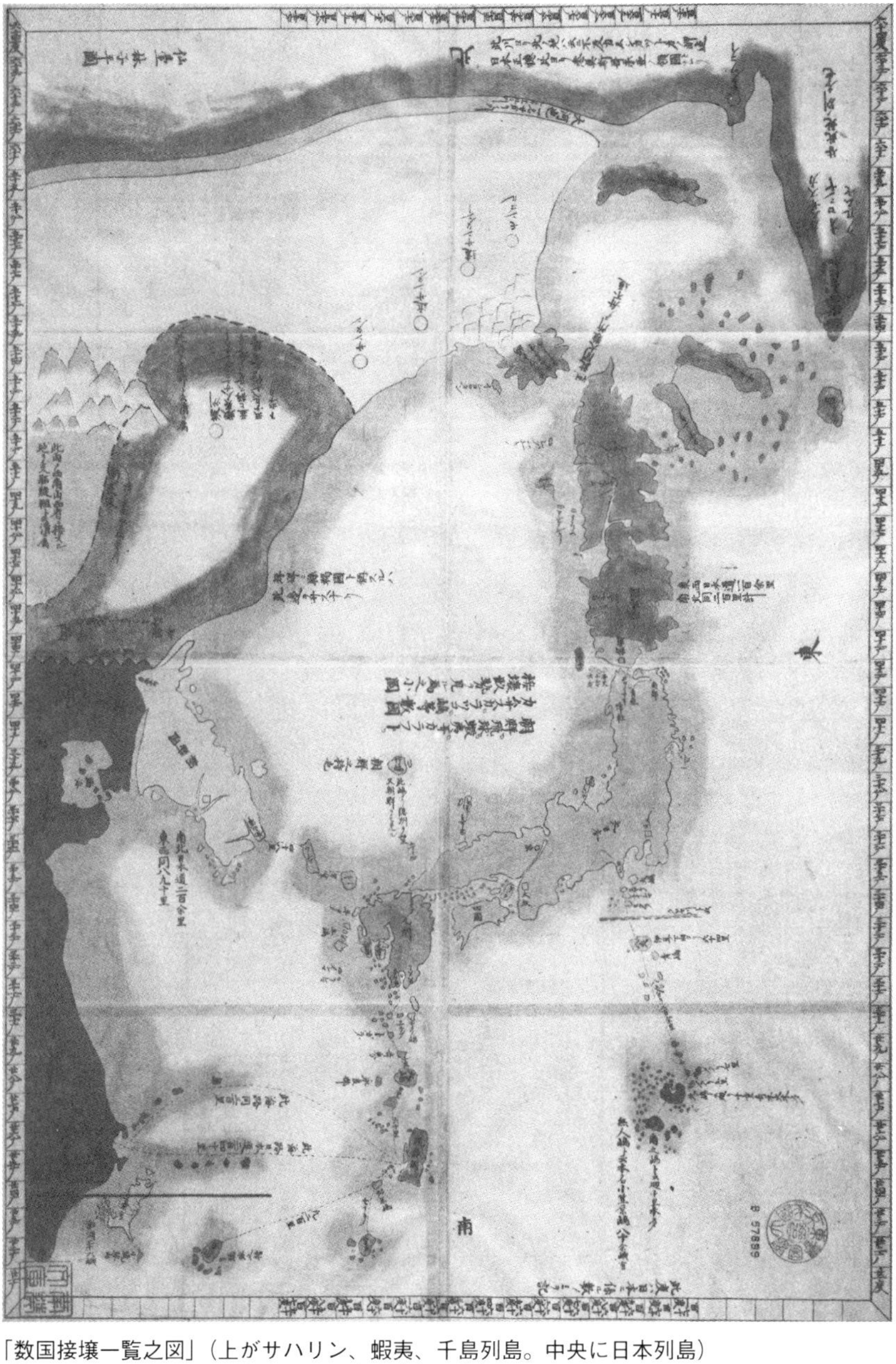

「数国接壌一覧之図」（上がサハリン、蝦夷、千島列島。中央に日本列島）
（『三国通覧図説』附図、東京大学総合図書館所蔵）

しかし、子平の見解を総合すると、蝦夷全土はもとより、カラフト、千島までわが国の領土にすべきであった（平重道氏、東北大、宮教大教授）。

日本の近隣に対し、日本の本体がどういう位置にあるかを子平は多くの人に知ってもらうために、長崎で「日本遠近外国之全図」（仙台市博物館蔵）など複数の図を作製した。さらに『三国通覧図説』の付図となったものを総合してまとめた。各種の地図について蝦夷人、長崎人、オランダ人など多くの知者の考えを聞いたものが「数国接壌一覧之図（五七九×七三七ミリ）」である。これは「アジア東北図」とでも言うべき地図である。

当時の日本人で初めての試みであり、これを見れば日本は海中にあり、大陸につらなるさまざまな半島、群島などに囲まれていることがわかる。子平に言わせれば、わが国は「海国」そのものであり、日本の地政学上の本質であった。漁師など「海国」との認識を持つ日本人がいたとしても、その認識は「攻められにくい海国」であったが、子平は逆転し「攻められやすい国」でもあると認識したのである。子平によって、日本の安全に関する戦略が歴史上、「海国」として初めて認識されたと考えて良いのではなかろうか。

接壌図には上がシベリア、その下にサガレインとある。今日のサハリン、カラフトの意である。その下に蝦夷国が巨大な姿を見せ、ほぼ大日本と書いている。日本の本州に対応している。北東には、カムサスカ、ロシア、クルムセ、その下に皆此地の別名也としている（現在のカムチャッカ半島）。そして、カムサスカと蝦夷の間にはエトロフ、クナシリ、ラッコ島などの無数の島々がある。千島列島である。

九州と朝鮮の間にはツシマ、イキ、九州の南には琉球国とさまざまな島、南端には台湾がある。例によって、カラフト島（当時はタライカイと言われていた）がサンタン、モンゴルの大陸につながっている。子平はざっと二十年の歳月をかけてこれらの知識の集成脱稿を目指していた。『三国通覧図説』はおおよそすべての地図ができ上がり、最後に修正や清書が残るのみとなった。

子平は天明二年の秋頃から長崎の警備体制について吉雄幸作と弟の作次郎らに話を聞き、台場、石火矢《いしびや》と呼んでいた大砲の砲台の場所を訪問することにした。半島の両岸を時間をかけて上下した。

この台場は長崎が唯一の貿易港となってから、承応三年（一六五三）に幕府が平戸藩に命じて長崎港外の七ヶ所に築造させたものである。

港内の戸町、西泊には陣屋を置き、福岡藩、佐賀藩に警備を命じていたが、台場ができてからはこちらも担当させ、毎年春に千人の武士が長崎港の防備についていた。七か所の台場は港内が大田尾、女神、岩神崎、白崎、高鉾、長刀岩、陰ノ尾である。異国船が見えると注進船で港内の台場に連絡、石火矢の玉ごめをして迎え撃つ準備をするのである。

子平は不審に思われぬよう各番所や砲台を点検した。港外は特に大変である。見張りの武士以外は人がいないので、近づきすぎぬよう気をつけた。なお、野母崎と小瀬方の山頂には遠見番所があり、各要所に狼煙台があった。さらに天草にも遠見番所があり、異国船対策だけでなく密貿易の監視も任務とされていた。

## 長崎の警備体制

吉雄幸作と作次郎は子平と酒を飲んでいる時、次のように話した。

「私が聞いたことだが、正保四年（一六四七）に二隻のポルトガル船がやってきた。ポルトガルがスペインからやっと独立したからだ。この時は長崎は大騒ぎだったそうだ。その七年前に使節一行が処刑され、船が焼き捨てられたからだ。江戸や九州各藩へ早馬が出て、緊張に包まれた。諸大名の兵は続々と集まって、長崎港の周辺の山々には五万人を超え、千五百以上の各藩の兵船が港を埋めた。ポルトガル船を港の女神と男神の間に並べて封鎖したらしい。

長崎奉行と大目付は「今回は国が分離したとの知らせなので寄港を許す。しかし、再び来航したら死刑に処する」と言って、ポルトガル船を帰したそうだ。この時から、長崎奉行と西国各藩との連絡のため、情報聞き役を置かせ蔵屋敷も許可した。西国諸藩は福岡、佐賀、熊本、対馬、平戸、小倉、薩摩、長州、久留米、柳川、島原、唐津、大村、五島の各藩だった」

「幕府と長崎奉行のキリシタン禁制、支那その他の貿易体制以来の警備が長崎にはできているな。しかし、これまでは長崎一か所で封じられたが、ロシアなどが北から来たり、暴風雨で浦賀など関東に船が来るとわが国は手薄だな。今では国の守りの中心は江戸の海だ。大砲や船が大型化してきたし、時代が変わると同じ対応では通じなくなる」と子平が心配そうに言った。

幸作も顔を赤くして言った。

「長い間だからしだいにゆるむ。長崎の武士も町民も同じだ。これまで無事だったから」

作次郎も相づちを打つ。

この時から二十六年後にさまざまな船が日本に入ってくることになる。文化五年（一八〇八）にイギリスの軍艦フェートン号が来た時にはオランダ船と見誤る。英船は「食料と水をよこせ」と長崎奉行へ要求、「さもないと港の船を焼く」と脅した。しかし警備の担当者はみな引き揚げていた。英船は水などを受け取ると悠々出港した。迎え撃つ体制もできず相手の要求を呑んだのだ。この後、長崎奉行は責任をとり切腹したのである。後で武士がかけつけたが遅く、幕府も大反省しなければならなかった。

ところが、天明二年は長崎へオランダ船は一隻も入港していなかった。商館長に聞くと「貿易船の荷物が十分に確保できなかった」と言う。ティツングもさらにバタビア行きができなく留年することになった。実情は本国の混乱と各地の紛争などが影響したらしい。

## ニュートンの地動説

子平は吉雄家の近くの本木良永にも再会した。通詞となって長くなり貫録がついた。四十七歳になっていた。子平は長崎に前に来た時、良永の『和蘭地図略説』や『天地二球法』などの訳書を写させてもらい、天文、地理などを教えてもらった。良永は地動説をわが国に紹介した初めての訳書になお取り組んでいた。

「本木さんに太陽が中心で、この地球が動いていることを教えてもらい目が覚めました。海上を行く時は昔から星を見て方角を知りましたが、海上通交には天文に詳しくなる必要があるとオランダ商館で聞きました」

「そうだよ。太陽の動きを利用した日時計もオランダ商館の庭にあるから、あれを真似して林君がつくって見たまえ、おぬしならつくれる。わしの弟子の志築忠雄を知っているだろう。あいつのほうがわしより天文に詳しくなった。今は家にこもりきりでイギリス人のケールの本を勉強している。そのため通詞の仕事をさっぱりしないのさ」

「そうですか。日時計は工夫してみます。志築さんは、わしより年下ですが、通詞はやめたのですね。オランダ通詞家の志築家に養子で入ったのに仕事をしないとはね」

「天文に夢中だ。会うといい」

子平はすぐに志築忠雄に会ったが、部屋の中ばかりにいるせいか青白い若者となっていた。『暦象新書』三編の訳業に忙しいようで、この時は『球力法論』の翻訳を完成させつつあった。

「地動説はニュートンというイギリスの学者の説だ。そういっても知らないだろうが」と素っ気なかった。

子平が食いさがると「問題は力学だよ、星も地球も物には重力があるのさ、月も落ちてこないだろ」と言うのだった。忠雄はドイツの医学者ケンペルが書いた『日本誌』や『鎖国論』も訳出した。志築の話に子平は口をあんぐり開けるだけだった。

ちなみに「鎖国」という訳語だが、わが国には鎖国という言葉、考え方はそれまでにはなかった。この訳以降に定着していくことになる。

## 各地にいた水軍

子平は吉雄家にあった『御定書百箇条《おさだめがき》』を苦労して写し取った。江戸幕府の根本法典ともいうべきもので、出版活動などをする上で幕府の法、司法にふれぬよう勉強をしたのである。先例や取り決め訴訟法がある。子平はこれもまた水軍の法にもつながると考えた。

水軍（海軍）は戦国期までは各地にあり、瀬戸内海には船の航行の関銭をとる村上水軍が勢力を持ち、それらは能島、因島、来島にいたことも子平は知る。これらの勢力は自らを「海賊将軍」と呼び、海上輸送、警察権を兼ねていた。陸上の大名たちは彼らを味方に引き入れる努力を続けた。海の掟や歴史（南北朝以来）を生んできた。軍船にも各種類があり、戦い方、火縄銃、焔硝、火術のことなど、三陣のことなどがあり、水軍のあり方を学んだ。

最初は地方武士団や海賊衆と呼ばれていたが、豊臣秀吉以来、関銭を取ることを禁じられ、しだいに各大名の配下となっていった。備後因島の村上氏のほか、伊予の忽那《くつな》氏、河野氏、来島《くるしま》氏、安芸の小早川氏、防長の諸氏、筑紫の宗像氏、肥前の松浦氏、紀伊熊野の衆徒、伊勢の九鬼氏らが有名で、それぞれ水軍の流派があった。朝鮮半島沿岸で海賊を働いた倭寇と称されたものもいた。

水軍は、江戸時代には徳川家にもいたが、陸上化していった。船手頭は若年寄の支配にあり、幕府は用船を担当、四国、九州の沿海を巡視していたのである。

## 幕府が集めた蝦夷地の情報

林子平は江戸へ向かった。峠から長崎をふり返ると、湾が光って見え、町の甍《いらか》が続いていた。

前年から全国の凶作の報が入っていた江戸では、七月に大地震が発生して多くの家屋敷が壊れた。天明三年（一七八三）六月末から浅間山が大噴火し、土石なだれにより鎌原村では四八三名が死亡、江戸にも降灰した。さらに、関東、関西で大洪水が起こるなど自然災害が続出。米価は急激に値上がりして全国で打ち壊しが始まった。奥州では連年の大飢饉となる。津軽、南部、八戸の各藩では大量の人が亡くなった。仙台藩でも餓死者や疫病が流行した。

江戸入りした子平にとっても大変な事態で、飯田町近くの妹夫婦の家に同居させてもらったものの、仙台へ帰ることができなくなった。江戸滞在は長期となる。

工藤平助の提出した『赤蝦夷風説考』はこの年春に松本秀持勘定奉行の自宅に届けられた。松本伊豆守は勘定吟味役から昇進して安永年間から同奉行となっていた。彼の元には勘定組頭、土山宗次郎から報告があり、「蝦夷にモスコビア人が来て抜け荷をなしていると情報が入り、松前藩へ情報を取らせる者を出しています」と告げた。松本勘定奉行は、土山へ書類で情報を提出するよう申しつけた。

土山から依頼を受けたのは、戯作者、平秩《へづつ》東作と通詞出身の新井庄十郎であった。彼らは同年九月末に松前に到着。同四年三月江戸に戻って来た。二人はいわば密偵であった。

　土山へ情報を第一にもたらしたものは湊源左衛門であった。しかし、その後、土山は病床につき、平秩らの松前情報は他の勘定組頭が聞き取って、松本奉行に届けられた。つまり、松本奉行には土山からの情報と合わせて、工藤平助の情報が重なった。

　平秩東作は内藤新宿では煙草屋稲毛屋金右衛門の戯作名で活躍し、大田南畝や平賀源内の文壇登場を世話した狂歌界のボスであったが、松前から帰って数年で没した。

　松前で見聞した土山情報はいずれも同じような内容であった。ただし土山の告げた中で幕府は、元文、明和の頃（二、三十年前）すでに松前へ人を派遣していた。その一つは、山城屋という金山掘りに監視人を付けて松前藩に送り出したものだが、藩では肝心な場所を見せずに帰した。二つ目は浅草の薬草屋ら二十人を松前に送り出したが、これも松前藩では、薬草などはないと適度にあしらい案内しなかった。

　松本勘定奉行はこのようなことを十分考えたうえ、『赤蝦夷風説考』などを田沼老中に提出することにしたのである。

## 蝦夷地の検分

　松本伊豆守はこの日勘定奉行として江戸城へ向かった。二重、三重に濠で囲われ、松の木々が各所に植えられ、さまざまな門で仕切られている。外桜田門、坂下門を通過し、御本丸に入り、御用部屋に到着した。

　本丸は将軍の住居であると共に、幕政の中心である。役職の重要度により、将軍の執務室に近い所に部屋が与えられている。中枢は大老、老中、若年寄を御用部屋の三職とし、その下に寺社奉行、町奉行、勘定奉行があり、老中の所管である。松本伊豆守は勘定奉行の部屋から出て田沼意次老中と対面した。田沼老中は活気のある人で何事もてきぱきと処理する積極性があった。このため松本伊豆守も短い時間で済まそうとした。

「要件は蝦夷地のことです。松前藩の運上金は木材千五百両、諸国船の出入荷物口銭五千両、長崎俵物四百両などで、計一万二千両ほどです。

　そこでの問題の一つは赤蝦夷と申すロシア人が出没していること、二つ目には金などの鉱山、木材、俵物の漁業資源などが豊富なこと、三つ目は抜け荷など松前藩の治政が不透明なことなどさまざまな情報が以前から届いていることで、ぜひ御老中にこのいくつかの書類に目通しをお願い致したく申し上げます。松前藩を通しても、なかなか実態がわからぬので、対応したく存じます」と『赤蝦夷風説考』も添えて言った。

「わかった。この前、聞いていた蝦夷地の一件だな。国益にかかわる故、蝦夷地にはすべての知識資料が必要である。目的のため検分の者を出してよろしい。もし鉱山が見つかれば面白い」

「松前志摩守の家来をわが邸に呼びよせ、内密にまずお家の事情などを聞きます。そして、松前家の方から金銀山開発やロシア交易の件を公儀調査することにした上で、『松前志摩守には単独行為は控えよ』と老中から下知されたいのであります」

「あくまで表向きか、その方が松前の事情を聞いた上で人員を派遣せよ。わしが松前藩には申す」

「承知しました。蝦夷地調査には人員と新造船が必要となります。船は、伊勢の大湊で造らせることが適当で設計依頼の帳面を出させたところ、廻船二隻（長さ四丈五尺四寸）、八百石積み、飛船二隻（長さ四丈）艀《はしけ》船二隻（長さ三尺八寸）などを発注してよろしいでしょうか。見積もりは苫屋久兵衛に致させています。

　苫屋はご承知のように公儀回船御用達で蝦夷地に詳しい江戸鉄砲州の堺屋市左衛門の雇主でございます。出来上がりは検分役に頼みたい。なお、これらの費用五千両の他、完成のうえは米、酒、油など積荷用品も千両ばかり入用です」

「承認する。ただし、同じ老中の久世広明出雲守と鳥居忠孝丹波守、水野忠友出羽守の三人にも報告書などで話を通しておけ、特に水野氏はわしと同じ側用人出身であり、親しいのでわしの処置など詳しく説明してもらいたい」

「承知しました。船が出来上がる前に、早速派遣する者を選抜しお伺い致します。名目は俵物調査でよろしいでしょうか」

「結構である。派遣する人名などはわが邸で聞く」

老中の用事は多岐にわたる。側用人も目で合図をする。人々が居並んで待っているので「ありがたく存じます」と申しながら松本伊豆守は御礼して立ち上がる。裃をひるがえして歩く。松本伊豆守は、勘定奉行の部屋まで考えながら進む。田沼老中は登城せぬ日は自邸で多くの大名、武士、各奉行からの相談をさばく。次の日程ではそのつもりで会おうと次の仕事を企画した。

幕府はついに蝦夷地に直接、検分の者を出すことになり動き出す。だが、準備にさらに一年が必要となった。

## 武士の再建と『海国兵談』

天明五年（一七八五）、中秋の名月を見ながら、林子平は築地の工藤平助邸で酒のもてなしを受けていた。平助の隣には幕府御医師の桂川甫周が招かれている。「そうか。『三国通覧図説』が完成して良かったな」と平助が言った。子平のこの書は、この時代の中では群を抜く水準である。

「お陰様です。桂川さんには立派な序文を書いて花を添えてくださり、ありがたいことです」

「随分苦心された作品です。実際に蝦夷地や長崎、薩摩に足を運び、琉球も見て来られたのですから。朝鮮、琉球、小笠原、蝦夷地となにか事があった場合、つまりあなたが言う政治的軍事的に干渉しなければならない時、不測の事態に備えた地理と地図ですからその任に当たる武士の兵要地図です。立派な仕事です」と桂川も賞賛したのだった。

「私はこの『三国通覧図説』と、いま執筆している『海国兵談』と両方で一体のつもりです。一方は地理書、一方は海国の防備策で、兵学では欠かせないものです。幕府の政治のあり方に対するものでなく、あくまで兵学から見た視点の総合対策で、お話の通り一旦緩急ある時には武士の心得として必要であります。『海国兵談』も、あと一年で完稿したいと思っています」

「わしは、おぬしにも話した通り、田沼老中の用人の三浦庄司の頼みに答えて『赤蝦夷風説考』を提出した。子平君が長崎から帰って来る前の正月だった。その後、松本伊豆守に呼ばれ、田沼老中が蝦夷地開発に大いに関心を示したことを聞き、『いずれ、貴公にも役に立ってもらいたい』と言ったので、そろそろ幕府の動きが出るだろう。

わしは蝦夷地と赤蝦夷国（ロシア）との交易を勧めた。それに対し子平君は蝦夷地の幕府領土への上地（領土化）とロシアへの警戒論、少々意見が違うが、その案もしだいに検討するだろう。きみは頑固なところが取り柄だ。『三国通覧図説』もこれから役に立つ。ところで版元の江戸須原屋市兵衛には頼んだのか」

「ええ、須原屋は江戸一、二の版元で幸い引き受けてくれました。武士たちが読みたがるでしょう。来年夏頃には刊行できるそうです」

「それは良かった。わしも今、『新製地球万国図説』の原稿を書いているところだ。長崎通詞らの本木氏らも翻訳したが、さらに私なりに蘭語から翻訳したものだ。お互いに役立つことがうれしいですな。

ところで、昨年二月、老中の二男、若年寄の田沼意《おき》知《とも》殿が江戸城から去ろうとしたところ、新番士の佐野政言に刺されて、わずか数日で亡くなった。この件はまたたく間に江戸中の人々に知られたが、田沼老中の足元に影響が出そうだ」

桂川が不安そうに言う。

「残念でしたな。田沼意次老中が積極的に銅座や俵物役所を設置したり、西宮・兵庫など秋田阿仁《あに》銅山の上地令、過米切手禁止令、御貸付金制度など時代の変化や経済の変化には対応しているのに。老中に対する風当たりが強いと困るな」と世情に詳しい平助が顔をしかめた。

「子平君の本も田沼老中なら積極的に取り上げるだろう」

「少々雲行きが怪しくなってきたねえ。これまでは蘭学のほか江戸の思想文化も百家争鳴だったのにな」と桂川甫周がつぶやく。

「誰が幕府首脳になろうとも、世界の変化は起きる。わが国も早く手を打たないと大変だ。武士の建て直しをしないと国の安全は得られなくなる」と子平が鼻を手でこすって話を続けた。

「仙台藩にも仙台通宝の鋳造を許可したし、西国各藩では藩校の設立が相つぎ、人材登用を図っている。行政も年貢を増やしている。商人や豪農と結託して藩の専売制や藩札制度などによって商品経済の利を藩財政へもたらし、その自立を目指している。すべてうまくいくかどうか実験している」

「医師に財政はわからぬが、たしかに江戸を見ていても富商は大いに変化している。一方、貧しい町民もいる。米だけの経済だけではなくなったようだ。気候の変化で西国も大凶作らしく、桑名藩で農民が年貢の減免を要求して地方役人宅を打ち壊した。大坂、京でも打ち壊しが発生、陸奥でも同様だ。こうしたことが田沼意知事件につながった。将軍の家治公の様子も良くない」

「たしかに青森、盛岡、仙台も大洪水などで大凶作と兄が手紙をよこした。なんでも仙台の米屋が打ち壊しにあった。わしも仙台へ戻らずに『海国兵談』を完成させよう」と子平が決意を語れば、工藤平助はこう述べた。

「長崎に行った大槻玄沢は『蘭学階梯』を仕上げたと連絡して来たし、桂川家の弟さん森島中良君も吉雄大通詞のところへ寄ったそうだ。これから世の中はどうなるか」

## 幕府、蝦夷地調査を決定

天明五年（一七八五）二月、田沼老中の判断で、幕府は蝦夷地調査を決定、とりあえず俵物及び昆布を長崎会所の直仕入れとする意向を固めた。松本伊豆守はその指示にしたがい調査の担当に御普請役、山口鉄五郎、皆川沖右衛門らを派遣することになった。

八月、東蝦夷地には山口鉄五郎、青嶋俊蔵ならびに下役二人がアッケシ、キイタップ辺りまで行き、クナシリ島にも渡る。この下役に最上徳内がいる。山形の農民の出だが、本多利明に測量などを学んでいた。西蝦夷地には佐藤玄六郎、庵原弥六ならびに下役三人がソウヤに向かった。西蝦夷地一帯をまわるが、秋となりそれぞれ松前に戻る。また同年五月、調査のための新調査船が品川港に入港。松本伊豆守は検分させ、堺屋市左衛門を添乗させた上、船頭、水主とも十六人ずつ乗組員を二隻に分乗させる。必要な積み荷は松前で調達することを決めて、北へ航行させた。

翌六年夏、林子平はついに『三国通覧図説』を刊行した。

この頃、パリ条約により、イギリスはアメリカ合衆国の独立を承認、アメリカは憲法制定会議を開催している。また、伊勢の船頭、大黒屋光太夫らがロシア領カムチャツカに漂着している。

# 第十七章

# 予期せぬ転落

## 江戸の松本勘定奉行役宅

江戸城下、大がかりな長屋門のある邸は松本伊豆守の役宅である。枯れ気味の松が見える。その前に立った中背の男がある。勘定組員であった。

正門の横にある小門から背をかがめて入る。

門番が訊ねた。

「どちら様で」

幕府が初めて蝦夷調査隊を派遣した一人なので男は堂々として言った。

「佐藤玄六郎でござる。蝦夷地から戻り申した」

「お待ちしておりました。中の正面玄関へお進みくださいさい」

佐藤玄六郎は天明五年（一七八五）春、陸路で蝦夷地に出立し、年末に松前から単独で品川港に帰ったのだ。

佐藤は宗谷を検分して松前に戻った。そこで先発した東蝦夷地担当の山口鉄五郎、青嶋俊蔵と会い、初年度の調査報告書を作成した。

山口らは主として国後島《くなしり》を調査した。厚岸《あっけし》から松前の基地に帰り、引き続き翌年の調査のため残留した。佐藤だけは宗谷で蝦夷と交易した品を幕府の新造船のうち神通丸と蝦夷船の二隻で品川まで護送し、現地の報告をしなければならなかった。

佐藤は待機していた用人に従い表御座の間に着いた。襖が開かれるとそこに松本伊豆守勘定奉行が待っていた。

「やあ、やあ、ご苦労であった」

松本の声は大きい。

「ひとまずわしが新造船、神通丸で品川港に昨日帰りました。積み荷と船は勘定方にお引き渡しをしたところです」

「新造船はどうだ。役に立ったか」

「はい、神通丸、五社丸とも北海の各地までの探検調査に使い極めて便利です」

「蝦夷地の冬は寒いだろう。みな風邪など引かず元気かな。病気や負傷はないだろうな」

「全員、意気盛んです。山口、青嶋班は、厚岸から千島の国後島に上陸後、目下松前で越冬中です。大石逸平は厚岸に残っています。わしと宗谷に向かったのは鈴木清七、五社丸で厚岸に寄って来ました。皆川沖右衛門は下役の里見平蔵と松前に残留待機しています。

　西蝦夷地班の庵原弥六は下役の引佐新兵衛、同鈴木清七らと宗谷から初めてカラフト探検をいたしました。しかし携行した食糧は不足となり宗谷に戻り、耐寒訓練のため越年していますが、全員、蝦夷地で明年の準備に務めています」

「初年度は東蝦夷地班は厚岸などから千島の国後に渡った。西蝦夷地班は宗谷からカラフトに上陸して、足がかりをつけた。まず上出来だ。カラフトは半島か孤島かはまだ調査が残っているわけだ」

「その通りです。松前で北極星を見れば、地上四十一度五分、宗谷では四十五度ですから、江戸の約三十五度五分よりかなり北ですので寒さは堪えるでしょう。松前は城下町ですから住みやすいが宗谷はかなり厳しい」

「蝦夷地の冬は初めての経験だからな。十分、気をつけてもらいたい。報告書と毛皮、青玉《せいぎょく》（サファイア）、鮭などの公益品は暮れに届いた。初年度としては良くやった。田沼老中も大いに期待をかけている。松前藩の応対はいかがかな。おぬしの率直な感想が聞きたい。赤人（ロシア人）やカラフト、千島列島などの情勢はどうか、松前藩は協力的なのか」

## 蝦夷の遠大な開拓計画

「松前藩は協力してくれています。東蝦夷地の案内人は松前藩士の浅利氏と近藤氏、通詞三人と医師一人も着きました。西蝦夷地には、松前藩士の柴田氏と通詞二人と医師です。山口、青嶋に聞きますと、国後では二人の乙名（尊長ら）に会ったそうです。わしもイトコイに会いました。それらによると、ウルップ島まで赤人（ロシア人）は毎年来ているという風聞がありました。しかし松前藩士の前では、述べることははっきりしない。制限がかかっています。以下のことは事実でありました」
一、明和七年（一七七〇）新井田大八（松前藩士）がノッカマップで赤人と出会い、「交易したい」と言われた。大八は「藩主に伺った上で答える、来年の夏ウルップ島で返事をする」。すると赤人は贈り物と手紙を差し出した。

一、松前藩では「交易は許さない。なお強く希望するなら長崎港で請願せよ、贈り物と手紙は返す」ことにして、アッケシで翌夏赤人に再会して申し入れた。この旨を聞き、赤人は帆をあげて帰って行った。この件を江戸表に届けるか否か藩で評議、江戸の松前藩親類にも相談したが、結局、届け出ずに終わった。

一、その後蝦夷の語るのは、年々ウルップ島に赤人がラッコ漁に来るということだ。

一、蝦夷人（アイヌ人）はひそかに請負人の商品や松前役人について讒訴《ざんそ》する。蝦夷たちは平常、強圧的な扱いを受け不満な様子だ。

ノッカマップの酋長シヨンコは「赤人は年によりエトロフ島まで来る」。厚岸のイトコイは、ひそかに夜分調査員を訪れてくれた。「松前役人は陰で赤人のことを申してはならぬと言う。赤人は毎年ウルップ島に来て、美しい絹や更沙木綿、砂糖を商う」

ノッカマップの長シヨンコも「エトロフ島に赤人が来たことを教えてくれた。今年はエトロフへは赤人の通詞シャムシリの蝦夷が来て商う。この赤人の小袖などを江戸人に見せると良くないと松前側の人々から言われ、焼き捨てたり靴には石を入れて海へ捨てさせられた。クナシリの長ツキノエはウルップ島に行き、江戸人と会いたがっていたが松前者たちに脅された」。江他にも「どうか米、煙草などをつくりたいので種子を恵んでほしい。つくり方も教えてほしい」と蝦夷人に懇願された。

「なるほど、商人たちは蝦夷人を散々利用ばかりしているし、松前役人もそのような目でしか見ていないのか。むしろ希望するなら農業を教えてやるべきではないか」

「そうです。われわれは東側では千島の国後島、西北では宗谷、カラフトの先端部分と周辺の探査に取りかかったばかり。蝦夷人たちに、砂や土で島の地形を形づくって地図にしてみたが、覚つかないのです。いずれにしても石狩の方は広大で、山もあるが、鉱山はわからない。内陸は未調査です。領土、領海がわかった場合、幕府はどうするのか。調査の目的を知りたい。この北方の寒い領土に移住する百姓などはおりません。非人の移住によって蝦夷地開拓の事業を起こすことが必要なのではないですか」

「まず蝦夷の島には国土の標柱を立てる。おぬしらの見た通り、蝦夷地が周囲七百里とすればものすごい面積だ。千六百六十万四千町歩になる。一反五斗の収穫を見込んでも、五百八十三万三千石が実収できる。わしは浅草今戸の穢多頭《えたがしら》の弾左衛門にすでに相談した。全国配下の三万三千人のうち七千人を移住できるし、全国の穢多・非人二十三万人のうち六万三千人が移住可能だと言う。その際には非人や穢多身分の差別を解消して平民となる。これによって、蝦夷地は関東並に発展させることができるだろう。この構想を正式に相談してみよう」

松本伊豆守の遠大な提言、その積極的態度に佐藤玄六郎は驚いた。

この会見の直後、松本伊豆守は浅草今戸にある十一代目、弾左衛門の役宅（白洲、牢屋を持つ）を訪問、協力を取りつけた。佐藤玄六郎も同伴した。

弾左衛門は関八州穢多頭の名、世襲である。関八州、伊豆、駿州、甲府、陸奥十二か国の非人を支配する権限や裁判権を持っており、その身分の者からは家別役銀などを徴収した。この支配は明治初めの解放令で廃絶するまで続いた。

## 蝦夷調査隊による報告書

天明六年二月下旬、江戸城表の間。長い松の廊下を通った松本伊豆守勘定奉行は田沼老中と対面した。

「蝦夷地の調査隊の報告書です。どうかご覧願います。順調なすべり出しで、東側では厚岸まで島の限界から国後島まで調査が伸びました。西側では先端の宗谷まで行き、海峡を越えて蝦夷人の言うカラフトまで渡り、現在宗谷で越冬中です。

それぞれの現地の蝦夷人（アイヌ人）に話を聞きました。赤人は国後島、エトロフ島の先にあるウルップ島まで南下しているそうで、蝦夷と場所請けの商人（飛騨屋久兵衛）らと商いをしているそうです。交易を望んでいることは問題ない。松前藩は法外な運上金を商人から取っている。わが調査隊員は赤人をまだ目撃していないとのこと。

本年は調査船の神通丸、五社丸を使って千島の方ではエトロフ、ウルップ島、宗谷の方ではカラフトのナヨロなど全島の調査を予定しており、カラフトに渡るには浅瀬などの海峡の様相により蝦夷船を借り上げる必要がありそうです。

宗谷では初めて交易品を買いつけてまいりましたが、昨年一回で約一万両の利益が上がる見通しです。新たに江戸の大口屋などが参入したがっています。領土の調査には松前藩も藩士の案内や通詞、医師などが協力しています。目下、問題はありません。

まだ中心部は手つかずで、相当に広大。蝦夷地の周囲は七百里で、面積では約千七百万町歩、これだけの土地の一割を開墾しても米穀で約六百万石以上が見込めます。印旛沼、手賀沼にくらべ干拓の必要がなく、河川もあり、将来の開拓は有望です」

「なるほど。あまりにも長く松前藩にだけ支配を任せていた、しかも、近年、場所請負人という商人に木材、魚類その他の資源を任せ放題であるそうな。これまでの鉱山採掘とその可能性、干拓地よりも広大な面積、船運開発などが有望であることは疑いない。いずれ天文方などに命じて測地、絵師による地図、海図などを描かせる必要がある。将来の幕府、ひいてはわが国土を広くし収益の増加を図るべきだ。

蝦夷人の性格はどうだ」

「仰せの通りであります。地理の調査は綿密に行い、今後、広大な領土の開発が重要かと存じます。

蝦夷人の性格は実直で節度がある。葬送も手厚い。漁業に従事し、農業はまだ知らず、耕作その他は教育しだいとのこと。男女の別もあるが、松前藩や商人はその扱いが悪く見下しており不満があるそうです。詳しく観察する必要がある。

開拓事業には寒地でも挑戦する人材が多数入用で、穢多・非人の協力も必要。見通しについて弾左衛門の意見を聞きましたところ、これまでの身分差をなくせば喜んで協力させると請け負ってくれました。国中の人口は地方で減っている。老中、開拓の人材が必要です。いかが取り計らいましょうか」

「松前藩から上地して、蝦夷地は幕府直轄にすべきだ。その代替には別の領地をこれまでの収益相当のものを探してあてがうこと。松前藩主、松前志摩守道広の治世はどうか。蝦夷人とは円満に対応すべきだ。彼らの領分をよく考えよ。人材の面では数万人単位の農民その他が必要となる。

弾左衛門の了解、説得を大切にして協力させることができるなら、それも良いだろう。一案だ。よく交渉すべきだ。周辺の各藩、弘前藩、南部藩などの協力も考慮すべきだが、開拓農民は全国にいる。農地は常に不足だ。幕府は旗本からも人材が必要となろう。長崎の治安も佐賀、熊本などが協力している」

「わかりました。勘定組頭とも相談します。弾左衛門の件はさらに交渉してよろしいでしょうか。調査隊の本年の進捗状況も見て、将来の経営方針も検討しておきます」

「相わかった。よしなに企画せよ。今年の干拓計画は天候しだいだし、大名たちの借り入れ負債の手当ても金融対策を講ぜねばならない。将軍様の御健康も配慮しなければならぬ。蝦夷地の件は政治課題なので急いで実行せよ。勘定奉行に任せる。ただし要点は報告せよ」

背の高い松本伊豆守は老中の前から立ち去った。大名たちの動静に田沼老中は苦労しているようだ。田沼に引き上げられ忠実な松本伊豆守は、田沼のギョロ眼にやや不安が走るのを感じた。

江戸に滞在していた佐藤玄六郎は数日後、蝦夷地調査のため松前へ、再び神通丸に乗り品川港を出立した。松本伊豆守から開拓計画が示され、蝦夷地の集落、人口見通しの調査、村落形成の可能性や経費の見積り、その対応策も調査せよとの命が下っていた。

## 『海国兵談』、ついに完稿

天明六年（一七八六）五月、好天の築地、工藤平助の自宅である。林子平は四十九歳になっていた。

「やっと『海国兵談』が完稿しました。そこで本の序文のお願いに参上しました。まずこの原稿に目を通していただきたいのです」

「どーれ、随分な原稿量だな。これは大著になるな。まず拝見しよう」

「すべてで十六巻となりました。長崎にいる頃から手掛けてきました」

工藤平助は、子平自身が書いた自序とある部分を読み始めた（当時の文章は漢字、平仮名、片仮名混じり文。一部原文を上げて解説する）。

「海国とハ何の謂ぞ、曰く、地続きの隣国無くして四方皆海に沿える国を謂也。然ルに海国にハ、海国相当の武備有て、唐山の軍書及び、日本にて古今伝授する諸流の説と（わしの説とは）品替れる也、此わけ知らざれば、日本の武術とハ云かたし」

読み進めている工藤平助に子平が説明する。

「『三国通覧図説』を見てほしい。初めはわが国を海国と規定しました。海国である以上、海国には海国の武備というものがあり、唐山や日本古来の陸戦中心のものと様相の異なるものでなければなりません。『日本の武備』とはこの意味で『日本の安全、海国にふさわしい防衛力』を論じたものでなければならない。

海国の特質は『軍艦《いくさぶね》に乗じて、順風を得れば、日本道二、三百里の遠海も一月に走りくる』ことが可能であるから『外寇の来たり易き』ことであり、一般には『四方皆大海の険ある故、妄りに来たり得ぬ』と信じているが、この時代となれば、実際はその逆であるから、相応した備えを設けざれば平和安定は実現できない事である」

さらに読み上げて熱弁を振るう。

「したがって、日本の武備は外寇を防ぐ術を知ることがさしあたっての急務であり、外寇を防ぐの術は『水戦にあり、水戦の要は大銃《おおづつ》にあり』である。水戦を専らとし、大砲を備えるのが『日本武備の正しい意味』で、これが唐や韃靼《だったん》等（蒙古系の部族の一つでモンゴル帝国に併合された）の山国、大陸と軍政の基本が異なるところです。これまでの日本では（孫子、呉子などの）唐山流の軍書を宗（源）とし、その軍理のみを学習伝授していたから、陸戦が中心で海国の本義に及べるはなし、わが国では先づ水戦（海戦）を知って陸戦に及ぶのが順序であり、これが今わしが『海国兵談』をつくり、『水戦』を以て開巻第一義として述べた理由であり、海国武備の根本は水戦、つまり海戦であるからに他なりません」

「なるほど、その通りだ。子平先生の熱情は相わかった。先を読んでみる」と平助は原稿をめくった。

## 清とロシアの脅威

「日本の武備ハ此水戦を第一トして、其上に又一ツの心得あり。其心得トいふは右の唐山ト今の唐山ト、地勢人情とも相違したるわけ也（つまり歴史の変化がある）。まず日本開闢《かいびゃく》以来、外国より来り襲シ事ハ、唐山の元《げん》の時代、度々軍を仕懸シ也。就中《なかんづく》弘安四年に八大軍にて押切りしかとも、幸いに神風に逢て鏖《みなごろし》せられたり。是元君は北種より出て、唐山を押領したる人なれば、元の代ハ唐山と北狄《ほくてき》ハ一体に成て、北辺の軍止果《やみはて》タリ。然ル故に遠ク兵馬を出スにも後に心さわりなかりしゆえ、度々軍を仕懸シ也。是につけて唐山の時勢を考見ルべし」

「たしかに。鎌倉時代、文永・弘安の役があった。元のモンゴルが攻めて来た。元は北方から宋を支配したので、その軍勢は強力だっただろう。だから朝鮮半島の高麗を使って日本に迫って来た。

元が退散したのは大風が吹いたからだ。北条時宗も軍備など大奮戦した。元のあとは清の時代だ。明は不安定で自滅したし、太閤秀吉もいたからなぁ。清は北方の満州から来て、今の唐を支配しているから軍事力がある。お主の言う通り、いつかわが国を攻める恐れはある」と工藤平助が原稿から目を離して言った。

子平が答える。

「その次に書いた通り。西の清と比べると北のモスコビア（ロシア）の勢いもある。カムサスカまで占領し、千島を狙っている。ベンゴロウの件は平助さんも知っての通りです。ベンゴロウはカムサスカからあっさり日本の土佐へ来て、オランダ人に文書をよこした。これを見ても簡単にわが国に来られる。これが『海国』の理由です。

いずれにしても、国の大事に備えるには文武両道で対応することだ。聖人たちの言う徳の文力と武備が両輪であり、『治世に、戦を忘れぬことが、国家を保護する道である』。兵事を談ずる人もあるが、一方に偏している者が多い。日本人の気風は血戦を主として鋭く、勇気あれども、唐は理と法（孫呉など）を重んじている。ただ血戦には鈍い。それはわしが長崎で唐人多数が乱を興した際、これを討ちこらしめた経験からもわかる。

欧羅波《ヨーロッパ》の諸国は大、小の火器、飛び道具甚だ多し、軍艦の制は妙精に長じている。国同士より他州を侵掠している。これからは和唐、欧の三軍の情勢、気質と地理を会得する必要がある。海国には海国の法制があることをわしが初めて言う。広く深く考えたからである」

子平は一息入れてまた語る。

「こうした考えがあるとは、通常口外しない。しかし、わしは直情径行の独夫だから、あえて忌諱を顧ず、海国に肝用の武備はこの通りということを、肉食（外国勢）の人々に知らしめんとする。だから見聞したところを集めて、この書をつくった。徳を不量《はからず》位を不計《はからず》して憂慮して『海国』をもってするのである。

僭越《せんえつ》で罪を免れないことを知っていますが、この時代に警告しなければならないと考えた。わが身は不才、文献不足、文章に成っていない。初学の士はここから戦法などを会得してほしい。また文武を兼備してもらう一端とならば、『邦家を安んじ、海国を保護する一助となろう』。ひそかにこれを日本武備志といえども罪なからんか」

## 海国の兵義

子平は自らの文を平助に代わって読み、声が尻上りに高まった。平助もその勢いに押された。

「わかった。わかった。以上がそなたの序文だな。これまで『海国の兵義』を論じた学者はいない。お主の言う通りこれは日本の武備志である。長い間かけてよく書いた。もしこれが刊行されたら、大著述家になるぞ。『三国図説』はわが国周囲の地図、海図であり、この地図を読むのが一つの地理学だ。お主は軍備、守りの備えを中心として明らかにした」

「図説は、蝦夷地、本州、琉球、朝鮮、小笠原など無人島の地図の優れたものを集めて考え合わせ複合したもので、これを見てわが国の立場を知ってほしい。『海国兵談』はその武備策、防衛策です」

「ふーむ。第一巻『水戦』の主な内容はどうなる」

「海国の武備ハ海辺にあり。海辺の兵法は水戦にあり。水戦の要は大銃。是海国自然の兵制なり。然ル故に此

篇ヲ以て開巻第一義にあげる事、深意ある也。尋常の兵書ト同日の義にあらずと知るべし。（一部略）

ひそかに憶へば当時長崎に厳重に石火矢の備ありて、かえりて安房、相模の海港に其備なし。此事甚《はなはだ》不審《いぶかし》。細かに思へば江戸の日本橋より唐、阿蘭陀まで境なしの水路也（この文は有名になった）。然ルを此に不備、長崎にのみ備ルは何ぞや。わしが見を以てせば、安房、相模の両国に諸侯を置て、入海の瀬戸（内海）に厳重の備を設けたき事也。日本の惣海岸（日本列島のすべての沿岸）に備ル事ハ、先此港口を以て始ト為すべし。是海国武備の中の又寛容なる所也。然ト云とも忌諱を顧見ずしてありのままに言フハ不敬也。不言は亦不忠也。此故に独夫、罪を不憚《はばからず》して之以て書す」

「日本の武備は水戦（海戦）を第一として、その上に心得が必要だ。今の清国は実力があり、いつ侵入するかわからない。欧州も東進している。この書は先ほど言ったように、わが国人だけでなく日本が武備の考えがあることを外国人にも知らせて日本は侵略できないと思わせたい」

さらに子平は続ける。

「平和が続いている日本は人心が弛む。長崎だけに来るのではなく、東国にも来ている。これを油断してはならない。長崎港に石火矢の台を備えているように、日本国中に海国武備をしくべしが大意だ、すべての海浜に思い切った備えをし、大海を以て池となし、海岸を以て石壁となして、日本五千里の大城を築き立てるのが目標だ。海国の武備は海辺にありなので、全国の海岸に砲台を設け、全土を大城塞に造り上げるのが海防である。砲台は守りの施設だが、敵艦に船をもって対抗する水戦は積極的戦法である。

第一に艦船の製作に工夫をこらし、第二に水主舵取りに軍船の操練をよく教え、第三に水の兵士に水練、水船の動かし方のあわせた訓練――これが水戦の三大要素である。異国船、進んだ中でも欧州は軍艦製作、守り堅固である。唐、朝鮮、その他は船の制度と造り方も雑で、大砲もなく、比べれば大差がある。

そして西欧の水城ともいうべき艦船の構造を示す。例えばその船は総三階で、一階ごとに上下の間は九尺余、その広さこと馬場の如し、二段目の階に左右計三十余口の大砲とその窓があり、弾丸は三貫目である。

又舵工《かじとり》は甚妙にして、船を繰れば、くるりくるりと回転し、左右の大銃が火を噴く。船も複数で攻守にあたり水戦においてこの戦艦以上のものはない。わが国はこれを打ち砕く工夫をすることが第一で、五十年の計を立てるべきだ。

わしはオランダ船に入り大銃を量ったことがあるのでオランダ船の大銃の大きさを図示している。諸経費を節約して大砲役という予算をつくり、金を少しずつ出させて大銃を年々製作し、海岸に備えれば、日本永代の武器となる。

日本はこの仕組みがなく、日本開闢以来三千年安全と考えてきた。天地間人間の世は変革がある。五世界では遠国を侵掠すべく工夫と英雄たちがこれを考えているのは一般の人情である。欧州では代わりに干戈《かんか》（武器一般）を動かさず、まず利害を説き、人をなつけて、その後、横領支配する手段を用いている。『海路は近し、兵馬は多し』の時、備えもなし難しこととなる。第一巻の『水戦』の内容は一に造艦・大銃ノ備、二に操法、三に兵の訓練を述べ、国外の実情と比較した。

現在からみれば、子平は欧州の帝国主義的植民地侵略を言い当て、その対策を講じているが、唐と当時呼んだ清国も過去の歴史と当時の人々の常識から見て、侵略してくる可能性ありと考えていた。北からはロシアの南進の警告である。また武士の制度の再建を望んでいた。武士はわが国の武を以て守護しなければならぬのに退廃していると見ていたのである。実際、イギリスは十九世紀にインドを帝国として支配している。また、この時代は帆船であり、黒船蒸気船が来るのは十九世紀半ばになってからである。したがって「この話は小子のもちまえ（度）に過ぎたり、もしくは塩釜大神の神託にもあるか」と、少々、当時平和安定志向の世相にとぼけて見せたりもしている。

## 第一巻「水戦」

一休みして、工藤平助が述べた。

「わしは医者だし、公事師の真似もした。子平は兵学一筋で勉強してきた。長崎に三度も行き、オランダ人とも会ってきた。わしは赤蝦夷とは交易を進めて、要害で備えるべしの説だが、お主の立場になればオランダの軍船のような備えは将来必要かも知れぬ。『三国通覧図説』では桂川甫周（幕府御医師）が序文を書いていたな、また頼んではどうか」

「今度は工藤先輩に序文を頼みに来たのです。国を安んじることを念願したのだし、幕府もまさかこの本を心配しないだろう。蝦夷地開発は同じ意見です。また同じ仙台藩士の家育ち、なんとか書いて下され」

「親友のことだ。引き受けよう。きみは慷慨《こうがい》の士、性は恬淡寡欲《てんたんかよく》、心に大義存し跋渉《ばっしょう》を好む、藍縷襤食《らんるれいしょく》などと人柄を書こうか。そして、国防の大要、その志しと謂うべしとするので良いか。文章はよく練ってみる」

「私の性格や本の評価はお任せです、序文に工藤平助の名があるだけで信用がつきます。誠にありがたい」

「第一巻、『水戦』の内容はどうなるか」

「『水戦』はこれまで話した他に、楼船、船具、船の操法、船備、船中の規律、兵の賞法、負傷の手当法などがあり、すべてわしの千古独見とひそかに自負するところです。しかし、文のみを理解しても機械や実際に操練をしてみないことには善の善とは言えず、海防の志と装備、訓練が一体となるべきであります。

以下長くなるので項目だけを挙げておきます。

第二巻に陸戦、第三巻軍法と物見、第四巻戦略、第五巻夜軍、第六巻撰士と一騎前、第七巻人数組と人数場、第八巻押前、陣取、宿陣など、第九巻器械、小荷駄、米、第十巻地形、城制、士着性、第十一城攻並びに道具、第十二巻籠城など、第十三巻操練、第十四巻武士の本体など、第十五巻馬の飼立と騎射、第十六巻は文武と武道の真髄となっています」

「兵論のすべてだな、驚くよ。全部読むためしばらく原稿を貸してくれ」

「どうぞ、どうぞ、わしの仕事はこれからです」

「板（版）元はどうする？」

「自費出版となる見込みです。私出版です。黄表紙と違い板（版）元は利がない。須原屋などとこれから交渉するが、千部ほど仕立て世に出すこと、これが小子の一生の大願である。書肆《しょし》に経費を見積もってもらっています。彫賃《ほりちん》と紙代、表紙、綴糸、摺賃《すりちん》、仕立て賃、外題判など、ざっとしめて金、二百両余となりそうかな」

「ずいぶんかかるな」

「そうなんだ。おまけに十六巻もある。わが輩は知っての通り、無息、清貧にして自力のみでは叶わない。そこで第一巻『水戦』の巻だけ少し見本として仕立てて、友人知人に見てもらい、後の費用を分割して助けてもらうつもりです」

「そりゃ大変だ。まずわしも予約しよう」

「なにかと力添えを願いたし。この通りです」と子平は平身低頭したのである。

「友人みな共にしだいに相談しよう。ところで老中の田沼意次殿は、経世済民に苦労しているらしい。これからの動きを見ていこう」

## 幕府の調査が難航

八月初日、この日は暑さでじっとりとした。工藤平助は昼前に診察を終えた。この日もぶらりとやって来た三浦庄司（田沼老中の用人）は具合が悪いと言った。そこで、三浦の様子を診てから、自宅へ連れ戻った。

「心不全ですかね。少々お疲れになったのです。暑さを避けて養生して下さい。飲み薬をお渡しします」と汗をぬぐった。そして質問した。

「……こんな話は禁物ですが、家治将軍はなんらか、身体に障りがあるのですか。世間の噂ですが」

「わしもよくわからん。御姿を見ていない。松本伊豆守が『少々御不調のようだ』と話していた。田沼老中が心配して医者を連れて行ったらしい」

「そうですか。松本勘定奉行は蝦夷地探検調査隊のことを、なにか言ってましたか」

「そうだな。そなたの『赤蝦夷風説考』をわしが伝えて以来、張り切って調査隊を派遣した。勘定組から出た佐藤玄六郎が、昨年来江戸へ報告に戻った。それが春から再び蝦夷地の松前に帰り、又、連絡をよこしたそうだ。なんと宗谷で越冬していた庵原弥六が厳寒と栄養失調で急死した。一緒にいた松前藩士も数人亡くなり、宗谷班は壊滅したという。厚岸から大石逸平が宗谷に行き、後始末をした。彼はその足でカラフトの探検に向かったようだ」

「宗谷あたりの冬の寒さは相当きついのですな、不慣れもあったのでしょうが」

平助は驚いた。

「西蝦夷地班は、山口、青嶋が国後島で待機、共にいた竿頭の最上徳内は択捉へ渡り、そこで赤人と初めて会った。赤人つまりロシア人の三人は交易に来ていたので、国後につれて帰り、山口、青嶋と引き合わせ、千島列島にはロシア人が度々来ている。カラフトの地形もまだ十分わからないが、しだいに調査隊が探検している。そなたの意見も役立った。松本伊豆守は、工藤氏にも役割を与えたいと言っていた」

平助が微笑しているところへ林子平が例によって訪ねて来た。風呂敷包みを背負っていた。刊行したばかりの本である。

「どっこいしょ、重いね本は」

「この男がよく話をしている林子平です。こちらが田沼老中の側近の三浦どのです」と三浦庄司に紹介した。子平も礼をした。工藤が続けた。

「それは『三国通覧図説』だろ、おめでとう。三浦どのにもご覧いただき、松本伊豆守勘定奉行にも進呈して見てもらったらいい」

「ではさっそく。これは今度出版した『三国通覧図説』です。蝦夷地から九州まで、琉球、小笠原も入っています。朝鮮までです。献呈申し上げますので、ご覧下さい」と三冊ほど差し出した。

「ここへ来るといろいろ情報がある、それは貴重な労作ですな、日本周辺の地図は初めて見る。上にも持参する。ありがたく頂戴する」と頁をめくってみた。

子平の説明を受けると、三浦は「これは驚くべき内容だ。初めて見た。まだ用があり、先に失礼する」と去って行った。平助と子平は玄関まで送った。二人は三浦が語った蝦夷地の調査隊のあれこれを話した。

## 田沼老中の失脚

二人の噂話となった十代将軍、徳川家治は父の家重の遺言で田沼意次を重用、田沼に政治全般を任せた形となり、画業に専念してきた。生前に実子を失ったため、田沼の意見に基づき一橋家から治済《はるさだ》の長男、家斉《いえなり》を迎えた。一か月ほど前から水腫で療養中だったが、八月十六日、田沼の推した町医者の調合薬を吸用したところ同二十五日に急死したとされる。在位十六年であった。

家治の死が利用され、田沼は反田沼派の圧力によって翌日、辞職願いを出した。田沼は大名救済策である御用金を全国から集めようとしていたのだが、これが御三家などで領主権を侵害するものと不満の種が渦巻いていたからだ。

関東では七月から大雨のため大洪水が発生し、本所深川では家屋が流され、大きな橋の一部を失った。この影響で印旛沼、手賀沼の干拓事業も中止されていた。田沼意次は世間の噂では収賄政治家とされた。株仲間を次々承認して、各分野の商工人から冥加金を集め、それを幕府収入としていたことは事実である。

田沼が老中の職から罷免となると、残った田沼派と反田沼派の争いは十か月にわたり、ついに天明七年(一七八七)六月、松平定信(白河藩主)が老中に就任した。

反田沼派の中心は一橋家の徳川治済《はるさだ》で、将軍家斉の実父だった。田沼意次は処罰され、和泉など領地のうち二万石と居宅、大坂蔵屋敷を没収された。

松平定信は、田安家初代、徳川宗武の七男として生まれ、八代将軍吉宗の孫にあたるが、田沼意次らの意向で白河藩の養子となった。この当時、一橋治済と田沼意次は協力していたが、家斉が将軍となるや治済は松平定信側に立った。さまざまな要因がからんでいたのである。

家治の死去が公表されたのは、九月八日であった。十一代将軍は家斉となる。十四歳であった。

松平定信は老中に就任すると「田沼嫌い」の風潮に乗り、さらに田沼を追い払う。田沼は残りの三万七千石(相良藩)の領地すべてが没収され、城も破却された。田沼の側近も相つぎ降格、処罰された。松本伊豆守勘定奉行は五百石半減、降格した。勘定組頭の土山宗次郎は不正や吉原の妓女との交際などの理由で死罪となった。他にも数人が免職、もしくは左遷となった。

この一年、全国で打ち壊し事件が相次ぐ等、江戸も騒然としてきた。

蝦夷地検分の一件は、松平定信の新政となり、すべて中止とされた。実務は松本伊豆守から桑原伊予守勘定奉行に移され、帰府した佐藤玄六郎らに言い渡された。青嶋俊蔵、最上徳内は残務整理をして最後に江戸に到着し、ついに召し放《めはな》しとなった。

寛政元年五月、国後島で蝦夷の反乱が発生した。幕府は青嶋を再び登用した。名目は「俵物御用」としたが、隠密として情報収集のため松前に派遣した。反乱は松前藩によって鎮圧され、青嶋は江戸に戻った。しかし、松前藩と接触した件と買春などを糾明され逮捕、根岸肥前守や久世丹後守の勘定奉行により取り調べられ、八月に牢死している。

## 仙台で『海国兵談』の出版へ

工藤平助が『海国兵談』の序文を書いたというので子平は、またも工藤の診療所へ出かけた。

「約束通りの序文ができた。すぐ板木に取りかかるべきだ。『三国通覧図説』のように須原屋にまかせるのか。彫賃、摺賃などは江戸は高くつくのではないか」と平助が心配した。

「仙台のほうが人件費や紙代も安いだろう。紙は良いものがある。仙台の彫工に依頼すべきかな」

子平も平助の言葉に納得した。

「早速仙台へ帰るべきだろう。少しでも経費を削減することが大切だ。総紙数は三百枚以上になるだろう。彫工を複数にする手もある。仙台の事情もある。須原屋の本店の『武家名鑑』などは、役職などが変わればその日に板木をつくり直し刊行しているので、関係の職人は多い。仙台は少ないだろうから、なるべく早く交渉したほうが良い」

「その通りだ。期間もかかる。一年では終わらないだろう。仕事がつまっているかも知れぬ、よし、早速にも帰仙しよう。その方がわしも板木をつくる手伝いができる」

子平は決断した。

「それが良い。なにせ江戸では黄表紙や草紙類など板元も多いが、競争も激しい。浮世絵はひっぱりだこだ。鳥居清長は美人画の群像を描き、絵も大判である。美人大首絵の勝川派や喜多川歌麿は大した人気だ。歌麿の絵は、蔦屋重三郎が版元で、鈴木春信が笠森稲荷の水茶屋のお仙を描いたが、歌麿は浪速屋おきた、高島おひさなど美人で評判の娘を実名入りで売り出している。勝川春章の役者絵もあり、北尾重政は黄表紙の挿絵だよ。その弟子に山東京伝などがいる」

「詳しいね。たしかに美人画は若者や娘さんたちが買っているので、版元の仕事は忙しいだろう。わしが江戸に帰った後に長崎に行った司馬江漢《しばこうかん》は銅版画で洋風版画を制作している。そなたが世話した仙台藩の大槻玄沢、これも長崎に遊学して洋書を訳し、銅版画をつくったそうだ。江戸の人件費が高いのは当然だ」

「田沼時代は活気があった。内藤新宿も盛んになった。太田南畝《おおたなんぽ》が書いた『甲駅新話』などもあり、天明の狂歌は平秩東作《へづつとうさく》が集めたようなものだ。四ツ谷新宿の仲間だったろう。その先駆者ともいうべき唐衣橘州《からごろもきっしゅう》は田安家の小十人《こじゅうにん》（職制の一つ）だった。

隅田川の中州もにぎわいを見せていたが、洪水で取り壊して、土手を高くした」

活気がある町が好きな工藤平助は天明を惜しんでいる。

「松平定信老中の行方はどうかね」

「それは知れているよ。儒学重視で緊縮と倹約を復活させるのだろう。田沼の商業政策はつぶされるだろう。活力を生むべきだが、抑制が基本だろう。老中が変わり、隠密が横行（スパイ合戦）だよ」

「わしは仙台へ急ぐ。新しい老中には楽しみがないが、よう観察しておいて下され。『海国兵談』の開板を一日も早くしたい。わしは飯田町の手塚市郎左衛門宅へ戻ります」

九月末、林子平は日本橋から奥州街道へ向かった。振り返ると南西の方向にくっきりと富士山が浮かんでいる。通り町などの店舗には、錦絵を飾って販売している店が数軒もあった。そこには女性客がチラホラ店内を覗いていた。子平は平助の話を思い出した。

## 子平、五十歳

林子平は久しぶりに仙台芭蕉の辻に帰り、今度は兄嘉善の引越し先、仙台表柴田町内の宅へ戻った。皆元気だった。久しぶりの青葉山などの山々と広瀬川の清澄な雰囲気が懐かしかった。

翌日、子平は元柳町の彫師、石田英助の店を訪問した。石田は中年の職人であるのに頭髪は白く、弟子数人を抱えていた。その店先で、子平はまず手にした『三国通覧図説』を見せた。

「ほう、江戸の須原屋市兵衛で刊行したのですか。須原の一族ですな、本場ですね」

「これはわしが書いた原稿で『海国兵談』としたい。この板木を彫ってもらえないか」

子平は石田と暫く話し合い、原稿は、工藤の序文、子平の自序、『水戦』だけにし、「一巻だけは早く、明年四月まで、二巻目以降は十六巻末まで二、三年以内とする」と決めた。

費用については見積りを出してもらうことにした。なんとか落着した。しかし、その金の工面はまだついていなかった。

仙台で『海国兵談』の出版が決まった天明七年（一七八七）秋、子平は五十歳となっていた。

この年、フランスの航海者ラ・ペルーズは、ルイ十六世の命でアジア東北沿岸を探検し、日本海をヨーロッパ船で最初に北上し、サハリン（日本ではカラフト）に至っている。後に間宮海峡となるところまで行ったが、海峡を確認せず南下し、宗谷海峡をラ・ペルーズ海峡と名づけた。

その後、赤道を越え、サンタ・クルーズ島付近で遭難した。しかし日本では当時、このことは全く知られていなかった。この周辺は欧州の世界地図でもまだ知られていなかった領域である。

## 出版費用の苦労

天明八年（一七八八）正月、『三国通覧図説』を光格天皇が叡覧になったとの通知を受け、子平は仙台表材木町の自宅でささやかな祝宴を催すことになり、案内状を藤塚知明（塩釜神社）の子仲之清に送った。

「遠方で濁酒のほかご馳走もなく、恐れ入りますが、正月で神宮は多用だろうが兄弟のうち一人でも出席してほしい。尊父様にもこの物語をしてほしいとある。ご出席の節は水仙一本いただきたいと願い、やがて自分も塩釜に参る」とくどいほど頼んでいる（『増補六無斎全書』）。

正月二十六日に開かれたと思われるこの祝宴の主賓は、藤塚知明式部であった。子平にとってこれは光栄だった。親友であり、蝦夷を日本の領土とする子平の考えは、藤塚の多賀城の碑の研究に刺激されたものであった故に、藤塚式部と喜びを分かち合いたいとの趣旨であったろう。

この年の前後に子平は京都に出かけ、中山愛親《なかやまなるちか》権大納言に謁見し、外寇の予備を説いたが、大納言はそれほどの感情を表さなかったとの説がある。子平の期待は薄れていった。この大納言から、光格天皇に『三国通覧図説』の情報が伝わったのかも知れない。

四月、『海国兵談』第一巻『水戦』はようやく板（版）本が成る。子平は見本としたい考えであったので部数は少なかった。この時、著書に加えて友人らに示された文書が残っている。

出版の予算と案内は以下の通り。

〈口上の覚〉（これは出版業者の見積りを加えた子平の依頼書である。簡略する）

○右海国兵談初巻の水戦より、すべて十六巻の紙数三百五十枚ナリ（是を八冊につくる）

○海国兵談千部を仕立てたい。小子終身の大願であります。

○右の通り、千部発行で、値段はどれくらいかと書肆を招き計量してもらったのは次の通り。

○紙一枚の彫賃四匁五分也、三百五十枚で一貫百五十目ナリ、金にして二十六両一分ナリ。

○全部八冊に紙八帖づつ用いる。千部にて八千帖ナリ、一帖の直《あたい》は八分五厘づつ、八千帖で六貫八百目、金にして百十三両一分ト銀五匁ナリ

○表紙八千枚（一部八冊、千部八千冊）

一枚の直二分五厘づつ、八千枚にて二貫目

金にして三十三両一分ト銀五匁ナリ

○綴糸

一部に二丈を用いる、千部で二千丈ナリ一部の綴糸代六分五厘づつ、千部で六百五十目、

金にして十両三分と銀五匁ナリ

○摺賃

一部に付四分づつ、千部にて四百目、

金にして六両二分と銀十匁ナリ

○仕立賃

一部につき一分づつ、千部にて一貫目、金にして十六両二分と銀十匁ナリ

○外題料
全部八冊に一分づつ、千部にて百目
金にして一両二分ト銀十匁ナリ
銀にて十二貫五百二十五匁ナリ
〆　金にて二百八両三分ナリ
○右は『海国兵談』千部発行する際の合計額であるが、小子、元より無息にしてかつ清貧なる者でございますれば、自力のみでは叶わないのです。そこで今日発刊のあかしに『水戦』の巻、数冊を発行して、諸君の賢覧を願うものです。
今後出版する費用をお助け下されて、今回金二百疋づつ御入銀下されたくお願い申し上げます。さすれば板刻を急ぎ、出来次第御入銀下される方々へ右の『兵談』二部ずつ進呈いたします。
小生は遠方で出版の用事をしていますので、皆様にお会いすることができず報告もできません、よりて東都の心友、手塚市郎左衛門、柿沼寛二郎、森嶋二郎、工藤平助、藤田祐甫の五人に託して御入銀の取り次ぎを頼んでおります。御入銀の方々は右五人の中より、最寄りの者へ下されば、板刻している小生に届きます。

〈板刻日数のこと〉
○一人で彫れば、紙一枚に二日半かかる。『海国兵談』はすべてで三百五十枚だから、一人でこれを彫れば、元日より大晦日まで休みなしに彫りて九百日かかります。二人で彫れば四百五十日かかり、四人ならば二百二十五日かかる。八人ならば百十三日で彫り終わる。小子無息清貧にて、工人を多く用ゆることができません。ただ一人用いて彫ってもらっているので九百日はかかる。二十六両の金がない故です。
願わくば諸君の理解を賜わり御入銀下されて、せめて板刻の業のみも半年にして終わらせて下さい。
人の生命もいつまでかわかりません。火の煽るがごとく急いでいる。どうか辱を顧みずしてお願い致します。

林子平謹言

専門家の調査によれば、江戸時代の彫り師、彫工は一定の価格で請け負っていた。大本が一丁あたり五匁から七匁、現代の感覚で一万八千円平均といったところ、中本の大きさ（狂詩）の平均刻料は三・四七匁だったようだ。これに対し幕末の俳書は一丁当たり四匁ないし五匁。

林子平の私家版は、右に見たように一丁あたり単価四匁五分と見積もっているので、安いほうだ（橋口候之介氏の解析による）。

合計出版費用は現代感覚で三百万円位だろうか。それにしても兄は仙台藩士だが、子平は事実上浪人、無報酬なので苦労した。彼は、『阿蘭陀人宴会図』や『阿蘭陀船図説』を版画として自画自刻して一般に売り、資金を貯めた。しかし『海国兵談』は紙数も多く、資金ぐりのため『阿蘭陀船図説』の再板を考慮していた。

寛政元年（一七八九）九月、子平の母、青木氏が亡くなった。八三歳であった。

翌二年、『阿蘭陀船図説』を再版して銀三文で販売。同三年には『兵談』出版の資金として藤塚知明に金十などの貸与を申し入れて、苦難を乗り切ろうとしている。

## 松平定信と寛政の改革

松平定信は、天明八年（一七八八）三月に将軍補佐となる。松平信明《のぶあきら》（吉田藩主）を老中とし、さきに若年寄とした本田忠籌《ただかず》（泉藩主）を老中とするなど若手で合議制により政策決定していったが、家斉の実父徳川治済も発言力を増した。

松平定信政権は天明からの飢饉、全国的打ち壊しにより、生活安定や下層民対策を重要視した。関東農民の江戸流入も増加したため、江戸の都市対策と農村対策を同時に取り組まざるを得なかった。方針は享保（吉宗政治）の政治に倣い、奢侈《しゃし》をしりぞけ忠勤と倹約を奨励した。目安箱も設置している。米の経済は天候に左右され、豊作になっても価格下落が起きる。財政難（かつて三千万両の幕府の備金も八百万両近くの減になった）には丁銀発行してインフレの対策とした。四文銭の真鍮銭は停止した。

田沼時代の商業資本とその密着を批判したが、結局、有力な江戸商人ら十人を勘定所御用達に任命、田沼時代以上に商人資本に依存した。米対策は買米に頼った。こうした対応にも係わらず、米価は下がり、その他の値段は高値となった。飢饉は前の対策に倣い備荒貯穀をはかった。家内手工業の発展の中、商人対策では物価引下げ令を出した。貸付金で未返済のものを帳消しにする棄損《きそん》法令も出したが、今度は借り入れができなくなるなど不安が増した。寛政の改革で成功したものには、江戸町会所と石川島人足寄場（長谷川平蔵の建議）の設置が知られている。

風俗と遊びの風潮を取り締まるため、学問、教育の充実をはかるということで、林羅山の塾（昌平坂の聖堂）を幕臣の教育施設化し、朱子学以外を禁止した。他の陽明学、伊藤仁斎の古義学、折衷学は全国の藩校で拒まれていった。林子平、工藤平助が尊敬していた荻生徂徠の古文辞学も同様であった。しかし、子平の『海国兵談』には徂徠の『鈴録』の影響がある。詳説するといろいろあるが、聖人たちの学（道）、いわゆる古代の『史書礼楽』を人間的に理解し、現在の人間社会に適用するというような発想もあり、柔軟性があった。

寛政二年（一七九〇）には書物の統制令が敷かれ、新しい内容の書物、風刺の書物、好色なものが禁止された。山東京伝の洒落本が処罰を受け、京伝は手鎖《てぐさり》（両手に鉄製手錠をかけ自宅で謹慎させる罰）五十日、板（版）元の蔦屋重三郎は財産半分没収という重い処分を受けた。

重三郎は歌麿や写楽を出した出版総責任者だった。その前から朋誠堂喜三二《ほうせいどうきさんじ》の黄表紙『文武二道万石通《まんごくどおし》』が発売禁止、恋川春町《こいかわはるまち》の『鸚鵡返文武二道《おうむがえしぶんぶのふたみち》』も社会風刺の故に発売禁止となった。

また、先祖から多くの騒動を鎮めたり、本人も江戸打ち壊しの際に窮民援助した関東郡代の伊奈忠尊《いなただたか》が解任、知行地を没収、永蟄居に処された。

## 暗転

寛政三年（一七九一）二月、『海国兵談』全巻の板刻が完成、子平の生涯の大事業が達成された。ただし、集めることができた資金内だったのだろう、わずか三十八部のみの出版であった。それでも彼はひとまず満足しただろう。

本はさっそく、江戸や仙台の友人たちに送られた。子平は、患者の治療中に伝染して前年から湿瘡となり、藩内の秋保、川渡温泉で湯治していたが、なかなか快方に向かわなかった。

そして、運命は暗転する。十二月、幕府に召喚され、翌四年二月に「始末公儀を不憚《はばから》ず不届之至として」板木召上げ（発売禁止）となる。①推察をもって異国より襲われるとの奇怪な異説、②御要害などもしたため、③地理相違の絵図を添えて板行したことが理由であった。

子平は江戸に出頭したが、病気のため町奉行所の取り調べに応じることができなかった。すると、五月には兄嘉善への引き渡し、村在所蟄居、並びに板行物板木共に召上げの判決が出た。二書ともに禁止されたのである。さらに『三国通覧図説』の発行者、須原屋市兵衛に対しても重過料、同人と書林行事四名は各過料銭十貫文の罰金刑となった。幕府は子平の著書の通用と活動を完全にやめさせたのである。

子平は沈黙せざるを得なくなった。

# 第十八章

## 最期の日々

## 子平への判決

寛政四年（一七五二）五月十八日、子平は北町奉行から在所蟄居を命ぜられたことに従い江戸を出立、同二十六日仙台に到着した。仮保釈のようなものである。兄の家の門をくぐり、母屋の前に立った。土間に入ると、囲炉裏の前に嘉善が一人で座っていた。

「なんとか帰って参りました」

「子平か、まず上がれ」

逆光の中にいた嘉善はすぐに立ち上がり、子平の前に来た。子平が土間で草鞋を脱ぐ。その肩に兄の両手が置かれた。

「命あってのものだ。良かった」

嘉善の手を子平が握ると、兄は強く握りしめて、すぐさま座敷へと導いた。二人は仏壇の前に座ると、兄の指示で子平が線香を立てた。子平は沈黙したまま、亡き父の位牌「眉白笠翁信士」を見つめて合掌し、頭を下げた。兄は、鉦を鳴らしてゆっくり合掌した。

子平は改めて「申し訳ありませんでした。これからも迷惑をおかけします」と両手をついた。いつの間にか甥の珍平も座っていた。珍平は一人前の武士となっていた。

子平と嘉善は離れの部屋に移った。

まず江戸の話。当時の北町奉行は小田切直年土佐守であった。仙台から檻車《かんしゃ》（罪人などを運ぶ檻の形の車）で送られ伝馬町の牢に収容されたこと。二月から与力の取り調べが始まったが傷寒（昔の病名で熱病の一種、今のチフスの類）の症状が悪くなったこと。以前に近所の感染症患者を診察した際にかかり温泉治療していたが、漢方に従い狐の肉を食って却って悪化したものだった。熱と下痢で調べに応じられず残念であった。腎臓炎も併発したようだ。

「あの症状では病で死ぬか、刑死か、どっちかと観念しました」

「そんなにひどかったのか」

「伝馬町牢付きの医者もあきれていました。だから十分にわが意図を説明できず、半年でこの通り奉行から判決が出たのです」と子平は文書を出した。

子平への判決文

松平陸奥守家来　林嘉善同居弟

林子平

其方儀たとえ利欲に到らずにも、一己の名聞にこだわりとりとめも無くの風説又は推察を以て異国より日本を襲ふことの趣、奇怪異説など取りまぜ著述致し、かつ御要害の儀もしたため、その上地理相違之絵図相添え書本又は板行に致し、室町二丁目権八店市兵衛方へさしつかわし候始末、公儀を憚ず仕方不届のいたりにつき、兄嘉善へ引渡し村在所蟄居申しつける。並びに板行物板木共々に召上る

寛政四年　五月十六日

同時に『三国通覧図説』の発行者須原屋市兵衛に対して、書林行事四名とも各過料銭拾貫文が申し渡された。

今で言えば、政治犯、思想犯とみなされたのである。

## 変わらぬ思い

「なるほど、命は助かったが期間なしは厳しい。死刑、流刑、追放より軽い、町人なら押込《おしこみ》（軟禁状態におく罰、二百日以下）だが、閉門のうえ謹慎というやつで出歩けない。いつまで蟄居なのか」

「我慢せざるを得ませんが、みなに辛い思いをかける。すみません。藩には到着を届け出る必要があります」

「わしが明日、仙台城二の丸に行き御家老に報告する。わかっているだろうが、まあ連帯責任だろう」

「奉行や与力たちは海外情勢や西欧の考え方などわかっていないようだった」

「最終的には老中の指揮下にあるのだろうから、上の意向だよ、この文書で見ると御要害（防衛拠点）のことが一番引っかかっているんだろう。また公儀を憚らず、仕方不届の至りとある」

「わしの指摘した江戸の守りの房総、相模、西では瀬戸内には武備全くなしだ。武士ならほとんど知っているはずで、真意は外国に漏れる恐れありだが、三国の

地図や地理も幕府で知っている人間は蘭学者でもそういない」

「まあ、御政道に口ばしを入れるなということだ。松平定信老中は吉宗公の孫だけに名門出身だ。けしからん、公儀無視で頭に来たということさ」

「自分たちに学問や外交の能力があると思っているだろうからな」

「そんなところだ。しかし、これは内緒だ、人に聞かれてはいけない。奉行所は、序文に桂川甫周という奥医師の名があるのは知っているのだ。兵談の序は工藤平助である」

「地理がいい加減と言っても、蝦夷地やカラフト、千島は幕府の役人は誰も行っていない。田沼老中の時代に蝦夷地調査が始まったばかりだった。それも現在は全く中止のままなのだ」

「そうだろう。みなこの国は本州だけで青森や薩摩の藩で終わりと思っている」

「幕府から見れば、重要な地理は教えたくない。自分だけが知っていれば良いのさ。オランダでさえ小笠原島や三陸は知っているが、松前以外は北方はわからない」

「幕府の弱点を突かれた格好だろう。船の能力が上がって、どこにでも来る可能性がある。やはり時代が変わっているのさ。幕府といえど手が回らないし、旗本や大名の武士階級もタガがゆるんでいる」

「社会を引き締めることも、却って金の回りも悪くなっている」

「各種物産の商人や呉服店も売るために努力している。大町人の方が金持ちになってきた。札差、両替商の大名貸しも多い。米が安くなれば大名たちもダメになるし、米屋が商品を隠すように、季節によって出したり調節する。その他の物価は上がっている」

「そうだな。みちのくでも酒田の本間などの商人は大名貸しをしている。わが殿の財政も悪化している。

まあとにかく、少しでも暮らしやすいように片付けておいた。この離れの部屋で静かにしていたほうが良い、身を大切にしないとな」

「板木の没収ですべてを取り上げられた形だ。金ができたら印刷して広く国内に知ってもらいたかった。少し売れれば収入にもなるのですが……全く残念至極」

珍平が燗酒と肴を少々運んできた。

## 蟄居生活

こうして子平の蟄居生活が始まった。

藤塚式部（塩釜神社宮司）、小川只七（道隆、仙台藩士、画家）、亘理《わたり》往斉《おうさい》（涌谷邑主伊達の家臣＝林子平の兵学の弟子）ら親友たちが子平を訪問して慰める。子平は一部だけ筐《きょう》底《てい》に隠しておいた『海国兵談』を、愛弟子の亘理に貸して写本させている。さらに自写して五冊本となし秘蔵した。

蟄居中に子平は和歌や詩を書いており、その詠草が残されている。のちに有名になったその詩歌を引く。

親もなし妻なし子なしはん木なし
かねもなければ死にたくもなし
（この歌から自らを六無斎と称した）

友直（子平）

辞世の心を

続けて次の詩を書いている。

すくふべきちからのかひもなか空の
恵にもれて死ぬぞくやしき
口惜しやたゝみの上にぬたれ死ぬ
いかにをさまる御代なればとて
まつしけれはをくるものなしこのふての
つたなきあとをかたみとも見よ（以下略）

詠歌は子平一人で詠むことが多いが、時に友人が来て歌を書き、子平が返しを詠むこともあった。日記メモのようなものが多いが落胆した気分を率直に詠んでいる。

弟子の亘理往斉は子平の蟄居中の生活について次のように語っている。

「子平の人となりは磊落《らいらく》、己を守るに謹厳、子平は禁錮後は一歩も出ず、友人が少しは出ても良いのではと言っても、子平は日月は天に在り、人を欺くべきか、天を欺くべきかと言って歌をつくっていた」

往斉は「子平の自己を守る姿勢に感嘆していた」とも述べている。このことは次の歌に関して言われたものらしい。

「忍ひて来れと云越ける人のもとへ返し言」と題した句である。

月と日の恐れみなくはよりよりに
人目の関は越ゆへけれとも

寛政四年はこうして過ぎていったのである。

## 江戸の平助と甫周

秋が深まりつつあったある日、江戸の工藤平助宅で、桂川甫周と平助が面談していた。甫周は幕府医学館教授になる直前で、四十三歳であった。平助は子平より四歳上で還暦を迎える年齢である。

「林子平どのには気の毒でしたな。彼の見たオランダの貿易船でさえ大砲を三十門も備えている。『オランダ風説書』によるとイギリスはインドに取りつき支配し、清の広州に事務所を置き、木綿や茶を輸入している。軍艦ばかりか兵団も常駐しているそうだ。わがほうがポルトガル、スペインを長崎で追い出した時代は長崎だけで済んだ。オランダもジャワに常駐していて周辺一帯と農園を支配している。幕府もオランダ人と唐人から情報を取っているのだから。

子平の本は長らくオランダ商館長や長崎通詞と接して書かれているのだから、わが国の情報の入口ぐらいに聞いておけば良いのだが、外国から侵略されると書かれると幕府は穏やかでいられないのだろう。しかし、いずれ状況は変わる」

「わしみたいに書物で公開せずに、幕府への報告だけにしておけば良かったのだ。田沼老中は国内開発派だから、蝦夷地支配さえ考えていた。収益増に積極的だった。今の幕閣は国内秩序維持に号令をかけてばかりで、経世済民を積極的に進めていないし、効果も出ていない。近頃は批判も出ている。統制ばかりでは息がつまってしまう」

「平助どの、蝦夷地開発派には、この頃、本多利明という商業経営派が『蝦夷土地開発の愚存大概』などを著している。あなたの『赤蝦夷風説考』の影響かな。好奇心の強い武士たちに子平さんの『三国通覧図説』や『海国兵談』が写本されている。わしの弟の森島中良は、幕府が止めてもいつかは読む人が多くなる、と言っている」

「ロシアからとうとう使節が根室に来たそうじゃないですか。噂が出ている」

「実はそのことです。ラックスマンというロシア使節が九月に根室に来港、正式に通商を求めて来たのです。幕府は林子平どのを処分しないほうが良かった。子平が最も恐れていたロシアの南下です」

「松平定信老中はどうしているのか」

「慌てているのではないですかな、オホーツクから来たので江戸直交を恐れたのでしょう。松前に廻航させ、退去させようと一時しのぎに信牌《しんぱい》を渡そうとしている。信牌とは唐船などに与えられているもので交渉するという保証書みたいなものです。

ラックスマンは、漂流民三人を江戸で引き渡したいと主張している。幕府としては相変らず長崎でしか交渉しないことにしている。松平老中は蝦夷地策を検討中で防備が問題となり、陸奥国の北端に国群代を置くなどの構想だと言われている。慌てているのだろう」

「漂流民はどこの出身ですか」

「大黒屋光太夫らは伊勢の船頭で、暴風雨に巻きこまれ、天明期にカムチャッカ付近に漂流、ロシアの女帝エカテリーナが帰国を許したそうだ。わしら蘭学者にも協力せよと言っている。目下、目付が交渉中ですよ」

「通商を求めて、ついに来たか」

「ええ、欧州勢は南から来るので長崎でよいが、ロシアは北から視察しようとしている。日本の地理も知られるだろう」

「時間がかかるな、相手も女帝の指示があるらしく、日本人を助けてきたので引き下がれない」

「相手は越冬するかもしれない」

「子平にも教えてやりたいなあ、しかし、手紙ではまずい。幕府からわれらもケチがつけられる。ロシア船がもし江戸に来たら関東の防備はないも同じだ。下田には米の検番はあると聞いている」

「下田から浦賀に変わった。あれは国内の船の積み荷検番です。『海国兵談』にあるように、大砲などの砲台もないので、幕閣はおそらく必死でしょう。弱点がもろに出た」

「わしらは通商したら良いと思う。しかし用心は必要だよ。浦賀が外国船に封鎖されれば江戸は食糧難になる。浦賀は江戸湾ではもっとも狭い所だ」

「子平の論では蝦夷地、千島、カラフトは幕府の直轄地とせよと、広く考えています。松平老中はそこまでは考えていないでしょう。ただ万一のことは警戒しているに違いない」

「老中はどんな地図で考えているのかな、『坤輿《こんよ》万国全図』か家康公の南蛮世界図屏風を見ているのかな、それとも子平の三国図か」

「子平の図を見ているし、連絡を取っている松前藩と相談しているでしょう。まさか長久保赤水の世界図ではないだろう。あれは世間の名声により版を重ねたが、坤輿全図をまねた卵形のものだしね」

「ともかく林子平どのは蝦夷地に行き、琉球にも行っての地図集めをしたのだ。そして、人々にわが日本周辺に多くの島々があり、わが国は海国であると明言し、それを地図にして見せたのが偉い。発想が的確だ。いまはまだ、人々は藩を『くに』と考える意識しかないのだから」

## ロシアへの対応策

「子平どのはどうしているかな、この月を一人で見ているのかな、元気な声が聞きたいよ。この国を思っている男だ」と桂川甫周が呟くように言った。

「全く不憫だな、蟄居とは気も滅入るだろう。生ける屍《しかばね》にならず、元気を出してほしい、なにせ、案外律義だし、幕府を気づかっているからなあ」と平助は甫周の同意を求め、甫周もうなずくのだった。

「松平定信老中になってから田沼時代の蝦夷調査をやめ、中止したのが悪い。なにしろ蝦夷地を松前藩に任せ、幕府は放置したままロシアとの緩衝地帯にする政策で、アイヌに農業技術も教えて自立させることも考えていない。老中の考えでは、アイヌの人々が通商してロシアに取り込まれるぜ。すでに千島ではイトコイらは取り引きしてたのだからな。立国の気概がない」と平助が言えば、桂川も話し出した。

「相談役もないので、わしらの意見を与力らに聞かせている。寛政元年にアイヌが反乱を起こした。お主も知っているな」

「そうです。田沼、松本の調査員らにアイヌは期待していた。松前藩は押さえつけるだけだから。しかし、松平老中の幕府は調査隊を引きあげた。その後、クナシリ島とキイタップ場所のメナシ地方でアイヌの不満が爆発して反抗した」

「松前藩の荷物改め役人と和人七十人が殺されたのです。場所請負い人、飛彈屋久兵衛の支配による過労働やアイヌ女性に対しての性的暴行が原因です。現場の和人に理解がないのだ。そこで知っての通り、松前藩は鎮定軍を出した。

　幕府も南部藩、津軽藩に命令を出し加勢させた。騒ぎは松前藩や両藩により鎮定されたが、ツキノエ首長ら一部が協力したのだ。幕府はようやく松前藩とアイヌの関係が悪いことに気がついた。

　幕府はアイヌの反乱と松前との間を指導する必要がようやくわかり、前の調査に加わった最上徳内を使って、アイヌのための物資を出し、御救い交易で米などを与えた。ロシアのラックスマンが、この頃、松前藩に手紙をよこしたから、松平老中は防衛対策を考えなければならなくなった。子平の予想は的中したのだ。

　ロシアは一応、漂流民を渡すことと、通商を望んでいるからどうするか。通商なら安全にこちらの力を見せ、わがほうの指導のもとに商いを監督しないと、長崎のように安定しない」

「どこの港で交流させる気か。根室かな、箱館か、もしくは浦賀か、浦賀はないな。

　蝦夷地の港だと、武士の常駐をどうするか。交易すれば、その後、水や食料を提供しなければならない。幕府は長崎まで来てもらいたいという、例の安全策だが」

「田沼老中はわしをロシア対策の奉行にしても良いと松本氏と相談していたようだ。だがこの案はもうない。積極的に交易するためには、防衛体勢をとれる要害の港を選び、検番体制をつくって、出島のような居留地も必要になる。松前藩よりも南部藩など本州の港を当てることも必要だ。青森港などだ。浦賀は江戸に近いから幕府はイヤだろう」

　平助は落胆していた。

「この夏にわかに、武蔵の徳丸原で幕府が砲術の練習場をつくったよ。砲術家を呼び入れている。子平の警告が効いている。ロシア船のラックスマンが、どう対応を見せるか、ともかく、漂流民は受けとるべきだろう。交渉がどうなるか心配だ。ロシアの国内事情も知る必要がある」

二人は夜更けまで話し合い、林子平の行く末を心配した。江戸の仙台藩を通して子平の兄のところへ、心配していることだけは知らせる手紙を出すことにした。ロシアへの対応も注目していく。

## 子平の和歌

仙台の子平のもとへは、仙台藩の立場も考慮して友人たちが来ることは余りなかった。唯一、弟子の亘理往斉だけがたびたび涌谷から来て差し入れをした。

寛政二年、七代藩主重村が致仕（引退）した。在位三十四年で隠居したことになる。子平より四歳若いがほぼ同世代で子平の成長と同じ歩みをした。その後は世子斉村《なりむら》が、六月に八代目藩主の封を襲いだ。同年十一月陸奥守のまま左近衛権少将に任ぜられた。十七歳とまだ若かった。

藩主だった重村は、仙台藩の学問所が講学を中止し一時衰退した際、学舎を北三番町から勾当台《こうとうだい》に移し、安永元年（一七七二）名称を「養賢堂」と改め刷新したことで知られる。初めて学頭を置き、田辺楽斎が就任した。

重村の弟の正敦《まさあつ》は寛政二年、三十四歳で幕府若年寄となり幕政に参加した。正敦は三十歳で江州（近江）の堅田・下野国藩主の堀田家の養子となり、翌年藩主となっていた。堀田正敦への松平定信老中の信頼は厚かったとみられる。大学頭、林述斎と共に『寛政重修諸家譜』の編集をすすめた総裁である。江戸期最大の鳥類図鑑とされる『禽譜』などを著した学者でもあった。後にも有能な人として幕府の責任を担っていく。また伊達藩の後見役ともなっている。

したがって林子平の処分についても相談を受けている。蟄居は、死を覚悟していた故に当初は軽いと感じた子平であったが、堀田正敦の重みもあっての処置である。

嘉善は藩家老などに報告を欠かさなかったが、子平の体は徐々に弱り、良くなる様子はなかった。

　寛政五年の新年を迎えた林子平は、同じ屋敷の兄の母屋に行き年頭の挨拶をしたが、食事は自分だけで離れでとった。兄は「元旦ぐらい一緒にとろう」と誘ったが、子平は断った。

「めでたい元日ですが、同居弟とはいえ、私の立場では遠慮致します」

「そうか、気分はどうか、あまり顔色が良くない、大事にしろ」

　話してるところへ甥の珍平が顔を出し「おめでとう存じます、お加減はいかがですか」と言ったので、子平は「まず、まず、なんとか良くなりたい」と言った。

　子平は昨年末から食欲もなくなり、臥した日が多く、屋敷内を朝晩散歩する以外は離れ家にいた。子平は兄から届いた鏡餅のある自室へ戻り、机に座って和歌でも書こうと墨を磨った。まず床の中で考えていた俳句のような狂句のような一句を筆で書いた。そして和歌をひねる。

　去年つきし首に雑煮や明のはる

あら玉の春の日かけもしら雪の
　また消やらぬ我おもひかな

年月を病の床は古ぬれと
　日かけはかりはあら玉のはる

この春も渕にひそむかさてはまた
　陸におとるか命おはるか

　和して（友人たち）

渕にひそみ陸におとるも天のまま
　只一日たも命長かれ

　鏡餅に書つけけり

なからへて家の患をますかゝみ
　もちいられねば照かけもなし

口おしや六十の春をこころにも
　あらぬ病の床にむかえて

　子平は台所で雑煮一つをなんとか口に入れると午後から休んだ。元旦なので朝には万年床の掃除をしたが、再び床を取り直した。

前夜から降った雪が庭に積もっていた。午後から雨となる。この年は一月から五月まで降雨甚大、畑不足。五月十四日大雨、迫川、北上川沿岸大洪水と記録されている。前年は正月七日昼、大地震、暮れまで、夜三十戸余倒壊。その後も二月まで地震続きで十二人死亡、馬十三頭圧死、家屋の倒壊千六十余戸(県史にある)。

子平は夜になると再び起き出し、灯を点し、どてらをはおって机に向かって筆をとった。

六無斉の元日

初日かけ清くひとりをつつしめと
　引しめ縄のいこもりの庵
あさましやいこもる身とて新玉の
　春に逢世の人も問来す
世中に只さゝかにと我のみそ
　払はぬのきに年を越らめ

## 長い切腹

蟄居生活は半年送ってみるだけで厳しい日々である。行動的な子平にとっては年を越して家の中にいるとその辛さ、気持ちのやり場もなかった。伝馬町で「病死か刑死か」と思いつめて牢にいた時は、親友の小川只七にだけは手紙を書き、心境を知らせ、兄にも言うなと告げたこと、甥の珍平らには「葬式になったら病気だった」を知らせてくれと伝言したことを思い出した。いまは牢を出たがなんのことはない。自分で自分を牢に入れ、監視しているようなものだ。死刑ではないが、蟄居はある意味で長い切腹だと思った。

潔く立派に刑に服していようと一方では思いながらも、家も出られず世の中にも姿を見せぬ、いわば幽霊みたいな生であるとも思った。まさに生きる屍だ。

兄にさえ弱みを見せまいと思うが甥の珍平は可愛い。声をかけたかった。珍平はすでに三十歳になった。小姓見習いなどを勤め、経理の仕事をしていると言う。嘉善は隠居の身である。

正月四日、亘理往斉が来て、「おめでとうございます、休んでいて結構でございます」と部屋に入ってきた。休んでいた子平は起き上がった。

「私の親がよこした餅と野菜です」と涌谷の土産を差し出した。

子平は、往斉に顔を向け、「よく来てくれた」と言うと続けた。

「御両親様はすこやかに正月を迎えられましたか、私からもよろしくと伝言して下さい。『海国兵談』は手写されているか、あの板本はみな没収されたので、あの一冊だけが残ったものです。今では珍本になってしまった、ゆっくり時間をかけて写してよろしい」

「内容が濃いので、勉強しつつ写本をつくっていますが、まだ半分です」

「わが藩も海の備えのため、なにより操船、水練の訓練が大切です。そして地図を読むこと。実践が大切です。そうすれば一端、海寇があっても守りを固くできる」

「涌谷にまで届いた噂ですが、蝦夷地にロシアの船が着き、漂流の和人を返すから江戸の港へ行きたい、通商も申し入れたい、と言っているそうです」

「えっ、ロシアの船か、漂流民は何人か、通商か。以前からラッコ島などに来て、海獣の皮を取り、水や食料がほしいと言った。それは交渉して良いだろう」

「松平老中たちは慌てているそうです。長崎で交渉すると幕府は言ったそうです。船が連れてきた和人は三人らしい、松平老中はにわかに三浦半島に領地を持つ川越藩の藩士に警戒させ、沿岸諸藩にも準備せよと触れがあったそうです」

「わしのロシアが来るという話を否定していたから、今頃慌てることになる。落ち着いて対応し、長い目で守りを固めればよかったのに……」

子平はロシアの話に目を輝かせた。

「大丈夫ですかな。涌谷の家老の話では、幕府は『江戸には来るな』と言っている。どうも浦賀などの警戒をしているようです」

「だから、言わないことじゃない。いま慌てても大砲、砲台、ましてや船の準備は間に合わぬ、慌てぬことが肝心だ。漂流民を受けとり、じっくり交渉してから予算をとり、年々兵を訓練して防備を固める手立てが良い。防備があるということを相手国に知らせるだけでも効果はある」

子平と往斉は降ってわいたこの問題を話し合った。それから蟄居暮らしの話をした。

亘理往斉が、「父に聞いたところでは……」と仙台藩儒学者の芦東山《あしとうざん》のことに話を転じた。

「芦東山は学問所を建てる際、講堂建設を願ったり、学生は身分を問わず、講師の着席順も平等にしろと言って、高橋玉斉の同僚らと意見が異なり喧嘩になった。なんでも直言する。そこで藩主の吉村公が石母田家に預けて幽閉の処分を申し渡した。石母田家は加美郡宮崎の所領やその後の転封先の高清水（所領、五千石）などにあったので、東山を二十年以上預かり、幽居させたそうですな」

「知っている、話もした。理想を語る哲人みたいな学者なので、若い頃の私は好まなかったが、そうか二十年も幽閉されたのか、わしと同じ立場で。敬意を表したい。わしの尊敬する荻生徂徠とも会ったはず、『無刑録』を書いて『刑罰は刑なきを理想とす』と言ったらしい。正しいと思えばたしかにズケズケものを言った」

「ええ、四十歳ぐらいから六十歳ぐらいまで、長かったそうです。親爺も昔会ったそうです。罪を得た間に本を書いていたそうですが、重村藩主に許されて故郷の南部藩の渋民へ帰った。子平先生も頑張りましょう。東山は八十一歳まで長生きしたそうですよ」

「その点は尊敬するよ。しかし、わしはもたん。東山はなんでも直言、毒舌罪、わしは幕府への諫言罪か。ワッハッハ、わしは藩にも学問所に大池を設け、水練などの提案もしたな」

往斉は元気を取り戻した子平を激励し、夕刻、雪の涌谷へ帰っていった。

## 最後の春

枯れた森の木々に雨が降り、芽が出てにぎわってきた。子平は自分の離れ家で正月以来、書きためた詠草の清書などを認めていた。

不意に戸の開く音と共に人の声がして、目を向けると塩釜の藤塚式部知明と小川只七道隆が連れだって訪ねてきた。藤塚は塩釜の鮮魚を土産にして差し出した。

「食欲を出して、ともかく食べなければダメだよ。刺身にしてやるか」と狭い台所で鮪をさばいて、三人の卓に持ってきた。

「わしは地酒を持ってきた」と小川が一升瓶を出し、盃を取って注いだ。

「これはどうかな」と自分の絵を差し出す。

「堀田正敦どのに倣って、冬鳥と春鳥をわしが描いたのさ。これは雁と白鳥だ。広瀬川に来たのを見てな。こちらは鶯と雉だ。去年の作だ。ここにいると鳥も見ないのじゃないかと思ってな。雁や白鳥も昼は田んぼへ食あさりに行く。鶯はもうすぐ山に来るかな」

「ご両人、わざわざ来てくれるだけでありがたい。あまり気を使わないでくれ。この通り、少し痩せたが元気だ。鶯もいずれ聞けるだろう」と子平は、気軽さを示して、昔のように両足を布団の上で挙げてみせた。

まあ乾盃と三人でやってから、二人は子平の歌に目を通した。小川が、この句につけようといって筆をとり、藤塚もわしも一句をと紙に書いた。

子平は小川の絵をしばらく見て「小川の絵は上手だが、白鳥や雉はうまそうだな。しばらく食ってない。花より焼き鳥だ」とおどけてみせた。

子平は藤塚、小川両親友が来訪した時々に自作の歌を見せ、二人も子平の歌に和して、「いずれ良い日も訪れる」の意を込めて励ましている。その友人の歌も加えて子平は清書し、六無斉の歌名でまとめた。

## 寛政五年六月二十一日

藤塚式部は、この時、寛政二年に藤塚の神社を訪れた高山彦九郎のことを話している。

「高山彦九郎（一七四七〜一七九三）は、上野国新田郡の郷士、正教の子。『太平記』を読んで自分の先祖が新田義貞の家臣であったことに感激して上京、垂加流の尊王思想を学び、尊王家となった話は有名だ。郷土の天明一揆にも参加した。公卿《くげ》、学者と交遊し、三十数か国を歴遊したのだ」

「あの時、塩釜のわしの家から子平宅へ向かったよね」

「そうです。高山彦九郎は蝦夷地に行こうとしたが、果たせず、戻って藤塚氏と会った後に仙台の私の家に来て、一週間ばかりいた。尊王のこと、南朝のことなどの話が多かった。時々泣き出す癖がある。帰った後、蒲生君平が彦九郎を追って来たが、わしは不在だったため福島へ向かった。そのためわしもその後を追ったのさ、そして磐城湯本温泉でやっと会ったのだ」

「そうか。蒲生君平は下野国の生まれで、儒学を学んだのちに名分論で尊王思想を説いたので有名だったらしい」

「そうなんだ。年は若い。高山が四十二歳、君平二十三歳だが、性格は激しい」

「実になつかしい。君平の著書の『山陵志』は復興運動や尊王論の先駆けとなった」

「あの二人はとにかく元気だった。子平も二人に負けるなよ。松平老中の知らぬ、西欧の世界征服に動き出していることを述べたのだ」と藤塚式部が語ると小川も仙台藩での情報を話した。

「松平老中は、ロシアの使節ラックスマンが根室に来て通商を求めたため、昨年暮れには安房、上総、下総、伊豆、相模の海岸を巡視した上、沿岸諸藩に海防の命令まで出したそうだ。大変な騒ぎだよ、これも子平の『海国兵談』の影響だ。老中も大慌てなのさ」

「そうか。無防備は幕府にとって恐怖なのだ。わしは、長崎でオランダ商館長とよく話をした。ロシアも最初は交易で来るが、時と場合によっては出方が変わる。つまり戦いも辞さない。また長崎の志筑忠雄《しづきただお》とも親しく対話した。

地動説も知ったし、ドイツ人のケンペルを訳していた彼の話では、わが国が鎖国で良いのかどうか、ケンペルは日本のあり方を考えたらしい。オランダ商館長と共に長崎―江戸を旅行して考えたそうだ。たしかに蘭、唐、朝鮮と交易して不自由はないが、われらと人々は国を出入りできない。志筑が初めて鎖国ということを言った（後に『鎖国論』として世に出る）。日本の将来を思うと、わが国はわれらで守る気概を持つことが大事だ。それが武士を生かす道なのだ。しかし、国を守る意識のある武士がいない。

海国の範囲は東アジアだけでも広い。日本海も太平洋もある。わしが言わなかったことがある。それをみなで考えてくれ。口に出せば国禁だ。家康公は交易を望んでいた。わかるかな」

「たしかに言外のことはいろいろある。子平はオランダまで船で行きたかったかな」と言うと、藤塚が筆をとった。

林子平勿憂死後可弔美麗（林子平死後を憂うなかれ、きっと美しく弔うべし）　藤塚知明

「それにはこう返しをつけさせてくれ」と今度は子平が筆をとった。

右に反して
死んでから千部万部のくやうより
生きてるうちに一分くだされ
いくら程ありとはいへどみのたから
誠なければ福寿かひなし
問われねばうき世のことは白川の
　夜舟の夢はいつかさめなん
武士《もののふ》のふかき心は白川の
　あさき流に沈む身ぞうき

子平が頭をかいて笑った。

「地球は海でできている。われらは海の上の小さな上に生きているのだ。まあ、蛙みたいなものさ」

「だから日本戦略は常に〝海国〟に始まるというのだろう」

「その通り、諸君は国士だよ」と笑ってみせた。

　この日以後、子平は臥していることが多くなった。六月に入って雨ばかり続くと、病状が悪くなり、なにも食べなくなった。その夜、雨の中、甥の珍平がかかりつけの医師、橘内桃安の家に走った。

　寛政五年（一七九三）六月二十一日（旧暦）、林子平病死。五十六歳だった。同二十三日、仙台北山竜雲院にて曇空和尚が読経して葬儀を執り行った。

　林子平没後、兄嘉善も十月に亡くなった、五十八歳であった。

　同じ頃、ロシアのラックスマンは幕府の交渉指定した長崎港に来ず、そのまま母国へ帰った。幕府から長崎入港の信牌を得たことで、通商了解と解したのだろ

う。幕府が信牌を与えたのは、「ロシアとの交易もやむを得ず」の心構えであったと推測される。

大黒屋光太夫らは幕府に引き取られ、将軍家斉は光太夫らと引見した。彼らのロシア事情は、桂川甫周が聞き取り『北槎聞略《ほくさぶんりゃく》』として残された。

子平の亡くなった翌月、松平定信老中は辞職。白河に戻ると藩校や白河風土記をつくり、後に隠居。自叙伝などを著作し、文政十二年（一八二九）に没した。

林子平肖像画（平重道『林子平 その人と思想』宝文館、口絵より）

# 終章

# 「海国」日本の先駆者

## 国際化する幕末の日本

林子平が亡くなって三年ほど経った寛政八年(一七九六)、イギリス船が蝦夷地に来航。ウィリアム・ロバート・ブロートンが、海図作製のため室蘭から日本近海の測量を二年に亘り行った。

幕府は南部、津軽両藩に松前箱館の守備を命じ蝦夷地対策に乗り出すが、当初は外国船渡来に対し穏便に処置することを大名らに指示する。同十年(一七九八)、書院番頭松平忠明を蝦夷地取締御用掛筆頭とする。さらに勘定奉行、石川忠房らを追加。いよいよ積極策を取る。

同十一年(一七九九)幕府は松前藩から東蝦夷地の支配権を取り上げ、七年間、直轄地とする。忠明らに蝦夷地巡視を命ずる。海商の高田屋嘉兵衛、エトロフ航路を開く。再び南部、津軽両藩に東蝦夷地の守備を命ずる。伊能忠敬、蝦夷地測量に向かう。

同じ頃、松田伝十郎(蝦夷地御用掛)は箱館奉行支配下役としてエトロフ島に至り、越年、文化五年(一八〇八)間宮林蔵と共にカラフト探検、林蔵に先立ち同島が島であることを確認した。ところが、間宮海峡と命名されている。松田はのち山丹交易の改善などに関わった。

翌年、間宮林蔵は単身で大陸に渡り、東韃靼を探検し、満州のデイトン府に至り帰国する。その経過は彼の著書に詳しい。後に間宮はシーボルト事件密告者と言われ、人望を失い、幕府隠密となる。

これに先立つ文化元年(一八〇四)には、ロシアのレザノフが長崎に十月入航、幕府と交渉するも、幕府は意向を変えて拒否した。四人の漂流民、石巻の津太夫らを連れ、信牌を持って行ったにも係わらずこの結果だったため、レザノフは武力を背景に通商を迫ることとしたが、帰国中死去した。

文化三、四年(一八〇六、一八〇七)にはレザノフの部下の蝦夷地侵攻事件が起こり、幕府はゴロウニンという軍人を捕え、ロシアは高田屋嘉兵衛を捕えるなど北方は一時険悪な様相となったが、ゴロウニンは釈放となり和解した。

幕府は西蝦夷地も上地させ松前奉行を置いて統治し

た。幕府はこのように北辺の防備、調査に関心を向けていたが、しだいに南方に集中していく。幕府は文政四年（一八二一）東西蝦夷地の直接統治をやめ松前氏に再び還付した。この変化は林子平のような東アジア全体をにらむ構想とは異なる。老中は松平信明から水野忠成などに変わっていく。

文政六年（一八二三）にはシーボルトがオランダの医師として来日、鳴滝塾などで高野長英らに医学、博物学を教えた。高橋景保らを知り、地図持ち出しで事件となるが、安政には再来日した。ロシアの来日やイギリスの一層の東進などは、ヨーロッパ情勢の変化が大きかったのである。

猛威をふるったナポレオンは没落し、オランダはフランスに合併され、イギリスはインド支配を強め、さらにフランス、オランダなどの植民地を奪い、フェートン号が長崎に侵入、オランダ商館員を捕えたりした。イギリスは東進してバタビア、シンガポールを占領、文政十一年（一八二八）には小笠原島に来る。

こうした動きに幕府は、文政八年（一八二五）「異国船無二念打払令《むにねんうちはらいれい》（外国船追放令）」を出す。

しかし、天保時代（天保三〜七年、一八三二〜一八三六）は大飢饉となり、同八年（一八三七）には大塩平八郎・生田萬《いくたよろず》の乱が起きて国内は騒然となった。

この年六月、モリソン号が浦賀に来航、モリソン号事件が発生した。モリソン号はアメリカの商船で日本人漂流民を送還し、その機会に対日通商を求めようとして、浦賀、鹿児島湾に来航したのに対し、幕府は「無二念打払令」を適用して撃退した。これを批判した蘭学者高野長英、渡辺崋山らに蛮社《ばんしゃ》の獄《ごく》（言論弾圧事件）が起こった。

文政十三年（天保元年＝一八三〇）には天保の改革が始まった。

中国ではアヘン戦争が起こり、天保十三年（一八四二）には清が敗れて南京条約を結び、香港をイギリスに割譲し、広東・上海・厦門・福州・寧波の五港を開くことになる。

幕府はさらに大慌てとなり「無二念打払令」を引っ込めた。にわかな洋式砲術などに走ったが、多年にわたる国防の空白は如何ともし難く、開国は時間の問題となってゆく。幕府は安政二年（一八五五）長崎に海軍伝習所を初めて設け、さらに安政四年（一八五七）築地に軍艦教授所を設けた。林子平の提案はようやく実現することとなったのである。しかし、既に遅しの感がある。

## オランダと林子平

オランダは長く、欧州の唯一の国として長崎において貿易の相手だった。江戸時代には先進国としてオランダ語が学ばれ、その家系は世襲されていた。そのため通詞らが間を入り、オランダ商館から西欧事情を得るため知識人が長崎を訪れた。

初期には青木昆陽、野呂元丈がいる。平賀源内は医学、本草学を学び、エレキテル（起電器）、渾天儀《こんてんぎ》（天体の経緯度を観測）などを試作した。前野良沢もオランダ語の習得に努め、杉田玄白らと『解体新書』を翻訳、『和蘭訳筌』など多くの訳書をつくった。

林子平は始め西洋馬術を知ろうとして訪れた。その後、地理学に目ざめ、『三国通覧図説』で蝦夷地を中心に日本周辺の琉球諸島、無人島（小笠原）の地図を描き、日本は海国（六八百余の島を含む）として認識、『海国兵談』で、その防衛と人材の教育や海軍の創立を論じた。

このほか大槻玄沢（『蘭学階梯』）、稲村三伯（『ハルマ和解』）、宇田川玄随（『西説内科撰要』）らがいる。天文学関係では志築忠雄の『鎖国論』が出て、その書はケンペルの『日本誌』を訳している。

そのオランダは、ヨーロッパの勢力争いの中で国名が三転し、一時は日本の長崎にしかオランダ国旗がひるがえっていなかった時期もあった。しかし、日本はオランダのその歴史をほとんど知らなかった。

林子平はオランダ人の経験を尊重していた。

林子平はオランダ商館長アレント・フェイトの欧州の力の変化から国々の争いの可能性を受け止めた。長崎奉行などはオランダ商館が商社であり、自己の都合だけで言を左右しているとあまり信用していなかった。オランダ人は自国の混乱は黙っていた。しかし、子平はオランダの地理学を真剣に受けとめた。そこでロシアの侵出前に、蝦夷地、カラフトと千島列島の日本領土化、琉球列島、小笠原の無人島などを地図化し、日本人として初めて地理学的な判断を重視した。

またこの地政学に日本の歴史を考慮して、元の襲来、（朝鮮も先立ちとなった）秀吉の朝鮮、明への出撃などから、東アジアの将来の変化に合わせて、当時、国家意識のない幕藩制だけの鎖国化した人々への警告を発したのである。

それは西欧の技術が発展し、単なる商船が軍艦化して大砲を積載、海賊化する各国の海軍行動（大西洋、太平洋上）に反映させたものだった。

幕府老中の松平定信は子平を犯罪者扱いした。しかし、その影響で防衛問題に気がつく。蝦夷地や関東周辺の警備に動きはしたが、砲台にしろ、砲の設備にしろ、幕府はほとんど国防のできる技術水準ではないことに配慮できなかった。子平は長崎通詞から、オランダ船がアジア、日本へ来る経路の地名を書き写し地理学（ゼオガラヒーとして）を頭に入れていた。交易問題には触れられぬ鎖国体制を強く認識していたのである。しかし、幕府は日本人の出入国禁止、貿易は清とオランダ以外認めなかった。

## 日本近海の大きな変化

林子平の死（一七九三）後、幕府と海外との関係で起こった主たることを簡単にまとめておく。

子平の予想通りロシアのラックスマンが来て、目付石川忠房らが会い、漂流民（大黒屋光太夫ら）護送に感謝し、長崎に回送させた。翌月、松平定信老中辞職。松平の外交政策に疑念が生じていた。

オランダの傭船（と日本には偽の話をして）としてアメリカ船が長崎に入港。以後十年続く。ロシア使節レザノフは再び漂流民（石巻の津太夫）を連れて貿易を求めるが、幕府は拒否、以後、オランダを仲介すべきとした。

一八〇七年、ロシア船がカラフト・エトロフ島に来て会所を襲う。ロシア人は利尻島に侵入、番人を連行して通商を要求、拒否の場合は攻撃を予告する。また、アメリカ船が長崎に来航して薪水を求めると、学者の林述斉は外国船に薪水給与を建言している。

鉄砲方の井上正浩に下田、浦賀・房総の巡視を命じたり、会津・白河藩に相模浦賀、上総・房総の防備を命ずたりもしている。

一八〇九年よりオランダ船の長崎入港は中絶する。幕府はオランダ通詞にロシア語、英語を学ばせる。

一八一一年、松前奉行所の役人がロシア船艦長ゴロウニンらをクナシリで捕える。ロシア船は漂流民六人をクナシリに送還する。

ロシア船長リコルド、高田屋嘉兵衛を捕える。翌年、リコルドは高田屋嘉兵衛を伴いクナシリに来航、ゴロウニン釈放を要求する。

イギリスのジャワ総督ラッフルズがオランダ商館を乗っ取るため派遣したワルデナールが長崎に来航、商館長ヅーフが巧みにこれを拒否する。この頃、イギリスはオランダの領地を各地で取得していた。ただし後にアジア分を帰した。

ゴロウニンは蝦夷地測量のため来たものと判明し、リコルドに引き渡す。

一八一六年、イギリス船、琉球に来て貿易を求める。翌年イギリス船、浦賀に来航する。

さらに、イギリス人ゴルドンが浦賀に来航、貿易を求める。幕府はこれを拒否する。

一八二二年、イギリス船が浦賀に来航、薪水を求める。これに応じる。

一八二四年、イギリス捕鯨船員、薪水を求めて常陸大津浜に上陸し、水戸藩に捕えられる。さらに薩摩宝島にもイギリス捕鯨船員上陸して略奪する。水戸藩、イギリス捕鯨船と交易した日本漁民三百人を捕える。その翌年、イギリス船が陸奥九戸沖に来る。幕府は外国船打払い令を指令する。

一八二六年、医師シーボルトがオランダ商館長と江戸参府。二年後、書物奉行の高橋景保が地図などを秘かにシーボルトに与え、捕えられる。シーボルトは出島に幽閉され、景保は獄死。幕府はシーボルトに帰国を命じ、再渡来を禁じる。

一八三一年、オーストラリアの捕鯨船が東蝦夷地厚岸に来る。乗員上陸して交戦。翌年、イギリス船が漂着し東蝦夷地トドホッケに上陸す。

一八三三年、ロシア人と密貿易の疑いで、幕府が場所請負人高田屋を処罰、手船など没収。一八三四年、東蝦夷地に外国人上陸し略奪。

江戸大火（佐久間町より出火）、仙台大地震。
一八三七年、アメリカ船モリソン号が漂流民をつれて浦賀へ、浦賀奉行はこれを砲撃。翌年オランダ商館がモリソン号渡来の事情を報告、幕府対策を討議。

江戸の人口が巨大化し、農産物、特産物や加工品の増加により、江戸湾に南北から船が集中するようになる。しかし、国内の輸送船の大きさなどの規格は固定されているため、台風や気候変化に対応できず、日本船の漂流が相つぎ、ロシア、アラスカ、カナダ、場合によってはアメリカ大陸まで辿り着くことになった。

その結果、漂流民の送還がロシア、アメリカ、イギリス船などにより増加し、日本との交渉を求めて来るようになった。一方、アメリカからは鯨油（照明用）のため捕鯨船が北太平洋で活動するようになる。その漂流船員も蝦夷地に漂流、漂着する。一八三七年のアメリカ船モリソン号が日本人漂流民を伴い、浦賀に来たのにはこうした背景があった。

## 遅い赦免状

天保十二年（一八四一）、老中、水野忠邦は天保の改革を推進し、まず「奢侈禁止令」を出す。町奉行に鳥居忠耀を任じ、各種株仲間、問屋、組合を禁止する。また、幕府は特丸原で西洋砲術の訓練をする。

この年六月、林子平の再甥、林良伍に、林子平の赦免状が仙台藩を通じて届いた。しかし、奇妙なことに「文政五年（一八二二）に将軍家斉の昇任の祝いとして」とあった。この年には蒲生君平が赦免の建白をしたとされる。子平の赦免状はざっと二十年も遅れて通達されたのである。これは老中水野の指図だったとある。彼は海防に熱心である。おそらく子平の評価が高まってきたからの沙汰だったのだろう。幕府としても子平問題を放置しておけなくなったと推測されるからだ。

赦免状の内容は次の通りである。

天保十二年丑六月江戸町奉行遠山左衛門尉宅へ公儀使御呼出シ被相渡宣告文同年七月二日大番頭泉田佐渡

ヨリ被仰渡左ノ通

松平陸奥守家来林嘉善弟　林子平

同子平再甥承り人　林良伍

右林子平儀先年蟄居申付置候処文政五午年三月御転任御祝儀之御赦に御免被仰付候然処病死致候ニ付其方へ申渡候間難有可奉存候旨今般水野越前守殿御指図ニ而遠国之儀ニ付主人方ニ而赦免申渡証文取可指出候条別紙請取案相添達候事

ここにある江戸町奉行、遠山左衛門尉は、鳥居忠耀と二人で町奉行に就任していた。鳥居は勘定奉行勝手係と兼務で五百石加増となり二千五百石となっている。遠山景元は五百石、通称は金四郎で左衛門尉。いわゆる遠山の金さんである。

遠山は天保の改革の際、老中水野忠邦と対立した。原因は、株仲間解散令への反対だった。これより遠山は同僚矢部定謙《さだのり》と罷免。市政から外されるが、三年後大目付に転出。弘化二年（一八四五）南町奉行に復帰、七年勤めて隠居した。庶民生活に同情的な名奉行と評判であった。

また、甥とある林良伍は通名で、珍平友通の子である。当時の林家の当主であった。珍平はこの年九月七日に没したので放免に間に合ったのかも知れないが、「六無斉友通居士」とある子平の墓は、この甥珍平が建てたものとなっている。現在、仙台市北山龍雲院にある。禁制を犯したとして子平の墓に長く金網がかぶせられていたことには触れた。仙台藩も子平を冷遇していたのだ。

子平の名誉が挽回された頃、水戸の徳川斉昭は家臣二人を仙台によこし墓参している。林良伍は「すくふべきちからのかひもなかぞらの　めぐみにもれて死ぬぞくやしき」という子平の辞世の句を斉昭に進呈したと言われる。斉昭は海防論者で水戸藩は蝦夷地探査、防衛に意欲的だった。それ故これを石摺にして世に広めた。

## 『海国兵談』の再出版

林子平の著作は、その死後も書写によって読み継がれていった。海防論との関係で子平の著作は再評価さ

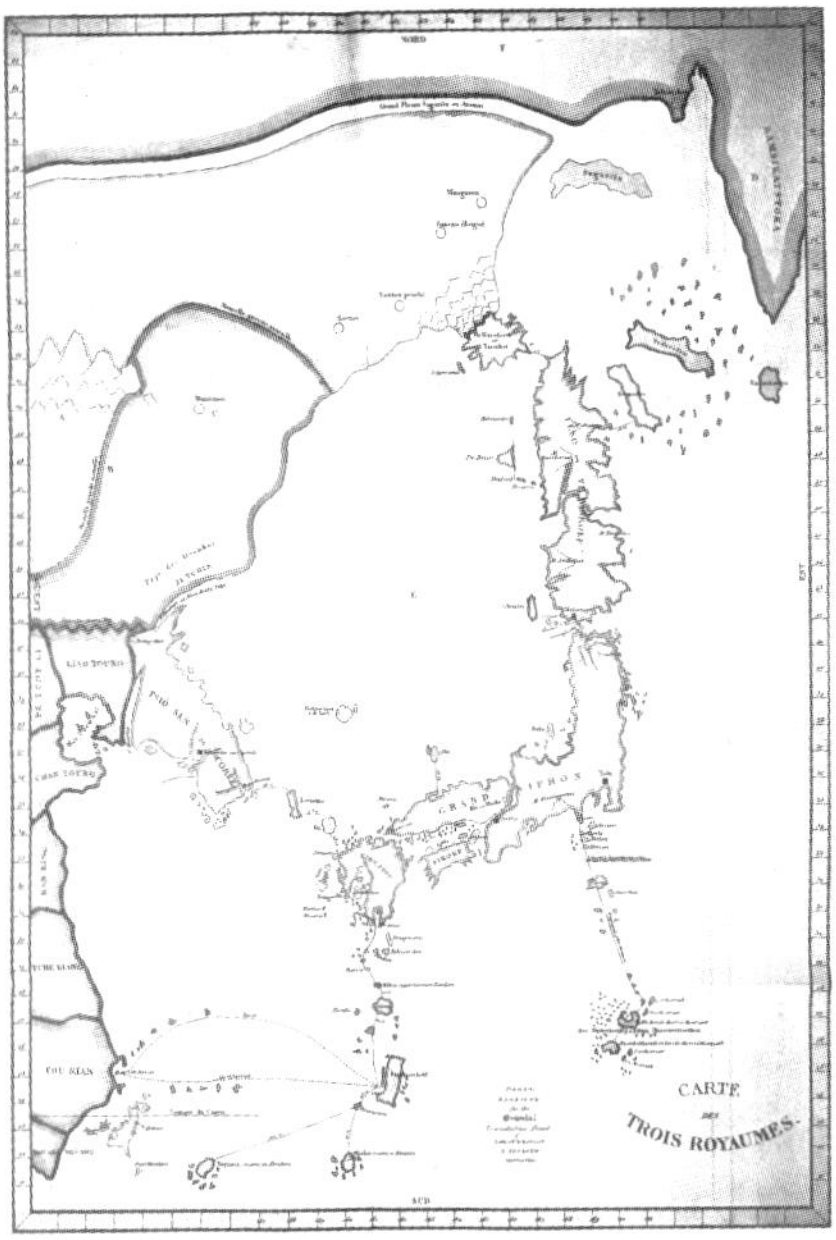


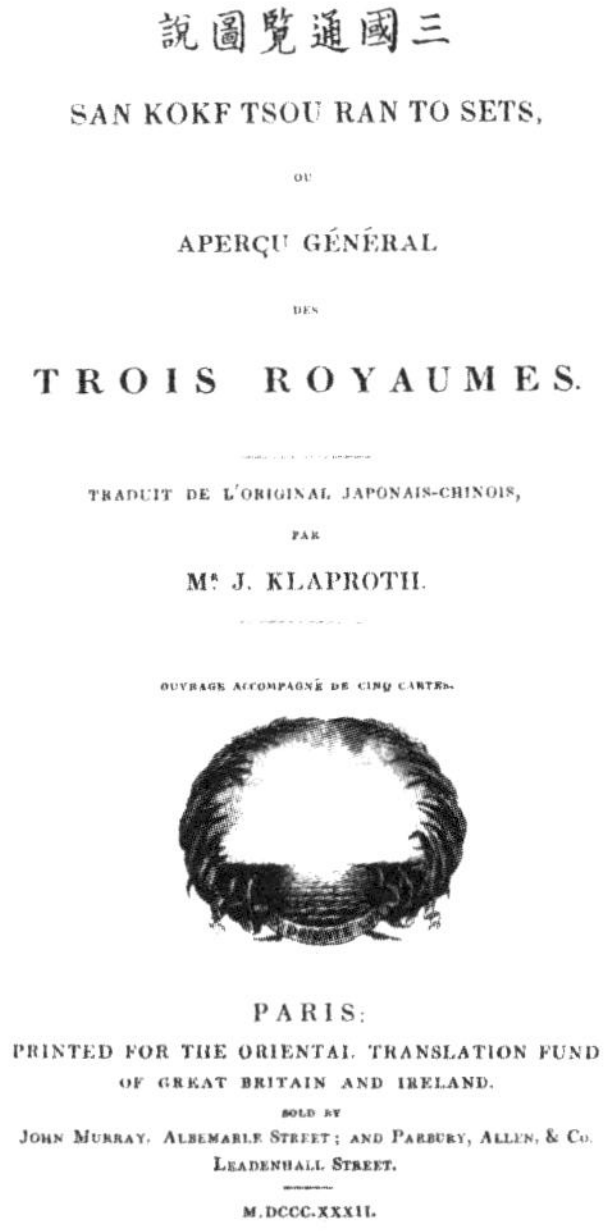
三國通覽圖說

SAN KOKF TSOU RAN TO SETS,

OU

APERÇU GÉNÉRAL

DES

TROIS ROYAUMES.

TRADUIT DE L'ORIGINAL JAPONAIS-CHINOIS,

PAR

Mr. J. KLAPROTH.

OUVRAGE ACCOMPAGNÉ DE CINQ CARTES.

PARIS:

PRINTED FOR THE ORIENTAL TRANSLATION FUND
OF GREAT BRITAIN AND IRELAND.

SOLD BY

JOHN MURRAY, ALBEMARLE STREET; AND PARBURY, ALLEN, & CO.
LEADENHALL STREET.

M.DCCC.XXXII.

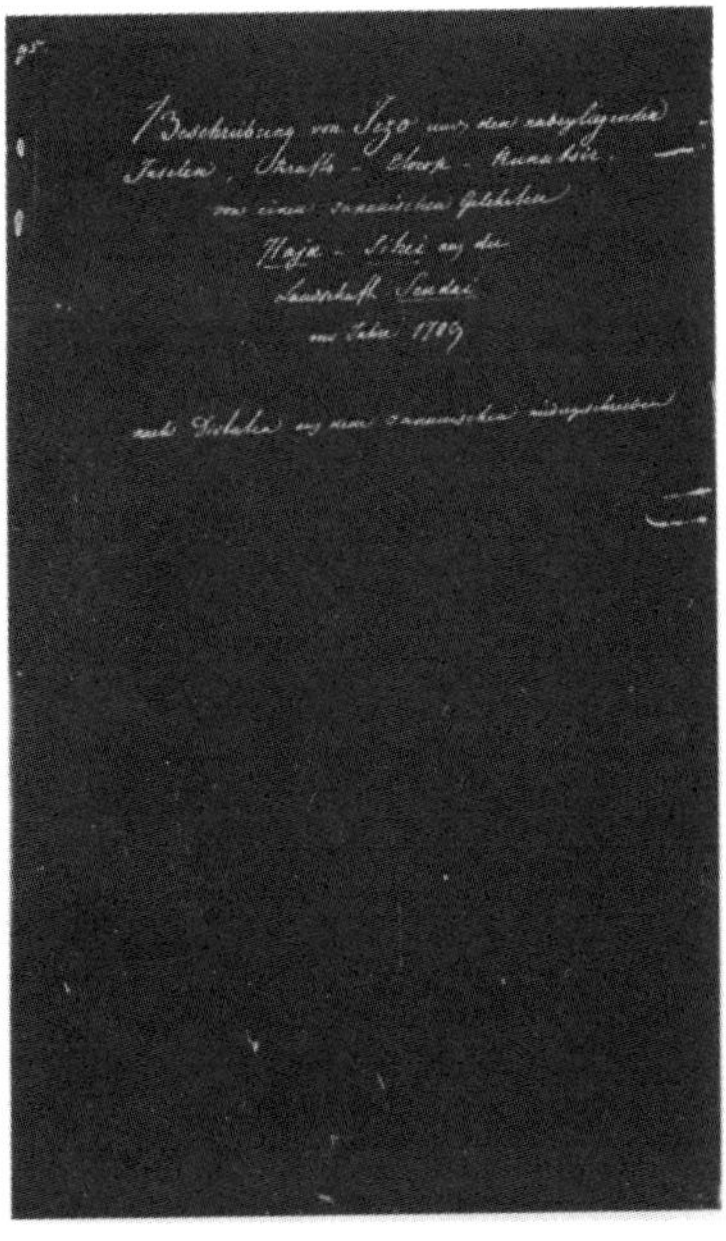

右上：1832年5月にパリで出版されたクラプロートの『三国通覧図説』の表紙
（第一書房『新編林子平全集２』）
上：フランス語訳『三国通覧図説』付図「三王国図」（同上）
右：シーボルト自筆　蘭訳『三国通覧図説（蝦夷）』の内題、林子平著とある（東洋文庫蔵）

れ、とくに尊王攘夷の志士たちには護符のような存在になった。『海国兵談』は二度再版された。嘉永四年(一八五一)には、松下淳が『精校海国兵談』(全十冊)を刷った。

安政三年(一八五六)七月には、安積五郎が『稟準精校』と銘打ち、五冊本として江戸の書林、大和屋喜兵衛から発行した。安積五郎は漢学塾で教授したが、幕吏に追われ、文久三年京に上がった。同年八月大和義挙で活躍したが、敗れて京の獄中で斬られた。下総銚子の出身、江戸日本橋に住んでいた。

時期は前後するが、『三国通覧図説』には寛政十一年版(一七九九)もある。

吉田松陰も子平の書を読み、弟子の品川弥次郎が所持の書をもらったと述べている(平重道氏)。

林子平の地図については、当時の状況に理解なき人が多いが、『三国通覧図説』はロシアに先んじて蝦夷地の経営に必要なことを力説している。これに付載されて刊行された「蝦夷国全図」の北海道地図は、わが国最初のものである。『図説』によれば、子平は新井白石の『蝦夷志』などに基づいて作成したというが、図中に「ゼオガラヒー」に云々と訳しているように、オランダの地理書を参照し、当時の北辺地方についての日本人の知識とヨーロッパ人の知識との融合を図ったものである。

また、この地図では、カラフトは「東韃靼の地続室韋《しつい》の地方にて、東南海の一出先として、アジア大陸の一角に突出した半島をなし、またその北に別にサハリン島が東西に長く横たわっているのは、オランダが地理書を通じてつくった前記寛延四年・宝暦元年(一七五一)のダンヴィル図によるものである。北辺地方に対する日本人の地理的知識はまだこのころまでは、あまり進んでいなかったことを示している」ということだった(『地図の歴史―日本篇』織田武雄)。

もちろん、子平の時代、だれも北方を訪れていなかった。後に伊能忠敬が蝦夷地を測量した。これは沿岸に詳しく日本初の測量に基づく地図だ。しかし今日から見れば等高線もなく、さらに後に地質図に内容が修正される。

こうした世界的に未踏の地に焦点を当て、東アジアの地理学、地政学上の海国的領域に関心を寄せたこと、幕府に蟄居を命ぜられたが、その後の時代を開く論説として視覚的な注目を集めたことは大きな功績だろう。

また「蝦夷地は国土なり」との主張も意義深いものであるが、全体として琉球から小笠原島、蝦夷地までの領土的主張の功績は、現在の国民国家中心の見方にとっても重要な先見者であったと言うことができるだろう。

## 日米間の小笠原島の領土問題

林子平が発禁になった書で警告してから約七十年後の一八五三年（嘉永六年）、日本にアメリカ船がやってくる。黒船来航である。その翌年の一八五四年一月にペリーは七隻の軍艦で再び来日（嘉永七年～安政元年）。幕府はとうとうアメリカと和親条約を結ぶことになる。

その最中、幕府浦賀奉行とペリーとの談判でのことである。米国側は、小笠原島に米人が住んだことを根拠としてピールアイランド殖民政府を置き、自国領と称し、幕府に確認を求めた。幕府は、豊臣政権下で小笠原貞頼がこの島を発見したことにより小笠原領地としており、文禄二年（一五九三）には日本の領地となっていると説明した。しかし、ペリー側は西側諸国が無所属の島と認めているうえ、日本人の居住もないと主張した。

幕府の林大学頭はさらに幕府書庫を調査し、林子平が天明期に著述した『三国通覧図説』に地図と説明がある、しかもこの日本の地図書はフランス、オランダで翻訳公刊したものがあると提示したと推察できる。証拠は、ドイツ人クラプロート氏訳の『三国通覧図説』と、シーボルトが蘭訳した本である（一八二三年）と主張した。

これによって、恐らくペリーら米側は日本の領土であると承認せざるを得なかったのであろう。以後、小笠原諸島は国際的に日本領土となった。

クラプロートはドイツ人だが、ロシア、イルクーツクの日本語学校教師であり、在留日本人（漂流民新造）と協力して『三国通覧図説』を翻訳していたのだ。クラプロートは特にエゾの部分などこの林子平の著書に関心を示した。また、シーボルトの蘭訳はオランダのハーグにあるシーボルト文書館から発見され、後に東洋文庫で見つけられた。

林子平の『三国通覧図説』は発刊当時、日本での評価は低かったが、西洋の反応は早かったのである。

## 明治維新へ

アメリカと和親条約を結んだ幕府は、イギリス、ロシア、オランダ、フランスとそれぞれ和親条約を結んでゆく。いずれも安政三年（一八五五）までである。

日本は以後急速に開国されていった。ペリーが日本訪問してから帰るまでに始まった動きは、最後には明治維新へとつながる大変革となった。

老中阿部正弘はアメリカに対して受け身ながら新しい時代へと扉を開いた。幕府の方針は今日から見れば間違っていないが、討幕の声は燃え広がっていった。長い間固定した世襲社会に耐えられぬ下級武士たちのエネルギーが、それを引き起こしていく。「尊王攘夷」である。

朝廷には実権と統治の経験はなく、外国を打つという空疎なスローガンだけであった。呼び出されるべき海国の理想はなかったのである。さまざまな夢はあったにちがいないが。新たな理念も生まれなかった。

慶応三年（一八六七）、一月二五日孝明天皇が没、睦仁親王が践祚《せんそ》、二条斉敬が関白から摂政となる。同年十月十四日、将軍慶喜が大政奉還。これが日本の大変化、地すべりにつながる。アメリカと和親条約を結んでから安政の大獄を経て、わずか十四年で徳川幕府は崩壊した。それは、庶民たちの「ええじゃないか、ええじゃないか」の声と各地の農民一揆の声を背景にしていた。つまり国民ぐるみで変化していったのである。

翌一八六八年、明治と改まる。鳥羽、伏見の戦（戊辰戦争）で慶喜は、大坂を出帆して江戸に向かった。日本が王政復古と言い、世界を見回したとき、そこには欧米の資本主義社会、植民地を争う帝国主義が動いていた。目を覚ました時、近代という世界が渦巻いていたのである。

明治以降、日清戦争、日露戦争があり、やがて太平洋戦争、一九四五年（昭和二十年）の終戦を迎える。

どの時代の人々にも功罪はあるのだろうが、第二次大戦後の北方領土を見れば、いまだにロシアに返還の意志がないことは明らかである。そして、中国はわが国の南方領域に、海軍などを派すことが日常化している。また今日では、ロシア―ウクライナ、イスラエル―ハマスなどの戦乱もある。

いずれにしても「海国」という日本の捉え方はそれが地政学的なものだけに、日本の東アジアにおける位置が変わらぬ限り、今後の日本にとっても変わらぬ防衛と国土利用の重要な問題になることは間違いない。いままた「海国」日本を見つめ、林子平の人生を評価すべき時期が来ているのではないだろうか。

# あとがき

林子平の時代に「鎖国」という言葉は一般には知られていなかった。ただし、子平の長崎遊学以前の元禄三年に来日したドイツ人医師・ケンペルは「廻国奇観」とする論文で日本の鎖国について書いている。(『日本誌』の下巻に収録してある)。ケンペルは鎖国を肯定していた。

今日では鎖国という語は、江戸幕府が海外と通交することを禁止したことであるとしてよく知られている。寛永十六年(一六三九)から安政元年(一八五四)までの二一五年間、朝鮮、中国、オランダを除く諸外国との通商、往来や日本人の海外渡航を禁止したのである。(『日本国語大辞典』小学館)

もっとも幕府からは寛永十年(一六三三)には、奉書船以外の海外渡航を禁じ、海外渡航者の帰国を制限する法令が出ている。寛永十六年は、幕府が島原の乱を平らげた直後であり、ポルトガル人の来航を禁じている。その二年後にはオランダ人を長崎の出島に移したことから、この年を鎖国の完成とする考えもある。

延宝元年(一六七三)にはイギリスからの通商要求を拒否している。徳川家綱の時代、老中は酒井忠清、井伊直澄であった。

鎖国の語が広まったのは、ケンペルの帰国後に刊行された『日本誌』の中の一章を、長崎通詞志筑忠雄が享和元年(一八〇一)に『鎖国論』と題して邦訳し、幕末の日本の知識人に影響を与えたことによる。志筑忠雄は本姓は中野、忠次郎、のち忠雄、号は柳圃、字は季飛、季竜。長崎生まれで安永五年(一七七六)、義父のオランダ通詞、志筑孫次郎の跡を継いで稽古通詞になったが、翌年、病身を理由に辞職。中野姓に復し、蘭書の研究に従事、主著『暦象新書』では、ニュートン、ケプラーの諸法則や地動説を紹介した。オランダ語学・文法研究では『助字考』、『阿蘭品詞考』を著している。四十六歳の若さで亡くなった。天才的思想家としてみるべきものがある。

林子平の時代は鎖国の語を知らずとも、国を出たり、帰国することができないことは長崎などでは知られていたが、これが日本国の存在に多大な影響を与えたことは、当時の人々は深く認識できていなかった。林子平はこの鎖国状態の中で「日本は海国である」と、地理学的解釈をすると同時に、外国の動きを敏感に察知し、平和を維持するためには、軍艦と鉄砲などの防備を単に長崎だけでなく、日本列島全体で必要なことを指摘した。とくに関東の房総、相模、江戸湾には何ら対策が打たれていないことを痛感し、広く市民に知らしめたのであった。これが子平に著作させるエネルギーとなった。十八世紀にはポルトガル、スペイン、オランダ、イギリス、フランスがそれまでのバルト海、地中海圏から大西洋、さらに太平洋に次々に進出し、アジア・アフリカ諸国を植民地化した。

その後、明治維新となり、子平の提言を生かした海軍や海軍伝習所が創設され、勝海舟などが学んだ。のちに日清、日露戦争が発生して、第一次、第二次大戦となったのである。

※

本書のもととなった原稿「林子平伝」は、宮城県加美町の同人誌『遮光器土偶』（第七号・二〇一一年八月〜第二十六号・二〇二一年二月）に掲載されたものである。同誌の編集人である吉田恵氏ほか同人各位、原稿の整理の故菅野洋太郎氏並びに中村印刷、本書の編集全般の戸矢晃一氏、みなさんの御労苦に御礼申し上げます。また、終始激励をしてくれた妻裕子にも心からの感謝を申し上げます。

本間俊太郎

二〇二五年一月

# 資料

## 林子平略年譜　（平重道『林子平　その人と思想』宝文堂を一部改正）

| 西暦 | 和暦 | 年齢 | 記事 |
|---|---|---|---|
| 一七三八 | 元文三年 | 一 | 六月二十一日　子平、江戸で生まれる |
| 一七四〇 | 同五 | 三 | 十二月、父源五兵衛（岡村半次郎良通）が浪人となり、林摩詰に改名。常陸に流落。子平の兄・嘉善（五歳）、子平などの兄弟姉妹は叔父・従吾に養われることになる。 |
| 一七四一 | 寛保元年 | 四 | 四月二十二日、叔父・佐倉藩士若林杢右衛門（家老）が君に諫言するも聴かれず切腹（三十二）。 |
| 一七四三 | 同三 | 六 | 七月、仙台藩五代藩主・伊達吉村（獅山）の引退により、世子・宗村（忠山）が立つ（二十六歳）。子平の姉きよ（十二歳）が吉村の侍女となる。 |
| 一七四四 | 延亭二 | 八 | 九月、八代将軍吉宗が隠退し、家重が九代将軍となる。 |
| 一七四七 | 同四 | 十 | 子平の姉きよ（十六歳）が、仙台藩六代藩主・伊達宗村の側室になる。 |
| 一七四九 | 寛延二 | 十二 | 叔父・従吾が仙台藩より三〇人扶持を受ける。 |
| 一七五〇 | 同三 | 十三 | 七月六日、お清の方（姉きよ）が公子・藤六郎（後の土井左京亮利置）を生む。 |
| 一七五一 | 宝暦元年 | 十四 | 六月、徳川吉宗没（六十八）。 |
| 一七五二 | 同二 | 十五 | 三月十四日、叔父・従吾没（四十六）。兄の嘉善がその俸を継ぐ。父・摩詰が江戸に帰り、笠翁と称する。 |
| | | | 三月十六日、お清の方が公子・静姫（後に松江城主・松平出雲守治好の妻となる）を生む。 |
| | | | 九月、嘉善が江戸愛宕下仙台藩中屋敷に住む。 |
| 一七五三 | 同三 | 十六 | 父・笠翁より嘉善と子平に告諭書が与えられる。 |
| 一七五六 | 同六 | | 四月、嘉善に禄一五〇石が与えられ仙台藩士となる。 |

| | | | |
|---|---|---|---|
| 一七五七 | 同七 | 二十 | 五月二十四日、伊達宗村没（三十九）。お清の方（二十五歳）は剃髪して円智院と称する。<br>同月、嘉善は宗村の棺とともに仙台に下り、九月に江戸に戻る。円智院は仙台に留まる。<br>三月、嘉善が屋敷を仙台川内中ノ坂通に賜る（後に同市内、表材木町に引っ越す）。<br>五月二十八日、子平の祖母・渥美氏没（八十）。<br>七月、嘉善が仙台に居を移す。父・笠翁、子平も仙台に向かう。 |
| 一七五八 | 同八 | 二十一 | 円智院が居邸を賜り、俸禄が加わる。 |
| 一七六〇 | 同十 | 二十三 | 五月、将軍家重が退き、家治が十代将軍となる。 |
| 一七六一 | 同十一 | 二十四 | 姉・円智院没（三十）、仙台大年寺に葬られる。 |
| 一七六二 | 同十二 | 二十五 | 子平の兄嫁・高橋氏没（二十四）。 |
| 一七六三 | 同十三 | | 五月、子平が江戸に赴き、姉の夫・旗本森川権六郎の家に住む。 |
| 一七六四 | 明和元年 | 二十七 | 十二月、父・笠翁が『仙台間語』三巻を著す。<br>同年、子平と玉虫尚茂との問答『兵策問答』が成る。 |
| 一七六五 | 同二 | 二十八 | 春、子平は上書して学政武備貨殖等の篇一五九条（第一上書）を述べる。 |
| 一七六六 | 同三 | 二十九 | 父・笠翁の旧著『儀式考』（全十巻）を校訂し、『続仙台間語』（全三巻）が成る。 |
| 一七六七 | 同四 | 三十 | 六月、学問修行のため、向こう五年間の暇を乞い、江戸飯田町の妹の夫・火消与力手塚市郎左衛門方に住むことに。<br>六月二十一日、父・笠翁没（六十八）。<br>八月、門崎運太夫との兵学問答『兵策問』が成る。<br>九月、姉なよ没（三十九）。 |
| 一七七二 | 安永元年 | 三十五 | 甥・珍平（友道）生まれる。子平、蝦夷地に渡航したと思われる。 |
| 一七七三 | 同二 | 三十六 | 四月二十四日、仙台を出発し、江戸手塚氏の家に仮寓。 |

六月十九日、佐倉に行く。
六月、学問修業のため、三年間江戸留学の許可を願い出る。

一七七五　同四　三十八　初めて長崎に行き、清人（中国）や蘭人（オランダ）と会う。オランダ人に馬術について尋ねる。
冬、通詞・松村元綱所蔵の「世界之図」を書き写す。

一七七六　同五　三十九　四月、修業の年限不足につき、明年三月までの延期を願い出る。

一七七七　同六　四十　五月、長崎奉行・柘植長門守に随従して、第二回長崎遊歴に出る。通詞・本木栄之進所蔵の『輿地国名訳』を写す。

一七七八　同七　四十一　長崎在留中、オランダ商館長アレント・フェイトと知遇を得て、海外の地理、形勢について情報を受ける。各種の地図を書き写す。

一七七九　同八　四十二　十二月、江戸に上り、翌年四月まで滞在。

一七八一　天明元年　四十四　十一月、上書して貨殖学校の要件を述べる（第二上書）。
三回めの長崎遊学。鎮台館にて『御定書百ヶ条』を写す。

一七八二　同二　四十五　長崎で『阿蘭船団』を刊行。また、「日本遠近国之全図」をつくる。

一七八三　同三　四十六　十月、江戸に上り、天明八年まで滞在。

一七八五　同五　四十八　九月、『三国通覧図説』の原稿成る。
十一月、上書して『富国策』を述べる（第三上書）。

一七八六　同六　四十九　春、『左右漫録』成る。
五月、『海国兵談』の原稿成る。
夏、『三国通覧図説』が、江戸須原屋市兵衛より刊行。
九月、『父兄訓』が成る。

| | | | |
|---|---|---|---|
| 一七八七 | 同七 | 五十 | 四月、十一代将軍に徳川家斉がなる。 |
| 一七八八 | 同八 | 五十一 | 子平、江戸より仙台に帰り、この頃『海国兵談』巻一水戦の巻が成る。また、『海国兵談』の出板（版）資金を募集する。（京都の中山大納言に謁見し、外寇の予備を説いたのはこの頃かもしれない）。 |
| 一七八九 | 寛政元年 | 五十二 | 九月二十日、母・青木氏没（八三）。松平定信に謁見し外寇の予備を説いたらしい。 |
| 一七九〇 | 同二 | 五十三 | 十二月、湿瘡により秋保温泉で湯治。この年、蒲生君平が高山彦九郎の後を追って陸奥に入り、子平は磐城湯本温泉で君平と会う（彦九郎四十二歳、君平二十三歳）。 |
| 一七九一 | 同三 | 五十四 | 一月、二月に秋保、川渡で湯治。<br>四月、『海国兵談』が仙台にて全て刊行（印刷は三十八部）。<br>五月二十二日、藤塚式部知明に『兵談』出版資金として金十切の貸与を申し入れる。<br>十二月、江戸に召喚される。 |
| 一七九二 | 同四 | 五十五 | 二月、傷寒を病み、法定に出られなかった。<br>閏二月十五日、郷友・小川只七宛に遺言書を書く。<br>五月十六日、本藩にての蟄居を命じられる。 |
| 一七九三 | 同五 | 五十六 | 五月十八日、江戸を出発。二十六日、仙台の兄・嘉善の家に到着。蟄居の身となる。<br>六月二十一日、子平没。仙台竜雲院に葬られる。<br>十月、兄・嘉善没（五十八）。 |

# 林子平の主な系譜

- 岡村八左衛門（就通）
  - 女子 ヤヨ
  - 岡村半次郎（良通）（源五兵衛、林摩詰、笠翁）
    - 女子 ナヨ　旗本大番士・森川権六郎妻
    - 女子 キヨ（幼名ナホ）　仙台藩主・伊達宗村の側室（円智院）
    - 林嘉善（友諒）
      - 林寛蔵
      - 林珍平（友通）
      - 林勝介
      - 林眞之進
    - **林子平**（友直）
    - 女子 タチ（多智）　江戸火消与力・手塚市郎左衛門妻
  - 岡村政二郎（通明）（林従吾）医師
  - 岡村（若林）杢之助（虎高）　若くして自殺

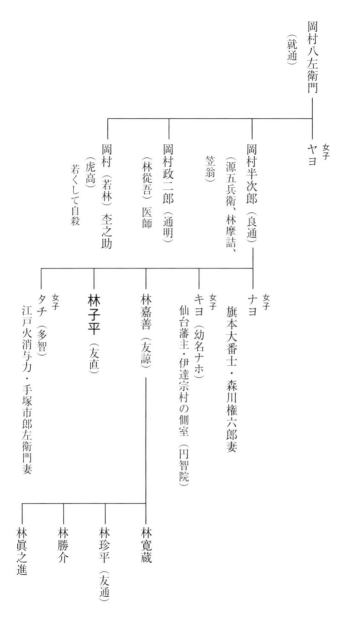

# 参考文献


小暮実徳『幕末末期のオランダ対日外交政策』彩流社、二〇一五年
有馬成甫監修・石岡久夫編集『甲州流兵法―信玄流兵法』新人物往来社、一九六九年
山岸徳平・佐野正巳共編『新編　林子平全集第一巻〜第五巻』第一書房、一九七八年
『三国通覧図説　付図』（数国接譲一覧之図）東京大学総合図書館所蔵　第一書房
平重道『林子平その人と思想　仙台藩の歴史第４』宝文堂、一九七七年
中村整史朗『海の長城　林子平の生涯』評伝社、一九八一年
日本史広辞典編集委員会編『日本史人物辞典』山川出版社、二〇〇〇年
仙台郷土史研究会編『仙台藩歴史事典』仙台郷土史研究会発行、二〇一二年
武士生活研究会『図録・近世武士生活史入門事典』柏書房、二〇〇五年第六刷
井上泰至『サムライの書斎　江戸武家文人列伝』ぺりかん社、二〇〇八年第二刷
氏家幹人『徂徠学と反徂徠』（小島康敬）ぺりかん社、一九九四年
氏家幹人『旗本御家人　驚きの幕臣社会の真実』洋泉社、二〇一一年
清水克之『喧嘩両成敗の誕生』講談社選書メチエ、二〇〇六年
伊達泰宗／白石宗靖『伊達家の秘話　独眼竜一族の知られざる秘話』ＰＨＰ研究所、二〇一〇年
照井壮介『天明蝦夷探検始末記―田沼意次と悲運の探検家たち』影書房、二〇〇一年
川村博忠『江戸幕府の日本地図　国絵図・城絵図・日本図』吉川弘文館、二〇一〇年
中野三敏『岩波人文書セレクション　書誌学談義　江戸の板本』岩波書店、二〇一一年第二刷
森岡美子『世界史の中の出島』長崎文献社、二〇〇六年
関民子『只野真葛』吉川弘文館、二〇〇八年

江越弘人『〈トピックスで読む〉長崎の歴史』弦書房、二〇〇七年
布袋厚『復元！江戸時代の長崎』長崎文献社、二〇〇九年
山口広助『長崎游学マップ3　長崎丸山に花街風流うたかたの夢を追う』長崎文献社、二〇一四年第三刷
長崎文献社編集部『長崎游学シリーズ9　出島ヒストリア　鎖国の窓を開く　小さな島の大きな世界』長崎文献社、二〇一三年
今田洋三『歴史文化セレクション　江戸の禁書』吉川弘文館、二〇〇七年
編集・発行　長崎市『出島』
長崎県高等学校教育研究会地歴公民部会歴史分科会『長崎県の歴史散歩』山川出版社、二〇〇五年
杉本つとむ『長崎通詞　ことばと文化の翻訳者』開拓社、一九八一年
鈴木康子『長崎奉行　等身大の官僚群像』筑摩書房、二〇一二年
広瀬隆『文明開化は長崎から　上』集英社、二〇一四年
藤實久美子『江戸の武家名鑑　武鑑と出版競争』吉川弘文館、二〇〇八年
仙台郷土研究会『仙台藩歴史事典―改訂版―』二〇一二年
菊池勇夫編『日本の時代史19　蝦夷島と北方世界』吉川弘文館、二〇〇三年
松尾龍之介『江戸の〈長崎〉ものしり帖』弦書房、二〇一一年
宇田川武久『江戸の炮術―継承される武芸―』東洋書林、二〇〇〇年
外山幹夫『長崎の実像』長崎文献社、二〇一三年
藤井譲治『日本の歴史12　江戸開幕』集英社、一九九二年
高埜利彦『日本の歴史13　元禄・享保の時代』集英社、一九九二年
吉岡信『江戸の生薬屋』青蛙房、一九九四年
服部幸雄編『歴史と古典　仮名手本忠臣蔵を読む』吉川弘文館、二〇〇八年

秋山駿『忠臣蔵』新潮社、二〇〇八年
菊地勇夫『アイヌと松前の政治文化論：境界と民族』校倉書房、二〇一三年
片桐一男『江戸時代の通訳官　阿蘭陀通詞の語学と実務』吉川弘文館、二〇一六年
斎藤信著『日本におけるオランダ語研究の歴史』大学書林、二〇〇六年
朝倉純孝著『オランダ語会話ハンドブック』大学書林、一九七五年
河崎靖『オランダ語学への誘い』大学書林、二〇一一年
江越弘人『トピックスで読む長崎の歴史』弦書房、二〇〇七年
河北新報社編集局編『仙台藩ものがたり』河北新報出版センター、二〇〇二年
倉地克直『全集日本の歴史第十一巻　徳川社会のゆらぎ』小学館、二〇〇八年
岩本由輝『国宝大崎八幡宮　仙台・江戸学叢書13　本石米と仙台藩の経済』大崎八幡宮　仙台・江戸学実行委員会、二〇〇九年
鵜飼幸子『国宝大崎八幡宮　仙台・江戸学叢書17　仙台藩の学者たち』大崎八幡宮　仙台・江戸学実行委員会、二〇一〇年
渡邊洋一『国宝大崎八幡宮　仙台・江戸学叢書20　仙台の出版文化』大崎八幡宮　仙台・江戸学実行委員会、二〇一〇年
古川愛哲『国宝大崎八幡宮　仙台・江戸学叢書21　仙台藩の不通と忠臣蔵』大崎八幡宮　仙台・江戸学実行委員会、二〇一〇年
渡辺浩一『国宝大崎八幡宮　仙台・江戸学叢書22　仙台城下の武家屋敷』大崎八幡宮　仙台・江戸学実行委員会、二〇一〇年
森永貴子『ロシアの拡大と毛皮交易──十六～十九世紀シベリア・北太平洋の商人世界』彩流社、二〇〇八年
吉川弘文館編集部編『日本史必携』吉川弘文館、二〇〇六年

本間俊太郎（ほんま　しゅんたろう）

1940年（昭和15年）2月26日、東京都世田谷区に生まれる。父・俊一、母・さよと共に戦中に宮城県中新田町に疎開（戦後、父は衆議院議員（6期）を務める）。中新田小、中新田中学校に学ぶが、中学三年の時に東京の千代田区立一ツ橋中学に転学。都立九段高校、中央大学法学部卒業。大学中はペンクラブで活動。西垣脩らの詩詩「青衣」に所属。詩の評論などが「現代詩手帖」等で評価され、「詩学年鑑'64」に詩人として掲載される。

1962年（昭和37年）4月、読売新聞社に入社、編集局に配属。12年務める。

1974年（昭和49年）10月、中新田町長に当選、以降4期に渡り同町長を務める。1981年（昭和56年）に建設した中新田バッハホールは、町おこしの成功例として高く評価される。

1988年（昭和63年）、宮城県知事に当選するが、2期目の途中で辞任。

主な著書に『行政の文化化』（ぎょうせい・共著）、『文化行政とまちづくり』（時事通信社・共著）、『レッツラブ運動の展開』（TBSブリタニカ・共著）、句集『超獄』（俳号・俘夷蘭）（ふらんす堂）、評論集『日本人魂のデザイナー親鸞・道元・日蓮』（心泉社）がある。地元の同人誌『遮光器土偶』（茶房うちみ）、同『薬莱山』などの同人である。

「日本は海国である」林子平伝

2025年3月11日　第1刷発行

著　者　本間俊太郎

発行人　高橋利直
編　集　戸矢晃一
発行所　株式会社ほんの木
　　　　〒101-0047　東京都千代田区内神田1-12-13 第一内神田ビル2階
　　　　TEL 03-3291-3011　　FAX 03-3291-3030
　　　　E-mail　info@honnoki.co.jp
ブックデザイン　渡辺美知子
校　正　松井京子　岡田承子　永田聡子
印　刷　株式会社丸井工文社

ほんの木ウェブサイト　https://www.honnoki.jp


ISBN978-4-7752-0150-3　printed in Japan